爱 玛

[英] 简 · 奥斯丁 著
李文俊 蔡 慧 译

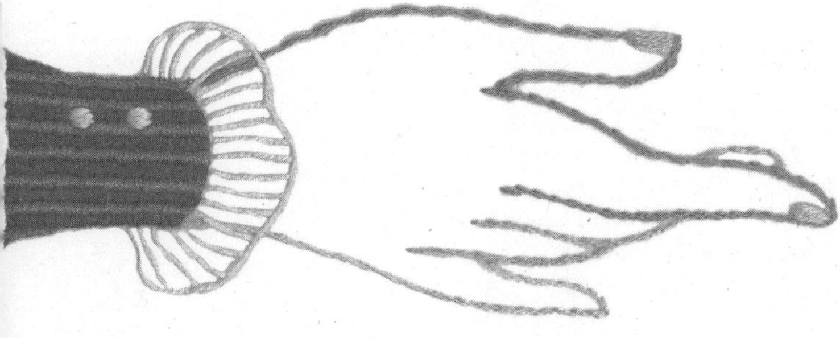

北京联合出版公司
Beijing United Publishing Co.,Ltd.

企鹅手绣经典系列：爱玛

[英] 简 · 奥斯丁 著
李文俊　蔡　慧 译

图书在版编目（CIP）数据

爱玛 /（英）奥斯丁著；李文俊，蔡慧译 .—北京：北京联合出版公司，2016.6（2022.1 重印）
（企鹅手绣经典系列）
ISBN 978-7-5502-7540-9

Ⅰ .①爱…　Ⅱ .①奥…②李…③蔡…　Ⅲ .①长篇小说—英国—近代　Ⅳ .① I561.44

中国版本图书馆 CIP 数据核字 (2016) 第 078484 号

First published in Great Britain by John Murray, 1816
First published in the United States of America by Mathew Carey, 1816
This edition first published in the United States of America in the English language by Penguin Books 2001

选题策划　联合天际
责任编辑　崔保华　刘　凯
特约编辑　郝　佳　高红玉
装帧设计　索　迪
版式设计　张佩瑶

出　　版　北京联合出版公司
　　　　　北京市西城区德外大街 83 号楼 9 层　100088
发　　行　北京联合天畅文化传播有限公司
印　　刷　河北鹏润印刷有限公司
经　　销　新华书店
字　　数　390 千字
开　　本　889 毫米 × 1194 毫米　1/32　16.25 印张
版　　次　2016 年 9 月第 1 版　2022 年 1 月第 5 次印刷
I S B N　978-7-5502-7540-9
定　　价　108.00 元

关注未读好书

未读 CLUB
会员服务平台

本书若有质量问题，请与本公司图书销售中心联系调换
电话：(010) 52435752　(010) 64258472-800

目 录

译　序

简·奥斯丁（Jane Austen，1775—1817）是我国读者非常熟悉的一个名字。她的小说《傲慢与偏见》以及据此拍摄的电影早已为大家所熟悉。据英国广播公司最近调查统计，《傲慢与偏见》在英国人最喜爱的小说中，名列第二。但法国人在他们所编的《理想藏书》中，却把《爱玛》列为英国文学类前十本最好的书里的第一本。由此可见，奥斯丁在英国文学中的重要性以及《爱玛》在奥斯丁作品中的突出地位。

简·奥斯丁出生在英国汉普郡斯蒂文顿镇的一个牧师家庭，过着祥和、小康的乡居生活。兄弟姐妹共八人，奥斯丁排行第六。她从未进过正规学校，只是在九岁时，曾被送往姐姐的学校伴读。她的姐姐卡桑德拉是她毕生最好的朋友。奥斯丁的启蒙教育更多地得之于她的父亲。奥斯丁酷爱读书写作，还在十一二岁时，便已开始以写作为乐事。成年后奥斯丁随全家迁居多次。1817 年，奥斯丁已抱病在身，为了求医方便，最后一次举家再迁。然而在到了曼彻斯特后不过两个多月，她便去世了，遗体被安葬在温彻斯特大教堂。简·奥斯丁终身未嫁，逝世时年仅四十二岁。

奥斯丁创作的小说，几乎都经过长时间的反复修订改写。她出版的第一部小说是《理智与情感》(1811),《傲慢与偏见》(1813)是她的第二部作品。这两部作品，加上她去世后出版的《诺桑觉修道院》(1818)，都写于十八世纪的九十年代，通常算是她的早期作品。而《曼斯菲尔德庄园》(1814)、《爱玛》(1816)与《劝导》(1818)则写于十九世纪，算是后期作品。这六部作品，以中文计，总共不过二百万字，数量不算多。作品初出版时，销量也不算很大。可是她在英国文学中的地位却随时间的流逝而日益显得重要，以致竟有批评家认为:“作家当中手法最接近于(莎士比亚)这位大师的，无疑就要算简·奥斯丁了，这位女性堪称是英国之骄傲。她为我们创造出了一大批的人物……”(托·巴·麦考莱语)。另一位将她与莎士比亚相比的是现代美国批评家艾德蒙·威尔逊。他说:“一百多年来，英国曾发生过几次趣味上的革命。文学口味的翻新影响了几乎所有作家的声望，唯独莎士比亚与简·奥斯丁则是经久不衰。”赞赏奥斯丁的作家，从瓦尔特·司各特开始，可以说是绵延不绝，粗略一排就有:特洛罗普、乔治·艾略特、柯勒律奇、勃朗宁夫人、麦考莱、骚塞、爱·摩·福斯特等人。但是她的杰出与伟大之处究竟表现在哪些方面，却不是一下子说得清楚的。弗吉尼亚·伍尔芙就曾说过:“在所有的伟大的作家中，她的伟大之处最难捕捉到了。”

根据《简明不列颠百科全书》的说法，简·奥斯丁是“第一个现实地描绘日常平凡生活中平凡人物的小说家。(她的作品)反映了当时英国中产阶级生活的喜剧，显示了‘家庭’文学的可能性。她多次探索青年女主角从恋爱到结婚中自我发现的过程。这种着力分析人物性格以及女主角和社会之间紧张关系的做法，使她的小说摆脱了十八世纪的传统而接近于现代生活。正是这种现代性，加上她的机智和风趣，她的现实主义和同情心，她的优雅的散文和巧妙的故事结构，使她的小说能长期吸引读者。”并且说：“当时（指十八世纪末）流行夸张戏剧性的浪漫小说，它们已使人们厌倦，奥斯丁的朴素的现实主义启清新之风，受到读者的欢迎。……到二十世纪，人们才认识到她是英国摄政王时期（1810—1820）最敏锐的观察者，她严肃地分析了当时社会的性质和文化的质量，记录了旧社会向现代社会的转变。现代评论家也赞佩奥斯丁小说的高超的组织结构，以及她能于平凡而狭窄有限的情节中揭示生活的悲喜剧的精湛技巧。”

本文作者在较广泛地阅读了中外评论家对奥斯丁的分析评论之后，觉得还是以上所引的简短结论最为准确。但内中未能突出强调奥斯丁塑造人物的巨大才能（每部小说的主角都是青年女性，但她们无一雷同），以及她能站在更高角度，冷眼看待与分析评论这些人物（特别是她心爱的人物）的睿智目光。正是这一点，使她直到今天，仍然显得毫不过时。奥斯丁曾说过什么是好的作品，她说：“……有些作品，其中展示了才智最强大的力量；其中作者以最精心选择的语言向世人传达了对人性最透彻的了解、对这种丰富多彩的人性的恰到好处的描绘，以及对机智幽默的最生动活泼的抒发。”（见《诺桑觉修道院》第五章末段）奥斯丁自己的几部作品无疑都是达到了这样的标准的。

奥斯丁的语言确实出色，这在提高她作品的水准上起着极大的作用。她的对话不但符合人物性格，而且唇枪舌剑，暗藏机锋。作者偶尔亦用曲笔，不动声色地说几句谑而不虐的反讽话，使得读懂的读者不禁要发出会心的微笑（批评家瓦尔特·艾伦就说过，整部《爱玛》，“就是在嘲弄中孕育成的”）。作者还常常像侦探小说作家似的在作品中故布疑阵，对此，书中次要人物（甚至包括读者）都不糊涂，唯独聪明过人的女主人反倒仍然（常常是被自己）蒙在鼓里。她之所以如此，又莫不与优越的社会地位和自身条件有关，许多可笑之处亦由此产生。这种种精巧之处，使得翻译者苦苦奋斗工作时，又自有乐趣，仿佛是“从山阴道上行，山川自相映发，使人应接不暇”。相信读者在读她的书时，也会有这样的体会。有位批评家说过:“在《爱玛》中，整个主题就是女主人公痛苦地认识自身并逐渐抛开幻想的过程。”说到底，阅读文学作品最大的益处无非就是通过这一智力活动，帮助自己更深刻地了解自我、他人，认识社会与这个世界。爱玛的自信、自以为是、缺乏自知之明、好心做坏事、不愿承认错误，还多少有点势利眼，有点自私（虽然自己认识不到），这种种性格上的毛病，岂不是在我们自己与周围人的身上，依旧存在着吗？认识自己，认识周围的人，这是人所面临的最重大问题之一。正因这样，古希腊人才在德尔斐神庙门廊上刻上“认识自己”这几个字。我们只能说奥斯丁的小说未触及拿破仑战争这类历史大事件大题材，却不能断言没有反映人生中的重大主题。

《爱玛》是奥斯丁于1814年1月开始动笔的，1815年3月底写完，并于年底出版（初版本扉页上标明的是1816年）。出版人约翰·默里曾将手稿交给《评论季刊》的编辑威廉·吉福德审阅。他的评语是:“好得没的说。”《爱玛》刚出版，1816年3月出版的《每季评论》上即刊出了当时最负盛名的小说家瓦尔特·司各特热情赞赏奥斯丁作品特别是《爱玛》的长文。1817年7月18日，奥斯丁溘然去世，《爱玛》成了她生前最后一部与读者见面的小说，但读者并不知道作者是谁。直到1818年，她的作品才由她的哥哥署上真名出版。

2004年8月

Volume One

第　一　卷

第 1 章

爱玛·伍德豪斯，俊俏聪明，家道殷实，家庭舒适，性格又开朗，人生中多种至高无上的幸福，似乎都汇聚在她身上了。她在世上生活了将近二十一年，一直过着无忧无虑的日子。

她是小女儿，上头有一位姐姐。父亲再慈祥不过，对女儿百依百顺。姐姐出阁时，爱玛年纪虽小，却自然而然成了家中的女主人。她母亲去世太早，因此母亲的种种爱抚，她只有丁点儿朦朦胧胧的印象。母亲的空缺由一位家庭女教师来填补。这可是位贤德女子，对爱玛关爱有加，丝毫不逊于一位慈母。

泰勒小姐在伍德豪斯先生家中一下子就过了十六年，与其说是一位家庭教师，还不如说是位挚友。两位千金小姐她都十分喜欢，对爱玛感情尤深，两人之间，更多的是一对姐妹似的亲密关系。即使在泰勒小姐名义上仍算是家庭教师时，由于脾气温顺，她几乎就没做出过要管束的架势；如今，师道尊严的影子更是早就荡然无存。两人就像一对贴心朋友般朝夕相处，爱玛想怎么干就怎么干。对泰勒小姐的意见她是十分尊重的，但大主意都由自己来拿。

若说爱玛的处境有什么可虞之处，那就是她有权任意率性而为，并且对自己的估计往往略为偏高。这些毛病自然会对她的许多人生乐趣造成损害，不过目前尚未被她察觉，远没有列为可能给自己带来祸害的根源。

不如意的事还是来了——尽管那来势还不算太凶太狠——也远非以让人憎厌的形式出现。泰勒小姐结婚了。失去泰勒小姐使爱玛初次尝到哀愁的滋味。在好友大喜的日子里，爱玛破天荒第一遭闷闷不乐兀自久久呆坐。婚礼完毕后，一对新人离去，剩下父亲与她共进晚餐，漫漫长夜，绝无指望还会有第三个人来，让气氛可以变得活跃一些。饭后，父亲像往常一样，安定下来，准备就寝。爱玛只能怅然枯坐，默思自己的损失。

这桩婚事，她的好友获得幸福的前景是不容置疑的。韦斯顿先生人品出众，家境优裕，年纪相当，举止谦和有礼。当初自己为了促成这门亲事也曾殚精竭虑，没少花气力。想到此处，她多少有些得意，殊不知却是搬起石头砸了自己的脚呢。从今以后，每一天的每一小时，她都会感到失去泰勒小姐的伤痛。她回想起泰勒小姐的情谊——十六年的仁爱与深情厚谊呀——从自己五岁起泰勒小姐就如何教她，带领她玩耍——在她健康时如何全心全意地爱她，让她快乐——她幼年体弱多病时又如何精心照料，使她痊愈。这上头她欠的情分是还不清的呀。然而，最近七年的交往，紧接着伊莎贝拉的出嫁，只剩下她们俩。两人相依为命，平等相待，开诚相见，这个阶段的大事小事就成了更加温馨、更为亲切的回忆。泰勒小姐是个可遇不可求的朋友与伴侣：天资聪颖、见多识广，能干且又乐于助人。性情温和，家务事无一不精，对这家人的事还真的很上心，对爱玛更是特别地关怀，包括她的每一种喜好与每一项行动计划。爱玛每生出一个想法都可以推心置腹向她倾诉。她又是这么挚爱自己，对这种爱，你简直是一点点毛病都挑不出来。

这样的变化叫她怎么能忍受呢？不错，她好友新的住处距离自己家只有半英里[①]；但是爱玛知道，住在不到半英里外的一位韦斯顿太太跟住在自己家的一个泰勒小姐，是全然不同的两回事。尽管自己天生禀赋与家庭条件都算不错，现在却不免要面临精神孤独的苦恼了。她自然是挚爱父亲的，不过他可做不了自己的伴儿，无论是谈正经事还是说笑话，他都跟自己不怎么接得上茬儿。

父女俩年龄上差距太大（伍德豪斯先生结婚相当晚），这一不利条件再加上他体质与生活习惯上的因素，就使问题更显得突出了。父亲从小便体弱多病，身、心双方面都缺乏活力。他暮气沉沉，显得比实际年龄还老上许多。尽管他因为心地善良，脾气和顺，去到哪里都受到欢迎爱戴，却从未因才智出众而为人敬重与称道。

爱玛的姐姐结婚后虽说住得不算很远，就在伦敦，距离不过十六英里，但绝不是天天可以见到的。爱玛得在哈特菲尔德熬过多少个十月、十一月的漫长黄昏，才能等到圣诞节来临呀。只有在那时，伊莎贝拉夫妇才会带着他们的几个小孩回来，使家中充满人气，也让她能享受到与人交往的乐趣。

海伯里是个地盘很大、人口众多的村子，几乎顶得上一个乡镇了。哈特菲尔德尽管有单独的草地、灌木丛和宅第名称，实际上还是海伯里的一部分。而偌大一个海伯里，居然就找不出一个能和爱玛旗鼓相当的角色。伍德豪斯家是那里首屈一指的大户，全村人都敬重他们。她父亲对谁都客客气气。爱玛在本地认识的人不少，但是在她看来，所有这些人没有一个能替代得了泰勒小姐，哪怕只替代半天也不成。

---

① 1英里约为1.609千米。

这是一个多么可悲的变化呀。爱玛对此只能唉声叹气，妄想有奇迹发生。一直到父亲睡醒过来，她才赶紧收起愁容，强作欢颜。父亲精神上需要有人支持。他神经脆弱，极易心情沮丧。处熟了的人他就是喜欢，谁走开他都老大不愿意。什么样的变化他都不想见到。结婚必定会带来变化，因此总让他感到不痛快。对自己大女儿的结婚他至今怨气未消，一说起她仍然是一副哀恤悲悯的口气。其实那全然算得上是一场美满姻缘。而现在呢，他又不得不与泰勒小姐分手作别了。出于自己多少有些自私的脾性，而且又压根儿想不到别人没准会有跟他不一样的考虑，他一门心思认定泰勒小姐做了件对自己对他们都是可悲的事情，若是她这一辈子都在哈特菲尔德度过肯定会幸福得多。爱玛尽力现出笑容，尽可能快活地说东说西，不让父亲往这上头想；可是到了用茶时分，父亲还是忍不住把自己午饭时说过的话照样说了一遍：

“可怜的泰勒小姐！我真希望她能回到这儿来。韦斯顿先生居然会注意到她，这真是糟糕之至呀！”

“我可没法赞同您的看法，爸爸；您知道的，我没法赞同。韦斯顿先生是那样一个性情温和、讨人喜欢、出类拔萃的人，正该娶上一位好太太的。你不至于想让泰勒小姐随我们过一辈子，忍受我的种种怪脾气，不让她有自己的家吧？”

“她自己的家！她自己的家又有什么好？这里有那儿三倍那么大呢；再说你根本就没有什么怪脾气嘛，我亲爱的。”

“我们可以经常去看他们，他们也可以经常来！见面的机会多的是！我们可得先去。我们得尽早拜访新婚夫妻。”

“我亲爱的，这么远叫我怎么去？兰德尔斯可不近。我连一半路都走不动的。”

“唉，爸爸，谁说要您走去了。我们自然是坐马车去啦，这是不消说的。”

“马车！可是为这么一小段路，詹姆斯是不会乐意套车的。再说，我们做客时，那对可怜的马儿又安置在哪儿呢？”

“拴在韦斯顿先生的马厩里不就得了，爸爸。您很清楚这些事儿早就安排妥了。昨儿晚上都跟韦斯顿先生说好了。至于詹姆斯，您尽管放心，他还巴不得去兰德尔斯呢，因为他闺女就在那儿当侍女。要是让他送我们去别处，那倒还真不好说了。这件事全亏得您呀，爸爸。您给汉娜找到个好去处。谁都还没想起，您就推荐了汉娜——对您，詹姆斯感激还感激不过来呢！”

“当时想到了她我确实很高兴。事情倒也真是凑巧，因为我无论如何不愿可怜的詹姆斯认为我们没把他的事放在心上；而且我拿得准这姑娘一定会出落成一个非常好的仆佣的；她很有礼貌，嘴巴也甜；我对她印象不错。她一见到我，总是行屈膝礼，向我问好，模样儿真讨人喜欢；你让她来做针线活儿那阵，我注意到她总是轻轻扭上门把儿，从不砰地一推就算。我看准了她会是一个好侍女的。再说对于可怜的泰勒小姐这也是个莫大的安慰，总算身边有个过去看惯的人呀。你明白吧，不管詹姆斯何时去看女儿，泰勒小姐都会听到我们的消息。我们谁有什么事儿，他都会一五一十向她禀报的。”

爱玛费尽心机让这些较能让人高兴的思绪维持下去，千万别戛然中断。同时希望借助十五子游戏，让父亲好歹度过这个艰难的夜晚，莫再为别人女儿的事懊恼操心。十五子棋局摆好了，可是紧接着走进来一位来访者，这就使得棋桌派不上用场了。

奈特利先生是个三十七八岁、颇有见地的人，同这家人不仅是认识已久的至交，而且还有着特殊的亲戚关系，因为他是伊莎贝拉丈夫的哥哥。他住在离海伯里一英里左右的地方，是这儿的常客。他每次来总是受欢迎的，这一回比平日更受欢迎，因为他是直接从伦敦与他们都有关系的亲戚家过来的。他外出数日，回来后晚饭吃得很迟，然后又步行来到哈特菲尔德，报告说布伦穗克广场[①]那边大家都很安好。他来得正是时候，让伍德豪斯先生高兴了半天。奈特利先生兴致勃勃，和颜悦色，总能让伍德豪斯先生心情好转。老爷子提出的关于“可怜的伊莎贝拉”和她那几个孩子的问题也都得到了满意的答复。之后，伍德豪斯先生心存感激地说：

“你太好了，这么晚了还出来看望我们。只怕路极其不好走吧。”

“哪儿的话，先生。今晚月色很美，天气一点也不冷。我离你们烧的旺火可得远一点呢。”

“不过你一定觉得路上又潮又脏吧。但愿你没有着凉。”

“脏，先生！你瞧瞧我的鞋，一星星泥点都没有沾到。”

“哦，那倒怪了，因为最近我们这里雨水可不算少。我们吃早饭那阵一场大雨足足下了有半个小时。我都提出让他们把婚礼推迟一下了呢。”

“哦，对了，我还没有恭祝你们快乐呢。我很清楚，你们双方必定感受到何等样的快乐，所以不急于表示我的衷心祝贺。我希望一切都很顺利。大家当时情况怎么样？谁哭得最厉害？”

“唉，可怜的泰勒小姐呗！这件事真叫人伤心哨。”

“对不起了，应该说是可怜的伍德豪斯先生和小姐吧；反正我不能说是‘可怜的泰勒小姐’。对你和爱玛小姐我都非常敬重。不过说到自立门庭还是仰仗别人的问题，只讨一个人喜欢总比要让两个人高兴更容易做到一些吧。”

---

① 这里指的是伊莎贝拉一家在伦敦所住之处。

“尤其是两个人里还有一个是那么任性，那么纠缠不清呢！”爱玛开玩笑地说，“你心里准是这样想的，我知道的——要是我父亲不在边上，你也一准会这样说出来的。”

“我也相信一准是这样的，我的好女儿，”伍德豪斯先生说，还叹了口气，“恐怕有时候我真是非常任性和纠缠不清呢。”

“我的好爸爸！您可别以为我指的是您，奈特利心里想的会是您。您想到哪里去啦！哦，不是的！我说的不过是我自己。奈特利先生喜欢挑我的错儿，这您是知道的——挑我的错儿逗乐——这全是开玩笑呀。我们相互之间总是想怎么说就怎么说的。”

事实上，能看到爱玛·伍德豪斯的缺点的人寥寥无几，奈特利先生恰好是其中之一，而且还是唯一敢于当面告诉她的人。虽然这事让爱玛心里不怎么舒服，但她知道，若是让父亲知道，只怕就不仅仅是不高兴的问题了。因此，她绝不愿意让父亲猜疑，自己的宝贝女儿并非是人人心目中的一个完人。

“爱玛知道，我从不对她乱说奉承话，”奈特利先生说，“可是我方才并没想批评任何人。泰勒小姐原先要讨好两个人，现在她只需获得一个人的欢心了。怎么说她也是赢家呀。”

“好吧，”爱玛说，但求这个话题快点结束，“你不是想知道婚礼的情况吗？我很乐意告诉你，因为我们大家都表现得不错。每一个人都准时到场，每一个人都喜气洋洋、容光焕发。没见到谁掉眼泪，显得愁眉苦脸的也是绝无仅有。啊，真的没有；我们只是想到两家才隔开半英里路，肯定会天天见面的。”

“亲爱的爱玛对什么都能处之泰然，”她父亲说，“可是，奈特利先生，对于失去泰勒小姐她其实是非常痛心的。别看她现在觉得没什么，以后会越来越不舍得的。”

爱玛把脸偏到一边，强自微笑，泪珠儿却忍不住挂了下来。

“爱玛缺了这么一个伴儿，要说不牵挂是不可能的。”奈特利先生说，“如果我们不这么想，先生，那我们就不会像现在这样喜欢爱玛了。不过她知道，这门亲事对泰勒小姐有多大的好处。她知道到泰勒小姐这个年龄，安定下来有个自己的家是件非常适宜的事，经济上无牵无挂对于她又是多么重要，因此自然不能让自己忧大于喜。泰勒小姐每一个朋友见到她能获得如此理想的佳偶，都不会不感到由衷高兴的。”

“你还忘了一件让我高兴的事，”爱玛说，“而且还不是件小事——那就是这门婚事还是我亲自做的大媒呢。你知道，四年前，我给双方牵了线。我促成了这件好事，事实证明是做对了，当时那么多人都说韦斯顿先生不会再结婚了。这件事带给我的安慰比什么都要大。”

奈特利先生向她摇了摇头。她父亲疼爱地接口说：“噢，好宝贝儿，我希望你以后别再干做媒算命这类事了，因为你说了的都会应验。求求你再也别给人做媒了。”

“我答应您不替自己张罗，爸爸；不过，真的，帮别人嘛我还是要做的。这真是世界上最最有趣的事了！而且是在这么一次巨大成功之后。您知道吧，每一个人都说韦斯顿先生是绝对不会再结婚的了。哦，天哪，绝对不会了！韦斯顿先生当鳏夫这么久，没有太太日子过得好像也挺自在。不是忙于城里的商业事务就是忙着跟这儿的朋友来往交际，走到哪里都受到热烈欢迎。他也总是兴致勃勃、兴高采烈的——他一年到头不会有一个夜晚是孤零零单独过的，如果不是自己有意想清静清静的话。哦，不会的了！韦斯顿先生肯定不会再结婚了。有人甚至还说什么他对临终的妻子作过许诺，还有人说那个儿子和舅舅不让他再婚。流传着各式各样的胡乱猜测，还都说得有鼻子有眼的，我可是一个也不相信。大约是四年前，有一天，泰勒小姐和我在布罗德威巷遇见他。当时天上开始下起了蒙蒙细雨，他好生殷勤，急急忙忙跑去庄户米切尔家借来两把雨伞。从那一刻起，我就拿定主意，琢磨着怎样促成这一对了。这件事刚让我品尝到成功的甜头，好爸爸，您总不见得以为我会放弃做媒吧。”

“我不明白你说的‘成功’是什么意思，”奈特利先生说，“成功是需要经过努力的。如果说过去四年里你为促成这门亲事做出了努力，那你就会为此花上相当多的时间，费上不少心机。对于一位年轻小姐来说，那倒是很值得练练头脑的一件事！可是，我大概是在妄自猜测了，倘若你说的那个做媒只不过指你心里有这个打算，是你哪天闷得慌自言自语地说：‘要是让韦斯顿先生娶了泰勒小姐，我看这还真是件好事。’这以后，你时不时又往这上头想——你何必提‘成功’二字呢？你出了什么力了？又有什么可以骄傲的呢？你只是碰巧猜中罢了！我看这事充其量只能这么说。”

“碰巧猜中，这才够味儿和让人得意呢，你从来没体验过吧？真可怜。我原以为你会稍稍聪明一些的呢。因为，信我的话没错，碰巧猜中决计不算仅仅是碰巧。没有几分天资是绝对不会猜中的。至于你反对我用‘成功’二字，我还不知道我何以没有权利呢。你方才描绘了两幅动人的图景，不过我想还可以有第三幅——介于撒手不管和大包大揽之间的一幅。若不是我老怂恿韦斯顿先生来这儿做客，该撮合时加以小小的推动，该调和时略施小技化解掉小小的龃龉，那么，什么结果都不会出现的。我想你对哈特菲尔德了解至深，总不见得不明白这一点吧。”

“韦斯顿先生是个直爽、开朗的男人，泰勒小姐又是位明智、有主见的女子。这样的两个人，让他们自己解决自己的问题最好不过。你去插一手，怕是只会损害自己，对他们却不见得能带来什么益处呢。”

“只要对别人有益处，爱玛从来也不考虑对自己会是如何的。”伍德豪斯先生插嘴道，他只听懂了一部分的意思，“不过，好宝贝儿，千万别再帮人做媒了；这么干纯粹是做傻事，而且还把别人的家庭圈子生生给拆散了。”

“就再做一次，爸爸。只为埃尔顿先生做一次。可怜的埃尔顿先生！你是喜欢他的，爸爸；我必须帮他物色到一位太太。海伯里没有人配得上他——他来这儿整整一年了，把他的房子布置得那么舒适，再让他过单身生活实在是说不过去。而且我觉得，今天他在为新人举行仪式时，表情不大正常，倒像是想让人家对他也这样做上一番似的！我对埃尔顿先生印象不错，也只有在这件事上能为他效劳了。”

“埃尔顿先生这年轻人确实算得上是一表人才，这是肯定的。人品也好，我很看重他。那么若是你想表示对他关心，就请他哪天过来跟我们一起吃饭吧。这样做显得更自然一些。我想奈特利先生也是肯赏光作陪的吧。”

“非常乐意，先生，哪一天都行。”奈特利笑呵呵地说，“我很同意你的看法，这样做显得更加合适。请他来吃饭，爱玛，用做得最讲究的鱼和鸡来款待他，至于他的太太嘛，就让他自己去挑选吧。听我的没错儿，一个二十六七岁的男人绝对是能管好自己的事的。”

第 2 章

韦斯顿先生是海伯里本地人，出身体面人家。这家人经过两三代人的努力，已进入上流社会，家底颇为殷实。他受过良好教育，由于很早就继承到一小笔可以独立支配的财产，他不愿像几位兄长那样，去从事这种或那种较为平庸的营生。为了满足自己活泼、快乐的心灵和喜爱社交的性情，他参加了当时组建的本郡的国民军。

韦斯顿上尉是个到哪里都会受到欢迎的人物。他的军旅生活使他得以认识约克郡一个大户人家的丘吉尔小姐，丘吉尔小姐倾心爱上了他，这本来是不足为奇的事。但小姐的兄嫂却大为惊诧，他们连一次面都不肯与他相见，总是自尊自大，认为这样的一门亲事实在是有辱家声。

但是丘吉尔小姐已经成年，完全有权支配自己的财产——虽然她那部分与全家产业相比简直是微不足道——她不听劝告，执意要结婚。婚礼举行了，使丘吉尔先生与夫人大为震怒，于是便通过庄严、得体的方式，将妹子逐出家门。这次婚姻门不当户不对，没有带来多大的幸福。韦斯顿太太照说也该心满意足了，因为她得到了一位好丈夫。这男子心地善良，性情温和，总觉得承她一片好意，爱上自己，自应倾心回报。但是做妻子的虽然性格刚强，却还达不到大智大勇的地步。她曾经不顾兄长反对，坚决按自己的意愿行事，可是对于兄长的无端狂怒，她却无法不产生一种无端的遗憾，忍不住要对从前那个家的奢华排场恋恋不舍。夫妻俩过日子的支出已经超过收入所允许的范围，但那水平与恩斯库姆老家相比，简直是不可同日而语。对丈夫，她仍然爱意未消。但她却同时既想做韦斯顿上尉夫人，又要当恩斯库姆府的丘吉尔小姐。

旁人以为，特别是在丘吉尔夫妇看来，韦斯顿上尉这门亲事可算是攀龙附凤，实际的结果证明他做的却是最倒霉不过的亏本生意。因为婚后三年，太太去世时，他比结婚前要穷得多，而且还有一个孩子需要扶养。幸好孩子的开销他不久后倒可以不用负担了。孩子成了两家僵硬关系的缓和药剂。他母亲缠绵病榻，更是进一步加强了药力。丘吉尔夫妇自己膝下无儿，又没有旁的更亲的小辈可以眷顾，便在妹子去世不久后提出小弗兰克完全由他们来抚养。这位丧妻当爸爸的想必也曾有几分迟疑，并不是太愿意。可是再从别的方面想想他也就同意了，于是便交出孩子，让他接受丘吉尔夫妇的照顾并在他们财富的荫庇下生活。自己嘛，只好自求多福，尽力去改善个人的境况了。

他自然想彻底改变一下自己的生活。他离开军队，进入商界。他那几位兄弟已在伦敦打开局面，使他能有良好的开端。他开设了一家商号，生意刚够他忙的。在海伯里他仍然有一座小房子，空闲时光大半在这里消磨。接下去的十八九年里，他不是忙于有用的商业事务，便是从社交生活中去获取乐趣，日子过得快快乐乐的。如今他已略有资财，手头松动些了——能够实现夙愿，在海伯里毗邻处购置一处不大的房宅——也可以娶一位太太，即使是像泰勒小姐那样没有什么陪嫁的女子；并且随自己的性情，过一种与人友好往来、正常参加社交活动的生活。

泰勒小姐开始对他的各种规划产生一定的影响，这已经不是短时期的事了。但这并非年轻人对年轻人那种专横的影响，所以并未动摇他不买下兰德尔斯绝不成家的决心，他早就期待着这处房产的出售了。但他怀着明确的目标，不急不躁，一步步朝前走，直到达到目标。他挣来了资财，买到了房子，娶上了太太，开始进入生活的一个新阶段，完全可能获得前所未有过的更大的幸福。他从来也不是个郁郁寡欢的人。他天生性格开朗，即使在第一次婚姻之后也并未愁白了头。但是他第二次婚姻必定使他看到，一个善于判断、脾气真正温柔的女子能如何给人带来快乐，也必定使他心悦诚服地相信，自己选择远远胜于让人选择，使人感激又是大大超过对人感激。

他这回选择，只消让自己喜欢就可以了。他的财产完全属于自己。因为弗兰克不仅心照不宣是作为自己舅父的后裔被领养的，而且那边曾有言在先，等他成年时还要让他改姓丘吉尔呢。因此，看来他不会需要自己生父的接济。韦斯顿先生并不为此担心。那位舅妈是个喜怒无常的妇人，把丈夫控制得牢牢的。可是韦斯顿先生凭直觉相信，再喜怒无常也不至于会对一个亲人恩断义绝。而且，他相信，这孩子是个完全配得上好好疼爱的亲人。他在伦敦每年都能见到自己的儿子，很为这孩子感到骄傲。他还常常夸奖儿子，说这是个非常优秀的后生，使海伯里人也莫不为这后生而感到自豪。大家都认为他当然算是本地人，并进而普遍关心他的成就与前途。

弗兰克·丘吉尔先生是海伯里众口夸奖的人物之一，谁都好奇心切，想要见到他，但这样的好意却未能得到满足，因为他出世以后还从未来过此地。总说他要来，但却一直没有来成。

如今他父亲结婚，大家猜测，为了表示合宜的敬意，这一次他总该来了吧。对这一点谁都没有异议，不管是佩里太太上贝茨太太、贝茨小姐家去喝茶串门，还是后二位去回拜时，全都没有。现在正是弗兰克·丘吉尔先生回到乡里来的时候了。在得悉他还特地给新母亲写了一封道贺的信之后，众人这样的信心就显得更足了。好几天来，海伯里人上午互访时总免不了会提到韦斯顿太太收到的那封文情并茂的信。“我想，你一准听说弗兰克·丘吉尔先生给韦斯顿太太的那封写得很漂亮的信了吧？我听说信写得漂亮极了，真的，我是听伍德豪斯先生这样说的。伍德豪斯先生看了信，他说自己一辈子还从不曾读到过写得这么漂亮的信呢。”

这封信确实是备受珍视。韦斯顿太太自然对这位青年有了极其良好的印象。能对自己如此体贴入微充分说明这青年考虑问题十分周到，也使她的婚事锦上添花，在已经得到的来自各方的种种祝福之上又增添了浓墨重彩的一笔。她觉得自己真是个挺有福气的女人。她凭多年的人生经验知道，别人准也认为她运道不错，唯一的缺憾就是再不能与原来的朋友长相厮守了。人家对她的友情炽热不减，对她的离去又是这么的难以忍受。

她知道，别人有时会想念她，这是免不了的。无她做伴，爱玛便会丧失一种独特的乐趣，或是忍受整整一小时的烦闷无聊，每念及此，她便不由得觉得痛苦。但亲爱的爱玛性格刚强，比起众多姑娘家，她更善于适应环境。她头脑清楚，精力旺盛，性格活泼，遇到区区一些艰难险阻，不愁没有办法轻松应对。好在兰德尔斯与哈特菲尔德近在咫尺，连女子独自步行也算不得一回事。再加上韦斯顿先生很好说话，景况也顺利，下一季度一星期里有一半的傍晚与爱玛一起度过，总该不成什么问题。

爱玛总的情况是，替韦斯顿太太感到高兴的时候居多，只是偶尔才说上几句表示惋惜的话；她是满意的——真可以算是称心如意呢——她的快乐与得意也是理所当然与显而易见的。因此，尽管爱玛深知父亲的脾气，还是会在他仍然对“可怜的泰勒小姐”表示怜悯时感到诧异。每当他们把韦斯顿太太留在她那充满种种温馨的家自己告辞而归时，或是晚上送别时她由高高兴兴的丈夫陪伴着登上自家的马车打道回府时，伍德豪斯先生总不免要轻轻地叹一口气，说：

“唉，可怜的泰勒小姐，她真巴不得能跟咱们待在一起呢。”

要把泰勒小姐再拉回来绝无可能——而要让人不对她表示怜悯也同样难以办到。不过，几个星期的时光总算让伍德豪斯先生的苦恼有所缓解。乡邻们的道贺也渐渐止息。再无人为如此可悲的一件事向他恭喜，他再不会受到戏弄了。而惹起他那么大的痛苦的结婚蛋糕也总算是全都吃完了。他自己胃很弱，受不了这么油腻的东西，他怎么也不相信别人能跟自己不一样。对自己健康有损的食物，他相信也必定对旁人无益。因此上，他总非常诚恳地劝别人结婚蛋糕千万不要吃。这一点行之无效时，他干脆使劲儿阻止别人吃。他还曾就这个问题煞费苦心地向药剂师佩里先生求教。佩里先生是个聪明人，颇具绅士风度，他的经常来访成了伍德豪斯先生生活中的一大安慰。既然问到了他的头上，他只好顺水推舟（虽然有违自己心愿），说是结婚蛋糕这东西，对于许多人——说不定对大多数人，确实是不很适宜。除非是浅尝辄止，吃多肯定会坏肚子。有了这样的权威意见做后援，伍德豪斯先生便希望每一个来向新婚夫妻道贺的客人都听话不吃，可是蛋糕还是吃完了。在吃个精光之前，他那与人为善的神经始终也不曾松弛下来过。

在海伯里，出现了一个古怪的谣传，说是佩里家的每一个小家伙手里都拿着一大块韦斯顿太太的结婚蛋糕。伍德豪斯先生怎么也不愿相信这是真的。

第 3 章

伍德豪斯先生喜欢按自己的方式与人交往。他更乐意朋友们上他家来看他。种种原因凑在了一起：他是哈特菲尔德的老住户，他脾气和顺，家道殷实，房宅宽敞，还有一个好女儿，这就能在很大程度上如他所愿，让自己周围那个小圈子的人来看他。除了这个小圈子，他也就不怎么与别的家庭来往了：他害怕太晚还不能歇息，害怕晚宴人太多闹哄哄，这使他只能按自己的情况接待朋友，别的就谈不上了。幸亏在海伯里，包括同一教区的兰德尔斯，还有相邻教区的唐韦尔修道院①，那是奈特利先生的住处所在的地方，能这样常来看他的人还不算少。三天两头的，在爱玛的精心安排下，他还能与几个他中意的上等人士共进晚餐。不过他更喜欢的还是晚上的聚会。除非有时候他感觉自己精神不济，接待不了客人，一星期里几乎每个晚上，爱玛都能替他凑起一桌牌局。

真诚以及持久的友谊使韦斯顿夫妇与奈特利先生经常来看望伍德豪斯先生。埃尔顿先生也来，他是个不甘心过孤寂生活的单身年轻男子，拿自己寂寞无聊、闷得难受的夜晚来换取伍德豪斯先生会客室优雅的社交活动外加那位可爱的女儿小姐的笑容，对他来说，这可是求之不得的事。这样的特权，他是怎么也不舍得丢失的。

这些人以外还有另一批访客，其中来得最勤的要算是贝茨太太、贝茨小姐与戈达德太太。这三位女士几乎是哈特菲尔德有请必到，来帮着凑趣的常客，用马车接送她们已成为家常便饭。伍德豪斯先生从未想到这对詹姆斯与马儿会是个什么负担。要是一年只接送一次，那倒会成为件烦心事了呢。

贝茨太太是海伯里前任教区牧师的太太，早已孀居。她年事已高，除了饮饮茶、打打瓜德里尔②，别的什么都不能要求于她了。她和一个单身女儿一起住，日子过得非常简朴。对于这样一位与世无争的老太太，境遇又是如此不顺，人们自然都是又关心又敬重。她女儿

① 此处是一处地方的名字，那里过去曾有一修道院，故名。

② 当时流行的一种牌戏，用四十张纸牌，四人对打。

既不年轻，无貌无钱，且是单身一人，却能博得众人的喜欢，也算很不寻常的一件事了。贝茨小姐身处世界上最为窘迫的处境之中，照说不易得到公众的好感。她智力上并不出众，无法弥补自己的不足，或是镇得住那些可能憎恨她的人，让他们表面上对自己客客气气。她不论在姿色还是在智力上都不敢自矜。她的青春时期在平平淡淡中悄然离去，中年岁月又都用在照料一位日见衰老的母亲身上，用在精打细算，使一笔小小的收入尽可能多的起些作用上。然而她却是个快乐的女子，谁提到她的名字都会祝她事事如意。这样的奇迹之所以能够出现，是因为她对人人都是一片好心，而且能随遇而安。她爱每一个人，对每一个人的幸福都很关心，对别人的优点都能迅速发现。她认为自己是个最最幸运的人，有这样一位出色的母亲、这么多好邻居好朋友，有一个什么都不匮乏的家，简直是身在福中了呢。她天性单纯快活，容易知足，对什么都感恩不尽，使别人都乐于与她接近，也使她自己找到了欢乐的源泉。她能把一丁点儿小事说得有滋有味，这一点最讨伍德豪斯先生喜欢了。她肚子里七零八碎的琐事多的是，说起来又都不怀恶意，从来不会对任何人阴里中伤的。

戈达德太太是一所学校的校长。那可不是什么女子学院，或者是一座学府，或是什么夸夸其谈，用中听不中用的文绉绉的长句子自称根据新理念新制度，能把学生培育得既有优雅风度又有高尚情操的养成所——来这种地方就学的年轻女士只需付出不菲的费用，肯定能失去健康学到虚荣。她的学校可是一所踏踏实实、规规矩矩的老式寄宿学校，交付出合理的学费定能购得合理数量的才艺，姑娘们可以被送来免得在家碍手碍脚，又能在不长时期内匆匆学到不少本事，却没有回到家里目空一切、自命为天才少女的危险。戈达德太太的学校享有颇高的声誉，而这也完全是实至名归。因为大家都认为海伯里这地方特别有益于人的健康。这儿有宽敞的房舍和大面积的花园。校长给孩子们充分提供有营养的食物，夏季里让她们尽情东奔西跑，冬天又亲手为她们生的冻疮敷药包扎。无怪乎她现在上教堂时后面总尾随着两列小姑娘，每列多达二十人。她是个朴实、慈母型的妇人，年轻时克勤克俭，如今认为自己也该偶尔放松放松，去参加几次饮茶休闲活动了。由于欠了伍德豪斯先生好多旧情，她觉得老先生有权召她前去，只要走得开，自己理当暂时离开她那挂满钩针织品的整洁的小客厅，到他的壁炉前去赢上或输掉几个小钱。

这些就是爱玛发现自己能一请就到的几位女士；有力量为老父这样做，她当然高兴。虽然，就她自己而言，这可弥补不了韦斯顿太太离去的损失。见到父亲显得挺舒服自在，她很宽慰，也为自己能把事情安排得这么妥帖而喜不自胜。可是这样的三位女士了无生气、索然无味的谈话使她觉得，这样度过的每一个夜晚对她来说，都是自己预先一想到心头就不免有些发憷的。

一天早晨，她坐着，在想完全同样的一天看来还会这样度过时，从戈达德太太那里送来一张便条，里面用极为客气的口气请求，能否允许她把史密斯小姐一起带来。这真是求之不得的事了，因为史密斯小姐是个十七岁的姑娘，爱玛早就面熟，一直就对她很感兴趣，而且她人长得很漂亮。于是一封措辞极其亲切得体的邀请信送了回去，今天晚上如何度过的问题不再使宅子漂亮的女主人担心了。

哈丽埃特·史密斯是一个不知姓名的人的私生女。若干年前，此人将她送进戈达德太太的学校，不久前，此人又提升了她的地位，把她从一名普通学生变成一个在校长家里包伙食的寄宿者。关于她的来历，大家所了解的全部情况无非就是这些。除了在海伯里结识的以外，再见不到她有什么朋友。她到乡下与她同过学的几位小姐那里去做客，待了很长时间，不久前刚刚回来。

她是一个非常俏丽的姑娘，而这种俏丽恰好是爱玛特别喜爱的。她个子娇小，人却很丰满，皮肤白皙，脸颊红润，蓝色的眼睛，金色的头发，五官端正，模样儿显得很甜。这个夜晚的聚会尚未结束，爱玛就已经喜欢上了她这个人连同她的动作举止，并且下决心要和她继续来往。

爱玛倒没有觉得史密斯小姐谈吐中有什么特别聪明之处，但是她发现这小姑娘挺讨人喜欢——既不害羞到了扭扭捏捏的地步，也不是闷葫芦似的特别不爱说话——同时又不是咄咄逼人。而是显示出一种恰到好处、中规中矩的谦逊态度，似乎对于能得到允许上哈特菲尔德来显得非常高兴、非常感激，而且自然流露出一种惊讶，看到这里的一切比起她见惯的在品位上都要高出许多。这说明这个小姑娘必定头脑很清楚，是值得帮上一把的。这孩子缺少的就只是好好的栽培与调教了。那柔情似水的蓝眼睛，那种种与生俱来的妩媚，可不能虚掷在海伯里的下层社会和相关圈子里呀。她以往结交的人都配不上她。她刚刚分手的那些朋友，虽然都是大好人一类的，但是必定会对她造成损害。那家人姓马丁，爱玛对这类人的禀性了解得也算很透了。他们租种了奈特利先生的一大片农田，住在唐韦尔教区——人倒是非常忠厚可靠，她相信。她知道奈特利先生很看重他们。但他们肯定是粗里粗气，不会很斯文，非常不适宜当密友，不适宜当一位再增添些许学识与风采就能变得十全十美的少女的密友。她可得关心她，她可得拉她一把。她可得把这孩子跟她那些水平不高的朋友隔离开来，并把她引入上等社会。她还要让这孩子形成自己的见解与气派。这会是一桩饶有兴味的差使而且必定是一件高层次修善积德之举。对爱玛自己的生活状态，对自己打发闲暇锻炼能力来说，也是一件再相宜不过的事。

她忙于欣赏那双脉脉含情的蓝眼睛，忙于说话倾听并且还得抽空筹划种种要做的事，一整个夜晚竟在不知不觉间飞快地逝去。用夜宵一般是这种聚会的最后一档节目，平时她总是枯坐着单等这个时刻的来临。今天她甚至都没有留意，餐桌便已经摆好准备得当，设在了炉火跟前。她招待大家进餐，向客人推荐并帮她们拨拌鸡丁和焖牡蛎。她兴致勃勃，因为自己想出了个好创思。此刻支配着她的不是平素那种一心要把事情完成做好的责任感，而是发自真心的好意。她确实是意兴飞扬。她频频敦请，知道对于习惯于早睡又碍于礼仪不敢造次的客人来说，这样的催促她们是听得进去的。

在这样的场合里，可怜的伍德豪斯先生在感情上，倒真的是矛盾重重，不知如何是好了。他是喜欢家中铺开桌布招待客人的，因为这样做是他年轻时的风尚，可是他又深信晚上加餐非常不利于健康，这使他见到饭菜摆上来心里就惴惴不安。他的好客使他盼望客人把什么都吃得精光，而他对她们健康的关怀又使自己看到客人真的进食就不免忧心忡忡。

倘若完全按照他的心意，他只能推荐她们像自己那样，就喝一小碗薄粥，可是女士们正津津有味地享受美食，他只得压下性子地说：

“贝茨太太，我建议你不妨试一试吃一个鸡蛋，因为煮得特别嫩的鸡蛋倒是不会对健康有什么害处的。塞尔比任何人都知道鸡蛋该怎么煮。要是别人煮的那我是不会推荐的——你真的无须担心，因为这些鸡蛋个头都非常小，你看——吃一个我们这里的小鸡蛋是不会伤害你的身子的。贝茨小姐，让爱玛帮你夹一小块果馅饼吧——丁点儿小的一块。我们这儿的全是苹果馅的，你不必担心这儿会用不利健康的果酱来做馅儿。至于牛奶蛋糊嘛，我就不劝你们吃了。戈达德太太，你来半杯红酒怎么样？小半杯，兑到一缸子清水里，怎么样？我寻思这大概不会不合你的意吧。”

爱玛让父亲尽管说他的——自己却把更合客人心意的美食提供给她们。这个晚上送走客人时她感到特别欣悦。史密斯小姐幸福得不知怎么好了，这正合爱玛的心意。伍德豪斯小姐在海伯里可是个大人物呀，来之前她曾是又高兴又害怕。可是这个地位卑微、心存感激的小姑娘离去时却是欢喜得什么似的。整个晚上伍德豪斯小姐对自己都是那么和蔼亲切，临了还跟自己握了手[1]，这叫她怎么能不高兴呢！

第 4 章

哈丽埃特·史密斯在哈特菲尔德的亲密关系很快就成为一件确定不移的事了。爱玛做事麻利干脆，她不拖泥带水，对哈丽埃特又是邀请又是鼓励，让她尽量经常上自己家来。随着两人熟悉程度的增加，她们对于对方也越来越感觉满意。爱玛很早就已预料到，这小姑娘当自己散步时的伴侣准定错不了。在这件事上，少了个韦斯顿太太损失真是太大了。她的父亲走动从不越过灌木丛的范围，那块地边有两条分界线，随着时令的变化他有时走得远些有时走得近些，反正这点地方已经足够他走的了。韦斯顿太太结婚后，爱玛的活动已大受限制。有一回她曾壮着胆子一个人走去兰德尔斯，结果觉得非常没有趣味。因此，有了一个随叫随到可以陪同自己散步的哈丽埃特·史密斯，她

① 据奥斯丁文集编者恰普曼（R.W.Chapman）说，在奥斯丁的时代，“握手尚未普遍取代鞠躬与屈膝礼，而是一种亲切或爱护的表示”。

就多出了一种很具实用价值的特权。此外在其他方面，她越多接触这小姑娘，便越觉得这孩子确实不错，于是就加强了推行自己所有出自好意的行动规划的决心。

自然，哈丽埃特不算聪明，却性格可爱温顺，也很知道好歹，她一点儿也不骄傲自负，一心渴望能得到自己尊敬的任何一位高人的指点开导。她年纪小小便懂得自重自爱，这一点极其可取。另外她渴求好的友伴，明白何为风雅与明智，显示出她并非缺乏鉴赏能力，虽然还不应奢望她这方面能力有多么强。总之，爱玛完全相信哈丽埃特·史密斯正是自己需要的一位年轻朋友——也正是她家里所缺少的那么一个人。要能再有跟韦斯顿太太一模一样的朋友就想也别想了。这可是天下无双的呀。她也不指望这样的朋友她能有两个之多。那是截然不同的事，那是种超凡脱俗的感情。对韦斯顿太太，她敬爱有加，这种敬爱是建立在感激与尊重的基础上的。而她喜欢哈丽埃特是因为自己能对这个小朋友起作用。对于韦斯顿太太，下一分功夫全属多余；对于哈丽埃特，下多少功夫却都有其必要。

她下功夫的初次尝试便是想法子弄清哈丽埃特的父母亲究竟是谁，可是哈丽埃特自己也说不清。只要做得到，她倒是什么都想说出来的，但在这个问题上任是怎么问都是徒劳。爱玛只得爱怎么想就怎么想了。可是她绝不相信处在这样境地里的若是她爱玛，居然就真的会发现不了真相。哈丽埃特的脑子缺乏穿透力洞察力。她仅仅满足于聆听和相信戈达德太太所愿意告诉她的一切，连多一点点都不想去打听。

戈达德太太和别的教师、姑娘们，还有学校的一般情况，自然就构成了谈话的主要内容——若不是她认识修道院磨房农庄的马丁一家人，那么前面那几项准就是谈话的全部内容了。但是那家人的事在她脑子里倒真是不怎么摆脱得掉。她和他们一起非常欢乐地度过了两个月，此刻讲起那次经历，描述起一件件赏心乐事来，还兴高采烈得很呢。爱玛鼓励她絮絮叨叨地往下说，很高兴能瞥见别的阶层的人的一幅幅生活图景，也很喜欢听年轻人用天真的口吻兴致勃勃地称赞马丁太太如何有“两个客厅，两个非常高级的客厅，真的不骗你；有一个都快跟戈达德太太那个起坐间一般大了。她有一个贴身女佣，跟了她都有二十五个年头了。他们家有八头母牛，两头是奥尔德尼种的，一头是威尔斯种的小母牛，一头非常漂亮的威尔斯种小母牛，真的不骗你。而且按照马丁太太的说法，既然她这么喜欢这头小母牛，那就应该称为她的母牛。他们家在花园里有个非常够排场的凉亭，他们说好明年哪一天全家都要坐在里面喝茶。那凉亭可真够排场，大得很，足可以坐下十来个人呢”。

好一会儿，爱玛只是兴味盎然地听着，没往别处想；可是等她对这家人了解多一些之后，别的想法却浮现了。她原先理解错了，满以为是母亲跟一个女儿，还有一个儿子以及儿媳住在一起。后来才弄明白，那个马丁先生，在哈丽埃特的叙述中总占据着一定的位置，提到他时总是连说带夸，说他如何如何的助人为乐，而且脾气好得出奇，原来还没有结婚——这家子里压根儿就没有什么小马丁太太，儿媳妇连影儿都没有——爱玛从这全套的客气与善意当中，嗅出了那位可怜的小友身陷险境的气味，倘若没有人拉上一把，很可能会永劫不复。

产生出这一富于启发性的想法之后，她提出的问题就越来越多，用意也更加深了。她特地引导哈丽埃特多谈谈马丁先生，而这显然也并非一个不招人喜欢的话题。哈丽埃特还恨不能一吐为快呢。她说到了在月下散步和晚间愉快的游戏中马丁先生的种种表现，还不厌其烦地夸他的好脾气与热心肠。她说有一回自己提到爱吃核桃，“他竟然走了三英里路，兜了个大圈子替我买来，在每一件事上他都是非常体贴人的。有一天晚上他特意把放羊人的小孩叫到客厅里来，为的是唱歌给我听。我非常爱唱歌。马丁自己也能唱唱。我相信他非常聪明，什么都一说就明白。他有一群品种非常优良的羊，我住在他们那里的时候，他家羊毛卖出的价钱比周围每一户的都高。我相信任谁提起他来都没有不竖大拇指的。他的妈妈和姐妹都特别喜欢他。马丁太太有一天对我说（说的时候哈丽埃特脸上泛起了红晕），天底下做儿子的绝对不可能有比他更好的了，故此她相信，这孩子到了娶媳妇的那一天准是个再好不过的丈夫。她可没有催他结婚的意思。这件事她是一点儿也不着急呢。”

“好一个马丁大娘！”爱玛心想，“你想达到什么目的，肚子里清楚得很哪。”

“后来我回学校，马丁太太非常客气，专门送给戈达德太太一只上好的鹅——戈达德太太还从未见到过这么肥的鹅呢。戈达德太太有个星期天把鹅宰杀了，请三位老师——纳什小姐、普林斯小姐和理查森小姐来和她一起吃晚饭。”

“马丁先生，我想，大概除了自己干的那一行，别的都不大知道吧？他不读书吧？”

“哦，读的！那是说，不——我不清楚——但是我相信他书读得不少——不过不是你指的那些。他读《农情报告》，还读放在窗台上的一些别的书——他都是独自看不念出声来的。不过晚上有时候，我们没开始玩牌之前，他也会大声念《佳作精粹》[①] 里的一些文章给大

① V. Knox 编辑的一本文选，出版于 1789 年，曾经风行一时。

家听，都挺有趣儿的。另外，我知道他读过《威克菲牧师传》[①]。他没有读过《林中奇缘》，也没读过《修道院的孩子们》[②]。我提起这两本书之前他连听都没有听说过，不过他决心尽快把它们弄来读一读。”

接下去的问题便是——

“马丁先生长相方面怎么样？”

“哦！不漂亮——完全算不上漂亮。我最初还觉得他长相非常之一般，可是现在看看也还可以。人多看看，也就顺眼些了。难道你从未见到过他吗？他时不时要来海伯里的，他每星期都去金斯顿，总会骑马经过这里。他经常路过见到你。”

“那很有可能，没准我见到过他五十次，却全然不知此人姓甚名谁。一个年轻的农民，不管骑在马背上还是徒步行走的，肯定是最最不会引起我好奇心的人。自耕农正好是我觉得跟我不会有什么关系的那种人。地位再低一两个等级，倘若面相也让人信得过，这样的人倒可能使我感兴趣；我没准很愿意自己在这个或那个方面能给他们的家庭帮上点忙。可是一个农民不可能需要我的任何帮助，因而从这个意义上说，是高过了我的注意范围，正如同在其他所有方面，他都够不上这个范围一样。”

“那当然。哦，是的！你自然不大会注意到他的；不过他对你倒是非常熟悉，真的——我是说对你的模样。”

“我相信他是个非常可尊敬的年轻人。我知道他的确是的，那么，我也祝他万事如意。你估计他年纪有多大？”

---

① 英国作家奥立弗·哥斯密斯所著小说，出版于1766年。

② 安·雷德克利夫与里贾纳·玛丽亚·罗奇所著小说。据牛津版《爱玛》前言作者大卫·洛奇（David Lodge，英国著名作家、批评家）说，举出这两部书说明哈丽埃特教育程度与趣味水平不高。

“到今年六月八日刚好二十四岁，我的生日是六月二十三日——相隔才两星期差一天——那不是挺巧的吗。”

“才二十四岁。成家早了点儿。他母亲说不用着急，这很正确。他们现在这样过日子挺自在，要是她煞费心机给儿子成亲，说不定有后悔药要吃呢。再过上个六年，要是他能遇上个门当户对又有些陪嫁的好女子，那就再好不过了。”

“还要过六年！亲爱的伍德豪斯小姐，那他都要三十岁了！”

“嗯，男人没有可独立支配的财产，大抵都要到这年纪才结得起婚。我寻思，马丁先生还得自己去挣家业吧——若说早已准备齐全那是根本不可能。不管他父亲去世时他继承到多少钱，也不管家庭资产中他占有多大的份额，我敢说，那些钱都派着用场哪，都已经花在牲畜等等什么的上面啦。虽然，倘若足够勤奋加上运气好，到时候他可能致富。要说现在已经有多少家当那几乎是不可能。”

“当然当然，绝对是这样的。不过他们日子过得挺滋润的。他们还没有做家务的男用人，别的他们什么都不缺了。马丁太太提到过明年要雇个小打杂的呢。”

“我希望你不至于陷入一种窘境，哈丽埃特，在他不论何时真的结婚的时候——我是说，竟会去和他的妻子结识。因为虽然他的姐妹，由于受过程度稍高的教育，还勉强可以来往，但这不等于说他可能娶到的某个不三不四的女人就值得你去注意。你身世坎坷，在与人交往上必须特别小心谨慎。你是一位上等人的女儿，这一点是毋庸置疑的，因此你必须在自己能力范围内证明你对自己身份的主张是实至名归。倘若不这样做，以贬低你为乐趣的人肯定不会少呢。”

“是的，显然是的，我琢磨会有这样的人的。不过，我常来哈特菲尔德做客，你又待我这么好，伍德豪斯小姐，我就再不担心别人能拿我怎么样了。”

“你很了解环境影响的力量，哈丽埃特；不过我希望你能在上流社会里有一个十分稳固的地位，甚至都无须仰仗哈特菲尔德与伍德豪斯小姐。我要看到你始终只与上等人家来往，为此，尽量少与那些古怪而不入流的人交友是至关重要的。因此上，我说，倘若马丁先生成亲时你仍然在此地，我希望你不至于因为与那几个姐妹熟稔，就和那个妻子做起朋友来，她说不定仅仅是某个没受过教育的农家女子。”

“那是那是。有这样的可能。我倒不认为马丁先生会娶不上受过点教育、教养很不错的女子的。当然，我不是有意要违拗你的看法——而且我很肯定自己不想认识他的妻子。对于那两位马丁小姐，特别是伊丽莎白，我将永远敬重，放弃与她们往来我确实感到惋惜，因为她们和我受教育的程度不相上下。不过倘若他娶的真是一个非常愚昧俗气的女人，那么，只要做得到，我自然还是不去看望伊丽莎白为好。”

在这番感情起伏波动的表白过程中，爱玛始终观察着她，并没有发现令人惊恐的爱情征象。这年轻男子可是头一个爱慕者呢。不过爱玛相信还没有别的纠葛，在哈丽埃特这方面，还没有什么大不了的问题，足以阻挠出自她的好心安排。

就在第二天，正当她们走在唐韦尔大路上时，她们遇到了马丁先生。他徒步走着，在十分敬重地看了看爱玛后，便以毫不掩饰的喜悦之情将目光固定在另一位女士的身上。爱玛也巴不得有这么一次观察的机会。她往前走了十来步，趁两个年轻人交谈时用锐利的目光把罗伯特·马丁先生打量了个够。他仪表很是整洁，看来像是个头脑清楚的年轻人，但是形象上别的可取之处也就没有什么了。若是拿他和上流绅士们比一下，她觉得他在哈丽埃特心中所占的全部优势肯定会丧失殆尽。哈丽埃特对于风度并不是没有感觉的。她曾有意识地注意过爱玛父亲那温文尔雅的风度，对之既赞赏又不无惊讶。马丁先生看来连什么叫风度都不知晓呢。

他们仅仅一起聚谈了几分钟，因为不便让伍德豪斯小姐久久等候。紧接着她就满面春风地跑回到爱玛身边来了，情绪上显得很亢奋，伍德豪斯小姐希望她能尽快冷静下来。

“真想不到，竟然会遇上了他！多么奇怪呀。他也说，他凑巧没有从兰德尔斯那边走。他没想到我们竟会走这一条路。他原以为我们十之八九都是朝兰德尔斯那条路走的。他还没有找到《林中奇缘》。他上回去金斯顿忙得很，把这件事全给忘了，不过他明天还要去的。我们居然会碰上，这有多么巧啊！对了，伍德豪斯小姐，他是不是跟你想象的一个样啊？你觉得他怎么样？你认为他真的是很一般吗？”

“他非常之一般，这是没有问题的，一般得异乎寻常。不过比起他全然缺乏绅士风度来，这就算不得一回事了。我无权对他有多么高的期望，我也未曾抱有多高的期望。可是我却没有料想到他竟土头土脑得如此滑稽可笑——我承认，我原来想象他还会多上一两分绅士气的呢。”

“那当然是的，”哈丽埃特说，声音听着像是挺委屈的，“他是不像真正的绅士那样文质彬彬。”

“我想，哈丽埃特，自从你认识我们以来，你不断接触到那样一些非常地道的绅士，你必定会深深体会到马丁先生与他们之间的差距。在哈特菲尔德，你见识到受过良好教育、很有教养的男子的最佳样板。在见到他们之后，你再与马丁先生相遇却看不出他大不如人，并且奇怪以前自己怎么会居然觉得他可人心意，那我倒真的要感到惊诧万分了。你此刻还没有产生那样的感觉吗？你还没有体会到吗？我敢肯定你必定已经发现他蠢笨的模样、唐突的态度和粗俗的嗓音了，我站得这么远还觉得那全然不加控制的说话声吵闹得很呢。”

“自然啦，他跟奈特利先生是不一样。他可不像奈特利先生那样风度翩翩，那样步态得体。那之间的区别我是看得够清楚的。不过奈特利先生可是个出类拔萃的人哪！”

“奈特利先生风度好得出奇，让马丁先生跟他比是不太公平。奈特利先生绅士风度如此之特出，那是百里也挑不出一个来的。但他并非你最近经常接触到的唯一的绅士呀。韦斯顿先生和埃尔顿先生你觉得如何？将马丁先生与他们中的一个比比看。他们的举止、步姿、开口说话与保持沉默时的仪态，各方面都比较比较，那区别你必定能看出来了。”

“哦，那是，区别是大得很呢。可韦斯顿先生都几乎是个老人了呀。韦斯顿先生准有四十多快五十岁了吧。”

“正因如此，他的良好风度才显得更加可贵了呀。一个人年纪愈老，哈丽埃特，他在风度上愈是不能放松，这一点非常重要。他若是有一点点吵吵闹闹，粗里粗气，笨手笨脚，那就会显得更加刺眼和让人恶心。年轻时有点瑕疵别人还能原谅，年纪大了那就是可憎可厌的了。马丁先生现在就粗鲁无礼，到韦斯顿先生那个年纪，又会变成什么样儿呢？”

“那倒真的是不好说。”哈丽埃特回答道，挺一本正经的。

“不过也能猜个八九不离十。他会成为一个庄稼汉，彻底地粗鲁与庸俗，丝毫也不注意仪表，除了利润与亏损，别的什么都不想。”

“他真的会这样吗？那可太糟糕了。”

“他忘了去找你所推荐的书，这充分说明他已经完全陷到自己的事务堆里去了。他满脑子全是市场价格，别的什么也想不到了——对于一个一心想发家致富的人来说，这也是很正常的事。他何必要看什么书呢？我拿得准，他是一定会发家的，而且迟早会成为一个土财主。不过他的没有文化和举止粗鲁与我等无关，犯不着去瞎操心。”

“我弄不懂，他怎么会把书的事忘了呢？”哈丽埃特仅仅是说了这么一句，说的时候真的是相当不高兴了。爱玛心想，还是听其自然不再逼她为妙。因此好一阵子，她都没有再说什么。等她再次开口时，她说的话是这样的：

“也许，在某个方面，埃尔顿先生的风度还要高过于奈特利先生或是韦斯顿先生呢。他更加温文尔雅一些。拿他作为楷模说不定更加妥当。韦斯顿先生坦率，开朗，几乎有一点生硬，这表现在他这个人的身上挺讨人喜欢，因为这是跟他那么好的脾气掺和在一起的——不过这可不是别人能去学的。奈特利先生的风度同样不宜模仿，他那种直截了当、不容分说、有点居高临下的派头，虽然对他来说再合适不过。他的体型、面容与身份似乎都允许他这样做。可是倘若哪个年轻人打算学，那简直会让人受不了的。相反，我倒觉得推荐年轻人将埃尔顿奉为自己学习的榜样，那是再稳妥也没有了。埃尔顿先生脾气和善，生性愉快，善解人意，而且举止温柔。在我看来，他最近好像变得愈发温柔了。我不知道他是否有这样的意图，哈丽埃特，那就是，以加倍的温柔来讨好我们中的哪一个，反正我觉得他比平时更加温柔了。如果他真有什么意图，那必定是想博得你的喜欢。我不是告诉过你他那天是怎么说起你的吗？”

于是她又把她引发埃尔顿先生讲的一些私下说说的热情赞美话重复了一遍，而且这回说得更带感情了。哈丽埃特脸红了，她微笑着说自己一直觉得埃尔顿先生非常和蔼可亲。

埃尔顿先生正是爱玛选中的那个人，她要用他来把那农家子从哈丽埃特的脑子里赶出去。她觉得这两人才是天造地设的一对。毋庸置疑，促成这门婚姻是件合乎自然与应能办到的美事，值得自己花点心思出一把力。她心想这也必定是每一个人都会想到与预料到的事。但是她产生这个计划的日子大概比任何人都早，因为就在哈丽埃特初次拜访哈德菲尔特的那个晚上，她就想到这件事了。她对之考虑得越久就越是感到它好处良多。埃尔顿先生的状态最合适不过，本人就是位地地道道的绅士，低三下四的亲戚一个也没有。同时，他那种人家又不会对哈丽埃特可疑的出身挑挑拣拣。他能向女方提供一个舒适的家，爱玛估计他的收入也足够两人用的。因为虽然海伯里不是个大教区，但是谁都知道他有笔自己的财产。她很看重他，觉得他脾气好，心眼也好，是位值得尊敬的年轻人，一点儿没沾染上圆滑世故这类毛病。

她很满意男方认为哈丽埃特是个漂亮姑娘，这一点，再加上在哈特菲尔德的多次会晤，她相信，在男方这边已有很好的基础了。而哈丽埃特这方呢，知道自己被人看中，这一点，无疑会产生出女人在这种情况下通常会油然而生的那种分量和效果。而且他的确是个非常讨人喜欢的年轻人，任何女人，只要不是太挑剔，都会中意的。大家都认为他长得很俊美，人品也广受称赞，不过不包括爱玛在内，她觉得他仪容上缺少一种高雅，她并不认为那是可有可无的。但是对于能为一个罗伯特·马丁骑马到处去替她找几颗胡桃就感激不尽的女孩子来说，埃尔顿先生的爱慕她是绝对抗拒不了的。

第5章

“韦斯顿太太，”奈特利先生说，“对于爱玛和哈丽埃特之间如此亲密的关系，我不知道你有何看法，不过我可觉得那不是一件好事。”

“不是好事！你真的认为如此严重吗？为什么呢？”

“我觉得这对她们俩都不会有任何好处的。”

“你真让我感到惊诧了！爱玛对哈丽埃特肯定会有所帮助。另一方面，由于哈丽埃特给爱玛提供了一个新的关心对象，可以说她也能使爱玛得到好处。见到她们来往频繁，我真是有说不出的高兴呢。我们之间想法竟然能有如此大的差别！你竟认为这对两人都不会有任何好处！看来今后为了爱玛的事我们有的争论了，奈特利先生。”

“也许你以为我明知韦斯顿先生不在家，你不得不单独应战，我才故意找上门来寻衅的吧。”

“倘若在家，韦斯顿先生毫无疑问是会支持我的，因为在这个问题上他的想法与我的完全一致。就在昨天，我们还谈起这件事呢，都说爱玛真是幸运，在海伯里恰好有一个姑娘可以交往。奈特利先生，在这个问题上我不认为你能当一名公正的裁判者。你太习惯于单独生活，所以不懂有一位友伴的价值。也许没有一个男人能很好地判断，女子如果有同性友伴作陪，那会是多大的安慰，尤其是一个有生以来便习惯于这种状态的女子。我想象得出，对于哈丽埃特·史密斯，你感到难以接受。她并非爱玛应当结交的那种更为优秀的年轻女子。不过，从另一方面说，由于爱玛会要求这姑娘知识水平有所提高，这就会引导她自己也去多读一些书。她们自然会一起读书。爱玛的确打算这样做，这我是知道的。”

“爱玛从十二岁起便打算多多念书了。我见到过不同时期开列的许许多多书单，都是她打算挨着次序从头到尾读完的——书单都是好书单，挑选得非常精到，排列得也非常细致——有时按字母顺序，有时按别的规则排列。她才十四岁那年开的单子，我记得当时觉得很能说明她的判断能力，所以还保存了一个时期。我敢说，她现在准又已经拟定了一份很像样的书单。不过我已经不再指望爱玛会认认真真读什么书了。一切需要勤奋和耐心的事她都定不下心来做，也不愿让幻想服从理智的支配。以前泰勒小姐没法促成她做的事，我敢保证哈丽埃特·史密斯也绝对是无能为力。你希望她读的书她连一半都读不完。你知道你是没法指望她的。”

“我看呀，”韦斯顿太太笑嘻嘻地说，“这是我以前的感觉。不过自从我们两个分手以来，我还想不起有一件事是我希望她做而被她忽略了的呢。”

“我丝毫没有再次勾起那样一种回忆的意思。”奈特利先生略微有些激动，但片刻之后他的情绪又平静下来了。“但是我，”他紧接着又说，“既然还没有中邪，就不得不仍然看见、听见与记得一些事情。爱玛正因为是家中最聪明的孩子，所以给宠坏了。不幸的是，她十岁时就能回答出她十七岁的姐姐感到困惑的问题。她总是反应敏捷和充满自信，而伊莎贝拉则是迟迟疑疑与缺乏信心。而且从十二岁起，爱玛就成了全家的也是你们所有人的女主人。失去她的母亲，她也失去了唯一能对付她的人。她继承了母亲的才能，当初她一准是很服从母亲管教的。”

“倘若我当初曾打算离开伍德豪斯先生的家另行寻找职位，求人推荐时找的是你的话，那我可就倒霉了。你好像从来没有说过谁的一句好话。我敢肯定你一直认为我当那儿的家庭教师并不称职。”

“是的，”他笑着说，“你在这儿要称职得多——做个妻子你再合宜不过，当家庭教师却一点儿也不合适。你在哈特菲尔德这么长时间，都是为自己当一位出色的妻子在做准备。按照你的能力来说，你未能向爱玛提供相应的完整教育。可是你却从她那里获得了一种异常良好的教育，学会从非常物质的婚姻角度出发，抑制住自己的意愿去听从别人的吩咐。倘若韦斯顿先生当初要求我推荐一位女士当他太太的话，我绝对会推荐泰勒小姐的。”

“谢谢你了。给韦斯顿先生这样的人当好妻子实在算不上是什么值得夸耀的事。”

“哪里的话，老实说，我还担心你的才能被白白浪费了呢。你脾气好，事事都能忍耐，但是却没有什么事情需要你去忍耐。不过，我们也无须悲观绝望。韦斯顿先生日子过得太舒服，也许会烦躁不安，也没准他的那位公子会给他带来烦恼。”

“我希望不至于如此。看样子不太可能。好了，奈特利先生，别死守住这个角度给别人胡乱卜凶测灾了。”

“我没有呀，真的，我仅仅是指出有这样的可能。我哪里敢认为自己有爱玛那种未卜先知、一猜一个准的天才本领呢？我真心希望那位青年公子兼具韦斯顿家的品德与丘吉尔家的财富。至于哈丽埃特·史密斯，她的事我连一半都还没有说完呢。依我看，她是爱玛最最不合宜的友伴了。她自己什么都不懂，崇拜爱玛，认为爱玛无所不知。她百般奉承爱玛；正因为不是刻意而为，所以危害性更大。她的无知本身就是一种无时不在的奉承。当哈丽埃特表现出处处不如爱玛时，爱玛得意扬扬，又怎么会想到自己还有什么是需要学习的呢？至于哈丽埃特，我可以大胆说一句，她不可能从这场交往中得到什么好处。哈特菲尔德只会使她与自己所属的任何别的地方都格格不入。她是会变得高雅一些，但只能使她跟从小处惯的同样出身同样环境的人待在一起时，感到很不自在。倘若爱玛的调教真能给人带来心灵的力量，或者多少能使一位少女合理地调整自我以适应各种生存环境，那我就算是瞎了眼睛。她顶多是能帮人把表面打磨得光鲜一些而已。”

“我也许是对爱玛的清醒头脑比你有更多的信任，要不就是对她目前的安适更为关注，反正对她的交友我倒不觉得有什么可以担忧的。昨天晚上，她显得多么神采飞扬啊！”

“噢，你宁愿谈论她的外表而不想触及她的内心，是不是？那很好；我绝对不会否认，爱玛确实是长得很好看。”

“好看！应该说是很美呀。你能想象有什么比爱玛这整个人——面容连同身段，是更加接近完美的吗？”

“我倒真是想象不出来，不过我得承认，确实很少见到有比她的面貌与身材更让我喜欢的。不过我是老朋友，总难免会偏心。”

“这样的一双眼睛！——真正榛子色的——而且那么明亮！五官端正，神情坦率，脸色是那么——哦，简直是光彩照人，高矮肥瘦都恰到好处！躯体又是那么坚实挺拔！那种健康美不仅显现在她的青春气息里，而且也存在于她的神情、思维以及眼色的一瞥之中。有时，我们听人说某个孩子就是‘健康的一幅图景’；现在，爱玛总让我想到她活脱脱正是成年人健美的化身。她本身就很可爱妩媚。奈特利先生，难道她不是这样吗？”

“对她的外貌我是一点儿毛病也挑不出来的，”他回答道，“我认为她就跟你所描绘的一模一样。我喜欢看着她，而且我还要多称赞她一句，那就是我认为她倒丝毫也不为自己的外貌自负。尽管她那么俏丽，却像是对此很少在意；她的虚荣心是在另外的方面。韦斯顿太太，你想岔开去，不让我谈不喜欢她和哈丽埃特·史密斯过从太密，担心这事对两人全无益处。你想这样做是办不到的。”

“那么，奈特利先生，我也是顽固得很，坚信这样的交往并不会给她们带来任何害处。亲爱的爱玛尽管有种种小毛病，却是个非常优秀的少女。我们上哪儿去找更孝顺的女儿、更亲密的妹妹，或是更忠实的朋友呢？不，找不到的。她身上有一些可以让人信赖的品质。她永远也不会把任何人引入真正的歧途。她绝对不会坚持错误死不回头。也许爱玛偶尔会做错一件事，但是她在一百件事情上都能做得非常正确。”

“太好了，那我就再也不烦扰你了。爱玛是一位天使，这总该可以了吧，我一肚子的怨气可以留到圣诞节去跟回家过节的约翰和伊莎贝拉说去。约翰以一种理性的因而并非盲目的感情喜欢爱玛，而伊莎贝拉总跟他意见一致，除了认为他对孩子们的问题太不当一回事。我深信他们会赞同我的看法的。”

“我知道你们全都真的非常爱她，是不会不公正或是不厚道的。但是请原谅我，奈特利先生，如果我不揣冒昧地说——你知道，我认为自己多少是具有一些像爱玛母亲那样的发言权的——若是你和她姐姐、姐夫打算一本正经详详细细地讨论她与哈丽埃特·史密斯的亲密来往，我想这是不会有什么好结果的。恕我直言，就算这样的亲密来往会引起一点点小小的不方便，只要爱玛认为能给自己带来乐趣，那就不能指望她会中止。爱玛不对任何人承担责任，除了对她的父亲，而她父亲对这次交往是全然支持赞同的。多年以来，给予忠告一直是我工作范围内的事。奈特利先生，我袭用一下这点权力该不至于使你感觉意外吧。”

“哪里会呢？”他大声喊道，“我感激还感激不尽呢。因为这是个非常好的忠告，它不会像你别的忠告那样结果渺茫，因为这一个是会受到重视的。”

“约翰·奈特利太太胆子小容易受惊，就别让她为妹妹的事忐忑不安了。”

“放心好了，”他说，“我绝不会大喊大叫的。我想不通也只会独自闷在肚子里。我确实非常关心爱玛。伊莎贝拉则不过是我的弟媳罢了；对于她，我真没怎么多操过心；反正是不像对爱玛那样操心吧。对于爱玛，我总有一种焦虑感，有一种好奇心。我总在想不知她日后会变成什么样儿。”

“我也是的，”韦斯顿太太轻声地说，“我也是非常操心呢。”

“她总是扬言自己永远也不结婚，自然，这话根本当不得真。可是我看她到现在为止还未遇到一个她中意的男子。对她来说，能深深爱上一个合适的人应该是件大好事。我很愿意见到爱玛恋爱，又有点怀疑对方是否能真诚回报。恋爱对她会有好处。但这一带没有人能使她倾心相爱，而她又绝少出门上远些的地方去。”

“说实在的，眼下似乎没有什么强大力量能吸引她痛改自己已经做出的决定，”韦斯顿太太说，“既然她在哈特菲尔德过得这么快乐，我还无法希望她对什么人产生感情呢，因为那会给可怜的伍德豪斯先生造成不小的麻烦。我目前不鼓励她结婚，当然对她此刻这样的状况我绝不是漠不关心的，这一点请放心。”

她说话吞吞吐吐，显然有意尽可能掩饰她自己以及韦斯顿先生在这个问题上的一些如意打算。在兰德尔斯，对于爱玛的终身大事是存在某种期盼的，但是此刻还不宜泄露。很快，奈特利先生平静地将话题转移到了这样的问题上："韦斯顿对天气有什么想法？——我们这里会下雨吗？"——这使韦斯顿太太确信，对于哈特菲尔德，他再没有什么要说，再没有什么要猜测的了。

第 6 章

爱玛毫不怀疑，自己已经给哈丽埃特的向往指明了正确的方向，也为这个虚荣小女子的爱慕之情树立了一个非常良好的目标。因为她发现哈丽埃特的确比以前更加感觉到埃尔顿先生是个礼貌最为周全、相貌格外出众的男子了。凭着一些让人高兴的暗示，她毫不迟疑地断定男方的好感确实存在。于是她很快就深信，自己一定能利用一切机会，在哈丽埃特的一方创造出同样多的爱慕之心。她深信埃尔顿先生即使还未深深坠入情网，至少是已经在往这个方向正常发展。对于他，爱玛没有什么不放心的。他谈起过哈丽埃特，而且如此热情地夸奖她，使爱玛觉得只要稍假时日，一切便可水到渠成。他曾经指出，自从哈丽埃特被引见来到哈特菲尔德之后，在风度上已有惊人改进。这自然是他好感增强的可喜的明证之一。

"你给予史密斯小姐的正是她所需要的，"埃尔顿先生说，"你使她变得优雅与落落大方。她最初上你这儿来的时候，也就是长得漂亮些罢了。可是依我看，你为她增添的魅力却无限地胜过了她与生俱来的优点呢。"

"你认为我对她不无用处，我真高兴。不过哈丽埃特需要的仅仅是一些引导以及非常少的几点暗示罢了。她天生就完全具有性格温和与没有心机的长处。我所起的作用是微乎其微的。”

“倘若允许和一位小姐看法不完全一致的话——”嘴上功夫十足的埃尔顿先生开始说。

“我也许只是使她的决断力稍稍强一些，教会她从以前未曾设想过的角度去考虑问题而已。”

“完全正确。最使我感到惊讶的正是这一点。性格上的决断力得到成倍增长了呀！导师的手法真可谓高超了！”

“做的过程中我也确实感到非常愉快。我还从未遇到过可塑性如此强的温顺性格呢。”

“这一点我丝毫也不怀疑。”这句话是以情人多半会用的一种赞叹口气说出来的。过了几天，爱玛又大大地高兴了一回，因为埃尔顿先生再次为支持她的一个突如其来的想法而大声叫好。爱玛说，她想给哈丽埃特画一幅像。

“有人给你画过肖像吗，哈丽埃特？”她说，“你有没有坐着让人给你画过像？”

哈丽埃特正要离开房间，便站住了，用很有趣的天真口气回答：

“哦，我的天，没有——从来也没有。”

她刚稍稍走远，爱玛便忍不住叫了起来：

“以她为模特的一幅好画，那该是怎样的一件珍品呀！花多少钱我都想得到的。我都几乎想自己来试试了。我敢说你不会知道，两三年前我为画肖像的事很着迷过一阵，还试着给几个朋友画过。人家觉得我眼光还可以呢。不过，由于某些原因，我对这事感到厌烦了。不过，真的，要是哈丽埃特愿意坐下让我画，我还能鼓起勇气试上一试。给她画像应该是一件很快活的事儿。”

“算我求求你了，”埃尔顿先生喊了起来，“那当然是一件再愉快不过的事情啦。算我求求你了，伍德豪斯小姐。你既然有这么了不起的本领，那就让你的朋友也沾点儿光吧。你的绘画水平我是知道的。你莫非真以为我那么不长心眼？这个房间里不就有不少你的花卉画和风景画的代表作吗？韦斯顿太太在兰德尔斯的客厅里不也挂着一些水平极高的人物画吗？”

哼，老兄！爱玛心想，可是那一切跟真人肖像画又有什么关系呢？对绘画你可谓一窍不通。就别装着崇拜我的画了，老老实实去崇拜哈丽埃特的那张脸吧。“好吧，既然你这样好心鼓励我，埃尔顿先生，我想就应该尽力试一试。哈丽埃特的五官都非常小巧精致，画起来很不容易。不过，她眼睛的样子很有特点，嘴巴的线条也是。这都是画的时候必须掌握住的。”

“确实如此，眼睛的样子以及嘴巴的线条，我丝毫也不怀疑你会画得很成功的。求求你了，求求你务必试一下。只要你肯画，那必然会成为——用你的话来说——一件珍品的。”

“可是我担心，埃尔顿先生，哈丽埃特也许不愿意坐定了让我画呢，她并不觉得自己有多么美。你没有注意到她回答我时的态度吗？那完全等于是在说：‘干吗要给我画像呀？’”

“哦，是的，我也注意到了，一点儿不错。没有逃过我的眼睛。但我仍然不能想象她会不听劝告。”

过不多久，哈丽埃特又回到房间，建议几乎是立即就向她提出的。经不住两个人的热情劝说，她即使有所踌躇，在几分钟后也只得同意了。爱玛希望立刻就开始画，因此就把装着她画稿的夹子取来，让大家一起决定哈丽埃特这幅画该用多大的尺寸。之所以说是“画稿”，是因为所有的画没有一幅是真正完成的。她把好些未完成的作品全都摊了开来。有细密画、半身肖像、全身肖像，有铅笔画、蜡笔画和水彩画，这些形式她都一一试了个遍。她从来就是什么都要做上一做，而且无论在绘画还是在音乐方面，花上不大力气，就能取得许多人花同样时间都达不到的很大进步。她弹琴、唱歌，什么样式的画几乎都能抹上几笔。但她总是缺少长性，因此没有一样是精通的。她当然巴不得能够精通，而且照说也不应该做不到。在绘画与音乐方面，自己水平多高，她心中有数。可是她倒是宁愿别人看不准。别人对她的技艺估计往往过高，她也知道，但并不感到不好意思。

每一幅画都有些优点，完成程度最少的也许优点最为突出。她总的画风就是生气勃勃。不过即使画里的生气少了许多或是多了十倍，周围这两个朋友的喜悦与赞赏仍然会是一模一样的。他们看得简直是入了迷。肖像画谁都喜欢，而伍德豪斯小姐的水平肯定是第一流的。

"你们看到的脸型都没有太大的差别，"爱玛说，"我只能拿自己家里的人做练习。这一张是画我的父亲的——这是画他的另一张——不过他一听说要坐定不动让人画，心里就紧张，所以我只得偷偷地给他画。因此，两张都不很像。这一张画的是韦斯顿太太，这也是，这还是。你们看，亲爱的韦斯顿太太——不论在什么场合下都是我最随和的朋友。我任何时候请求，她都是愿意坐下来让我画的。这一张画的是我的姐姐。她娇小玲珑的身材不就是这样的吗——脸也很像吧。要是她能再耐心多坐一会儿，我本该画得更好的。可是她急着要我画她那四个孩子，所以就坐不住了。喏，这是我试着画的那四个孩子中的三个，花了半天力气也只能做到这样了——你们瞧，亨利，还有约翰和贝拉，顺序从这一头到那一头，其实说这个是那个，那个是这个，也无可无不可。她那么迫不及待要给孩子们画，我不好意思拒绝。可是你们知道，要让三四岁大的孩子好好站住不动，那是根本做不到的。而且给幼儿画像绝非易事，能把神态和肤色画出来就算不错了，除非他们五官线条突出。一般妈妈的小宝贝不会是这样的。这是我给第四个孩子画的速写，这还只是个婴儿呢。我是趁他在沙发上睡着时画的，他帽子上的花结倒是画得逼真极了。他的小脑袋很舒服地低垂着。这个神态表现得再好不过了。画小乔治的这张确实让我觉得很得意。沙发的这个角落也特别上画面。喏，这是我最后的一张作品了。”她边说边展开一张很不错的速写，画的是一位绅士，是张尺寸小小的全身像。“是我最后也是最好的——画的是我的姐夫约翰·奈特利先生。其实再增添几笔就大功告成了，可是当时一生气就把它撂下了，并且发誓以后再也不给人画像了。不由得我不生气呀。因为，在我尽了最大的努力，而且的确画出了一幅非常好的肖像画之后——韦斯顿太太和我看法一致，认为画得像极了——仅仅是太漂亮了些，多美化了一些。不过这也是往好里偏的小缺点嘛。我费了那么大的劲儿，却不料换来可怜的好伊莎贝拉冷冷的一句称赞：‘不错，是有点儿像。只不过，说实在的，对他不够公平。’我们费了多大的劲儿才让他坐下让我画呀。仿佛那是给了我莫大的面子呢。这种种的事，我实在是受不了。于是我干脆永远也不画完了，省得布伦穗克广场那边每天上午要为一幅画得不讨人喜欢的肖像向每一位客人表示歉意。方才我也说了，我当时发誓再也不给人画像了。不过这决心我现在要打破一回。这是为了哈丽埃特，更是为了我自己，因为这一回不会扯上什么先生、太太的事了呀。”

埃尔顿先生听了这话像是很有感触，也非常高兴，只听他一遍遍地说：“眼下确实是不会扯上先生、太太的事了，你说得一点儿不错。先生没有太太也没有。”这话里有话，太有意思了，因此，爱玛忽然想到自己是否应该立即退出，让他们俩单独处在一起。但是她很想立刻开始作画，因此宣告[①]的事，只得再等上一等了。

她很快就确定了肖像画的大小和种类。那得是一幅全身的水彩画，跟约翰·奈特利先生的那张一样。要是画得令自己满意，是准备放在壁炉架上显眼处的。

哈丽埃特坐下摆姿势了。她微笑着，脸红红的，唯恐维持不住姿态和笑容，在画家凝视的眼睛前呈现着非常可爱的种种青春风姿。可是爱玛什么也做不成，因为埃尔顿先生在她身后站立不定，细察着她落下的每一笔。爱玛给了他面子，让他待在既可一一察见又不碍事的地方。其实心里巴不得立即改变局面，请他别处待着去的。这时她灵机一动，对了，何不让他大声念书呢？

"若是能劳你驾给大家念点什么，那真是件大好事了！那样既可以减轻我的压力，也可以给史密斯小姐解解闷呀。"

埃尔顿表示十分乐意。哈丽埃特听他念着，爱玛总算可以安心作画了。她不得不允许他仍然时不时过来看上一眼。要是连这一点也做不到，对于一个恋人，那也未免太过苛刻了。一等铅笔稍稍从纸面移开，他就会跳起来看看进展得如何了，并且表示出大为倾倒的样子。有这么一个捧场的倒没什么让人不高兴的，因为爱慕使得他在几乎什么都还看不出来的时候，便已经说太像太像了。他的眼光实在是令人不敢恭维，但他那片爱心与殷勤，倒是无可厚非的呢。

这次画像真的是非常令人满意。她很喜欢第一天所作的草图，因此想继续画下去。一点儿也不存在像不像的问题。很幸运，她让哈丽埃特摆的姿势非常合适。她下一步打算在体态上略略做些改进，身材再高挑些，风度更优雅些。她很有信心，这最终在各个方面都将是一

① 指爱玛设想中的埃尔顿先生向哈丽埃特宣告他的求婚意图一事。

幅尽善尽美的图画。放在原来设想的地方，给双方都能增添光彩，成为一件有持久意义的纪念品，显示出一方的娇美与另一方的高超技巧以及双方之间的深情厚谊。而且还可以让人产生许多别的美好联想，比方说，埃尔顿先生这次成功在望的爱情。

哈丽埃特第二天还需坐着让她画。而埃尔顿先生正如预料必定会的那样，恳求允许他再次列席并且念书给她们听。

“那是不消说的。能请到你参加，我们高兴还高兴不过来呢。”

第二天，仍然是同样的彬彬有礼和殷勤凑趣，仍然是同样的大有收获和扬扬自得。作画的整个过程都洋溢着这样的气氛，画像进行得既顺利也很令人愉快。人人见了都很喜欢，但埃尔顿先生更是自始至终都欣喜若狂，他容不得别人的一点点批评意见。

“伍德豪斯小姐正好把她朋友唯一的美中不足之处弥补上了。”韦斯顿太太对他这样说，一点儿也没有想到自己是在和一位情人说话，“眼睛的神情表现得很准确，但是史密斯小姐并没有那样的眼眉和睫毛。这正是她整张脸的一个缺陷。”

“你当真认为如此？”他回答说，“这我可不敢苟同。在我看来，脸上的每一个部位都画得惟妙惟肖。我一生中还从未见过如此逼真的画像呢。我们必须考虑到阴影的效果，你说是吧？”

“你把她的身材画得偏高了，爱玛。”奈特利先生说。

爱玛明知是画得高了，但是不愿承认。此时埃尔顿先生插进来，热心地说：

“哦，不，肯定不算高，一点儿也不高嘛。你想啊，她是坐着的，这自然就有所不同——总而言之是确切地表现了某种意念——而且比例是一定得保持的吧，对不对？比例啦、透视啦——哦，不！让人恰恰感觉史密斯小姐的高度——不多不少，就是这样的，真的。”

"非常之好。"伍德豪斯先生说，"画得非常之好！你画的画一直都是很好的，我亲爱的。我不知道有任何人能画得跟你一般好。我唯一不特别喜欢之处是，她好像是坐在户外，肩膀上只搭着一方小小的披巾。这让人担心她会不会着凉。"

"唉，我的好爸爸，画的是夏天呀，是夏天里的一个暖和日子。你瞧瞧那棵树。"

"不过在户外坐着总是不大保险，我亲爱的。"

"老伯，你可以有你的看法，"埃尔顿先生都喊出声了，"可是我必须承认，我认为把史密斯小姐安排在户外这样的构思，真是最妙不过的了；而且那棵树笔触那么生气勃勃，真是妙不可言呀！换了别的任何背景都会大为逊色的。史密斯小姐神态多么纯真可爱——一切的一切——哦，真是美不胜收啊！我的眼睛简直都看不够呀。我从未见过这么好的肖像画呢。"

接下来要办的事就是给它配个画框，这做起来倒有点儿麻烦。这事得马上办，得上伦敦去配，得由一个眼光让人信得过的聪明人去办。过去一切杂差都是让伊莎贝拉去做的。此次却不宜抓她的差，因为时值十二月，伍德豪斯先生绝对不能容忍这样的想法：让伊莎贝拉走出家门颠儿颠儿地在十二月的浓雾里奔波。但是这件伤脑筋的事刚让埃尔顿先生知道，问题便迎刃而解了。他真是时刻都准备着为人效劳。"若是信得过，这任务可否交给在下来完成。倘能如此那真是荣幸之至！在下是任何时候都可供驱策驰往伦敦的。能蒙委以如此重任，内心感激之情实在是难以言喻呀。"

"先生真是太客气了！那是绝对不好意思的呀！再怎么样，也是万万不可以把这样的事麻烦别人家的呀！"这样的话又引来一连串的恳求与保证——短短几分钟后，事情就敲定下来了。

画将由埃尔顿先生带到伦敦去，由他来选框。若有别的问题也都由他一并定夺。接着，爱玛就想，她该怎样包扎，好让画不会弄坏，也不致给他带来太大不便。而他呢，倒好像唯恐不方便之处不多不大似的。

“多么宝贵的一宗委托品哪！”埃尔顿先生接过去时，边轻声叹气边说。

“依我看，这人服务态度也太好了点儿，都不像是个情人了。”爱玛自忖道，“不过我琢磨陷入情网的表现方式也会是千差万别、多种多样的。他是个出色的年轻人，与哈丽埃特是天造地设的一对；这门亲事会是‘再好不过’的，他自己不是常把这几个字挂在嘴边吗？可是他长吁短叹，拿腔拿调，一心琢磨着怎么说恭维话，要是让我当女主角我可受不了。当当配角一旁看看嘛，倒煞是有趣。反正他‘感激不尽’云云，都是因为哈丽埃特才说的呀。”

第 7 章

就在埃尔顿先生去伦敦的那一天，爱玛又得到了为她的朋友效力的新机会。哈丽埃特跟往常一样，一吃过早饭就上哈特菲尔德来待了一些时候。之后，又回去吃午饭了。下午她比说好的时候来得更早，神情显得很激动，慌里慌张的。她说，出了一件非同寻常的事，得跟爱玛说一说。半分钟之内她就把话全都倾吐而出了。她方才一回到戈达德太太那里，就听说一小时之前马丁先生上那儿去过，发现她不在家。他原也没特别指望她会在家，马丁先生便留下他的某个姐妹交给哈丽埃特的一个小纸包，然后就离开了。她打开包包后发现，除了她借给伊丽莎白抄录的两首歌曲之外，还有给她的一封信。信是他写的——是马丁先生写的——里面直截了当地提出向她求婚。“谁能料到会有这样的事呢？”她当时大吃一惊，不知道该怎么办才好了。是啊，是挺正式的一封求婚信，写得非常之好，至少她是这么想的。从马丁先生写信的口气看，似乎他真的非常爱她——不过她也说不清楚——于是，她就尽快上这边来，问问伍德豪斯小姐自己该怎么办。爱玛见到她显得如此高兴和惊慌失措，心里都有点替这位小友感到害臊。

“信我的话准没错儿，”她大声喊道，“这小伙子为了不失去任何东西，是绝不会不好意思开口的。但凡稍好一些的关系，只要能拉扯得上，他都会死乞白赖地去攀附的。”

“你愿不愿意看看这封信？”哈丽埃特也大声地说，“请看一看吧，我非常想请你也看一看呢。”

别人硬要爱玛看，她倒真是巴不得呢。她读了信，感到不无意外。信的文笔远比她预料得要好。不仅仅是没有文法错误，而且作为一篇文章，说是上流社会绅士写的也不会让人觉得丢脸。遣词用字虽然平实无奇，却是朴实有力，毫不做作，而且所表达的感情能让人对作者产生好感。信虽然不长，但入情入理，热诚体贴，豁达大度，礼数周全，甚至感情还很细腻。她对着信沉吟片刻，哈丽埃特站在一边按捺不住，焦急地等候她的反应，嘴里不断地发出“啊？啊？”的声音，最后还是忍不住问了一句：“是不是写得挺好，也许太短一些了吧？”

“是的，不错，是写得挺好的一封信，”爱玛答道，话是慢腾腾地说出来的，“写得这样好，哈丽埃特，因此，从各个方面考虑，我想准是他的哪个姐妹帮着写的。那天我见到他跟你说话，我简直无法相信，像那样的一个年轻人单靠自己的力量，就能把想说的意思表达得这么好。不过信里的笔调倒不像是女人的。不，显然不是的，太刚劲太简洁了，不像女人写得那么絮絮叨叨。他无疑是个头脑很清楚的人，我猜他必定天生有一种才能——会抓住要害、条理清晰地考虑问题——一支笔握在手里的时候，他的思想自然而然能找到恰当的言辞。有些男人就是这样的。是的，这样的头脑我很能理解。果断、有力，感情上也正好算不上粗糙。这封信，哈丽埃特（一边把信递回去），是写得比我想象得要好一些。”

“那么，”还在期待的哈丽埃特说，“那么——呃——那我该怎么办呢？”

“你该怎么办——在哪方面？你是不是说对这封信？”

“是啊。”

“那你有什么好犹豫的？你必须得回信呀，那还用说，而且要快。”

“是的。不过我说什么呀？好伍德豪斯小姐，帮我出出主意吧。”

“噢，不行，不行。这信由你完全独自回复最为妥当。我相信，你一定会把要说的意思说得十分清楚的。首先，你不去犯词不达意的错误，这一点是头等重要的。你的意思绝对不能模棱两可，不能显得委决不下和踌躇不决。对于因你而引起的痛苦，必然会激发出一些合乎礼仪的感谢与关心的词语。这样的言辞必定会自然而然从你心中涌现出来的吧，我不由得要这样相信。你倒不一定得急于表示，为了他的失望，你显得很是忧虑不安。”

“那么你认为我应该拒绝他了？”哈丽埃特说，眼光垂了下来。

“应该拒绝他！我亲爱的哈丽埃特，你这是什么意思？难道连这一点你也有任何怀疑吗？我还以为——可是我请你原谅，也许我根本就理解错了。若是你连答复的主旨意思都还拿不准，那我肯定是对你产生误解了。我原以为，你来与我商量的仅仅是回信的措辞问题而已。”

哈丽埃特默默不语。爱玛态度有点冷淡地接着往下说道：

“那你是打算给他回一封表示同意的信了，我猜？”

“不，不是的，也就是说，我没有这个意思——我该怎么办呢？求求你了，亲爱的伍德豪斯小姐，告诉我，我应该怎么办呢。”

“我不会给你出任何主意的，哈丽埃特。这样的事我是连边儿都不会沾上一点点的。这个问题必须由你根据自己的爱憎好恶来作出决定。”

“我没有想到他竟然对我有这么大的好感。”哈丽埃特说，对着那封信沉吟了片刻。有一小会儿，爱玛保持着沉默。但她开始领会到，那封信里令人心醉的好话没准蛊惑力太大了，她想自己最好还是说上几句。

“我认为，这么一个总的原则是可以确定的，哈丽埃特，那就是，倘若一个女子拿不定主意是否该接受一个男人，那她自然应该表示拒绝。若是她对他说‘愿意’都是犹豫不决的，那她就应该干脆说一声‘不’。这种事绝非能够在半心半意、游移不定的精神状态下安全地作出决定的。我想，既然是你的朋友，又比你长上几岁，自当有责任说上两句，但也只能说到这里为止。千万不要以为我想影响你啊。”

“哦，不，我深知你对我完全是一片好意——不过，如果你只是提示一下我最好怎么做——不，不，我不是这个意思——你也说了，对这样的事应该早早拿定主意——绝不应该犹豫不决——这可是件非常严肃的事情。也许，更安全的做法是说一声‘不’。你是不是认为我应该说‘不’呢？”

“我是绝对不会劝你什么的，”爱玛和蔼可亲地微笑着说，“不论是劝你同意还是劝你不同意。有关自己幸福这样的大事，你应该是最好的裁决者。如果比起任何别的一个人，还是马丁先生更让你喜欢，如果你觉得和那么多人相处比起来还是跟他在一起时最为愉快，那你何必要犹豫呢？你脸红了，哈丽埃特。你有没有想到另外什么符合这样条件的人呢？哈丽埃特，哈丽埃特，可别自己骗自己呀；不要因为感激与怜悯就软了心肠呀。在这样一个时刻，你想到的人是谁呢？”

出现了可喜的征兆。哈丽埃特没有回答，却心神不宁地转过身去，心事重重地站在炉火前。那封信虽然还捏在手里，但是此刻已被机械地、不经心地扭曲着。爱玛耐心地等待着结果，仍然怀着很大的信心。终于，哈丽埃特略带迟疑地开口了：

“伍德豪斯小姐，既然你不肯告诉我你的看法，那我只好自己尽力去处理了。我现在已经相当明确地决定，也的确是几乎下定了决心，我要拒绝马丁先生。你认为我做得正确吗？”

“完全正确，完全正确，我最最亲爱的哈丽埃特。你做的正是你应该做的事。在你三心二意的时候，我只好把自己的想法藏在心里，现在你已经完全决定了，那我就可以毫无保留地加以赞许了。亲爱的哈丽埃特，我对这样的局势感到衷心的快乐。失去你的友谊会使我极其哀伤，倘若你嫁给马丁先生，其结果必将是如此。当你还有一丝丝犹豫的时候，我一个字也不说，因为我不希望影响任何人。可是那将使我失去一个朋友。我是绝不可能去拜访修道院磨坊农庄的罗伯特·马丁太太的呀。现在好了，我永远也不会失去你了。”

哈丽埃特还真的未曾料到自己会有这样的危险，现在一想，不免大为震惊。

“你不可能来看我！”她喊出声来，几乎都惊呆了，“不错，你是绝对不可能来的。可是我以前从未想到这一点。那真太可怕了！多么侥幸呀！亲爱的伍德豪斯小姐，不论给我世界上的任何东西，我都是绝不愿放弃与你亲近的那份快乐和荣幸的。”

“的确是的，哈丽埃特，失去你，我也会感到非常痛苦；可这是难以避免的事。你必然会自外于整个上流社会，我也只好和你分手了。”

“我的天！那叫我怎么受得了？永远也不再上哈特菲尔德来，那简直会要了我的命的。”

“亲爱的好人儿！你给流放到修道院磨坊农庄去！你终身被禁锢在没有文化与粗俗无知的社会圈子里！我真弄不懂，那提出要求的年轻人怎么会这样狂妄自大的。他必定是对自己估计过高了。”

“我觉得，总的来说他倒并不是很自高自大的。”哈丽埃特说，她从良心上接受不了这样的谴责，“至少，他脾气挺好的，而且我将永远非常感激他，非常尊重他——不过那是另一回事，绝不是说——而且，你知道，虽然他可能喜欢我，这并不等于我应该——而且，当然啦，我必须承认自从我上这儿来做客之后我见识到了别的人——要是拿他们作个比较，在相貌、举止方面，那可根本不是一个等级的呀，人家是这么相貌堂堂，彬彬有礼。不过，我确实认为马丁先生是个非常和蔼可亲的年轻人，对他很是敬重。他对我这么念念不忘——还给我写了这么一封信——可是说到要离开你，那是我从哪方面考虑都是不愿意的呀。”

“谢谢你，谢谢你，我最亲爱甜蜜的小朋友。我们绝对不会分离的。一个女人不能仅仅因为男人向她求婚，对她表示好感，还能写出一封算是过得去的信，就答应嫁给他呀。”

“哦，不能的。而且这封信又是这么简短。”

爱玛感到她的朋友在这一点上鉴赏力不高，但也懒得去理会，仅仅说了声：“可不是吗，一个女人，丈夫毫无风度，让自己想起来都要生气，知道他居然写得出一封蛮不错的信，这倒还是个小小的安慰呢。”

“哦，是的，的确是的。没有人会去管信写得好不好的。永远和称心的友伴快快乐乐地处好关系，这才是至关重要的。我已经下定决心要拒绝他了。不过，我该怎么办呢？我该做些什么事呢？”

爱玛让她尽管放心，说回封信是件一点儿也不为难的事，还劝她要回就赶紧回，这哈丽埃特也同意了，因为希望能得到爱玛的帮助。虽然爱玛仍然表示别人帮忙毫无必要，实际上还是在每一句话的定稿上都出了力。重新通读马丁先生的信，回复他的信，会很容易使得哈丽埃特心软下来，因此很有必要用几句带关键性的话来帮她坚定立场。哈丽埃特还特别担心会使马丁先生不愉快，对于他母亲和姐妹会怎么想怎么说，也是顾虑重重，唯恐她们认为自己忘恩负义。这使得爱玛相信，要是此时此刻那年轻人来到哈丽埃特跟前，他的求婚说不定还是会得到接受的呢。

不管怎么说，这封信总算是写好，封上，送出去了。事情到此告一段落，而哈丽埃特也平安无事了。整个晚上她都是没精打采的。但是爱玛能够体谅她那牵丝攀藤的抱憾心情，于是便时而和她谈自己对她的爱，时而又把话题往埃尔顿先生身上引，以便缓解哈丽埃特的不快。

“修道院磨坊那边是再也不会邀请我去的了。”这话是用一种相当忧郁的口气说出来的。

“即使你受到邀请，我也舍不得放你走呀，我的哈丽埃特。哈特菲尔德太需要你了，是不能让你分身前去修道院磨坊的。”

“我也肯定不会再想去的了。因为除了在哈特菲尔德，我在别处都不会感到快乐的。”

过了半晌之后，她又说：“我想，戈达德太太要是知道所发生的事，准会大吃一惊的。我敢肯定纳什小姐也会的。因为纳什小姐认为她的妹妹嫁得非常高攀了，而那男的也不过是个布商而已。”

“看到一个学校里有的教师比别人更为得意和优雅，总有人会不开心的，哈丽埃特。我敢肯定，即便是对你这样一个可能出嫁的机会，纳什小姐也会眼红不已呢。即便是这样一次对男人的征服，在她看来也是件无与伦比的事了呢。至于你更高一层的成就，我看她必定还是一无所知。某位人士的大献殷勤，还远未成为海伯里的闲谈资料。我想，到目前为止，此公的眼神与姿态所传达的微妙用意，恐怕只有你我二人才能看懂呢。”

哈丽埃特脸上泛起红云，微笑着嘟哝了几句，说真不明白别人为什么会这么喜欢她。想到埃尔顿先生确实让她心情好了许多。可是，过不多久，对遭到拒绝的马丁先生，她的心又变软了。

“此刻他一定收到我的信了。”她低声说道，“我不知道他们一家现在正做什么——他的姐妹知道了没有——要是他不高兴，她们也会不高兴的。我希望他不至于对这件事过于在意。”

“让我们想想不在眼前却为我们的事兴高采烈地忙个不休的朋友吧，”爱玛大声地说，“就在此刻，说不定，埃尔顿先生正把你的肖像显示给他的母亲和姐妹们看呢，告诉她们被画的本人其实还要漂亮得多。而且，在她们追问了五六遍之后，才让她们知道你的名字——你本人那可爱的芳名。”

“我的肖像？不过他是把那张肖像画留在邦德街了呀。”

“他会这样做吗？那我就算是完全不了解埃尔顿先生了。不，我亲爱的好小哈丽埃特，信我的话没错，那张画像只是在他明天骑上马背之前，才会在邦德街露上一小会儿的脸。整整一夜，那都会是他的伴侣，他的慰藉，他的快乐。这画向他的家庭揭示了他的规划，这画把你介绍给了她们。这画在那几位女士之间引发、传播着我们天性中最最讨人喜欢的感情——急不可待的好奇心与预先就有的强烈好感。她们每一个人的想象力都会那么兴致勃勃，生动活泼，多么东奔西突，忙个不休呀！”

哈丽埃特又笑了，这回是笑得欢畅多了。

第 8 章

哈丽埃特那天晚上就留在哈特菲尔德过夜。几个星期以来，她大部分时间都是在此地度过的，于是自然而然就逐渐有了自己专用的卧室。而且爱玛也认为，就目前而言，把她尽可能地留在自己一家人身边，从各方面看，都是最为安全，最能表现自己好意的做法。次日早晨，哈丽埃特有事必须上戈达德太太那里去待上一两个小时，但说好紧接着就回哈特菲尔德，在这里正正式式做客，好好住上几天。

她走了以后，奈特利先生来拜访了，他同伍德豪斯先生、爱玛一起坐了一阵子。伍德豪斯先生早就决定要出去散散步，这时，爱玛劝他别往后拖延了，于是，在两个人的恳求下，他虽然认为礼数上有点说不过去，但还是接受劝告，与奈特利先生暂时告别了。奈特利先生一向不拘礼节，他的答话简短干脆，和另一位总是黏黏糊糊，赔不是的话说个没完，恰好形成有趣的对比。

“好吧，我想，倘若你能原谅老朽，奈特利先生，倘若你并不认为老朽太过粗鲁无礼，那么我就不妨听从小女的好意相劝，外出片刻了。此时日光正好，趁老朽还能走动，去散个三圈步是再惬意不过的了。对你，我可就熟不拘礼啦，奈特利先生啊，我们病人都认为自己是有资格享受特权的呀。”

“亲爱的先生，就别把我当作外人了。”

“那我就让小女爱玛来充当全权代表了。爱玛能接待你，定然再高兴不过。因此我想我得请你原谅，让我出去走上三圈——这就是我冬季散步的活动量了。”

“这样做再好不过了，先生。”

“我本当要请你赏光做伴的，奈特利先生，可是如今我是行路蹒跚，慢如蜗步啊。这样的速度徒然要令先生憎厌。而且，回头去唐韦尔，你还有一长段路需要走呢。”

“谢谢你，先生，谢谢你。这会儿我也该走了。我觉得你还是早些去散步为好。我帮你拿上大衣，替你去推开花园的门。”

伍德豪斯先生终于走了。可是奈特利先生却没有随他一起立刻离去，而是重新坐了下来，看样子是有意再聊上一阵。他开始提到哈丽埃特，而且主动称赞起她来，这是爱玛过去从来没有听到过的。

“我不能像你一样，把她的美评价得那么高。”他说，“不过她确实是个挺漂亮的小姑娘，我还能看出她脾气很温和。她的性格嘛，还要看是跟什么人处在一起。不过，在高手的调教下她会成为一个很有价值的女子的。”

“我很高兴你能这么想。说到高手，我希望不至于很难找到吧。”

“好吧，”他说，“你急煎煎地一心想听人夸奖，我不妨实话相告，你已经使得她提高了一大截。你把她那女学生咯咯痴笑的毛病革除掉了。她确实是为你增了光。”

“谢谢你。若是我不相信自己能起些作用，那我真的要无地自容了。不过并非每一个人都是该说好话时便不吝惜地说上几句的。你在这方面就经常对我极其吝啬。”

“你说，你今天上午又是在等她过来？”

“早就在等了。她说好要早些回来的。”

“没准是出什么事把她耽搁了。也许是来了什么客人。”

“海伯里就是闲话多！真讨厌，这种人就没别的事好干了！”

“哈丽埃特不像尊驾，没准还喜欢听这类讨人嫌的闲话呢。”

爱玛知道这是实话，难以反驳，因此干脆一个字也不说。奈特利先生笑了一笑，紧接着往下说：

“在时间与地点上，我自然无法肯定。不过我必须告诉你，我有充分理由相信，你那位小朋友马上就会听到对她有利的好消息了。”

“真的啊？怎么会的？是哪方面的事？”

“是件至关重大的事，这我可以向你保证。”仍然是笑眯眯的。

“至关重大！我能想到的只有一件事——谁爱上她了？谁向你坦陈他们的秘密啦？”

爱玛半猜疑半希望是埃尔顿先生泄漏了春光。奈特利先生人缘好主意多，而且她知道埃尔顿先生很敬重他。

“我有理由认为，”他回答道，“哈丽埃特·史密斯很快就会收到求婚了，而且还是来自一个全然无可非议的方位——我指的那个人就是罗伯特·马丁。小姑娘今年夏天去修道院磨坊做客好像是对他起了促进作用。他极其爱她，一心想与她结为夫妻。”

“他这头倒是很热心呀，”爱玛说，“可是他拿得准哈丽埃特愿意嫁给他吗？”

“好吧，好吧，那么就说是他有意向她求婚，那总该行了吧？前天晚上，他上修道院我家里来，跟我商量这件事。他知道我对他和他全家都有一个很不错的评价。而且，我相信，他把我视为最信得过的朋友里的一个。他来问我，他这么早就成家是不是太过鲁莽。我是不是认为女方年纪太小了一些——总之，问我是不是完全赞同他的选择。他或许是有些担心，在众人眼里（特别是在你那么眷顾她之后），她的社会地位比他略为高上一个层次。我对他所说的一切都听得津津有味。除了罗伯特·马丁，还没有另一个人对我说过这么有头脑的话呢。他说话总是能说到点子上，坦诚、直率，而且极其具有判断力。他一切都不向我隐瞒：他的家境与打算，以及他们全家在他结婚期间都准备做些什么。他真算得上是个优秀的青年，不管作为儿子与兄长都是如此。我毫不踌躇地劝他结婚。他向我证明他负担得起结婚的费用。既然连这一点也不成问题，我自然相信他这样做再好也没有了。我也夸奖了那位俊俏的淑女，使得他走的时候更是喜不自胜。倘若他以前对我的看法未曾重视过，从此时起他必定会高度尊重了。而且，我敢说，他走出屋子时准是在想，我真是他有生以来最好的朋友和顾问了。这件事发生在前天晚上。现在，我们完全有理由相信，他不会拖上这么长时间不去向这位小姐表白的。既然昨天他像是没有登门提亲，那么很有可能今天会去戈达德太太那里。那位小姐没准是让一位来访的客人拖住脱不开身了，不过她倒绝不会把他看成是个纠缠不清的讨厌鬼的。”

“倒是要请教了，奈特利先生，”爱玛说，在前面那一大篇话的叙述过程中，她大半时间都是在暗自好笑，“你又怎么知道马丁先生昨天没有说呢？”

“当然啦，”他回答说，觉得有点奇怪，“我的确是不能肯定，但这是可以推断的。她昨天不是从早到晚都和你在一起吗？”

“好吧，”她说，“既然你跟我透露了不少情况，我不能来而不往，也要告诉你一些事情。他昨天表白了——实际上是，他写信表示了，可是遭到了拒绝。”

这番话她不得不重复一遍，才能使奈特利先生相信意思确实如此。他深感意外再加上生气，连脸都变红了，他站直身子，非常气愤地说：

“那她真是个比我所想的更不可救药的傻丫头了。这蠢姑娘想要怎么样？”

“噢，当然啦，”爱玛喊道，“男人总觉得不可理解，一个女人竟然会拒绝求婚。男人一直以为，不管是什么样的人，只要他提出来，女人便该乖乖地答应才是。”

“胡说八道！男人从来没有这样以为过。不过这到底是什么意思？哈丽埃特·史密斯拒绝了罗伯特·马丁！简直是疯了，如果真是这样的话。不过我相信是你弄错了。”

“我都看到她的复信了！事情再清楚不过了。”

“你看到她的复信了？她的信也是你写的吧？爱玛，你竟能这么做呀。是因为有你的劝说，才使得她作出拒绝的决定的。”

“即使我做了——请注意，我可没有承认我做过啊——我也绝对不认为自己是做了错事。马丁先生确实是个正派人，可是我无法认为他能和哈丽埃特相般配。而且我不无惊讶地感到，他竟然敢于写信向她表白。根据你的叙述他似乎曾经有所顾虑，这些顾虑后来得到了克服，这倒是件令人遗憾的事哪。”

“不能与哈丽埃特相般配？”奈特利先生叫嚷起来，声音很响，情绪也很激动。过了片刻之后他又用稍加抑制的强硬态度说道：“是的，他跟哈丽埃特不相般配，一点儿不错，因为在头脑方面以及在地位方面他都要远远胜过于她。爱玛，你对那个小姑娘喜欢得入了迷，以致什么都看不清了。不管是出身、性格，还是教育程度，哈丽埃特在哪一方面够资格去选一位优于罗伯特·马丁的人呢？她是不知何许人的非婚生女，可靠的生活来源不见得存在，体面的亲戚更是连一个都没有。大家只知道她在一所再普通不过的学塾里寄住。这姑娘算不得明白事理，也称不上知识广博。学塾教她的东西一无用处，她又年纪太轻，头脑太简单，不会自己学。她这个年龄，不可能有什么经验。凭她那点智力，看样子也不会获得什么对自己有用的经验。她长得不错，脾气温和，这就是一切了。我赞同这门亲事的唯一不放心之处也是从他这方面考虑的，怕他吃亏，怕给他在社会关系上带来不良影响。我当时觉得，若是从资财方面考虑，他应该能选得更好一些。至于说到想求得一位贤内助与事业上的帮手，他可以说是完全找错门儿了。可是跟一个热恋中的男子我是无法说这些道理的，只得一心相信这姑娘应该不会带来害处。相信像她这种禀性的人，遇上这样的高人，应该很容易被引上正路，自会有很好的结局。我觉得这门亲事中得到好处的全在她这一方。还以为——至今仍然坚信——人人都会惊呼她红运高照，算是中了头彩了。我甚至还拿稳你会非常满意的呢。我当时立刻闪过一个念头：你绝不会为她要离开海伯里而感到遗憾的，因为她的归宿是如此美好。记得我曾经自言自语地说：‘尽管对小姑娘如此偏爱，爱玛也会认为这是一门好亲事的。’”

“我只能万分惊诧，因为你对爱玛的了解如此肤浅，竟然会说出那样的话。什么？居然认为，拿一个农民——不管头脑多么好，优点怎么突出，马丁先生毕竟是个农民而已——来匹配我的要好朋友，还说是门大好亲事！说我不会为她要离开海伯里而感到遗憾，因为她要嫁给一个男人，而这又是个我永远也不会认为够资格做自己朋友的人！我太奇怪了，你居然以为我可能会有这样的心情。我不妨明确奉告，我的心情恰恰相反。我只好认为尊见太欠公允。你对哈丽埃特地位的估计就不公平。别的人也包括我，就有非常不一样的看法。两人相比，马丁先生简直可算是个富翁，但在社会地位上他显然大大不如。女方所处的社会阶层可比男方的要高出许多，嫁给他无疑是有失身份。”

“没有合法出身加上无知无识，与一位可敬、聪明、绅士式的农人结合，这还能算有失身份？”

“说到她的出身，尽管从法律上说她不能算是大家闺秀，但是按常理看大可不必如此拘泥。她不应该为别人的过错负责，非得让身份被压得大大不如一块儿长大的那些人不可。用不着怀疑，她的父亲肯定是个上等人——而且是广有钱财的上等人。她的抚养费相当充裕。为了她能够学业上进，生活舒适，人家可从未吝惜过一分一文。说她是上等人家的女孩，这是我深信不疑的。说她结交的都是上等人家的女孩，依我看，更是无人会加以否认的。她就是要比罗伯特·马丁先生高出许多嘛。”

“不管她的父母可能是谁，”奈特利先生说，“也不管谁该对她的事情负责，看来他们未曾有过丝毫打算，想将她引导进你所说的上流社会。在接受了一些再平常不过的教育之后，她被留在戈达德太太的手里，自行谋生——总之，是活动在戈达德太太的社会圈子里。她的那些朋友显然认为这样安排对她已经相当不错，曾经是相当不错。她自己都不指望能有更好的安排了。一直到你选中她做你的朋友为止，她思想上对身边的那伙人并不讨厌，也没有更大的奢望。夏天到马丁家去做客，她快乐得什么似的。她当时并没有什么优越感。如果她现在有了，那全是你一手造成的。你那会儿还未与哈丽埃特交往，爱玛。罗伯特·马丁若不是感觉出她并无不喜欢自己的意思，是绝不会走出现在这一步的。我非常了解这个人，他在感情的问题上非常认真，绝不会一时冲动就不负责任地向某位女士求爱。至于自命不凡，他是我认识的男子中最没有这种臭毛病的一个。信我的话好了，他必定是受到了鼓励才走这步棋的。”

对爱玛来说，最讨巧的办法就是对这个论点不作正面抗衡。她还是继续发展自己的命题：

“你很偏袒你的朋友马丁先生。不过，正如我指出过的，却对哈丽埃特太不公平。哈丽埃特想攀一门好亲自有她的道理，绝不像你所说的那么可鄙。她算不得是个聪明女孩，但头脑还是很清楚的，绝不像你想象得那么糟，不该把她的智力水平贬得一文不值。这一点暂且不论，就算如你所形容的，她只有长得漂亮和脾气好这两个长处。这两点在一般人的心目中绝不是无足轻重的小事。因为，实际上她算得上是位美女，一百个人里九十九个都会这么看的。也许有一天男人在美的问题上会比目前大众所持的观点更加哲理化，会去死死追求知识渊博的头脑而不是漂亮的脸蛋。在这一天到来之前，像哈丽埃特这样的天生丽质，肯定会受到爱慕与追求，肯定有权从众多男人中挑一把细拣，因此是有资格让自己生活得好一些的。她的好脾气亦绝非无足轻重的本钱。既然性格温柔，举止可爱，不自命不凡，一心想取悦他人，她自然就很善解人意，清纯真诚了。若是你们男人多半都不认为这样的美貌与温存是女子的最大优点，那我必定是昏聩无知了。”

“说真的，听你把歪道理说得这般头头是道，我都简直没法不相信了。有头脑却像你这样地滥用，还真不如没有头脑呢。”

“老实说，”她淘气地大声说道，“我知道那正是你们男人的通病。我知道像哈丽埃特这样的姑娘正是你们每一个男人都求之不得的呀——既能使男人神魂颠倒又能让他感到自己是一家之主。噢，哈丽埃特是有权挑挑拣拣的。如果万一你自己想结婚，她对你来说再合适也不过了。她才十七岁，刚进入社会，仅仅开始为人所知，没有接受向她提的第一次求婚，难道就该对此觉得很不可理解吗？不——请让她有些时间来了解身边的情况吧。”

“我一直认为你们那么要好非常愚蠢，”奈特利先生紧接着说，“虽然这个想法只是存在在我心里从未说出来过。可是现在我看出来这件事对哈丽埃特非常有害。你尽往她脑子里灌输她人多么美，她的条件多么好，要不了多久，她周围就没有一个人能让她看得上了。虚荣心一旦遇到意志薄弱的头脑，便能惹出各种各样的祸害。要让一个年纪轻轻的女子飘飘然自命不凡，那是再容易不过的了。哈丽埃特·史密斯小姐虽然是个挺漂亮的姑娘，也不见得会求婚者盈门吧。有头脑的男人，不管你把他们说得何等不堪，都是不会去娶傻女子当老婆的。而有门第的自然不太喜欢跟这样来历不清的女子联姻的——最最谨慎的那些更是害怕，当有一天她的身世之谜大白于天下时，他们会受到牵连，既碍手碍脚又丢失脸面。让她嫁给罗伯特·马丁，她会永远是安全、可尊敬与幸福的。而若是你怂恿她去攀高枝，非地位高贵家产丰厚的人不嫁，她没准要在戈达德太太家里窝上一辈子了——或者至少是——因为哈丽埃特不嫁这个便得嫁那个，好歹总是要嫁人的——待到百般无奈时，能把教书法的老冬烘的那个儿子抓到手便已喜不自胜了。”

“对这一点，我们看法如此不同，奈特利先生，再争下去毫无好处，徒然会让对方更加生气。不过，要叫我让她嫁给罗伯特·马丁，那是不可能的；她已经拒绝了他，而且又是那么坚决，我想谁也不好再次提出要求的。她既然拒绝了他，不管后果如何糟糕，也只好认了。说到拒绝的事，我也不想假惺惺推托说自己没有起过一丁点儿影响。但我可以坦诚相告，我或是任何人能起的作用实在是有限得很。他的形象对自己太不利了。他在举止礼貌方面也那么差，即使哈丽埃特曾想对他抱有好感，到现在这样的想法已经荡然无存了。我可以想象，在她未见到更有优势的男人之前，还能容忍他。他是自己女友的哥哥，也曾下过不少功夫去讨好她。总之，她在修道院磨坊那阵子，由于见不到更加优秀的人——这一点对马丁必定帮助极大——她可能不觉得他讨厌。可是现在情况变了。如今她明白绅士是什么样的人了。此刻，只有在教养和风度上都十足是绅士的人才能得到哈丽埃特的垂青。"

"胡说八道，极端的，闻所未闻的胡说八道！"奈特利先生喊出声来，"从罗伯特·马丁的举止态度看，他为人通情达理，认真诚恳，脾性和顺，这些都很值得称道。他心灵上真正的优雅高尚绝非哈丽埃特所能理解的。"

爱玛没有回答，努力作出一副快快乐乐、满不在乎的样子，实际上心里很不是滋味，但求他立刻离开。她对自己做了的事绝不后悔。她仍然认为在女性权利与教养的问题上，自己的判断能力肯定要比他强得多；不过，在一般事情上她都习惯性地尊重他的看法，这使她不喜欢他这样大声反对自己。见到他在盛怒状态中这样地坐在她的对面，这实在是件极不愉快的事。几分钟在这种让人难受的沉默中过去了，只有爱玛这一方说了句有关天气的话，试图打破这样的局面，可是对方没有搭理。他是在思考，思考的结果最终体现为下面的这一番话：

“其实罗伯特·马丁并无多大的损失——如果他能这样想的话。我希望过不了多久他能这样想。你对哈丽埃特所持的看法你自己最清楚。不过，既然你不怕人知道你喜欢做媒，那么你有你的一套观点、打算和规划，自然是确定无疑的了。作为朋友我不妨提醒你，如果埃尔顿是被相中的那个男方，我怕到头来会落得白费心机呢。”

爱玛哈哈大笑，说是绝无此事。奈特利先生接着往下说：

“请你相信，埃尔顿不是合适的人。埃尔顿条件是不错，在海伯里当牧师，受人敬重，只是不大像是会冒冒失失去当新郎的那种人。他比谁也不傻，深知一笔可观收入的价值。埃尔顿说起话来也许会感情用事，行事上却再理智不过。他对自己的有利条件看得十分清楚，一点不逊于你对哈丽埃特的认识。他知道自己年轻英俊，走到哪里都受人欢迎。从他无拘无束，只有男人们在一起的场合里所说的话判断，我相信他是不会随随便便、不顾前程率性而为的。我听他兴致勃勃地提到他姐妹熟识的一个大户人家，那里有几位待字闺中的小姐，每位都有两万英镑的陪嫁。”

“真是不胜感激之至，”爱玛说，又哈哈大笑起来，“倘若我果真有意让埃尔顿和哈丽埃特缔结百年之好，让我这么茅塞顿开自然要感谢你的一片好意啦。可是眼下我只想让哈丽埃特多陪陪我一个人。事实上，我做媒的事已经告一段落。我再也不指望能做成像兰德尔斯那样的好媒了。我还是见好就收吧。”

“那就再见了。”他出其不意地站起身往外走去。他被弄得心烦意乱。他能体会到那个青年农民的失望心情，更因自己给予过支持使这一失望更加惨重而感到内疚。而使他最最最不痛快的，那就是爱玛在这件事里插了一手。

爱玛也一直在生气，不过她生气的原因并不像他那么明确清晰。她不像奈特利先生那样，自始至终都充满自信，坚定地认为自己正确而对方则是错误的。他走出去时比离开家来看她时更加相信自己全然没一点儿错。不过，爱玛倒也没有那么真正的垂头丧气。一小段时间再加上哈丽埃特的归来，那就是最对她征候的提神剂了。哈丽埃特走开这么久还不回来，这倒让她开始感到忐忑不安了。那青年农民没准早上会去戈达德太太处，没准会遇见哈丽埃特，还没准会为自己的事申辩，她不免越想越感到惊慌。想到走至这一步还会前功尽弃，她简直有点坐立不安了。可是哈丽埃特出现了，情绪极好，也没诉说有什么特殊理由使她耽搁了如此长久。爱玛这才心满意足，没有了一丝烦恼，深信不管奈特利先生怎么想怎么说，反正自己的所作所为，没有一点点是与女人的友谊与感情之道相抵触的。

奈特利先生对埃尔顿先生的说法倒有点把她给吓着了。但是她转而一想，奈特利先生绝不可能像自己那样地观察过埃尔顿先生。他既没有那份兴趣又没有像她那样——在这一点上她务必让自己先相信自己，尽管奈特利先生是那么自以为是——具有在这种问题上当这样一名观察家的技巧。他说的时候是那样怒气冲冲与不假思索，因此她有理由相信，他所谈到的与其说是他确实有所了解的事，还不如说是他气头里想当然的事。他自然可能听到埃尔顿先生说出比她所听到的更无拘束的话。而埃尔顿先生在钱财方面，也完全可能不是一个随随便便、不精打细算的人。要他在这方面不细心谨慎那反倒是不正常的了。可是，奈特利先生却没能对强烈激情的影响给予充分考虑。正是这种激情，能与所有的利益动机相抗衡。奈特利先生眼中看不到这种激情，脑子里自然就完全想不到它会产生什么后果。她对此可说是见得太多，绝不怀疑激情能征服合理的审慎一般会引起的犹豫不决。她坚决相信，超过了合理、适中程度的审慎，绝非是埃尔顿先生所以为然的那一种。

哈丽埃特高高兴兴的表情与神态也使爱玛心情好转，脸色开霁。哈丽埃特回来，心中想的不是马丁先生，嘴里讲的也尽是有关埃尔顿先生的事。纳什小姐告诉了她一件事，她一回来立即兴高采烈地说开了。佩里先生上戈达德太太学校去诊治一个生病的孩子；他告诉纳什小姐，他昨天从克莱顿庄园回来时见到了埃尔顿先生。他惊讶地发现，埃尔顿先生竟然要动身去伦敦，而且得到第二天才回来，虽然这天晚上是大家说好的打惠斯特牌的时光，埃尔顿先生以前可是一次也不落的。佩里先生为这事还与他争辩了一番，说他未免太不像话，作为打得最好的牌手竟然临阵脱逃。佩里先生苦口婆心地劝他推迟一天出门，可是说了半天一点儿也没有用。埃尔顿先生非要走不可，而且还非常古怪地说，他有正事要办，那是说什么也不能耽搁的。还说这是一件别人求也求不来的美差，他身上带着的可是无价之宝呀。佩里先生听不大懂他的话，但绝对能肯定这事必定与一位女士有关，也径直与他说了。而埃尔顿先生仅仅是笑眯眯地显出一副心照不宣的样子，接着得意扬扬地把马一拍就走了。纳什小姐告诉了她这些，又讲了一大堆关于埃尔顿先生的话，最后还意味深长地看着她，说道："埃尔顿先生要办的是什么事自己不敢乱猜，但是有一点很清楚：让埃尔顿先生看中的那个女的准是世界上福气最好的女人了。因为，毫无疑问，就凭埃尔顿先生这样的出众仪表和好脾气，全世界是再挑不出第二个的了。"

第 9 章

奈特利先生可以跟爱玛争吵，爱玛却无意自我反省。奈特利先生非常不愉快，以致比平素隔了更长的时间才再次造访哈特菲尔德。两人见了面，他神情严肃，表明他还没有原谅她。她感到挺遗憾，却产生不出后悔的意思。正好相反，几天来事态总的发展越来越显示出她的计划和做法是对的，这使她深感满意。

那张肖像配上了精美的画框，在埃尔顿先生一回来之后立刻就稳妥地送到家中，挂在了大会客厅壁炉架的上方。埃尔顿先生理所当然，自然是站起身来细细端详，一边还啧啧称赞，激动得连整句的话都不会说了。至于哈丽埃特，她的感情，就她的年龄与心态所能允许的范围而言，已经明显地发展成一种至为强烈、坚定的爱。爱玛很快就感到十分满意，因为马丁先生除了作为与埃尔顿先生对比的一方之外，——占绝对优势的自然是后面那一位——已经被完全抛诸脑后了。

爱玛本想通过大量的阅读与谈话来提高她那位小朋友的智力水平，但从未能超出最初的那几步，总是被搪塞到“明天再说”的那句托辞上面去。聊天比起学习来，要容易得多。让自己的想象力环绕着哈丽埃特的命运漫游驰骋，比起努力拓展她的理解能力，或是启发她用头脑分析严肃的问题，可要轻松愉快多了。目前占据了哈丽埃特注意力的文学追求，亦即她为晚年所准备的唯一精神食粮，就是收集她能见到的所有的谜语，把它们抄入一个用熨烫过的纸订成的四开薄本子。那上面装饰有花体字和纪念品图形，这本子是爱玛帮她做的。

在这个文学风气兴盛的时代，这样大规模收集的事例并不罕见。戈达德太太学塾的首席教师纳什小姐就至少抄录了三百多首。哈丽埃特最初还是从她那里得到启发的。她希望在伍德豪斯小姐的帮助下，能收集到多得多的谜语。爱玛在创想、回忆和品位上给了她不少帮助。由于哈丽埃特书法娟秀，所以这个本子编成后，很可能从形式到质量上都是第一流的。

伍德豪斯先生对这件事几乎跟两位姑娘一样起劲，总想能记起些什么来好让她们收进去。“自己年轻那阵倒的确知道不少非常巧妙的谜语——可就是怎么也想不起来了。不过没准早晚会记起来的。”他最后总是念叨着这样一句句，“俏姑娘基蒂此刻已冷若冰霜。”

他对好友佩里讲起过这件事，可是佩里一时也想不起任何与谜语有关的材料。于是他要求佩里把这事放在心上，因为佩里去的地方多，他寻思药剂师没准会碰上些什么。

他的千金小姐绝无问遍海伯里每一个有学问的人的意思。她只向埃尔顿先生一个人请求帮助，希望他能把任何真正精彩的谜语、字谜、谐音双关语绝妙佳谜，统统贡献出来。她很高兴地看到他确实是苦苦地在回忆。同时她也看得出，他是费尽了心思，绝不让半点不够文雅、对女性稍有不恭的那些谜语，从自己双唇之间吐露出来。她们从他那里征集到两三首最规矩不过的谜语，也曾喜滋滋、急煎煎，等着他总算回忆起那首有名的字谜并感情十足地朗诵出来：

> 我前半截表示让你难受，
> 后半截注定你得捱受，
> 拼起来是良药一帖，

药到病除保你称心如意。[1]

不过在听到了之后，她十分遗憾地说，可惜这一首她们在前面几篇纸上已经抄录过了。

“你何不为我们编一首新的呢，埃尔顿先生？”她说，“这样，就保险不会重复了。对你来说这还不是小事一桩！”

“哦，不行的。在下这辈子从未写过此类东西，几乎未曾涉足过这方面的编写活动，真是最愚笨不过的了！怕是连伍德豪斯小姐，”他停顿了片刻，接着又说，“或是史密斯小姐也无法使这么一个笨人产生灵感呢。”

然而，就在第二天，有迹象证明灵感还是出现了。他只待了几分钟，仅仅是为了在桌子上留下一张纸，上面写了一首字谜。照他说，这是他的一个朋友献给自己仰慕的一位年轻女士的。但是通过他的神态爱玛当即判定，写的人就是他了。

“我无意非要让它收到史密斯小姐的集子里去。”他说，“那是我朋友的作品，我无权让它在任何情况下公之于众。不过也许你们不觉得厌烦，愿意看上一眼。”

这番话与其说是说给哈丽埃特听的，还不如说是更加针对爱玛的，爱玛自然是心领神会。他一副很不好意思的模样，他发现面对爱玛的眼光比起面对史密斯小姐的眼光，倒还更加自然些。他说完话就走了。片刻之后，爱玛说：“拿去呀，”她边说边笑，把那张纸朝哈丽埃特推去，“那是给你的。自己的东西收好了呀。”

可是哈丽埃特激动得直打哆嗦，没法去拿。爱玛的脾气是从来不

---

① 这首字谜的谜底是“woman”，该词前半段是“wo（e）”，后半截是“man”。“woe”是“愁苦”之意。

怕领先，她只得自己打开看了。

致某小姐——

字　谜

前一半显示帝王财富和排场，
乃大地主宰！享不尽的荣华与富贵。
后一半却是另一番景象，
呵，望彼方，海上霸王多神威！

然而，唉！一旦结合，局面全然改观！
男士自诩的权力、自由，俱成糟糠；
陆地、海洋之双霸，如今为奴把膝弯，
而女士，可爱的淑女，成了独尊之帝王。

您思维敏捷，定能瞬间将谜底猜上，
愿温柔明眸闪露出赞许的光芒！

她眼光看在纸上，稍加思索，便猜出来了。为了充分肯定又从头读了一遍，觉得自己确实领会透了，便把纸递给哈丽埃特。哈丽埃特满怀希望头脑里却像一盆糨糊，心乱似麻地对着那张纸发愣。“很不错嘛，埃尔顿先生，真的很不错嘛。我见到过的字谜里比这差的可有的是。求爱——一个非常好的暗示。我真得好好夸奖你了。你这是在投石问路呀。已经是说得再明白不过了：‘求求你了，史密斯小姐，请允许我向你表白吧。垂目赞许我这拙作的同一眼光也请其明察我的

心迹吧。’

愿温柔明眸闪露出赞许的光芒！

“说的不正是哈丽埃特吗。说她的眼睛温柔再妙不过了——在所有的形容词里，再找不到比这更合适贴切的了。

您思维敏捷，定能瞬间将谜底猜上。

“哼——说哈丽埃特思维敏捷！那当然更加好啦。真是的，只有热恋中的男人会这样形容她的。啊！奈特利先生，我希望你能从中得到启发；我看这下子你总得服气了吧。你这辈子总算有一回不得不承认自己错了吧。这首字谜还真是出色呢，而且非常贴切。我们马上就有好戏可看喽。”

她原是会沿着这很让人高兴的思路往下发展的，那会是个长篇宏论的。可是她被打断了，哈丽埃特急切地提出了一连串大惑不解的问题。

“那会是什么呢，伍德豪斯小姐？会是什么呢？我一点儿线索都没有——一丁点儿都猜不出来。那可能是什么呢？帮我想想嘛。我从来未曾遇到过这么难猜的谜语。是不是王国呢？我不知道他说的那位朋友是谁——里面的那位淑女又指的是谁。你觉得这首谜语好吗？谜底会不会是女士呢？

而女士，可爱的淑女，成了独尊之帝王。

“会不会指海神尼普顿呢？

呵，望彼方，海上霸王多神威！

“要不就是指海神手里拿的那把三叉戟？或者是美人鱼？要不就是鲨鱼？哦，不对。鲨鱼只有一个音节。这谜语准是编得很巧妙，否则他不会带来的。哦，伍德豪斯小姐，你说我们会不会永远也猜不出来呢？”

“美人鱼、鲨鱼？胡说八道！我亲爱的哈丽埃特，你想到哪里去了？真是他朋友写的关于美人鱼或者鲨鱼的谜语，他又何必要急煎煎地送来呢？把那张纸给我，你听着：

“致某小姐——，你就读作史密斯小姐好了

前一半显示帝王财富和排场，
乃大地主宰！享不尽的荣华与富贵。

“这指的是宫廷。

后一半却是另一番景象，
呵，望彼方，海上霸王多神威！

“这指的是船——再明白不过了。现在再来看精华部分。

然而，唉！一旦结合（求爱[①]，你明白了吧），局面全然改观！

男士自诩的权力、自由，俱成糟粕；
陆地、海洋之双霸，如今为奴把膝弯，
而女士，可爱的淑女，成了独尊之帝王。

“一番恭维话说得多么得体！接下来就是请求了，意思不复杂，我想，亲爱的哈丽埃特，你总不会不明白吧。你安下神来慢慢看吧。毫无疑问，这是专门为你写的，也是献给你的。”

这番如此让人高兴的说理哈丽埃特没法不顿时接受。她读着结尾那两行，激动不已，心中充满了幸福感。她什么话都说不出来了。不过也不需要她说话。她能感受，这就足够了。爱玛代替她说道：

“这番恭维话针对性那么强，含意那么独特，”她说，“使我对埃尔顿先生的意图无从怀疑。你就是他的意中人——很快你就会得到最最充分的证据的。我想一定会这样的。我原来就觉得自己是不会看错的。现在，什么都清楚了。他的心意很清楚也很坚定，就跟我认识你以来在这个问题上所希望的一模一样。是的，哈丽埃特，事情发生得正如我一直要它发生的那样，简直是毫厘不爽呀。我都弄不懂你跟埃尔顿先生之间的这段情缘究竟是人意呢还是天意了。它的可能性与可取性真可谓是平分秋色了。我非常高兴。我衷心向你表示祝贺，我亲爱的哈丽埃特。哪个女人能激发这份感情都足可以引以为荣了。这样的结合有百利而无一害。它会给你带来你所需要的一切——体贴呀、不再寄人篱下呀，还会有一个体体面面的家——它将使你置身于你所

① 此谜的谜底为“courtship”，意即“求爱”。此词前一音节“court”为“宫廷”之意，后一音节“ship”是“船”。

有真正的朋友之间，贴近哈特菲尔德和我，使我们两人的友谊得以永存。这门亲事，哈丽埃特，让我们俩哪方都永远也不会感到尴尬脸红的。”

一声“亲爱的伍德豪斯小姐！”和另一声“伍德豪斯小姐！”是哈丽埃特在一次次亲切拥抱之余最初能发出的唯一声音。不过，等她们能进行比较正常的交谈时，爱玛的小朋友已能像她应该的那样，清清楚楚地看到、感觉到，预期和记得这件事了。埃尔顿先生的优势地位也得到了充分的承认。

“你说的一切永远是对的，”哈丽埃特喊道，“因此我寻思、相信和希望，事情必定就是这样了。否则的话我是连想也不敢想呀。我又哪里配呢？埃尔顿先生还不是想娶谁就娶谁吗？对于他，不一样的看法是不可能有的。他是那么优秀。只需想想那些可爱的诗行就够了——‘献给某小姐——’。我的天哪，多么聪明呀！真的是专门为我而编的吗？”

“对于这一点，我自己没有疑问，也容不得别的人有所怀疑。这是件斩钉截铁的事。只管相信我的判断好了。这还仅仅是正戏前面的序幕，文章前面的引语。紧跟着就会出来直抒胸臆的散文了。”

“这样的事是没有人能料到的呀。我能肯定，一个月之前，我自己连想都没有想到呢！世上的事，真是无奇不有啊！”

“当史密斯小姐和埃尔顿先生相识时，奇怪的事情就果真发生了——真的是非常离奇。这的确是超出了常规。如此明显，如此昭然若揭是再好不过的事了——本来得让旁人大费周章苦心经营的事——竟然自行以妥善不过的方式解决了。是缘分，让你和埃尔顿先生走到一起了。你们各自的家庭环境使你们融为一体。你们的婚姻就跟兰德尔斯的那门婚事一样，也是那么美好。哈特菲尔德空气里似乎有某种东西，能引导爱情朝正确的方向发展，让它在应该走的渠道里奔流呢。

真正的爱情，所走的道路永远是崎岖多阻——[1]

“而哈特菲尔德版的莎士比亚作品集可以在这里加上个长注呢。”

“埃尔顿先生竟然真的会爱上我——在所有人之中，就单单爱上我，而我在米迦勒节[2]那天甚至都不认识他，没跟他说过话呢。他又是世间罕见的最最英俊的男子，人人敬重，就跟敬重奈特利先生一样。大家都爱和他交往，谁都说如果他高兴，可以连一顿饭都不必单独吃。还说，他一星期里接到的邀请比一星期的天数还要多。他在教堂里的表现是多么出色！纳什小姐把他来到海伯里之后所作的布道全都作了记录。哎呀呀！我想起了初次见到他的情景！我当时什么都没有想到呢！听说他正从学校前面经过，艾博特姐妹和我便冲进前厅，透过百叶窗偷看。这时纳什小姐过来斥责我们，可她自己倒待在那儿看起来了。不过，她马上就叫我回去，让我也看，她心肠还是挺好的。我们都觉得埃尔顿先生太帅气了！他当时正和科尔先生手拉着手。”

“这门亲事，不管什么人——不管你的朋友是什么样的人，都会欣然接受的，只要他们还有一点点常识。我们可不想把我们的所作所为汇报给傻瓜听。如果你的朋友急于见到你婚姻美满，那么，这位温柔体贴的男士尽可以让他们完全放心。如果他们想让你在他们给你选定的地域和社会圈子里安身立命，那么这一点也完全可以做到。如果他们只有一个目的：你应该就通常的意义来说，嫁得很好，那么，这

① 见莎士比亚《仲夏夜之梦》1 幕 1 场 123 行。

② 英国节日，在 9 月 29 日。

门亲事里殷实的家产、可敬的地位与灿烂的前程，必定能使他们心满意足了。”

“是的，非常正确。你说得太好了。我就爱听你说话。你什么都懂。你和埃尔顿先生聪明得一个赛一个。那首字谜，换了我，就算是死抠十二个月，也是绝对写不出来的呀。”

“从他昨天装腔作势的那副模样，我就拿准他决心一试身手了。”

“我真的觉得，毫无疑问，这真是我见到过的最最精彩的一首字谜了。”

“我倒确实是没见过哪一首比这更加切题的。”

“在长短方面，它也几乎跟我们已经有的那些一般长了。”

“依我看，好不好主要还不在于它有多长。这类性质的东西一般来说都短不了。”

哈丽埃特全神贯注地看着那些诗行，根本没有听见。她脑子里在产生一种最令她得意的比较方法。

“那样做是一回事，”她很快就把想法说了出来，兴奋得满脸红光，“像一般人那样，平平常常的有了个挺不错的想法，倘若有必要表达出来呢，就坐下来写一封信，直截了当把必须说的话说出来。可是像这样的写诗编字谜，就是另外的一回事了。”

她把对马丁先生那篇散文的蔑视表现得如此酣畅有神，简直都要让爱玛自愧弗如了。

“多么漂亮的绝妙好诗呀！”哈丽埃特继续赞叹道，“瞧瞧收尾的那两行！可是我该怎么回复，说我猜出来了呢？哦，伍德豪斯小姐，我们该怎么办呢？”

“交给我来办好了，你什么也不用做。他今天晚上会来的，我敢说，到时候我把这东西退还给他。接下去他跟我会扯上几句废话，你还是不必牵扯进来。你那双柔媚的秋波自有发挥作用大放异彩的时候的。相信我的话好了。”

“哦，伍德豪斯小姐，我不能把这首漂亮的字谜抄到我的集子里去，这多可惜呀。我敢肯定我收集的那些还不及它一半好呢。”

“那就别抄最后面那两行，这样，你就没有不该抄的理由了。”

“哦，不过那两行可是——”

“整首诗里最精彩的部分。就算是吧——从个人欣赏的角度看。那就记住这两句，留给自己欣赏就是了。不会因为你拆开了，它们就会有一点点显得并非是精心佳构的。那个对句不会跑掉不见，它的意思也不会起变化。不过若是删掉呢，一切特定的含义不存在了，它却仍然是一首非常漂亮华丽的字谜，收在任何一个集子里都很合宜。自然啦，他是既不想让自己的情意受到轻视，也不愿见到自己的字谜遭到蔑视的。一个热恋中的诗人必须在双方面都受到鼓励，否则他就会觉得哪一头都没有得到。把本子给我吧，我来抄，这样就不会有任何怪罪摊到你的头上了。”

哈丽埃特服从了，虽然心中还是老大的不愿意把最后两句删掉，生怕这样一来，她的朋友所抄录的就不是爱情宣言书了。这份献礼太珍贵了，是绝对不能公之于世的。

“这个本本我是谁也不让看的。”她说。

“非常好，”爱玛回答道，“有这样的感情是再自然不过的了，持续得越久我越是高兴。瞧，我父亲来了，我把字谜念给他听你不反对吧？他听了准会非常高兴。他就是喜欢这一类东西，特别是说女士好话的。他对大家都这么殷勤体贴。你一定得让我念给他听。”

哈丽埃特神色变得凝重了。

“我的好哈丽埃特，你千万不能对这首字谜太在意了。若是你过于敏感，反应过于灵敏，认定它有更多含义甚至还听出了弦外之音，那你就会不恰当地泄露出自己的真实想法。别让这么一篇小小的表示爱慕的礼赞就把你的武装全给解除了。若是他真想保守秘密，他就不会在我也在场的时候留下这张纸了，而且他还是把它推向我而不是推向你的。对这件事我们可不能太一本正经了。即使我们没有对着这字谜长吁短叹，他也已经得到够多的鼓励，大可勇往直前了。”

“哦，那是那是。我不希望让人笑话，随你意思办好了。”

伍德豪斯先生进来了，很快就再次谈到这个题目上来。他发问了，正如这阵子他一见她们总是要问的那样：“啊，我的宝贝儿，你们的集子编得怎么样啦？收集到什么新材料了吗？”

“有啊，爸爸。我们有新东西要念给您听呢，是您压根儿没听到过的。今儿早上在桌子上发现一张纸——我们猜准是哪位仙女扔下的。上面有一首字谜，非常不错，我们刚刚抄到本子上去了。”

她念给父亲听，就用他喜欢的那种方法，又慢又清楚，反复了两三遍，边念边对各个部分都作了些解释。他听得兴高采烈，正如她预料的那样，结尾处的恭维话让他格外有所触动。

“对喽，这样说就很公平了嘛，对不对啊？这样说就对头了嘛。非常正确嘛。‘女士，可爱的淑女。’这字谜编写得那么漂亮，宝贝儿，我一猜就知道是哪位仙女带来的。没有人能编写得这么漂亮，除了爱玛你。”

爱玛仅仅是点点头，微微一笑。父亲想了想，轻轻叹了口气，然后说：

“唉，你像谁，这不难看出来。你亲爱的母亲做起这等事来再聪明不过了。我要有她那样的记性就好了。我可是什么也记不住啊，就连你听我提到的那一首也记不起来了。它有好几节呢，我只记得第一节：

俏姑娘基蒂此刻已冷若冰霜，
曾火辣辣令我至今胆丧。
召来了戴头套的男孩叫他帮忙，
又怕他胡乱来大干一场，
扼杀掉我当初的那次求欢。①

“我能记得的也只有这一段了；不过从头到底，它都是编得非常之巧妙的。不过我想，我亲爱的，你说你已经收集到了。”

“是的，爸爸，抄录在我们集子的第二页上。我们是从《佳作精粹》上抄下来的。您知道，那是加里克写的。”

“对啊，就是这样的——我希望我能多记得一些：

俏姑娘基蒂此刻已冷若冰霜——

“这名字让我想起了可怜的伊莎贝拉，因为她差一点起名叫凯瑟琳②，随她的祖母的名字。我希望她下星期能来我们这儿。

“你有没有想过，我亲爱的，你打算把她安顿在什么地方，让她的孩子们住哪个房间啊？”

“哦，想过的——她还是住她自己的房间。当然啦，就是她原先住的那个房间。小孩子住育儿室——就跟以前一样，您知道的？干吗

① 这是演员与剧作家戴维·加里克（1717—1779）所编的一首字谜，共四节。谜底为“通烟囱的小孩”。

② 基蒂为凯瑟琳的昵称。

要有变动呢？”

“我不知道呀，我亲爱的——她上次来已经是很久以前的事了——那还是复活节那会儿，仅仅住了几天。约翰·奈特利是律师，太不自由了。可怜的伊莎贝拉！她给带走，离开了大家，真让人伤心哪。她这回来，见不到泰勒小姐了，又不知会多么难过呢。”

“至少她还不会大吃一惊吧，爸爸。”

“这我还真说不上来，我亲爱的。我只知道我头一回听说她要出嫁时真的是大吃了一惊。”

“伊莎贝拉在的时候，我们一定得请韦斯顿先生、太太来这儿吃饭。”

“是的，我亲爱的，要是有时间的话。可是——（语气变得极其沮丧）她只来待一个星期，做什么事情都来不及呀。”

“他们无法多住几天的确是很不幸，但这也是出于无奈。约翰·奈特利先生二十八号是必须回伦敦的；不过，我们也该知足了，爸爸。他们下乡时都住在我们这儿，不会上修道院那边去待上两三天的。奈特利先生答应这个圣诞节放弃他的要求，虽然您知道，他已与他们很久未能团聚了，比我们还要久呢。”

“真的，我的宝贝儿，要让伊莎贝拉住到别处去不住哈特菲尔德，那可太残酷了。”

伍德豪斯先生除了认为自己有权留住客人之外，是绝对不承认奈特利先生对自己弟弟，或是任何人对伊莎贝拉，也应该是可以有一份权力的。他沉思了片刻之后说道：

“她丈夫不得不先回去，可是我不明白可怜的伊莎贝拉干吗非得这么快就走。我想，爱玛，劝劝她跟我们多待上几天。她和孩子们可以过得非常愉快的。”

“啊，爸爸，这事您以前从来没有办成过，我看您以后也不会办成的。伊莎贝拉不舍得跟她丈夫分开呢。”

这话说得太对，显然无法反驳。伍德豪斯先生尽管不爱听，也只能顺从地叹了口气。爱玛看到父亲因为女儿这么离不开丈夫情绪受到影响，赶紧把话题扯到别的上面去，好让他高兴起来。

“我姐夫、姐姐在这儿的时候，哈丽埃特一定得尽量多地陪陪我们。我敢肯定她会喜欢孩子们的。我们都为他们感到非常骄傲，对不对啊，爸爸？不知道她会觉得哪一个更加漂亮，是亨利呢还是约翰？”

“是啊，我不知道她会更喜欢谁。可怜的小宝贝儿，能来这儿，他们多高兴啊。他们非常喜欢在哈特菲尔德住下，哈丽埃特。”

“我敢说他们肯定是的，先生。我不知道有谁不喜欢住哈特菲尔德，这我敢肯定。”

“亨利长得漂亮，约翰非常像他妈妈。亨利是老大。他的名字是跟着我取的，倒没跟他父亲。老二约翰名字跟了他的父亲。有些人觉得奇怪，为什么老大的名字不跟爸爸呢？可是伊莎贝拉愿意让他叫亨利，我觉得她这样做是对我的一片美意，我心领了。两个孩子会走过来站在我椅子的旁边，对我说：‘外公，给我一根小绳行吗？’有一回亨利还跟我要一把小刀，我告诉他，刀子是只有外公这样的大人才能用的。我看他们的父亲对孩子往往是过于严厉了一些。”

“您自己太温和了，所以才觉得他严厉；”爱玛说，“若是您把他和别的当父亲的比一比，就不会觉得他严厉了。他希望自己的男孩活泼勇敢。只有他们调皮得过了头的时候，才难得说句狠点儿的话。他其实是很慈爱的——他当然是个慈父了，孩子们全都喜欢他。”

“还有，他们的伯伯一来，就把他们朝天花板上抛，怪吓人的哟。”

“可孩子们喜欢呀，爸爸。他们最最喜欢的就是这个了。从中他们得到最大的乐趣。要不是伯伯立下规则轮流来，那么开头玩的那个便再也不肯让别人玩了。”

“唉，那我真是弄不懂了。”

“世界上的事情就是这样，爸爸，总有一半人不明白另外一半人干吗对某件事那么心醉神迷的。”

快近中午，就在两个姑娘要分头去准备四点钟那顿正餐时，那首举世无双的字谜的作者再次走了进来。哈丽埃特将身子转了开去，爱玛却仍然能用平日的那种微笑来欢迎他。她那双锐利的眼睛很快就从他的目光里察觉出，他意识到自己已经朝前推进了一步——决定性的骰子已经掷下。她寻思他是来看结果的。不过他表面上的借口是来问，晚上伍德豪斯先生的牌局缺他一个行不行。哈特菲尔德有没有需要他效劳的地方，倘若有，他可以把其他所有事全都排除开去的。否则的话呢，他的朋友科尔先生说过多回要请他吃饭——他实在是推不掉——他也已经答应，只要能去便一定去。

爱玛向他表示了谢意，又说，可不敢让他为了他们而使他那位朋友感到失望。她父亲必定能找到打牌搭档的。埃尔顿先生再次表示是可以来的——她再次婉拒。此时，他像是要鞠躬告辞了。爱玛抓紧机会从桌子上拿起那张纸，递还给他。

“哦，承蒙好意，给我们留下了这一篇字谜。谢谢你能让我们拜读。我们非常喜欢，就自作主张把它抄进了史密斯小姐的集子。希望你的朋友不会介意。自然，我也就抄了前面的那八行。”

埃尔顿先生确实是不知道该说什么才好了。他看上去有点摸不着头脑——有点发窘，嘟哝着说了句“太荣幸了”之类的话，一边把眼光朝爱玛和哈丽埃特瞥过去。此时他见到桌子上摊开放着的那本集子，便拿起来细细地察看。为了让这一尴尬的时刻快点过去，爱玛笑盈盈地说道：

“千万代我们向你的朋友致歉呀。不过这么好的一首字谜真不该藏起来不让更多人读到。他写的时候态度如此虔敬，肯定是会得到每一位女士的嘉许的。”

“我毫不迟疑地认为，”埃尔顿先生回答道，虽然他说的时候显得非常迟疑，“我毫不迟疑地认为——至少是如果我的朋友跟我想法完全一致的话——我绝对毫不迟疑地认为，如果他像我一样发现他那首小小的抒发激情的诗作这么受到尊崇，他准会认为这是他一生中最最值得骄傲的一件事了。”

发表完这番演说之后，他忙不迭地走了。爱玛正巴不得他快点走。因为尽管他一向温和谦逊，这番演说里却隐含一种扬扬自得的心气，使爱玛简直要忍俊不禁。她奔跑开去，大声地哈哈笑了出来，让哈丽埃特独自去沉浸在温柔的喜悦与崇高情感之中。

第 10 章

虽然此刻已是十二月的中旬，天气还不算太坏，不至于阻碍女士们像往常一样出外进行一般性的活动。翌日，爱玛就去离海伯里不远的一个贫病交加的家庭，进行一次慈善性的访问。

去这所孤零零的茅舍得顺着牧师宅子巷一直往前走。牧师宅子巷是从当地那条不规则的宽阔大路垂直岔出去的。从名称上也可以看出，这巷子显然就是埃尔顿先生那舒适住宅的所在处了。先经过的是一些简陋的房舍，接着，在走了约莫四分之一英里之后，就可见到牧师宅耸立在面前。这是幢不太讲究的老房子，几乎紧贴着路边。它在地理位置上没有什么可取之处，但是现在的房主人在装修上下了不少功夫。因此，两位朋友在经过时，是不可能不放慢步子细细端详的。爱玛先开口，她的话是这样说的："就是这儿了。过不多久，你整个人跟你的那本谜语集都要归到这儿来了。"

哈丽埃特的话则是："哦，多么漂亮的房子啊！多么华美呀！用的是黄窗帘，正是纳什小姐最最喜欢的那一种。"

"我现在是很少走这条路，"两人一边往前走，爱玛一边说，"可是以后自然会有一种吸引力让我常来，使我对海伯里这个角落所有的树篱、院门、池塘和修剪过的灌木，会都一一逐渐熟悉起来的。"

她发现哈丽埃特一辈子还从未进过牧师住宅，她想进去看看的好奇心又是那么强烈。考虑到她表现出的模样与可能的动机，爱玛无法不认为那就是爱情的明证，正如埃尔顿竟会觉得哈丽埃特聪慧机智一样。

"我真希望我们能想出个办法来，"她说，"只是我实在找不到一个要进去的说得过去的借口。没有什么用人的事非要向他的管家打听——也没有我父亲的口信需要转达的。"

她考虑了一会儿，还是想不出什么法子来。两人沉寂了半晌，哈丽埃特重新开口说：

"我觉得好生奇怪，伍德豪斯小姐，你怎么还不结婚，或是还不准备结婚呢——你是那么可爱。"

爱玛哈哈大笑，回答说：

"我可爱？哈丽埃特，光是这一点还不能决定我可以结婚呀；还得让我觉得别人可爱才行——至少得遇到一个这样的人吧。我不仅是目前不打算结婚，而且连这样的念头也一点儿都没有。”

“啊，你说是这样说，我可没法相信。”

“我必须遇到一个人，他比我见到过的每一个人都优秀得多，这样才会引起我结婚的念头。埃尔顿先生，你知道——”她沉吟了半刻，“并不是这样的人，我不希望找到的是像他这样的人。那样的话我是宁可不结婚的。我结了婚不可能变得比现在好。如果我结了婚，我准会后悔的。”

“我的天哪！女人这么说话，让人听着怪害怕的呢！”

“一般女人出于各种原因想要结婚，这些原因在我这儿统统不存在。的确，要是我坠入了情网呢，那又是另一回事了。可是我从未坠入情网。我不喜欢那样，那不符合我的天性。我想我永远也不会那样的。没有坠入情网却让自己好端端的生活有所改变，那我岂不成了傻瓜一个了吗？财产，我不需要。我不愁无事可做。显赫的地位呢，我也不贪图。我相信，没有几个女子能在丈夫家中做一半的主，像我在哈特菲尔德这样。我永远，永远也不指望哪个男人，能像我父亲一样地真正疼爱、重视我，始终把我放在首位并且认为我永远是对的。”

“可是到头来，会像贝茨小姐那样，当一个老姑娘的呀！”

“你至多也只能举出这么一个可怕的形象来吓唬我了，哈丽埃特。若是我认为自己真的会变得跟贝茨小姐一样，也是那么傻里傻气，那么容易满足，那么满脸堆笑，那么枯燥无味，那么好坏不分，那么马马虎虎、随遇而安，而且那么喜欢有丁点儿大的事便到处乱说，唉，那我宁愿明天就结婚的。可是，我相信，我跟她之间，除了都未结婚之外，根本不可能有任何共同点。”

“可是，你仍然会是个老姑娘的呀——那多可怕呀！”

“别担心，哈丽埃特，我不会成为一个穷酸的老姑娘的。仅仅是贫穷，才使单身生活受到宽宏大量的公众的蔑视！一个收入极其有限的单身女子必定会成为一个可笑的、不讨人喜欢的老姑娘，成为男孩、女孩恣意嘲笑的对象！可是一位饶有资产的单身女人却总是受人尊敬，可以像任何人一样通情达理，讨人喜欢！这两者之间的区别，初初一看，似乎有违世间的正道与常理，其实不然。因为手头拮据，必定会使人心胸狭窄，脾气乖张。那些糊口尚且不易的人，只能生活在一个极其狭小、通常是素质很低的社会圈子里，自然而然就变得思想狭窄、行动粗鲁了。不过，上面说的套在贝茨小姐头上并不合适。她只是性格太柔顺、头脑太简单，不对我的脾气罢了。总的来说，她虽然不结婚又很贫困，大家还是挺喜欢她的。贫穷确实没有使她的心胸变得狭窄。我真的相信，倘若她的全部财产只有一个先令，她也很乐意把六个便士奉献出来[①]。而且没有人畏惧与她往来——这也是一种很大的魅力呢。”

“哎呀呀！可你怎么办呢？你老了以后怎么打发日子呢？”

“如果我对自己了解得没有错的话，哈丽埃特，我的头脑还是挺活跃、积极，很会独立思考的。我二十一岁时忙忙碌碌，我看不出到四五十岁那会儿却会变得无所事事。女子用眼睛、双手和头脑所从事的各种活动，我现在做，到那时同样可以做，这至少是不会起多大的变化吧。要是我不能多画画儿了，那我可以多看点书；要是我弄音乐不合适了，那我可以编织地毯呀。至于感兴趣的对象、感情倾注的对象有所欠缺呢，老实说，这倒是个不如别人的大问题。不结婚的最大缺憾确实莫过于此了。可是我并不发愁无人可以疼爱，我有姐姐的那些我心疼的孩子，满可以去喜欢和照顾呀。看样子这些孩子数目还会

① 英旧制，一个先令合十二便士。

增多，足够进入晚年的小姨满足感情上的每一项需要，是完全够我去希望和操心担忧的。虽说我的爱跟父母的爱不能相比，但是这种爱倒更配我的胃口。它比较恬淡安适，却没那么炽烈盲目。我的外甥和外甥女，是的，我以后是得经常把一个外甥女留在自己身边的。”

“你认识贝茨小姐的外甥女吗？我是说，我知道你见到她准有一百次了——不过你们相互认识吗？”

“哦，认识的。每一次她来海伯里我们都没法不见面说话。顺便插一句，单是这一个便几乎有足够理由使人不再喜欢外甥女了。谢天谢地，至少，别让我在谈起所有的小奈特利时像贝茨小姐谈起简·费尔法克斯时那么招人讨厌。就连一听见提到这个名字都让人受不了。她的每一封来信都给念上四十来遍。她对所有朋友的问候都再三再四地带到。若是她给小姨寄了一张胸衣的纸样，给外婆织了一副吊袜带，那么一个月以内你就休想听到旁的话题了。我祝简·费尔法克斯万事顺遂，不过对于她这个人，我可是腻烦透了。”

此刻，她们已走近那所农舍的门前，海阔天空的神聊只得暂且收起。爱玛极富于同情心。穷人的苦难不仅能激发她解囊相助，而且也会使得她亲自去关心照料，竭尽心思地出点子和耐心地加以帮助。她熟知他们的行事方式，能容忍他们的无知和易受诱惑，对受教育如此之少的人的美德她不存任何罗曼蒂克的幻想，却总能满怀同情地细细体察他们的苦恼。而且总是帮助他们，不仅仅是怀着一片好心，而且也用同样充沛的聪明与才智。这一次，她去探望的对象贫病交加。她在那里尽可能多留些时间，作了充分的安慰和劝告。那里的情景给她留下很深的印象，因此在两人一起离开时，她对哈丽埃特说：

“看看这些景象对人很有好处呀，哈丽埃特。看过了这些再去看别的，就全成了无足轻重的小事了！我现在觉得，这一整天，我脑子里除去这几个可怜的人，别的好像全装不进去了。不过，谁知道我心里对他们的惦记能持续几天呢？”

“一点儿不错，”哈丽埃特说，“这些人真是可怜！让人只能想到他们，别的统统没法想了。”

“不过，真的，我想这样的印象还是不会很快就消失的。”爱玛说。这时她正穿越低矮的树篱，趔趔趄趄地踩在几块垫脚石上。这是把两人重新带回巷子去的那条又窄又滑的农舍庭院小径的终端。“我想是不会的。”她停下步子再次扭过头望望村舍残败的外表，并且回想里面更加破败的凄惨景象。

“哦，绝对不会的。”她的同伴应答道。

她们继续往前走去。这条巷子有个小小的弯度，她们刚拐过这个小弯，埃尔顿先生突然一下子出现在她们的眼前，距离是那么近，使得爱玛只来得及说：

“哎，哈丽埃特，眼下一个考验突然降临，要看看我们的善良思想是否还能站稳脚跟了。不过嘛，”她笑眯眯地说，“我相信道理还可以这么解释：如果同情怜悯已经使受苦人得到安慰，受到鼓舞，那么它便已经起到它真正的重要作用。如果我们深爱受苦的人，为他们尽了心尽了力，那么，余下的全都是空洞的同情，徒然令我们自己痛苦而已。”

哈丽埃特只来得及说了句“那可不是”，那位绅士便已经参加到她们的行列里来了。不过，那户穷困人家的匮乏和苦难仍然成了三个人最初的话题。他原本是要去看望他们的。这次访问他可以推迟进行。不过三个人对于可以与应该做些什么帮助进行了一次非常有趣的交谈。这时埃尔顿先生转过身子随她们一起往前走去。

“在完成这一任务时相互达到默契，”爱玛心里这么琢磨，“为做好这桩善举频频接触，这会使双方的爱意大大增长的。我相信这肯定有助于把爱慕的心情明确地表达出来。如果我不在场，这番意思肯定已经明说了。我真希望自己是在任何别的地方呢。”

她急于要和他们尽可能距离远一些，很快就走到巷子一边略为高出一些的人行小道上去，让那两个人在巷子当中走。可是她过来还没到两分钟就发现哈丽埃特出于依赖与模仿的习性，已经朝她靠过来了，这样的话，不用说，很快就会使两个人都紧紧挨着她的。这可不行；她立刻停下脚步，假装要重新系好半高筒靴子的鞋带，弯下身子把小道占得满满的，嘴巴里说你们尽管往前走，她自己要不了半分钟就会跟上来的。他们听从了，往前走了。等到她认为系鞋带的时间应该结束的时候，让她高兴的是又有了可以拖时间的由头。恰好此时有个女孩子提着个汤罐从农舍里走出来，是家里人派她上哈特菲尔德去打肉汤的。走在这孩子的身边，和她说话，问她一些问题，这是世界上再自然不过的事。或者说，即使她不是存心想拖延时间，这样做本来就是再自然不过的。靠了这个办法，仍然可以让那两个人在前面走，不必非得等她赶上来不可。但是她还是不由自主地赶上了他们。那孩子步子快，而他们却比较慢。她是很不情愿这样的，因为他们显然是谈得十分起劲。埃尔顿先生兴致勃勃地在说，哈丽埃特专心致志地在听。爱玛这时已经让那个女孩先走了。她刚要盘算怎样才能离他们稍稍远一些，他们却都扭过头来看她，她只好加快步子参加进去。

埃尔顿先生仍然在说，仍然在谈某些有趣的细节。爱玛不免感到有些失望，因为她发现他给那位俏丽女伴所说的只不过是昨天他的朋友科尔举办宴会的情况。爱玛来到时他已经讲到了斯蒂尔顿干酪、北威尔特郡干酪、黄油、芹菜、红菜根以及各种各样的餐后甜点。

"很快就会引导到更加精彩的话题上去的，这是不言自明的。"她用这样的想法来安慰自己，"那就是两个互相爱慕的人之间感兴趣的任何话题。而接下去，任何一点点小事都会成为引子，使藏在心底的话全都掏出来。唉，我得多躲开一会儿才是。"

此刻三人默默无言地一起前行，牧师住宅围篱的木桩已隐约在望。爱玛心中突然产生一个决定：至少要让哈丽埃特进到宅子里去。这使她又一次发现自己的靴子出了严重的问题，只得又一次地落在后面拾掇拾掇。接着她猛地一拉，把鞋带扯断，偷偷地扔进沟里。然后又恳请他们快快停下，说自己实在没本事，修不好了，像这样子，哪怕勉强凑合着走，回家也是不行的呀。

"鞋带少了一根，"她说，"我真不知道该怎么办才好。我简直成了你们两位的累赘，不过我希望以后别总是这样缺这缺那的。埃尔顿先生，我得求你允许我闯进府上待上片刻，去跟你的管家讨一根丝带、小绳儿，或是随便什么东西，只要能把我的靴子系紧就行。"

埃尔顿先生听到这个建议显出了一副喜形于色的样子。在把她们请进自己房宅时他动作之机敏、态度之殷勤，简直是好得无以复加。他一心要让每一件事都做得尽善尽美。她们被请进去的房间是他最主要的起居室，在房子的正面。紧挨着的是一个后间，两个房间当中的门是开着的。爱玛和女管家一起进入后间，以便接受后者再热心不过的帮助。她不得不让原来就开着的门继续开着，虽然她十分希望埃尔顿先生会把它关上。可是门没有关，它一直开着；她只好与管家不断地说话，希望这样可以让在隔壁的他想讲什么尽可以不受拘束。足足有十分钟她耳朵里光能听到自己的说话声，但是再拖下去也不合适了，她只好和女管家结束谈话，走进前面的房间。

一对恋人正挨着站在一扇窗户的前面，这景象十分令人鼓舞。有半分钟，爱玛都因为自己策划成功而大大得意了。可是不对啊，他还未说到点子上呢。他显得非常讨人喜欢，也非常可爱。他告诉哈丽埃特他方才看到她们走过，便有意跟了上来。另外还顺带献了些小殷勤，作了些小暗示，但重要的事情却一字未提。

“够谨慎的呀，真是小心谨慎得到家了。”爱玛心想，“他可是步步为营啊，只有相信自己踩稳了才会朝前走上一小步呢。”

尽管不是一切都按照她的精巧设计进行下去的，但是她还是忍不住要自鸣得意，因为这次见面使双方都十分愉快，必定会推动他们将那件大事往前发展的。

第 11 章

现在埃尔顿先生必须自己努力了。爱玛已经没有能力再去照料他的幸福或是加快他的步骤。她姐姐一家人眼看就要来了。这件事先是企盼着，接着是真的要实现了，于是就成了她需要关心的头等大事。他们在哈特菲尔德逗留的十天里，自然不能指望——她自己也没有这样指望——她能给予这对恋人比偶尔、顺带的关心稍多一些的帮助。不过，只要愿意，他们还是可以很快就取得进展的。不管他们愿意还是不愿意，或多或少，必定是会取得一些进展的。她也不大希望自己能为他们匀出较多的空闲时光。世界上就有那么一些人，你帮他们做得越多，他们自己反倒做得越少。

约翰·奈特利夫妇比往常更久没有来萨里[1] 探亲了，自然会激起超乎寻常的兴奋与兴趣。此前，他们婚后的每一个长假都是匀开了在哈特菲尔德与唐韦尔修道院度过的。可是今年秋天，所有的假日都安排在让孩子们去洗海水浴上了。因此好多个月，在萨里的亲戚都没能正常见到他们。而伍德豪斯先生则是连一面都未见到过，因为没法劝动他上伦敦这么远的地方去，即使是为了可怜的伊莎贝拉也不行。因此上，老爷子期待着这次过于短暂的访问，既快乐，也是十分紧张与忐忑不安。

对于女儿回来途中的种种艰辛，他考虑了很多。对于自己的马匹和车夫的劳累他也想了不少，这一家子有几个人后一半的路程将要由他家的马车来承担。但是他的忧虑是没有必要的，十六英里的路程开开心心地走完了，奈特利夫妇、他们的五个孩子以及为数可观的仆佣保姆，全都平安抵达哈特菲尔德。这样一次来临所引起的忙乱与喜悦，要招呼这么多的人，表示欢迎，给予鼓励，分门别类地安排好住处，所产生出的那份喧闹和混乱，若是为了别的事由，那他的神经是绝对受不了的。即使是为了目前的喜庆，要他再长时间忍受那肯定也是不行的。但是约翰·奈特利夫人对哈特菲尔德的生活习惯和父亲的情绪非常尊重。因此，尽管她母爱心切，要让她那些小家伙马上过得开开心心，立即就自由自在和受到照料，有吃有喝，能睡能玩，一点不受到耽搁，一切都如他们之所愿，但是又绝对不让他们长久打扰父亲，不管那是他们自身引起的还是对他们无止无休的关心所引起的。

约翰·奈特利太太是位娟秀端庄、身材娇小的女子，举止文雅娴静，性情极为温顺和蔼。她一心扑在家庭上，是位典型的贤妻良母，

[1] 英格兰伦敦东南方的一个郡，伍德豪斯家所在的海伯里与奈特利家所在的唐韦尔修道院都在此郡境内。

又极其挚爱父亲、妹妹，要不是有更亲的亲人要爱，那她对娘家人的感情真是无法超越的了。她只觉得他们完美得挑不出一点点毛病。她不是个理解力很强、思维很敏捷的女子。除了这一点很像父亲外，在体质上她也继承了他的许多特点。她比较娇弱，对孩子们健康的关心有些过度，总是忧虑重重，神经过敏，就像父亲离不开佩里先生一样，她在城里也有位离不开的药剂师朋友温菲尔德先生。父女俩在生性和善上也是一模一样，对每一位老朋友都是敬爱有加，很重感情。

约翰·奈特利先生是个高身量，绅士气很足，十分聪明的人，事业正蒸蒸日上。他其实是很顾家、很可敬重的一个人。可是矜持的态度往往使人不敢喜欢他，而且有时他也真的会怒形于色。他算不上性格乖张，倒未曾经常无缘无故地大发脾气，足以获得这样的恶名。但是他的脾气总不能算是他的一大美德。而且，说实在的，有了这么一个对他崇拜得五体投地的太太，他原有的毛病更是几乎不可能得到些微的减轻了。妻子那无比温柔的性格反倒是害了他。他头脑清楚，思维敏捷，这一切正是那位太太所欠缺的，因此他难免有时会做出个粗鲁的举动，说出句刻薄的言语来。他并未让他那位才貌双全的小姨子越看越欢喜。他任何一点点毛病都逃不过她的慧眼。伊莎贝拉受到的小小损害她马上就能感受到，而伊莎贝拉自己却是从来都觉察不出来的。倘若他对小姨子采取的是多献殷勤多多恭维的态度，爱玛也许还能宽容一些。可是他对她仅仅像是一个好心却缺乏热情的姻兄兼朋友，从不随便赞美，也不盲目附和。但是即便他说了何等亲切的好话，也不能使爱玛忽视在她看来是姐夫有时会犯的最大毛病，那就是对她父亲缺乏出自敬意的忍耐心。越在指望他能耐心一些的时候他越是并不总能如你所愿。伍德豪斯先生的怪脾气与烦躁不安有时会惹得他以同样让人受不了的态度提出合理的抗辩或是尖刻的反驳。这样的情况倒不是经常出现，因为约翰·奈特利先生其实对丈人还是相当尊重，对自己应该怎么当小辈也是心中有数的。但是以爱玛的孝心来衡量仍然是冒犯得多了一些，尤其是纵使冒犯并未真的发生，而担忧它会来临的那份痛苦却经常让人提心吊胆。不过每次来访一开始表现出来的感情总是很得体的。这一回迫于实际情况，回家做客只能很短暂，估计一切都会顺顺当当，大家必定能融洽相处。他们坐下没多久，还未完全定下心来，伍德豪斯先生就忧伤地摇了摇头，叹了口气，提醒大女儿注意她上次来过之后哈特菲尔德所发生的悲惨变化。

“唉，宝贝儿，”他说，“可怜的泰勒小姐！这件事太叫人伤心了。”

“哦，可不是嘛，爸爸，”女儿由衷地感到同情，大声地说，“您肯定非常想念她！亲爱的爱玛也一准是的。对你们两人，这是多大的损失啊！我简直没法想象没有了她你们俩怎么办。这确实是个让人伤心的变化。不过，我希望她过得挺好的吧，爸爸。”

“挺好，宝贝儿——我希望——是挺好的吧。我也说不上来，只知道对那个地方她倒还看得顺眼。”

这时候，约翰·奈特利先生悄悄地问爱玛，兰德尔斯那边气氛上是不是有什么可疑之处。

“哦，没有，什么事也没有。我这辈子从未见到韦斯顿太太这么好过——简直是容光焕发。爸爸不过是在说自己的懊丧而已。”

“对双方来说都算是各得其所了。”这回答是够漂亮的。

“那么，爸爸，您还能比较经常地见到她吗？”伊莎贝拉问道，用的是很适合她父亲心情的忧伤口气。

伍德豪斯先生有点拿不定主意，“没能如我所希望的那么经常，宝贝儿。”

“哦，爸爸，他们结婚后我们只有一整天没能见到他们。除了这一天，在早上或是晚上，我们总能见到韦斯顿先生或是太太的。一般是两个人都能见到，不是在兰德尔斯就是在这儿。更多的时候是在这儿，这你是可以料想得到的，伊莎贝拉。他们来看望时对我们都是非常非常亲切。韦斯顿先生确实也跟他太太本人一样亲切。爸爸，若是您用这样忧郁的口气说话，会给伊莎贝拉错误印象，以为我们大家全都怎样不好了呢。当然，谁都知道我们舍不得泰勒小姐，但是也应该让大家宽心，韦斯顿先生和太太已经连我们自己都想不到那样地费尽了心思，竭尽了全力，免得我们想念他们——这可是确凿不移的事实呀。”

“正如事情应该是的那样，”约翰·奈特利先生说，“也正如我读了你写的几封信后所希望的那样。她想表示对你们很关心体贴，这一点是毋庸置疑的。而他呢，作为一个不受职务约束、喜爱社交活动的人，要做到这一点再容易不过了。我不是一直对你说吗？我亲爱的，我不认为哈特菲尔德如你所想的那样起了多么有实质性的变化。现在听了爱玛的叙述，我想你总该放心了吧。”

“唉，那倒是，”伍德豪斯先生说，“是的，一点不错。我不能否认韦斯顿太太——可怜的韦斯顿太太——的确是经常来看我们的。只是有一点，她来了还是得走呀。”

“爸爸，您不让她走，那岂不是太难为韦斯顿先生了吗？您怎么把可怜的韦斯顿先生给忘啦？”

“的确，我认为，”约翰·奈特利先生让人高兴地说，“韦斯顿先生是有那么一些小小的权利的。你和我，爱玛，该勇于站出来替可怜的丈夫说话呀。我，作为一个丈夫，而你呢，作为一个尚未为人妻的女子，对于这位男士的权利应该是有同样强烈的感受的。至于伊莎贝拉，她结婚已经太久，认为所有已婚男子的方便是尽可以完全置之不理的了。”

“说我什么了，亲爱的？”那位太太喊叫道，她只听到和听懂了一部分的内容，“你是在说我吗？我敢肯定，没有人比我更加拥护结婚的了，不应该也不可能有这样的人了。若不是泰勒小姐离开哈特菲尔德所引起的不愉快，那我是绝对不会不认为她是世界上最最幸福的人的。至于看轻韦斯顿先生——那位出色的韦斯顿先生——那是没有的事。我认为他得到再好的结果都是应该的。我相信他是世界上空前绝后的脾气最好的人之一。除了你和你的哥哥，我不知道有谁是脾气跟他一样好的。我永远也不会忘记春天复活节的时候他是怎么帮亨利把风筝送上天空的。头年九月，都半夜十二点了，他一番好意，特地给我写了封短信，说科布汉没有流传猩红热，让我只管放心。自从那时候起，我就深信世界上再没有人比他更具同情心，更加善良的了。若说有谁能配得上他，那只能是泰勒小姐了。”

“那个小后生来了没有？”约翰·奈特利说，“举行婚礼时他来了呢还是没有？”

“到目前为止他还没来过这儿呢。”爱玛回答道，“原来大家以为婚礼以后他很快就会来的，可结果还是空欢喜一场。最近都听不见有人提到他了。”

“不过你应该把那封信的事告诉他们的呀，宝贝儿。”她父亲说，“他给可怜的韦斯顿太太写过一封信，向她祝贺，那是一封非常得体的信，文笔也极其漂亮。她拿给我看过。我当时就觉得他这件事做得道地。至于是不是他自己想到应该这么做的，那就说不上来了。你知道吧，他还年轻，只怕是他舅舅——”

“我亲爱的爸爸，他也二十三岁了。您忘了时间过得有多快。”

“都二十三啦！他真有这么大了吗？唉，我连想都没这么想过。他失去他那可怜的母亲时才只有两岁呀。唉，时间过得真快！再说我的记性也实在太差了。不管怎么说，那是一封极富善意、十分得体的信，给韦斯顿先生、太太带来很大的喜悦。我记得信是从韦默斯[1]发出的，日期是九月二十八日，一开头是‘我亲爱的夫人’，可是后面怎么说我记不清了；最后面的签名则是‘F. C. 韦斯顿·丘吉尔’。这我可记得很清楚。”

“他多么讨人喜欢，多么懂得礼貌啊！”心地善良的约翰·奈特利太太喊道，“我敢肯定他是个再和善不过的年轻人。可是他却没有和他父亲一起生活在自己的家里，这多么可悲呀！小孩子被从自己父母身边和出生的家庭带走，这样的事总让人心惊肉跳！我总也想不通韦斯顿先生怎么舍得跟他分开的。居然想得出要把小孩送给别人！对于想出这样的主意让别人听从的人，我是到死也不会有好感的。”

“我想，对丘吉尔夫妇有好感的人怕是连一个也没有的。”约翰·奈特利冷冷地评论道，“不过你倒不必以为韦斯顿先生的感觉会跟你把亨利或约翰送给别人时一模一样。韦斯顿先生是个随随便便、嘻嘻哈哈、大大咧咧的人，而不是个很看重感情的人。他总是随遇而安，在任何情况下都能就势乘便寻找到乐趣。主要，我想是，通过所谓的社交活动，那就是借助吃吃喝喝，和邻居一星期玩上五次惠斯特牌，而不是靠家庭感情上的联系，或是家庭能提供的任何东西。”

爱玛当然不爱听对韦斯顿先生说三道四的话，她几乎想就这个问题接受挑战来一番唇枪舌剑。可是她使劲儿压住火头，把这事放了过去。她得尽可能维持住和睦的气氛。而且习惯于热爱家庭，对家庭这

① 英国南部多塞特郡的一个港市。

么自满自足，这本身还是很可取可敬的，正因如此，她姐夫会对社会交往评价如此之低。她宽容大度一些还是很有必要的呢。

第12章

奈特利先生要留下和他们一起吃饭，这多少有点不合伍德豪斯的心意，他不喜欢别人跟他分享伊莎贝拉回来的这第一天。不过，爱玛出于理性的考虑却决定要这样做，除了体察到两兄弟的情分应该照顾之外，由于不久前奈特利与她闹了点别扭，她因为能使他受到挺正式的邀请而觉得特别高兴。

她希望他们此时能够言归于好。她认为也该到和好的时候了，但是和好还真不容易达到呢。她自然是一点儿错也没有，而他呢，也绝不承认自己有不对之处。让步是绝对无法考虑的。不过现在像是到了显示出可以忘记他们曾经争吵过的时候了。她希望他走进房间时自己正和一个小孩在一起，她寻思这样的布局对于恢复友谊能有所帮助——那是最最小的那个孩子，一个约莫八个月大的可爱女孩，她是头一回来哈特菲尔德，因为能在小姨的怀里蹦蹦跳跳高兴得什么似的。这样的布局倒确实是起了作用；因为虽然奈特利先生一开始是神情严肃，说话简短，但是很快就给引导到很正常地谈论起一个个孩子来，而且还非常亲切、熟不拘礼地将那女孩从爱玛手里接了过去。爱玛觉得他们又和好如初了。她有了信心，先是感到非常满意，接下来又免不了有点儿忘乎所以。在他欣赏娃娃有多漂亮的时候，她忍不住说：

“我们对小辈看法这么一致，真让人感到欣慰！对于成年男女，你我的意见有时会大相径庭。不过就这些孩子而言，我注意到，我们倒是永远也不会有不同意见的呢。”

“如果你评价成年男女时合情合理，看待他们别像看待小孩子时那样，只从自己喜欢不喜欢出发，那我们的想法就会永远一致了。”

“当然啦——但凡产生出不同意见总是因为我这方面出了错，是吧？”

“是的，”他微笑地说道，“道理也是有的。谁让你出生时我已经十六岁了呢。”

“差别之大是显而易见的，就当时而言，”她回答道，“在我们两人当时的情况下，你的判断能力自然是远远超出于我。可是二十一年过去了，莫非我们的认识能力就不会大大接近吗？”

“是啊，的确是大大地接近了。”

“莫非说，仍然没有接近得让我没准也会对上一回吗？在我们看法不同的时候。”

“我仍然保持着一点优势呢。比你大十六岁，又不是个年轻漂亮的女士和被宠坏的孩子。好啦，我亲爱的爱玛，让我们和好如初，别再说那件事了。告诉你的小姨，小爱玛，她应该给你作出个好点儿的榜样，别老是旧账算个没完。如果是这样，即使她原先没有错，那么现在也是错了。”

“一点儿不错，”爱玛大声喊道，“非常正确。小爱玛，长大了可得比你小姨强。要绝顶聪明，不能有她一半那样的自以为是。好了，奈特利先生，再说一两句，我就什么也不提了。从意愿良好来看，我们俩全都没错，我必须说我这方面的主张还没有能被证明是错误的。

我只想知道一件事：马丁先生并没有非常、非常，心痛欲裂地感到失望吧。”

“天底下比他更感失望的男子怕是没有的了。”这是奈特利先生斩钉截铁般的正面答复。

“唉！我真的非常遗憾。好吧，让我们握握手吧。”

两人刚刚握过手，态度还是挺诚恳的，这时，约翰·奈特利就走进来了。接下去是地道的英国式的问候：“你好啊，乔治？”和“约翰，你也好？”表面上冷冷的，但平静底下却掩盖着一种真正的手足情谊。在需要时，他们是可以互相为对方赴汤蹈火的。

这天晚上过得很安静，适宜于交谈，因为伍德豪斯先生为了要和他亲爱的伊莎贝拉好好谈谈，竟然连牌都放弃不打了。这些人自然而然地分成了两小摊：一摊是伍德豪斯先生和他的宝贝女儿，另一摊则是奈特利两兄弟。话题是截然不同的，或者说是极少会混在一起的。爱玛仅仅是有时在这边或那边插上几句。

两兄弟谈的是他们自己所关心与在做着的事，不过主要还是哥哥的事。他天性更爱与人交往，从来就非常健谈。他身为地方行政长官，总有些法律上的问题要向约翰请教。要不然，也至少有些奇闻逸事可以与他分享。同时，作为一个经管唐韦尔家庭农庄的农场主，他必须说一说来年哪一块地打算种什么，把所有当地农业方面的情况也都对兄弟作一番介绍。这里也是弟弟度过一生中大半时间的家，他对这里所怀的感情自然是非常之深。约翰尽管表面上比较冷静，但是对于开一条水渠，换一排围栏，每一亩地究竟种小麦、萝卜还是春季作物，也同样显得兴致勃勃。若是那位热心的哥哥留下什么说得不够清楚的话，那么他提问的口气还是挺起劲的。

这边两兄弟在心情舒畅地谈论他们的事，另一边，伍德豪斯先生正在向他的大女儿尽情倾诉自己带点儿快乐的懊恼以及掺杂着忧虑的深情。

“我可怜的好伊莎贝拉。”他说，一边疼爱地拉着她的手。她原来忙着照料五个孩子中的某一个，暂时只能先放下。“你都有多么、多么长久没有上这儿来了呀！你旅途困顿，一定是非常非常疲倦了！你一定得早些休息，我亲爱的——不过我建议你睡觉之前先喝上一小碗粥。你和我要一起喝一碗香喷喷的薄粥。我亲爱的爱玛，要不大家都来上一碗，怎么样？”

这样的主意爱玛是绝对想不出来的。她本来就十分清楚，那两位奈特利先生还有她自己，都是怎么也不会接受这番好意，此时此刻喝这样的东西的。因此她只吩咐送两碗上来。老先生又对稀粥作了一番礼赞，对于为什么不是每一个人在每一天晚上都爱喝上一碗表示了大惑不解。这以后，他又神情异常严肃、深思地说：

“亲爱的，秋天那阵，你不到这儿来却上绍森德[1]去度假，这事办得有点欠妥呀。对于吹海风，我一向是评价不高的。”

“这可是温菲尔德先生竭力推荐的，爸爸，否则我们是不会去的。他认为吹海风、洗海水浴，对五个孩子全有好处，特别是对喉咙毛病老不肯好的贝拉。”

“啊，我亲爱的。可是，说到大海是否对贝拉有益，佩里可是疑虑重重的哟。至于我自己，虽然也许以前没对你说过，我一向深深相信，大海对于任何人都是有百害而无一利。有一回我还差点儿死在海里呢，这可是千真万确的。”

“好了，好了。”爱玛嚷道，觉得这个话题再说下去会不太平，

① 绍森德，海滨度假胜地，在埃塞克斯郡。

“我求求你们别再说大海了，让我听了又羡慕又不好受。我长大到现在连海水都未曾见到过呢！求求你们再别提绍森德了。我亲爱的伊莎贝拉，我还没有听到你问起佩里先生呢，他可从来也未曾忘记你。”

“哦，佩里先生真好，他近来怎么样啊，爸爸？”

“呃，还行吧。不过身体不算太好。可怜的佩里肝脏方面有点欠佳，而且顾不上照顾自己。他跟我说他没有时间照顾自己——那可是再苦不过的了——四乡八邻哪儿都少不了他呀。依我看，任何地方，都没有一个人比他业务更忙的。不过，任何地方，也没有一个人像他这么明事理的。”

“还有佩里太太和孩子们呢，他们可好呀？孩子们都长高了吧？我非常敬重佩里先生，希望他快点儿能来做客。他看到我那几个小家伙一定会非常高兴的。”

“我希望他明天能来，因为我自己还有一两个比较重要的问题要请教他呢。对了，我亲爱的，他来的时候，你最好让他看看小贝拉的喉咙。”

“哦，我的好爸爸，她的喉咙已经好得多了，我已经不怎么为这事担心了。也许是洗海水浴对她起了极大的作用，要不就得说温菲尔德先生开的外敷药效果确实灵验，从八月份以来我们就经常在用。”

“洗海水浴对她能起作用，我看不见得吧，我亲爱的。要是我早知道你们要用外敷药，我会去问——”

“你像是忘了贝茨太太和贝茨小姐了吗？”爱玛说，“我还没听到你问到过她们一句话呢。”

“哦！那两个好人。我真是不好意思，不过你在大多数来信里都提到她们的。我希望她们都挺好的吧。善良的贝茨太太！我明天就去看她，把我那些孩子都带上。她们一直都喜欢见到我的孩子的。还有那位出色的贝茨小姐！都是好得不能再好的好人哪！她们可好啊，爸爸？”

“啊，总的来说，亲爱的，还是挺好的。不过可怜的贝茨太太大约一个月之前得了一次重感冒。”

“真让人太遗憾了！不过今年秋天得感冒的人比任何时候都要多。温菲尔德先生告诉我说，除了发生流行性感冒的时候外，他还没见过这么多人得普通感冒或是重感冒的呢。”

“情况大致上是这样，我亲爱的，不过没有你说得那么严重。佩里说近来感冒的人不少，只是还不像他十一月见惯得那么严重。佩里压根儿不认为这是个容易发病的季节。”

“是啊，我很清楚，温菲尔德先生也不认为这个季节非常容易发病，不过——”

“哎，我可怜的好孩子，事实是，在伦敦，任何季节都容易得病。伦敦根本就没有一个健康人——在那里没有人能够健康。你们没法不住在那里，这太可怕了。离我们这么远！空气又是这么坏！”

“不，真的不是的，我们那儿的空气一点儿也不差。我们住的地段比伦敦大多数地段要好上一大截呢。您可别把我们家和伦敦的一般情况混为一谈了，我的好爸爸。布伦穗克广场地区跟大多数地区可不一样。我们那里空气非常的流通！老实说，让我搬到伦敦任何一个地方去，我都绝对不干。几乎没有另外一处能让我满意，觉得可以让孩子们居住的。而我们那儿呢，空气简直好极了！温菲尔德先生认为，布伦穗克广场一带就空气质量而言，确实对健康是再好不过的了。”

“啊，我亲爱的，那也跟哈特菲尔德不一样。你只能自己安慰自己了。可是只要你们在哈特菲尔德住上一个星期，你们全都会觉得像是换了一个人儿似的。你们会跟原来完全不一样了。若说现在，我可没法觉得你们哪一个看上去像是健康的。”

“听您这么说我太难过了，爸爸；不过我请您放心，除了轻度神经性头疼和我去到哪里都没法完全摆脱的心律过速之外，我自己的身体还是不错的。如果说孩子们上床前脸色有些苍白，那只是因为长途跋涉和来到这儿感到兴奋，比平时略微疲累一些罢了。我希望，对他们的脸色，明天您会有更好一些的看法。您只管放心就是了。温菲尔德先生告诉我，他相信，以前送我们一家出门时，都没见到我们的身体显得这么好过。至少，我相信，您不会觉得奈特利先生好像有病吧。”说着，她把眼睛转过去，满怀柔情地不安地看向她的丈夫。

“只能说是一般，我亲爱的。我不能对你只说好话。我认为奈特利先生离显得健康还远得很呢。”

“什么事呀，岳父？您是跟我说话吗？”约翰·奈特利先生大声地说，他听见提到了自己的名字。

“亲爱的，爸爸说他觉得你脸色不好，我听了有点担心呢。不过我希望那只是因为你有点累了。不过，我本该让你做到，这你是听我说过的，出门前上温菲尔德先生那里去检查一下的。”

“我亲爱的伊莎贝拉，”他烦躁地大声说，“求你就别为我的脸色担心了。你只消用心医治和照顾好你自己和孩子们就可以了。我的脸色好不好由它去得了。”

这时爱玛嚷道：“你方才跟你哥哥说的话我没怎么听明白，就是关于你的朋友格雷厄姆的事，他干吗非得从苏格兰请一位管事先生来照料他的新产业呢？这样做能行吗？是不是旧的成见太深了？”

她一口气说了这一大篇话，非常巧妙。等到她必须再把注意力转回到父亲与姐姐这边来时，她没听到什么不愉快的话，仅仅听到伊莎贝拉在亲切地问起简·费尔法克斯近况如何。虽然总的来说她不特别喜欢这个女人，但此时却非常乐于凑上去帮着赞美。

“那位既可爱又和蔼的简·费尔法克斯呀！”约翰·奈特利太太说，“除了偶尔在街上见到一面，我都有好久好久没见到她了。等她上这儿来看望她那慈祥的好外婆和出色的小姨的时候，她们会觉得多么幸福啊！我总是因为她不能在海伯里多待些时候而替亲爱的爱玛深感遗憾。现在坎贝尔上校和太太的女儿出阁了，我寻思他们更加离不开她了。否则，让她给爱玛做伴儿再合适不过了。”

这些话伍德豪斯先生完全同意，但他又说：

“不过，我们这里有个小朋友，叫哈丽埃特·史密斯，也正好是个漂亮的年轻姑娘。你会喜欢哈丽埃特的，爱玛不可能找到比哈丽埃特更好的伴儿了。”

“这我听了很高兴。不过谁都知道，只有简·费尔法克斯修养最好，品格最高，而且正好又跟爱玛同年。”

这个话题大家讨论得非常愉快，接下去又用差不多的时间聊了些其他方面的事儿，也同样谈得十分投机。但是，这个晚上并非没出现一个小波折就顺顺当当结束的。粥端上来了，同时也提供了一大堆的话题——赞美的话很多，评论性的意见也不少——大家毫不怀疑地作出的一致决议是：粥对各种各样体质的人均有滋补作用，同时又严厉谴责，许多人家竟未能在熬出质量尚称满意的粥上达到应有的成绩。可是不幸的是，在大女儿必须要举出的一些失败事例中，关系最近的一起，因而也是最为突出的一起，竟是她自己的厨娘，那是她在绍森德临时雇用的一个年轻女人，这傻女人怎么也不明白女主人所说的一碗香喷喷的薄粥是什么意思。不明白什么叫稀，但又不是太稀。她总想能喝上一口粥，也常常吩咐熬粥，但就是喝不上勉强能入口的粥。这个话题一打开，可就惹出祸来了。

"唉，"伍德豪斯先生说，一边摇头一边用温和关切的目光注视他的大女儿。父亲的这声叹息在爱玛耳朵中不只是这么一句话："唉，你去一趟绍森德算是带来了无穷无尽的烦恼。简直让人没法说呀。"有一小会儿，她祈愿父亲不会再拾起这个话题，没准嘴巴里的咀嚼能让他不说话，而去继续享用自己那碗香喷喷的薄粥。然而，几分钟过后，他又开始了：

"今年秋天，你们去海边却不来这儿，我会永远感到遗憾的。"

"您哪至于得这样呢，爸爸？您尽管放心好了，孩子们得到的好处可不只是一丁点儿呢。"

"而且，若是你非去海边不可，那也以不去绍森德为宜。那地方对人的健康无所补益。佩里先生听说你们选中那个地方，很觉得有点意外呢。"

"我知道不少人有这样的看法，可是那样想确实是错的。我们在那里全都健康得很，也从未觉得泥沼有一点点不方便之处，温菲尔德先生说，谁要以为那地方对健康无益，那就错了。我敢肯定他的说法是信得过的，因为他对于空气的质量了解得非常透彻，他自己兄弟的一家对那地方是去了又去的。"

"若是你们真的要外出度假，那也应该去克罗默尔[①]呀，我亲爱的。佩里到那里待过一个星期，他认为所有的海边浴场里，再没有能超出克罗默尔的了。那儿有一片漂亮、开阔的大海，他说，空气是纯净得不能再纯净了。而且，据我了解，你们还能找到离海水比较远的住处——隔开四分之一英里吧——能住得非常舒服。你们真该向佩里请教请教的。"

① 克罗默尔，海滨旅游胜地，在诺福克郡。

“可是，我亲爱的爸爸，路程上区别太大了；您想想那可要远得多了。没准得走一百英里，而不是四十英里呀。”

“哎，我亲爱的，正像佩里所说的，当健康受到影响的时候，别的一切就统统无须考虑了。既然要出门，四十英里与一百英里之间区别也就不算大了。干脆不动不也行吗？待在伦敦不挪窝，也强似跋涉四十英里进入到更加恶劣的空气里去呀。佩里就是这么说的。在他看来，那是一个非常不英明的决策。”

爱玛有心要阻拦她父亲，只是晚了一步。既然他已经把话说到了这一步，她姐夫嘴里迸出下面这么一句，也就不足为奇了。

“佩里先生，”他说，口气里怀着极其强烈的不满，“最好是先留住自己的高见，等别人请教时再发表出来。我做什么事与他有何相干？我带我一家人上这处海滨或是去那处海滨，何需他多操什么心呢？我相信，我像佩里先生一样，也是有权作出自己决断的吧。我既不需要他的处方开药，同样也不敢接受他的英明决策。”他顿了顿，很快就冷静了下来，接着又仅仅是用冷嘲的口气淡淡地说，“倘若佩里先生能向本人明示，如何做到将一位太太、五个孩子运送到一百三十英里以外去，而所花之费用、精力却与走四十英里相同，那么，我当然和他一样，宁愿去克罗默尔而不挑选绍森德了。”

“那当然，那当然。”奈特利先生忙不迭插进来大声说道，“那当然也是一种考虑，不错。可是，约翰，方才我跟你说了，我打算把通往兰厄姆的小路改一下道，让它再往右面靠靠，这样就免得穿过咱们家的牧场了。我想不出这样做有什么困难。倘若会给海伯里的乡亲们带来不便，那我是不会动这个念头的。如果你能准确回忆起小路现在的走向——不过要说清楚，那还得看看咱们家农田的地图。这样吧，我明天上午在修道院等你，我们好好看看地图，然后你再说说自己的看法。”

伍德豪斯先生听到别人这么粗暴地指摘他的朋友佩里，自然大为气恼，其实尽管是无意识的，他早已把自己的许多好恶与想法，都归到佩里的名下去了。幸亏有两个女儿好言劝慰，事态才逐渐缩小。而两兄弟中，一位及时发现问题，另一位也认识到自己不该失态，一场风波总算是告一段落。

第 13 章

世界上几乎再不可能有比约翰·奈特利太太更加快活的人了。这次来哈特菲尔德短期访问，她每天上午带着五个孩子到处去看老熟人，到了晚上又跟父亲、妹妹谈一天的所见所闻。除了希望日子不要过得这么快，她就别无所求了。这真是一次让人高兴的省亲——唯其因为太短，所以才完美无缺。

一般地说，他们和朋友来往，总是晚上要比上午少一些。但是有一次正式的晚宴，而且是在外面举行，却是推脱不掉的，虽然时届圣诞节，韦斯顿先生是不容别人推辞的。他们必须全体上兰德尔斯做客一天，共进晚餐。连伍德豪斯先生也听从了劝告，认为与其一家人分成两摊，还不如都去的好。

这么多人怎么个去法？他本来是会以这一困难为由，作梗一番的，可是他女婿女儿的马车、马匹压根儿就在哈特菲尔德，他除了简单地问一下之外也就不能怎么样了。这样的询问甚至连诘疑都还算不上。爱玛没费多大工夫也使他相信，他们可以在某辆马车里挤出个座位，把哈丽埃特也一起带去。

只请几个人来与他们相聚：哈丽埃特、埃尔顿先生，还有奈特利先生，这几位算是家庭的至交了。人不能多，时间上则要安排得早一些。方方面面，都是考虑到了伍德豪斯先生的习惯和意愿的。

这件大事——伍德豪斯先生居然在十二月二十四日晚上外出赴宴，这自然是件非常重大的事件了。前一天的晚上，哈丽埃特在哈特菲尔德待了一阵，后来因为受了风寒，身子非常不适，所以回家了。若非她自己执意要让戈达德太太来照顾的话，爱玛是绝对不会放她走的。第二天，爱玛去看望她，发现她命中注定是去不成兰德尔斯的了。她发烧，体温很高，嗓子疼得厉害。戈达德太太又心疼又着急，说是要去请佩里先生。哈丽埃特自己昏昏沉沉，一点精神没有，只得服从安排，听任自己从这次欢乐的约会中给排除出去。虽然她一提起这桩伤心事就忍不住要双泪涟涟。

爱玛尽可能在她身边多陪些时候。戈达德太太总有些事要走开，爱玛就权当替补，照料她，尽量安慰她，说埃尔顿先生要是知道她生病，不定会多难过呢。又说，他一个人去了肯定是兴味索然，大家都极其惦记她，玩得也准是没精打采，反正是充分描绘了一幅灰色的图景，好让她心理上多少得到些平衡。爱玛走出戈达德太太的家门没多远就遇到了埃尔顿先生本人，明摆着他是朝这儿走来的。他们一边慢慢地一起往前走，一边谈起了病人——他听说哈丽埃特病得不轻，正想去打听一下，以便上哈特菲尔德向她汇报。说到这里的时候，约翰·奈特利先生又从后面赶上了他们。他每天都要上唐韦尔去看看，刚从那边回来，身边还跟着他两个最大的男孩。他们俩红光满面，显示出在乡野间跑步确实大有好处，看来匆匆赶回去肯定会把心中想着的烤羊肉和大米布丁狼吞虎咽消灭个精光。父子三人参加进来一起往前走。爱玛正在描述她朋友的病情："咽喉红肿得很厉害，周身发烫，脉搏又快又弱等等。很不安地听到戈达德太太说，哈丽埃特很容易咽喉严重疼痛，她一犯病戈达德太太就心慌慌的。"听到这里埃尔顿先生显得很惊慌，因为他都喊出声来了：

"咽喉疼痛！我希望不是传染性的吧。但愿不是会传染人的喉头溃烂吧。佩里去瞧过她了吗？真的，你除了关心朋友，也得小心自己呀。你可千万不要冒险。佩里干吗不去给她治一治呢？"

爱玛自己其实倒一点儿也没惊慌。她赶紧把这样的过度担惊安抚下来，说戈达德太太经验丰富，大胆心细，尽可以放心。但是必定还有几分不安会留下来，这绝不是她用言语能化解开的。不过她倒是宁愿促使这种不安滋生增长的。片刻之后，她又开口了——仿佛是在讲另一件事似的：

"天气真冷，简直是太冷了，看样子，让人觉得可能要下雪。倘若去的是别的地方，参加的是旁人的聚会，我今天真是不想去了，而且还要劝父亲别冒这个险。但是他已经下了决心，而且好像不觉得冷，那我也不好多加干涉了。我知道，不去是会让韦斯顿先生、太太深感失望的。可是，说真的，我如果是你，就一定推辞不去了。我觉得你说话声音已经有点嘶哑。考虑到明天你嗓子闲不下来，人也准会格外疲倦，我认为如果你今晚留在家中，好好休息，这恐怕不能算是过于小心谨慎吧。"

埃尔顿先生好像不大清楚应该怎样回答，他的确也是片刻间噎住了答不出话来。因为能得到一位漂亮小姐的关心他连感激都来不及，自然极不愿意拒绝她的美言相劝。但他又的确是连一点点不去的意思都没有，于是仅仅含混地应了一句："非常的冷，的确很冷。"说完就走开了；可是，爱玛一心沉浸在自己方才的思绪和想法之中，没能清清楚楚地听到他的话或是看到他的表情，满以为这件事已经了却，便兀自往前走去，心里还大为得意，庆幸总算把他从兰德尔斯的应酬中解脱出来，使他一晚上每个小时都能派人探问哈丽埃特的病情了。

“你做得很对，”她说，“我们会代你向韦斯顿夫妇表示歉意的。”

可是她话音几乎未落，就发现她姐夫正彬彬有礼地向埃尔顿先生建议，如果天气是埃尔顿先生不能去的唯一原因，那么他的马车完全可以为埃尔顿先生腾出一个座位的，而埃尔顿先生当下竟十分满意地接受了邀请。这事就这么定下来了，埃尔顿先生真的要去，他那张俊美的大脸表现出前所未有的喜悦。等他再次朝向她看时，他的笑容显得从来没有这么灿烂过，眼睛也从来没有这么明亮过。

“嗨，”她对自己说，“倒真遇到咄咄怪事了！在我花了这么大的力气帮他解脱出来之后，他竟然宁愿参加聚会而把生病的哈丽埃特撇下不管了！再没有比这更加古怪的事了！不过，我寻思，不少男人，特别是单身男人，是有想出去吃饭这么一种倾向、一种癖好的。外出赴宴在他们的消遣、社交活动、挣脸面的努力，甚至是工作职责中，都占着一个举足轻重的地位，其他一切全得为之让路。埃尔顿先生的情况准定就是这样——人倒是个好人，再稳重、谦和、讨人喜欢不过，而且对哈丽埃特感情特深。但饶是这样他仍然无法拒绝邀请，人家请了他便必须去。爱情就是奇妙呀！他能看出哈丽埃特才思敏捷，却不愿为了她而单独用餐。”

片刻之后，他与大家分手了。而她心里承认，应该说句公道话，他离开那刻提到哈丽埃特名字时神态间还是充满了柔情的。他向爱玛保证，他会上戈达德太太家去打听她那位漂亮朋友的消息的。那将是他准备和爱玛再见面前所做的最后一件事，他希望能带给她好一些的消息。说这番话时他也是情意绵绵的。接着他又是叹气又是微笑地离去，这使爱玛心中测量嘉许程度的那台天平大大地朝他这边倾斜了。

好一阵子，剩下的人全都一片沉寂，还是约翰·奈特利先开的口。

“我这辈子，还从未见到过有谁比埃尔顿先生更一心想讨别人喜欢的了。只要是跟女士有关的事，他真会死乞白赖下功夫呢。在男人面前，他还能理智对待，不装腔作势。但是逢到要讨女人喜欢，他脸上便没有一处不在动了。”

“埃尔顿先生的举止不能说是十全十美，”爱玛回答道，“可是既然他存心对人好，就不应该太挑剔了。世界上我们加以宽容的事难道还少吗？一个人能力有限，却尽心尽力做了，总比水平高却不好好干的人要强一些吧。埃尔顿先生脾气和善，待人热情，对这些，我们总是应该肯定的吧。”

“那倒不假，”约翰·奈特利先生紧接着说，口气挺意味深长的，“他好像对你就非常的热情呢。”

“我？”爱玛惊诧地笑着说，“你以为埃尔顿看上的意中人是我？”

“我承认自己脑子里真的这样想过，爱玛。如果你以前从来没有察觉，从现在起倒应该对这件事多上点心了。”

“埃尔顿先生爱上的是我？真亏你想得出来！”

“我没有说他已经爱上了。但是注意到有没有这样的可能性，那总是有益无害，而且也可以视情况调整自己的行为方式嘛。我觉得你的态度对他在起着鼓励的作用。我是从好意出发才对你这样说的，爱玛。你最好多长点儿心眼，拿稳了该怎么做，对于所做事情的目的也要心中有数。”

“谢谢你的好意。不过，我可以明确相告，你完全是误会了。埃尔顿先生和我是很要好的朋友，但也仅此而已。”说完便继续往前走去，一边暗自觉得有趣，心想：片面了解情况的人往往会得出错误结论，自以为判断能力很强的人反倒常常会闹出大的笑话。同时对于姐夫竟认为她盲目无知需要加以指点，不免感到有些不悦。见她如此，姐夫也就不好再说什么了。

伍德豪斯先生已经铁定了心要出门做客了。尽管天越来越冷，他却毫无退缩之意，终于非常准时地和大女儿一起坐进了自己的马车，而且还没有像别人那样对天气横挑鼻子竖挑眼。对于这次出门以及自己出马会给兰德尔斯带来的欢乐，他充满了期盼，压根儿没想到天冷，而且他裹得严严实实也的确察觉不出来。不过，天气确实是算得上严寒了，第二辆马车启动时，几片雪花不知从哪里飘落下来，天空板起了脸，凝重得仿佛只消有些气流移动，转眼之间就能给你造出个白茫茫的世界来。

爱玛很快就看出和她同坐一辆车的人绝非心绪良好。在如此的天气状态下准备出行、动身，还牺牲了与孩子们共享晚餐后的欢乐，说得重些是犯罪，往轻里说也是自找不痛快。这样的事，绝非约翰·奈特利先生所乐于做的。他认准了这次出客所得与付出的相比，是物非所值。在去牧师宅的一路上他都在没完没了地抱怨。

“一个人，”他说，“必定是自视极高，才会要求别人在这样的天气里，离开自己的炉边，跑上这么远的路，去谒见他。他准以为自己是如何地讨人喜欢呢。这样的事我是做不出来的。老天爷玩笑也开得太大了——偏偏挑这个时间下起雪来！不让别人舒舒服服待在家里，你说傻不傻？这些人明明能舒舒服服待在家里却偏偏不待，你说傻不傻？就算为了正经事为了赚钱不得不在这样的夜晚外出，我们还会觉得苦不堪言呢。可我们呢，却颠簸行进在路上，衣服没准穿得比平时更加单薄。心甘情愿地冒着风雪，没个正经理由，违背了大自然的意愿。老天爷早就通过人类的感官或情绪告诉人类，应该老老实实地待在家里，尽可能把自己的一切藏得严严实实的。可我们却颠颠儿地凑到别人家里去，整整待上五个小时。所说所听的没有一句是昨天没有说过听过的，而且没准第二天还要再说再听。去的时候天气阴沉，回来的时候天气说不定更加糟糕。四匹马、四个用人，辛苦一场，什么正事没干，仅仅是送五个闲得无聊、冻得发抖的家伙，到比家里寒气更重的屋子里去，跟更加乏味的人去做伴。”

爱玛觉得自己难以欣然赞同，去附和说上几句分量重过于“说得太对了，我亲爱的”之类的谀语。约翰·奈特利先生肯定是习惯于接受旅伴这样附和性的捧场凑趣话的。她干脆横下了心，来个一言不发。做应声虫她不愿意，顶撞吧她又有所顾忌，她的勇气只能表现在保持缄默这上面了。她让他一个人讲去，自己仅仅是把玻璃车窗关关严，把大衣裹裹好，把嘴唇闭得更紧一些。

他们来到牧师宅了。马车掉过头，放下踏板，埃尔顿先生打扮得齐齐整整，一身黑，笑吟吟一骨碌钻上车和他们坐在了一起。爱玛高兴地想，这下子可以转转话题了。埃尔顿先生显出一副十分感激、万分高兴的样子。看他那彬彬有礼中透出的真心喜欢的神态，爱玛开始认为他必定是得到了与自己不久前获得的哈丽埃特的病况大不一样的消息。她梳妆打扮时曾派人去打听过，那边的回答是：“老样子——还没好转。”

“我从戈达德太太那里得到的消息，”她忙不迭地说，“可不像我希望听到的那么让人高兴呢。我这边得到的消息是‘还没好转’。”

埃尔顿先生立刻敛起了笑容，回答的声音也是极其伤感的：

“哦，是还没好——我悲哀地得知——我正想告诉你，我去到戈达德太太的门口，那是我回去换衣服前所做的最后一件事，人家告诉我，史密斯小姐还没好转，非但一点儿没好，反倒更加严重了。真让人难过担心哪——我原来一心以为，在早上给她服了定心丸之后她一定会好转的呢。”

爱玛“扑哧”一笑，回答说：“我看，我的探望顶多能对她的神经起些安慰作用，要治好咽喉疼连我也是万万不能呀。得的准是重感冒。佩里先生去看过她了，你也许听说了吧。”

“是的——我猜想——那是——我并没——”

“她犯这样的病佩里先生遇到过不止一次了，我希望明天早上我们都能听到好消息。不过要不担心是不可能的。对我们今天的聚会真是个可悲的损失啊！”

“损失太惨重了！这样说一点儿也不过分，真的。大家时时刻刻都会惦念着她的。”

这句话说得非常恰当，伴随而来的那声叹息也的确是不容等闲视之，但是叹息声本该更持久些的。爱玛不无沮丧地发现，刚过去半分钟他便已经开始在说别的事情了，用的还是顶轻松愉快的声调。

“真亏得有人想出来的，”他说，“用羊皮来蒙住马车。这一来有多么舒服呀。有了这一招坐车就再也不用怕冷了。真的，现今的一些新发明使得绅士的马车变得十全十美。坐在里面，一丝儿小风都透不进来，什么样的天气全不用害怕。气候也变得全然无关紧要了。今天下午天气很冷——可是坐在这辆车子里我们什么都觉不出来。哈！飘着小雪呢，我瞅见了。”

“是的，”约翰·奈特利说，“我看我们要赶上一场大雪了。”

“正是圣诞节的天气，”埃尔顿先生评论道，“没什么好奇怪的。想想也真是幸运得很哪，要是昨天下雪，那今天的聚会便举行不成了，雪本来很可能是昨天就下下来的。要是地面上积有不少雪，那伍德豪斯先生是几乎不可能冒险出行的。但现在就一点儿也不要紧了。的确，这正是朋友聚会的最佳时日呀。过圣诞节，人人都邀请朋友来聚上一聚，天气再恶劣也不在乎。我有一回就给大雪困住，在朋友家里滞留了一个星期，那才叫有意思呢。我本来只打算住上一夜的，可是却住了整整七夜才走掉。”

约翰·奈特利先生似乎根本体会不出这里头有什么可乐的，他只是冷冷地说了一句：

“我可不希望在兰德尔斯被雪困住一个星期。”

换了别的时候，爱玛也许会觉得有趣，可是她此刻只是感到惊奇，埃尔顿先生竟会对别的事情这么兴致勃勃。他光是期盼着享受欢乐的聚会，哈丽埃特怎么竟给抛到九霄云外去了呢？

“炉火燃得旺旺的，这一点是完全可以肯定的。”他还在絮絮叨叨地往下说，“一切都安排得再舒适不过。都是爱交朋友的人哪，这对韦斯顿夫妇，韦斯顿太太任凭怎么夸奖也不为过，而她那位先生则独具现如今最为罕见的一个优点：殷勤好客，爱交朋友。这次聚会规模虽小，但倘若说有什么精选的优秀人物的小聚会，那这就是一次了，而且没准还是其中最能愉悦人的呢。韦斯顿先生的餐厅坐十个人蛮舒服，再多就有点儿挤了。在这样的情况下，按我的愚见呢，那是宁可缺少两位而不要多出两位的。我猜你准会同意我这样的看法吧。”说着他温情地转向爱玛，“我想我一定会得到你的赞许的，虽然奈特利先生因为见惯了伦敦大摆筵席的豪华场面，也许不大能体会到我们的感情。”

“对于伦敦大摆筵席的豪华场面，我是一无所知，先生。我是从来也不跟任何人一起吃饭的。”

“真的吗？”语气里充满着惊奇与怜悯，“我从未想到吃法律饭竟然像服苦役呀。唉，先生，总有一天你会苦尽甘来的。到那时候，你就能少操劳点，多享受享受了。”

“我首先想享受的，”马车穿过大门口时约翰·奈特利回答说，“就是能见到自己平平安安地回到哈特菲尔德。”

第 14 章

在步入韦斯顿太太的客厅时，每位绅士都得对自己的面部表情作些调整。埃尔顿先生需要收敛些他的欢乐笑容，而约翰·奈特利先生则必须驱散他的愠怒神色。埃尔顿先生不能笑得太多，约翰·奈特利先生则不能笑得太少，这样才能做到与客厅的环境和谐协调。只有爱玛可以任其自然，让心中的欢乐尽情地流露出来。对她来说，能与韦斯顿夫妻相聚便是真正的乐趣。韦斯顿先生是她非常喜欢的一个人。世界上再没有一个人，是她能够像跟他的太太一样，无拘无束地倾心交谈的了；再没有别的人，是她谈话时深知，她所讲的关于她父亲和她自己的种种琐事、安排、烦恼与欢乐，对方都是在倾听和能理解的，是始终感兴趣和十分欣赏的。她所讲的关于哈特菲尔德的事情，没有一件不是韦斯顿太太极其关切的。私人生活的日常快乐本来就由所有这些琐琐屑屑的小事构筑而成，用上半个小时一口气不歇地聊这些事，正是使双方一见面便感到很过瘾的原因。

这样的欢乐也许连出客一整天都难以提供，更不用说在目前这半小时里了。但是，只要能见到韦斯顿夫人，感受到她的笑容、抚触和声音，就会使爱玛产生出一种感激之情，因此她决定尽可能不去想埃尔顿先生的奇怪行径或是任何别的不愉快的事，而要尽情享受所能享受到的一切。

在她到达之前，哈丽埃特得感冒的不幸已经谈论得很透彻了。伍德豪斯先生早已平平安安地落了座，除了汇报自己的所有近况、伊莎贝拉回家的状况以及爱玛随后就到的消息之外，还抽出时间原原本本地介绍了那件事情的全部情况。他刚把自己对于詹姆斯能来看望女儿深感满意的这层意思大致说清，这时，其他的人也走进来了。韦斯顿太太原来几乎是在专心照顾他一个人，此时也可以转过身来欢迎她心爱的爱玛了。

爱玛原来打算先不去想埃尔顿先生的事的，但是在大家全都坐下后，发现他竟紧挨自己坐着，不由心里面有些不悦。此时此刻，要将他对哈丽埃特麻木不仁的这种态度从自己头脑里排除出去确非易事，因为他不仅就坐在自己胳膊肘边，而且还时不时地把一张笑嘻嘻的脸凑过来惹她注意，千方百计地找机会和她说话。撇开不去想他不仅是不能做到，他的表现却正好印证了自己心中的狐疑：“莫非真的像我姐夫所想象的那样？莫非此人真的开始把对哈丽埃特的感情朝我这边转移了？荒唐至极，简直让人无法容忍！”

然而他却那样无微不至地关心她是否足够暖和，对她的父亲是那样的感兴趣，对韦斯顿夫人又是那样的殷勤可亲。后来又开始赞扬起她的绘画来，以那样高的热情和那样低的专业知识，真的很像一个身份还未明朗化的情人，使得她真的要费点力气才能保持住自己的良好礼貌呢。为了自己的仪态，她不好发作；为了哈丽埃特，希望一切能朝好的方向发展，她还必须得表现得非常彬彬有礼。不过这样做可真累呀，特别是在埃尔顿先生讨人嫌地喋喋不休的时候，旁人也在说话，而且还是她特别想听的。她抢空听到片言只语，知道是韦斯顿先生在讲他儿子的事。她听出了“我儿子”、“弗兰克”、“我孩子”这几个词被重复说了好几遍，还听到了几个残缺不全的词语，从中她揣摩出他是在宣告，他的儿子即将来看望他。可是还不等她让埃尔顿先生安静下来，这个话题已经全然告一段落了，如果她重新再提出什么问题，那就未免太尴尬了。

有件事还得交代一下，那就是，尽管爱玛决意永不结婚，但是只要弗兰克·丘吉尔这个名字、这个人被提及时，她总是很感兴趣。她常常想——特别是这人的父亲与泰勒小姐结婚之后——若是自己有一天真的要结婚，那么，在年纪、性格和条件上，能与自己般配的，也只有他了。由于两家之间这样的关系，他似乎也就属于自己了。她不禁要这么想，认识他们的每一个人准都认为这是门理想的婚配。韦斯顿夫妇必定是这么想的，她有种种根据敢于肯定。虽然她无意被弗兰克或是任何别的人诱引而放弃目前的景况，——她相信景况再怎么改变，也不会比现在的更好，——但是却非常好奇地想见到他，一心希望发现他是个令人愉快的人，而且在一定程度上喜欢自己，想到在朋友们心目中他与自己被配成一对，便不由喜滋滋的。

由于有这样的想法，埃尔顿先生的殷勤周到便显得格外不合时宜了。但是尽管心里烦躁，爱玛表面上却显得彬彬有礼，仿佛非常自在。她想到韦斯顿先生坦率豪爽，在聚会剩下的时间里不见得不会再次提到这一件事，至少是其主要内容。事实证明果真如此。因为，当她快乐地从埃尔顿先生身边解放出来，坐在韦斯顿先生旁边用餐时，这位男主人利用无须招呼客人享用美食的第一个空闲间隙，也就是第一道菜羊排用过后的那几分钟，对爱玛说：

“我们只需再增添两个人，数目就正好合适了。我希望再加上两位——一位是你漂亮的小友史密斯小姐，另一个就是我的儿子——那样的话，我应该说人都到齐了。我相信你方才没有听到在客厅时我告诉大家的话，我说我们在等弗兰克回来。就在今天早上我刚收到他一封信，说是不出两星期，他就会跟我们在一起了。”

爱玛非常得体地表示了她的高兴心情，说自己完全赞同他的看法，如果能添上弗兰克·丘吉尔先生和史密斯小姐，聚会自然就更加完美了。

“他早就想来看我们了，”韦斯顿先生接着说，“从九月起就要来，每一封信里都大段大段地提这件事。只是他的时间由不得自己支配。他非得让有些人高兴了才行，而这样的人呢，这话只能我们之间说说了，有时候是非得别人作出许多牺牲才能使其高兴的。不过，我现在绝不怀疑，在一月份的第二个星期里，是必定能在这里见到他的。”

“对你来说，那该是多大的一件喜事呀！韦斯顿太太那么急着要认识他，也必定跟你差不多一样高兴了。”

“是的，她会很高兴的，不过她估计还得再有一次推延。她不像我那样深信他能来。但是对于那边的人事情况，她了解得没有我深。情况是这样的，你知道吧——不过这话只是在我们之间说说，在客厅那儿我连半个字都没提。所有的家庭都是有自己的秘密的，你知道吧——情况是这样的，恩斯库姆一月间要邀请一群朋友去做客，弗兰克能不能来就得看对他们的邀请是否会延期了。可是我拿准了是会的，因为这群人是恩斯库姆某位有点儿势力的太太所不喜欢的。尽管隔两三年还不请他们一次好像有点说不过去，但是到时候总要延期。这事我看准了必定会是这样。我拿稳了弗兰克一月中旬以前能够来，就和能肯定自己会在这儿一样。可是坐在那边的你的那位好友（把头朝餐桌上首点了点）是不敢发挥想象力的。在哈特菲尔德是用不着这样做的嘛，所以她不相信那样做会有什么结果，可是我倒是经常这么做。”

“这件事里还有些不能确定的因素，我很遗憾。”爱玛答道，“但我倾向于同意你的看法，韦斯顿先生。如果你认为他会来，那我想一定是会的，因为恩斯库姆的情况你熟悉。”

“是啊——我是有权可以这么认为，虽然我一生中还从未去过那个地方。她真是个古怪的女人！不过，看在弗兰克的分上，我是从来都不让自己讲她的坏话的。我相信她是很喜欢弗兰克的。我原来以为她只爱自己，对别人是不会有任何感情的。但她对弗兰克总算不错。以她自己的方式——包括种种小小的异想天开和反复无常，而且一切都非得按她的心意不可。依我看，弗兰克能博得这样的好感就算是很了不起了。因为，这话我是绝不会对任何别的人讲的，对于一般人，她都是心如铁石，脾气也是坏到了家。”

爱玛很喜欢这个话题，所以在大家重新回到客厅后便开始和韦斯顿太太接着再聊。她祝韦斯顿太太快乐——但是又说她知道头一次见面必定会让人感到紧张。韦斯顿太太表示同意，但是补充说，如果是在预先说定的时候经历这样的紧张，那她就再高兴不过了。“因为我不敢肯定他能来。我可没法像韦斯顿先生那样乐观。我非常担心到头来又是一场空。我猜，韦斯顿先生已经把底细都跟你说了吧？”

“说了——看起来一切都仅仅决定于丘吉尔太太的坏脾气。我寻思，这就是世界上唯一确切不移的事了。”

“我的天哪，爱玛！”韦斯顿太太笑眯眯地回答说，“反复无常本身还有什么准头可言呢？”接着便转身朝刚才没参加谈话的伊莎贝拉说，“你必定知道，我亲爱的奈特利太太，依我看，我们是不敢肯定准能见到弗兰克·丘吉尔先生的，他爸爸的想法倒不是这样。这事儿，得完全取决于他舅妈的情绪和心情。换句话说，要看她脾气如何。对你们——你们等于是我的两个女儿了——我是敢说老实话的。在恩斯库姆，说话算数的是丘吉尔太太。这可是位脾气非常特别的老太太，弗兰克现在能不能来，就看她愿意不愿意让他来了。”

“哦，丘吉尔太太！丘吉尔太太的情况有谁不知道呀。”伊莎贝拉回答道，“我敢说，每当想起那个可怜的年轻人，我心里就好难受哟。要时时刻刻都跟一个脾气乖戾的人在一起，生活必定很可怕。幸亏要过这样日子的人不是我们，反正过这种日子等于是受罪。她没生一男半女，这倒是万幸！否则她不定会怎么折磨这些可怜的小家伙呢！”

爱玛是很想与韦斯顿太太单独待一会儿的，这样她就可以多听到些内情了。韦斯顿太太跟她说话推心置腹，对伊莎贝拉还不敢这么毫无保留。爱玛真的相信，有关丘吉尔家的事，韦斯顿太太对她是几乎不会有任何隐瞒的，除了关于那位年轻人的某些想法。而这方面呢，她凭自己的想象早已本能地猜到了。不过，一时之间不好再往深里说。伍德豪斯先生很快就跟着她们进入客厅了。饭吃完半天，还要他坐在那里，他觉得太拘束，真是受不了。呷酒、聊天，他都没有兴趣，他很高兴能回到自己熟不拘礼的那些人当中来。

不过，在他和伊莎贝拉说话的时候，爱玛倒找到个机会说：

“那么，你认为弗兰克的来临还不能算是铁板钉钉了。这真是可惜得很哪。两人初次见面，不管发生在什么时候，总是件让人挺尴尬的事。这过场越早走过越好。”

“可不是嘛。而且每一次延期总让人更强烈地预感还会有更多次的推迟。即使这一家，布雷思韦特家，是被推延邀请了，我猜还会找出别的借口来使我们失望的。我不相信是孩子本人拿不定主意。不过我敢肯定，是丘吉尔夫妇极想把他留在自己身边。这里面存在着嫉妒的问题。连孩子关心父亲，他们也要嫉妒。总而言之，我不敢相信他一定会来，我还希望韦斯顿先生不要过于乐观了。”

“他应该来的，”爱玛说，“哪怕只能待上两天，他也应该来。一个年轻男人连这么点事儿都无法自己做主，这让人几乎无法相信。要说是年轻女子嘛，如果落到坏人手里，那倒可能听人摆布，接近不了亲人。真是令人难以理解呀，一个大男人，怎么会这么听话，连上自己父亲那里去住一个星期也办不到呢？”

“想知道他能做多大的主，还得去到恩斯库姆，对那家人的行事方式有所了解才成。”韦斯顿太太回答道，“在判断任何一个家庭中的任何一个人时，我们也应该采取同样小心谨慎的态度。不过，我相信，对恩斯库姆是绝对不能用普通的标尺来衡量的。老太太确实是极其不讲道理，大小事情，非得全都顺着她的意思办才行。”

“不过她是很喜欢这外甥的呀。那不是她的心肝宝贝吗？你看，按我对丘吉尔太太的了解，道理再自然不过了。她欠着丈夫种种情分，却不肯为了他日子过得好些作出任何迁就，反倒对他喜怒无常，那么，对于她没欠任何情分的外甥，不就应该是百般迁就，言听计从了吗？”

“我最最亲爱的爱玛，你千万别从自己脾气好的立场出发，以为自己能了解旁人的坏脾气，或是给这种坏脾气总结出几条规律。你得面对它的实际情况。我不怀疑弗兰克有时候确实具有相当的影响力。可是也许他事先根本没法知道，自己是在什么时候才具有影响力。”

爱玛听了，只是淡淡地说了一句：“这话，只有他来了才能让我相信。”

“在某些事情上他可以有很大的影响力，”韦斯顿太太接着说，

“在别的方面，影响力却极小极小。这次离开他们来看我们，很可能正是他无法左右舅妈的诸多事情里的一件。”

第 15 章

没过多久，伍德豪斯先生就想要喝茶了。等他喝完茶，他已经一心急着要回家了。陪着他的三位女士便想方设法，分散他的注意力，在其他男士未回到客厅前不让他察觉到时间已经不早。韦斯顿先生既健谈又爱交际，远非喜欢朋友早早散去的主人。不过，客厅里终于进来了后续部队。兴致勃勃的埃尔顿先生是最先走进来的一位。韦斯顿太太和爱玛正坐在一张长沙发上。他立即就凑了过来，几乎没等别人邀请就一屁股坐在了两位女士之间。

爱玛此时兴致也很高，期待弗兰克·丘吉尔先生的到来使她心里乐滋滋的，她正想忘掉埃尔顿先生此前的举止失当，愿意像从前一样认为他是个蛮不错的人，准备听他把哈丽埃特作为自己的首要话题，于是便带着最友好的微笑等待着。

他显示出他非常担心，为她那位漂亮的小友担心——她那位漂亮、可爱、脾气温和的小朋友。“爱玛知道吗？大家来到兰德尔斯后爱玛有没有听到任何有关她的消息？真让人着急呀——必须承认，她的病状很让人惊慌呢。”他以这种态度谈了好一会儿，倒还算得体，对别人怎么答话也不太在意，只是一味要人注意严重的咽喉肿痛有多么可怕；爱玛宽宏大度地听着。

可是到头来像是来了个掉转方向的大拐弯。一下子，好像是因为她而不是为了哈丽埃特，他才担心咽喉炎发展得这么厉害的——更关心的是她会不会给传染上而不是哈丽埃特的病千万别是传染性的。他开始极其认真地劝她目前千万别再进入病人房间了。要她向他保证，再不冒这样的险，一定得让他先去见过佩里先生，询问佩里先生有何看法，然后再说。尽管她想一笑了之，把谈话重新拉回到正轨上来，但是他仍是不依不饶，没完没了地表示着对她的极度关心。她真是忍无可忍了。看来——已经是昭然若揭了——这是在伪装他爱的是自己而不是哈丽埃特。如果情况确实是如此的话，这就是用情不专，是最最卑鄙、可耻的用情不专！她使劲儿控制住自己，不让脾气发作出来。而他却转向韦斯顿太太，求她帮助："韦斯顿太太能不能帮我一把呢？能不能也帮着劝一劝，没弄清史密斯小姐的病有无传染性之前，就别让伍德豪斯小姐再去戈达德太太家了，这样好不好呀？不得到保证是不能放心的呀——韦斯顿太太就不能施加些影响，促使她作出承诺吗？"

"对别人是那样体贴入微，"他还在滔滔不绝地说，"对自己却是这样漫不经心！她要我今天留在家里把我的感冒养养好，自己却不肯答应避开染上溃烂性喉炎的危险。这公平吗，韦斯顿太太？你倒是给我们评评理嘛。我难道连抱怨几句的权利都没有了吗？我敢肯定是会得到你好心的支持和帮助的吧。"

爱玛看出韦斯顿太太在感到惊讶，而且必定是非常惊讶，因为他在用词与态度方面，都表示出自己有权第一个挺身出来对她表示关心。至于她自己呢，反倒因为过于激怒与生气，连一句正面驳斥的话也说不出来了。她只能向他瞪了一眼，那一眼她自己估计必定能使他恢复清醒，接着便离开沙发，坐到姐姐身边的位置上去，把全部注意力集中在姐姐身上。

她还没来得及了解埃尔顿先生吃了白眼之后有何反应，紧跟着客人间又出现了一个新的话题。因为出去看天气的约翰·奈特利先生刚回房间来，向大家报告外面满地都是白雪，雪仍然下得很紧，风也着实不小。最后他还有几句话是专门对伍德豪斯先生说的：

“这将是你冬季出行的一个精彩开端了，先生。你的车夫、马匹得在大风雪中挣扎前进，这对他们可是个新鲜的经验呀。”

可怜的伍德豪斯先生惊吓得连话都说不出来了。不过要说话的人可有的是；有的觉得惊讶，有的觉得毫不足奇，提出问题的也有，安慰别人的也有。韦斯顿太太和爱玛则竭力哄他能高兴起来，别去理会女婿的危言耸听。可是这位女婿却毫无察觉，他火上浇油地接着说：

“你能下那样的决心，真令我不胜钦佩呢，先生，”他说，“竟敢在这样的天气状况下出行。因为你当时就知道，雪马上就会下下来的。这是每一个人都能看出来的。我十分钦佩你的勇气。不过我敢说我们都是能平安回到家中的。再过一两个小时路就会几乎没法走了。不过我们有两辆马车；要是一辆被刮翻在荒凉的田野里，那我们还有另一辆呢。我敢说半夜之前所有人都能安全回到哈特菲尔德的。”

韦斯顿先生用另一种得意扬扬的口气承认，他早些时候就知道是在下雪了，但他一字未提，因为怕引起伍德豪斯先生的不安，成为他急于回去的一个理由。至于说雪下得太大，或者说没准会下得客人回不了家，那是说着玩儿的。他就怕他们太顺当了呢。他但愿路不好走，这样他就可以把大家都留在兰德尔斯了。他诚心诚意地向大家保证，每一个人的住宿都是不成问题的，并且让他太太表态支持他，说是只要稍稍做些努力，每一位客人都是可以安顿得好好的。其实她心里明白哪里有什么办法，因为整座房子里总共只有两间客房。

“该怎么办呢，我的好爱玛？该怎么办呢？”伍德豪斯先生第一次这样惊叫起来，有好一阵，他别的话什么也说不出来。他呆呆地望着她，想从她那里寻求安慰。于是她赶紧表示，安全是不成问题的，马儿都是精壮的好马，詹姆斯也能干着呢，何况还有这么些朋友在一起。听了这些话，他才宽心了些。

他的大女儿与他一样惊慌失措。她满脑子想的都是孩子们留在哈特菲尔德，可她自己却被困在兰德尔斯的可怕情景。她又一门心思地认为，道路肯定是只有敢于冒险的人才能通得过去。但是情况紧急，一点耽搁不得。她催着快点作出决断，让她父亲和爱玛留在兰德尔斯，她跟丈夫马上出发，以便克服种种艰难险阻，穿过可能已积起的雪堆赶回那边去。

“你最好马上吩咐备好马车，我亲爱的，”她说，“我敢说我们能走成的，如果立即动身的话。要是真的遇到非常糟糕的情况，我可以下车自己走的呀。我一点儿也不害怕。步行一半的路程我受得了。你知道，一回到家我可以马上把湿鞋换掉。这点儿事还不至于让我着凉呢。”

“真的吗？”她丈夫回答道，“那么，我亲爱的伊莎贝拉，这倒是世界上最最奇怪的事了，因为一般说来，什么情况都会让你着凉的。步行回家？我敢说，走回去你那双鞋子能够对付，可那几匹马还受不了呢。”

伊莎贝拉转过身子，希望韦斯顿太太能赞同她的计划。韦斯顿太太当然只好同意。伊莎贝拉接着又向爱玛走去。但是爱玛还不大愿意放弃大家一块儿回去的希望。大伙儿还在七嘴八舌地讨论，这时奈特利先生回到屋子里来了。方才他弟弟初次报告下雪时他立即走了出去，此时他告诉大家他出去考察过了，他敢说想什么时候走都是一点儿困难也不会有的，现在走也罢，一小时以后走也罢。他拐过弯道——还在通往海伯里的路上走了一段。积雪在哪儿都没超过半英寸深，许多地方连地面都没变白呢。现在还稀稀拉拉飘着几片雪花，但是乌云已经散开，有种种迹象可以说明天气很快就会转晴。他也去问过车夫，那两个人都赞同他的看法，认为没有什么可担心的。

听到这样的消息，伊莎贝拉总算是大大地松了一口气。爱玛为了父亲，也几乎同样地感到宽慰。老人家神经尽管还很紧张，但也安心了不少。但是已经引起的惊慌可不是那么容易给安抚下来的，继续待在兰德尔斯已经再也得不到什么乐趣了。此刻回家不会有什么危险，这使他感到很满意，但要他相信继续待下去很安全，这一点也没有任何根据。就在大家七嘴八舌乱出主意的时候，奈特利先生和爱玛用几句话就把问题给解决了——话是这样说的：

"你父亲留在这儿也不安心，那你们干吗不回去呢？"

"要是别人都说可以走，我什么时候走都行的。"

"要我拉铃吗？"

"那就请吧。"

铃拉响了，也吩咐备车了。过不多久，爱玛希望能见到一个惹人厌的伙伴被送回他自己的家，逐渐清醒和冷静下来，而另一位也会因为这次艰难的出访告一段落而脾气全消，心情重新变得愉快起来。

马车来了。伍德豪斯先生照例是首先要照顾的人，他由奈特利先生和韦斯顿先生小心翼翼地扶上了车。但不管两人怎么说，也无法不使他重新感到惊慌，因为他见到雪的确还在下，天空也比他预料的要阴沉得多。"很担心这回赶车非常艰难呢。很担心可怜的伊莎贝拉会不喜欢呢。而可怜的爱玛又坐在后面那辆车里，真不知道该怎么办才好呢。两辆车千万得挨紧在一起呀。"于是他专门对詹姆斯作了关照，让他车子赶得慢些再慢些，要时不时地等后面那辆车赶上来。

伊莎贝拉紧跟父亲上了马车。约翰·奈特利忘了他原本不属于这个集团，自然而然随着太太也上了这车。于是爱玛发现，在埃尔顿先生护送她上了车，他自己也上了这第二辆车之后，车门理所应当地将他们关闭在狭小的空间里，他们无法不进行一次 tete-a-tete[①] 之旅了。如果是在这让人犯疑的日子以前的任何时候，那倒片刻也不会让人感到尴尬而且还会是一种愉快呢。她可以和他谈哈丽埃特，四分之三英里的路会短得像是只有四分之一英里。可是现在，她真是但愿没有与他同车这件事的。她相信他肚子里灌多了韦斯顿先生的好酒，不定会胡扯出什么不堪入耳的话来呢。

为了用自己的态度尽可能地约束住他，爱玛立刻就准备以若无其事、极其庄重的口气，谈天气与这个夜晚。可是她刚一开口，他们刚出大门去追赶前面那一辆车，她就发现自己的话头被打断了——她的手被捏住了——非要她注意听他说话，埃尔顿先生竟然真的疯狂地向她求起爱来了：什么什么利用这宝贵的时机，一吐必定已为对方深谙的情愫呀，希望——唯恐——爱慕——准备一死了之，万一遭到拒绝的话。但是自信感情之真挚，用情之专一，情焰之炽热，真可称得上是空前绝后，必定是不至于丝毫得不到垂青的呀，换言之，深信是会毫不延宕立即就郑重其事地得到接受的呀。果真就是这样。毫无愧疚——不加掩饰——也未显示出明显的畏怯，埃尔顿先生，哈丽埃特的追求者，竟然就自行宣称是她爱玛的情人了。她想阻止他，可是没有用。他一心要往下说，而且要倾诉个干干净净。她虽然生气，但是考虑到此时此刻的境况，便决定自己说话时还得留些余地。她觉得这

① 法语，两人之间的单独密谈。

件傻事之所以能做出来，一半得归因于酒喝多了，希望这仅仅是一时失态之举。因此，她回答时，用了一种半认真半开玩笑的口气，她想，对付他的半醒半醉，最佳办法应该莫过于此了。她说：

“我真是无比惊讶，埃尔顿先生。你说了这样的一大堆话，对象竟然会是我！你有没有忘记自己是谁呀？你把我错当成我那位朋友了吧。你要带任何口信给史密斯小姐我都乐于从命。可是对我，你就再也别说这样的话了，拜托了。”

“史密斯小姐？——带口信给史密斯小姐？她又算是什么人呢？”他以那样自信的清晰口吻，以那样加以夸大的惊愕表情重复着她的话，使她不得不迅速还击：

“埃尔顿先生，这样的做法也太出格了吧！对此我只能作一种解释：你已经神志不清了，否则你是绝不可能以这样的态度对我说话，以这样的态度说及哈丽埃特的。快管住自己，别再说话，若是那样，我还可以尽力把这件事情忘掉。”

可是埃尔顿先生酒喝得刚够他壮起胆气，却还未到乱了心智的地步。他很清楚自己要表达的是什么意思。在激烈地抗辩说她对自己的猜疑未免太伤害人了，又捎带提了一句，说对于她的朋友史密斯小姐，自己并无不敬之意。但又表示，此时此际竟然提到史密斯小姐，实在是令他大惑不解。紧接着又绕回到他倾心爱慕的那个话题上来，并且非常迫切地要求能得到一个满意的答复。

她越是看清他没有喝醉，便越是觉得他用情不专与大胆放肆，此刻再也顾不上讲究礼貌了，她脱口说道：

“我再不可能有什么好怀疑的了。你表现得再清楚不过了。埃尔顿先生，我简直是惊讶得无法言说呀。一个月以来目睹了你对史密斯小姐那样的种种行为——没有一天不见到你那样地大献殷勤——在这之后，竟然以这样的态度对我说话。这分明是品格上的用情不专嘛，这是我怎么也设想不出来的呀。我可以明确相告，先生，对于你这样的求爱表白，我实在是难以领受，是完全绝对地不想领受。”

“好上帝啊！”埃尔顿先生喊道，“这话从何谈起？史密斯小姐？我这辈子从来也没把史密斯小姐放在心上，从来也没有注意过她，只知道她是你的朋友。若非是你的朋友，她是死是活，我全不在乎。倘若她想到别处去了，那也是自己想入非非，我感到非常抱歉，真的非常抱歉。可是，史密斯小姐，真是从何谈起？噢，伍德豪斯小姐，有伍德豪斯小姐在，谁还会想起史密斯小姐呢？不，以我的人格担保，根本不存在什么品格上的用情不专的问题。我想到的只是你。我绝不承认对任何别人献过一丁点儿的殷勤。过去几个星期里我所说所做的一切，只有一个意思，那就是显示我对你的爱慕。你不可能真的、严肃地加以怀疑吧？不可能的吧。”还加重了语气表示讨好，“我敢肯定，你已经看清我也理解我了。”

爱玛听了这样的话有什么感觉，她种种不愉快的情绪里哪一种占了上风，真是难以说清。她简直是气昏了头，连一句话都说不出来。而两分钟的沉默对于埃尔顿先生乐观的精神状态已足够构成一种鼓励，他又去捏爱玛的手，同时快乐地叫嚷道：

“可爱的伍德豪斯小姐，让我来解释这耐人寻味的沉默吧。这等于是承认你早就了解我的心。”

“不，先生，”爱玛喊道，“绝非如此。长期以来我不但没有了解你，而且是看错了你，直到现在才恍然大悟。你竟对我错动了感情，这真令人遗憾。再没有别的事比它更不符合我的意愿了——你喜欢上我的朋友哈丽埃特——你追求她（明摆着是追求），这使我极其欣悦，我一直衷心祝愿你能成功。不过倘若我看清她并非吸引你到哈特菲尔德来的原因，那我自然会认为你那么频繁来访是判断上出现了失误。你说你从未想让史密斯小姐对你产生好感——你从未认真考虑过她，你以为这样的话我会相信吗？”

“从未就是从未嘛，女士。”他喊道，这回轮到他感觉受到冒犯了，“就是从来也没有，我向你保证。哼，我会认真考虑史密斯小姐？史密斯小姐是个蛮不错的姑娘。她若是找到好归宿我会非常高兴。我但愿她万事顺遂。毫无疑问，会有男人不反对与——每个人都有自己的标准嘛。至于我自己，我想，还不至于落魄到这个地步吧。我还没有山穷水尽到找不到一个门当户对的女子，只能可怜巴巴地去向史密斯小姐求爱吧！不，女士，我造访哈特菲尔德纯粹是为了你，而我所得到的鼓励——”

“鼓励？我给了你鼓励啦？先生，你这么猜想是完全错了。我仅仅把你看作是我朋友的一个追求者。要没有这层关系，对我来说，你不过是个普普通通的熟人而已。我确实非常遗憾。但是一场误会到此结束，总算是件好事。若是这个局面继续发展下去，史密斯小姐会受到误导，会错解你的意思。她没准会跟我一样，不知道你对于身份上的悬殊竟然是如此敏感。好在仅仅是单方面会因这件事感到失望，而且，我相信，也不会持续多久的。就我这个方面而言，目前还没有任何打算结婚的意思。”

他气得一句话也说不出来，她态度如此决绝，恳请求情是不会听得进的。他们在这种气鼓鼓、相互怨恨的气氛中还得继续共处若干时刻，因为伍德豪斯先生生怕出事，让马车走得慢如牛步。如果不是怒火中烧，他们倒会感到异常尴尬的。不过他们气得七荤八素，根本就没有小别扭式的尴尬插足的余地。他们连车子什么时候拐进牧师宅巷，什么时候停下都不知道，只是突然发现已经来到牧师宅门前。他一声没吭就下了车。爱玛觉得跟他道句晚安还是必不可少的。他回了一句，冷淡而又傲气十足。接着，在无法形容的又气又恼之中，她回到了哈特菲尔德。

她父亲见她回来，异常高兴，他一直在为女儿得单独从牧师宅巷回来而胆战心惊。得拐一个他连想都不敢去想的弯儿呢，由陌生人来赶车呢，仅仅是一个普普通通的马车夫，而不是詹姆斯。他仿佛觉得只要她平安回来就万事大吉。因为约翰·奈特利先生为自己发了坏脾气而不好意思，此刻是既温和又体贴人。而且还能特别照顾到岳父的癖好，几乎——虽然没到能陪他一块喝上一碗粥的程度——几乎都完全赞同粥是一种极其有益于健康的食品了。对这一家人，这一天总算是太太平平、快快活活地结束了。可对她爱玛却是一个例外。她从来没有这样心烦意乱过。她要做出很大的努力才能装出一副谈笑自若的样子。分手回房的时刻终于到了，她这才松了口气，准备静下心来好好想一想。

第16章

头发卷好，侍女打发走了，爱玛坐下来思量，心里很不是滋味。事情真是弄成了一团糟，她的全盘计划都给搅乱了。事情竟发展到了最最不想出现的那个局面！对哈丽埃特会是多大的打击！——这才是最最糟糕的呢。这事的每一个方面都会带来这样或那样的痛苦与羞辱。可是与哈丽埃特所受到的伤害相比，那都算是无足轻重的呢。若是她的鲁莽造成的恶果所波及的仅仅是她自己，那么，即使铸成的错误比现在的更为严重，错误犯得更加荒谬绝伦，因判断失误所丢的脸更令人不堪，那她也甘愿承受。

“倘若哈丽埃特并不是因为我劝说才喜欢上他的，那我什么都能忍受。他再对我加倍放肆那也无妨——可是可怜的哈丽埃特呀！”

她怎么能被蒙蔽得如此之深呢？他争辩说他从来没有认真考虑过哈丽埃特——从来也没有！她尽量细致地回忆，可是脑子里一片混沌。她猜想，准是自己先打定了一个主意，然后让一切都顺着这个思路发展的。不过，他的态度必定也是暧昧不定、模棱两可、犹豫不决的，否则她不可能如此受到误导。

那幅图画！他当时对那幅画是多么起劲呀！还有那首诗谜！再加上成百件这样那样的事，都那么清楚地指向哈丽埃特呀！当然，字谜诗，那里说什么“思维敏捷”——后面却又说什么“温柔明眸”——实际上都是与实际不相符的。不过这仅仅是些套话，既无品位又不符合真实情况。可是谁又会透过这些毫无意义的陈词滥调去探究真相呢？

的确，她常常觉得，特别是最近以来，他对自己态度上殷勤得没有必要，可是只当他的作风即是如此，是判断力、知识、品位上有所不逮，这和别的事情一起说明，他毕竟不是一直生活在最上流的社会里的人。说明他尽管谈吐温柔，但真正的优雅还是没能学到手。但是，直至今天之前，她都未曾有片刻怀疑过，那仅仅是对作为哈丽埃特密友的她的一片感激敬爱之心而已。

多亏约翰·奈特利先生她才第一次想到这个问题，想到还会有这样的可能。这对兄弟观察人时的洞察力真是无可置疑的呢。她记起了有一回奈特利先生跟她谈起过埃尔顿先生，提醒她要多长点儿心眼，还说他深信埃尔顿先生对自己的婚姻大事是绝不会率尔操觚的。他对此人性格的认识可要比自己所能达到的深刻得多了，想到这里她不禁有些脸红。这真让人难堪哪。但是在许多方面，埃尔顿先生是在证明，他恰好是她以为与相信的那个他的反面——傲慢、专断、自负；什么都只为自己打算，对别人的感情却考虑得极少。

与常情恰好相反，埃尔顿先生想向她表白爱慕之情反倒使自己在她心中降低了身价。他的倾诉与求婚对自己全无帮助。她根本没把他的追求放在眼里，反倒认为他这样希望对她是一种侮辱。他想攀一门好亲，却不自量力打起她的主意来了，还装出一副坠入情网的模样。不过她倒是一点儿也用不着感到不安的，因为他是不会因为失望而痛苦，决计不会寻死觅活的。不论是他的言辞还是他的态度里都看不出有什么真情实感。长吁短叹和花言巧语倒是不少，可是她简直想象不出任何表情，体会不到任何声调，是比他的那些更少与真正的爱相关的。她是无须浪费感情来怜悯他的。他仅仅是努力在为自己提高地位与增加资产。如果哈特菲尔德的伍德豪斯小姐，这位有三万英镑的女继承人，不如他想象中那么容易到手，那他很快就会设法去找一位有两万或是一万英镑的某某小姐的①。

可是，他竟提到了什么鼓励，居然认为她对他的用意是心领神会的，对他所献的殷勤是乐于接受的，总之，是有意思要嫁给他的！他竟以为自己在门第或者智力上与她不相上下！还瞧不起她的朋友，对于有人地位不如他看得一清二楚，对于自己不如别人则懵然无所知，以致认为向她求婚并不是什么大胆僭越的行为。——这真是最最让人可气可恼的了！

① 据简·奥斯丁自己记载，她从头三部作品所得到的收入为645英镑，而《爱玛》最初所得报酬仅为39英镑，由此可以大致想见三万英镑在当时的价值。

或许，要指望他能感觉到自己在才能和心智的优美上不如她，那也是不切实际的。正因为这方面有所欠缺才使他看不清自己不如别人嘛。但是她在资产、地位上远远胜过他，这一点他总该明白吧。他必定知道，伍德豪斯家在哈特菲尔德已定居多代，是非常古老的世家的一个新崛起的旁支，而埃尔顿家却是寂寂无闻之辈。当然，哈特菲尔德的田产算不得丰厚，与唐韦尔修道院的地产相比，只能算是它的一隅，整个海伯里，除去哈特菲尔德便都是唐韦尔修道院的地盘了。可是哈特菲尔德别的方面广有财源，这就使它绝不亚于唐韦尔修道院了。伍德豪斯家在附近一带人家心目中早就享有崇高的地位，而埃尔顿先生两年前才来到此地，尽管也尽量努力往上爬，但除了业务上的有关人士之外，别无任何社会联系，除了那个职务与彬彬有礼的态度之外，再无一点点值得注意之处。可是他居然认为她喜欢上了他，而且显然还信心十足。对于态度和蔼却狂妄自大这样看起来极为矛盾的现象，爱玛心中嘀咕了一阵之后，还是尊重客观现实，改变思路，承认她自己对他，的确是过于殷勤与依顺，过于客气和关心，以致（如果未能识穿她真正的动机的话）会使一个像埃尔顿先生那样观察力与感受力都极一般的人，想入非非，以为自己肯定是给人看中了。既然她如此错误地领会了他的感情，那么她也就没有多少权利，对被一己利益蒙蔽了眼睛的他，也会领会错她的感情而觉得奇怪了。

犯下第一个错误也是最最严重错误的是她，这是赖也赖不掉的。如此起劲地要把两个不相干的人捏合在一起，这是愚蠢的，也是错误的。她真是太莽撞也太自以为是了，竟把应该严肃对待的事当成了儿戏，把本来很简单的一件事，故弄玄虚，弄得很复杂。她又后悔、又羞愧，决心以后再也不做这样的事了。

"实际上，"她对自己说，"是我好说歹说，才使得可怜的哈丽埃特深深喜欢上这个人的。若不是我，她是怎么也不会想到他的。若不是我再三强调说他对她有意，那她也不会对他抱着有希望的想法的，因为她是谦逊而自卑的，我过去以为他也是谦逊而自卑的呢。唉，要是我光是劝她别接受年轻的马丁就好了。那件事我做得非常正确，干得漂亮。可是我应该就此止步，余下的听任时间与机会去安排。我把她引进了上等人的社会圈子，让她有机会博得某位可以依托的男士的欢心。我不应该再多手多脚的。可是现在，可怜的姑娘呀！她的心情得有一段时间无法平静了。我帮她忙只是帮了一半嘛！即使她对这次失望并未感到过于伤心，我肯定也是想不出别的会使她喜欢的人了。威廉·考克斯怎么样——哦，不行，威廉·考克斯我可受不了——那小律师完全是个愣头青。”

她“扑哧”一笑，赶紧收住这个思路，还不禁为自己故态复萌而赧颜。接下去，她重新恢复到更为严肃、更令人沮丧的思考中去，想那些已经发生、可能发生与必定会发生的事情。不得不向哈丽埃特所作的让人痛苦的解释，可怜的哈丽埃特将不得不忍受的一切，日后见了面所会引起的尴尬，继续交往还是中断交往、压制感情、掩饰愤恨与避免冲突的种种难处，这一切，都够她那小脑袋绞尽脑汁苦思冥想好一阵的。等到她最后上床时，除去明白自己冒冒失失铸下大错之外，别的什么都没能理出个头绪来。

但是对于像爱玛这样具有青春活力和愉悦天性的人来说，尽管黑夜里一时间阴郁愁闷，白天的再度来临几乎不可能不使她精神重新振作。年轻的心与早晨的欢快有让人高兴的类似之处，而且对她有极强的感染力。只要不是过于痛苦得整夜未能成寐，那么，双眸再次开启时必定会觉得痛楚已大大缓解，希望又在向自己招手。

爱玛第二天起来时，觉得比昨晚上床时更宜于与安适靠拢了，更准备见到她前面的苦难有所减轻，也一门心思打算从那里面基本上解脱出来了。

让她感到莫大宽慰的是，埃尔顿先生总算不是真正爱上她，也没有那么特别依恋她以致会因失恋而把她搅得坐卧不宁。而哈丽埃特天性上也并非那种感情至上、矢志不移的刚烈女子。再说，除了三位主角之外，没有必要让任何人知道发生过的事，特别是无必要让她父亲为此事感到片刻的不安。

这些想法都能让她大大高兴起来。再加上见到地面铺满了白皑皑的厚雪，她的情绪就更高了。因为目前任何有助于他们三人互相隔绝的因素，都是她所求之不得的呀。

天气对她十分有利；虽然是圣诞节，她却无法去教堂。宝贝女儿若是真的要去，伍德豪斯先生也是会牵肠挂肚、坐卧不宁的，因此爱玛乐得太平些，免得引起或是听到不愉快或是非常让人难堪的猜想。地面上全是雪，气候让人捉摸不定，说不准究竟是要结冰呢还是会化冻，最不适宜外出活动的就莫过于这种天气了。因此，一连好几天，她都成了一名头等体面的囚犯。除了传传字条，与哈丽埃特不可能有更多的往来。星期天也与圣诞节一样上不了教堂，也不用因为埃尔顿先生不上门而挖空心思去找种种借口。

也就是天气能把每一个人都圈在家里。虽然爱玛希望与相信埃尔顿先生是在这个或那个社会圈子里享受着乐趣，但她还是很高兴地看到，父亲对于埃尔顿先生独自闭户不出，聪明地蛰伏在家中颇感满意。她也高兴地听到父亲对奈特利先生说——什么样的天气都不能完全阻挡住奈特利先生登门拜访呢，——父亲是这样说的：

“啊，奈特利先生，你怎么不学学可怜的埃尔顿先生的样，老老实实在家里待着呀？”

倘若不是心中有隐忧，这几天的足不出户原应过得比较安逸惬意，因为这样的隐居生活正合她姐夫的心愿。而他的情绪对周围的人是起着至关重要的作用的。再说，他在兰德尔斯发的那股乖戾脾气已经完全发泄尽净，所以在哈特菲尔德度过的余下日子里他始终都是和颜悦色的。他任何时候都高高兴兴，温温顺顺，说起谁来全是甜甜蜜蜜的好话。可是尽管前景有可能一片光明，一天又一天拖延下去的日子也过得蛮舒服，爱玛向哈丽埃特作出解释的时刻总要到来的。因此，一团愁云笼罩在她的头上，使得她总是不能完全释然于怀。

第 17 章

约翰·奈特利夫妇在哈特菲尔德滞留的时间不算长。天气迅速好转，一心想走的人可以走了。伍德豪斯先生跟往常一样，想劝他女儿和她所有的孩子都留下，可还是不得不眼睁睁地看着那家人离去，自己又回到为可怜的伊莎贝拉叹苦经的日课上来。而那位可怜的伊莎贝拉呢，每天和自己心爱的人一起过日子，对他们的优点看得一清二楚，对他们的缺点却视而不见，整天忙忙碌碌，无忧无虑。若说这是她的命，也该算是正派女人有福气的命了吧。

就在他们离去的那个晚上，埃尔顿先生差人送来一封给伍德豪斯先生的信。一封长长的、很客气、礼数周全的信，里面表达了埃尔顿先生的崇高敬意，并且说："明日清晨拟离海伯里首途巴思。承数友相邀，盛情难却，此行总需有数周盘桓方能返回。天气欠佳，加以杂务缠身，不克亲趋告辞，憾甚歉甚。贵府热情款待，萦绕于心。倘有差遣，自当乐于应命。”

爱玛真是惊中有喜。埃尔顿先生此时此刻的离开真可以算得上是天从人愿。她佩服他能想出这样的高招，不过却对宣告的方式不敢恭维。对她父亲客客气气，对她则故意一字未提，明摆着是有一肚子的怨气嘛。连一开头的问候中都没有她的分。她的名字连个影子都见不到。这一切都与平时做法截然不同。另外，客气得过了头，告别方式又严肃得很不自然。她起先以为，准定会逃不过父亲猜疑的。

然而还真是逃过了。她父亲只是对这次出行的突如其来感到意外，并且对埃尔顿先生能否安然抵达目的地表示担心，却没觉得他在遣词用语上有什么奇特之处。这封信的实用价值还是不小，因为它给这个家庭的漫漫长夜提供了新鲜的思考与谈话的资料。伍德豪斯先生翻来覆去地表示自己的忧虑，而爱玛则打起精神，用平素的敏捷辩才把所有这些忧虑一个个化解掉。

她现在决定再不让哈丽埃特继续蒙在鼓里了。她有理由相信，姑娘也该从那场感冒中痊愈了。她最好是赶在那位绅士回来之前，尽量抓紧时间，帮姑娘把心上的病也大体治好。因此，就在第二天，她便上戈达德太太家，去经受那场无可逃避的说清情况的赎罪仪式。那可是一场严酷的赎罪呀。她不得不把自己曾如此辛辛苦苦培育而成的所有希望刹那间砰然摧垮，不得不以一个素来被盲目崇拜着的人突然变脸的可憎面目出现，不得不承认过去六个星期以来，自己在某个问题上所有的看法、所有的信念、所有的预测，全都错了，而且是大错特错，是判断上的错误。

这次坦白使她再次勾起了最初体验到的那种羞辱。见到哈丽埃特泪水汩汩涌流，她觉得这辈子再也不应该宽待自己了。

哈丽埃特听到这个消息却很坚强地忍受了下来。她谁也不怪，在每一件事上都显示出一种质朴的品格，在对自己的评价上也显得极为谦卑。此时此刻，这样的态度对她朋友来说，不啻是莫大的安慰。

一时之间，爱玛简直想把质朴与谦卑尊奉为至高无上的品德了。同时认为，所有可亲可近、应该眷爱的品性，似乎都专属哈丽埃特所有，跟自己丝毫都不沾边。哈丽埃特倒觉得自己没有什么好抱怨的。得到埃尔顿先生这样的男子的垂青，那是过于崇高的一种荣幸。她是永远也配不上他的。除却伍德豪斯小姐这样一个对自己偏爱、心地如此善良的朋友，再没有第二个人会觉得这件事有成功的希望。

她的眼泪泉水般地涌流出来。但她的忧伤是真诚的，是毫不矫饰的，在爱玛看来这才是最最值得敬重的一种尊严。爱玛倾听她的诉说，努力用自己全部的感情与智慧去安慰她——此时，爱玛真的相信哈丽埃特是两人中更为优秀的那个，自己若是能做到像她一样，所得到的益处与幸福，那真是天才或知识所能做到的一切都无法可比的。

要在这一天开始做一个简单、天真的人已经为时太晚。不过她在离开哈丽埃特时又进一步加强了原先所下的决心：务必谦虚谨慎，下半辈子每时每刻都要死死地控制住自己，绝不再胡思乱想。如今，除了侍奉父亲外，自己第二个重要责任便是使哈丽埃特过得快乐自在，用比做媒更高明的办法来证明自己对她的爱。自己要接哈丽埃特到哈特菲尔德来住，无微不至地关怀她，想方设法不让她空下来发愁，而使情绪一点点好起来。用读书与谈话，把埃尔顿先生从她头脑里驱赶出去。

爱玛知道，需假以时日，才能把此事彻底做成。她认为总的来说，自己在这类事情上算不得是个行家，特别是涉及对埃尔顿先生倾心爱慕的问题，她更是极难采取同情的态度。但是她认为这样的局面还是可以做到的：哈丽埃特虽说小小年纪，却能在所有希望的火花熄灭之后，在埃尔顿先生回来时，大致上显得泰然自若。大家重新见面后像普通朋友般客客气气，而不至于显出余情不断甚或变本加厉的危险。

哈丽埃特真把埃尔顿先生看成是十全十美的完人，认为无论在相貌还是在人品方面，世界上再没有第二个人能与他媲美了。看来她对他的爱确实比爱玛原先预期的还要深呢。不过爱玛相信，那种单相思的意念自会不可避免地遇到挑战，若说能久久旺盛不衰地持续下去，那倒会让人觉得无法理解了。

如果埃尔顿先生回来时，会像爱玛料定他必定急于要表现的那样，把一副冷漠的模样装得格外突出，格外不容置疑。在那样的情况下，她无法想象，哈丽埃特会坚持要把自己的幸福跟见到他、想念他联系在一起。

他们生活在，如此绝对固定地生活在同一个地方，对每一个人，对三个人，都是很不好的。谁都没有能力搬走，或是更改一下社交圈子。他们只能相互见面，并且相互容忍。

哈丽埃特会更加不幸，因为在戈达德太太那里还得听同伴们的叽叽喳喳，学塾里的老师与年纪大些的女生都把埃尔顿先生当作崇拜的偶像。肯定只有在哈特菲尔德，她才有些机会能听到对他的让人冷静下来的恰当评论或是让人产生反面印象的真话。在何处受到创伤，也必须得在原来受伤之处才能治愈吧。爱玛觉得，在见到哈丽埃特有望痊愈之前，自己是不可能获得真正的安宁了。

第 18 章

弗兰克·丘吉尔先生没有来。在原来说好的日子临近时，来了一封信，证实了韦斯顿太太的担心不是没有道理的。信里说，眼下他抽不出时间来，“深感歉疚与遗憾，但仍盼于不远的将来能造访兰德尔斯”。

韦斯顿太太真是失望极了——事实上，远比她丈夫失望，虽然对于能否见到这位年轻人，她原先在态度上要比丈夫冷静得多。一个脾气乐观的人，虽然总是盼望好事的出现能多多益善，但是失望后，沮丧的程度倒不总与他兴头之高成正比。他把目前的失败撇在一边，又开始去营造新的希望了。有半个小时，韦斯顿先生是感到惊愕与难受的。可是紧接着，他开始领悟到，其实弗兰克推迟两三个月来反倒更妙。那是一年中的最佳季节，气候更为宜人；而且比起早点儿来，与他们共处的时间也能够更加久长一些。

这些想法使他很快心情又变得舒畅了，可是生性更易担忧的韦斯顿太太却只能预料到会有一次又一次的道歉与拖延。她担心丈夫会因此不欢，正因如此，她感受到了更为巨大的痛苦。

爱玛此时无心去理会弗兰克·丘吉尔来还是不来，只知道兰德尔斯出了件不顺心的事。眼下与这个年轻人结识，对自己没有什么吸引力。她只想好好安静一段时间，别受到什么诱惑。不过，她还需装得大体上跟平时没什么两样，于是便打起精神去对这个局面表示出尽可能多的兴趣，显示出对韦斯顿夫妇的失望十分同情。既是至交，她自当如此。

奈特利先生最早是从爱玛那里听说这个消息的。爱玛还特意按照需要惊叫起来（由于是在扮演角色，免不得有点过火），对丘吉尔夫妇不让弗兰克来的行为表示不解。接着她又言不由衷地说，萨里这地方太闭塞，多来一个人该有多好，能见到一张新面孔该有多愉快。他的露面对整个海伯里来说都像是一次节庆活动。她说到最后又回到对丘吉尔夫妇的评价上来，发现自己竟和奈特利先生的看法截然对立。而且使她感到异常有趣的是，她所采取的立场恰恰与自己真正的意见相左，她是在运用韦斯顿太太的论点来反驳自己。

“丘吉尔夫妇很可能有不对之处。”奈特利先生冷冷地说，“不过我敢说，弗兰克真的想来，是不会来不了的。”

“我不明白你为什么要这么说。他是极其希望来的，只不过他舅父舅妈不让而已。”

“我无法相信他下了这样的决心就真的束手无策了。没有证据，这样的事我恐怕是无法相信的。”

“你多古怪呀！弗兰克·丘吉尔先生干了什么事，让你把他看成是不通情达理的怪物？”

“我根本没有把他看成是不通情达理的怪物，只是怀疑。由于和一些人生活在一起，他学了他们的样，变得看不起自己的亲人，只图自己过得开心，别的什么全不放在心上。一个年轻人，由傲慢、奢华、自私的人带大，也会变得傲慢、奢华与自私，这再自然不过了，不是你想或是不想的问题。若是弗兰克·丘吉尔真的有心要看父亲，他尽可以在九月到一月之间想法子来嘛。一个小伙子，这么大了——他有多大啦？二十三四了吧——竟然连干这么点儿事都想不出个法子，不可能的。”

“你这么说这么想再容易不过，你的事从来都是自己做主的。奈特利先生，寄人篱下的难处你是体会不到的。你根本不知道应付坏脾气是什么滋味。”

“一个二十三四岁的大男人，竟然连思想、行动的自由都缺乏到这个程度，这很难让人相信。他一不是没有钱，二不是没有空闲。我们知道，恰恰相反，这两样他都有的是，而且很乐于把它们虚掷在咱们这个王国最最无聊的去处。总是听说他去了这个或是那个温泉休养地了。不久前不是还去了韦默斯了吗？这就说明他是走得开的。”

“是的，有些时候是走得开的。”

“那是他认为那件事值得他走开，那个乐子在诱惑着他走开的时候。”

“不透彻了解别人的处境就对他的行为任意作判断，这是非常不公平的。除非对别人家庭内部情况有深刻的谙知，否则是难以说清家庭某个成员的难处的。我们先得弄清恩斯库姆的内情，摸清丘吉尔太太的脾气，才能认为自己具备能力，去判断她的外甥可以做些什么。说不定他有时候能放手做许多事，有时候却是难以有所作为呢。”

“爱玛，有一件事一个人只要想做总是可以做到的，那就是恪尽自己的职责。这上头无须用什么计谋与花招，只要坚定果断就可以了。弗兰克·丘吉尔有责任关心他的父亲。这一点他很清楚，从他的许诺与来信中便可看出。如果他想尽责，这件事自然可以做到。一个头脑正常的人会毫不踌躇、直截了当、理直气壮地去对丘吉尔太太说：‘任何时候你都能发现，为了你的方便，我即使再有什么游乐的打算，也是甘愿作出牺牲的；可是我必须立刻去看望我的父亲。我知道在目前这一特殊时刻，如果我没有去向他表示祝贺，他是会非常伤心的。因此，我打算明天就启程。’如果他用男子汉的坚定语气对舅妈这么说，那么再反对他走是根本不可能的。”

“那是当然的，”爱玛不由得笑出声来，“不过说不定又会反对他再重新回去了。一个全然寄人篱下的年轻人哪能用这样的口气说话呢？除你之外，再没有人会异想天开，认为可以这样做。反正对于与你自己处境截然不同的人该怎么行事，你是一点儿概念都没有的。弗兰克·丘吉尔先生能用这样的言辞说话吗？那是抚养他成人，以后还要多加依靠的舅父舅妈呀！说不定说话都要站在房间的中央，尽可能地提高嗓门吧！这切合实际吗？真亏你想得出来的。”

“相信我的话好了，爱玛，有头脑的人不会觉得这么做有什么困难的。他觉得自己占理，因此，所宣告的，自然亦是一个有头脑的人以恰当的态度所作出的那样，会给他带来好处，会提高他的地位，会使他与他所仰仗的那些人之间的利害关系结合得更为稳固，其效果，绝非种种用心机、要手腕的做法统统加在一起的后果所可比拟的。这样，在对他的爱之上又会增添尊敬。他们会觉得他很可信赖。外甥对父亲行为得当自然也会对他们有情有义了。因为他们跟他、跟满世界的人一样知道，他这次完全应该去看望父亲。即使他们心眼不好仗着权势不让他来，心里也不会因为他顺从了自己的非分之想而钦佩他的人格。每一个人对正当的行为还是会肃然起敬的。只要他坚持原则，始终不懈，贯彻到底，他们心胸再狭窄也是会屈从于他的。”

“我看不见得。你很喜欢去压服狭窄的心胸。可是遇到狭窄心胸的人有钱又有势时，我想他们自会很有技巧地将之膨胀，使之与广阔的襟怀一般难以驾驭的。我可以想象，如果你奈特利先生，保持你的原样，此时此刻被转移与纳入到弗兰克·丘吉尔先生的处境里去，你便可以按你推荐给他的方案去说去做，也会取得非常好的效果。丘吉尔夫妇很可能无言以对。可是须知你是无须去打破自小服从与长期恭顺的习惯的呀。对于长期习惯于这么做的他来说，一下子完全独立，把他们命他感恩、体贴的要求置之不顾，这可不是一件容易的事。他也许同你一样具有强烈的是非感，只是在特殊的环境里没有同样的条件去付诸实现罢了。”

“那即为是非感不强了。既然不能做出同样的努力，那就说明不具备同等坚强的信念。”

“唉，要看到处境和习惯有所不同嘛！我希望你尽量去体会，去正面反对自小到大一贯敬仰的长者，对于一个性格温和的青年来说，这意味着什么。”

“你那位性格温和的青年真算得上是非常软弱了，如果这才是他第一次按照自己的意思，为了做一件正确的事去违拗别人的意旨。到这样的年龄，尽自己的责任应该已经成为他的行事习惯，而不应再借助于什么权宜之计了。小孩子畏畏缩缩还情有可原，年轻人还这副样子，我最最看不得了。他既然已经明白事理，那就应该挺起胸膛，摆脱掉他们威权里没有价值的那部分。对他们小看他父亲的第一个迹象他本来就应该予以抗击。倘若他一开始就按正确的做法做，那今天连一点点困难都不会有。”

“对于他，我们的看法永远也不会一致的，”爱玛大声地说，“不过这也不是什么了不得的事。我丝毫也不觉得他是个性格软弱的年轻人，我肯定他不是这样的。韦斯顿先生不至于对傻与不傻都看不出来，虽然那是有关他自己儿子的事。不过，这年轻人非常可能有一种更为柔顺、谦让、温和的性格，与你所肯定的男子汉十全十美的标准不尽相符。我敢说他是这样的；虽然这会使他某些方面有所失，但是在别的许多方面肯定是会有所得的。”

“是啊，是会大有所得的。在理应出门尽孝时却一动不动地坐着，过的是懒洋洋的少爷的舒坦日子，还自以为凭一手绝妙文笔，尽可以用巧妙不过的托词把事情搪塞过去。他可以坐下来，写一通辞藻华丽的书翰，假话连篇，把原因解释得圆满，天衣无缝，心中暗自得意，亏得自己能巧施世上奇佳无比的妙策，既可使家中太平无事，又能让做父亲的无话可说。他那些信简直让我恶心。”

“你的想法倒是与众不同呀。那些信别人看了全都赞不绝口呢。”

“我猜韦斯顿太太是不会满意的。像她那样头脑清晰、感觉灵敏的女人，虽有母亲的名分，却没有令她盲目的慈母感情，要使她满意是不太可能的。正是因为她的缘故，做儿子的才应对兰德尔斯加倍上心呀，她一定是比旁人对他的缺席加倍地敏感。倘若她是个很有身份的女人，那他早就颠颠儿地来了，这我是拿准了的！而且他来也好不来也好，根本就没有人在乎。你能想象你那位朋友会迟迟不往这上头去考虑？你以为她就不会经常在心头把这一切想过来盘过去？不，爱玛，你那位温顺的年轻人的‘温顺’，仅仅是法语中的而不是英语里的‘温顺’[①]。他可能非常地‘温顺’，礼仪方面无懈可击，也很和颜悦色。可是对别人的感情他不可能有一点点英国式的细腻体会——他丝毫没有真正讨人喜欢的地方。”

“你似乎已经铁了心认为他一无是处了。”

“我？绝无此事，”奈特利先生回答说，挺不高兴的，“我并不想把他往坏里想。我会像任何人一样，痛痛快快地承认他的优点。只是我没听说什么别的优点，除了表面上的那些之外——据说身材不错，人挺漂亮，态度和蔼，嘴巴也很甜。”

---

① 英语与法语中都有“amiable”一词，奈特利先生的意思是：法语中此词偏向于指一个人礼仪上的和蔼可亲，英语中则偏向于指性格上的讨人喜欢。

“行了，光凭这些，他也够得上是海伯里的一绝了。仪表堂堂，既有教养又讨人喜欢的年轻人，本地并不多见呀。我们可不能挑三拣四，要求人家好上加好。你难道想象不出吗，奈特利先生，他来了会引起多么大的轰动？唐韦尔和海伯里整整两个教区只能有一个话题，只能有一件感兴趣的事——一个好奇心的聚焦对象，那就是弗兰克·丘吉尔先生。我们再不会想，再不会说任何别的人了。”

“我如此固执己见，还得请你多多包涵。如果我发现跟他还可以谈得来，那么，能认识他我感到很高兴。不过如果他仅仅是个油嘴滑舌的花花公子，那他是不会让我去多费时间和多费脑子的。”

“按我的设想呢，他见到别人爱谈什么自会调整自己的话题，因而有本事也有愿望让大家全都喜欢他。他会和你谈庄稼。和我呢，就谈绘画或是音乐了。对别人亦都相应如此。因为什么问题他都多少知道一些，所以便能视情况所需，很得体地参加谈话或是引导谈话，而且每一个话题上都有精彩的看法。我想他就是这样的一个人。”

“我的想法是，”奈特利先生情绪激动地说，“如果我们见到的真是这样的家伙，那他就是世界上最让人无法忍受的活物了！什么？才二十三岁，就想称王称霸——做人中豪杰——当老练的政客，能看透每个人的心思，让每一个人的才智成为他表现自己高明的垫脚石。到处散布花言巧语，哄得别人与他相比全都像是愚不可及的呆鸟！对于这么一个俗物，我亲爱的爱玛，凭你那份聪明，到时候也会觉得无法容忍的。”

“我不想再谈他了，”爱玛都喊出声来了，“所有的一切你全都往坏里想。我们两人都带有偏见！你反对他，我则是说他好。不等到他真的来临我们是不会有机会取得一致意见的了。”

“偏见？我可没怀什么偏见。”

“那就是我怀有很深的偏见了，不过我丝毫也不为此而感到羞愧。我对韦斯顿先生、太太感情太深，使得我就是要坚定不移地偏爱他。”

“像他这样的人，我是从一个月的月底到下个月的月末，何时何刻都不会想起他的。”奈特利先生说，显得有些不耐烦，这就使爱玛立即把话头转到别的事情上面去了，虽然她不明白他为什么要生气。

奈特利先生仅仅因为一个年轻人性格与自己有异就不喜欢此人，这与她一向赞许的他那真正宽阔的襟怀很不相称嘛。因为尽管她往昔时常责怪他自视过高，但是却从未想到过他会因此而不公正地对待别人的长处。

Volume Two

第　二　卷

第 1 章

一天上午，爱玛和哈丽埃特一起散步。在爱玛看来，就那天来说，关于埃尔顿的谈话已经足够多，她再也想不出有什么话可以安慰哈丽埃特与表示自己悔疚之意的了。因此在她们往回走的时候，她尽力不往这个话头上引，可是它还是再一次冒出来了，当时她满以为自己已经大功告成了呢。有几分钟她谈到穷人在冬季日子必定很不好过，不料得到的反应却是充满伤感的这么一句："埃尔顿先生对待穷人是多么仁慈呀！"她寻思必须得找出点别的事情做做才行了。

当时她们刚好走近贝茨太太、贝茨小姐住的那所房子，她便决定去拜访她们，仗着人多可以换得一个安全。这么给她们面子的足够理由总是有的，贝茨母女欢迎别人去看她们。再说她知道总有为数不多的那么几个人，自以为看到了她的不够完美之处，认为她在这一方面有所疏忽。那对母女孤苦伶仃，需要安慰，她应该给予安慰可是却没有这样去做。

对于她的这一不足之处，奈特利先生曾作出过多次暗示。她自己内心里也不是没有察觉，不过那都不足以压下心中的另一个道理：那样做顶不愉快了，是浪费时间，那两个女人乏味得很，而且还极怕有与海伯里二三流人物为伍的危险，那些人倒是时不时都去拜访她们的。因此上，她很少挨近这对母女。可是此刻她却突然下了决心，再不能过门不入了。她向哈丽埃特建议说，她认为，也能估算到，此时去正好，非常安全，因为简·费尔法克斯一下子还不会有信寄来呢。

这所房子是属于一户做买卖的人家的。贝茨母女住的是有起坐间的那层。一进那个实在不好算是宽敞的套间，——那就是母女俩最珍贵的资产了，——两位客人就受到了最热诚甚至是感激不尽的欢迎。坐在最暖和的角落里编织东西的那位安静、整洁的老太太，甚至都要把位子让给伍德豪斯小姐。而她的更活跃、话也更多的女儿则几乎让客人不知怎么才好了。她嘘寒问暖，多谢她们来访，为她们的鞋子担心，又打听伍德豪斯先生身体是否安康。紧接着又愉快地报告她母亲总算是身体还硬朗，并且提到食品柜里留存有蛋糕。"科尔太太方才来过，她说就坐十分钟，可是她非常客气，竟陪我们坐了一个小时，而且她还品尝了一块蛋糕，甚至宽宏大量地说觉得味道挺不错，她非常喜欢。因此，真是希望伍德豪斯与史密斯小姐也能赏脸尝上一块。"

提到科尔夫妇接下去肯定会提到埃尔顿先生，他们之间关系很密切，埃尔顿先生走后科尔先生还收到过他的信呢。爱玛知道接下来会有什么情况，她们必然会再提到那封信，算算他走了究竟有多少日子了，又谈论他会如何忙于交际，他不论去到何处都会大受欢迎，而典礼官的舞会又会如何人山人海，挤得水泄不通。爱玛自会把一切都应付得滴水不漏，该表示感兴趣时也都表示，该说赞美的话时也都说，而且总是挺身而出抢在头里回答，不消哈丽埃特老大不情愿地迸一两个字出来。

这是她走进屋子时就定下的方案。不过，她打算，在泛泛地说上几句漂亮话之后，就不再让这一讨人厌的话题纠缠住，而是自由自在地转到海伯里各位太太小姐以及她们的牌局上头去。她倒不曾料到在谈完埃尔顿先生之后又会冒出一个简·费尔法克斯来的。不过匆匆将他撇到一边去的其实倒是贝茨小姐。她的话头从他身上突然跳到科尔夫妇身上，为的是引出她外甥女一封来信的事。

“啊，是啊。埃尔顿先生，我明白的。当然了，说到跳舞——科尔太太方才告诉我在巴思那边人家在室内跳的是一种——科尔太太真客气，陪我们坐了不少时间，还谈到了简。那是因为她一进来就开始问到了她，说简在巴思可算是出足了风头。科尔太太只要跟我们在一起，总是不知怎么表示对我们的关心才算个够。而我也必须得说，简确实配得上这样的关心，她比谁一点儿都不差。科尔太太一上来就直截了当地问到她，说：‘我知道你们这几天不会有简的消息，因为还没到她写信的时候。’我马上回答说：‘事实上倒是有消息的，因为就在今天早上我们刚刚收到一封信。’我不知道有没有见过比她更感到意外吃惊的人了。‘你们收到信啦？这是真的吗？’她说，‘唷，这倒是没想到嘛。让我听听她是怎么说的。’”

爱玛的礼貌倒是召之即来，她露出很感兴趣的微笑说道：

“你们刚刚得到费尔法克斯小姐的消息了啊？我太高兴了。我想她身体挺好的吧？”

“谢谢你，承你这么关心！”那位信以为真的小姨喜滋滋地说，连忙去找那封信，“哦，可不就在这儿。我敢肯定就在手边的；不过我无意间把针线筐压在它上面了，你瞧，因此就看不到了。可是就在不久前我还拿在手里的呢，因此我几乎可以肯定它必定是在桌子上的。我给科尔太太念来着，而她走了以后呢，又给我母亲再念了一遍，因为她再喜欢不过——简的来信她最喜欢听了——听了一遍还要再听一遍，永远也没个够。所以我知道不可能不在手边的，可不，就在这儿，就压在针线筐底下。承你那么关心，想听听她说了什么。但是，首先，为了公正地对待简，我真的必须先表示抱歉，因为她信写得这么短——只有两页，你瞧两页还没完全写满。一般的情况是，她写满一页横过来再写上半页[①]。我母亲总是纳闷我怎么辨认得这么清楚。打开收到的信时，她总是说：'嗨，赫蒂，我琢磨你又该下功夫去辨认那十字格花活儿了吧。'是不是这么说的，妈妈？于是我就会告诉她，我敢肯定她自己也会想法子认出来的，如果没人替她干的话，认出每一个字——我敢肯定她会把脸贴到纸上，直到把每一个字全认出来。而且，说实在的，虽然我母亲视力不如从前了，但是感谢上帝，她眼睛还是能看得真真儿的！当然是在眼镜的帮助之下。这可是一种福气呀！我母亲的眼睛就算是不错的了。简在这儿的时候老是说：'姥姥哎，您现在眼力都能这样，以前不用说一定是非常非常好的了。瞧您做出来的那些活儿有多精细呀！我倒真希望我的眼睛也能保养得这么好呢。'"

这一大堆话都是一气儿飞快说出来的，这就使贝茨小姐不得不停下喘上一口气。于是爱玛便乘机对费尔法克斯小姐的书法很客气地称赞了几句。

"你实在是太厚道了，"贝茨小姐很高兴地说，"你是行家，有眼力，自己的字也写得漂亮。我敢肯定，再没有别人的夸奖像伍德豪斯小姐的一样，能让我们真心感到快活的了。我母亲听不见，她耳朵有点儿背，你知道的。妈妈，"她转向她母亲，"您听见伍德豪斯小姐的话了吗？她多仁义，直夸奖咱们家简的字儿写得好呢。"

---

① 据《爱玛》原文牛津版的注解说，当时，人们为了节约，写信一般只用一张纸。写不下时便将纸横过来找空处写。也不用信封，只是将信纸的边缘粘上，在纸背上写收信人的名字与地址。

于是，在慈祥的老婆婆终于听明白之前，爱玛有幸，听到自己那句言不由衷的傻话给足足地重复了两遍。与此同时，她在盘算有无可能，在不显得过于无礼的情况下，设法躲避开不去听简·费尔法克斯的信。她几乎已决定要找个小小的借口急急抽身离开了，可是贝茨小姐又转过身来朝向她，使得她不得不注意听着。

“我母亲耳朵就只有一点点儿背，你知道吧，其实是算不得什么。我只要提高嗓门，说上两三遍，她必定能听清的。不过，话要说回来了，她对我的嗓音已经习惯了。奇怪的是，她听简说话比听我说话还更清楚呢。简的口齿是那么清晰！不管怎么说，她是不会觉得姥姥比两年前耳朵更背一些的。在我母亲的这个年纪，这就算是很不错的一件事了。你知道吧，从简上一回来，又过去足足两年了。以前我们相互不见面，时间还不曾有过这么久的呢。我方才还对科尔太太说来着，我们这下子倒不大知道该怎么接待她了。”

“是费尔法克斯小姐快要来看你们了吗？”

“可不，正是这样。就在下星期。”

“真的吗？那准让大家高兴极了。”

“谢谢你。你真好。是的，就在下星期。谁都没有料到。每一个人都说这可是件喜事。我敢肯定，大家见到她都会高兴得不得了，她看到海伯里的朋友也会同样高兴的。是的，不是星期五就是星期六。她说不准哪一天，因为坎贝尔上校那两天里自己也会要用车。他们要把她一直送到这儿，这多够意思呀！不过他们以前也总是这么送的，你知道的。唔，没错，不是下星期五就是下星期六。她信里就是这么说的。正因如此她才打破写信的常规嘛。常规是我们的说法，因为，在通常的情况下，我们是要在下星期的二、三才能收到她的信的。”

“是的，我也是这么想的。我原以为今天是不大有可能听到费尔法克斯小姐新消息的呢。”

“真是有劳你操心了！是啊，若不是情况特殊，需得通知她不久要来，那我们也不会收到她的信的。我母亲高兴得什么似的，因为她至少要和我们同住三个月呢。三个月呀，她是这么说的，绝对错不了。待会儿我会有幸给你念信，你一听就知道了。情况是这样的，你知道吧，坎贝尔夫妇要去爱尔兰。狄克森太太非得让她父亲母亲立刻就去那儿。他们原本是想夏天才去的，可是这女儿想再重新见到父母，实在等不及了。因为十月里她出嫁之前，她离开父母从来也没有超过一星期的。此刻竟住到另一个王国去了，这岂不是感觉太生疏点儿了吗？哎，我该说是另一个国家的。因此嘛，她十万火急地写了封信给她母亲，或者是父亲。我得说我也不清楚到底是写给谁，反正待会儿看了简的信就知道了——用的是狄克森先生的名义以及她自己的名义，催促他们马上就上那边去。他们要在都柏林与父母会合，带父母亲去乡间的住宅，叫什么巴利克雷格——准是个美得不得了的地方，我猜。简对那个地方的美早就听说得很多了——是听狄克森先生说的，我的意思是，她有没有听任何别的人说起过，那我就不得而知了。不过，那是非常自然的，你知道的，他在向女方求爱的时候当然喜欢谈自己住的地方。而简那会儿是经常陪着他们一起散步的——因为坎贝尔上校夫妇非常谨慎，是不让女儿和狄克森先生老是单独外出散步的，这一点我觉得他们做得还是对的。狄克森先生对坎贝尔小姐所说的他爱尔兰老家的事，她自然一五一十全听在耳朵里了。我记得她写给我们的信里提起过，他给那边的人看过一些画，画的就是他家乡的风景，那些图画还是他自己作的呢。他是个顶顶和蔼可亲、讨人喜欢的青年了，我相信。简听他一讲，自然巴不得能上爱尔兰去看看。”

此时此际，对于简·费尔法克斯，对于那位可亲可爱的狄克森先生，对于不去爱尔兰，爱玛头脑里顿时生出了错综复杂、饶有深意的疑团。她暗自盘算得进一步弄弄清楚，于是便像是漫不经心地随口说道：

“费尔法克斯小姐此刻竟能抽空来看你们，你们一定觉得非常幸运吧。她与狄克森太太关系非同寻常，你们怕是几乎不敢相信她会不与坎贝尔上校夫妇一起去爱尔兰的吧。”

“就是，就是，说得一点儿不错。长久以来，让我们担心的正是这一点。因为我们是不喜欢她一连好几个月离我们那么远，出了什么事也没法赶来的。可是你看，如今一切都遂了心愿啦。他们，也就是狄克森先生和太太，是竭诚地要她和坎贝尔夫妇一起去的。这是完全不成问题的。最能显出诚意的就是他们的联名邀请了，这是简说的，待会儿你们就能听到信里的话了。狄克森先生的各种关心一点儿也不比谁差。他真是个顶顶讨人喜欢的年轻人了。自从那回在韦默斯他救了简一命之后，我每当想起这件事还禁不住浑身打战呀。当时他们一起出海游玩，简不知让帆具里什么旋转的东西打着了，眼看就要掉到水里去，实际上是已经在往下掉了。亏得狄克森先生头脑灵反应特别快，一把抓住了她的衣服，这才没事。多悬哪！自从出了那一天的事情之后，我就一直很喜欢狄克森先生了！”

“可是，尽管她那两位朋友那么热情邀请，她自己也很想去爱尔兰看看，费尔法克斯小姐倒宁愿把时间用在你和贝茨太太的身上，对不对？”

“对啊。完全是她自己作出的决定，完全是她自己作出的选择。坎贝尔上校夫妇认为她做得非常对，要他们提建议的话也就是如此了。他们实际上也是非常希望她试试自己家乡的空气，因为她这一阵身子似乎不及原来那么好。”

“我听了倒也有点儿担心呢。我想他们这么希望是有道理的，可是狄克森太太这下子该非常失望了。狄克森太太，据我了解，在个人容貌方面算不得格外突出——怕是绝对难以和费尔法克斯小姐相比吧？”

“哦，那倒是的。你这样说是抬举她了，不过事实确实如此。她们两个是不好比的呀。坎贝尔小姐从来都是普普通通的模样，不过人倒是蛮文雅和气的。”

“是的，那自然是的。”

“简得了很严重的感冒，真是可怜！早在十一月七日就病了——待会儿我会念给你听的，从那时候起就不曾好过。她得感冒，时间拖得够久的，是吧？她以前从来没有提到过，因为她不想惊动我们。她就是这么个人，多体贴人呀！不过，既然她总是不好，她那两位好心的朋友坎贝尔夫妇就认为她最好还是回老家来，看看她一向吸惯的空气是不是会有点儿用。他们相信，在海伯里住上三四个月肯定能使她完全康复。她身子不适，来这儿自然会比去爱尔兰好得多。说到照顾她，那就再没有人能超得过我们了。”

“我看，这真是世界上最理想不过的安排了。”

“所以嘛，下星期五、六她就会来这儿了。而坎贝尔夫妇则在随后的那个星期一去霍利黑德，这些你都会在简的信里读到的。多突然哪！你可以想见，伍德豪斯小姐，我一下子简直是又惊又喜，又慌又乱。倘若不是美中不足她身子不适——我真担心见到她消瘦下去，显出一副可怜巴巴的憔悴模样呢。我必须告诉你，我得知这个情况时遇到的一件倒霉事儿。我在大声朗读简的来信给母亲听之前，总是坚持自己先看上一遍，你知道吧，免得信里有什么事让她知道了不开心。简希望我这样做，因此我总是这样做的！我今天也是照例小心翼翼这样做的。可是我刚看到提及她身体不好的那一句，我一惊之下便喊出声来了：‘天哪！可怜的简生病了！’我母亲正留神听呢，这话让她清清楚楚听进去了，便大吃了一惊。不过，等我再往下看才知道病得不像我起先想得那么重。接下去我又把话往轻里说说，母亲现在也不太担心了。我真不明白自己怎么会这样不当心的。如果简不能够马上好起来，那我们得请佩里先生来瞧了。钱该花的时候总是要花的。虽然佩里先生这上头从不计较又那么喜欢简，我敢说他是不肯收任何出诊费的，但我们却不忍心哪，你知道吧。他有太太，有一家大小得养活，他的时间也是很宝贵的呀。好吧，我只是提了提简来信的要点，我们来看看她的信吧，她讲自己的事比我代她讲自然要强得多了。”

“恐怕我们得赶紧走了，”爱玛说，朝哈丽埃特瞥了一眼，一边开始站起身来，“我父亲等我们会着急的。我进屋子的时候只打算待不超过五分钟的，我想我没有权利多待呢。我来，只是因为经过门口不进来问候贝茨太太是很说不过去的，可是听得高兴，时间不知不觉延长了。不过，我们必须向你和贝茨太太道别告辞了。”

所有挽留的话都没有能留住她。她重新来到街上，不无得意地感到，尽管她不得不听了许多不想听的话，但是却打听到了简·费尔法克斯的来信的内容，而且还逃过了听人读信这桩顶顶讨厌的事情。

第 2 章

简·费尔法克斯是个孤儿，她是贝茨太太最小女儿所生的唯一的一个孩子。

某步兵团的费尔法克斯中尉与简·贝茨小姐的喜结良缘曾经带来过人人称羡的幸福美满日子，当时也是前途一片光明，充满了新婚的种种乐趣。可是如今一切都已烟消云散。中尉在国外捐躯沙场，让人想起就觉得恻然于心。丢下的寡妻忧伤过度再加上得了肺结核，不久便病恹恹身亡，只留下了这么一个孤女。

从出生地来说她是海伯里人。三岁时失去母亲后，这孩子就成了她姥姥和大姨的财富、照顾对象、安慰和宝贝疙瘩，看上去八成是要永久在这里住下去，接受极其有限的收入所能提供的教育，长大后除了上天赐给的美貌、聪明以及热心、善良的亲属之外，再不会有什么良好关系和提高地位的机会，能使她平步青云了。

可是她父亲的一位朋友不忘旧情，这就使她的命运有了改变。这位朋友就是坎贝尔上校。上校一向非常器重费尔法克斯，认为他年轻有为，是个当优秀军官的好苗子。不仅如此，上校有一回得了很严重的斑疹伤寒，多亏他细心看护，上校心里认为是他救了自己一条命。上校不敢忘记报恩，虽然等他自己回到英国，有能力做点事情时，费尔法克斯已经去世多年。他回国后，找到了这个孩子，给她以种种关照。他已结婚，只有一个孩子活了下来，是个女孩，和简年纪相仿。于是简便去他们家做客，一住就是很久，并受到了大家的宠爱。简不到九岁时，由于上校的女儿非常喜欢她，上校自己也很想尽到真正朋友的情分，这两点汇到了一起，便使他提出，由自己来负担简受教育的全部责任。这一建议被接受了。从那时起，简就成了坎贝尔上校家的一个成员，完全与他们生活在一起，只是时不时地回外婆家来看看。

上校打算把简培养成一名教师。她父亲留下的那很少的几百英镑远不够她维持独立的生活。用其他方法供养她又超出了上校的能力范围。因为，虽然他军饷加上津贴不算菲薄，但是产业并没有多少，而且还得全部归属女儿。不过，让简受到教育，应该说就是为她日后过体面生活提供了条件了。

以上所说的就是简·费尔法克斯的身世。她遇上了好人，从坎贝尔家得到的纯然是厚爱与良好的教育。因为经常相处的都是头脑清楚与见多识广的人，她在心智和理解力上都受到了诸多严格的训练与熏陶。再加上坎贝尔上校住在伦敦，那里有第一流的老师，再普通些的天分也能得到充分的调教。她性情好，人也能干，果然没有辜负朋友们的期望。到十八九岁时，如果说那么年轻就有资格照料孩子的话，她做教师已经很称职了。但是上校家太喜欢她了，不舍得与她分开。做父亲母亲的不想开这个口，那位女儿也不忍心让她走。那让人心碎的日子被往后推迟了。理由是很容易找得到的，她还太年轻呢。于是简仍然和他们一起过，像另一个女儿似的，分享着上流社会所有正当的乐趣，家庭的温馨与社交的愉悦也都能公平地一一感受到，但前途中唯一美中不足的是——她那理解力极强的头脑总在清醒地告诉自己——这一切很快都会烟消云散的。

无论姿容还是学识上，简都无可置疑要高出一头。在这样的情况下，全家的感情，特别是坎贝尔小姐的深深眷恋，对双方来说，就更是一种难能可贵的情分了。那位年轻小姐不可能对简的天生丽质视而不见，那两位老人家自然也不可能不察觉她较高的智力水平。然而，大家依旧相亲相爱地住在一起，一直到坎贝尔小姐结婚。在婚姻问题上，机遇与幸运往往叫人难以捉摸地出现，让中庸者比佼佼者显得更有光彩。坎贝尔小姐在刚遇到狄克森先生不多久就获得了他的爱，那可是位既富有又讨人喜欢的年轻人呢。坎贝尔小姐称心如意、快快活活地成了家，可简·费尔法克斯还得设法去挣自己的面包。

这件事情是不久之前才发生的。时间很短，使得不如坎贝尔小姐幸运的那位女友还来不及着手去挑起生活的担子，尽管这女友年纪不算太小，已经能拿主意，认为自己也该开始去走人生的途径了。简早已决定，二十一岁应该开始。她怀着见习修女般的虔诚，决定在二十一岁完成献身的大业，同时放弃所有的人生欢乐，不再投入社交活动，不追求平等往来、安逸与奢望，甘愿永久从事忏悔与苦修。

坎贝尔夫妇明白事理，自然明白对这样的决定是不好反对的，虽然感情上难以接受。老两口认为，只要他们活在世上一天，简这样虐待自己是没有必要的，她可以永久把他们的家当作自己的家。为了老两口的舒适安乐，他们倒宁愿把她完全留在身边的。但是这样做岂不是太自私了吗？迟早要作出的决定还不如现在早些作出呢。也许他们开始觉得，最仁慈、聪明的做法莫若是痛下决心，不牵丝攀藤、拖泥带水，让她跟反正要诀别的轻松愉快、乐乐呵呵的生活干干脆脆地一刀两断。尽管如此，感情还是乐于抓住任何一个说得过去的借口，不去加快这一不幸时刻的到来。自从他们的女儿出嫁以来，简的身体就一直不算太好。在她体力完全恢复之前，他们是绝对不会让她去操劳的。辛苦的工作不仅为虚弱的身体、紊乱的头脑所难承担，即使在最有利的条件下，怕是除了具有健全的身心之外，还得添上些别的什么因素，才能够胜任愉快的吧。

至于她不跟他们上爱尔兰的原因，她对大姨所说的全是真话，虽然也可能还有几句真话没有说出来。趁他们不在来海伯里也是她自己的主意。也许是为了与她最亲的两个好心的长辈一起度过她完全自由的最后几个月吧。而坎贝尔一家，不论他们的动机可能是什么，也不管代表的是一个人、两个人或是三个人的意见，反正是很痛快就同意了这样的安排。并且说，对于她的康复，他们相信，最最起作用的，莫若就是在家乡的空气里待上几个月了，那要比服什么药都会有效。因此上，她肯定是会来的。而海伯里呢，只好把欢迎那位早就说好要光临的熠熠新星弗兰克·丘吉尔先生的事，暂搁一边，仅仅满足于简·费尔法克斯的到来了，而她能带来的光是小别两年之后的那点点新鲜感而已。

爱玛颇感不快，长长三个月，竟不得不对一个她不喜欢的人作出一副客客气气的样子！不想做的事老得多多地做，想做的事呢却又不能去做！至于她为什么不喜欢简·费尔法克斯，这个问题倒有点不大好回答。奈特利先生有一回告诉她，那是因为她在对方身上看到了一个真正完美的年轻女子的形象，而她正是希望在别人眼中自己是这样的。虽然她当场就对这样的诋毁给予了激烈的驳斥，但有时进行反思，在良心上还是觉得多少有点儿愧疚。可是“自己就是没法跟她熟起来。也不知是怎么回事，可那一位就是那么的冷冰冰与沉默寡言。也看不出她是喜欢还是不喜欢，仿佛都无所谓似的。再说呢，她的那位大姨又总是唠叨个没完！——真是人见人烦呢！——可大家都满以为两个人必定会非常要好；就因为是同龄人，谁都以为她们俩准会互相喜欢的”。这些就是她能找得出来的理由。更好的理由她再也找不到了。

这种厌恶是不怎么公正的，——每一个硬找出来的缺点都经过幻想得到了夸大。因此，每当隔了很久又再次见到简·费尔法克斯时，她都会觉得自己是伤害了对方。如今，两年不见之后简回来了，她自当去看简。她深深感到惊讶，整整两年来自己一直在贬低着的仪表与风度，竟全然不是那么回事。简·费尔法克斯优雅大方得很，真可以说是优雅得要令人刮目相看了，而爱玛自己最最看重的恰恰就是优雅。简个子高挑得很漂亮，正好在人人都认为她个子高又没有人认为她高得过了头的那个点儿上。她的身段特别匀称优美。体态也再适中不过，既不显得胖又不显得太瘦。虽然体质显得稍稍弱了一些，表明极有可能会往瘦削那头发展。所有这一切爱玛自然不会察觉不到。而且，还有简的那张脸——简的五官——每一处都比她记忆中的更美。不是都那么合乎规范，但却美得非常讨人喜欢。她的眼睛是一种深灰色的，睫毛、眉毛则是黑黑的，谁见了都忍不住要夸奖几句。而皮肤呢，爱玛以前总爱挑剔说太缺乏血色，现在一看，显得白净而且细腻，脸色再要红润反倒是一种多余了。那是一种以优雅为主旨风格的美，按照她所主张的一切原则来看，正是自己必须加以顶礼膜拜的呢。优雅，不管是外貌上的还是心灵上的，都是她在海伯里极少见到的。在这个小地方，只要不俗气，就能算是有特点，就能算得上是优秀杰出了。

总之，在第一次访问时，爱玛坐在那里，凝视着简·费尔法克斯，心里暗自怀着双重的满足感——一重是因为眼睛看得舒服，另一重则因为心中很得意，觉得自己还是能公正处理事情的，同时决定从今以后再也不对简抱反感了。爱玛考虑到了她的美丽以及她的身世，的确，还有她的处境；爱玛也思量了所有这样的优雅大方命中注定必将如何，她会从何等样的地位上跌落下来，她今后将过什么样的日子。想过这些以后，除却同情与尊敬，爱玛不可能产生别的感情。何况，除了表面上谁都看得到的每一个特点之外，还有必然要使爱玛感兴趣的那个问题：对狄克森先生的极有可能的暗恋。爱玛一开始就很自然地往这上头想过。如果情况属实，那么，简打定主意要作出牺牲，便是再可怜不过、再可敬不过的行为了。爱玛此刻愿意判定她未曾勾引狄克森先生而从他太太手中夺爱，未曾作出过原先在爱玛想象中隐约浮现的那种种居心不良的事。如果这是爱，那也是简的单方面的纯朴、无应答的、不成功的爱。也许，当初在陪着女友听狄克森先生谈话时，简是独自在无意识地啜饮着可悲的有毒液汁。而现在，怀着最最良好、最最纯洁的动机，她主动拒绝去爱尔兰，决定尽早开始过自食其力的苦日子，以与这个男人以及与他有关的一切割断联系。

总的来说，爱玛是怀着软化了的、宽宏大量的感情，离开简·费尔法克斯的。她一边往家走，一边朝四下里张望，哀叹偌大的海伯里，竟然找不出一个像点样的年轻人，能配得上简并且能让她不过孤苦伶仃的日子的——连能指望帮助安排简的前途的人，她都一个也找不出来呀。

这是些美好的感情，可惜并没能持续多久。她还未来得及向公众宣布自己要和简·费尔法克斯做终身的朋友，还未来得及对奈特利先生说上一句："她确实漂亮，而且远远不止是漂亮！"简才在哈特菲尔德外婆、大姨家住了一个夜晚，一切又大体上恢复了原状。原先让人生气之处重又出现了。那位大姨还是跟以前一样地讨厌，而且还更加招人厌烦了。因为如今除了夸简才智如何出众之外又增添了对她身体的担心，大家除了要瞻仰简为大姨为姥姥编结的新便帽、新手工袋外，还不得不聆听详细的描述，说她早餐才吃那么一点点的面包和黄油，午餐才吃那么小的一片羊肉。同时，简的不讨人喜欢之处也冒出来了。她们要演奏音乐。爱玛不得不表演弹琴，完了那一位尽义务似地感谢与赞美了一番。这在爱玛听来像是故意装出来的诚恳，是故作大度，仅仅为了显示她自己的演奏水平更高。此外，这才是最最让人无法忍受得了：简是那么的冷淡、那么的谨慎小心！别人根本没法弄清她到底是怎么想的。她用一袭彬彬有礼的外袍把自己裹得严严实实，像是下定决心，不让自己冒犯任何错误的险。她那种讳莫如深的态度，叫人恶心，也让人起疑。

其实简已经是把什么都隐瞒得顶顶严实的了，如果说还有什么事需要瞒得更加紧密，那就是关于韦默斯以及狄克森夫妇方面的事了。她像是打定主意，不谈对狄克森先生性格的真实看法，不谈与他交往过程中她自己这方面的收获，对于这门亲事配得是否恰当也是只字不提。她说的全是一般性的好话，面面俱到，无懈可击，具体的细节、特出的事例，则是半点儿都没有。但是，这对她自己并未带来好处。她的心机算是白费了。爱玛看出这里边有花样，便又回到她最初的猜疑上来了。没准真的发生过点儿比她自己更喜欢什么更加需要隐瞒的事呢。没准狄克森先生曾经动过换一位女友的念头呢。或者是，仅仅为了以后会到手的那一万两千英镑，才选定坎贝尔小姐的呢。

在其他问题上简也同样是守口如瓶。她是跟弗兰克·丘吉尔先生在同一时期去韦默斯的。谁都知道他们多少也算得上是熟人了，但是弗兰克究竟是怎么样的一个人，爱玛从她嘴里愣是掏不出一句真话来。“他长得漂亮吗？”“好像大家都觉得他是一个非常不错的年轻人吧。”“他讨人喜欢吗？”“一般印象都觉得他是的吧。”“他是不是显得挺有头脑，知识面挺广的呀？”“只是在疗养胜地遇到，在伦敦也仅仅是点头之交，很难对这样的问题作出判断呢。有了较长时期的交往，才能对一个人的举止作出可靠些的判断。我们都与他相交不深呀。反正大家都觉得他在礼数上是蛮周全的。”爱玛是怎么也无法宽恕她的。

第 3 章

爱玛怎么也无法宽恕她，可聚会中也在场的奈特利先生却既未见到气恼也未察觉不满的任何迹象，他只觉得双方都十分注意自己的仪态，都很想讨对方高兴。第二天上午，他有事找伍德豪斯先生又上哈特菲尔德来了，他对总的形势表示了赞许，当然伍德豪斯先生在场他不能说得太直白，但是意思已经足够清楚，爱玛不会听不懂。他过去总认为爱玛对简不够公平，现在看到情况有了改进，觉得非常高兴。

“昨天晚上过得真是非常愉快，”他开始说道。此时该跟伍德豪斯先生说的话都已交代清楚，老先生表示听明白了，文件也都归到一边去了。“真是特别的愉快呀。你和费尔法克斯小姐给我们演奏了一些非常好听的乐曲。整整一个晚会，能自自在在地坐着，受到这样的两位年轻女士的款待，有时听她们弹琴，有时听她们聊天，老伯啊，我真不知道还有什么，是比这更让人觉得惬意的了。我敢肯定，费尔法克斯小姐必定会认为这个夜晚过得非常愉快。爱玛，你考虑得太周到了。我很高兴你让她弹奏得那么多，她外婆家里没有琴，她一定是弹得非常尽兴了。”

“能听到你的夸奖我真是太高兴了，”爱玛笑吟吟地说，“可是我想，在招待光临哈特菲尔德的客人上，我欠周到的时候不会太多吧？”

“哪里会呢，我亲爱的，”她爸爸急急忙忙地说，“这一点我是绝对能肯定的。还没有谁比得上你一半的殷勤有礼呢。要说有什么不足之处，那就是你过于周到了。昨天晚上的松糕——如果只传一次，我看也足够了。”

“不多，”奈特利先生说，声音几乎是与老先生同时发出的，“欠周到的时候不多，不论在礼仪上还是内心上，你欠周到的时候都不多。因此，我想你是明白我的意思的吧。”

一个调皮的眼光表达了这样的意思：“你的意思我再明白也不过了。”但是她嘴巴里说出来的仅仅是：“费尔法克斯小姐也太内向了。”

“我一直跟你说她是——有点儿内向。不过你很快就可以帮她摆脱应该摆脱掉的那部分内向，出于自信心不足的那部分。至于出于小心谨慎的那部分嘛，那倒是应该加以尊重的。”

“你认为她缺乏信心？这我倒是看不出来呀。”

“我亲爱的爱玛，”他说，一边离开他坐着的椅子，坐到挨着她的那一把上来，“我希望，你不是想告诉我，昨天晚上你感到很不愉快吧？”

“哦，没有。我很高兴，在提出一个又一个的问题时，自己竟那么的坚持不懈。可有趣的是，得到的真正内容却是那么的单薄。”

“这让我太失望了。”他就说了这么一句。

“我希望昨儿晚上每一个人都过得愉快。”伍德豪斯先生还是那么不紧不慢地说，“我是觉得挺愉快的。有一阵子，我觉得火烧得太旺了。可是我把椅子往后移了移，只挪了一点点地方，后来就不感到热得难受了。贝茨小姐很健谈，兴致也高，跟她平时一样，只是话说得太快了。不管怎么说她还是很讨人喜欢的。贝茨太太也是的，只是以另外的一种方式让人喜欢。我喜欢老朋友。简·费尔法克斯小姐嘛，是一位很漂亮的年轻女士。真的是人长得好看，举止也非常文雅。她必定觉得这个夜晚过得非常愉快，奈特利先生，因为有爱玛跟她在一起。”

“的确是的，老伯。爱玛也高兴，因为有费尔法克斯小姐跟她在一起。”

爱玛看出他在担心，有意至少在此刻要缓解一下，于是便以无人能怀疑的真诚态度说道：

“她绝对是那种优雅的女子呢，谁看到都难以将目光从她那里移开的。我就是一直在盯着她欣赏不已的。不过我心里却很可怜她呢。”

奈特利先生似乎有说不出的满意。但他还来不及回答，伍德豪斯先生已经在说他脑子里想着的贝茨家的事了：

“她们的环境那么窘迫，真是太不幸了！确实是太不幸了！我倒是一直希望——不过一个人的力量毕竟是太小了——送一点小礼物，微不足道的却是有些特色的小礼物给她们。我们刚好宰杀了一头猪，于是爱玛便想到送给她们一块脊背肉或是一条猪腿。那不是什么值钱的东西——虽说哈特菲尔德的猪肉不是别处能比得上的，不过毕竟还是猪肉嘛。哦，对了，我的好爱玛，绝对只能让她们做猪排，要炸得不老也不生，就跟咱们家的做法一样，不能弄得有一点点儿油腻，也不能烤呀，因为那儿的肉是烤不得的。我想我们还是送猪腿更好一些。你觉得如何呢，我亲爱的？”

“我的好爸爸，我已经把整个一条后腿都送去了。我知道您会希望这样做的。这样，腿可以腌起来，您知道的，那会非常好吃。而肋肉则可以当时就做菜吃，她们爱怎么做随她们喜欢就是了。”

“这敢情好，我的乖女儿，真是好极了。我原先倒没想到，不过这样做再好没有了。她们可不能腌得齁咸了。如果腌得咸味合适，又炖得烂烂的，就会像塞尔给咱们家炖的那样。吃起来不能贪多，配上一只水煮萝卜，再添点胡萝卜、红菜头什么的，我想那是不会吃坏肚子的。”

“爱玛，”奈特利先生紧接着说，“我要告诉你一个消息。你喜欢听消息。我来这儿的路上听到一个消息，我想你会感兴趣的。”

“消息？哦，是的，我一向喜欢听消息。是什么消息？你干吗笑嘻嘻的？你在哪儿听到的？是在兰德尔斯吧？”

他只来得及说：“不，不是在兰德尔斯。我连兰德尔斯的边都没挨近呢。”此时，门忽地打开，贝茨小姐、费尔法克斯小姐走了进来。贝茨小姐有一肚子感谢的话、一肚子的新闻要说，她都不知道该先说哪一句了。奈特利先生很快看出，他已失去机会，连再说半个字的可能性都不会有了。

“啊，我亲爱的先生，你今儿早上可好啊？我亲爱的伍德豪斯小姐，我简直都不知道该怎么感谢才好了。那么漂亮的后腿肉！你们太慷慨大度了！你们听到那个消息了吗？埃尔顿先生要结婚了。”

爱玛都有好长时间没想起埃尔顿先生了。她吓了一跳，听到这个名字时心里不禁咯噔一跳，脸也有点变红了。

“我要说的也就是这个消息。我还想你会感兴趣的。”奈特利先生说，带着一丝微笑，这意味着他们之间说过的什么话现在得到证实了。

“不过，你怎么会知道的呢？”贝茨小姐喊道，“你能从哪儿听说呢，奈特利先生？因为我收到科尔太太的短信还没到五分钟嘛。是啊，不可能超过五分钟的，顶多不会超过十分钟。因为我已经戴上帽子穿上短外套，正准备出门。我只是下楼去再向帕蒂关照一声猪肉该怎么弄。简当时站在过道里。你不就在那儿吗，简？因为我母亲非常担心我们家没有那么大的腌盆。因此我说，我得下去看看。这时候简说：‘要不还是我去吧？因为我觉得你有点感冒了，帕蒂又是在厨房里洗洗涮涮，那儿可冷呢。’‘哦，我亲爱的。’我说。嗳，就在此时那封短信送来了。是一位霍金斯小姐——我所知道的就是这些。是在巴思的一位霍金斯小姐。不过，奈特利先生，你怎么会听说的呢？因为就在科尔先生告诉科尔太太的那一刻，她就坐下来给我写信了，说是一位霍金斯小姐——”

“一个半小时之前，我跟科尔先生谈生意上的事来着。我被请进去时他刚读完埃尔顿的来信，他当时就把信递给了我。”

“原来是这样！这真是——我猜再没有别的消息会比这一条更能引起广泛兴趣了。我的好老伯哎，你真是太过慷慨了。我母亲要向你表示最好的问候和敬意，说她千恩万谢，都觉得实在是太过意不去了。”

伍德豪斯先生回答说："我们认为哈特菲尔德的猪肉在质量上，是没得比的，的确是的。因此爱玛和我本人都觉得，这是一种无上的光荣，能够——"

“哦，亲爱的老伯，可不是吗？我母亲就老念叨说我们这些朋友对我们实在是太好了。若是说世界上有人，自己没有多少财富，想要的却是一样都不缺，那么，这样的人就是我们了。我们真可以说是‘我们的地界，坐落在佳美之处，我们的产业实在美好’[①] 了。对了，奈特利先生，那么说你的确是看到那封信了——真是的——”

“信很短——仅仅是报个喜——不过，当然是兴高采烈的。”说到这里，他诡秘地瞟了爱玛一眼，“他非常幸运所以能——确切的说法我记不清了——没有必要去记这样的事嘛。基本内容就如你所说的那样，就是他即将与一位霍金斯小姐结婚了。从他的口气看，这事是刚

① 典出《圣经·旧约·诗篇》16：6。引文文字上与《旧约》英译本略有出入。

刚决定下来的。”

“埃尔顿先生要结婚了！”爱玛刚能缓过神来，马上就说，“他会得到大家的祝福，希望他新婚快乐的。”

“他成家太早点儿了吧，”伍德豪斯先生自有他的看法，“他何必如此匆忙呢。依我看，他日子过得挺自在的嘛。他上哈特菲尔德来做客，我们总是竭诚欢迎的。”

“我们大家都要添加一位新邻居喽，伍德豪斯小姐！”贝茨小姐兴高采烈地说，“我母亲太高兴了！她说她最看不得可怜的老牧师府第里缺少一位女主人了。这真是一条特大喜讯呀。简，你从来没见到过埃尔顿先生，自然是非常好奇，一心想见到他的了。”

简倒不像是好奇心按捺不住的那种人。

“是啊，我是没见到过埃尔顿先生。”她只好接过这个话头回答道，“他，呃——个子高吗？”

“那得看由谁来回答这个问题了。”爱玛喊道，“我父亲会说‘高’。奈特利先生会说‘不高’。而贝茨小姐和我呢，则会说，既不太高也不太矮，恰恰正好。费尔法克斯小姐，等你在这地方再多住一阵，就会明白，埃尔顿先生在海伯里可算是个挑不出毛病的标兵了。无论在外貌还是在学问上，全都如此。”

“说得再对不过了，伍德豪斯小姐，她当然会明白的。埃尔顿先生的确是最最优秀的年轻人了。怎么啦，你不记得啦，昨天我才跟你说过，他个头就跟佩里先生完全一般高。霍金斯小姐！——我敢肯定，必定是位人品出众的年轻女士了。埃尔顿先生对我母亲照顾得太周到了——非得请她坐到前排的牧师专用长椅里，让她可以听得更清楚些，因为她老人家耳朵有点儿背，这你们是知道的。不算太厉害，但反应上总要慢一些的。简说坎贝尔上校也有点聋。上校以为洗澡——洗温泉水澡——没准会有好处，不过简认为好处并不持久。坎贝尔上校，你们知道的，可是个天使般的大善人哪。而狄克森先生看来也是个非常可爱的年轻人，做他的女婿再配称不过。这就是所谓的福上加福了，好人和好人攀上了亲——好人还是会跟好人扎堆的呀。可不，现在是埃尔顿先生和霍金斯小姐即将喜结良缘了。科尔夫妇，这是一对多么好的好人哪。还有佩里夫妇，我敢说比他们更快乐幸福的夫妻是再也找不到的了。我看，老伯，”她转过头去对伍德豪斯先生说，“我寻思，像海伯里有这么好乡亲的地方可不多见。我总是说，处在这样的乡邻之中我们真是有福了。我亲爱的先生，如果说有什么东西是我母亲最为赞赏的，那无非就是猪肉了。一块烤里脊，啧啧——”

“至于这位霍金斯小姐是谁，是何等样的人，埃尔顿先生认识她有多久，”爱玛说，“恐怕，都是一点儿也打听不出来吧。按说，他们不会认识很久的。他出门才四个星期嘛。”

谁都提供不出任何情况。又琢磨了一阵子后，爱玛说：

“你怎么不言声啊，费尔法克斯小姐。我想，你对这个消息也应该是有兴趣的吧。这一阵，这方面的事你听说得多，也见得多，也必定为坎贝尔小姐的婚事操了不少心。对埃尔顿先生和霍金斯小姐的事如此冷淡，那可是无法原谅的呀。”

“总得让我见到了埃尔顿先生，”简回答说，“才能这样要求吧。我这个人就是比较死心眼儿。至于坎贝尔小姐，她结婚都有好几个月，那印象也有点儿淡了。”

“对的，他出门刚好四个星期，你记得很准确，伍德豪斯小姐。”贝茨小姐说，“到昨天正好是四个星期。杀出来一位霍金斯小姐！唉，我一直以为会是本地的哪位年轻姑娘的呢。我可是从来也没有想到过——那是科尔太太有一回在我耳根悄悄说的——可是我立即反驳说：‘不会的，埃尔顿先生是位顶有身份的年轻人。可是——’反正，对于这种事情我认为我最迟钝了，从来也发现不了什么蛛丝马迹的。我老老实实承认自己这方面不行。什么东西得放在我鼻子跟前了，我才能看见。不过呢，没有人会觉得意外的，倘若埃尔顿先生看上的是——伍德豪斯小姐脾气真好，让我一个劲儿地唠叨。她知道我是绝对不会出口伤人的。史密斯小姐怎么样啦？她现在好像已经恢复健康了。最近可听到约翰·奈特利太太有什么消息？哦，那几位亲爱的小宝贝儿真好玩。简，你知道吗？我总在想象中认为狄克森先生跟约翰·奈特利先生很相像。我指的是外貌方面——高高的个子，有那样一种表情——而且不怎么爱说话。”

“完全错了，我亲爱的大姨。两个人没有一点儿相像之处。”

“这就怪了！你总是没法事先准确估计一个人的模样的。你有了一个看法便自以为必定是那样的。狄克森先生，你是说，长得不算神气？”

“神气？哦，不，一点儿也不神气。当然是蛮普普通通的样子。我告诉过你他样子蛮普通的。”

“我亲爱的，你说过坎贝尔小姐不愿承认他长相一般，可你自己则——”

“哦，别扯到我头上来呀，我的看法是无足轻重的。我认为一个人只要人品值得敬重，长相也不会难看到哪里去。我说他相貌平平，是因为我相信一般人对他有这样的看法。”

“好了，我亲爱的简，我想我们得赶紧走了。天气看来要变，你外婆会担心的。你太客气了，我亲爱的伍德豪斯小姐。不过我们真的得告辞了。今天听到的消息真让人觉得高兴。我还得上科尔太太那儿去一下，不过不会待满三分钟的。那么简，你不如直接回家得了——我可不想让你在路上挨浇呀。我们觉得她来海伯里后身体已经好些了。谢谢你们了，真是太感谢了。戈达德太太那里我就不打算去拜访了。因为我真的觉得，除了把猪肉放进水里煮一煮，她别的吃法全不喜欢。等我们把猪腿拾掇好了，你就比较比较吧，那就完全是另一回事了。再见了，好老伯。哦，奈特利先生也要走啦。唉，这哪里敢当呀——！要是简累了，再烦请你用胳膊让她靠一靠好了。埃尔顿先生和霍金斯小姐！再见了，大家都再见了。”

爱玛孤单单地与她父亲待在一起，一半的心思用来应付父亲。他正长吁短叹，责怪现如今年轻人这么急着要结婚——而且竟与陌生人结婚。另一半的心思，则用于设法把自己对这个问题的想法理出个头绪来。对她来说，这个消息很有趣，也很值得欢迎，这足以证明埃尔顿先生痛苦的时日并不久长。可是她却为哈丽埃特感到难过。哈丽埃特准会觉得非常不好受的。爱玛唯一希望能做到的是，由自己第一个来告诉哈丽埃特，免得她冷不防从旁人那里道听途说到这件事情。这正是哈丽埃特可能上门拜访的时候。要是她在来的路上遇见贝茨小姐，那该怎么办？现在下起雨来了，爱玛又料想她让坏天气留在了戈达德太太家里出不来，那也必定会毫无防备地让这个消息撞个正着的。

阵雨来势汹汹，但很快就煞住了。雨后没过五分钟，哈丽埃特就来到了，满脸通红，神情激动，像是有什么话憋不住要匆匆赶来通报的样子。接着便冒出来这么一句：“哦，伍德豪斯小姐，你猜猜出了什么事？”足见她心神不定到了极点。既然打击已经来临，爱玛觉得此刻她能做的最慈悲的事，莫若就是好好等着了。哈丽埃特一见没受阻拦，便一下子把要说的话痛痛快快全说了。“半小时之前从戈达德太太那里出来，一看天气像是要下雨，真怕随时都会下倾盆大雨呢。可是想想最好还是先赶紧来到哈特菲尔德再说。于是便尽量加快步子往前赶路。可是这时候，恰好经过一所房屋，因为正让住在那里的一个年轻女子帮着缝制一条长裙子，于是便决定进去看看做得怎么样了。虽然自己在里面好像只待了一小会儿，可是出门时一看，天上雨下下来了，这真让人不知怎么办才好了。于是便拼命往前跑，能多快就多快，最后还是钻进福特老店去躲雨了。”福特老字号是家兼营呢料、亚麻与服饰用品的综合商店，论规模之大与时尚之新，在本地算得上首屈一指了。“在那里找了个地方坐下，脑子里什么都不想，坐了总有足足十分钟吧。这时，突然，有人走了进来，你道是谁——说起来也是无巧不成书哪！不过，他们倒是经常光顾福特老店的——你道是谁进来了？居然是伊丽莎白和她的哥哥！亲爱的伍德豪斯小姐呀！你想想看，我当时认为自己真的要晕过去了呢。我都不知道该怎么办才好了。我坐在紧挨门口那地方。伊丽莎白一眼就看见我了，可是他没有看见。他在忙着收伞。我能肯定伊丽莎白是看到我的，可是她立刻将目光移开去，不来注意我。接着他们都朝铺子深处走去，而我还是坐在门口附近。唉，天哪，我好窘啊！我敢说自己的脸准跟一张纸那么白。我不能走开，你知道吧，因为天还在下雨。可是我真巴不得地上有个洞可以钻进去。哦，天哪，伍德豪斯小姐！唉，终于，我想他转过头来看到我了。因为，他们没有接下去买伊丽莎白需要的东西，反倒开始悄悄说起话来了。我敢肯定他们是在谈论我。我禁不住这么认为，他是在劝妹子过来跟我说话——你以为他会不会这样呢，伍德豪斯小姐？——因为紧跟着伊丽莎白就走过来了，笔直地来到我跟前，问我这一向可好，似乎还有跟我握手的意思，如果我没有不愿意的话。她做这些事的时候神态跟以前不一样，我看得出她有了变化。但是，她像是竭力要显得非常友好，于是我们便握了手，站在那儿聊了一会儿。可是我当时说了些什么现在一点都想不起来了——我浑身打战呢！我只记得她说，我们不再见面了，这让她非常难过。我觉得她这样说真让我觉得不好意思！亲爱的伍德豪斯小姐，我当时真不知道怎么做才好了！这时候，雨势开始收了，我便决定，不管三七二十一，即便天上下的是铁我也得走了。就在此时，你道如何？我发现他居然朝我这边走过来了。慢吞吞地，你知道吧，就像他不大清楚该怎么做似的。就这样，他走了过来并且开口说话了，而我也回答了。我站了有一分钟，心里觉得很不好受，你知道吧，但说不清到底是怎么回事。接下来我鼓起勇气，说雨不下了，我一定得走了，接着便动身离开。可是出门刚走了十来步路，他又追了上来，仅仅是要告诉我，我若是要去哈特菲尔德，他认为我最好是绕点远从科尔先生马厩那边走，因为我会发现近路让雨水给淹没了。哦，天哪，我想倘若真的蹚水还不得要了我的命！因此我说，真是太感谢了。你知道的，更加冷淡的话我是再也说不出口的了。接着他便回到伊丽莎白身边去。我呢，绕过马厩来到这儿——我想我大概是绕着走来的吧——因为我都不知道自己在南还是在北了，我整个儿乱了套。哦，伍德豪斯小姐，若是能碰不到方才的那一幕，让我干任何什么别的都成。但是，你知道吧，看到他表现得这么轻松愉快，对我这么友好，心里还是感到挺安慰的哪。见到伊丽莎白也觉得挺高兴的。不过，伍德豪斯小姐，你可要跟我好好谈谈，好让我心境重新安定下来呀。”

爱玛何尝不想这样做呢，但她也不是一下子就能做到的。她得静下心来好好想想才行。她自己心里也是乱糟糟的。那年轻人的举止，还有他妹子的，看来还是真情的流露，对此，她不能不感到怜悯与同情。按照哈丽埃特所说的判断，他们的行为表现出了一种混合感情，那里面既有受伤害的成分，也有真心实意的体贴。不过，她以前也没有认为他们不是心地善良的好人呀，但就算是好人，这门亲事的缺陷莫非就能避免了吗？让这件破事把自己搅得心烦意乱太不值得了。自然，他失去哈丽埃特必定会觉得难过的——他一家子都会觉得难过的——破灭的没准不仅仅是爱情，而且还有野心。他们很可能都指望靠哈丽埃特的关系提高自己的社会地位呢。再说，哈丽埃特的话又是作得准的吗？那么容易心满意足——那么缺乏辨别能力——她的赞颂又有多少价值呢？

她打起精神，努力让哈丽埃特平静下来，说刚才发生的事没什么了不起，根本犯不着为之多费心思的。

“在那时那刻，可能是会让人觉得不好应付，”她说，“可是你处理得好像挺不错嘛。再说，事情也过去了，你再也不会遇到——像初次见面那样地遇到了，因此，你大可不必再去想它了。”

哈丽埃特说：“太对了。”她表示自己“再不会去想了”；可是嘴巴里仍然在讲这件事——她仍然没法谈任何别的事。为了不让她再想马丁兄妹，爱玛终于不得不提前将那个消息捅给她，原本是打算小心翼翼一点儿一点儿透露的呢。看到可怜的哈丽埃特处在这样一种精神状态下——想到原以为埃尔顿先生的消息会惊天动地的，如今竟没起作用——爱玛简直不知道自己是该开心大叫呢还是该勃然大怒，该感到羞愧呢还是该觉得有趣。

不过，埃尔顿先生的重要性还是一点一点地得到了恢复。虽然哈丽埃特最初获知消息时反应不像她一天之前或是一小时之前听说时可能会的那样强烈，但是她的兴趣很快就升温了。两位朋友这次谈话还未结束，她就从好奇、惊异、遗憾、痛苦与兴奋等各个角度，很投入地谈论起这位幸运的霍金斯小姐来了。这样，在她的小脑袋里，马丁兄妹自然而然给挤到了靠边的位置上去。

他们有过那样的一次相遇，爱玛越来越觉得值得庆幸。这可以大大减轻初次打击的力度，不让那场震惊留下任何后遗症。按哈丽埃特目前这样的生活方式，马丁家的人是不会碰到她的，除非他们特地上门求见。迄今为止，他们是既没有勇气也不愿放下架子去找她的。因为自从哈丽埃特拒绝了马丁之后，两个妹妹就再没上过戈达德太太的门。也许，再过上一年，就算是有要事必须联系，就算有人百般拉拢撮合，马丁与哈丽埃特重新见面的可能性怕也是不会再有的了。

第 4 章

对于处在让人感兴趣境况中的人，大家都会抱有好感，这也算是人之常情吧。因此一个年轻人，不论是快结婚了还是英年早逝，总会引得大家说上几句好话的。

霍金斯小姐的名字初次在海伯里被提到还未满一周，她便已经让人们以这种或那种方式探明，不论是姿容还是心灵上的所有优点，她竟是有美必备，无丽不臻——既漂亮，又文雅，多才多艺，而且还性情温柔。因此在埃尔顿先生荣归故里扬扬得意地显示自己的光辉前景与宣扬她的优秀品质时，发现除了得介绍她的教名与她擅长弹奏曲子的名称外，已经再无别的什么事情要做的了。

埃尔顿先生回来时成了一个无比快乐的人。他走的时候惨遭拒绝，受到屈辱，在似乎得到一连串强有力的鼓励之后，眼看成功在望，却一下子落入失望的深渊，不仅失去了他觊觎的那位女士，而且发现自己竟成了他根本不会看得上的另一个女子的匹配对象，他的身价真可谓掉到底了。他走时又气又恼，回来时却已攀上另外一门亲事。这一位自然要比原先的那位胜出一筹，因为在这样的情况下，人总会认为所获得的必定优过于所失去的。他得意扬扬，踌躇满志，脑子里已不再想伍德豪斯小姐，至于史密斯小姐，那自然就更不在话下了。

那位迷人的奥古斯塔·霍金斯小姐除了具有才貌双全这类通常的优点之外，还拥有一笔可独立支配的资财。据说为数不少，号称上万英镑是没有问题的——反正达到了生活有保障，而身价也得以有依据的数目。关于埃尔顿先生的故事，那真是传说得有声有色。说什么他并未垂头丧气——得到了一位拥有一万英镑（反正数目在这上下）的女子，而且是以惊人的速度得到她的。一经介绍认识，对方就出奇地把他打量个没完。他对科尔太太讲了恋爱发展的全过程，那真是项光辉的业绩呀。战略步骤果断迅速，先是偶然邂逅，接着是出席格林先生家的晚宴，然后参加布朗太太家的晚会——嫣然一笑、泛起红云，那都是饶有深意的——再加上该出现时就出现的羞答答与心慌慌，没多费事就让女士动了心——到底是心肠软、性子随和呢。总之，说白了，那就是：早在那里等着他呢。于是呢，虚荣心和谨慎小心都得到了满足，达到了要求。

他既捞到资财又获得爱情，可以说实体与影子一样也没落下，自然成了名副其实的幸运儿了。他一开口便吹自己情场如何得意以及下一步的宏图大略——接着便等着别人向他道贺——已准备接受大家的取笑——并且面带真诚无畏的笑容与在场所有的年轻女士从容攀谈。而仅仅几个星期之前，他还只能小心翼翼地向她们献殷勤呢。

婚礼不会为期太远，因为只需双方自己觉得什么时候合适便可以举办，除了完成该做的准备工作，别的是不用等的。因此他再次动身去巴斯时，大家都预料，下一次他再进入海伯里时必定会带上新婚夫人了，而科尔太太一个意味深长的眼色更是加强了这样的看法。

埃尔顿先生这次短暂回家，爱玛很少与他见面。不过也足以使自己感到，那第一回合的接触已告一结束。她得到的印象是，他没什么长进，依然是一肚子的怨气再加上莫名其妙的趾高气扬，那股子酸气简直是扑鼻可闻。事实上，她开始极其纳闷，自己过去怎么会觉得他讨人喜欢的。他人在场，就必定会勾起你的不快。除非是从道德角度出发，将之视作一种赎罪、一个教训，是对自己思想上的一次有教益的羞辱，否则她真要谢天谢地，但愿今生今世永远再也不会见到他。她祝他万事如意，可是他使自己痛苦。只要他的喜事是在二十英里之外操办，那她就谢天谢地，心满意足了。

他还得在海伯里住下去，这自然让人痛苦，但是这痛苦必将因为他的结婚而减轻。许多无谓的忧虑可以免除——许多尴尬可以缓和。有了一位埃尔顿太太，改变交往的方式便有了借口。原先的亲密接触自可烟消云散，连解释都是多余的。大家又可以重新客客气气，以礼相待了。

对于那位小姐本人，爱玛倒是很没看在眼里。她配配埃尔顿先生绰绰有余，这是不消说的。对海伯里这小地方来说，她那文化修养应该算是过得去的吧，人也是够漂亮的吧，不过在哈丽埃特身边一站，就会显得欠精彩了。至于家世嘛，爱玛就更是没有什么好担心的，心想，这小子在如此自命不凡和鄙薄哈丽埃特之后，也没有攀上什么高门第嘛。在这个方面，真实的情况应该是可以探明的。她这个人怎么样，那当然谁都不清楚。不过她的来历，那倒是可以查出来的。除了有一万英镑，她一点儿也不见得比哈丽埃特强。她不能给男方带来显赫的门第、血统和姻亲关系。霍金斯小姐是两姐妹中的较小的那个，她们的父亲是布里斯托尔[①]的一个——自然，应该说是一个商人。不过，从他一生从事商务获利却似乎不多看，认定他所干的那个行当档次不能算高，恐怕也并非不公平吧。霍金斯小姐每年冬天都要去巴斯住上一阵，但她的家是在布里斯托尔，而且就在市中心。她父母亲几年前均已过世，但她有一个叔父健在。没人敢说这叔父作出过什么惊天动地的业绩，只知道他在法律界服务，这个侄女就跟他一块儿过日子。爱玛猜想他准是某位律师手底下打杂干苦工的，因为脑袋瓜不灵总也升不上去。亲戚中唯一能引以为荣的也就是那位姐姐了。她亲攀得非常之好，非常风光地嫁给了布里斯托尔附近的一位绅士，那人竟有两辆马车呢！这就是整部历史的结尾，也是霍金斯小姐最拿得出手的一个夸耀资本了。

她怎么才能够让哈丽埃特理解自己这方面的全部想法呢？她曾经说得让哈丽埃特坠入情网，但可悲的是，却难以用言语把她从那里拉出来。一个活生生的人的魅力占据了哈丽埃特心灵的空间，这可不是说几句话就能抹去的。是不是能用另一个人的形象加以取代呢？当然是可以的，那还用说吗？这事再也清楚不过了，即使是一个罗伯特·马丁也绰绰有余呀。但是她担心，哈丽埃特的伤痕怕是无法平复的了。哈丽埃特是那样的一种痴情女子，爱心一旦萌动，就再也平息不下来了。唉，这个可怜的姑娘，埃尔顿先生的再次出现会给她带来更大的打击。她在这里那里总会瞥见他一眼。爱玛只见到过他一回，可是哈丽埃特必定会每天见到两三次。要不是正好碰见他，便是正好

① 英国的一个港市，规模不算很大。此处语气上有点欲言又止，说明经商在当时社会地位还不算很高。

看到他走开，或是正好听到他在说话，瞥见他的背影，或是正好出了点什么事，使他一直生存在自己的幻想里，须知哈丽埃特眼下正处于充满惊诧与猜想的激动心理状态之中呢。而且，她还会永无休止地听人说起他，因为，除非是来到哈特菲尔德，否则她总是置身于那样一些人之中，他们丝毫察觉不出埃尔顿先生有什么不足之处，全都认为世界上再没有比议论他更为有趣的事了。因此，每一则消息、每一种猜测——与他安排自己事务有关的所有已经发生、可能发生的事，包括收入、仆佣、家具——都连续不断地在她周围给谈论得沸沸扬扬。听到别人对埃尔顿先生众口一词的称赞，她对他的敬意更加深了，也更加遗憾，更加心烦意乱了，因为老听到周围人在没完没了、翻来覆去地感叹，说霍金斯小姐是多么的幸福，埃尔顿先生又是多么地爱她。她们说：只消看他经过学塾时走路的步态和帽子戴的角度，便能证明他是多么深地沉浸在爱河之中了！

倘然所得到的乐趣是常理所允许的，倘然这不至于给她的朋友带来痛苦，给自己带来良心上的谴责，那么，爱玛倒是觉得，哈丽埃特的思想波动蛮有趣的。有时候是埃尔顿先生占了上风，有时候则是马丁一家，而且每一方有时还能对另一方起抑制作用。埃尔顿先生的订婚让见到马丁先生所引起的激动平静了下来。获悉订婚的消息所产生的不快又因几天后伊丽莎白·马丁对戈达德太太学塾的拜访而得以冲淡。当时哈丽埃特刚好不在家中，但是有一封事先写好的信留下给她，那信写得太让人感动了——通篇是暖人心窝的体己话，只是稍稍带上几句埋怨性的言辞。埃尔顿先生本人的抵达才让哈丽埃特从这封信的心理压力下解放出来，这以前她脑子里老在盘算该怎么回答，简直都想做出件连自己都不敢承认的事来了。可是埃尔顿先生一来到，就把这种种忧虑烦恼统统驱散了。只要他在海伯里，马丁一家就会被抛诸脑后。就在他动身再次去巴斯的那天早晨，为了减轻一些此事所引起的痛苦，爱玛认为应该让哈丽埃特去回访一下伊丽莎白·马丁。

这次访问该受到怎样的对待，必须做些什么，怎样做才最最安全，这些都是让她煞费苦心的问题。人家邀请了，去到那里时完全不理睬那位母亲和姐妹，那会显得忘恩负义。那是绝对不可以的。可是跟她们热乎呢，又会有恢复旧交的危险！

她想不出什么更好的做法，虽然这样做也有她内心不太赞成之处——是有些缺少人情味，仅仅是在做表面文章——但是也只得如此了，否则哈丽埃特又会落到什么地步呢？

第 5 章

哈丽埃特实在是没有心思去回访。就在她的朋友到戈达德太太处来接她之前的半小时，她也算是倒霉透了，竟会刚好走过马车站，恰好见到有只标明“巴斯，怀特·哈特，交菲利普·埃尔顿牧师收”的大箱子，正往肉铺老板的板车上抬，准备运到驿车会经过的一个什么地方去。于是，除了那口大箱子和那个标签，世界上的一切全成了一片空白。

不过，她还是去了。她们来到农庄之后，她在宽阔、干净的砾石林荫道的一端下了车，通过两边都是苹果树、顶上搭有棚架的小路，走到房子的前门口，见到去年秋天曾带给她那么多欢乐的一切，她心中重新出现了些许因地理环境而产生的激动。两位女友分手时，爱玛注意到哈丽埃特正怀着一种吃惊、好奇的心情在环顾四周，便决心不让这次访问的时间超过原先说好的一刻钟。她独自继续往前走，利用这点时间去看望一个结了婚、在唐韦尔居住的老用人。

一刻钟之后，她掐准时间来到那扇白色大门的前面。听到她的叫喊，史密斯小姐毫不耽搁就出来了，倒也没有某个令人惊恐的年轻小伙子陪伴着。她是独自沿砾石路走过来的——只有一位马丁小姐送到门口，显然仅仅是尽礼节性的客套而已。

哈丽埃特一下子也作不出带些条理的叙述。她感触太多了。但爱玛还是从她那里打听到足够的情况，知道了这次会见的性质以及它正在引起的痛苦。她只见到了马丁太太和两位小姐。她们接待时心里怀着的是疑虑，如果不说是冷淡的话；几乎自始至终说的不外乎是最最一般的那些话——直到最后，马丁太太突然提到，她觉得史密斯小姐像是长高了，这才引出了一个比较有趣的话题和比较温暖的气氛。去年秋天，她就在这个房间里和两位女友一起量过身高，窗边的护壁板上还有铅笔划痕和记下的备忘缩写字母呢。而做这件事的正是他呀。大家似乎都记起了那一天、那个时刻、在场的那些人，记起了那个场合——感受到了同样的气氛、同样的遗憾——正打算要回到那同样的良好心情中去。她们正要开始显示自己的本来面貌，（爱玛猜想，哈丽埃特必定是这几个人中最快变得最最热情、起劲的那一个了。）恰恰就在此时，马车回来了，于是一切便告一段落。这种拜访的格调以及时间的短促，当时就让人感到是够果断的。对于哈丽埃特不到六个月之前曾感激不尽地共处过六个星期的人，只给了十四分钟！爱玛自然能体察到这一切，感觉到她们心怀怨恨是有道理的，哈丽埃特自然也会感到不好受。这事是做得不漂亮。为了马丁家社会地位上升一级，她倒是愿意做出巨大的努力，愿意忍受巨大的痛苦的。他们很争气，是值得帮助的让他们的社会地位稍稍有一点点提高，那也是可以的。可是事情已经成了这样，她还能有什么别的做法呢？根本是不可能的呀！她可不能后悔。他们必须分手。可是在这个过程中会有大量的痛苦——她自己此刻就觉得很痛苦呢。她此刻就感到需要得到一些小小的安慰，于是决定经由兰德尔斯回家。她一想起埃尔顿先生和马丁一家，心里就堵得慌。到兰德尔斯去清醒一下头脑绝对有必要。

这主意倒是不错的，可是马车来到门口时，她们听说先生和太太都不在家呢。他们出去已有些时候了，男佣说相信他们是上哈特菲尔德去了。

“这真是太糟糕了，”马车掉头时爱玛喊道，“现在我们正好错过他们了，这多扫兴呀。我真不记得有什么时候是比现在更让人沮丧的了。”接着她往车座角落里靠去，一个劲儿地嘟哝，或是让自己尽量想开一些，平静下来。也没准是两种办法都用——一个不是居心不良的人一般总是这样做的。过不多久，马车停下来了，她抬头一看，让车子停下的原来是韦斯顿夫妇，他们正站在路边要跟她说话呢。一见到他们，她心情立即就好转了，更何况有悦耳的声音在对着自己说话呢。这不，韦斯顿已经在向她问候了：

“你好啊！你可好啊？我们方才还在陪老伯坐呢——看到他身体很好，我们真是高兴啊。弗兰克明天来——我今天早上刚收到一封信，明天吃晚饭时见到他是绝对没有问题的了。他今天在牛津，会在我这儿待上整整两个星期。我早知道他一定会来的。若是他圣诞节那会儿来，那连三天也不可能待满。我一直宁愿他别在圣诞节来。现在来天气对他来说更加合适，晴朗、干燥，不会阴雨无常。他可以一直陪着我们。事情的最终结果还是天遂人愿呀。”

这样的消息自然叫人无法不高兴，韦斯顿先生那张喜气洋洋的脸的感染力也令人无法抗拒，何况再加上他夫人的话语与表情，虽然没那么滔滔不绝与喜形于色，但也同样显示出了良好的心情。知道她认为他确实是要来，就足以使爱玛相信这件事再不会有问题了，她打心底里为他们的快乐而高兴。饱受打击的心灵总算是得到了一针精神为之一振的兴奋剂。灰暗的过去被即将来临的新鲜局面冲激得无影无踪。爱玛在思绪万端中忽然想到，她相信，以后怕是不再会有人去谈论埃尔顿先生的了。

韦斯顿先生告诉她恩斯库姆作出安排的全部始末。那边允许他的儿子自由支配整整两个星期的时间，而且走什么路线坐什么车也统统由自己拿主意。她听着、微笑着，并且表示了祝贺。

最后，韦斯顿先生说："我会尽快带他上哈特菲尔德去的。"

爱玛觉得，她似乎见到韦斯顿太太在丈夫说这句话时轻轻朝他的胳膊捅了一下。

"我们往前走吧，韦斯顿先生，别再耽搁两位小姐的事情了。"

"对，对，这就走。"接着又转身对爱玛说，"不过你可别把这孩子估计过高呀。你光是听了我的一面之词，对不对？其实他也没有什么特别出众之处。"话是这么说，但他那双炯炯发光的眼睛却表达出了另外一种意思。

爱玛尽量装出一副全然不察与异常天真的模样，并且用不置可否的话作了答复。

"明天四点钟左右，你可要想到我呀，爱玛。"韦斯顿太太分手时叮嘱道，语气里带着些焦虑的成分，而且这话是单独对爱玛一个人说的。

"四点钟？——倘然他三点钟来到这里的话。"韦斯顿先生急匆匆地补充了一句。这次让人极其满意的会见就这样结束了。爱玛的心情很快就上升到了飘飘欲仙的境地。眼睛看出去，什么都是光灿灿的。詹姆斯跟他那两匹马也不像原先那样疲疲沓沓了。她看到树篱，觉得至少比较壮实的那些树，不久就会抽芽了。她转过脸来朝向哈丽埃特，从那张脸上她甚至还见到了一丝和煦春光和一抹淡淡的笑意呢。

“弗兰克·丘吉尔先生要经过牛津，不知可会经过巴思呢。”哈丽埃特提出了一个问题，实际上那是毫无意义的。

不过，地理问题也好，心境平和问题也好，都不是一下子就能得到明确解答的。爱玛此刻的心情使她觉得，到时候，两个问题都会自然而然有个交代的。

让人兴致勃勃的一天的早晨来到了。韦斯顿太太的好学生无论在十点、十一点，还是十二点钟，都没有忘记自己应当在四点钟的时候想起她。

“你这脾气心急火燎的家伙呀，”她自言自语地说，一边走出自己的房间沿着楼梯往下走，“就知道为别人的事操心，却一点也不顾自己。我看你现在又心神不定了，到他的房间去了又去，看看还有什么没准备周全的。”她经过大厅时，钟响了十二下。“十二点了。再过四小时我一定不会忘记想起你的。明天这个时候，也许稍微再晚一点，我琢磨他们全家没准会来这儿拜访。我敢肯定他们很快就会把他带来的。”

她推开客厅的门，看见有两位男士跟她父亲坐在一起——那就是韦斯顿先生父子了。他们是几分钟之前才来到的。韦斯顿先生正在解释弗兰克为什么提前一天到达，她父亲也正在非常热情地表示欢迎与祝贺。就在此时，她走进来了，于是也表达了她的那份惊讶、自我介绍与欣喜。

让大家谈论了那么久、引起那么大的兴趣的那个弗兰克·丘吉尔果真出现在她的面前了。弗兰克被介绍给她，她觉得弗兰克果然名不虚传，确实是个翩翩美少年——身材、气质、谈吐，全都无可挑剔，他的容貌很有几分乃父的神采与活力——显得既精明强干，又通情达理。她当即就觉得自己是会喜欢他的。他具有一种受过良好教养才会有的轻松自如的态度，也很健谈，这就使得爱玛相信，他来是诚心诚意要跟自己交朋友的，他们也必定很快就会熟起来的。

他是昨天晚上抵达兰德尔斯的。他急于要来，所以更改了行程，提前动身，并且起早贪黑，以便提早半天来到。爱玛很高兴他能这样做。

“我昨天就跟你们说了，”韦斯顿先生兴高采烈地喊道，“我跟你们说他会提前到达的。我记得我自己以前也是这样做的。出门的人不应该在路上慢慢爬行，你走着走着，就不由得想加快行程了。即使多受点累，可是跟能让朋友们喜出望外一比，那又算得了什么呢？”

“能来到可以无拘无束的地方，这真叫人高兴。”那位年轻人说，“虽然目前我还不敢说有几户人家是我熟识的，但是回到家来我总觉得很自由自在。”

那个“家”字使那位父亲再次用得意扬扬的眼光打量着他。爱玛当即认定，这青年是懂得怎么讨人喜欢的。接下来发生的事又加强了她的这个看法。他表示非常喜欢兰德尔斯，认为这所房子的布局非常合理，甚至都不认为它过于窄小，很欣赏它的地理位置，也很欣赏步行到海伯里的那点距离以及海伯里本身，对哈特菲尔德更是赞不绝口。他承认自己一向对乡下情有独钟，而这种感情又因为这地方是他的老家而愈益浓烈，对这里，他真可以说是魂牵梦萦了。既然如此，他以前又为何始终不实现一下自己的梦想呢？爱玛脑子里不由得闪过这样的一个疑问。不过即使这话当不得真，那也是一个美丽的谎言，而且还说得那么有技巧。他态度上丝毫不显得做作夸张。看他的神情，听他的话语，倒的确显得他的心情是异乎寻常地亢奋。

总的来说，他们聊的是人们开始认识时常涉及的一般话题。他这方面所提的问题是："小姐爱骑马吧？有好的骑马道路吗？散步的条件如何？乡邻为数不少吧？海伯里有不少社会活动，对不对？附近一带好房子看来似乎不少嘛。舞会呢——这里可举办舞会呀？这地方音乐气氛还算浓吧？"

等他在所有这些问题上都得到了满意的答复，他们的熟识程度也相应有所增加之后，他见到两位父亲在起劲地攀谈，便找了个机会讲起他继母的事来。他用了好些高度赞美的词语，说她使他父亲得到了幸福，真让人无比钦佩，极其感激，接着又说对他的接待是如何如何地亲切。这更证明了他很会讨人喜欢——也让人明白，他显然认为下功夫去讨爱玛的喜欢是极有必要的。他对韦斯顿太太的赞美，在爱玛看来，没有一句是韦斯顿太太不配得到的，但是毫无疑问，他是不大可能知道得这么清楚的。对于说什么话让人听得进，他非常有数；别方面的事情，他就不见得很有把握了。"家父这次续弦，"他说，"真能算是最最明智之举了。每一个朋友都会为之击掌叫好的。他从一户人家那里获得了这么多的幸福，也必定会铭记在心，全心全意加以回报的。"

他言语之间几乎都要因为泰勒小姐品德出众而感谢爱玛了。但是他倒像是并未糊涂到不明白，按照常理，自然是泰勒小姐培育了伍德豪斯小姐的品德而不是相反。最后，好像是下决心不再绕圈子了，他下结论说，他真是为泰勒小姐竟然如此年轻貌美而大感意外呢。

"风度好，气质优雅，这倒是在我预料之中的。"他说，"但是我承认，考虑到各方面的因素，我寻思，能是一位长相还可以的中年女子，就算不错了。我倒没想到见到的韦斯顿太太竟是这样的年轻美丽。”

“就我的感情来说，从你眼睛里再看出她是多么的十全十美，我都不会觉得过分。”爱玛说，“即使你估摸她只有十八岁，我听了也会喜滋滋的。不过让她听到你这么说她，她可要跟你急的。千万别让她猜到你把她形容为年轻漂亮呀。”

“我相信自己还不至于那么不懂事吧。”他回答道，“不，放心好了，”说到这里他身姿优美地躬了躬身，“在和韦斯顿太太说话时，我自然知道该怎样称赞而不至于被认为是胡乱奉承的。”

爱玛对于他们相识会有什么结果很有些疑虑，她不知道这样的疑虑是否也为他所共有。他的恭维话究竟是为讨好人随便说说的呢，还是确实是在大胆表示自己的真实想法？她必须与他多多接触才能了解他的思维方式。截至目前，她仅仅觉得他的思路还是蛮讨人喜欢的。

她很拿得稳韦斯顿先生脑子里在打什么主意。她察觉出他那双锐利的眼睛带着笑意一遍又一遍地朝他们这边扫过来。她敢肯定，即使是没准他决意不再看的时候，他也一直是竖起了耳朵在注意聆听的。

她自己的父亲倒是压根儿没有这方面的想法。他完全缺乏这样的洞察力与猜疑心，这倒是很让人宽心的。妙的是他既反对结婚，也从来预见不到会有喜事出现。虽然他一贯反对给人做媒撮合之类的事，他倒是从来没有因为察觉出这种活动而感到苦恼过。看来他根本不会把两个人的互相熟识看得那么卑劣，想到他们会要结婚，直到果真出了这样的事，他又大为伤心。这样有益无害的视而不见使爱玛简直要感谢上苍了。父亲此刻心无芥蒂，亦未料到客人会对他忘恩负义，因此正以天生的好心肠，礼貌待客。他频频询问弗兰克·丘吉尔一路上歇息得可好，须知在路上过两个夜晚是怎么也睡不好的呢，还极其真诚与焦虑地问，是不是真的逃过了感冒这一劫——至于他自己，若不是好好睡上一夜，那可是不敢完全放心的。

这次拜访礼数既已尽到，韦斯顿先生便要告辞了。“真的要走了。在克朗那边有点干草方面的事务要处理，还得上福特老铺给太太采购一大堆东西呢。”不过倒没有催促别人也匆忙离开的意思。他的儿子受的教育过于规整，竟没领会话中的暗示，立即跟着起身说道：

“既然你还要去办事，父亲，那我不如趁这个机会去拜访一个人家吧，我是迟早要去的，还是早点儿去算了。我有幸认识小姐的一位芳邻，”说到这里他把身子转向爱玛，“住在海伯里或是周边的一位女士，她姓费尔法克斯。我相信找到她住的那幢房子不会太难的。不过，那家人家不姓费尔法克斯——我想大约是巴恩斯或是贝茨吧。你知道有姓这样姓的人家吗？”

“那还用说吗？”他的父亲大声喊道，“贝茨太太——我们来的时候经过她的房子的——我还瞅见贝茨小姐站在窗前呢。对了，对了，你是认得费尔法克斯小姐的。我记得你是在韦默斯认识她的，那是个好姑娘啊。去拜访她吧，你当然得去的。”

“其实也不一定非得今天上午去的，”那年轻人说，“哪天去都一样，不过在韦默斯我们算是比较熟的，所以——”

“哦，今天就去，今天就去，不要推迟。该做的事越早做越好。还有，我得给你提个醒，弗兰克——在这地方千万不能对她有一点点的怠慢。你以前见到她时，她是和坎贝尔家在一起的，她和大家来往都是平等的，可是她在这里是住在可怜的老外婆的家里，外婆生活比较拮据。你不早点儿去那就是瞧不起人了。”

那个儿子听着像是心中觉得很以为然。

“我听她说起认识你，”爱玛说，“她真是位风度翩翩的年轻小姐呢。”

他对此表示同意，但仅仅是非常低声地说了一个“是”字，这倒使爱玛几乎要怀疑他是否真心赞同了。可是倘若简·费尔法克斯只能算是过得去，那么时髦社会风度翩翩的标准又不知该高到哪里去了。

“如果原先她的风度没给你留下深刻印象，”她说，“那么今天一定会的。你能更清楚地观察她，看她，听她说话——不，恐怕她一句话你都不会听到，因为她有一位嘴巴永远也歇不下来的大姨。”

“你认识简·费尔法克斯，对吗，先生？”伍德豪斯先生说，他总是临分手时还要说上一句话的，“那么，请允许我向你保证，你肯定会发现她真是一位非常可爱的年轻女士了。她是来探望自己的外婆和大姨的，那都是非常值得尊敬的人哪。我认识她们都有一辈子了。她们见到你一定喜欢得不得了，这我能肯定。我让我的一个用人给你带路就是了。”

“亲爱的先生，千万别这样。我父亲会把路给我指明的。”

“可是你父亲去不了那么远呀。他仅仅去克朗，那是在街的另一头，那地方房子多得很，你哪里分得清呢？路面很脏，你得靠最边上走才行。我的车夫会告诉你打哪儿过马路最为妥当的。”

弗兰克·丘吉尔先生仍然谢绝了，而且态度上作出无比真诚的样子。他父亲也认为绝无必要，大声喊道：“我的好朋友，这哪里用得着呀。前面有水潭，弗兰克还能看不见吗？从克朗去贝茨太太家，他一个三级跳也就到了。”

他们总算可以不让人送了。父子俩，一个热诚地点了点头，另一个姿势优雅地鞠了个躬，终于走了。这场初次相识的整个过程都让爱玛觉得很是快慰。她现在时时刻刻都能想象这几个人在兰德尔斯的情景，深信他们必定总是欢欢喜喜的。

第 6 章

翌日早晨，只见弗兰克·丘吉尔先生又来了。他是跟韦斯顿太太一道来的。对于她，对于海伯里，他像是真心喜欢上了。看来，他是一直在家里极其亲切地陪韦斯顿太太坐着聊天，直到她平素要出来活动的时候，而且在问到喜欢上哪儿去散步时他当下就选定要来海伯里。“随便往哪个方向走肯定都是不错的，但是倘然由当小辈的来选择，那是任何时候都不会变的。那就是去海伯里，那儿空气好，让人愉悦，总显得喜气洋洋的，去得再多也不会腻烦呀。”对于韦斯顿太太来说，去海伯里就等于是上哈特菲尔德。她相信弗兰克也不会有别的想法的。于是他们就径直朝这边走来了。

爱玛简直没想到他们会来，因为韦斯顿先生为了要听别人夸奖他的儿子有多么漂亮，方才还来过，待了一小会儿，他全然不知道他们要来。因此，当爱玛见到这两个人挽着手臂一起朝她家走来时，她不禁又惊又喜。她是很想再次见到他的，特别想见到他跟韦斯顿太太在一起，她得依据他对继母的态度来决定自己应该对他持何等样的看法。倘若他在这个方面有所欠缺，别的方面再强那也无济于事了。不过，看到他们偎依在一起，她心里的石头总算是全落下来了。他不仅是用华美的言辞与周到的礼仪在尽自己的义务，他对继母的整个态度真是再恰当不过，再让人喜欢不过的了。最最让人喜欢的就是他明确表示希望和继母真的能交上朋友，想博得她的喜爱。而且爱玛要形成合理的判断有的是时间，因为他们要在这里待上整整一个上午呢。他们三个在近处散步了一两个小时——先是在哈特菲尔德灌木丛周围绕了一圈，接着又在海伯里走了走。他对什么都觉得很不错。他赞美哈特菲尔德的话让伍德豪斯先生听了准会觉得非常受用。当决定再往远处走走时，他表示想对整个村镇有更进一步的认识，而且发现此处不错，那里也挺有意思。爱玛倒没有料到他会如此兴味盎然的。

他对某些事物感兴趣，说明他心里怀有美好的感情。他求她们带他去看自己父亲的旧居，他父亲在那里住过很长时间，而且那也是他祖父的故居。接着他想起带过他的一个老太太至今仍然健在，为了找到她住的村舍，便从街的一头走到了另一头。虽然他有兴趣看的某些东西，所作出的某些判断，认真说并没有什么意思，但是总的来看显示出这人对海伯里感情还是有的。这在与他同行的人看来，很难说不是一个优点。

爱玛通过观察断定，从他此刻流露的感情看，说他以前自己存心不来是不对的。他也并没有装腔作势，故弄玄虚。奈特利先生那样说他肯定是有失公正的。

他们停下来的第一个地点是克朗旅店。房子并不起眼，却已经是同类旅舍中最大的一家了。那里养着两对驿马，与其说是供拉车赶路，还不如说是为了便利当地乡亲的使用。弗兰克那两位女伴原未料到那儿有什么会引起他的兴趣使他滞留不走，在经过时给他讲起那个明显是后来加盖的大屋子的来历。那原本是多年前为了要有个舞厅才建造的。当时本地人丁兴旺，仕女如云，跳舞成风，经常在这里举办舞会。那样的好日子一去不复返喽。如今，这地方的主要用途，就是充当本地绅士和准绅士组织的一个惠斯特俱乐部的活动场所。弗兰克一听，立刻就来了劲儿。这原本是个舞厅呀，他觉得太有意思了。他不往前走了，在两扇开着的镶工颇为讲究的窗子前停住脚步，朝里张望，估量能容纳多少人，并为不再用来跳舞而感到惋惜。他不觉得这个房间有什么不好，她们说的那些缺点他统统不承认。不，房间够长、够宽的，也够漂亮的，能容纳下所有的人而且还不显得挤呢。这个冬天，他们至少应该每两周就在这儿举行一次舞会。伍德豪斯小姐何以没让这个房间重现昔日的辉煌呢？在海伯里，她不是什么都能做到的吗？她们说，本地没有多少上等人家，附近一带的那些怕也未必会给吸引来。他却不以为然。他在周围见到这么多幢漂亮的房子，里面真就出不了人来参加舞会吗？这一点他是怎么也不会相信的。甚至在给他介绍了特殊情况与一家家的具体情形后，他仍然认为家境有别的人同乐并没有什么不方便的，翌日凌晨各人回到自己的住所也是完全不成问题的。他兴奋地争辩着，真像是个跳舞有瘾的小青年了。爱玛不无惊讶地注意到，在他身上，韦斯顿家的脾气大大地压过了丘吉尔家的习惯行事方式。他好像在生气勃勃、精力充沛、性格开朗与喜爱社交上全都继承了乃父的特点，却丝毫没有恩斯库姆那边的傲慢与矜持。说到架子，他的确可以说是太少了一些。对于身份悬殊他全不在乎，这又显得心灵上有点不够高雅了。至于他察觉不出被他低估的那种祸害，这也无非是天性活泼的流露罢了。

终于，她们好说歹说总算把他从克朗旅店的大门口拖开。现在离贝茨家所住的房子已近在咫尺了，爱玛记起他昨天说过要去拜访的，于是便问他去过没有。

“去了，哦，去了！”他回答说，“我正打算提这件事呢。拜访非常成功，三位女士我都见到了。我真的要感谢你事先提醒我一句。倘若毫无思想准备让那位喋喋不休的大姨一惊吓，我怕是连小命都难以保全了。结果呢，我不得不待得时间长得不合体统。本来待上十分钟也够了，也许是再恰当不过的了。我还跟父亲说过会比他早些回家的，可是我脱不了身，话头就是停不下来呀。父亲在别处找不到我，终于也上那儿去与我会合，此时我发现在她们家已经坐了快三刻钟了。那位好心的女士连一次脱身的机会都没有给我。”

“你觉得费尔法克斯小姐看上去怎么样？”

“不好，很不好呢。也就是说，如果一位年轻小姐脸色真是这样，那就算是不够健康了。不过，这样的看法一般人是不大能接受的。韦斯顿太太，是不是这样？人家总以为年轻小姐绝不会脸色不好的。说真的，费尔法克斯小姐天生脸色苍白，几乎总显得带点病态了。脸色苍白得让人觉得可怜呢。”

爱玛对此却不敢苟同，开始激烈地为费尔法克斯的肤色辩护起来。“她当然从来算不得是容光焕发，可是总的来说，也不能说是面带病容呀。而且她的皮肤柔和细腻，使得她的脸自有一种特殊的优雅。”弗兰克恭恭顺顺地听着，承认说他也听到不少人这么说来着，可是他必须坦诚相告，在他看来，脸色缺乏光彩，那可是一项无法弥补的缺陷。五官不够周正，脸色一好，自能遮去百般缺点。要是五官也好，其效果便——幸好他无须一一描摹那效果究竟会是如何。

“行了，”爱玛说，“审美趣味这方面是没什么好争论的。至少，除了脸色之外，你是很欣赏她的。”

他摇了摇头，笑着说：“我是无法将费尔法克斯小姐和她的脸色区分开来的。”

“你在韦默斯经常见到她吗？你们是在相同的社交圈子里活动的吗？”

这时候，他们快来到福特老铺了，弗兰克急忙喊道：“哈！这必定是大家每天都来光顾的那家铺子了，我父亲是这么跟我说的。他说，他一星期里倒有六天要上海伯里来，每回都跟福特铺子有银钱来往。要是对你们没什么不方便，那就让我们进去吧，好让我证明我也是属于这儿的——是真正的海伯里人。我必须在福特老铺买点东西，那样我就是在使用我的自由权利了。我敢说他们那里总有手套卖的吧。”

“哦，有的，手套什么的都是有的。我真佩服你这么热爱家乡。在海伯里你必定会很得人心的。你人还未来，大家就已经对你非常感兴趣了，因为你是韦斯顿先生的公子。不过只需在福特老铺花掉半个几尼[①]，那么别人就会因为你自己的行为妥当得体而喜欢你了。”

他们走了进去。当款式新颖、包装讲究的“男式毡”与“约克棕”一双双都摊开在柜台上的时候，弗兰克说：“真不好意思，伍德豪斯小姐。方才我大发amor patriae[②]的时候，你正要对我说什么来着？别让我错过了这句话呀。请你务必相信，公众间再好的声誉也是补偿不了私人生活中所丧失的任何乐趣的。”

“我只不过是问问，你在韦默斯跟费尔法克斯小姐和她周围的人是不是很熟？”

“哦，我明白了，但我得说，你的问题提得可有点儿不大对路呢。判断是否熟悉，那从来都是女士的专利。费尔法克斯必定已经提供了她的看法，我再说什么就有点多此一举了。”

“真是的，你的回答简直就跟她的一样滴水不漏。不过，不管她说什么都留下好多空白让人猜想。她也未免过于内向、过于谨慎，对旁人的事连一个字都不愿多说，因此我真的希望你能尽量多谈谈和她来往的情况呢。”

“我能吗，真的？那我就照实说了，这最对我心思不过了。在韦

① 英国旧时金币，值21先令。

② 拉丁文，意为“对祖国的爱，对家乡之情”。

默斯我经常能遇见她。在伦敦时我就与坎贝尔一家多少有点认识，在韦默斯我们正好又属于同一个社交圈子。坎贝尔上校和蔼可亲，坎贝尔太太待人友好，很是热心肠。他们俩我都是很喜欢的。”

“你是了解费尔法克斯小姐的生活处境的吧，我琢磨？知道她是想怎么安排自己的生活的吧？”

“是的，”——不无犹豫地——“我想我是知道的。”

“你可触及到微妙的话题上去了，爱玛。”韦斯顿太太微笑着说，“别忘了有我在场呢。你提到费尔法克斯小姐的人生境况时，弗兰克·丘吉尔先生简直都不知道该怎么回答才好了。我还是走开几步吧。”

“我倒是真的忘记了，”爱玛说，“除了是我的朋友而且是最要好的朋友之外，她还有别的身份呢。”

弗兰克显示出，对于这样一种感情，他是非常了解也是极其尊重的。

手套买好，三人离开店铺后，弗兰克说：“我们方才提到的那位小姐，她弹琴时你听到过没有？”

“有没有听到过？”爱玛重复了那个问题，“你忘了她压根儿就是海伯里人嘛。从我和她开始学琴时起，我每一年都能听到她弹琴。她弹得很漂亮呢。”

“你是这样想的，对吗？我想知道真正懂行的人的意见。我觉得她弹得不错，也就是说，很有味道。但我自己对此道可说是一窍不通。音乐嘛我是酷爱的，但是一点儿不会演奏，没有资格评判别人弹得如何。我经常听到大家夸奖她弹得水平很高。我还记起一件事，足以说明人家认为她弹得确实是好。有一位男士，音乐修养很高，他爱上了另外一位女士，和她订了婚，眼看就要结婚了。他只要能请到方才提到的那位女士坐下来演奏，是绝对不会请另外的那位女士来弹的。只要能听那位女士弹就绝不想听另一位弹。因此我寻思，这位大家承认音乐水平很高的男士也能算得上是一个证明了吧。”

“证明？那当然能算的！”爱玛说，她来了兴致了，“狄克森先生音乐水平很高，是吧？我们半小时之内从你那里得知的比半年里从费尔法克斯小姐嘴里抠出来的，倒还多一些呢。”

“是的，我指的正是狄克森先生和坎贝尔小姐。我想这该是有力的证明了吧。”

“当然，而且还是极为有力的呢。老实说，要是我是坎贝尔小姐的话，会觉得这个证明过于有力而感到不快的。一个人把音乐看得比爱情更重——把耳朵的感受看得高过于眼睛的感受——更重视美妙的声音而不是未婚妻的感情，这样的事我是无法原谅的。坎贝尔小姐对此有何反应？”

“那人可是她非常要好的朋友呀，你知道的。”

“这又能起什么安慰作用呢！”爱玛说，一边大笑起来，“倒宁愿那是个陌生人而不是自己特别要好的朋友。如果是个陌生人，那么事情就不至于再次发生，可是有位交情很深的朋友总在身边，却什么事情都做得比你漂亮，那该有多倒霉哪。可怜的狄克森太太！唉，她去爱尔兰定居，我倒为她庆幸呢。”

“你说得很对。这话也许对坎贝尔小姐不太恭敬，不过她事实上像是根本没有什么感觉。”

“那样倒是更好，或者说是更糟。我都不知道其实应该算是哪一种了。不过，管她是脾气好，还是人有点傻，是重友情还是感觉迟钝，我想有一个人必定能体会出来的，那就是费尔法克斯小姐自己。她必定已经觉察出其中的不妥与危险之处了。”

“这个嘛——我倒不——”

“哦，别以为我打算从你，或是从任何别人那里，听到关于费尔法克斯小姐感情方面的叙述。我猜，除了她自己，任何别的人都是不会知道的。不过如果她仍然是狄克森先生有请她就弹奏的话，人家爱怎么想就由不得她了。”

“他们三人之间像是存在着非常好的默契——”他脱口而出急急地说，可是又马上打住，接着补充道，“不过，他们相处得究竟如何——内里的实情又是如何，就不是我能说清楚的了。我只能说，在外表上，一切都很融洽。可是你从小就认识费尔法克斯小姐，必定能比我更加准确地判断她的性格以及她遇到紧要关头时会怎样处置。”

“我从小就认得她，这话不假。我们小时候、长大后都在一起，别人自然认为我们必定非常熟稔——她常常回来看望亲友，我们应该越来越要好，可是不然。我都不知道怎么会变得这样的。没准小部分得归因于我这人脾气比较刁，见到她大姨、外婆和她们那帮子人一直如此宠她、夸她，我就是看不顺眼。此外，她又是个闷葫芦！跟任何一个完全不袒露胸怀的人我是从来都处不好关系的。”

“的确，这样的性格顶烦人了，”弗兰克说，“当然，对自己倒是方便，可是永远也不能讨别人的喜欢。什么都不说，安全是安全了，可就是对别人没有吸引力。谁会爱上一个沉默寡言的人呢？”

“除非是中止沉默，不再对自己设防，那样，对别人的吸引力反倒会很大。不过，我只有在比以往更加需要一位朋友，或是一个心腹之交的时候，我才会费那份工夫去帮人家解除戒备，获得友情。看来，要在费尔法克斯小姐和我之间建立起亲密友谊怕是无望的了。我没有理由看不起她——没有任何理由——但是言语、态度上永远是那么极端地小心翼翼，说及什么人时都生怕表露出一点点明确的看法，这使人不得不怀疑这里面是否有什么不可告人之处。”

弗兰克完全同意她的看法。他们一起散步了这么久，想法又是这么的一致，爱玛都觉得已经跟他很熟，几乎不能相信这仅仅是他们的第二次会面了。他跟自己原来料想的不尽相同，从他的一些见解看还不是那么老于世故，也并非娇生惯养的富家子弟，因此比自己估计得要好些。他的观点比较温和——感情也更奔放一些。令她特别感动的是他对埃尔顿先生的房子以及那座教堂的态度。他想去看看，也仔细打量了，不过在女士对牧师宅挑剔毛病时却没有随声应和。不，他绝不认为这所房子有什么不好，也不觉得有这么一所房子便很没面子。如果是和一位心爱的女子一起住的话，那么，他认为，有这么一所房子的男人没什么好怜悯的。里面必定有足够多的房间，可以过得舒舒服服。谁要是还不满足那准是脑瓜子不好使了。

韦斯顿太太笑了起来，说他简直都不知道自己在说什么。他自己住惯了大宅子，从来不会想到房子大能有多少好处与便利，他是没有资格评判小房子必然会带来的苦处的。可是爱玛却有自己的想法，认为弗兰克是知道自己在说什么的，而且显示出了一种想早点成家的善良倾向，他很可能出于某种良好的动机打算结婚呢。他也许不了解，没有女管家专用的房间，备餐室条件很差，会对家庭的安宁带来多大的影响。但是毫无疑问，他必定深深感到恩斯库姆无法使他幸福，哪一天他爱上了谁，他肯定会心甘情愿放弃大笔财产，好让自己早些成家的。

第 7 章

爱玛对弗兰克·丘吉尔非常良好的印象第二天稍稍有所动摇，因为她听说他仅仅为了理一个发竟上伦敦去了。他好像是在吃早饭时突发奇想的，于是当即就要了一辆轻便马车出发了。他打算回来吃晚饭，但是除了理发，似乎也没有更重要的事情要办。为区区小事来回奔波十六英里当然也无所谓，但是这里面透露出一种纨绔子弟无聊习气的气味，使她不敢恭维。她昨天满以为自己发现他办事有条有理，不散漫花钱，甚至心地善良，富于同情心，谁知今天的行为却大谬不然。爱慕虚荣、大手大脚、见异思迁、心神不宁，这些性格特征必然是在起作用的，好作用还是坏作用姑且不论，全然不管他父亲和韦斯顿太太是否喜欢，也不把公众对他这样的做法有何想法看在眼里。——他是免不了会受到这样的非议的。他父亲仅仅说这孩子像是个花花公子，认为这件事蛮有趣。可是韦斯顿太太的不以为然则是显而易见的，她只用一句话把这事带了过去，她的话是这样说的：“年轻人免不了都有点心血来潮。”

爱玛发现，除了这点小毛病，弗兰克到来后迄今为止，给她的女友留下的全是良好的印象。韦斯顿太太一再说，他与人相处，是多么的体贴又和蔼可亲，她从他的性格中看到了多少可取之处。他看来性情十分开朗——显然是极为兴致勃勃、生机盎然。她看不出他的想法中有什么不对头之处——倒是时不时会从他嘴里说出些异常精辟的见解来呢。他提起自己的舅父时总是怀着深情——他很喜欢提他的舅舅，说倘若一切事情都能由舅父自己做主，他舅舅必定是世界上最好的人了。虽然没有他对舅妈感情很深的迹象，但他却怀着感恩之情承认她对自己的眷顾，而且似乎有意永远都不说她的坏话。这都是对他非常有利的迹象。要不是他忽发奇想要去理发，那就没有什么足以说明他配不上爱玛想象之中要给予他的那份殊荣了。这殊荣，如果还不等于是让他真正爱上她，至少也是非常接近了。之所以不等于是爱，主要还是因为爱玛对爱情态度冷漠——因为她仍然抱定主意永不结婚。总而言之，这殊荣就是让双方共同的熟人都认定弗兰克即是爱玛再合适不过的对象。

韦斯顿先生呢，又在自己这一方面有所表示，为助长这种观点增添了一定的分量。他让爱玛明白，弗兰克是非常爱慕她的，认为她异常美丽也极其可爱。既然弗兰克总的来说可称道之处着实不少，爱玛觉得自己也不能对他过于苛求了。韦斯顿太太不是说了吗，“年轻人全都有点心血来潮的”。

弗兰克在萨里新结识的朋友中却有一人对他并不如此宽容。总的来说，弗兰克在唐韦尔与海伯里两个教区都受到了坦诚相待。对于如此俊美的一个年轻人——笑容如此可掬，行礼如此潇洒，即使有些小毛病，那又有什么了不起的呢？然而单单有这么一位先生，眼光敏锐挑剔，就是没有被鞠躬与微笑软化——他就是奈特利先生。在哈特菲尔德，他听说了那件事情，当时没有作声。可是几乎是紧接着，爱玛就听到他对着捏在手里的一张报纸自言自语道：“哼！果然不出我所料，根本就是一个轻浮的小傻瓜。”爱玛都有点想反驳了。但是接着想想，他这么说，也不过是发泄自己的情绪，并无与谁过不去的意思，于是就让它去了。

韦斯顿夫妇早上来访，他们虽然在某个方面说是带来了一条不好的消息，可是从另一面说倒来得正是时候。他们在哈特菲尔德的时候出了一件事，使得爱玛想要听听他们的意见。更加凑巧的是，他们的意见正好符合爱玛的心意。

事情是这样的：科尔夫妇在海伯里落户已有一些年头，他们人品不错，待人友好、宽容，还很坦诚。可是在另一方面，他们出身低，是做买卖的，上流社会气息仅仅是略为沾了一点边儿。他们最初来到时，过日子量入为出，不张扬，不大与人来往，即或来往，也很节俭。可是近一两年来，他们的家境大大改观了——城里的那家字号收益颇丰，真可以说是时来运转，一帆风顺了。财大了免不得气也要粗，他们要换一处更大的住房，也想多参加些社交活动了。他们扩建了家宅，增添了仆佣，各项开支也宽松了许多。如今，他们在家底与生活方式上，也就紧挨在哈特菲尔德首富之家的后面了。他们喜欢交际，又新建了餐厅，准备请大家都来做客。而且也已经举行过几次集会，来的基本上都是单身汉。爱玛寻思，他们还不至于贸然就邀请正正经经的大户人家吧——如唐韦尔啦、哈特菲尔德啦、兰德尔斯啦。倘然他们真的邀请，任什么也不会动摇本小姐不去的决心的。但是让她感到遗憾的是，她父亲的癖好已然是名声在外，她再严词拒绝怕也会显得不够有力的。科尔夫妇自然有他们值得尊敬之处，可是他们应当被教知，大户人家如何去他们那里做客，这可是不应该由他们来安排的。这一课，爱玛寻思，怕是得由她来给他们上了。对奈特利先生，她只抱着微弱的希望；对韦斯顿先生，则是完全不抱希望。

好几个星期之前爱玛就想好了要如何迎击这样的冒昧行径，可是，等到那场侮辱终于来到时，她倒是别有一番滋味在心头了。唐韦尔与兰德尔斯都收到了那户人家的邀请，可她父亲和她却没有收到。

韦斯顿太太的解释是这样的："我寻思那是因为对你们他们不敢冒昧相请。他们知道你们是不去别人家里吃饭的。"但这样的解释比较牵强。爱玛觉得，自己原是应该具有加以拒绝的权利的。可是后来，她倒拿不准是不是一定能挡得住诱惑，严词拒绝了，因为她一次又一次地想到，在那里举行的聚会里，参加的人里有一些正是自己最爱来往的。哈丽埃特晚上要去那里，贝茨一家也去。前一天在海伯里周围散步时大伙儿都说起这事，对于她的不参加，弗兰克·丘吉尔还惋惜不已呢。晚上会不会最后以一场舞会来结束呢？他对此很感兴趣。单是有这样的可能性就使爱玛心中更觉得不是滋味了。就算是别人认为她高不可攀，之所以不发邀请正是为了给她面子，她都觉得这样的安慰过于软弱无力。

就在韦斯顿夫妇还没离开哈特菲尔德的时候，请柬送到了，于是，他们的在场就成了一件很可取的事情。尽管她看了之后马上就撂下一句"自然是不去"，但紧接着她还是请教他们应该怎么办。他们当然是一味地劝她去，而这个劝告也居然得到了垂允。

爱玛承认，在对各方面因素作了考虑之后，自己倒并不是绝对不愿参加。科尔夫妇的表示还是很得体的——礼貌方面算得上很周全了，对她父亲也够体贴入微了。"原当更早恳请光临，唯因折叠屏风迟迟未能从伦敦运抵，故而请柬不敢贸然送上。现屏风已到，当可为伍德豪斯先生遮去些许风寒，故不揣冒昧，务希大驾光临，以使蓬荜生辉。"总的来说，爱玛这人还是很通情达理，非常听得进劝告的。当下，他们几个就商定，她怎样既可赴会而老父亲的安适也不致受到疏忽。自然，倘若贝茨太太来不了，也务必要请到戈达德太太来陪伴伍德豪斯先生。另外，还要跟伍德豪斯先生好好谈谈，让他同意女儿出席即将到来的一次宴会，整个夜晚都不能陪伴在他的身边。至于他也去，爱玛不希望父亲觉得这样做是可行的。时间这么晚，参加的人又这么多，老先生不久就爽爽快快地让步了。

“我是不喜欢外出参加晚宴的，”他说，“从来就不喜欢。爱玛也跟我一样。很晚了还闹哄哄的，这可不对我们的脾气。科尔夫妇非要这么做，我真感到遗憾。我想，等夏天到来，哪个下午，请他们上我们这儿来喝茶，那一定会好得多。想邀请我们下午一块儿散散步，这倒是不成问题的，因为时间安排上对我们挺合适，不必在潮气很重的深夜赶回家。夏天晚上有露水，任何人给露水打湿我都是不愿意看到的。不过嘛，既然他们如此希望亲爱的爱玛去赴宴，你们都去，奈特利先生也去，她有人照顾，我就不想再阻拦了。只要天气正常，既不潮湿，不冷，也不刮风，那就行了。”说着又转向韦斯顿太太，眼光里流露出几分责怪的神情，“唉，泰勒小姐，若是你没有结婚，那就可以在家里陪着我了。”

“啊，老伯，”韦斯顿先生大声说道，“既然是我把泰勒小姐抢走的，只要做得到，我自然应该找个人来替代她。你如果不反对的话，我马上就去跟戈达德太太说。”

一听说“马上”这两个字，伍德豪斯先生的情绪不是放松了反倒是更加紧张了。女士们更清楚该怎样应对，她们叫韦斯顿先生别再出声。她们把一切事情都极其细致地作了安排。

这样做了之后，伍德豪斯先生很快就安定了下来，可以像平时那样放松说话了。“能有戈达德太太作陪自然是再好不过。对戈达德太太，你爸爸是极其敬重的。爱玛应该写封表示邀请的短信。信嘛让詹姆斯送去，不过还得先给科尔太太写封回信呀。”

“你得替我表示歉意，亲爱的，话要说得尽可能客气一些。你说我体弱多病，不宜外出，因此对于他们的恳切邀请碍难接受。不消说，一开头还得先表达我对他们的致意。不过，一切你都会做得十分妥当的，不需我一一吩咐。倒是必须记住得关照詹姆斯，星期二要用马车。有他接送，我就无须担心了。路新修后，那边我们只去过一次，不过我仍然敢肯定詹姆斯会把你平安送到的。抵达之后，你必须跟他说清楚什么时候让他再去接你。你最好把时间定得早一些。你当然不想待得很晚吧。茶喝过后你必定会觉得非常疲累了。”

“不过，您总不至于要我在还没觉得累的时候就告辞吧，爸爸？”

“哦，当然不会，我的宝贝儿；可是你是很容易疲倦的。那么多的人同时说话，你不会喜欢那份吵闹的。”

“可是，亲爱的先生，”韦斯顿先生大声说道，“爱玛早早儿就走，会把聚会给拆散的。”

“那样也没有什么不好嘛，”伍德豪斯先生说，“所有的晚会都是越早散越好。”

“可是你没考虑到科尔夫妇会有什么感受吧。爱玛一喝完茶马上就走，明摆着是看不起人嘛。他们都是厚道人，倒不见得会计较。可是大家都急急忙忙告辞，这总不是什么很光彩的事吧。而且伍德豪斯小姐带头走会比在场的任何一位客人离去都更让人在意。我敢肯定，老伯，你并不打算扫科尔夫妇的兴，丢他们的脸吧。他们是地方上数得上的好人哪，当你的邻居都有整整十年了呀。”

“自然不想，绝对没有这样的打算。韦斯顿先生，多谢你提醒了我。若是让他们痛苦，我会觉得十分难过的。我知道他们是值得敬重的人。佩里告诉我，科尔先生滴酒不沾哪。你从表面上看是不会想到的吧。可是他有脾气——科尔先生脾气还真不小呢。不，我可不想成为他们不高兴的由头。我的好爱玛，我们必须考虑到这一点。依我看，你就算不乐意也只好多留一会儿了，免得无意间得罪了科尔夫妻。你疲倦了就忍一忍吧。好在你跟朋友们在一起，安全上是不会有任何问题的。”

“哦，那是不会的，爸爸。我对自己倒一点儿也不担心。韦斯顿太太待多晚我也能待多晚，我是不在乎的。我就是生怕您一直不睡等着我呢。您跟戈达德太太一起打牌会很愉快，这我是放心的。她爱打两个人玩的皮克牌，您知道的。可是她回家后，我担心您不跟往常一样按时上床睡觉，却一个人坐着等我。有这件事挂在心上，我是一点儿兴致都不会有的了。您必须答应不等我。”

他答应了，但是先要她也答应自己几件事。例如，要是回家时觉得冷，必须先让全身暖和过来。要是肚子饿，必须找点东西充充饥。她房里的侍女务必要一直等着她。塞尔和男管家仍然得上下细细检查，保证家里跟每天一样平安无事。

第 8 章

弗兰克·丘吉尔又回来了。即使他害得他父亲等他来了才开晚饭，哈特菲尔德这边也不会知道。因为韦斯顿太太一心想让他博得伍德豪斯先生的欢心，他再有什么不是，她也会百般替他遮掩担待。

他回来了，理了发，很有风度地自我嘲弄了一番，但是似乎对自己的行为真的没有感到有什么不好意思。他没有理由要留长发以掩盖自己脸上的窘态嘛，也没有理由指望靠不花这几个钱使自己心情能变得好一些呀。他还是跟以前一样地堂堂正正，一样地生气勃勃。爱玛见到他之后，不由得在心里盘算起来：

“我不知道是否理应如此，那就是，荒唐事让聪明人大大咧咧地一做，也就变得不算荒唐了。邪恶永远是邪恶，荒唐事倒不一定永远荒唐，那还要因人而异呢。奈特利先生，他可不是个轻浮、没头脑的毛小伙儿。如果他是，他倒不会这样做了。他要就是为做了这件事而得意扬扬，要就是感到很不好意思，要就是像儇薄少年那样大事炫耀，要就是躲躲闪闪，像性格懦弱不敢张扬的人那样。不，我敢肯定，他是既不轻佻，也不愚蠢。”

随着星期二的到来，她又有见到他的良好机会了。这一次时间会比以前的更长，足可以判断他的全面情况，而且能够推断他对自己的态度。她还可以琢磨什么时候自己的神色该变得冷淡一些，而且可以揣测看到他们第一次在一起的那些人，都各自会有些什么样的想法。

她是打算快快乐乐地度过这个夜晚的，尽管地点是在科尔先生家里。她也无法忘记，即使在未与埃尔顿先生闹翻的那些日子里，她最最不满意埃尔顿先生之处，就是他喜欢上科尔先生家去吃饭。

她父亲的舒适得到了很充分的安排。戈达德太太会来，连贝茨太太也能来。她离开家之前最后一项让大家高兴的任务，就是等两位老太太用过餐坐下来时，向她们表示谢意。而且趁父亲兴致勃勃地欣赏她漂亮的衣饰时，在自己的职权范围内尽可能地对她们做些补偿。给她们切几块厚厚的蛋糕啦，往她们杯子里斟满酒啦。因为她们用餐时，在伍德豪斯先生对她们肠胃承受能力的忧虑与关怀下，肯定是老大不情愿地作了自我约束。她是准备了丰富的饭菜的，她希望见到她们能吃个痛快。

她跟在另一辆马车的后面来到科尔先生的门口，很高兴地见到那是奈特利先生的马车。因为奈特利先生没养多少匹马，手头闲钱不多，身体壮实，爱活动，不爱受拘束，所以是不大动用他的马车的，都不像唐韦尔修道院庄园主人应该是的那样。奈特利先生停下来扶爱玛下马，爱玛心里一热，觉得总算有了个机会，可以夸奖他几句了。

“这样前来才符合你的身份呢，”她说，“这才像位绅士嘛。我很高兴能见到你。”

他谢过了她，回答说：“我们居然同时抵达，这可太巧了。因为，倘若我们是在客厅里见面的话，我怕你就辨别不出我是否比往常更像是绅士了。仅仅从我的神态与举止看，你是不会知道我是怎么来的。”

“哪里的话，我看得出的。我肯定能看出来。每当人以自知是低于自己身份的方式来到某处的时候，他总会现出一种不好意思或慌慌张张的神色。你以为你掩盖得很好了吧，我猜。可是在你身上，却以装模作样和故作镇定的形式出现。你那时的模样我一下子就能看出来。这一回，你用不着再演戏了。你也不用生怕别人以为你不好意思了。你无须装得比旁人高出一头。这一回，我将因为能与你一起走进同一个房间而真正感到高兴。”

“没个正经的姑娘！”奈特利先生说了一句，但是一点儿没有生气。

爱玛对奈特利先生感到满意，也有同样多的理由对所有别的人都感到满意。她受到了热情的接待，心里自然喜欢。她还被当作一个重要的客人来对待，这也很合她的心意。韦斯顿一家抵达时，从丈夫与太太那里都向她投来了最亲切的目光，表达了最强烈的致敬之意。而那位公子，更是愉快、热情地朝她这边走过来，显示出她是自己特殊的关切对象。上桌时她又发现他坐在自己的身边。爱玛深信，没有点儿鬼精灵他是做不到这一点的。

这次宴会规模相当大，因为客人中包括了另外一个家庭——这是个正派的、无可非议的乡绅之家，对这家人，科尔夫妇在熟人面前总是要一提再提的。而且还请到了海伯里的律师考克斯家的几位男士。地位不那么尊贵的客人要晚一些才来，这里面有贝茨小姐、费尔法克斯小姐和史密斯小姐。可是，在用餐时，人已经是既多又杂，难以有什么共同的话题了。在政局与埃尔顿先生这些问题被谈过之后，爱玛总算可以集中精神来享受邻座那位的妙言隽语了。可是餐桌那头传来的一片含混不清的声音中竟提到了简·费尔法克斯的名字，使她顿时觉得要好好听听那边在说些什么了。科尔太太像是在讲一件与简·费尔法克斯有关的看来是非常有趣的事。爱玛听了听，觉得确实是有点儿意思。爱玛那富于幻想的可贵特点又获得生动的资源了。科尔太太在说，她去探望了贝茨小姐，一进房间，就见到了一架钢琴，是模样非常华贵的那种。不是大三角钢琴，而是大尺寸的立式钢琴。科尔太太叙述的主要内容、大家的插问以及由此引起的惊讶、科尔太太的祝贺、贝茨小姐那一方的解释，总起来说，无非是这么一件事：这架钢琴是头一天布罗德伍德[①]琴行送来的，大姨跟外甥女完全没想到，所以都大吃了一惊。据贝茨小姐说，她一开始简直是发蒙了，因为她想不出来究竟是谁去订购了这件东西的。不过她们俩现在总算心定下来了，钢琴只能来自一个方位——不消说，那必定是坎贝尔上校送的。

“还会有别的什么可能，也真的猜想不出了。”科尔太太接着往下说，“要是对此有所怀疑，那我倒会觉得奇怪了。可是，简好像几天前刚收到过他们的一封信，里面对这事只字未提。简是最了解他们的行事方式的。不过我觉得，他们没提，不等于是不打算送这件礼物。他们也许是想给她一个惊喜。”

① 英国18世纪一家极负盛名的钢琴厂。

科尔太太的看法得到了许多人的支持。对这个问题表示意见的人全都深信钢琴必定是坎贝尔上校送的，也全都对送的是这样的一件礼物表示赞赏。不少人都想瞅个空当说话，这就使爱玛得以一边按自己的思路琢磨这件事，一边听科尔太太继续往下说：

“我敢说，我真是从来也没听到过这样能让人感到满意的事呢。简·费尔法克斯琴弹得这么好听，却没有一架钢琴，这让我太伤心了。这太不像话了，特别是想到那么多人家有好钢琴，却是白白地供着，根本没有人弹。这不是等于让我们挨了一个嘴巴吗？一点儿不错，就是挨了记耳光。就在昨天，我刚跟科尔先生说起，我真是感到不好意思，客厅里放着一架新的大三角钢琴，可连这键那键有什么区别我压根儿闹不清，我们那三个小妞刚开始学，没准什么都学不出来呢。而可怜的简·费尔法克斯呢，人家可是位大师呀，却连一件可以自娱的乐器都没有，哪怕是全世界最最破旧的斯皮耐琴[①]。昨天我还跟科尔先生说来着，他也完全赞同我的看法。他只不过是太酷爱音乐了，所以才禁不住要把钢琴买下，只盼各位好邻居能赏脸，抽空来弹弹，也好让这琴不在我们这里受到冷落。这才是买下这架琴的真正原因，否则我们真的要无地自容了。我们竭诚希望伍德豪斯小姐今晚能够赏脸试试这架琴呀。”

伍德豪斯小姐得体地做了个默许的表示。她感到从科尔太太嘴里不会再捞到什么有用消息了，便把脸转向弗兰克·丘吉尔。

“你干吗要笑？”她说。

“未曾啊。你自己笑又是为何呢？”

“我？我笑，也许是感到很有趣，因为坎贝尔上校竟然这么有钱

---

① 英国17世纪的小型单键盘羽管键琴。

这么大方。这可是一份厚礼呀。”

“是够丰厚的。”

“我觉得很奇怪，为什么早些时候不送？”

“也许是因为费尔法克斯小姐以前从没有在这里待得这么久吧。”

“要不就是因为他不希望她用他们自己的琴。那架琴此刻必定是锁在伦敦家中，根本没有人弹。”

“那是架大三角钢琴，他可能认为太大了，贝茨小姐家里放不下。”

“你那张嘴总是有得可说，不过你的表情泄露出，在这个问题上，你的想法跟我的大致差不多。”

“我不知道。我有点觉得你把我想得过于机敏了。我笑，是因为你笑了，没准还会看到你对什么起疑心也就起了疑心呢。不过这会儿我倒没看出有什么问题。如果坎贝尔上校不是送琴的人，那又会是谁呢？”

“你觉得会是狄克森太太吗？”

“狄克森太太？太对了，真是的，我怎么没想到会是她呢？她必定是跟她父亲一样，知道送乐器会很受欢迎的。而且这件事做法特别，很神秘，很出人意料，确实是更像一位年轻女士而不是一位老先生的手笔。我敢说必定是狄克森太太了。我跟你说了，我总不由得要跟着你这么猜那么猜。”

“如果是这样，那你必须得顺着思路再往前猜，把狄克森先生也包括进去。”

“狄克森先生？太妙了。是的，我立刻就察觉，那必定是狄克森先生与太太联合送的礼物。那天我们还谈到了的，对不对？他可是费尔法克斯小姐琴艺的热烈崇拜者呀。”

“对啊，你在这方面告诉我的情况证实了我早先就持有的一个想法。我倒不是想对狄克森先生或是费尔法克斯小姐的良好意愿有所怀疑，不过我禁不住要这么琢磨：要么就是那位先生向坎贝尔小姐求爱之后，不幸又爱上了费，要么就是他感觉出费那方面对自己有点儿意思。你也许猜上二十次却仍然没能猜对。不过，我敢肯定，她必定有特殊原因，才选择来海伯里，而没有随坎贝尔夫妇去爱尔兰。在这里，她必须过清贫与苦修的生活，可是在那边呢，日子自然是过得快快活活的。至于说回来想试试故乡的空气会不会对健康有所补益，依我看不过是个托词而已。若是在夏天呢，这理由还勉强说得过去。然而时值冬令，不管是谁，也休想从家乡的空气里得到益处。熊熊的炉火与不漏风的马车才会对娇滴滴的身子起些好作用呢。依我看，说她的身体弱不禁风一点也不过分。我无意要你全盘接受我的猜测，虽然你有君子之风，宣称对我亦步亦趋，我只不过是把我的想法坦诚相告罢了。”

“说真的，你那些猜测倒是蛮合情合理的。狄克森先生确实是更喜欢听她弹琴，这一点我敢说是千真万确的。”

“而且，他还救过她一命。这件事你听说过吗？一次出海旅游时，她一不留神掉到船外去了，亏得狄克森先生一把抓住了她。”

“确实如此。我当时就在场——跟那家人在一起。”

“你真的是目击者？嘿！可是，你什么都没有瞧出来。这是明摆着的，因为你好像现在才恍然大悟。如果在场的是我，必定能看出些端倪来。”

“那是一定的。可我却傻头傻脑的，除了事实之外，别的什么都没看见。我只看见费尔法克斯小姐眼看要落出船外了，此时，狄克森先生抓住了她——事情只发生在一刹那之间。尽管引起的震惊很大，而且久久之后还让人心惊肉跳——真的，我相信足足过了半小时，大家才总算是安下心来——不过这惊慌是带普遍性的，看不出什么人显得格外焦急。当然，我并不是说，你绝对不可能从中嗅出些蛛丝马迹来。”

讲到这里，谈话给打断了。两道菜之间隔的时间相当长，他们只得像大家一样，枯坐着作出一副一本正经的模样。等餐桌上重新布满菜肴，每个角上也像模像样地摆好菜碟之后，大家又无拘无束地恢复工作。此时，爱玛说道：

“送钢琴这件事，在我看来是至关重要的。我原来很想能多了解一些情况，这下子事情就变得明朗多了。你信我的话好了，我们不久就会听到消息，说这是狄克森夫妇赠送的礼物。”

“不过，若是狄克森夫妇宣布说对此事一无所知，我们只好认为是坎贝尔夫妇送的了吧。”

“不，我敢肯定绝对不是坎贝尔夫妇送的。费尔法克斯小姐很清楚不是他们送的，要不然，一开始就会估摸到他们头上去的。若是她拿得准是他们，她就不会那么大惑不解了。我也许没法做到让你相信我的看法，但我自己可是深信不疑的，我认为这整件事里面，最主要的角色正是狄克森先生。”

“你非要说我不相信你的看法，这太冤枉我了。对你的推理，我真是紧随不舍呢。一开始，我以为你认准了是坎贝尔上校所赠，我也觉得那无非是父亲般的慈爱所致，乃天底下再自然不过之举。接着，你怀疑是狄克森太太，我又觉得说这是女友之间的热情馈赠，那就更加贴切了。而现在呢，我只有一种看法，不多不少，不偏不斜，那绝对就是一种爱的奉献。”

这个问题再深究也没什么意思了。他看来是给说服了，他看上去像是真的这么想的了。爱玛也就不再说了——他们转到别的话题上面去，晚宴也基本上告一段落了。接着甜食端了上来，孩子们也进来了，大家在聊家常中自然会停下来跟孩子们说上几句，把他们夸奖一通。谈天中偶尔也会出现句很聪明、饶有机锋的话，有些纯然就是蠢话，大多数则是既不聪明也不愚蠢——跟家常话一样的家常，是乏味的老生常谈、发馊的最新消息与让人笑不起来的笑话。

女士们回进客厅不多久，其他的女宾也三三两两来到了。爱玛看着她那位特别要好的小朋友走了进来。如果爱玛难以夸耀哈丽埃特仪态端庄高贵的话，却可以不仅能喜爱小友灿烂春花般的甜美与自然纯真的风姿，而且还能衷心赞赏她那开朗快活浑然不知愁的好脾气，亏得有这样的好脾气，她才能在失恋的灾难中如此妥当地缓解自己的痛苦。她坐在那里——谁猜得到她晚上流了多少泪水呢？能和大家待在一起，自己打扮得漂漂亮亮，看到别人也都穿戴得整整齐齐，坐着、笑着，觉着自己挺美，什么都不说，就很为当前的幸福感到满足了。简·费尔法克斯仪态大方，举止优雅，确实是不同凡响。不过爱玛猜想，她也可能乐意与哈丽埃特互通有无的，——倾诉知道自己被女友的丈夫爱上的种种危险的快乐，同时体验一下，无望地爱上别人，甚至是那个埃尔顿先生的那种羞辱。

客厅里人很多，爱玛用不着非得过去和简打招呼。她不想提那架钢琴的事，觉得自己对这个秘密已经洞若观火，用不着再装出一副好奇与感兴趣的模样了，因此就有意待在离她稍远之处。可是这话题立刻就由别的人提出来了，于是爱玛看到在接受祝贺时那张脸上的不好意思的红晕，以及说到“坎贝尔上校，他对我太好了”这几个字时，所显露出的心虚所致的赧颜。

心地善良又酷爱音乐的韦斯顿太太对这件事特别感兴趣，一个劲儿地谈个没完，爱玛不禁觉得好笑。韦斯顿太太对于琴的音质、键的弹性与踏瓣竟有那么多地方要问要说，却完全不察觉对方是尽量地想少说与不说。这一点，爱玛从当事人那张漂亮的脸上看得一清二楚。

过不多久，几位男宾也来到她们中间，来得最早那些人里为首的要算弗兰克·丘吉尔了。走在最前面的是他，最英俊的也是他。在en passant[①]跟贝茨小姐与她的外甥女打了个招呼之后，他便径直朝坐在圈子对面的伍德豪斯小姐走去，先是站着，一直等到她身边有了空位子才坐了下来。爱玛当然清楚在场的每一个人肚子里必定会怎么想：她是他的目标，谁都一清二楚。她向他介绍了自己的朋友史密斯小姐，后来，在适宜的时候，又听到了他们各自对彼此的评价。“倒是从来也没见到过那么可爱的一张小脸呢，而且还特别喜欢她的那份天真劲儿。”而那一位的说法则是：“大家这么捧他，是不是有点过分呀？不过倒觉得他有点儿像埃尔顿先生。”爱玛强抑住自己的怒气，只是一言不发地把脸转了开去。

在朝费尔法克斯小姐瞥了一眼之后，爱玛与弗兰克交换了一个会心的微笑，不过知道自己最好还是以谨慎为妙，千万别窃窃私语什么。弗兰克告诉爱玛，他在餐厅里简直是坐不住，只想快点出来。他只要做得到，总是最早离开的一个。又说他的父亲、奈特利先生、考克斯先生，还有科尔先生，都还待在餐厅里非常起劲地谈着教区的事务。不过，他在那里听听倒也蛮愉快的，因为他发现总的来说，他们是一伙绅士气十足、很有头脑的人。他又夸奖海伯里，说它样样都好，有这么多讨人喜欢的家庭。这倒使爱玛开始觉得，自己过去是不是太小看这个地方了。她跟弗兰克打听约克郡社交界的情况、恩斯库姆邻近人家的情况，如此等等。从他答话里她发现，就恩斯库姆本身

① 法语：顺带。

而言，社交活动可以说是很少。他们仅仅与有限的几个大户人家来往，相距的路程都不短。而且即使日期定下，邀请也接受了，丘吉尔太太又保不齐身体、精神不济，不想去了。他们家还立有一个规矩：新认识的人家是绝对不去拜访的。因此，虽然他单独与别人有些往来，要出去看望，有时候却不那么容易，不多花些唇舌是根本办不到的。至于留熟人在家住上一宿，那更是难上加难了。

爱玛看出来，既然恩斯库姆不能尽如人意，那么海伯里，从它最好的一面看，当然能让一位不愿老窝在家里的年轻人觉得称心如意了。显然，他在恩斯库姆并不是无足轻重的。有一点他没有炫耀，但却是掩盖不住的，那就是在他舅父说服不了舅妈的时候，他倒是可以。爱玛领悟了之后不禁哈哈大笑。此时他又承认，他相信，除了一两件事情之外，只要多花些时间去磨，他总能劝得动舅妈去做任何事儿的。接着他也和盘托出连他也劝不动的那件事情是什么。他曾经非常想出国，一心只求能让他到处走走，可是舅妈说什么也不同意。这还是去年的事。事至此刻，他也渐渐地不那么热心了。

另一件劝不动的事是什么，他没有说。但爱玛猜想应该就是要对待他自己的父亲好一些了。

“说来我真有点儿悲哀，”他稍稍停顿之后又开口了，“到明天，我来到这里都快满一星期了——我一半的时间都用掉了。我从未觉得日子过得这么快，到明天居然足足一星期了！我还没开始好好玩儿呢。只是刚刚熟识了韦斯顿太太与别的几个人。我一想起这事心里就堵得慌。”

“也许你现在会开始后悔，就这么几天，你不该用掉整整一天去理发了吧。”

“那倒不会，”他微笑着说，“那件事根本没什么好后悔的。如果我不觉得自己让人看着顺眼的话，我是不会喜欢跟朋友们相见的。”

这时，其他的男士也都进到房间里来了，爱玛觉得自己不该老与他一个人说话，便转过脸去听科尔先生的宏论。等科尔先生走开去了，她又能把注意力用到弗兰克·丘吉尔这边来时，她看到他正把目光对准坐在房间对面的费尔法克斯小姐。

“怎么啦？”她说。

弗兰克一惊。“谢谢你叫醒我。”他回答道，“我相信方才我非常失礼了。不过费尔法克斯小姐把她的发式做得那么怪——简直是过于奇特了——因此我才移不开目光了。我从未见过那样outre[①]的呢！瞧那几个发鬈！这必定是她自己别出心裁设计的。我没见到过有别人像她这个样子的。我得过去问问她这是不是爱尔兰发式。我该去吗？是的，我要去的——我一定要去。你就等着看她如何反应吧——看她会不会脸红。”

他说去就真的去了。很快，爱玛就见到他站在费尔法克斯小姐的前面，并且与她说起话来。可是，至于那位小姐反应如何，由于弗兰克不留神正好站在她们两人之间，紧贴着费尔法克斯小姐，爱玛是一点儿也没看出来。

还没等弗兰克走回来，他的座位就让韦斯顿太太给占了。

“这就是大型聚会的好处了，”她说，“你想挨近谁就挨近谁，想聊什么就聊什么。我亲爱的爱玛，我有话要跟你说。就和你一样，我也一直在琢磨和盘算，我必须趁想法还新鲜的时候就告诉你。你可知道贝茨小姐和她的外甥女是怎么来这儿的吗？”

“怎么来的？受到邀请才来的，难道不是这样的吗？”

---

① 法语：古怪。

“哦，那当然是的——不过她们怎么来到的？采取什么方式来的呢？”

“走来的呀，我敢断定。她们还能怎样来呢？”

“对呀。是的，方才我还想来着，在这样夜气寒冷的天气里，让简·费尔法克斯深更半夜再一次走回家去，这可太说不过去了。于是我便瞧着她，虽然她显得比任何时候都容光焕发，我却想到，她这会儿给火烤得很热，出去就更容易着凉。可怜的姑娘！我越想越是不忍心，因此，一等韦斯顿先生从餐厅出来，我可以走到他跟前时，我就和他说起马车的事。你自然能料到，他当即就痛痛快快满足了我的愿望。有了他的支持，我赶紧走到贝茨小姐跟前，让她尽可以放心，马车可以先送她们回家，然后再来接我们。我以为她立刻就会宽下心来了。天哪！她听了以后感激得什么似的，这是不消说的。‘世界上比姨甥俩福气再好的人是绝对不会再有的了！’——接着又是千恩万谢——‘不过倒是无须烦劳大驾了。’因为载她们来的奈特利先生的马车还会把两人送回家的。我听了倒是大大地感到意外呢。高兴是蛮高兴的，这是不用说的，可的确是大为惊讶呢。你看这心地是多么的善良啊，考虑得又是如何的无微不至啊！男士中能想得那么细的人可不多呢。总而言之，凭着对他平素作风的了解，我非常倾向于认为，完全是为了两位女士的方便，马车才会动用的。我真不大相信，他会单单为了自己就出动一对马儿，这不过是为找到个能帮她们忙的由头罢了。”

“非常可能的，”爱玛说，“再可能也不过了。我认识的男士里，再没有谁比奈特利先生更可能做出这样的事情来的了——做一些确实是好心、有用、考虑周全或是仁慈厚道的事情。他不是个善于向女人献殷勤的人，但是很能体贴人。考虑到简·费尔法克斯纤弱的体质，他会认为这样做非常合乎人情。能够不张不扬地做件好事，我看除了奈特利先生也不会再有别的什么人了。我知道他今天用马来着，因为我们是同时抵达的。我还为这事取笑他了，他却一点儿口风都没露。”

“啊，”韦斯顿太太笑眯眯地说，“对这件事，你的看法跟我的比起来，倒认为他更多的是简单地、不从个人利益出发地做好事了。因为，在跟贝茨小姐说话时，我脑子里忽然闪过一个猜疑的念头，后来竟再也摆脱不开。我越想就觉得越有可能。说白了就是，我看奈特利先生和简·费尔法克斯是挺合适的一对。瞧瞧，与你为伍竟弄出了这样的结果！你觉得怎么样？”

“奈特利先生和简·费尔法克斯！”爱玛都喊出声音来了，“亲爱的韦斯顿太太，这样的事怎么亏你想得出来的？奈特利先生！奈特利先生绝对不能结婚！你总不想让小亨利给赶出唐韦尔吧？哦，不行，不行，亨利必须继承唐韦尔。我绝不能赞同奈特利先生结婚，而且我敢肯定这件事绝对不可能。我真奇怪，这念头你是怎么想得出来的。”

“我的好爱玛，我不是跟你说了我是怎么想到这上头来的吗？我没想帮他们做媒——我当然无意要伤害亨利小宝贝——可是这局面让我不由得要往这上头考虑。不过倘若奈特利先生真的想结婚，你总不见得愿意他为了亨利而不这么做吧？亨利不过是个六岁大的男孩，还什么都不懂呢。”

“是的，我愿意的。我看不得亨利被别人排挤出去。奈特利先生要结婚？不，我以前连想都没有这么想过。我现在也接受不了这样的想法。况且，还不是别的女人，偏偏是简·费尔法克斯！”

“怎么不行？她一直是他最喜欢的人啊，这你是知道得清清楚楚的。”

“可是这样的结合实在是过于轻率！”

“我并没有说它够不够慎重——仅仅是琢磨有没有可能。”

“我可看不出有什么可能，除非你有比方才提到的更为有力的依据。他的好脾气，还有我跟你说过的好心肠，已足以说明为何要备马了。他对贝茨家很敬重——这可跟简·费尔法克斯无关，一向对她们关爱有加。我亲爱的韦斯顿太太，你可别给人乱做媒了，这方面你根本不行。简·费尔法克斯去当修道院的女主人？哦，不，不——怎么想都别扭。为他自己着想，我也不能让他这么发疯胡来。”

“不够慎重，你要这么说未尝不可——却不是发疯胡来。除了财产状况是有差别，年龄上也许稍有悬殊，别的我看倒没有什么不合适的。”

“可是奈特利先生根本不想结婚嘛。我敢肯定他连一点点这样的想法都没有。可别往他脑袋里灌输这样的念头嘛。他何必要结婚呢？他一个人过，要多快活有多快活。他有农庄，有羊群，有藏书，还有整个教区要管理，而且他也极其喜欢他弟弟的那些孩子。不论是为了消磨时间还是不让心灵空虚，他都没有必要结婚呀。”

“我的好爱玛，如果他一直都这么想，那当然是没有错。不过，如果他真的爱简·费尔法克斯——”

“胡说八道！他连喜欢她都不能算是。至于说爱，我敢肯定他没有。他可以为她或是她一家做种种好事，可是——”

“得了吧，”韦斯顿太太都笑出声来了，“也许他能为她们做的最大的好事就是给简如此体面的一个家。”

“如果这对她来说是件好事，我敢说对他自己却是件坏事——攀了一门既丢脸而又很失身份的亲事。贝茨小姐跟他成了一家人，他怎么能容忍呢？让她赖在修道院，一整天没完没了地感谢他大恩大德，因为他娶了简？‘真是位宅心仁厚的大善人哪！当邻居时就总是那么的慈祥。’可是话还只说了半句，又呼地一转，扯到她母亲的旧裙子上去了。‘倒也不能说那条裙子非常非常之旧——其实还可以穿好长时间呢——家中的裙子全都那么经穿，真得让人说一声感谢老天呀。’”

“真不像话，爱玛！别学她了。我本来觉得不应该笑，却也硬给你逗乐了。不过，你信我的话没错儿，奈特利先生不会太怵贝茨小姐的唠叨。小事情不会让他心烦意乱的。她可以说她的，要是轮到他自己有话要说，他只消放大些嗓门，把她的声音压下去就行了。问题不在于这亲事是否门当户对，而是他喜欢不喜欢。我想他是喜欢的。我是听到他对简·费尔法克斯所说的颇加赞赏的话的，你也是听到的呀！他对她很感兴趣的，担心她的健康状况，又生怕她将来日子过得不幸福！我听他讲这些事情的时候都是很动感情的。又那么欣赏她的琴艺，喜欢她的嗓音。我听他说，真愿意无休无止地听下去呢。哦！我险些忘了说我想到的一件事了——那架往这儿送的钢琴。虽然我们都认为准是坎贝尔夫妇送的，但是这礼物会不会是奈特利先生送的呢？我忍不住要往他头上怀疑呢。我认为，即使没有在恋爱，他也是能做出这种事来的那种人。”

“那也不能以此为理由，证明他爱上了谁呀。不过我不认为他居然会去做那样的一件事。奈特利先生做什么事从来都不遮遮掩掩的。”

“我听他三番五次地惋惜她没有钢琴。按他平素的行事规矩，不至于这么婆婆妈妈的呀。”

“很好。要是他打算送她一架钢琴，他会直截了当告诉她的。”

“没准是觉得不好直说吧，我的好爱玛。我有一种非常强烈的感觉，琴就是他送的。科尔太太用餐时告诉我们这件事的时候，他一言不发，怪蹊跷的呢。”

“你冒出一个念头，韦斯顿太太便信马由缰，顺着往下胡猜，你以前还老是责怪我这样做呢。我一点儿也没看出有坠入情网的迹象。我压根儿不信钢琴是他送的，而且只有见到了铁证，才能相信奈特利先生会有丁点儿要娶简·费尔法克斯的意思。”

她们就这个问题来来去去又争执了一些时候，爱玛少不得要占了上风，因为两人当中，习惯于退让一步的总不免是韦斯顿太太。后来，房间里有了点动静，说明大家喝完茶了，准备要弹钢琴了。这时，科尔先生走了过来，恳请伍德豪斯小姐能赏脸试用一下他们家的新琴。方才两人争论激烈，爱玛无暇顾及弗兰克·丘吉尔，只知道他在费尔法克斯小姐身边找了个位子坐下来。此时，他又跟在科尔先生的身后，帮着使劲儿恳求。爱玛本来就认为从各方面看，首先弹琴都是非她莫属，便半推半就地应允了。

她心知自己水平有限，便只弹了几首容易讨好的曲子，演奏这种小作品她倒是能弹得蛮有味道与情致的，而且还可以边弹边唱。她听到有一个男声和着她在唱二声部，挺好听的，不禁有点诧异。那是烘云托月式的，轻轻的，但唱得很到位，唱的不是别人，正是弗兰克·丘吉尔。一唱完他忙不迭向她表示道歉，于是一切都照常进行下去。大家都怪他嗓子这么好，音乐修养这么深，何以深藏不露呀？他自然是矢口否认，说对此道是一窍不通，嗓音是根本谈不上的。他们又合唱了一回，接着爱玛便让位给费尔法克斯小姐。无论是弹琴还是吟唱，费尔法克斯都远胜一筹，对此，爱玛还是有自知之明的。

钢琴跟前簇拥着不少人，爱玛怀着错综复杂的心理坐在离开远一些的地方听着。弗兰克·丘吉尔又唱起来了。看样子，这两个人在韦默斯就一起唱过一两回的。可是，见到最最起劲的那一堆人里竟有奈特利先生的身影，爱玛便不大有心思听了。她想到了韦斯顿太太的猜疑，脑子便时不时要往那上头转，美妙的合唱声只是偶尔才传进她的耳鼓。她反对奈特利先生结婚的想法一点儿没有消减。她从中除了弊病再没能看到别的什么。这会使约翰·奈特利先生大为失望的，伊莎贝拉自然也是这样。那几个孩子会受到真正的伤害——对他们而言那可是一场剧变与物质上的巨大损失呀——而她父亲呢，可就过不了他的太平日子了。还有她自己呢，让简·费尔法克斯入主唐韦尔修道院，这样的事她连想一下都无法容忍。一个人人都要对她点头哈腰的奈特利太太！不行——奈特利先生绝对不能结婚，小亨利必须仍然是唐韦尔的继承人。

过了一小会儿，奈特利先生回过头来看看，接着又走过来在她身边坐下。起先他们谈的仅仅是这次演奏的事。奈特利先生的赞美确实是异常热情。她想，若不是有韦斯顿太太的那番话，她原是不会太介意的。不过，作为试探，她还是把话往他好心接送那对姨甥这上头引。她觉得他的回答有三言两语便扯开去的意思。她相信那只是表明他做了好事不想多谈罢了。

“我经常感到不安，”她说，“因为我不敢在这样的场合中更多地使用我们家的马车。倒不是我不想这样做。不过你是知道的，家父总认为让詹姆斯这样奔波是大大不妥的。”

“是很不合适，是很不合适，”他回答说，“可是你又一再想这样做，这我敢肯定。”他露出了笑容，仿佛对自己深信如此很感到高兴。于是，她只好走另一步棋了。

“坎贝尔夫妇送的东西，”她说，“那架钢琴，可真是份慷慨的厚礼呀。”

“是的，”他答道，丝毫看不出脸上有一丝窘色，“不过如果他们能通知她一声，事情就做得更漂亮了。让人吃惊是愚蠢的行为，不仅不会带来更多的欢欣，反倒时常会造成极其尴尬的局面。我原以为坎贝尔上校会更有头脑一些的。”

从这时起，爱玛可以起誓，奈特利先生与送乐器的事毫不相干了。不过，对于他是否完全没有一点特殊的感情，是否没有真正的偏爱，她的疑团不是一下子就放得下来的。在第二首歌快唱完时，简的嗓子变得不那么清亮了。

“行啦，”歌一唱完，他就把心里在想的大声地说了出来，“你一个夜晚唱这么多就够了，此刻该歇一歇了。”

可是，立刻就有人求她再唱上一曲。“再来一首呀，这绝对不会累坏费尔法克斯小姐的，我们只要求再来一首嘛。”这时又听到弗兰克·丘吉尔在说：“我想不会让你太费力的。头上那段非常好唱，费劲儿的是歌里那第二段。”

奈特利先生发火了。

“那家伙，”他怒气冲冲地说，“只想自己一展歌喉，其他别的事全都不考虑了。这可不行。”这时贝茨小姐刚从他身边走过，他便碰了碰她。“贝茨小姐，你疯了吗？就任你外甥女把嗓子唱哑了？快去管一管吧。他们对她是不会客气的。”

贝茨小姐真的替简着急了，连说声谢谢也顾不上，三两步冲了上去阻止了继续再唱。这样，晚会的音乐表演部分也就此告一段落，因为能表演的也只有伍德豪斯小姐与费尔法克斯小姐这两位年轻女士。可是很快，还没过五分钟，又有人提出可以跳舞——最先是谁提的那就闹不清了——科尔先生和太太自然赞成，于是就让人把所有的东西都赶紧清走，以便腾出地方。韦斯顿太太弹奏乡村舞曲再拿手不过，就在钢琴前坐下，弹奏了一首让人脚下忍不住要动的华尔兹。此时，弗兰克·丘吉尔作出副最讨人喜欢的殷勤姿态，来到爱玛跟前，获准握住她的手，带她来到领舞的方位上。

在等待别的年轻人凑成对子上场的时候，尽管耳边响起对她的嗓音与品位的百般恭维，爱玛却还能抽空朝奈特利先生那边瞥过去，想知道他怎样了。这可就是个试金石了。他一般是不跳舞的，倘若他此时急煎煎地跑去请简·费尔法克斯跳舞，那可就是一个征兆了。但一时倒没看出有什么迹象。没有，他是在跟科尔太太说话呢——他在漫不经心地朝四下观望。有人在请简跳舞，但他仍然在跟科尔太太说话。

爱玛不再为小亨利担心了，他的利益直至目前仍然是有保障的。于是她从心底里兴致勃勃，快快活活地领头跳起舞来。只凑得起来五个对子，不过正因能跳的人少，事情又发生得很突然，舞跳得才格外有劲儿。而且她发现舞伴和自己合作得很默契。他们这一对真的很可观赏。

令人遗憾的是，总共只能跳两个舞曲。天色越来越晚了，贝茨小姐急着要回家，她惦念着家中那位老母亲。因此，尽管有人央求再跳一会儿，大家还是不得不脸带懊丧地谢过了韦斯顿太太，结束了舞会。

“也许还是这样的好，”弗兰克·丘吉尔说，一面送爱玛登上马车，“否则我还得请费尔法克斯小姐跳，在跟你搭档之后，她那有气无力的跳法我还真的很难配合好呢。”

第 9 章

爱玛虽说降尊纡贵去了科尔家，不过倒并不后悔。这次出客让她第二天回忆起来还津津有味呢。她未能幽居不出维护住尊严，也许算得上是一种损失，但是，出足风头占尽了光彩，这方面却得到了充分的回报。她必定让科尔夫妇感到高兴了——他们是体面人，倒是理应让他们觉得快活的呀！再说，她还能留下一个不会很快就被淡忘的好名声呢。

但是即使是在回忆之中，欢乐也是难以完美无缺的。她马上就想起两件让自己不大放心的事。她把对简·费尔法克斯感情的猜疑透露给了弗兰克·丘吉尔，她怀疑自己是不是触犯了女人之间理应互相遵守的不成文规约。这样做很难说是正当的。但是这个想法太强烈了，使她不由得要说出来。可是她说什么，他都唯唯诺诺，深以为然，这不等于是在肯定她极富洞察力吗？这就自然使得她难以明确地认识到，应该管好自己的舌头了。

另一件让她懊丧的事也与简·费尔法克斯有关，在这件事上她倒是没有一点疑虑的。她在弹琴唱歌上面都不如别人，为此她毫不含糊、斩钉截铁地感到懊恼。她为自己小时候过于疏懒衷心地感到悲哀，于是便坐下来狠狠苦练了足足有一个半小时。

后来，哈丽埃特走进屋来，打断了她的练琴。倘然哈丽埃特的赞扬果真能使她感到满足，那她就不至于久久都高兴不起来了。

“哦，我真巴不得能跟你和费尔法克斯小姐弹得一样好呢！”

“别把我跟她扯到一块儿去呀。我的琴艺不如她，就像一盏灯不及太阳明亮一样。”

“哦，天哪，我觉得还是你弹得更好些呢，至少一点儿也不比她差。我是更愿意听你弹的，这是真的。昨天晚上，谁都夸奖你弹得好呢。”

“真正懂行的人就听得出高低了。老实跟你说吧，哈丽埃特，我的琴艺只配赚取几句夸奖的话，可是简·费尔法克斯的层次就高得多了。”

“不过，我还是觉得你们弹得都一样好。要是真有什么差别，旁人也听不出来。科尔先生说你弹得太有味道了。弗兰克·丘吉尔先生也对你的韵味说了许多好话，他认为韵味比技巧重要得多。”

“唉，可是简·费尔法克斯是既有技巧也有韵味的呀。”

“你真的这样认为吗？我看得出她技巧不错，可是没觉出她有什么韵味，没有人指出她有嘛。而且我最不喜欢听意大利歌曲了，连一个字都听不懂。再说，如果她弹得的确是好，那也是非得这样不可，因为她得去教别人弹琴呀。考克斯姐妹昨晚还琢磨她愿不愿到哪个大户人家去当家庭教师呢。你觉得那两姐妹看上去怎么样？”

“还跟以前一模一样——俗不可耐呗。”

“她们跟我说了一些事儿，”哈丽埃特说，有点犹豫不决，“不过那都是没什么重要的。”

爱玛只得问她们告诉了她什么，虽然很怕又会把埃尔顿先生牵扯进来。

“她们告诉我，上星期六马丁先生跟她们一起吃饭了。”

“噢！”

“马丁先生有事情找她们的父亲，人家就留他下来吃饭。”

“噢！”

“她们说了一大堆和他有关的事，特别是安妮·考克斯。我不知道她是什么意思，不过她问我今年夏天想不想再上那边去待上一阵。”

“她就是厚皮涎脸地想打探别人的事情，安妮·考克斯正是这种人。”

“她说他那天在她们家吃饭，人和气极了。在饭桌上，他坐在她的身边。纳什小姐认为，考克斯两姐妹都很有意思要嫁给他。”

“非常可能。我觉得她们是海伯里最最俗气的姑娘，一个比一个俗气。”

哈丽埃特有事要上福特商店。爱玛觉得，还是谨慎一些，和她一起去为好。再次与马丁一家邂逅相遇并非不可能的。按哈丽埃特目前的状态，情况颇堪忧虑呢。

哈丽埃特这人，见到什么货色都中意喜欢，人家说上半个字她就拿不定主意，买东西最费时间了。在她对着细纱布犹豫不决的时候，爱玛干脆走到门口去眺望野景。在海伯里，即使是最最热闹的地段，也别指望能看到多少行人车辆，顶多就是：佩里先生急匆匆地从门前走过，威廉·考克斯先生进入他办事处的大门，给科尔先生拉车的那两匹马刚蹓完回来。要不，就是那个趁送信出来闲逛的童仆在一匹犟骡的背上费劲挣扎，这些就是她能盼望见到的最为生动的场面了。因此，当她看到一个手捧托盘的肉店老板、一个手提一满篮东西从店铺出来的衣着整洁的老太太、两条争夺一根脏骨头的癞皮狗、一群眼巴巴盯看面包房小凸窗摆着的姜汁饼的野孩子，这时，她就知道，自己眼福不错，也算是不虚此行，继续在店铺门口站着很值得了。一个人只要心灵活跃、心境平和，什么都没看到也没有关系，而且眼睛里所看到的，也无不与自己的心灵相互呼应。

她朝通往兰德尔斯的那条路眺望过去，景色开阔多了。只见两个人影逐渐走近，不是别人，正是韦斯顿太太和她的继子。他们正进入海伯里镇，显然是要去哈特菲尔德。不过，他们先在贝茨太太家门口停了下来，那地方比福特老店距兰德尔斯稍近一些。他们刚要敲门就瞥见了爱玛，于是立刻穿过马路朝她走来。昨天聚会玩得很开心，使得今天大家见了面也格外愉快。韦斯顿太太告诉爱玛她想拜访贝茨家，为的是听听新钢琴声音如何。

“都因为陪伴我的这位年轻人告诉我，”她说，“昨天晚上我绝对是答应过贝茨小姐，今天早上一定要去看她们的。我自己倒没什么印象。我不记得说好哪天去。不过他说我是说定的，因此我就来了。”

“在韦斯顿太太去看她们的时候，我希望能允许我跟你们一起去哈特菲尔德，如果你们打算回家的话。”

韦斯顿太太感到很失望。

“我原以为你想和我一起进去的。你去，她们会觉得非常愉快的。”

“我？我在，会让人觉得不方便的。不过，我在这儿，没准也同样会让人家觉得不方便。伍德豪斯小姐好像也不欢迎我。我舅妈买东西的时候总是让我走开的。她说我把她弄得不胜其烦。从伍德豪斯小姐的表情看，她也几乎要这么说了。我该怎么办呢？”

“我来这儿不是为了自己的事儿，”爱玛说，“我只不过是在等我的一个朋友。她很可能马上买完东西，我们就可以回家了。不过你最好还是跟韦斯顿太太一起去听听乐器声音如何。”

“那好吧，既然你也这么劝我。不过，”说到这里他微微一笑，“倘若坎贝尔上校委托的是一个办事不上心的朋友，倘若结果证明钢琴声音不对头，那我该怎么说呢？我又不会帮韦斯顿太太圆场。她一个人对付会好得多。再不愉快的事经她一说，也会中听得多。我这人是最不会说好听的假话的了。”

“你这话我一点儿也不信，”爱玛回答道，“我相信，必要时，你也能像左邻右舍一样言不由衷的。不过，并没有理由怀疑钢琴质量有问题呀。如果我没有领会错费尔法克斯小姐昨晚的意思，音质实际上倒是相当不错的呢。”

“跟我一块去吧，倘若你不感到太勉强的话。”韦斯顿太太说，“我们不会待多长时间的。然后我们就上哈特菲尔德去。她们先走，我们随后就去。我真的很想你能一起去。她们会觉得很受尊重，而且我一直以为你是打算去的。”

他不好再说什么，心想反正可以在哈特菲尔德得到补偿的，于是便跟着韦斯顿太太重新朝贝茨太太家门口走去。爱玛目送他们进门，然后回到吸引住哈丽埃特的那个柜台前面去，打算费点力气，让哈丽埃特明白，如果自己需要的是素色布，那么去看带花纹的就是多余。要是看到一条蓝缎带，觉得它再好看不过，也要想想，这与她的黄衣料配不配。终于，一切都办妥了，甚至连往哪儿送也问到了。

“是不是送到戈达德太太府上呀，小姐？”福特太太问道。“是的——哦不——是的，送到戈达德太太那儿好了。不过我裙子的样子却在哈特菲尔德。不，还是送到哈特菲尔德吧，好不好？可是戈达德太太想看看我买的衣料呢。而且我哪一天都可以把样子带回去的呀。不过缎带我是现等着要用的，因此最好还是送到哈特菲尔德——至少是那条缎带。要不就请你分成两包，福特太太，这样可行呀？”

“犯得上麻烦人家分成两小包吗，哈丽埃特？”

“那就算了吧。”

“一点儿也不麻烦的，小姐。”态度非常殷勤的福特太太说。

“哦，不过我其实还是更愿意只打一个包的。那么，如果不嫌麻烦，就请你都送到戈达德太太那儿吧——我也拿不定主意了——不，我想，伍德豪斯小姐，我也许还是让东西送到哈特菲尔德去更好一些，到晚上我再带回家去。你说好不好呢？”

“你在这件事上就别再多耗半秒钟了。就送到哈特菲尔德吧，麻烦你了，福特太太。”

“是啊，还是这样的好，”哈丽埃特说，“我根本就是不该想到往戈达德太太那边送的。”

这时，只听到有人说着话朝店铺走来，更准确地说，是有两位女士在走过来，说话的只有一个。韦斯顿太太和贝茨小姐在店门口迎到她们了。

“我亲爱的伍德豪斯小姐，”贝茨小姐说，“我特地跑到街对面来，是请你赏光上我们家去小坐片刻，给我们说说那架新钢琴质量怎么样——请你和史密斯小姐一起去。你可好呀，史密斯小姐？我挺好的，谢谢你。我求韦斯顿太太陪我来，这样请到你们就更加有把握了。”

“我希望贝茨太太、费尔法克斯小姐也都——”

“都好着呢，你这么关心，我真是感激不尽呀。我母亲身体好得很，真让人欣慰。简昨天晚上也没有着凉。伍德豪斯先生可好呀？听到这么好的消息我太高兴了。方才韦斯顿太太告诉我你在这里，我就说了：‘那我一定得快快过去。我敢肯定伍德豪斯小姐一定不在乎我跑去请她来的。我母亲见到她会高兴得不得了。此刻家中来了贵客，她肯定不会不给面子吧。’‘对呀，那就快点去吧，’弗兰克·丘吉尔先生说了，‘伍德豪斯小姐对钢琴的评价是很值得一听的呀。’‘不过，’我又说了，‘要是你们当中的谁能陪我一起去，那我成功的把握就更加大了。’‘哦，’他说，‘等半分钟，我手里这活儿说好就好。’因为，伍德豪斯小姐，说来怕你不会相信，他竟然以世界上最最热心的态度，在为我的母亲修理眼镜呢。今儿早上，眼镜上的小钉松脱了。他真是太热心了。我母亲眼镜没法用了——戴不上了呀。顺便说一句，每一个人都是应该有一副备用眼镜的，这笔钱是省不得的。简是这么说的。我原来想一得空就拿到约翰·桑德斯那里去修，可是一上午都抽不开身子。一会儿是这件事，一会儿又是那件，都说不清是怎么出来的，你明白吧？前一分钟，佩蒂来禀报说，她觉得厨房的烟囱该叫人来通一通了。‘哦，’我说，‘佩蒂，你可别拿坏消息来烦我。你瞧，老太太眼镜上的小钉子都掉了。’接着，烤苹果派又送来了[①]。是沃利斯太太派她的男孩送来的。对我们再客气再周到不过了，沃利斯一家从来就是这样的。也听人说过，沃利斯太太有时态度很坏，能把人气个半死。不过我们倒从未遇到过这种情况，对我们她总是客客气气的。不会是因为我们照顾他们的生意吧，因为我们能吃多少面包呀，对不对？我们一共才三个人。而且，亲爱的简这阵子——几乎是什么都不吃——早饭才吃那么几小口，你见了会吓一跳的。我都不敢让母亲知道她胃口这么小。我先说说这个，又扯扯那个，好歹替她遮掩过去了。可是快到中午时简又觉得饿了，她最爱吃烤苹果派了。这东西也最最不伤胃，因为我那天有机会向佩里先生请教过的，我正好在街上遇到他。倒不是说我原先有怀疑。我经常听到伍德豪斯先生劝别人吃烤苹果派。我相信他老人家认为，这种水果这么吃才最有益处。其实我们是经常吃苹果布丁的。佩蒂做苹果布丁最最拿手了。好了，韦斯顿太太，我想你已经大功告成，两位小姐都乐于赏光了。”

爱玛表达了“非常高兴能去问候贝茨太太”这类的意思。于是大家终于离开店铺，可是贝茨小姐少不得还要杀上一通回马枪：

“你可好啊，福特太太？得请你原谅啊，因为我方才没看见你。我听说你新从城里进了一批货，来了好些漂亮的缎带。简昨儿个回到家中喜欢得什么似的。谢谢你呀，手套合适是挺合适的，就是手腕那儿肥了一些。不过简正在往里收呢。”

“我方才说到什么事儿来着？”她问，大家都来到街上时她又说开了。

爱玛心想，她说的事儿乱七八糟，都够得上一箩筐了，谁知道她

① 当时，普通人家的习惯做法是出一些钱，把食物送到附近的面包房里去加工。

指的是哪一桩哪一件呀。

“真是的，我连方才说什么来着都记不得了。对了，我母亲的眼镜！弗兰克·丘吉尔先生真是热心肠呀！‘哦！’他说，‘把钉子装装紧，我想这点事我还是会做的。这类活儿我最爱做不过了。’这说明，你知道吧，他是那么的——老实说我得表明，尽管我以前听说了很多，也猜想过很多，可是他却大大地好过于——韦斯顿太太呀，我得好好向你道贺呀。他远远超过了最最慈祥的父母所能指望的一切呀——‘哦！’他说，‘我能安紧大头钉的。这类活儿我顶顶爱做了。’我永远也不会忘记他的殷勤态度的。接着我从食品柜里取出苹果派，希望朋友们来了能赏脸尝上几口。他见了马上就说：‘哦！水果嘛，再怎么做也赶不上这么做的一半好吃，我一辈子都没见过烤得这么漂亮的家制苹果派呢。’这话，你知道吧，简直是说到人的心坎上去了。而且，我敢说，从他的神态可以看出，绝不是在说奉承话。不过那些苹果派也确实是让人看了高兴，沃利斯太太没有糟蹋东西。只不过我们也就是仅仅烤了两回，没按伍德豪斯先生的吩咐烤上三回。伍德豪斯小姐宽宏大量，该不会在老伯面前提这件事吧？苹果本身质量上乘，用来烤着吃最合适不过，这是不消说的。都是唐韦尔出产的——是奈特利先生慷慨相赠礼物里的一种呀。他每年都要送给我们一口袋的。他家的苹果树——我想是有两棵——摘下的苹果最最经放了。我母亲说她年轻时唐韦尔的果园就美名在外。可是那天我确实是大吃一惊。奈特利先生上我们家来，简正在吃送来的苹果，我们谈到这上头来，说简是多么的爱吃。他便问我们是不是快要吃完了。‘我看你们准是快没有了，’他说，‘我让人再给你们送一些来。我那儿多的是，自己反正吃不完。威廉·拉金斯让我今年收得比往时都要多。我再让人送些来，免得烂掉了怪可惜的。’我自然是求他千万别送，——虽然我们的确快没有了，我不能硬说我们还剩有许多呀。——剩下的顶多就是五六个了，而且还都得留给简吃。但我又绝对不忍心让他再送，他已经太慷慨大度了，简也是这么对他说的。奈特利先生走后，简几乎跟我争吵起来。不，我不应该说是争吵，因为我们有生以来从来也没有红过脸。不过，在我提到苹果快吃完时她非常地不高兴。她希望我能让他相信我们还有许多。'哦，'我说，'亲爱的，我已经尽量往好里说了呀。'可是，就在那天晚上，威廉·拉金斯就送来一大篮苹果，仍然是那个品种的，少说也有一蒲式耳。我真是过意不去呀，就下楼去谢谢威廉·拉金斯了。我说这说那，你也想象得出说的是什么。威廉·拉金斯可是老熟人了！我看到他总是特别地高兴。可是，哪儿知道呀，后来我从帕蒂那里打听到，威廉说这个品种的苹果他主人有的也就这么多了。他可把剩下的统统送来了。现在，他的主人要烤要煮，是连一个都没有的了。威廉自己没觉得有什么不好，他还挺高兴的，以为主人卖出了那么多。你知道的，他是把主人的收益看得比什么都重的。可是，他说，霍奇斯太太看到苹果都送走了心里很不是滋味。她主人今年春天连一个苹果派都吃不上，你说她受得了吗？他把这跟帕蒂说了，叫她别理那茬儿，还叫她连一个字都不要跟我们提，因为霍奇斯太太不定什么时候总要发发脾气的，苹果卖出去那么多，剩下一星半点由谁来吃，这又有什么关系呢？帕蒂一五一十说给我听，我不由得大吃一惊呀！这事儿绝对不能让奈特利先生知道。他会非常——我原来也想瞒着简的。可是，不幸的是，还没等我觉着，一不留神就说出口了。"

贝茨小姐刚说完这句话，帕蒂已经把门打开了。客人们见再没有什么正经话好听，便一个个往楼上走去，只听得她好心的叮嘱声还在从背后传来。

“千万要当心呀，韦斯顿太太，拐弯处有一级台阶的。注意点儿呀，伍德豪斯小姐，我们这儿楼梯太黑了呀——又黑又窄，都没法让人相信。史密斯小姐，多加小心哪。伍德豪斯小姐，我很担心，怕是你磕着脚了吧。史密斯小姐，台阶在拐弯处，可要踩稳呀。”

第 10 章

她们走进那个小起居室时，发现这地方完全称得上“静谧”二字。贝茨太太没法像平时那样忙这忙那了，便坐在炉火的一侧打起了瞌睡。弗兰克·丘吉尔坐在她近处的桌子边上，正全神贯注地修理老太太的眼镜呢。而简·费尔法克斯则背对他俩站着，对着钢琴出神。

那年轻人虽然正忙着，重新见到爱玛，仍然现出喜滋滋的神情。

“真不错，”他说，声音压得低低的，“来得比我估计的至少早了十分钟。你看，我还想做个有用的人呢。你看我能不能修好？”

“什么？”韦斯顿太太说，“你还没有修完啊？你倘然是银匠师傅，以这样的速度可混不上好日子的呀。”

“我又没有一直在做这件事。”他回答道，“我方才在帮费尔法克斯小姐把钢琴放稳。原来有点晃动，地板不够平的关系，我相信是。你看，我们往一条腿的下面塞进去了一些纸。你答应来了，这真好。我还有点担心你急着要回家呢。”

他设法让她坐在自己身边，还挺巴结地帮她挑选烤得火候正好的苹果派，又让她在修眼镜上帮自己出主意提建议，一直到简·费尔法克斯完全准备就绪，在钢琴前坐了下来。爱玛猜测，她之所以没能快点准备停当，是因为神经紧张的缘故。她得到这架钢琴时间不长，摸到琴心里还有点没着没落的呢。她必须压下那份烦躁不安才能弹奏。不管她这种心情起于何等因由，爱玛只能表示体谅与同情，并且决心绝不再向坐在身边的那人透露自己的想法。

简终于开始了，虽然开头那几小节弹得很轻，但是逐渐逐渐，这架琴的良好性能得到了充分的发挥。韦斯顿太太方才就觉得高兴，现在更是听得兴高采烈的。爱玛跟着她大声夸奖。而那架钢琴在经过各个方面的严格鉴定之后，也被认定是件极堪重用的佳品。

“不管坎贝尔上校委托的是谁，”弗兰克·丘吉尔说，“这人算是选对了。我在韦默斯就常听说坎贝尔上校品位很高。这琴高音键音质柔和，必定是他和身边那伙人最为重视的那种声音了。我敢说，费尔法克斯小姐，要么就是他给他的朋友作了极其具体的交代，要么就是他亲自给布罗德伍德琴行写过信。你不认为是这样吗？”

简没有扭过头来。她不一定非得搭理他不可的，何况韦斯顿太太也正在跟她说话。

“你积点儿德吧，”爱玛用耳语说道，“我那也是胡乱猜测的。你就别折磨她了。”

他笑眯眯地摇了摇头，似乎表示他拿得很准，也丝毫无意怜悯。稍停片刻之后，他又开始说了：

“知道你这么开心，你在爱尔兰的那些朋友会感到多么高兴啊，费尔法克斯小姐。我敢说他们必定是经常想到你，并且惦记着乐器何时、究竟哪一天，能送到你的手里。你认为坎贝尔上校知道事情此刻的进展情况吗？你觉得这是他直接托办的结果呢，还是他没准仅仅对订货作了一般性的要求，时间上未作具体限制，而是让商号视情况便宜行事呢？”

他打住了话头。简不能假装听不见了，也免不得要回答了。她说：

“我得先收到坎贝尔上校的一封信才能知道，”她说。听声音就知道她是在强作镇定。“否则只能是胡乱猜测。那是根本作不得准的。”

“猜测？没错，人有时猜测得对，有时又猜测得不对。我还想猜测我何时能把小钉子装结实呢。伍德豪斯小姐，人在专心干活的时候又要说话，说出来的必定都是胡话。真正的干活人是不怎么开口的。可是我们这个阶层的人干起活来，倘然听到一个词儿——费尔法克斯小姐方才不是提到猜测什么的来着吗？好了，修好了。”他对着贝茨太太说，“夫人，在下很荣幸地为夫人修好了眼镜，暂时使用当无大碍了。”

母女俩对他谢了又谢。他怕后面那位打开话匣子，便走到钢琴跟前，央求仍然坐在那里的费尔法克斯小姐再弹奏几曲。

“若是肯赏脸的话，”他说，“最好能弹昨晚我们跳的那些华尔兹曲里的一首，也好让我们回味回味呀。昨晚你不如我玩得尽兴，你自始至终都显得很疲倦似的。我看我们结束跳舞时你好像是挺乐意似的。可是为了能再玩上半个小时，我是宁愿舍弃一切——舍弃一切的一切的呀。”

简弹起来了。

“能再次听到曾经让人高兴的曲子，那是多么的幸福啊！如果我没记错，在韦默斯是跳过这支舞曲的。”

她仰起脸看了他片刻，脸涨得通红，接着又弹奏了另一首曲子。他从钢琴近边的一把椅子上拿起几篇乐谱，转身对爱玛说：

“这儿有首曲子还是我没听到过的呢，你熟悉吗？克雷默[1]出版

---

① 当时英国一家专门出版乐谱的颇有声望的字号。

的。这儿还有一组新的爱尔兰曲子。不消说，也是那样的老字号印的了。这都是随着钢琴一起送来的。坎贝尔上校考虑得真周到呀，是不是？他知道费尔法克斯小姐这儿不可能有乐谱。对于这些方面如此无微不至的体贴，我真是不胜钦佩之至。这说明一切完全是发自内心的。一切都是做得那么有条不紊、无懈可击。只有精诚所至，才能做得完美无缺呀。”

爱玛但愿他说话别那么尖刻，但是又不由得觉得颇为有趣。这时她朝简·费尔法克斯瞥了一眼，见到她脸上还剩留有几分尚未退尽的笑容。爱玛发现这姑娘尽管羞得满脸通红，心里却在偷着乐，于是她便再无愧疚，可以衷心感受其中的有趣之处了，对费尔法克斯也无须再那样觉得内疚了。别看这位简·费尔法克斯脾气和顺、正正经经，挑不出一点毛病，肚子里显然还藏着什么不可告人的秘密呢。

弗兰克把乐谱都抱到爱玛这儿来，他们一起翻看。爱玛借机会悄悄地说：

“你说得太露骨了，她必定会听出来的。”

“我巴不得她听出来。我就是要让她领会我的含义呢。我这么想，一点儿没觉得有什么不好意思的。”

“不过说真的，我倒真有点不好意思呢。我真希望自己没有冒出过那个想法。”

“我倒很高兴你忽生奇想，而且还传播给我。我现在有了一把钥匙，能开启她所有那些古怪神情、举止的秘密了。她要是做错了事，理应心理上有所承担。”

“她并非完全没有心理压力的，我想。”

“我没看出有多少迹象。此刻在弹《罗宾·阿戴尔》[①]了——那可是他最心爱的一首歌了。”

过不多久，贝茨小姐走到窗前，她告诉大家，奈特利先生正骑着马在不远处走着。

“奈特利先生，真的是他！只要做得到，我一定得跟他说几句话，为的是要谢谢他。我不开这边的窗子，免得你们着凉。不过我可以去母亲房间里开的，对吧？我敢说，他知道有谁在这儿，一定会进来的。能请到你们大家在这里相聚，我真是太高兴了。我们这个陋室真的要蓬荜生辉了！”

她话未说完就已经冲进隔壁的房间，一边开窗一边急急地叫住奈特利先生。他们交谈的每一个字别人都听得清清楚楚，就像他们就在这个房间里说话似的。

“你可好呀？你可好呀？我们好得很，有劳你惦记了。昨天晚上还麻烦你用马车接送，真是太不好意思了。我们回来时间掐得准极了，我母亲刚刚开始担心。请上来坐一会儿，务必要来。这儿有好几位你的朋友呢。”

贝茨小姐就这样开始打开闸门，而奈特利先生似乎也决心轮到他说话时也让大家都能听见，因为他吐出来的字一个个既决断又跟发布命令似的。

“你外甥女可好啊，贝茨小姐？我要向你们全家问好，但是特别要问候你的外甥女。费尔法克斯小姐怎么样啊？我希望昨天晚上她没

① 原曲调是苏格兰18世纪的一首歌，歌词则于1750年左右由一女子卡罗琳·凯佩尔所撰，是献给一位叫罗宾·阿戴尔的爱尔兰外科医生的。卡罗琳爱上了罗宾，不顾家人反对与其结婚。牛津版《爱玛》的注释里说，这应该是弗兰克·丘吉尔心爱而不是狄克森先生心爱的歌，因为歌中的浪漫格局与弗兰克自己颇为相似。

有着凉吧？她今天怎么样？告诉我费尔法克斯小姐好不好。”

这么咄咄逼问，使得贝茨小姐再以海阔天空的胡聊有渎他清听之前，不得不先直截了当地回答他的问题。一边听着的人都觉得有趣，而韦斯顿太太则给了爱玛一个饶有深意的眼色。可是爱玛仍然是摇摇头，深表不以为然。

“太谢谢你了！让你用马车接送，真是太不好意思了。”贝茨小姐又扯回到这上头来了。

他断然将她的话头截住——

“我要上金斯顿去。你有什么事情要我办吗？”

“哦，天哪！去金斯顿——是吗？科尔太太那天还说起，她说要买金斯顿的什么来着？”

“科尔太太有用人可派的。你可有事要我办呢？”

“那倒没有，谢谢你了。不过请进来坐坐呀。你知道谁在这儿吗？是伍德豪斯小姐和史密斯小姐。她们太好了，上这儿来听新钢琴。你就把马拴在克朗旅店，上来坐一会儿好了。”

“那好吧，”他不慌不忙地说，“也许可以待上五分钟。”

“这儿还有韦斯顿太太和弗兰克·丘吉尔先生呢！多让人高兴啊！有这么多的朋友聚在一起！”

“不了，先就不上去了，谢谢你了。我连两分钟都待不了的。我必须尽快去金斯顿。”

“哦，来吧！他们见到你会非常开心的。”

“不，不了。你的屋子已经够拥挤了。我改天再来拜访，顺便也听听钢琴。”

“唉，那可太遗憾了！哦，奈特利先生，昨天晚上的聚会多有意思呀！一切都那么让人高兴！这样的跳舞场面你见到过吗？不是挺有趣的吗？伍德豪斯小姐跟弗兰克·丘吉尔先生配对跳，我从未见到过合作得这么完美的一对呢。”

“哦，非常有意思，的确是的！我也只能跟着你说好话了，因为一来一去的那些话，伍德豪斯小姐和弗兰克·丘吉尔先生怕是都在听着呢。还有，”他把嗓门又提高了些，“我不明白，干吗要把费尔法克斯小姐漏掉呢？我认为费尔法克斯小姐的舞跳得非常好。而韦斯顿太太则是全英国乡村舞曲弹奏得最好的一位了，可以说是无人能及呀。好了，要是你那些朋友觉得过意不去，必定会大声回报几句捧我们两人的话的。不过我可没法再等着消受了。”

“哦，奈特利先生，再待一分钟。这事很重要，——很让人震惊！苹果的事，真是让简和我大吃一惊呢。”

“又出什么事啦？”

“想想看哪，你竟然把剩下的苹果全都送给我们了呀！你说你还有许多，可现在你连一个都没留下。我们岂不要大吃一惊吗？霍奇斯太太这回可真的要生气了。威廉·拉金斯来这里时提到的。你绝对不应该这么做的，你真是不应该的。哎呀，他走了！他从来听不得别人谢他的话的。可是我满以为他这次能留下来的呢，真可惜了，竟没来得及提——唉，”说着，她回到了起居室，“我没能留住他。奈特利先生没有停下。他要去金斯顿。他问我有什么事情要托他办——”

“是的，”简说，“我们听到他很客气地问了。我们什么话都听见了。”

“哦，是的，我亲爱的，我想你们也应该听见了。因为，你知道，这扇门开着，窗户也开着，奈特利先生说话声音也响。你们准是全都听见了，那是不用说的。‘你们有什么事要我在金斯顿做吗？’他是这样说的。因此我提到——哦，伍德豪斯小姐，你一定要走了吗？你好像还刚刚来嘛。你能来，真是太不敢当了。”

爱玛觉得确实到该回家的时间了。这次拜访，时间拖得很长了。她看了看表，才知道上午剩下的时间已经不多。韦斯顿和那位年轻人也起身告辞。他们只能陪两位小姐走到哈特菲尔德大门口，随后就回兰德尔斯去了。

（以上系李文俊所译，以下为蔡慧所译。）

第 11 章

索性一直不跳舞，日子也不见得就过不下去。有些年轻人一连好几个月大小舞会一个也没去参加，照样身体健康，精神上也没有受到什么大的影响，这种例子是并不少见的；但是一旦跳开了头，感受到了那种快速回旋的快乐，哪怕只是稍稍尝到了一点甜头，那就只有木头脑袋的人才不想再多跳几回呢。

弗兰克·丘吉尔那回在海伯里跳过一次舞，就巴不得能再跳第二次；一天伍德豪斯先生搁不住劝说，又由女儿陪着去兰德尔斯度过了一个黄昏，临告辞前，两个年轻人就为这事筹划了整整半个钟头。主意，是弗兰克出的；心，也是他最热；因为，办个舞会这难那难，姑娘家看得最清楚了，对于场地设备、气派排场，姑娘家也最讲究。不过她还是很想再让大家看看弗兰克·丘吉尔先生和伍德豪斯小姐的舞跳得有多赏心悦目。再说啦，干这号活计她比起简·费尔法克斯来绝对用不着有丝毫脸红，她也真有些技痒，更何况，就算没有半点虚荣心作祟，光是跳舞本身她也已够喜欢的了。所以当下她就帮着弗兰克先生用脚步测量了一下他们所在的那个厅堂的大小，看看这里最多可以容纳几对舞伴，然后又量了一下另一间客厅的面积。尽管韦斯顿先生再三申明两个厅堂大小完全一样，他们却还是抱着个幻想，巴望这一间量出来能大上一点点也好。

弗兰克提出的方案是：在科尔先生家举办的舞会只能算是个开场，还应该在这里有个圆满的结尾，请来的应该还是原班的人马、原先的钢琴伴奏——他这个建议、这个要求一提出来，立刻就得到了主人的同意。韦斯顿先生对这个主意十分欣赏，韦斯顿太太也二话不说，表示他们愿意跳多久，她就一定伴奏多久。接下来忙乎的就是些有趣的事儿了：算算到底有哪几位会来参加，自然还免不了要算一算每一对舞伴能摊到多少回旋的余地。

“你、史密斯小姐、费尔法克斯小姐，就是三个了，加上两位考克斯小姐，就是五个，”这话翻来覆去也不知说了有多少遍了，“这一头呢，吉尔伯特家有两位，加上小考克斯、我父亲、我，这还没算奈特利先生呢。行，人足够了，跳个痛快没问题。你、史密斯小姐、费尔法克斯小姐，这就是三个了，加上两位考克斯小姐，就是五个，五对舞伴，完全跳得开。”

但是不一会儿他的意见却又不是偏到这边了——

“可是五对舞伴能跳得很宽舒吗？我倒真有点不放心，只怕未必呢。”

就是倒向了那边——

“不过，特地把舞会办起来，只请五对舞伴实在太划不来了。真要仔细想想，只有五对舞伴能算什么舞会呢？既然请，只请五对怎么行？起初考虑仓促，那也情有可原。”

有人说，估计吉尔伯特小姐也会来她哥哥家，所以她也应该在被邀之列。又有人说，那天晚上可惜没有请吉尔伯特太太，她要来的话会不参加跳舞才怪。还有人出来说，考克斯家还有第二个小考克斯呢！最后韦斯顿先生又提出了两户人家，一户是他们的表亲，不可不请的，还有一户是很老的老相识了，也漏请不得，这样一来，五对至少也要扩大到十对，是肯定无疑的了。这么多人怎样安排呢？于是大家纷纷提出设想，煞是有趣。

两个厅堂正好门对着门。“何不两个厅一起用，就在过道里跳过来跳过去呢？”看来这似乎是个最佳方案了，不过总还不够理想，好些人都还希望能有一个更好的办法。爱玛说那有欠雅观，韦斯顿太太则愁的是这一下晚饭往哪儿摆，伍德豪斯先生更是极力反对，理由是这于健康不利。为此他还大为不快，这样一来大家也就不好再坚持了。

“那可不行，”他是这么说的，“这简直是欠考虑到极点了。我要为爱玛着想，绝对不能同意！爱玛身子骨儿不结实，受了凉要得重伤风的。可怜的小哈丽埃特也一样。你们大家谁又不是这样呢？韦斯顿太太，你也非得病倒了不可呢。这种想入非非的主意，不能让他们再提啦。请行行好，别让他们再提啦。那个年轻人，（压低了声音）是很不体贴人的。有句话你可别跟他爸爸说啊：我总觉得这个年轻人有点不对劲。今天晚上他就老是开了门不关，这也未免太不体谅别人了。他也不考虑考虑有穿堂风。我不是有意要在你的面前说他的坏话，可是我总觉得他有点不对劲！”

韦斯顿太太听到这样的嗔怪，心里自是不安。她知道这话的分量，便说尽好话，希望能化解老人家的不满。于是门都关上了，利用过道的计划也搁到了一边，原先的第一个方案，也就是跳舞的场地仅以眼前的这个客厅为限，当下又重新提了出来。弗兰克·丘吉尔也真会凑趣，因此，一刻钟以前还被认为容不了五对舞伴跳舞的这么点地方，如今一下子就给极力说成是来十对也绰绰有余了。

“我们刚才未免太大方了，”他说，“有些不必要的面积也都算进去了。其实这里来十对人跳舞也完全容得下。”

爱玛表示异议：“那太挤了——挤得太不像话了；跳个舞连个转身的余地都没有，哪还有比这更扫兴的？”

“话是不错，”他收起了笑容回答说，“是很不像话。”不过他还是这边量量，那边量量，最后得出了结论：

“我看来十对人跳舞完全可以。”

“不行，不行，”她说，“你好不讲道理，弄得这样挨挨挤挤的，简直难受死了。这样人挤人地跳舞，哪还有半点乐趣呀——而且是螺蛳壳里人挤人。”

“这话是错不了的，”他回答说，“你的看法我完全同意。螺蛳壳里人挤人——伍德豪斯小姐呀，你真有本事，寥寥几个字，就说得十分形象化。绝了，真是绝了！不过，事情既然已经讨论到了这个份儿上，谁还肯半途而废呀？就这样撒手的话我父亲会扫兴的——反正总而言之——我虽还不是十分肯定——不过还是比较倾向于这个意见，那就是：这里来十对舞伴，也完全容得下。”

爱玛看出来了：别看他对女性那样殷勤，其实骨子里却有点一意孤行的味道，他宁可违逆她的意思，也绝不愿意错过与她共舞的快乐。不过，她就领了这美意，其他都不去计较了。如果她真要有意嫁给他，那或许应该静下心来好好琢磨琢磨，看看他这宁可这样也不愿那样的心理到底算是好呢还是不好，看看他这种脾气到底算是什么性格。不过，尽管跟他交往不是想嫁给他，可他毕竟还是挺讨人喜欢的。

第二天中午之前，他就来到了哈特菲尔德。他进屋来的那副笑眯眯的样子，分明是在说他还是来谈那个计划的。果然不一会儿就清楚了：他是来宣布他有个改进方案了。

“我说呀，伍德豪斯小姐，”他几乎一张口就说开了，“我父亲家的厅堂小得实在不像话，我想该不会吓退了你，扫了你好端端的一团舞兴吧。有关这个问题，我现在带来了一个新的建议，那可是我父亲的主意，只等你们点头同意，就可以去办起来了。我斗胆设想，拟议中的这个小舞会一开起来，能不能请你赏光，让我来陪你跳头两支舞？——舞会呢，现在不打算办在兰德尔斯了，准备改在克朗旅馆了。”

“克朗旅馆？”

“对，只要你和伍德豪斯先生没有什么不同的意见——我相信你们也不会有什么不同的意见——那我父亲就准备请他的朋友都劳驾去那边跟他相聚。那边的设备肯定要好得多，招待也肯定可以跟兰德尔斯一样周到。这主意可是他自己想出来的。韦斯顿太太呢，只要能让你们满意，她是不会有什么异议的。其实我们大家都是这样的想法。哎呀，你昨儿说得真有道理！十对舞伴，塞在兰德尔斯两间客厅的哪一间里都是受不了的——挤得那样还像话吗？我是一直觉得你说得很有道理，可是只怪我求成心切，只想好歹能有个场地跳舞就行，所以不肯听你的。现在这样找个变通的办法不是很好吗？你同意啦——你不会不同意吧？”

“依我看，这个方案只要韦斯顿夫妇不反对，别人是谁也不能提出反对的。方案本身我觉得还是挺不错的，让我自己表示一下意见的话，我还是感到十二分满意的——看来舍此也想不出其他好办法了。爸爸，你看改用这个办法挺好的吧？”

她不得不反复讲了好几遍，才算让老人家完全听懂；这样的事也实在新鲜，所以不多作些说明，就别想叫老人家能接受。

可是老人家却认为不行。他认为这个办法根本谈不上什么好——根本要不得——比原先那个办法还要糟多了。旅馆里的房间常年那么潮湿，危害性可大了，空气不流通，哪能待呢？他们一定要跳舞，还是到兰德尔斯去跳。他这辈子可从来没有踏进过克朗旅馆的房间——跟旅馆的东家连一面之交都没有。不行不行——这个计划根本要不得。他们到别处去跳舞，不小心会得感冒；可是到克朗旅馆去，那就非得重感冒不可。

"我正要跟你说呢，先生，"弗兰克·丘吉尔说，"我们之所以提出要换这个地方，很重要的一个原因就是看准了那里不容易得感冒，——克朗旅馆远比兰德尔斯安全多了。我们换这个地方，恐怕也只有佩里先生才会有理由感到不快，别人是谁也不会不乐意的。"

"先生，"伍德豪斯先生这话的口气就相当激动了，"如果你以为佩里先生是那种品质的人，那你就大错而特错了。我们谁要是生了病，佩里先生的那份关心才叫仁至义尽呢。不过我不明白的是，怎么克朗旅馆的房间对于你们，竟会比你父亲的家里安全呢？"

"就因为明摆着的一条，那里的地方大，先生。我们可以压根儿用不着开窗——闹到天亮都用不着去开一下窗。你是最明白不过的，先生，就是这爱开窗的要命习惯害了人，身上热乎乎的，透进来一阵冷风一吹，哪有不感冒的呢？"

"开窗？可是丘吉尔先生呀，要是在兰德尔斯的话，哪会有人想到要去开窗呢？谁也不会那么冒冒失失的！我就从来没有听说过有这样的事。开窗跳舞？你父亲也好，韦斯顿太太（也就是原先那位可怜的泰勒小姐）也好，我相信他们是谁也不会容许这样胡来的。"

"啊！先生——可是有时候也保不定会有个愣小子悄悄钻到窗帘

背后，把起落窗往上一推，谁也没有察觉哩。这种事，我自己就亲身碰到过好几回啦。”

“你真碰到过，先生？我的老天爷！倒真是想不到。不过我是个世外之人啦，听到了什么新闻大吃一惊也是常有的事。但是话得说回来，这件事毕竟关系重大，我们还是应该好好商量商量，也许……反正这种事情是需要郑重考虑的。匆匆忙忙是无法做出决定的。假如韦斯顿先生夫妇愿意赏光，改天早上能驾临舍下，那我们倒不妨好好商量一下，看看有什么可行的办法。”

“不过遗憾的是，先生，我时间有限哪——”

“哎，”爱玛赶忙插进来说，“不急不急，一切都可以从容商量嘛。完全不用着急。爸爸，假如可以把地点安排在克朗旅馆的话，那我们的马倒可以省不少力呢。出自己的马厩才几步路就到啦。”

“这倒是，我亲爱的。那真是太好了。倒不是因为詹姆斯说过什么闲话，而是考虑到我们的马，能让它们省点力还是应该尽量让它们省点力。我就是还有点不放心，要是那边的房间通风良好就好了——可是斯托克斯太太为人靠得住吗？我真不太放心。我跟她素不相识，连面都没有见过。”

“这方面的问题，一切都由我来担保，先生，因为事情都有韦斯顿太太亲自督办哩。韦斯顿太太答应来做总的提调。”

“你瞧，爸爸！这一下你总该放心了吧——有我们的自家人、亲爱的韦斯顿太太做提调哩，她的小心周到还有什么可说的？你还记得吗？那是好多好多年以前的事啦——那回我得了麻疹，佩里先生怎么说来着？‘只要泰勒小姐答应，爱玛小姐的穿戴保暖都由她来照看，那你就什么也不用担心啦，先生。’我就常常听到你旧事重提，老是搬出这句话来，作为对她的莫大赞扬！”

“对，一点不错，佩里先生是这么说来着。这话我是永远也忘不了的。可怜的小爱玛！那回你的麻疹出得好凶险哪——说实在的，当时要没有佩里先生给你悉心调治的话，那你才真是够险的呢。他一天要来四次，整整一个星期天天如此。他从一开始就一直安慰我们说，这样的病情算是很平稳的了——有了他这句话，我们才大大地安下心来；不过麻疹这种病实在是可怕。但愿以后可怜的伊莎贝拉那几个小家伙出起麻疹来，也能请佩里来看才好。”

“我父亲和韦斯顿太太此刻就在克朗旅馆，”弗兰克·丘吉尔说，“正在实地察看那个地方到底能用不能用。我因为急于想听听你们的意见，就让他们留在那儿，自己赶紧到哈特菲尔德来一趟，心想我也许能请得动你，去跟他们一块儿实地看看，有什么高见不妨就当场提出。其实他们俩也正巴不得我来跟你说呢。你要是能允许我陪你一块儿去，他们肯定会高兴得不得了。没有你在，他们办什么事心里都不会踏实。”

请她去商议这等大事，爱玛心里是再乐意也没有了。老人家一口答应，等女儿走后他一个人把事情再好好琢磨琢磨，于是两个年轻人便一刻也没有耽搁，马上一起去了克朗旅馆。韦斯顿先生夫妇俩都还在那儿，见她来了，并且还颇有赞同之意，夫妇俩都很欢喜。两口子都忙得很，也都开心得很，但是不尽一样：太太还有些小小的苦恼；先生却觉得样样都尽善尽美。

“爱玛呀，”太太说，“这墙纸比我原先预料的要差多了。瞧！有些地方你看脏得还挺吓人哩，护墙板都又黄又朽了，我真怎么也没想到会是这样。”

“亲爱的，你也太讲究了，”她先生说，“那又有什么要紧呢？在烛光下你就一点也看不出来了。在烛光下看去，管保还跟兰德尔斯一样，干干净净的。我们晚上在俱乐部聚会，就从来啥也看不出来。”

一听这话，两位女士交换了一下眼色，那意思八成儿是在说：“男人家连东西脏不脏都不知道哩。”两位男士大概也各自在肚子里寻思：“女人家总是这样，为了点小事大惊小怪，自寻无谓的烦恼。”

不过，有一个难题摆在面前，两位男士也不能置之不理了：那就是晚餐没有个餐厅可用。这里当年建造舞厅的时候，并不需要考虑用晚餐的问题，所以只在隔壁添置了一个小小的玩牌室。如今怎么办好呢？这个玩牌室，此次还是要作打牌的地方用的。就算他们四位为了图个省事，一致赞成可以不设牌局，可是在这么个小小的玩牌室里吃顿晚饭能吃得舒坦吗？要另外找个远比这里宽舒的房间作餐厅，倒也不是没有；可是房间远在旅馆的另一头，去那儿得过一条过道，非但长，而且还不好走。这就麻烦了。韦斯顿太太担心的是那个过道里的穿堂风会把年轻人吹出病来，爱玛和两位男士则一想到吃晚饭要挤得磕头碰脑，便觉得怎么也受不了。

韦斯顿太太提出，那就不备正规的晚餐了吧，何妨就备些三明治之类，摆在那个小间里；可是大家一致认为这是个馊主意，不予考虑。举办私人舞会而不招待大家吃顿晚饭，这是藐视男女来宾的应有权利，事涉欺骗，实属可耻。韦斯顿太太可千万别再提这号建议了。于是韦斯顿太太只好再另谋对策。那个小房间也不知到底怎样，她探头朝里瞧了瞧，说道：

“我看这间屋子其实也不算太小嘛。我们的人也不会很多啊。”

早就跨开大步往过道上快步走去的韦斯顿先生，这时候也喊了起来：

“你老是说这过道长啊、长啊，亲爱的，我看实在也算不了什么嘛，楼梯上也根本没有一丝穿堂风吹过来。”

“我们要是能够知道绝大多数客人喜欢怎样的安排就好了，”韦斯顿太太说，“反正我们的宗旨只有一条，那就是：怎么办可以使最大多数人满意，我们就怎么办——只要心里能有这么个谱就好了。”

“对，你说得很对，”弗兰克高声说道，“你说得很对。是应该了解了解街坊邻里的意见如何。你有这种想法并不奇怪。最好能够弄弄清楚他们中间的首要人物意见如何——就比如科尔夫妇，好在他们就住得不远。要不要我去登门请教？要不，还有贝茨小姐？她家就更近了。不过我也有些拿不准，不知道贝茨小姐对人家的心意是不是最了解。我看我们征求意见确实应该扩大些范围。你们看我去把贝茨小姐请过来怎么样？”

“嗯——也好，”韦斯顿太太的口气有些犹豫，“只要你觉得找她问问也可以管点用的话，那就去吧。”

“你去找贝茨小姐是问不出什么名堂来的，”爱玛说，“她就只会说太高兴啦、太感激啦，具体的意见半句都不会有。连你问了她什么，她都不见得会听仔细呢。我看找贝茨小姐商量是不顶事的。”

“可是她才有意思呢，有意思极了！我就是喜欢听贝茨小姐说话。放心吧，我也没有这个必要去把她全家都请来。”

说到这里，韦斯顿先生过来了。一听到这个建议，他大为赞同，态度可坚决了。

“行，就这么办，弗兰克，去把贝茨小姐请来，我们也好把这件事情赶快来个了断。我管保她会喜欢这个方案的，我看请教她也最合适了，只有她才指点得了我们碰到难题该怎么解决。去把贝茨小姐请来吧。我们一味讲究高雅，高雅得未免有点过头了。其实她才真是个好榜样呢，长年摆在那儿，可以让我们学学怎样保持快乐。把她们两位都请来。两位都要请到。”

"两位都请来，爸爸？那老太太能行吗？"

"老太太？怎么会是老太太？当然是那位年轻的小姐啦！弗兰克呀，你要是请了姨妈，不请外甥女，那我就要说你是个十足的大蠢材啦。"

"噢，真是对不起，爸爸。我的脑子一下子没有转过弯来。既然你有这个意思，那我一定好说歹说，也要把她们两位都给请来，包你错不了。"说完他就一溜烟跑了。

后来他果然陪着那位矮小利索、步履矫健的大姨，连同那位气度优雅的外甥女，一起回来复命了。不过还没等他回来，不愧是个秉性温良的妇女、又是位贤惠妻子的韦斯顿太太，早已把那条过道又细细查看了一遍，结果发现过道的一些弊病远不如她原先设想得那么严重——事实上根本就没有什么了不起；这样，拦路虎去掉了，要作出决定也就不难了。其他的一切也都迎刃而解了，至少想起来应该是这样吧。桌子椅子、灯光音乐、茶点晚饭，这些小事的安排都自然而然解决了，即使还剩下些小问题，也可以由韦斯顿太太和斯托克斯太太随时商量解决。受到邀请的客人肯定都会光临，弗兰克也已经写信去恩斯库姆，表示打算在原定的两个星期之外再多住上几天，他这个要求是绝对不可能被驳回的。一个快乐的舞会，指日可待了。

贝茨小姐到后，也极力称赞这肯定是个快乐的舞会，言辞万分恳切。她此来，商量是大可不必了；不过来赞许几句（担当这个角色要安全多了），她还是受到由衷的欢迎的。她的称赞，既面面俱到又具见细微，既情辞热烈又说得个滔滔不绝，哪有不招人喜欢的呢？因此大家就在各个厅室之间串来倒去又转了半个钟头，有的发表些意见，有的只是奉陪恭听，个个都陶醉在那快乐的前景之中。等到兴尽人散，爱玛在舞会上跳头两支舞的舞伴自然也早有了主儿，这就是今天这场戏的那位主角了，而且爱玛也无意中耳闻了韦斯顿先生对他太太说的一句悄悄话：“他求过她啦，亲爱的。好极了，我知道他会去求她的！”

第 12 章

在爱玛看来现在就只差一件事，不然这设想中的舞会就应该算是十二分圆满了——那就是舞会的日期一定要定在弗兰克·丘吉尔来萨里郡小住的恩准的限期之内。因为，尽管韦斯顿先生觉得把握十足，她却还是认为丘吉尔夫妇只许外甥待满两个星期，不准多住一天，也并不是完全不可能的。不过，她那个如意算盘估计是打不通的。因为，各方面的准备工作都很花时间，要到第三个星期方能一一就绪。这样，他们就得冒好几天的风险——而且在她看来这风险还挺大——尽管该筹的还在筹，该办的还在办，心里没底却还怀着一线希望，可是弄得不好的话，这一切都会统统白费。

不过，恩斯库姆方面还是宽仁厚道的——尽管他们话里并没有这样的表示，但实际上还是应该算宽仁厚道的。弗兰克表示很想多待几天，这显然不合他们的心意，然而他们也并没有表示反对。总算一切顺利，太平无事，但是人总是这样，去了一件心事，又会换上一件新的心事。现在舞会有了着落，爱玛第二个烦恼又来了，这就是奈特利先生对舞会表示冷淡，叫她看着就有气。不知道是因为他不爱跳舞呢，还是因为筹划这个舞会没有找他商量，反正他似乎拿定了主意，绝不为此而动心，铁下了心现在绝不过问，以后也绝不来凑这个趣儿。爱玛主动去找他通通气，得到的回音也就是这样半冷不热的：

“很好嘛。假如韦斯顿他们觉得花这么大的力气去热闹几个钟头值得，那我也不好表示反对。我只想说，我自有我的乐趣，不应该由他们代我来选择。啊，当然！去，我总还是得去的，不去是不对的。到时候我一定尽力不打瞌睡就是。可就我本心来说，我还是宁愿留在家里，看看威廉·拉金斯的一周账目。说老实话，我巴不得留在家里呢。看人家跳舞是个快乐？我可实在不觉得有什么快乐——我就从来不爱看——我觉得是没有爱看的人的。我相信，跳舞跳得好，也跟做人做得好一样，受益的只能是自身。旁观的人脑子里想的往往就不是那么回事了，不定相差几千几万里呢。”

爱玛一听，觉得这话是针对自己的；她感到非常生气。不过，对方显得这样冷淡，或者应该说显得这样气愤，那可不是为了要讨简·费尔法克斯的好；他对舞会抱不以为然的态度，也并不是被她的看法牵着鼻子走，因为她一听说要举办舞会，就喜欢得不得了。她顿时就来了劲——把心里话全掏出来了。这几句话就是她自动说出来的：

“哎呀！伍德豪斯小姐，我真希望舞会能够顺利举行，别生出什么枝节来才好！要是开不成的话，那该多扫兴啊！不瞒你说，我是巴巴儿地就盼着呢，心里都乐开了花啦。”

可见，他宁肯去跟威廉·拉金斯做伴，绝不是为了要去讨简·费尔法克斯的喜欢。才不会呢！——她越来越相信韦斯顿太太的那个猜测是完全错了。他对简·费尔法克斯有的是深厚的友情和同情——并没有爱情。

唉！她要跟奈特利先生闹别扭，也很快就没有这份闲工夫了。快快活活、平平安安只过了两天，一下子就全砸了。丘吉尔先生来了封信，敦促外甥速归，说是丘吉尔太太身体违和——情况还很严重，不能没有外甥在身边。据她丈夫说，两天前她写信给外甥时，就已经病情不轻了，不过因为她就是这样的脾气，往往不愿意带累别人，又常常不知道为自己着想，所以在信上就只字未提；但是现在她的病情已不容有一点闪失，不得不请外甥即刻动身返回恩斯库姆，千万不可稽延。

韦斯顿太太写来一纸便条，把这封信的大意马上转告了爱玛。他的走，是无可避免的了。尽管舅妈的病情实际上丝毫也没有引起他的惊慌，他还是得在几个钟头之内就赶快走人，为的是尽可能减少心中的抵触。舅妈的发病他太了解了；她总是这样，觉得什么时候该发，病就什么时候发作了。

韦斯顿太太在便条上还说："时间仓促，他早餐后便当赶往海伯里与友人道别，那边关心他的朋友想来还是有一两位的，估计他随即便会前来哈特菲尔德。"

这一纸倒霉的便条，叫爱玛连早饭都吃不下去了。从头至尾一看完，她除了唉声叹气以外，便只有发呆的份儿了。舞会落空了——那个年轻人飞了——那个年轻人也许倒是有情的，这一下也全吹了。真是太倒霉了！本来到了那天晚上，该有多快乐啊！大家都会感到那么幸福！而感到最幸福的，应该就是她和她的舞伴了。"我早就说过，就怕好事多磨！"这也是她唯一的自我安慰了。

她父亲的看法却截然不同。他所考虑的主要是丘吉尔太太的病情，想要知道的是她这病是怎么治的。至于舞会的事，看到亲爱的爱玛这样大失所望，固然叫他吃了一惊，但是能让大家都留在家里，毕竟要太平多了。

爱玛恭候了好大工夫，客人才来；不过，假如这真是表明了对方并不是那么急于想走的话，那么他进门时的那副哭丧着脸的样子、那种没精打采的神气，倒也可以替他把罪过都抵消了。离别的难受，简直压得他都开不了口。那一腔灰心丧气之情，统统流露在脸上。他一来就坐在那儿直出神，过了好几分钟才一激灵，打起点精神来，可也只是说了这么句话：

“恨事万千，离别为最啊。”

“可是你还会再来的，”爱玛说，“你到兰德尔斯来探亲，总不会就只探这一遭吧？”

“啊！”——（说着直摇头）——“我何时能重来，又有谁料得定啊！我一定要尽心竭力去争取！我的一切所思所虑，都要围绕这个目标！假如我舅舅、舅妈来春上镇上去的话——不过只怕他们未必会去了——他们今春就没有成行——这个老规矩，只怕已是一去不复返了。”

“我们那个可怜的舞会也只能完全放弃了。”

“啊！那个舞会！其实我们何必还要等这等那呢？快乐到了面前，何不就马上抓住呢？老是准备准备，去做愚蠢的准备，结果却把幸福给毁了，这样的事难道还少吗？你早就对我们说过，怕就怕好事多磨。啊！伍德豪斯小姐，你怎么总是这样料事如神啊？”

“还说呢，这种事让我料着了，我心里才叫遗憾呢。我是宁可不要这种先见之明的，还不如让我乐上一通才好呢。”

“假如我还能再来，我们的舞会可还得照办不误啊。我父亲就巴望着我们办呢。别忘了你已经一言为定啦。”

爱玛眼望着对方，一副大大方方的样子。

“这两个星期可真是啊！”对方又接着说了下去，“只觉得一天更比一天珍贵，一天更比一天愉快！我越过就越觉得再到别处就要过不下去了。能留在海伯里的人们真是幸福啊！”

“既然现在你对我们能有这样实事求是的评价，”爱玛说，“那我倒想斗胆问几句，你刚来的时候是不是还带着些疑虑呢？我们是不是要比你事先料想得好得多？我相信我猜得不会错。我相信你一定没有想到会喜欢上我们。你要是早就对海伯里心存好感，就不会这样一直迟迟不肯来了。”

他怪不好意思地笑了起来，尽管他嘴上说没那事，爱玛还是深信事实就是这样。

“这么说，你今天早上就得动身了？”

“是啊，我父亲说好到这里来接我，和我一起回家，然后马上送我动身。说不定他也马上就到了。”

“你难道就抽不出五分钟，连你的朋友费尔法克斯小姐和贝茨小姐那儿也不去话个别？这真是太遗憾了！贝茨小姐意志刚强，又善于讲解道理，你要是跟她见一面，听她说说，也许意志就可以坚定不少。”

“就是——我已经去拜访过了；正好路过她们家，我想还是去拜访一下好。我应该这样。我本来只想待三分钟，因为贝茨小姐不在，我只好留了下来。她出去了。我想总不能不等她回来吧。这位女士，你可以笑她，你也一定会笑她，可是你就是觉得可不能轻慢了她。我应该去拜访一下，而且——”

他踌躇了一下，站起身来，走到窗前。

“总之一句话，”他说，“或许可以这么说吧，伍德豪斯小姐——我看你恐怕免不了会感到有些疑心——”

他两眼瞅着她，似乎很想看出她脑子里到底在想些什么。爱玛真不知道该说些什么好。看来这是个引子，下面就是些绝对认真的正经话了——她可实在不想听。她想把对方的话头岔开，因此就逼着自己先开口，于是便若无其事地说：

“你做得非常在理；去拜访一下，也完全是人情之常，而且——”

他却没有作声。她相信他是在盯着自己瞧，大概是在玩味她这句话的意思，琢磨她到底是个什么态度。她听见他叹了口气。他自然觉得自己有理由要叹气了。他无法相信她竟会敦促他把话说下去。尴尬了片刻以后，他又坐了下来，换上一种比较果断的口气，说道：

“我本来倒是挺高兴的，打算把余下的时间就全部用在哈特菲尔德了。我对哈特菲尔德是极有感情的——”

话又断了，他又站起身来，显得窘极了。他对她一往情深的程度，真还超过了爱玛自己私下的猜测呢；要不是他父亲来了，这个场面还真不知道会如何了结呢。不一会儿伍德豪斯先生也来了。小伙子不能不打点打点精神，这才算平静了下来。

好在又过了没几分钟，眼前这难熬的局面便宣告结束了。韦斯顿先生向来是这样，但凡有事要办他就从来不会慢慢腾腾的，许有许无的苦难他不会去悬揣，逃不过的苦难临了头他也不会去想法拖延。当下他就说：“该走啦。”那年轻人尽管只有叹气的份儿，而且确也叹了口气，却不能不应上一声，站起身来告辞了。

“我会听到你们大家的消息的，”他说，“这也是我最大的安慰了。你们有些什么事儿，我都会知道的。我已经跟韦斯顿太太说了，请她跟我通通信。多承她答应了。啊，天各一方，思念之苦可知，这时能有一位女性跟你通信，那真是天大的幸事了。她会详详细细都告诉我的。看了她的来信，我等于又身在亲爱的海伯里了。”

无限亲切的一阵握手，无限诚挚的一声“再见”，为他的话打上了句号。不一会儿门就关上了，弗兰克·丘吉尔去了。匆匆来报，匆匆一会，人就走了；爱玛觉得这一别真是难过，想到他们这个小小的社交圈子少了他，损失真是太大了，她不禁暗暗担心，怕自己真会难过得受不了，怕这样沉重的损失真会压得自己撑不住。

这一变，可真是够惨的。本来，自从他来了以后，他们几乎天天都能相聚在一起。兰德尔斯有了他，这两个星期无疑是添了无穷的生趣——那真是难以言传的生趣。每天早上一起来，就会想起可以见到他，就会巴巴儿地盼着见到他，而且也少不了总能领教一番他的殷勤、他的活跃、他的风度！这真是无比欢欣的两个星期，如今却一下子又要去过哈特菲尔德老一套的平淡日子了，这个转换，该有多凄凉难受啊。特别值得一提的是，他差不多就已经告诉了她：他是爱她的。他的情意能有多深，能有多坚贞，那是另外一个问题，可是至少就目前而言，他那片爱慕之情绝对热烈，她觉得这是无可怀疑的。她尽管有些不好意思，心下觉得挺合意的。这个想法，再加上其他的种种感受，使她觉得自己一定是对他有了一点爱意了；以前再三打定了主意绝不爱他，看来是不顶事了。

"一定是的，"她说，"不然我也不会这样只觉得没精打采、有气无力、神思恍惚了！不会这样懒洋洋不想坐下来做点儿事了！不会这样感觉到家里处处沉闷、样样乏味了！我一定是恋爱上了，不然的话，我就是天下头一号的怪物了！——看来这一下没有几个星期的工夫就别想摆脱得掉。嗳，对了，东家人的祸往往就是西家人的福。不说弗兰克·丘吉尔的事吧，就说这舞会办不成，陪着我长吁短叹的固然大有人在，可是奈特利先生该拍手称快了。现在他想要让他亲爱的威廉·拉金斯陪他打发黄昏的时光，就可以如愿以偿了。"

然而奈特利先生却没有显出一点胜利的喜悦。说自己心里也感到很遗憾，这话他是说不出口的；真要是那么说了，他脸上那一派乐呵呵的神气分明就说明他是言不由衷了。但是他说，而且说得还挺沉得住气；大家这一下都败了兴，他也很遗憾。他还以颇见体贴的口吻加上了一句：

“爱玛呀，你是极难得有跳舞的机会的，这一回真是不巧，真是太不巧了！”

她过了好几天才见到简·费尔法克斯。原想去看一看经过这场不幸的波折她心里到底有多少不快，可是当真一见面，看到她竟是一副安之若素的样子，爱玛反倒觉得很反感了。不过小姑娘这一阵子身体特别不好，头疼得可厉害了，照她姨妈的说法，舞会就是办成了，依她看简也是肯定参加不了的。爱玛还是宅心仁厚的，她认为对方冷漠得这样不像话，总该有一些健康欠佳、提不起劲的因素吧。

第13章

爱玛还是一点都不怀疑自己是恋爱上了。只是在这爱是深是浅的问题上，想法有了些改变。起初还以为爱得极深，后来却觉得也不过是有那么点儿而已。听到人家谈起弗兰克·丘吉尔，她觉得非常爱听；而且也由于他的缘故，她现在越发喜欢跟韦斯顿夫妇见面了。她老是会想起他，只巴望有信来，好知道他身体可好，情绪如何，他舅妈怎么样了，来春有没有可能再来兰德尔斯。可是另一方面，她又不肯承认自己的心情有什么不快，也不肯承认头天早上事过以后自己还有过诸事无心的反常情况。她还是照常忙忙碌碌、高高兴兴。小伙子尽管那么讨人喜欢，她还是认为他是有缺点的。而且，她尽管那么想念他，尽管画画的时候、做针线的时候头脑里总是遐想联翩，会构思出一个又一个版本，假设他们的这一段情如何发展又如何收场，虚拟了许多妙语隽永的对话，还设想了好些文词典雅的书信，可是假想中的他的求婚，却无一不是以她的拒绝告终的。他们的情感总是会如潮水退落，终于化为寻常友谊。虽然分手的时候总是柔情无限，旖旎之至，可是毕竟还是得分手完事。她悟到了这一点以后，就觉得自己这爱是不会深到哪里去的。因为，尽管她以前就决心已定，自己是绝不离开父亲，也绝不出嫁的，可现在真要是在爱河里坠得很深的话，她内心的斗争就肯定要激烈多了，绝不会这样波澜不惊的。

“我想来想去，觉得自己的措辞里就从来没有牺牲这两个字，”她说，“一次次巧妙的答对，一次次委婉的拒绝，从来就没有一句话含有我要作出牺牲的意思。我总觉得我的一生幸福不见得就少了他不可。这样就更好了。我自然也绝不会去强作多情。我爱得已经够深了。爱得再深我会后悔的。”

至于如何看待他的情意，她觉得，总的说来自己的态度也一样还是得当的。

“他呀，不用说准是在情网里陷得很深了——种种迹象都表明是这样——陷得可深了。他下次再来，要是还这样情意绵绵的话，我可一定得注意点，别助长了他这种心思才好。我既然已经拿定了主意，要不注意点那就太不可原谅了。倒不是说我觉得自己以前就有过什么表示，可能会被他看作我也对他有点意思。绝不会有这种可能！当时他真要是认为我也有意于他，他也不至于会那么狼狈了。他真要是认为我对他有意，临分手的时候也不会是那么一副神气，说那样的话了。不过，我还是得注意点才好。这当然有个前提，就是假定他到时候还不肯收起这片情意；可是我看他也不见得就会那么死心眼儿，我看他不像是那样的人——我不大相信他处世有多少长性、有多少恒心。他的情热烈是热烈了，可是我看得出来，他的情也容易变。总之，一想到这个问题，我就要暗自庆幸：还好，瓜葛到此为止了，那还影响不到我的一生幸福。只消再稍过些时日，我又可以一如往常，过得好好的了——到那时还可以有个好处，因为听人家说，人一生总是要恋爱一次的，这一来，我就算是顺利过关了。”

弗兰克给韦斯顿太太的信一到，爱玛也得以细读了一遍。她看信的时候心里竟是这样的喜悦、这样的倾倒，起初她真为自己会如此激动而直摇头，觉得太低估了自己的激情。信写得很长、很用心，详细汇报了一路的情景、自己的心情，字里行间表达的那种无限的敬爱感激之情都是由衷而真诚的；无论外地当地，凡是有可能引起他们兴趣的种种新闻，信中都以生动而精到的文笔作了描述。随后表示歉疚、表示关切，也并没有什么华丽辞藻，会让人感到有虚伪之嫌；字字句句都是对韦斯顿太太的真情的流露。从海伯里到恩斯库姆的环境转换，初涉快乐的社交生活所见的两地差异，这些都是点到即止，却又能让人感到他的观察是多么敏锐，要不是怕在这里多讲不大得体，本来还着实可以多讲一些。她自己的名字，在信中也不乏夺目的光彩。“伍德豪斯小姐”的字样多次出现，每次都会引出一些愉快的联想，或是夸奖她品格高雅，或是想起了她说过一句什么话；最后一处见到自己的名字，虽然没有用那种生花之笔说了她很多好话，却分明可以看出自己对他的影响竟是如此之大，信中赞扬的话算是够多了，却恐怕没有一句能比得上这一笔的。信笺最底下角落里的一个空白处，硬是挤下了这样两句话：“你也知道，星期二我实在抽不出时间去看伍德豪斯小姐的那位美丽小友了。务请代我致歉，并向她辞别。”爱玛相信这两句话完全是写给她看的。向哈丽埃特附笔致意，无非是因为那是她的朋友罢了。至于恩斯库姆方面，他了解的情况、对今后的展望，跟他来前的估计都还差不多，不能算好也不能算坏；丘吉尔太太病体在逐渐康复，不过他还不敢说什么时候可以再来兰德尔斯，连他自己心里都还没有一点数。

尽管这封信的实质性内容，信里传达过来的那种感情，都是让人看了欢喜、看了兴奋的，可是，她把信折好还给韦斯顿太太的时候，却觉得自己并没有因此就增添了丁点可以持久的热情——没有这个写信的人，她照样过得下去，倒是这个写信的人，应该学会没有她也要照样过下去。她的打算并没有改变。她现在倒是觉得越发有绝妙的理由要拒绝他了，因为她如今又萌生了一个计划，那是为他以后的幸福着想，也是对他的一点安慰。他既然还惦记着哈丽埃特，而且还给起了一个“美丽小友”的佳名，这就使她产生了一个想法，觉得无妨就让哈丽埃特接替她，来接受他的爱情。这有什么不可能的？完全可能。论才分，哈丽埃特无疑是万万不如他的；但是她秀丽的姿容，热情而纯真的待人态度，却深深打动了他，环境、人缘，这些方面的条件也都是于她有利的。事情假如真能成功，对哈丽埃特倒确实很有好处，不失为一件可喜之事。

“我可不能老是想着这件事，”她说，“不能再多想了。我明白，一味这样东想西想是很危险的。可是世界上再奇怪十倍的事情都是有的；假如我们能把两情相悦之意从此煞住，这倒也不失为一个办法，可以让我们借此就把那种不涉私情的纯真友谊牢牢地维持下去，我看我们建立这样的友谊是可能的，我就希望能建立这样的友谊。”

将来替哈丽埃特把事情这样一办，让她能得到一点安慰，当然是件美事；不过眼下对此恐怕还是少去胡思乱想为好，因为在这方面有件坏事就要临头了。当初弗兰克·丘吉尔一来，就接替埃尔顿先生订婚一事，成了海伯里人们谈论的中心，对新话题的兴趣完全盖过了原先的话题。如今也一样，弗兰克·丘吉尔一走，埃尔顿先生受关注的程度就又有了无可匹敌的领先优势。他结婚的好日子已经定下了。他不久就又要来到他们中间了——如今可是埃尔顿先生和他的新娘一起来了。恩斯库姆的第一封来信还没有来得及好好谈谈，埃尔顿先生和他的新娘就已经成了大家的热门话题，弗兰克·丘吉尔就这样给忘了。爱玛一听人家提到那个名字就腻烦。三个星期得以不见埃尔顿先生的面，她觉得真是愉快，按她一厢情愿的想法，哈丽埃特的心这一阵子也该坚强起来了。至少，心里一直想着韦斯顿先生的舞会，对其他事情该都不大关心了。可是现在看来，显而易见，她还没有达到那种心静如水的境界，还抵挡不了那即将到来的现实——新人的马车啦，婚礼的钟声啦，等等。

可怜的哈丽埃特情绪波动得厉害，爱玛不得不想尽办法对她又是劝解、又是安慰，给她种种关怀照料。爱玛觉得自己对她的帮助是只会嫌少，不会嫌多的，她应该为哈丽埃特用尽自己的心机，拿出最大的耐心；可是，老是费尽口舌却收不到一点效果，老是听对方说“对，对”，却意见始终不能统一，这种工作有多难做呀。她说话哈丽埃特就低头听，听完答应道：“一点都不错。正如你说的——去想他们实在犯不上——我再也不去想他们了。”可是你再换话题也没有用，还没出半个钟头，她早又是那样心神不定，满脑子只想着埃尔顿两口子了。最后爱玛只好换个进攻的方向。

“哈丽埃特呀，你为了埃尔顿先生结婚的事老是这样想不开，这样闷闷不乐的，这无疑是对我最严厉的责难。我犯了这个错误，你对我的责备还能怎么样严厉呢？我知道，事情全怪我。相信我，我并没有忘记。我自己受了骗，结果又骗了你，铸成大错。这对我永远是个痛苦的教训。你可别误会，我是绝对不会忘记的。”

哈丽埃特听得实在过意不去，她急得只是惊叫了几声，却说不出话来。爱玛又接着说了下去：

“哈丽埃特呀，我这话的意思可不是要你为了我而打起精神来，不是要你为了我而少想埃尔顿先生，少谈埃尔顿先生；说实在的，我希望你这样做可都是为了你自己，不是为了能让我宽慰，而是为了更重要的一条——为了能让你学会今后要善于自制，要懂得考虑自己的责任，要注意行为得体，要尽力避免人家的猜疑，不要伤了身体、坏了名声，心绪一乱就再也平静不下来。就是为了这些，所以我才老是跟你这样磨牙。这些都是非常重要的，可遗憾的是你还不大看重这些，没有好好去做。免得我痛苦，这一点还是极次要的。你自己能避免更大的痛苦，这才是我衷心的希望。要是你看重些的话，我有时候也许就会在心里暗暗地想了：哈丽埃特倒真是没有忘记做人之道哩——或者更应该说，倒真是处处顾惜到我哩。”

这一番贴到她心上的话，比什么话都起作用。哈丽埃特对伍德豪斯小姐确实是出自内心敬重备至，如今一想到自己竟对她不知感激、不知体恤，哈丽埃特一时真觉得心如刀割；后来经爱玛一再劝解，那种痛不欲生之感才过去了，可心里毕竟还是悔恨不已，所以她当下的反应倒也得宜，以后的种种应对也都可算在理。

“你是我这辈子最好的朋友了！我对你真是不知感激呀！谁还能比得上你呀！你是我最最敬爱的人呀！伍德豪斯小姐，我真是忘恩负义啊！”

这样连声表白，加上神情、态度又都发挥了最大的协同作用，当下真叫爱玛感动极了，她只觉得哈丽埃特真是从来没有这样可人心疼，对方的情分也从来没有这样让她深深感到其可贵。

“人的最可爱之处，莫过于心地的仁慈了，”后来她曾这样寻思过，“什么也比不上这一条。仁心加上热心，再加上亲切、坦诚的态度，这样的人要比天底下最最聪明的人还招人喜爱——肯定要更招人喜爱。我亲爱的父亲正是因为心地仁慈，所以才受到了这样普遍的敬爱——伊莎贝拉也正是因为这一条，所以大家才那么喜欢她。我并没有这样的长处，但是我懂得应该怎样珍惜这种长处，尊重这种长处。哈丽埃特心地仁慈，所以才这样可爱，才这样有福气。在这一点上我是比不上她的。亲爱的哈丽埃特呀！哪怕有人要拿人世间最有头脑、最有远见、最有眼光的女子来换你，我也不换。哎呀，像简·费尔法克斯那样的人，那个心才叫冷呢！哈丽埃特一个人就抵得上这种人一百个。娶她做妻子——哪个聪明人要是能娶她做妻子——那简直是得了无价之宝了。我不指名道姓了，可是舍爱玛而取哈丽埃特的人，那才是福气呢！”

第 14 章

埃尔顿太太第一次露面是在做礼拜的时候。不过，一个坐在礼拜堂座位上的新娘，尽管也许能引得人们中断一下祈祷，却毕竟还是满足不了人们的好奇心，那就只能留待以后正式上门拜访时去细看了，好看看清楚她究竟算是非常漂亮呢，还是只能说比较漂亮，还是一点也算不上漂亮。

爱玛自有她的心理，她觉得自己作这个礼节性访问一定不能落在最后，这倒不是她也有好奇心作怪，而是她出于自尊，不想失礼。她还决心要带哈丽埃特一起去，尴尬场面迟过不如早过。

再次踏进他的家，来到她三个月前白费了一场心思，躲进去假装系鞋带的那间屋子，她就不能不回想旧事了。种种恼人的心思又要涌上心头。又得想起那些恭维话，那些字谜，那些阴错阳差的事。可怜的哈丽埃特该不会又在那里回想吧；可是看她的举止却又十分坦然，只是脸色有些苍白，而且不大作声。他们做客的时间当然是长不了的。加以场面那样尴尬，心里又总想着要设法尽快告辞，所以爱玛也没法从从容容对女主人作出一个评价，以后跟人谈起时也绝说不出什么明确的看法，只是说些“打扮得很高雅，非常讨人喜欢”之类的话，跟什么也没说一样。

要说真心喜欢她，爱玛才不呢。她不想急急忙忙就去挑人家的毛病，不过她总觉得高雅两字似乎是谈不上的。只能说大方，高雅谈不上。而且她有八九成的把握说：一个年轻女子，又是新从外地来的，还是个新娘，这样大方也未免有点过分吧。她长得还不错，容貌不能说不漂亮，但是无论眉眼、气度，还是言谈、举止，都不显高雅。爱玛心想：这反正以后看好了。

至于埃尔顿先生，他的礼数似乎就并不——慢！埃尔顿先生的礼数如何，她可不能一恼火就说气话，也不能拿俏皮话去挖苦。新婚夫妇接待来访的客人，这在任何时候都不过是一种虚礼客套，那场面是让人很窘的。新郎没有点落落大方的气度，就别想应付周全，过好这一关。新娘的处境就要好多了，她有华丽服饰可以帮她一把，又有忸怩作态作为她的特权，而新郎却只有自己的一颗机灵脑袋可以依仗。爱玛想：可怜的埃尔顿先生也真是怪不幸的，他偏偏就跟他刚娶的女人、他本来想娶的女人，还有人家想要叫他娶的女人三者同时处在一间屋里，所以这也就怪不得他了，你看他的样子，傻得真不能再傻了，那故作从容的姿态真是做作得不能再做作了，虚假得不能再虚假了。

“哎，伍德豪斯小姐，”从他家里出来以后，哈丽埃特就等她的朋友开口，可白等了半天，只好自己说了，“我说，伍德豪斯小姐，（轻轻叹了口气）你对她的印象如何啊？不是挺可爱的吗？”

爱玛回答的口气里有一点犹豫。

“啊！对——是挺——是挺讨人喜欢的一位年轻女士。”

“我觉得她很美，真是很美。”

“确实打扮得很好看，那件长袍风度不凡。”

“我这就一点也不奇怪了，怪不得他会看上她呢。”

“本来嘛！这本来就没有什么可奇怪的。人家有一笔可观的财产，又正巧让他给撞上了。”

“我看，”哈丽埃特又叹了口气，回答说，“我看她对他的感情还真深得很呢。”

“也许是吧，不过男人也不见得个个都是天从人愿，能娶上最最爱他的女人的。霍金斯小姐也许正想要建个家庭，觉得再称心的亲事恐怕也攀不到了。”

“对，”哈丽埃特一片至诚地说，“她这也在理上，再称心的亲事还哪儿找去？好啊，我衷心祝愿他们幸福。我说伍德豪斯小姐呀，我想今后我就不会再不好意思见到他了。我觉得他还是那么了不起，不过你也知道，人一结婚，情况就不一样了。你不用担心，伍德豪斯小姐，你真的用不着担心；我现在完全可以坐在那儿对他细细欣赏，绝不会心痛欲绝了。知道他没有自暴自弃，我心里好欣慰啊！没错儿，看来她是个可爱的年轻女士，没有辱没了他。幸福的人儿！他唤她

‘奥古斯塔’。相处得多甜蜜啊！”

对方来回访的时候，爱玛打定了主意：这一回她可要观察得再仔细些，判断得更透彻些。由于哈丽埃特正好不在哈特菲尔德，家里又有老父亲可以陪着埃尔顿先生说话，所以她就得以同女客人单独谈了一刻钟，可以不慌不忙地又是听她说又是把她看。经过了这一刻钟的相处，她完全相信了埃尔顿太太是个自命不凡的女人，极端的自鸣得意，自以为有多了不起，只想突出自己，好显得高人一等，可是那一派言谈举止分明是一所蹩脚的学校里培养出来的，又骄横又放肆。她脑子里的那一套观念全是在一种人群里、一种生活方式中形成的，她即使说不上愚蠢，至少也很无知，跟她来往的那帮朋友对埃尔顿先生肯定不会有什么好处。

换了哈丽埃特的话，那就要般配多了。尽管哈丽埃特自己并没有什么学问，也没有多少教养，不过通过她，他就可以跟有学问、有教养的人士常来常往。可是霍金斯小姐呢，从她那种目空一切而毫不脸红的样子来看，可以相当有把握地说一句：她该是她那帮同道里首屈一指的人物了。提到亲戚，她最得意的是那位住在布里斯托尔附近的阔姐夫，而提到姐夫，她最得意的是他那所住宅、他那几辆马车。

坐定以后，她劈头第一个话题就是枫树林——“我姐夫萨克林先生的宅第。”这就少不得把哈特菲尔德跟枫树林比较了一番。哈特菲尔德的庭园小了点，但是整洁精致，房子式样新颖，盖得也很考究。给埃尔顿太太印象最好的，看来就是一个“大”字：房间大，人口大。凡是她能看到的、想到的，什么都好在一个“大”字上。“真太像枫树林了！像到这般地步，我能不大吃一惊吗？那个房间的形状、大小，跟枫树林的起坐间竟是一般无二——我姐姐最喜欢那个起坐间了。”她还当场请埃尔顿先生来评一评，“你看，这不是像得惊人吗？

说真的，我差点儿以为自己是身在枫树林了。

“还有楼梯。不瞒你说，我一进来，就注意到了这楼梯真是何其相似啊！都造在房子的同一个部位，简直毫厘不差。我当时真忍不住叫了出来呢！我可以告诉你说，伍德豪斯小姐，枫树林是我爱到了极点的地方，今天看到这儿竟是那么相像，真叫我太开心了。我在枫树林住的日子也长了，那可是幸福的岁月啊！（她满含感情地微微叹息一声）真是个可爱的地方，没什么说的。见过那个地方的人，没有不为那儿的美丽所打动，可是对我来说那简直已经成了我的家了。伍德豪斯小姐，你要是哪天也像我这样给挪了个窝儿的话，你就会体会到：一个地方只要跟自己的家乡故里有一丝一毫的相似之处，那么你一旦碰上的话就别提有多高兴了。我常说，这是结婚之一弊呀。”

爱玛不想多说，只是漫应了一声，不过对埃尔顿太太而言，这已经够了，她要的也无非就是自己说、人家听。

“真跟枫树林像极了！不只是房子像，我可以告诉你，就连这庭园，据我看也是像得惊人呢。枫树林的月桂树也跟这儿一样密，连所在的位置也简直一个样——都在草坪的那一头。我刚才还看到有一棵大树，好壮观，四周围起了一圈长凳，我一见就想起了有棵树跟它真是一模一样！我姐姐姐夫见了这宅院准得迷上。自己家有大庭园的人，只要一看到庭园格局相仿的宅院，就没有不喜欢的。”

爱玛觉得这个说法是站不住脚的。她倒是向来有个看法，认为自己家有大庭院的人，对人家的大庭园是不大会感兴趣的。不过对方的这种谬误之见早已根深蒂固，也犯不上自己多费口舌去反驳了，所以她只是回答说：

“等你在这一带看的地方多了，你恐怕就会觉得你对哈特菲尔德是过奖了。萨里郡的美景多得是呢。”

“啊，对！这我是深有感触的。你知道，这是英格兰的花园。萨里郡是英格兰的花园啊。”

“对，不过我们也不能自以为这个美誉是我们所独有的。除了萨里郡，我看还有好几个郡也都有英格兰的花园这样的称号。”

“不，不见得，”埃尔顿太太带着一脸无比自信的笑容回答说，“除了萨里，我从来没有听说过还有哪个郡也有这样的称号。”

爱玛只好不作声了。

“我姐姐姐夫说了，到春天，最迟在夏天，他们一定来看望我们，”埃尔顿太太又接着说，“到那时我们就可以出去转转了。等他们来了，我们一定要多去一些地方，好好看看。他们来的时候，不用说一定坐的是他们的四轮大车，那种大车坐四个人正好，所以到时候我们就可以一起去痛痛快快看看各处的景点，也干脆别动用我们自己的马车了。他们在那个季节里来，我看是不大会坐他们的双轮轻便马车的。对了，以后等到他们快来的时候，我一定要叮嘱他们一声，让他们坐四轮大车来，坐那种车要好多了。你也知道，伍德豪斯小姐，人家既然到这样山清水秀的地方来，我们自然希望他们能尽量多去一些地方看看，萨克林先生就最喜欢出游。去年夏天出游，我们到金斯韦斯顿去了两次，都是坐的四轮大车，可开心了，那时他们刚添置了这四轮大车。伍德豪斯小姐，你们这儿每年到了夏天，大概总有很多这样的观光客吧？”

“不，附近一带是不多的。你说的那种观光客，他们爱去的都是一些特别热门的名胜景点，那离我们都相当远。我们这一带的居民呢，我看都是生性极爱清静的，不大想什么花样去玩乐，倒宁愿都待在家里。”

“啊！待在家里，那才真叫舒服呢，再舒服也没有了。我就专会待在家里，这一点谁也比不上我。在枫树林，我居家不出，简直都成了话把儿了。塞利娜要去布里斯托尔的时候，就老是说：‘这个丫头就是不肯离开家门，我实在是请不动她。我实在是没有办法，只好独自一人上车了，尽管我真不愿意没有个伴儿，就一个人大模大样坐在四轮大车里。奥古斯塔大概也是出于好心吧，反正她就是半步也不肯出这花园栅栏。’她这话说的次数也多了，不过我倒不主张完全闭门不出。相反，我认为：完全关在家里，与外界不相往来，这很要不得。跟外界的交往最好要有个度，不可过了头，也不可太少了。不过，你的处境我也是完全理解的，伍德豪斯小姐，（说着朝伍德豪斯先生瞧了一眼）你父亲的健康状况一定让你非常为难。那他何不到巴思去试试呢？他真该去试试。我向你郑重推荐巴思。伍德豪斯先生去试试肯定有好处，包你错不了。”

“父亲以前去试过何止一次，可就是没有一点效果。佩里先生——你大概也听说过他的大名吧——他认为，到了今天这个份儿上，只怕已经根本不可能见效了。”

“啊！那真是太遗憾了，因为我可以告诉你，伍德豪斯小姐，有些地方的温泉只要你的皮肤能够适应，那个疗效可真是神了。我常去巴思，亲眼见到过这样的例子！而且那个地方真是叫人赏心悦目，肯定有助于改善伍德豪斯先生的心情，我看伍德豪斯先生就是有时候心情太压抑了。至于温泉对你的好处，那我想我就可以省点儿心，用不着细说了。巴思温泉对年轻人好处多多，这是尽人皆知的。你一向过的是这样与世隔绝的生活，所以那倒也是个绝妙的机会，正可以借此把你领进社交界。我可以马上替你找上几位当地数得着的上流社会人士，介绍你们认识。我只要写上一个条子，你很快就会朋友一大堆。我有个极亲密的朋友叫帕特里奇太太，我在巴思期间总是住在她家里，请她来照应你她一定会十分乐意的，由她来带你进社交界是再合适也没有了。”

爱玛听了简直忍无可忍，再听下去真快要连礼貌都顾不上了！什么话呢？难道她爱玛还得承埃尔顿太太的情，要由她来领进所谓的社交界？难道她爱玛进社交界还得靠埃尔顿太太的朋友的提携？——她的朋友保不定是个花里胡哨、俗不可耐的寡妇哩，是家里不收个把房客就过不了日子的那号人哩。伍德豪斯小姐的体面，哈特菲尔德的体面，简直都扫地以尽了。

不过她还是克制住了，本想抢白几句，到底还是一句也没说，只是冷冷地谢过了埃尔顿太太，并且表示："不过去巴思的事也就只能算了吧，我总还有点不放心，那个地方对我父亲不见得好，对我恐怕也未必合适。"为了免得再受气、再动火，她赶紧换了个话题。

"我不问也知道你喜不喜欢音乐，埃尔顿太太。外来的新嫁娘就是这样：人还没来，名声就先到了。海伯里早就知道你是位弹琴高手。"

"哎呀，哪儿的话呀！我得郑重声明，绝没有这样的事。弹琴是位高手？我可以告诉你，这话绝对谈不上。你别乱听，你这消息的来源公正性大有问题。对音乐我是爱得一往情深——爱得热血沸腾，我的朋友也都说我倒也不是一点都不懂音乐，可是说到其他，我不骗你，若论我的琴技，那就平庸到极点了。我很清楚，伍德豪斯小姐，倒是你的琴才弹得让大家都说好呢。我可以告诉你，我一听说今后要跟我一起相处的都是一些极有音乐修养的朋友，我心中的那份乐意、那份快慰、那份兴高采烈，真是无以复加了。我没有了音乐就一天也过不下去，音乐是我生活之必需。在枫树林也好，在巴思也好，跟我日常过从的向来都是些非常有音乐修养的人，所以换个地方要是没有了音乐的话，我这个牺牲可就太大了。当初埃先生跟我谈起我未来的家时，我就是老老实实跟他这样说的。那时他还担心这里地处偏僻，会不合我的意——当然还有家里房子比较差，他也不是一点都不担心的——他知道我以前住惯的是怎么样的房子。那时他跟我谈起了这些，我就老老实实对他说，社交生活我可以不要——没有宴请，没有舞会，看不上戏，这些我都不在乎——因为过得冷清些我不怕。好在我肚子里本钱足，爱好多，对我来说社交生活不是绝对少不了的。没有社交生活我也完全过得去。肚子里没有货的人就不一样了，可是我爱好多，就是有自己找乐儿的本事。至于住的房间比原先的小些，说实在的，那我压根儿连想都没有去想。我相信这种牺牲我还是完全承受得了的。是的，在枫树林我是过惯了豪华之极的生活，但是我叫他只管放心，没有两辆马车，没有宽敞的房间，我也照样可以过得很幸福。'不过说老实话，'我说，'要是没有几个有些音乐修养的朋友，那我就要过不下去了。我没有别的条件了，可我要是没有了音乐，我的生活就是一片空虚了。'"

爱玛含笑说："不用说，埃尔顿先生一定是毫不迟疑地向你作了保证，说海伯里有的是极爱音乐的朋友。念他动机还不坏，我想你该不会怪他言过其实、情无可原吧。"

"哪儿的话呢？这一点我是毫不怀疑的。能够厕身在这么个圈子里，我很高兴，我希望以后我们能在一起多办几次有趣的小型音乐会。依我看，伍德豪斯小姐，你我真应该成立一个乐社，规定每周在你们家或者我们家聚会一次。你说这个点子好不好？只要我们尽力而为，我想用不了多久，就会有人来参加的。这种事最称我的心了，因为这样一来，我就可以经常多练练琴了，因为你也知道，女人一结婚——情况往往就很悲哀了，把音乐丢了的情况太多了。"

"可是你对音乐喜爱到了极点——你该不会有这种危险吧？"

“我想不至于有吧。不过说实在的，我在我的熟人中间看看，也真不寒而栗了。塞利娜就已经把音乐全丢了；尽管她以前的琴弹得那样美妙，现在却连琴键都不去摸一摸了。杰弗里斯太太——也就是以前的克拉拉·帕特里奇——也一样，此外还有米尔曼家的两姐妹——她们眼下的身份是伯德太太和詹姆斯·库珀太太——还有好多好多，真是举不胜举。哎呀，你听了能不心寒吗？我以前就老是很生塞利娜的气，可是说实在的，我现在算是渐渐明白过来了，一个女人结了婚，需要操心的事实在是多。比如今天早上我就给管家绊住了，出不了门，被缠了足有半个钟头。”

“可是这种事情用不了多久就都会上正轨的……”爱玛说。

“好哇，”埃尔顿太太笑着说，“那我们就等着瞧吧。”

爱玛见她已是横了心，不惜把音乐丢掉了，也就再没有什么话可说了。停了一会儿，埃尔顿太太又找了个话题。

“我们到兰德尔斯去登门拜访过了，”她说，“他们夫妇俩都在家。看来这对伉俪倒是挺有意思的。我见了他们真喜欢极了。韦斯顿先生看来是个非凡的人物——他早已是我第一等喜爱的人儿了，真的。太太呢，看上去又是那么的纯真善良——有一种慈爱仁厚之风，一下子就能把人吸引住。她以前好像是你们家的家庭教师吧？”

爱玛听得吃惊，险些连话也没答上来。好在埃尔顿太太也没有等她答一声“是”，就自管自地说了下去：

“这我早就听说了，所以看到她竟有那样完美的贵妇人风度，我很是吃惊。不过说实在的，她确实称得上是一位有教养的女士。”

“韦斯顿太太的言谈举止向来是最可称道的，”爱玛说，“稳重得体，朴实无华，且又娴雅适度，称得上是年轻少女最可靠的学习楷模。”

“你猜，就在我们还在他们府上的时候，是谁来了？”

爱玛真不知道猜谁好。听那口气，像是个老熟人，这叫她怎么猜得出来呢？

“是奈特利！”埃尔顿太太又接下去说，“是奈特利来了！这不是挺巧的吗？因为，几天前他上我们家来，我正好没在家，所以跟他还从来没有见过面。他是埃先生一位特要好的好朋友，我当然挺想知道他到底是个什么样的人。‘我的朋友奈特利’是埃先生经常挂在嘴边上的话，我也正巴巴儿地想要见见他呢。我要为我亲爱的丈夫[①]说句公道话，他交上这么一位朋友是没有什么可丢脸的。奈特利不愧是位有教养的男士，我真太喜欢他了。我看可以毫不含糊地说一句：他的绅士风度就是足。”

幸好说到这里也就到了该告辞的时候了。他们走了，爱玛这才得以舒了口气。

“这个女人真叫人受不了！”客人一走她就感叹起来，“比我事先设想的还要糟。实在叫人受不了！连‘先生’两字都不加，居然就叫他奈特利！这叫我怎么也不敢相信，居然就叫他奈特利！以前从来没有跟他见过面，居然就叫他奈特利，还说发现他是位有教养的男士哩。小小的暴发户一个，俗不可耐，满口她的埃先生如何如何，她的亲爱的丈夫如何如何，还尽吹自己门道多、家底厚，真是骄横做作之极，粗鄙浮华之极。她居然还发现奈特利先生是位有教养的男士！我看奈特利先生倒没准儿会回敬她一句，说发现她倒还是一位高贵的女士哩。我真说什么也不敢相信！她居然还提出要我跟她联手成立一个乐社！人家还会当我们是一对知心密友哩！还有，瞧她是怎么说韦

① 原文为意大利语。

斯顿太太的！说是她见到培养我成人的是一位有教养的女士，很是吃惊！真是越来越不像话了！像她这样的人我还从来没有碰到过。我看她简直无可救药！拿哈丽埃特去跟她比，真是玷污了哈丽埃特。嗨！要是弗兰克·丘吉尔在这儿，真不知道他会怎么说呢！真不知道他会怎样又好气又好笑呢！哎！瞧我，一下子又想起他了。总是一想就先想到他！我怎么老是要犯这毛病！脑子里老是要冒出个弗兰克·丘吉尔来！……”

她这些念头转得飞快，埃尔顿夫妇告辞引起的一阵忙乱已过，她父亲终于安定了下来，打算说两句了，这时她也总算勉强收起了心，可以听他说了。

“我说，亲爱的，”他慢条斯理说开了，“我们以前跟她素不相识，初次见面，觉得她似乎是属于非常漂亮的那一类年轻女子，我看她对你倒是十分喜欢的。她说起话来太急了点儿。话说得一急，声音就有些刺耳了。不过我大概是个爱挑剔的人，总听不惯陌生人的声音，觉得只有你和可怜的泰勒小姐说话的声音最好听。但是话说回来，这位年轻女士看来也非常的亲切随和，言谈举止也都很得体，嫁给了他，想必会成为一位很好的妻子的。不过，我总觉得埃尔顿先生其实还是不攀这门亲事的好。他们这次大喜，可惜我没有能亲自上门去贺喜，刚才我已经竭诚表示了歉意，我说到了夏天，相信我总该能去补这个礼吧。不过我没有早点儿去总是不应该的。不上门去向新娘贺喜总是非常失礼的。啊！由此可见，我这个有病之人多让人悲哀了，但是牧师宅巷口的那个拐角，实在叫我受不了啊。”

“我看你的道歉他们是能够谅解的，爸爸。埃尔顿先生是了解你的。”

“话是不错，可是对一位年轻女士……对一位新娘……能去的话，按理我总是应当去登门拜访的。没去总是欠礼的。”

“可是我亲爱的爸爸，你是一向不赞成结婚的，所以你又何必这样急着要去拜访一位新娘呢？在你的观念里这该不是什么值得赞许的事吧。如果你把这套礼数看得那么重，那不是在鼓励人家结婚了吗？”

“不，亲爱的，我绝没有鼓励人家结婚的意思，不过对待一位女士，我总是希望能够做到礼貌周全——尤其是对一位新娘，更不能有半点怠慢。她就是有大于常人的权利，这是世所公认的。你要知道，亲爱的，一位新娘跟人家在一起，不管在一起的都是些什么人，大家总得把她让在前面。”

“可是爸爸呀，如果你这还不算鼓励人家结婚，那我真不知道要怎样才叫鼓励了。我怎么也没有想到你也会去支持这一套，那是用虚荣心来引诱可怜的年轻女子呀。”

“亲爱的，你没懂我的意思。这只是个平常的待人礼貌的问题，有没有良好教养的问题，跟鼓励人家结婚是截然不相干的。”

爱玛无话可说了。她父亲有点烦躁了，理解不了她的意思。她只好再回过头去琢磨埃尔顿太太那些不中听的话，这一琢磨，就足足花去了半天，好大半天。

第 15 章

从其后见到的种种情况来看，爱玛对埃尔顿太太的不良印象是根本无须加以修正的。她的观察还是相当正确的。埃尔顿太太在这第二次见面时给她的印象是这样，以后每次相见给她的印象都是这样：妄自尊大，专横放肆，愚昧无知，全无教养。她虽说也长得略有几分姿色，也略会一些才艺，却缺乏见识眼力，自以为见过的世面要超人一等，此来定要把这个乡下地方弄得热热闹闹、气象一新；她认为霍金斯小姐的社会地位是高到无人可及的，只有凭她今天埃尔顿太太这样的贵重身份，才能再往上提高一步。

我们也没有什么理由可以认为埃尔顿先生的看法会跟他太太有什么不同。娶了这位太太，他似乎不仅很满意，而且还很自豪。看他的神气好像总在暗自庆幸：他带到海伯里来的这位太太连伍德豪斯小姐都望尘莫及哩。她新结识的当地人呢，有的就喜欢说人家的好话，有的没有自己拿主意的习惯，见贝茨小姐客客气气说好也就跟着说好，还有的看到新娘表面上显得那么聪明、那么和善，就想当然地以为她真就是那么聪明和善，因而他们大多数人都对这个新娘十分满意。这样一来，赞扬埃尔顿太太的话也就自然而然地越传越广了。伍德豪斯小姐当然也不会去唱反调，她当初怎么说，现在还是爽爽快快怎么说，还是高高兴兴地说她“非常讨人喜欢，打扮得也非常高雅”。

有一点，埃尔顿太太起初只露出一些迹象，现在变得格外刺眼了。她对爱玛的态度变了。大概是因为本来有意想跟爱玛亲近，却得不到爱玛一点回应，叫她生了气，所以如今她反倒不愿意来接近了，渐渐变得越来越冷淡，越来越疏远。尽管这一来倒是合了爱玛的意，可是对方这原本不是怀的好心，势必越发增加了爱玛对她的反感。还有，她对哈丽埃特的态度也不客气了。埃尔顿先生也一样。夫妻俩对她又是拿话奚落，又是爱理不理的。爱玛心想：哈丽埃特的心病这一下总该可以很快治好了吧。可是一想起这号行径的背后是一种什么样的感情在作怪，两个人的心都凉了半截。没说的，可怜的哈丽埃特对埃尔顿先生的一片深情，肯定早已作为一点孝敬，献出来作了夫妻间私房话的题材了。她爱玛在这件事里担当的角色十之八九也早已给捅了出来，而且准是给渲染得不惜丑化她，为的是让他借以解嘲。她不用说已经成了他们两口子共同的眼中钉。他们无话可谈时，肯定就会把伍德豪斯小姐随意拉出来骂上一通。他们不敢公然对她失礼，却有个更好的办法发泄胸中的那口恶气，那就是对哈丽埃特尽量表示轻蔑。

埃尔顿太太非常喜欢简·费尔法克斯，而且从一开始就喜欢上了她。这不只是因为如今在跟一位年轻小姐斗气，不免要抑此而扬彼，而是从乍一见面就喜欢上了她。一般的适度地表示一下赞美之意，她还嫌不够。尽管人家并没有来请她求她，借口没有借口，特权没有特权，她就是一个劲儿地硬是要去帮助她、亲近她。还在爱玛尚未遭到她冷落的时候，大概就在她们第三次见面的时候吧，爱玛听到了埃尔顿太太一大篇行侠仗义的高论，谈的就是这个问题。

“简·费尔法克斯实在是可爱，伍德豪斯小姐。我对简·费尔法克斯真欣赏极了。好一个招人疼的有趣的人儿。那样温柔又有那样的大家风度——而且又是那样的多才多艺！我可以告诉你，依我看，她的才艺确是十分不凡。我可以不怕狂妄地说一句：她的琴弹得好极了。我好歹总还是懂些音乐的，敢这样明明白白说一句。啊！她实在是可爱！你也许要笑我会这样激动，是的，说老实话，我什么都不想谈，就是要谈简·费尔法克斯——她的处境真是太叫人于心不忍了！伍德豪斯小姐，我们一定要尽自己的力量，设法去帮她一把才好。我们一定要帮她露露才、扬扬名，像她这样的才艺，可容不得这样老是给埋没下去。你大概也听到过诗人这样两行优美的诗句吧：

多少花儿绽放了异彩却终于无人得见，

一片芬芳空自飘向那荒凉寂寞的苍天。

——出自英国诗人托马斯·格雷（1716—1771）的名诗《墓园挽歌》。

我们可不能让这两行诗应在我们那招人疼的简·费尔法克斯身上啊。”

“我看还不至于如此吧，”爱玛若无其事地回了她一句，“以后你对费尔法克斯小姐的情况有了进一步的了解，知道了她以前住在坎贝尔上校夫妇家过的是怎样的生活，我想你就不会担心她的才艺会遭到埋没了。”

“噢！可是亲爱的伍德豪斯小姐呀，她现在就是这样老躲在家里，没人知晓，也没人理会。她以前住在坎贝尔家纵有千好万好，今天也都享受不到啦，这不是明摆着的吗？我看她对此是深有体会的。肯定是深有体会的。她生性非常怕羞，又沉默寡言。看得出来，她是最巴不得能有人来给她鼓鼓气呢。正因如此，我反而更喜欢她了。我得承认，在我看来，这其实是个优点。我是极力主张做人应该知道怕羞的——可惜知道怕羞的人现在实在是不大能见到了。不过有些地位低一点的人还是知道怕羞的，这就叫人心里好喜欢了。哎，我告诉你说，简·费尔法克斯这个人儿实在是讨人喜欢，我对她欣赏得简直没法儿说。”

“看来你是挺有同情心的，可是不管你也好，费尔法克斯小姐在本地的各位相识也好——他们认识她的时间都比你久——我真想不出你们还能怎样关心她呢？你们不是已经都……”

“亲爱的伍德豪斯小姐呀，只要敢作敢为，可做的事情多着呢。你我是用不着有什么顾虑的。只要我们先做出个榜样来，人家尽管不一定都有我们这样的条件，可还是有许多人会尽其所能，学着我们的榜样去做的。我们家都有马车，尽可以去接接她、送送她；按我们这种势派的生活，身边多一个简·费尔法克斯也绝不会感到有一丝一毫不便。我请了简·费尔法克斯她们来吃饭，赖特给我们在楼上开出来的饭从来不会让我感到有半点歉疚，要不我是会万分于心不安的。那样的事情在我印象里是从来没有的。我过惯了这样风光的日子，也不可能会做出这种于心不安的事来。说到这家务事，要是我真会出点什么岔子的话，最大的可能倒恐怕是恰恰相反，那是凡事做得太讲究，花钱太随便了。也许是我学枫树林学得过了头吧——因为我们不应该硬充胖子，我们的进账哪能跟姐夫萨克林先生相比呢？不过我还是下定了决心，一定要在社交场合上对简·费尔法克斯多加关照。我一定要经常请她来我家，不放过一切机会介绍她多认识一些人，还要举办一些音乐会，好让她充分展现自己的才能，另外还要随时随地替她留心，找一份合适的工作。我认识的人多，相信要不了多久，我一定能替她谋到一份合乎她心意的工作。当然啦，顶要紧的还是我姐姐和姐夫，等他们一来，我要专门把她介绍给他们。我相信他们见了她，一定会喜欢得不得了；等她跟他们稍微熟了些以后，她的顾虑就会一扫而空，因为他们两口子待人的态度真是没说的，谁见了都只会感到无比亲切。对了，我就是要趁他们在我家里时多多请她上我家来。有时我们出去游山玩水，或许还可以在四轮大车里给她留一个座位。”

“可怜的简·费尔法克斯呀！”爱玛心想，“这可不是太委屈你了吗？就算你有错，对狄克森先生不该那样，那也不应罚你受这样的罪呀。让你去领受埃尔顿太太的照拂，落入她的保护！‘简·费尔法克斯！简·费尔法克斯！'地叫个没完。天哪！假如她胆敢'爱玛·伍德豪斯！爱玛·伍德豪斯！'地到处拿我的名字乱嚷嚷，我才不依她呢！不过，说真的，这个女人的一条长舌头看来是无法无天的！”

好在爱玛也不用再去多听这种自我吹嘘了——不用再去听这种完全是说给她一人听的贫嘴了，一口一个“亲爱的伍德豪斯小姐”，听着有多肉麻呢。好在没过多久，埃尔顿太太就自己住口不说了，爱玛这才算是落了个清静——不用再硬去充当埃尔顿太太至亲密友的角色了，也不用再在埃尔顿太太的点拨下去主动充当简·费尔法克斯的保护人了，而只是跟着大家听些一般的议论：人家都有些什么想法，有些什么打算，有些什么动静。反正大家知道的她也都知道了。

她冷眼旁观，觉得倒也很有趣。贝茨小姐见埃尔顿太太这样关心简，对她的那份感激真是一片赤诚，情意殷殷，堪称无以复加了。在她看来，埃尔顿太太太值得她尊敬了，这样和气、这样可亲、这样讨人喜欢的太太真是再也找不到第二个了，她的修养好，又不摆一点架子——埃尔顿太太树立自己形象的打算也就收到了预期的效果。唯一使爱玛觉得意外的，倒是简·费尔法克斯竟会接受这种种关心，而且似乎对埃尔顿太太居然还容忍了下来。听说她有时跟埃尔顿夫妇在一起散步，有时陪着埃尔顿夫妇闲坐聊天，有时竟在埃尔顿家过上一天！这真是太叫人吃惊了！她说什么也不能相信，像费尔法克斯小姐那样懂高雅、有自尊的人，在那儿怎么也会受得了？——在牧师宅里你能跟什么样的人交往相处啊！

“这位小姐真是叫人费解，实在叫人费解，”她说，“情愿一个月又一个月地赖在这里，过着缺这少那的日子。如今又不惜忍受屈辱，以求埃尔顿太太的提携，宁愿听她的贫嘴薄舌，也不肯回到那些高尚的同伴那儿去——他们倒一向是慷慨大度，一片真情热爱着她的。”

简到海伯里来的时候，本来说是待三个月，因为坎贝尔一家要去爱尔兰三个月；但是现在坎贝尔夫妇答应了女儿，同意至少也要待到施洗约翰节[1]再走；因此他们新近几次来信，邀请她去那儿团聚。据贝茨小姐说——这些消息都是从她那儿听来的——狄克森太太信里的口气恳切到了极点，说是只要简肯去，她可以提供交通工具，可以派仆人来服侍，可以替她找人结伴同行——总之，这一路上包她一切都不成问题。可她还是谢绝了。

"她谢绝这个邀请肯定是有缘故的，实际的理由肯定要比表面的理由分量重得多，"爱玛得出了这样的结论，"她心上一定有什么负担，压得她很痛苦，那要不是坎贝尔他们给她造成的，就是她自身的缘故。她不知怎么总是忧心忡忡，小心翼翼，却又心坚如铁。她就是不能到狄克森夫妇那儿去住。也不知是谁下了这么一道令。可是那她又何必非要乖乖地跟着埃尔顿两口子走呢？这又是一个谜，实在叫人费解。"

有几位是了解她对埃尔顿太太有看法的，她把自己在这个问题上的满腹狐疑向这几位一讲，韦斯顿太太就大胆想出了这样一种理由来为简辩解：

"亲爱的爱玛呀，虽然我们不好说她在牧师宅里能找到多大的乐趣，可是那也总比老待在家里强呀。她的姨妈固然是个好人，可老守着她，一定也是够腻味的。我们且别先怪费尔法克斯小姐趣味不高，居然去了那种地方，我们也得先看看她想摆脱的是怎么一个环境。"

"你说得极是，韦斯顿太太，"奈特利先生也情辞恳切地说，"费尔法克斯小姐也跟我们大家一样，是有能力对埃尔顿太太作出一个公允的评价的。假如她能够想同谁交往就同谁交往的话，她也绝不会挑

① 英俗，以圣约翰的诞辰六月二十四日为施洗约翰节，其时正当夏至后两三日。英国以此日为四大结账日之一。

中那一位，可是，（他带点责备的意味冲爱玛微微一笑）别人都不来关心她，埃尔顿太太来关心她，她也只好领受了。”

爱玛觉得这时韦斯顿太太飞快地掠了她一眼，再说，奈特利先生那样恳切的话也确实使她感动。她脸上微微一红，当即答道：

“依我看，埃尔顿太太的那种关心只会使费尔法克斯小姐反感，不会使她高兴。依我看，埃尔顿太太的邀请是没有人瞧得上眼的。”

“我看是不是有这样一种可能，”韦斯顿太太说，“那就是：埃尔顿太太对她盛情相请，她姨妈极力敦促她去，费尔法克斯小姐尽管不是太愿意，也只好勉为其难，有进无退了。可怜的贝茨小姐很可能竟是完全替她外甥女做了主，在她的催促下，费尔法克斯小姐才跟他们显得这样亲近；其实她并不糊涂，她自然也很希望能稍稍换换空气，不过她知道这样亲近是不妥当的。”

她们两个都很想再听听奈特利先生的意见。他默然半晌才说：

“还有一点也是必须考虑的——那就是，埃尔顿太太对费尔法克斯小姐当面说的，跟她背后说她的，不会是同样的话。我们平时说话最常用的代词一个是他或她，一个是您，我们都知道两者用起来分寸上是不一样的。我们大家都有这样一个体会，就是我们在个人的交往中，除了要受日常礼节的制约以外，还另有一种什么观念也影响着我们——一种养成更早的什么观念。即使一个钟头以前我们还是一肚子的气，说话净带骨头，一个钟头以后我们可就不是对谁都能再提这些话了。我们对事物的感受是因时因地而异的。这是我们在思考问题时必须牢记的一条总的原则。除此以外有一点你们也尽可以放心，那就是费尔法克斯小姐无论在才情见解上还是在人品风度上都要高出埃尔顿太太一筹，对此埃尔顿太太毕竟还是有所敬畏的；埃尔顿太太当着费尔法克斯小姐的面，对她还是不失其应有的尊敬的。像简·费尔法克斯这样的女士，埃尔顿太太以前只怕还从来没有见到过呢——她再自高自大，也不能不承认自己要比对方矮一头，即使内心深处不服，在行动上还是不能不有所顾忌的。”

“我知道你对简·费尔法克斯的印象是极好的，”爱玛说。她脑海里忽然浮现出小亨利的身影，这使她产生了一种惊慌而又微妙的心情，一时不知再说些什么好。

“是的，”他回答说，“我对她的印象极好，这又不是什么秘密。”

“可是，”爱玛又说，她一开头说得很快，而且还带着一副俏皮的神气，可一下子却又打住了，不过不中听的话迟听还不如早听，因此她又急忙说了下去，“可是这印象之好到底好到了什么程度，恐怕你自己都还不是很清楚哩。也许迟早有一天，你这倾倒之深会让自己都吃一惊的。”

奈特利先生当时正在埋头扣他厚皮绑腿的底下几颗扣子，不知是因为扣扣子使的劲儿大了呢，还是其他的什么缘故，反正他脸儿都涨红了，不过他还是应道：

“哦！你原来是这个意思？可惜呀，你跑在后头啦。科尔先生六个星期前就向我表示过这个意思了。”

他停了一下。爱玛觉得脚上给韦斯顿太太踩了一下，一时真有些不知道怎么才好。过了一会儿奈特利先生又接着往下说了：

“不过我可以告诉你，那是绝对不可能的事。费尔法克斯小姐她呀，我就是去向她求婚，我看她也不见得肯嫁给我呢，何况我是铁定的主意，绝不会去向她求婚的。”

爱玛也回踩了她的好朋友一脚，踩得也更重。她心里一高兴，就嚷嚷起来：

“你倒一点也不自高自大呀，奈特利先生。我可真要表扬你呢。”

他似乎根本没有听见她的话。他若有所思，过了会儿才开口——看他的神气，好像心里不大高兴：

"这么说，你是认准了我就应该配简·费尔法克斯？"

"没有的事，真的，我绝没有这个意思。你以前老是怪我太喜欢做媒，我哪还敢对你这样放肆呢？我刚才那两句话真是别无他意。这种话不过都是说着玩儿罢了，哪会有什么正经意思呢？啊，真的别无他意！我向你保证，我绝对不是希望你跟简·费尔法克斯结婚，或者跟个简·某某结婚。你真要是结了婚，就不会这样逍遥自在，有兴到我们家来，跟我们一起闲坐聊天了。"

奈特利先生又出了会儿神。他沉思的结果是说了这样两句话："不，爱玛，你说我对她的倾倒之深总有一天会让我自己也吃一惊，我看绝对不会。我可以告诉你，我对她的好感，绝没有到这种地步。"

过了会儿他又接着说："简·费尔法克斯确是一位非常可爱的姑娘——不过就算简·费尔法克斯吧，也不见得是尽善尽美的。她有个缺陷：性情不够直爽。要娶妻子，总是娶个性情直爽点儿的好。"

爱玛听说简有个缺陷，不禁兴高采烈。

"那好哇，"她说，"这么说，你大概三言两语就让科尔先生无话可说了吧？"

"是啊，一句话就够了。他本来也只是很含蓄地给了我一个暗示，我对他说他误会了，他请我原谅，就闭口不谈了。科尔可并没有一定要显得比一般邻里乡亲聪明些、机灵些的意思。"

"在这一点上就跟亲爱的埃尔顿太太完全不一样了，埃尔顿太太只想显得比普天下的人都聪明、都机灵！不知道她提到科尔夫妇俩时是怎么说的——是怎么称呼他们的。她粗俗透了，也放肆惯了，能对他们有什么好称呼？她管你就叫奈特利呢，对科尔先生还能叫什么好听的？所以，简·费尔法克斯接受她的盛情邀请，答应做她的常客，我也不应该感到意外。韦斯顿太太，我觉得还是你提出的理由最有道理。说费尔法克斯小姐是想逃避贝茨小姐，这我一听就深有同感；说费尔法克斯小姐的才情见解盖过了埃尔顿太太，那我就不信。我就不信埃尔顿太太会承认自己的精明、才辩和作为会不如对方，也不信她除了自己原有的那点家教规矩还管着她以外，现在还有什么能约束得了她。我看她会又是称赞，又是鼓励，加上帮这帮那的，不断以此来侮辱她的那位客人。她会不断标榜自己有多少辉煌的打算，大至替她谋一个固定的工作，小至坐四轮大车出外游山玩水时替她争得一席之地。”

“简·费尔法克斯还是有感情的，”奈特利先生说，“我认为她不缺乏感情。我看她的感情还是很丰富的，性情很好，能容忍，有耐心，会自我克制，可惜就是欠直爽。她拘谨，我觉得她本来就拘谨，现在是更拘谨了。我喜欢直爽的性格。真的，要不是上次科尔言外有意，以为我对她心存爱慕，这事我可真连想都没有想过。我跟简·费尔法克斯见面、说话，总是觉得很愉快，对她也很赞赏，但也仅此而已，并没有别的想法。”

一等他走后，爱玛得意扬扬地说：“好了，韦斯顿太太，你老说奈特利先生会娶简·费尔法克斯，现在还有什么话可说？”

“这个嘛，说实在的，亲爱的爱玛，我的看法是，就因为他一心想着可别爱她，所以我看他到头来会不爱上她才怪。你别得意得太早了。”

第 16 章

海伯里内内外外的人，只要是去埃尔顿先生府上做过客的，都很想替他庆贺一下新婚。大家纷纷为他和他的新夫人设宴席、办晚会，请柬像雪片一般飞来，没过多久埃尔顿太太就乐开了花：这赴宴的日程竟排得一天都没空着。

“我算是明白啦，”她说，“我算是明白啦，到了你们这儿我就得过这样的生活。哎呀呀，这样花天酒地下去，我们简直要变成浪荡子啦。看样子，我们真是十足成了红人了。如果在乡下过的就是这样的生活，那倒也不坏啊。我可以告诉你，从下星期一到星期六，我们没有一天不是饭局排得满满的。如果是经济条件比我差点儿的，那当主妇的也压根儿不用愁这个家该怎么当啦。”

凡有邀请，她无不欢迎。她在巴思过惯了那样的生活，赴个晚会是家常便饭，况且又到枫树林待过，因此品尝筵席的口味也高了。看到海伯里的人家居然没有两个客厅，做出来的晚会糕点会是这样蹩脚，请人打牌竟没有冰淇淋招待，她感到有点吃惊。贝茨太太、佩里太太、戈达德太太，还有其他各家的太太们，都没怎么见过世面，闭塞得很，反正过不了几天她就可以来教给她们：这一应铺排都应该是怎么个章法。趁这春天，她一定要办一个特高规格的宴会来还礼，每张牌桌上都要按规范的标准各自点上蜡烛，摆上没有拆封的新牌。到了开宴的那天晚上，除了本家的仆役得悉数出动以外，还要多雇上些人来侍候，送茶送点，时间次序，一样都不能错了规矩。

这时候的爱玛呢，觉得不在哈特菲尔德为埃尔顿夫妇设一次家宴，总未免心有不安。人家请了，他们是绝不能不请的，不然她就会受到恶意的猜疑，人家会以为她八成儿是怀恨在心，器量太小。设一次家宴请他们是少不了的。爱玛为此跟老父亲足足谈了十分钟，伍德豪斯先生算是不表示反对了；不过还是照例提出了入席时绝不坐末席的条件，这也就照例留下了那个老难题：还得决定届时由谁来代他坐这个座位。

请哪几位客人倒是不需多费斟酌的。除了埃尔顿夫妇，还得请韦斯顿夫妇和奈特利先生，这都是不用说的。第八个席位得请可怜的小哈丽埃特来坐，那也是同样不可不请的；不过这一位受到了邀请却不像那些人那样领情。爱玛呢，由于好些原因，见哈丽埃特哀告求免，竟是异乎寻常地高兴。哈丽埃特说："我想，还是能不跟他照面就别跟他照面。我见到他和他那位可爱快乐的妻子在一起，总还有点免不了要觉得不自在。伍德豪斯小姐，你要是不见怪的话，我想我还是待在家里吧。"爱玛正求之而不得呢，她本来以为不可能有这样的好事，所以也根本不敢心存此想。她为她这位小朋友的刚强而高兴——因为她知道，有聚会不去，宁可待在家里，没有刚强的意志是办不到的。这一下她就可以请她真正想请的那一位来坐这第八个座位了，这就是简·费尔法克斯。自从上回跟韦斯顿太太、奈特利先生谈过了那次话以后，她就觉得实在对不起简·费尔法克斯，她过去虽也常常会感到内疚，却从来也没有内疚得这样厉害。奈特利先生的话令她久久难忘。他说了：别人都不来关心简·费尔法克斯，埃尔顿太太来关心她，她也只好领受了。

"这话说得真对，"她说，"至少对我而言就说得一点没错，他话里的意思其实也都是说的我呢，真是惭愧啊。我跟她同龄，又跟她一向认识，实在应该跟她贴心点儿才对。她现在再不会喜欢我了。谁叫我冷了她那么久呢？不过今后我一定要对她多关心些，不能再像以前那样了。”

客人请得很顺利。大家都正好有空，也都很高兴。可是，为筹备这次请客还没有忙乎完呢，却遇上了一种很不凑巧的事。奈特利家两个最大的小家伙本来说好要在春天来看望外公和小姨，住上几个星期，现在他们的爸爸打算这就把他们带来，在哈特菲尔德完完整整待一天——而不巧的是这一天偏偏就是预定要设宴请客的一天。他业务往来忙，不能把日期再往后挪了，可是这一来，却叫伍德豪斯父女俩心里都乱了套。伍德豪斯先生认为席上的人数不能超过八个，再多他的神经就要受不了——现在却有第九个要来——而爱玛则担心这第九位会弄得很不痛快：到哈特菲尔德来省亲，连四十八小时的清静都没有，偏偏就正好遇上宴请外客！

爱玛安慰不了自己，却还是找出点理由来安慰父亲。她说尽管姐夫来了以后席上的人数就会增加到九个，但是他素来少言寡语，席上反正也添不了多少闹声。其实她心里觉得自己的损失才大呢，本来坐在她对面的应该是他哥哥，如今就得换上一面孔正经、不肯多说半句话的他了。

事情的发展倒是很称伍德豪斯先生的心，却未必会合爱玛的意。约翰·奈特利来了，可是韦斯顿先生却因一些意外的情况不得不去了镇上，那天白天是不能来了。晚上也许还能赶来相聚，但吃饭是肯定赶不上了。伍德豪斯先生这才安下了心。见他安了心，而且小家伙们也来了，再加上看到姐夫听老丈人诉说自己的苦命时又是那么一副神色不惊、泰然自若的样子，这样连爱玛心头的烦恼也消去了一大半。

到了请客那天，该到的客人都准时到了，约翰·奈特利似乎也早早就进入了角色，一心想表现得随和些。在等候开席的时候，他没有把哥哥拉到一边的窗前去，而是跟费尔法克斯小姐攀谈起来。对打扮得极尽花团锦簇、珠光宝气之能事的埃尔顿太太，他只是默默地瞅上几眼——也不用多看，只要回去可以有话向伊莎贝拉汇报就行——但费尔法克斯小姐是老相识了，何况又是个文静的姑娘，所以跟她是尽可以谈的。早饭前他带着两个小家伙散步回来，路上就碰到过她了，当时天刚下起雨来。想要应酬几句，自然就想到了这个话题，所以他就说：

“你今天早上该没有走远吧，费尔法克斯小姐，要不我看你就非得给淋湿了不可。我们要是到家再晚一步的话也得淋雨。你一定很快就回家了吧？”

“我只去了邮局就回来了，”她说，“到家的时候雨还没有下大呢。我每天总要去一次邮局。我住在这儿，信总是自己去取的。一来可以省去些麻烦，二来也可以借此出外走走。早饭前去散个步，对我身体有好处。”

“在雨里散步恐怕总不大好吧。”

“那是，不过我出门的时候不像是正经下雨的样子。”

约翰·奈特利先生微微一笑，回答说：

“这就是说，你还是决心要去散你的步，因为我有幸遇见你的时候，你离你的家最多也不过几码远，那时雨点子已经不是两滴三滴，亨利和约翰两个小家伙早已数不过来了。在我们的一生中是有这么一个时期，觉得邮局是个很有吸引力的地方。不过等你到了我这个年纪，你就会渐渐明白了：信，是绝对犯不上冒雨去取的。”

姑娘微微有些脸红，接着是这样回答的：

“我才不敢奢望哪天也能有你这样的好福气呢，——哪能像你，最亲的亲人都在身边。所以我也不能像你这样乐观，将来我是不会因为年纪大了，就对信满不在乎的。”

“满不在乎？噢，别误会——我绝没有这个意思，说你会对信满不在乎。信，是不能不在乎的；信，往往是十足的灾难。”

“你说的是生意往来的信件，我的信可都是朋友的来信。”

“我倒是常常觉得，这两种信里朋友的来信更要不得，”他冷冷地答道，“你知道，生意倒还或许有钱可赚，可是朋友之情从来不生财。”

“啊！你这是在开玩笑了。我太了解约翰·奈特利先生了——谁都懂得朋友之情的可贵，他岂有不懂的？说信对你关系不大，远不如我看得那么重，这我完全相信；可是你看得不如我重，不是因为你比我大了十岁；不是因为年龄的差异，而是因为处境不同。你最亲的亲人都一直在你身边，我呢，就恐怕永远也不会再有这一天了；所以，我只要自身的感情还没有枯竭，我想邮局就势必永远会有力量吸引我出门，哪怕天气比今天还坏，我也会照去不误的。”

“我刚才说你的想法会因时而异，会随着年岁的增长而有所改变，”约翰·奈特利说，“其实我的意思也就是指时间的推移往往会带来处境的变化。我认为这两者是一而二、二而一的。一般说来，亲友要是不在你的日常生活圈子里，日久情疏，那也是在所难免的——但是我心目中的所谓你的变化，却并不是指的这个。我是你的老朋友了，费尔法克斯小姐，请允许我在心里抱着这么一个希望吧，那就是：十年以后，你也会像我今天这样，有这么一大堆会时刻让你牵肠挂肚的了。”

他这番话说得情真意切，丝毫也没有要伤人感情的意思。一声友好的“多谢你”，似乎就想一笑了之了，可是她脸上一红，嘴唇一抖，一颗泪珠夺眶而出，说明她听了这番话的感受不是一笑所能了却得了的。好在这时伍德豪斯先生正好过来招呼她了，逢到这种场合伍德豪斯先生照例有个习惯，总要把客人一个个依次招呼过来，尤其是对女宾，一定要好好问候一番，此刻招呼到最后一位，就是她了。他的话说得真是温文有礼，委婉之至：

“费尔法克斯小姐，我听说你今天早上外出淋了雨，心里好生不安哪。年轻的小姐总要自己保重才好。年轻的小姐好比娇嫩的花草，自己的身体、容颜，都要自己注意保护。亲爱的，你淋了雨把袜子换了没有？”

“换了，老伯，我真的换了。承你好意这样关心我，我真是太感激了。”

“亲爱的费尔法克斯小姐，年轻小姐是自应受到关心的。你外婆和姨妈也都好吧？她们跟我都是很老的老朋友了。但愿我身体能好些，让我这个做乡邻的也可以多尽些做乡邻的情谊。你今天能来，真给我们脸上增光了。我和小女都深知你人品非凡，你能到我们哈特菲尔德来，真让我们高兴到了极点。”

这位礼貌周到的善良老人，这才得以坐下，也安下心来：自己的责任已经尽到，太太小姐们都一一招呼到了，可以各自随意了。

这时候简冒雨外出的新闻早已传到了埃尔顿太太的耳里，于是一迭连声的规劝就向简袭来了。

“亲爱的简呀，我刚才听说的这到底是怎么回事？你冒雨去邮局了？这可使不得呀，千万使不得呀。你这个可怜的姑娘，你怎么能做出这样的事来？这就表明我还没有把你照顾好。”

简尽量耐着性子，再三向她解释自己没有着凉。

“噢！我才不信呢。你这个姑娘也真是够可怜的，连照料自己都不会。居然到邮局去了！韦斯顿太太呀，你听说过有这样的事吗？你我真要好好管教管教她了。”

“对，我是很想来劝两句，”韦斯顿太太完全是一副诚恳的劝导的口气，“费尔法克斯小姐，你可千万不能去冒这种风险。像你这样动不动就得重伤风的体质，要格外当心才好呢，特别是在这种季节里。我总觉得，到了春天一定要分外注意保养。与其冒咳嗽复发的风险去取信，何妨就等上一两个钟头呢？哪怕就是等半天吧，信不也就到了？你说呢？这道理对吗？对对，我相信你是位懂事明理的姑娘，不会不懂这个道理的。我看得出来，你是不会再去干这种事的。”

“哎呀，她绝对不能再干这样的事了，”埃尔顿太太急不可耐地又抢上来说，“我们绝不能让她再干这样的事了。”——说到这里她点了点头，一副大有深意的样子，“一定得想个办法，无论如何也要想个办法。等我回头跟埃先生商量一下。我们的信是每天早上有人去取的（那是我们家的一个仆人，我一下子想不起他叫什么名字了），我们可以叫他也顺便问一声可有你们的信，有就可以给你们一块儿捎来。你看，这样问题就全解决了，反正这在我们是很方便的事。我亲爱的简，说实在的，我看你也用不着觉得有什么过意不去的，就这么办吧。”

“你真是太体贴我了，”简说，“不过我每天清早的散步总是不能少的。医生嘱咐我要尽可能到屋外去走走，我总得有个地方去，邮局也无非是我散步的一个去处。说实在话，我以前极少碰到早上刮风下雨的。”

“我亲爱的简，你别再推辞了。事情就这样定了，不过话得说清楚，（故意装作哈哈一笑）没有征得我那位‘夫君大人’的同意，我能自行做主的权力可是有限得很，超过了这个范围就不行啊。你是知道的，韦斯顿太太，你我如何表情达意、出言措辞，可还真得小心呢。不过我亲爱的简，不是我自夸，我说出来的话还没有完全不管用。所以，只要不是横生出什么连我也无能为力的阻梗，那就可以认为事情就是这样定了。”

“对不起，”简急得马上接口说，“这样的安排我是说什么也不能同意的，麻烦尊仆实在是不必。要是我觉得自己跑邮局跑腻了，那也可以照我没来时的那个老规矩办，外婆也有个仆人……”

“噢，亲爱的，帕蒂哪里忙得过来哟！用得着我们家的仆人，这也是瞧得起我们嘛。”

看简的神气，她似乎还没有被说服，不过她并没有接着这个话茬说下去，而是又跟约翰·奈特利先生谈了起来。

“邮局这个机构可真是了不起！”她说，“办事那么有条有理，那么快捷利索！他们的工作量又是那么大，完成得又是那么出色，想想真是叫人吃惊。”

“确实管理得有条不紊。”

“简直就不大出什么疏漏差错！全国各地寄来寄去的信件经常是成千上万，可是很少有投错的信——真正丢失的，我看更是百万封里都不见得会有一封！我们要是再想想，这信封上的笔迹五花八门，都得一一细加辨认，有的笔迹还是那么潦草，那就更让人惊叹不已了。”

“那里的办事员都是熟能生巧。刚干这一行的时候，是得眼要快些，手也要快些，多练练以后，功夫也就到家了。如果你一定要问这里边还有什么原因的话，”他又含笑接着往下说，“这原因就是，他们干这个是拿工钱的。许多事情所以能办得那么好，答案就在这里。公众出了钱，对公众就应该服务周到。”

他们又谈到了笔迹五花八门的问题，说的也无非都是些老生常谈。

“我听见有人说，”约翰·奈特利说，“一个家庭里的人，其笔迹往往都属于同一个类型。这如果是因为大家都是一个老师所教，那倒也在情理之中。不过就算有这么一条理由吧，依我看这笔迹的相似想必主要还是只限于女性，因为男孩子只是早年学了点皮毛，以后就不大会再有老师教他练字了，结果就乱七八糟地写到哪里算哪里了。我看伊莎贝拉和爱玛的字就非常相像。我有时候乍一看还不一定分辨得出来呢。”

“是的，”他哥哥的口气有些支吾其词，“是有些像。你的意思我懂——不过我总觉得爱玛的字更刚劲有力。”

“伊莎贝拉和爱玛都写得一手好字，”伍德豪斯先生说，“而且从小就是如此。可怜的韦斯顿太太字就写得好嘛。”他望着她，又似感叹，又似微笑。

“要说男士的字，我还从来没有见过哪一位能……”爱玛一边说，一边也朝韦斯顿太太望去，见韦斯顿太太正在跟另外一个人应酬，便马上把话打住，趁这个间隙又细细想了想。“这个人我怎么点明他的身份好呢？——我当着这么多人的面直接提他的名姓是不是不大合适呢？我是不是得转个弯儿对他另换个叫法呢？‘你们约克郡的那位朋友’啦，‘从约克郡给你们写信来的那一位’啦，我真要是调皮些的话，我想我就大可以用这样的称呼。可是我不能这么办，我完全可以堂而皇之直呼他的名姓，心里绝不会有一丝一毫的不好意思。我心里确实是越来越坦然了。要说就说！”

韦斯顿太太跟那人应酬完了，爱玛便又说了下去：“据我所见，弗兰克·丘吉尔先生的一手字在男士中间算得上是数一数二的。”

“他的字我就不欣赏，”奈特利先生说，“写得太小——没有笔力。像女人家写的。”

两位女士听不进去了。她们为弗兰克·丘吉尔辩护，驳斥了这种恶意的中伤。“哪儿的话呢？这绝不是没有笔力——字是写得不大，但是非常秀气，自然也很有笔力。韦斯顿太太身边有没有带着他的信可以拿出来瞧瞧？”“没有，最近倒是有他的来信，不过回过信以后，来信已经收起来了。”

“只可惜我们现在没在那间屋里，”爱玛说，“不然的话，我只要到我的写字台上去找一找，就能拿出个样儿来大家看看。我有他写的一张字条。你还记得吗，韦斯顿太太，有一天就是你‘雇’他替你写的？”

“他一定要说这是我‘雇’他写的。”

“行，行，反正这张字条我还保存着，吃过饭拿出来大家看看，也好叫奈特利先生没有话说。”

“嘿！像弗兰克·丘吉尔先生那样会献殷勤的年轻男士，”奈特利先生淡淡地说，“要给伍德豪斯这样漂亮的小姐写个条子，他还会不把他的浑身手段都使出来？”

饭菜摆齐了。埃尔顿太太也不等主人对她说声请，就已经站起来准备入席了。伍德豪斯先生还没有来得及过来礼貌一番，好陪她步入餐厅，她就已经不客气地在说了：

“还得我走在前面？实在不好意思啊，每次我都得走在前面。”

简天天不忘要去取自己的信，她这种心情并没有逃过爱玛的眼睛。爱玛什么都听在耳里，看在眼中，心里不禁有点好奇：不知道今天早上冒雨走上这一趟，可有什么收获没有？她看是有的，要不是满心企盼至亲至爱的人儿会有信来，她不会态度那样坚决，不惜淋雨也要去走上这一趟，而且这一趟看来不是白走的。爱玛觉得她此刻的神气要比平常都高兴——容光焕发，神采奕奕。

她本来有一两个问题想要问她：从爱尔兰寄一封信来要几天？邮费是多少？话都已经到了嘴边，可终究还是忍住了没有问。她这个决心是不可动摇的：可能会让简·费尔法克斯听了不痛快的话，她一句也不能说。她们臂挽着臂，跟在两位太太的后面走出了客厅，一副友好亲切的样子，跟她们俩那样的美貌、那样的风度，真是再相配也没有了。

第 17 章

宴罢女士们回到了客厅里，爱玛发觉四个人已经没法不明显地分成两摊了：埃尔顿太太还是一意孤行，妄加论断，哪还顾得上什么规矩，简直就占住了简·费尔法克斯不放，把爱玛冷落在一边。爱玛和韦斯顿太太只好要么两个人说说话，要么两个人都不作一声，几乎一直保持着这个局面。埃尔顿太太逼得她们俩想不这样也不行。有时候简说话，埃尔顿太太不能不稍稍住会儿口，可是一转眼，她就又唠叨开了。尽管她们之间的交谈声一般都轻得近乎耳语了，特别是埃尔顿太太把声音压得更低，但是她们谈论的主要话题，人家是不会不知道的。邮局啦、着凉啦、取信啦、友情啦，这些就说了好半天，接下来还有一个话题，在简看来至少也是同样不愿意谈的：埃尔顿太太先是问她可打听到有什么合适的工作没有，继而又把自己为她苦心筹划的情况表白了一番。

“眼下已是四月了，”她说，“我真为你急死了。转眼六月就要到了。”

“可我从来也没有说定是六月还是几月——只是打算等到夏天再说。”

“你真的什么也没有打听到？”

“我压根儿就没去打听过，我也实在不想去打听。”

“噢，亲爱的，我们还是早点去找的好。你不知道，要找一个能完全让你称心满意的工作有多不容易啊。”

“我还会不知道？”简说着直摇头，“亲爱的埃尔顿太太哟，对这件事难道我还会考虑得比谁少吗？”

“可是你对人情世故就懂得远不如我多。你不知道，那头一等的工作只要一有空缺，就有多少人会来报名应征啊。在枫树林那一带，这种事我见得多了。萨克林先生有个表亲布拉奇太太，来她那儿求职的人就是这样，多得数也数不过来。谁都想去他们家，因为与她往来的都是头一等的人家。书房里还点蜡烛呢！你想该有多惬意！千人家万人家，我最希望你去的就是布拉奇太太的家。”

“坎贝尔上校夫妇到施洗约翰节就该回伦敦了，”简说，“我得上他们那儿去住一阵，我想他们肯定会叫我去的。这以后要是我能自己来作个安排倒也不错。不过眼下我希望你就不要费这个心去打听了。”

“费心？啊，是这样！好，我知道你的顾虑何在了。你是担心我太费心，可是我可以告诉你，亲爱的简，坎贝尔夫妇哪会有我这样关心你呢？我过一两天就打算写封信给帕特里奇太太，托她无论如何也要替你留心点，有合适的工作千万不要放过。”

“真谢谢你啦，不过我还是希望你别跟她提这件事。反正时间还早着呢，我不希望这就给人家添麻烦。”

“可是我亲爱的孩子啊，时间也实在不算早啦；眼下已是四月了，六月，乃至七月，都是一转眼就到的事，我们要办的又是那么难办的事。看你这样少不更事的样子，我真觉得好笑！你应该找一个相当的职位，你的朋友也都想替你找一个相当的职位，这种职位可不是每天都能碰到的，可不是说要就能到手的。真的，真的，我们得马上就打听起来。”

“对不起，太太，我根本就没有这样的意思。我自己是不会去打听的，要是我的朋友替我去打听，那我也只能表示遗憾了。其实只要时间的问题一旦定了，那根本就不用担心我会长时间找不到工作。伦敦自有这种地方，叫什么所来着？去问问的话很快就会有着落的——那里介绍人家出卖的总不见得是人的血肉之躯吧，要出卖人的才干尽可以到那儿去找。”

“噢！亲爱的，你说人的血肉之躯！你这是说到哪里去了？如果你话里的意思是在抨击奴隶买卖这一行，那你只管放心，萨克林先生一向对废除奴隶买卖活动相当支持的呢。”

“我并没有这个意思——我也根本没有想到过贩卖奴隶这一行，”简回答说，“放心，我想到的只是介绍家庭女教师这一行。干这一行的，罪过固然大不一样，可是要问受害者的痛苦哪个大些，那我就不敢说了。不过我的意思只是说，反正有张贴待聘广告的介绍所呢，只要去那儿办个申请，我相信一定很快就能找到个合适的工作的。”

“合适的工作？”埃尔顿太太学着简的话说，“是啊，你有些妄自菲薄，觉得那样的工作合适，我知道你为人非常谦虚，可是你的朋友们看到你应了那种人家的聘请，将就了一个卑微平凡的职位，他们是不会心安理得的。那种人家不跟上等人士来往，对高雅的生活还没有资格享受呢。”

“你的盛情我非常感激，可是对于这些，我是看得非常淡薄的。

挤到有钱人堆里，绝不是我的本意所在。跟他们在一起，我想我反而会越发感到屈辱。跟他们一对比，我只会更加觉得难受。要说我也定了什么条件的话，那就是，我只想进个绅士人家。”

“我才了解你呢，我才了解你呢。你是饥不择食，我可就要挑剔一些了，我相信好心的坎贝尔夫妇一定会完全赞同我这种态度的。凭你这样优秀的才艺，你有资格在第一流的上等人士圈子里走动。单凭你在音乐方面的造诣，你就完全有资格提出自己的条件，可以想要几个房间就有几个房间，可以想跟哪户人家相处得有多亲密就有多亲密。比方说吧，我不知道你会不会弹竖琴，假如你会的话，以上几条我包你完全可以办到。不过，你不但钢琴弹得好，歌唱得也好。对，其实我看你就已经可以办到了，就算不会弹竖琴，想提什么条件也只管提好了。你一定得有，也一定会有一个又称心、又体面、又舒适的立身之所，要不这样的话，坎贝尔夫妇也好，我也好，都是放不下心来的。”

“你说这种职位应该又称心、又体面、又舒适，这当然是很有道理的，”简说，“这几条的确都是同样重要的，不过我确实说的不是客气话：我不希望现在就替我去张罗找工作。我对你真是万分地感激，埃尔顿太太；谁同情我，我都是很感激的，不过我说的确实不是客气话：我希望在夏天以前绝不要帮我这个忙。我还想留在这儿，就这样生活，再过上两三个月。”

“我说的也绝不是客气话，我可以告诉你，”埃尔顿太太满面春风地说，“我一定时刻密切注意，也请朋友们用心注意，如有确实极好的职位，绝不能放过。”

她就是这样一味唠叨个没完，即使偶尔给打断了也会随即就接上去，一直到伍德豪斯先生走进客厅里来，她这个话头才算完全刹住；

这时她的自吹经又换了个箭靶子，爱玛听见她还是用那种近乎耳语的声音在对简说：

“哎呀你看，我的这位亲爱的老情郎来了！真想不到他还这样会献殷勤，别的男人还没来呢，他就抢在前头来了。多可亲的人儿呀！我可以告诉你，我真是太喜欢他了。他那一套古怪的老派礼数我很欣赏，它远比新派的所谓潇洒更对我的口味。那种新派的所谓潇洒倒常常让我讨厌。可是这位伍德豪斯老先生也真有意思，他刚才在席上对我的那一通恭维你要是没听见那才可惜哩。哎呀我可以告诉你，我当时真怕我那位亲爱的丈夫会听得醋意大发哩。我看我还蛮吃香呢，他挺赏识我这身礼服的。你喜欢不喜欢我这身礼服呀？那是塞利娜给我挑的——很漂亮吧？不过我怕这花边是不是镶得过多了点？我最受不了衣服上花边镶得太多，花哨得难看死了。眼下我还是得装点装点，因为我得从俗哪。新娘子嘛，你也知道，总得像个新娘子的样，不过我生性喜爱朴素；式样朴实点的衣服，真不知要比花里胡哨的好多少呢。不过我看我到底还是属于少数派；在衣着上崇尚朴素的人看来不多——艳丽花哨才吃得开呢。我有一件银白两色的‘波普林’①，我很想也给镶上这样的花边。你看相配不相配？”

客厅里人刚到齐，韦斯顿先生也来了。他办完事回到家里，吃了一顿很晚的晚饭，一吃完就步行来到哈特菲尔德。那最有眼力的几位早就料定他必来无疑，所以并不觉得意外——不过大家还是一片兴高采烈。伍德豪斯先生以前一看到他就感到十分遗憾，但是此刻跟他相见时的那份喜悦，即使达不到十分至少也有八九分了。只有约翰·奈特利惊讶得一时说不出话来。一个人，在伦敦办了一天的事，本来完

---

① 波普林是一种毛葛类的织物。这里是指用这种织物缝制的服装。

全可以安安静静在家歇上一晚，却又出了家门，走上半英里的路。来到人家家里，为的就是可以男女一堂相聚到深夜，在张罗应酬、人多声杂中过完这一天。见到竟有这种事，他不能不深以为异。要知道这一位，他从早上八点钟忙起，到此刻本来可以享受些安静了，他已经说了一天的话，本来可以让嘴巴歇歇了，他已经跟许许多多人打了交道，本来可以一个人清静清静了！就是这样一位，他舍弃了自己家火炉旁的那份宁静和自由，在这连雨带雪、寒峭逼人的四月的夜晚，又急忙忙走出家门，一头投入了这个尘嚣世界。如果他轻轻一招手，就能马上把妻子带回家去，那倒也可以算是个理由吧；可是他这一来，聚会恐怕不但不会很快就散，反而会散得更迟了。约翰·奈特利望着他简直惊呆了，后来才耸了耸肩膀，说："即便是他，我也真不敢相信他会做出这样的事来。"

这时候，一点都不疑心有人正对他大不以为然的韦斯顿先生，还跟往常一样高高兴兴，乐乐呵呵的；离家外出一天，谈话当然主要是要听他的了，他也很想多说些好听的来给大家听听。先是太太问他吃晚饭的事，他都一一作了回答，让她相信了她给仆人们作的精心布置他们一条也没有忘记，随后他就把听到的那些社会新闻统统搬出来讲给大家听。这些都说完以后，才轮到跟太太讲件家事，这话尽管主要是对韦斯顿太太说的，但是他可以百分之百地肯定，这客厅里的每一个人对此都是极感兴趣的。他递给太太一封信——信是弗兰克写来的，是写给她的；他路上正好碰到邮差，见有信，就拿了来，而且擅自做主，拆开来看了。

"你看哪，你看哪，"他说，"看了保管你高兴。只有短短几行——花不了你多少时间的。念给爱玛听听。"

两位女士一起把信看了一遍，他则一直坐在那里，笑吟吟地不断对她们说着话儿，声音是稍微压低了一点，不过大家都还是清清楚楚听得见的。

“哎，你瞧，他要来啦，是个好消息吧？哎，你还有什么话好说呀？我不是一直跟你说，他很快就会再来的吗？安妮，亲爱的，我不是一直跟你这么说，可你就是不信我的话吗？你瞧着吧，下星期就到京了——据我看下星期是最迟的了；因为他舅母呀，一旦打算好有什么事要做，那真是性急得跟‘黑先生’[①]似的，没准儿他们明天就到，不是明天就是星期六。至于她的病嘛，当然也压根儿没事啦。不过弗兰克能再来跟我们聚聚总是件大好事，镇子那么近。他们来了以后总要待上好一阵吧。他总该有一半的时间可以跟我们在一起吧。这对我倒是正中下怀。你看呢，是天大的好消息吧？你看完了没有？爱玛也把信看全了吗？收起来，收起来，我们改个时间真要好好谈谈，可是现在不行。我只是把这件事对大家提一下，不细谈了。”

韦斯顿太太此刻真是满心欢喜，心里再舒畅也没有了。神气、说话，已是什么也控制不住了。她开心，也意识到自己开心，更意识到自己应该开心。她几句祝贺的话说得真是热情奔放，可是爱玛的话就没法说得那么顺溜了。她的心有点旁骛，她是在估量自己内心的感受，想摸摸清楚自己到底激动到了怎么个程度——这激动，她隐隐感到该是不会小的。

可是韦斯顿先生因为心切，观察得就未免不够仔细，而且自己已经说了很多，也不希望别人再多谈了，所以听爱玛说了这些，他也就十分满意了，不一会儿他就走开了去，去找他其他的朋友，把这消息也约略通报几句，好让他们也开心开心，其实他也明知这消息刚才满

① 英语中有句谚语：“恶魔之黑，未如所绘之甚。”所以人们常把恶魔称作“黑家伙”。这里的“黑先生”是个委婉的说法。

客厅的人肯定早就听见了。

幸而他一厢情愿，只当他们个个兴高采烈，要不他也就不至于会以为伍德豪斯先生和奈特利先生最为欢喜了。在韦斯顿太太和爱玛之后，接下来首先应该让他们开心开心。再接下去他本打算去找费尔法克斯小姐说的，可是她正跟约翰·奈特利谈得兴浓，这肯定会打搅他们的。再一看埃尔顿太太正好就在近旁，此刻也没有人来攀谈，于是他就理所当然地跟她谈起了这个话题来。

第 18 章

“我希望不久就能有幸介绍我的儿子跟你认识。”韦斯顿先生说。

埃尔顿太太满心以为这希望云云是特别对她表示的敬意，所以客气地笑了笑。

“我想你大概听说过有个叫弗兰克·丘吉尔的，”他又接着说，“也知道他就是我的儿子，虽然并不随我的姓。”

“啊，知道，能跟他认识真是太高兴了。我相信埃尔顿先生一定会马上就去拜望他的，我们也盼望他能够光临牧师宅第。”

“你真是太客气了，我相信弗兰克一定会高兴万分的。他下个星期就到镇上了，也说不定还要提前些。今天收到他一封信，信里说了。我今天早上在路上正好碰到邮差，见有信，就顺便拿了，一看是我儿子的笔迹。我也顾不得收信人不是我，就自作主张拆开了——收信人是我太太。不瞒你说，给儿子写信，这主要是她的事。我几乎从来就没有收到过他一封信。”

“所以你就这么霸道，把写给她的信拆开来看了！噢，韦斯特先生呀，”她故意装作哈哈大笑，“那我可要说这是你做得不对了！这个先例一开，实在是太危险了！我求求你，千万别叫你的四邻也都学了你的样。说实话，要是这种事将来落到我的头上，那我们嫁了人的妇女就不能不设法防患于未然了！哎呀，韦斯顿先生，我真想不到你会这样！”

“哎呀，我们男人都是些无可救药的家伙。你还真得提防着点才好呢，埃尔顿太太。这封信上说了——信是匆匆忙忙写的，所以很短，只是来通知我们一声——信上说了：他们一家马上就要来镇上了，那都是为丘吉尔太太打算——一个冬天以来她身体一直不好，觉得恩斯库姆太冷，于她的健康不利，因此他们打算赶紧举家搬到南边来住。”

“是吗？是从约克郡来？恩斯库姆是在约克郡吧？”

“对，他们那儿离伦敦有一百九十来英里路，路是远了点。”

“对，说真的，远了还真不止一点点呢。比枫树林到伦敦还远六十五英里。不过韦斯顿先生，对大户人家的人来说，远一点又算得了什么呢？我告诉你，你一定会吃惊的：我姐夫萨克林先生有时候赶东赶西像飞一样，那个忙啊。说来你也许不大相信：他和布拉奇先生去伦敦，一个星期就要来回两趟，好在有四匹马哪。”

“从恩斯库姆来，这路途给他们的难处才大了，”韦斯顿先生说，“难就难在，据我们听说，丘吉尔太太已经一连有七天没能离开沙发了。弗兰克在上一封信里说，丘吉尔太太抱怨自己的身子骨儿太弱，要没有他和他舅舅一起搀扶的话，就压根儿进不了她的保暖房了。你看，这就表明她身子的虚弱已经到了很严重的地步；可是现在她又急不可耐地想快快赶到镇上，途中只打算住上两夜——弗兰克信上是明明白白这么说的。娇贵的女士体质上确实是颇有其特殊性的，埃尔顿太太，你得承认我这话说得没错。”

“不，才不呢，我半点也不能同意。我是始终站在我们女性这一边的，真的，我就是这个立场。我不妨先告诉你，你会发现在这个问题上，我的观点是跟你完全对立的。我是向来要为妇女说话的。我可以告诉你，要是你知道了塞利娜说的夜宿客栈的那个难受劲儿，你就会觉得丘吉尔太太这样不近人情地拼命想少在路上过夜，一点也不奇怪了。塞利娜说她实在受不了，她爱讲究的毛病，我看只怕连我也感染到了几分。她出外旅游总是自带被单，这个预防措施倒挺不错。丘吉尔太太也带吗？”

“错不了，只要哪个时髦的高雅女士想出了什么新招，她没有不照办的。丘吉尔太太在这方面的积极性是绝不会比海内的哪位女士差的——”

埃尔顿太太急忙忙插上来说：

“噢，韦斯顿先生，可别误会我的意思。她并不是什么时髦的高雅淑女，真的。你这是想到哪儿去了。”

“是吗？那倒就不好拿丘吉尔太太来跟她相比照了，丘吉尔太太就十足是位时髦的高雅女士，再地道也没有了。”

埃尔顿太太不禁后悔起来，这样忙不迭地否认是失策了。她的本意可绝不是真要人家相信她的姐姐并不是一位时髦的高雅女士，也许自己没有勇气说是吧。她觉得最好还是把话说回来。正在思量这话该怎么说，韦斯顿先生却又说了下去：

“你或许也猜到了，我对丘吉尔太太没有多大好感，不过这只能我们两个人之间说说。她是非常喜欢弗兰克的，所以我也不想说她的不是。再说，她现在身体也不好。不过据她自己说，她其实一向就是这样的。有句话我也不是对谁都会说的，埃尔顿太太，我是不大相信丘吉尔太太真有什么病。”

“如果她真有什么病，那为什么不到巴思去呢，韦斯顿先生？去巴思，或者去克利夫顿，不是很好吗？”

“她就是认定恩斯库姆太冷，于她的健康不利。我看，其实呢，是她在恩斯库姆住腻了。她老是在那儿久居不动，一年里在那儿住的时间现在是越来越长，所以想要换换环境了。那儿是很偏僻的。地方不错，但是非常偏僻。”

“对了，准是跟枫树林似的。枫树林离大路就再远也没有了。周围都是种的树木，一眼望不到边！简直就像跟整个世界都隔绝了似的——真是幽深清静到了极点的极点。丘吉尔太太也许不像塞利娜那样身体好、精神足，所以享受不了那种幽居的生活。也可能是她不大善于随遇而安，不能自己找些消遣，所以也过不来乡居生活。我常说，一个女人要会尽量自己找办法消遣——真是谢天谢地，我自己有的是消遣的办法，所以不跟外界来往也觉得无所谓。”

“弗兰克今年二月来过这里，住了两个星期。”

“我记得好像听谁说过。他这次再来，就会发现海伯里的社交圈里又新添了一名成员——我是说，假如我也可以不揣冒昧来充个数的话。不过也许他还从来没有听说过天底下还有这么个人呢。”

这分明是要人家来恭维几句，别人哪会听不出来呢？韦斯顿先生便立即提高了声音，十分得体地说道：

“我亲爱的夫人！哪会有这样的事呢？只有你才想得出来，会没有听说过你？我相信韦斯顿太太最近的几封信里只怕满篇都是写的埃尔顿太太，哪还顾得上写别人呢？”

任务完成，可以再回过头来说他儿子了。

“弗兰克走的时候，”他又继续说下去，“我们心中根本没有一点数，不知道什么时候还能再跟他见面，所以今天听到这个消息，就格外欢喜了。真完全是意外之喜啊。其实呢，我倒是一直深信不疑，认为他是很快就会再来的；我相信事情一定会有转机，会天从人愿的——可是谁也不信我的话。他和韦斯顿太太都泄气了。‘他哪还来得了啊？他舅舅舅妈哪还会再放他走啊？’这样的话说了一大堆。我却始终认为我们总有一天会时来运转，如愿以偿。你看，现在果不其然。根据我一生的观察，埃尔顿太太，人就是这样，这个月诸事不遂，下个月就一定会否极泰来。”

“你说得很对，韦斯顿先生，真是对极了。以前有过一位先生追求我，跟我好得形影不离，我就是每每对他这么说的——当时，因为事情进行得不是很顺利——发展的速度不称他的心——他就往往嗒然若丧，唉声叹气，说照这样的速度下去，到五月海门[①] 怕还不肯为我们披上他的深红长袍呢。哎呀，为了驱散他那种灰溜溜的情绪，让他能看得开一些，我真不知花了多少心思啊！比如说马车的事吧——为了马车的事我们弄得很不顺心——我还记得，有一天早上，他垂头丧气地来了……”

说到这里她娇声细气一阵咳嗽，只能停了下来，韦斯顿先生马上抓住这个机会继续说他的。

“你刚才提到五月，也不知是大夫的嘱咐呢，还是自己的决定，反正丘吉尔太太正巧也就是要在五月离开恩斯库姆，换个暖和些的地方去住——说直白了，就是到伦敦来住；这样，弗兰克也就可以经常

① 希腊神话中的婚姻之神，系阿波罗之子。

到我们这儿来走动了，这一春是不成问题的，你看这喜人不喜人——春天，正是一年里最理想不过的季节：白天快长到顶了，气候也温和宜人，从早到晚都会激发起人们出外散心的雅兴，活动活动又不会嫌热。他上次来的时候，我们就把这个机会利用得很充分，可惜就是那时的天气往往阴湿多雨，弄得人打不起兴致来；你也知道，二月里的天就是这样。结果我们的心愿没偿还了一半。这次时机到了，我们可以好好欢聚一次了。埃尔顿太太，我看像我们这样，团聚的日期还没有个准，免不了要这样时时盼望，不知他是今天到还是明天到，却又可能随时会到，这种企盼的快乐，也许要比他真的到了家还甜上三分吧？我看是这样的。我看就是这种心境最让人兴奋，也最使人愉快了。我希望你见了我儿子会感到满意，不过也千万别期望太高，他可绝不是什么奇才。大家都觉得他是个蛮不错的年轻人，不过别期望他是什么奇才。我太太特别喜欢他，对他疼得不得了，你大概也猜到了，我看在眼里自然也是欣喜万分。她认为这小伙子是无人可及的。”

“那我可以请你放心，韦斯顿先生，我相信我对他的看法是肯定差不了的。赞扬弗兰克·丘吉尔先生的话我已经听到很多很多了。不过，也应该说一句良心话，我还是个一向颇有自己主见的人，绝不会不问是非，人云亦云。我可以告诉你，我对你儿子的评价一定有一说一、有二说二。我是不会奉承人的。”

韦斯顿先生思量了片刻。

“我想我该没有苛责了可怜的丘吉尔太太吧，”他马上就又接着说，“如果她真是病了，那我是冤枉了她，应当赔个不是；可是她的性格中有一些特点，使我一谈起她，想宽容也宽容不来了。埃尔顿太太，我想你也不会不知道我跟他们家是怎么个关系吧，不会不知道我受到了他们家怎么样的对待吧；说句不见外的话，这事都得怪她，都是她在那里挑动。要不是她的缘故，弗兰克的母亲也绝不会那样给瞧不起了。丘吉尔先生是个傲气的人，可是他的傲气跟他妻子的傲气是不可同日而语的。他的傲气是闷在肚里，不找人发泄的，是绅士式的那种傲气，伤不了什么人，至多只会弄得自己有点无奈，有点招人讨厌。可是他妻子的那种傲气就十足是自大，是蛮横了，而且更叫人不能容忍的是，其实她自己的门第、家世，都没有什么可以自吹的。她嫁给丘吉尔先生的时候，不过是无名丫头一个，算个绅士的女儿还勉强呢；可是自从她嫁到丘吉尔家以后，她那种神气活现，那种自以为了不起，真比他们丘吉尔家的人还要胜上十分。她这个人，我绝不对你说瞎话，那可真是暴发户一个。”

“倒真想不到！哎呀，那会不气死人才怪！我最恨暴发户了。自从在枫树林住过以后，我对于那种人真是厌恶透了，因为那一带地方有户人家，老是装腔作势，摆足了架子，叫我姐姐姐夫看得那个恼火啊！你把丘吉尔太太的情况这么一说，我马上就想起了那户人家。那户人家姓塔普曼，搬到那儿住还只是近些时的事，来往的亲友免不了有很多是下等人，可是他们却把架子摆得足足的，妄想跟本地的名门望族平起平坐。他们在韦斯特府至多也不过住了一年半吧，至于他们的财是怎么发起来的，那就谁也不知道了。他们是从伯明翰[①]搬来的，那个地方，你也知道，韦斯顿先生，可是不大会出什么好人家的。对伯明翰是不能存什么奢望的。我常说，这户人家的姓一听就有点吓人，不过除了这些以外，对塔普曼这户人家的确切情况我们就都一无所知了，尽管我可以明确地告诉你，他们着实有很多地方很引得人家疑心。可是看他们的神态举止，他们却显然又自恃身份很高，似

① 在英格兰中部，是个大工业城市，十六世纪开始迅速发展，后毁于瘟疫，至十八世纪重又兴起。

乎连我姐夫萨克林先生都比得过。我姐夫也不巧，偏偏就做了他们的近邻。真是不巧，太不巧了。我姐夫萨克林先生在枫树林已经住了十一年，在他之前是他父亲住的——至少我看是这样——我有八九成的把握敢说，这份产业一定是在老萨克林先生生前就购置好的。”

他们的谈话给打断了，是送茶来了。韦斯顿先生想说的都已经说完，就赶紧利用这个机会走开了。

用过茶后，韦斯顿先生夫妇、埃尔顿先生就跟伍德豪斯先生一起坐下来打牌。余下的五位便各自随意。爱玛有点担心，只怕他们未必能处得十分融洽，因为奈特利先生好像不大想跟人说话；埃尔顿太太是很希望有人来攀谈的，可是谁也没有这份兴致；她自己呢，却又有点心烦，能不说话也真不大想开口。

倒是约翰·奈特利先生比他哥哥爱说话。他明天一早就要告辞回去了，所以一会儿他就说开了：

“我说，爱玛，有关小家伙们的事，我想我已经没有什么别的要说了，反正你姐姐已经有信给你，上面肯定什么都写得详详细细。我想拜托你的，要比她简略得多，精神实质恐怕也不大一样。我要叮嘱你的其实只有两句话：别惯坏了他们，别给他们吃药。”

“我很希望能使你们俩都感到满意，”爱玛说，“因为，我一定会尽我的力量使小家伙们快乐，这就对得起伊莎贝拉了；而要做到使他们快乐，就不能对他们无原则地纵容，也不能给他们乱吃药。”

“如果你嫌他们烦了，千万不要客气，打发他们回家就是。”

“那倒是很有可能的。你也觉得有这个可能，是不是？”

“我想我应该是估计到的：小家伙们也许会吵吵闹闹，打扰了老人家，甚至还可能会拖累了你——假如你的来往应酬还是像近来这样只见多起来的话。”

“只见多起来？”

“是啊。你一定也觉察到了，最近这半年来，你的生活方式变化很大。”

“变化？绝对没有的事，我可没有觉察到有什么变化。”

“有一点是无可怀疑的，就是你的来往应酬要比以前多得多了。这一次便是明证。我这次来只耽搁了一天，就看见你办了一次宴会。以前哪曾有过这样的事？哪曾有过这种样子的事？你的芳邻越来越多了，你跟他们的交往也越来越多了。前一阵子，你给伊莎贝拉的来信封封都给她讲了新近都有过些什么玩乐，不是科尔先生家的晚宴，就是克朗旅馆的舞会。你之所以会变得忙成这样，兰德尔斯起的作用，光是兰德尔斯起的作用，就是够大的。”

“就是，”他哥哥急忙接上来说，“原因都在兰德尔斯。”

“那好吧——我看兰德尔斯的影响今后也不见得就会减少，所以我就觉得，爱玛，亨利和约翰有时候就说不定会碍手碍脚的。要是这样的话，我只求你马上就打发他们回家。”

“那又何必呢？”奈特利先生嚷了起来，“何必要打发回家呢？送他们到唐韦尔来好了，反正我肯定也是闲着。”

“哎呀呀！”爱玛也叫了起来，“看你说得有多好笑！我倒要请问：我这个应酬那个应酬就算多了点，又有哪一个没有你参加的？凭什么就说我可能会没工夫照料小家伙呢？我这些应酬让你们大惊小怪了——可那都是些什么应酬呢？一次在科尔先生家吃晚饭，还有一次舞会只是在商量要办，可始终没有办成。对于你我可以理解，”她朝约翰·奈特利先生点了一下头，“你运气好，今天在这里一下子碰到了那么多好朋友，心里一高兴，难免要表现表现。可是你，”她转过头去向着奈特利先生，“你是了解的，我是轻易不离哈特菲尔德一步的，哪怕只出去两个钟头都是极难得、极难得的事——你凭什么就能料定我会有这样那样的玩乐一大堆呢？我实在猜不出来。要说到我那两位亲爱的小家伙，那我倒得说一句，假如爱玛姨妈没工夫照料他们的话，依我看他们跟着伯伯过也不见得就会好上多少。小姨要是有一个钟头不在家，那伯伯就至少有四五个钟头不会在家，而且即使在家，他也不是一个人在看他的书，就是在算他的账。”

奈特利先生似乎忍不住要笑出来了，却又拼命想忍住，正巧这时候埃尔顿太太来跟他说话了，所以他也顺顺当当地就把笑意收了起来。

Volume Three

第　三　卷

第 1 章

听到弗兰克·丘吉尔这个消息后自己的那一阵激动到底算是哪门子的激动？爱玛静下心来只稍稍想了想，心下就释然了。她很快就深信不疑了：自己之所以会感到担心、感到发窘，不是因为自己的缘故——那都是为了他。自己的情愫早已消失得无影无踪，这是错不了的——多想没有意思；可是他，无疑一直是爱恋得更要深上十倍的他，去时怀着一片火炽的热情，如果这次回来还是怀着这么一片火炽的热情，那就很不好办了。如果分别了两个月他的头脑还没有冷静下来，她就免不了会有危险，会有祸事，所以对他一定要提防，自己一定要小心。她可不想让自己的感情再有什么瓜葛，如果他还有什么追求的表示，避而不理是她义不容辞的责任。

她希望自己能制止得了他，别让他作出明确的爱的表白。他要是作了那样的表白，他们目前的这种交往就势必得宣告终止，那可是非常难受的；不过她却又情不自禁，总巴望事情能有个决绝些的了断。她隐隐意识到，这个春天只怕总免不了要出现一个转折点，要发生一件大事，一件会改变她目前这种平稳宁静的现状的什么大事。

好在过了没多久，她就可以自己来判断一下弗兰克·丘吉尔的感情究属如何了——虽说没多久，却还是比韦斯顿先生预料的时间要长了好些。恩斯库姆那一家子并没有像他们料想的那样很快就到了镇上，不过他倒是一到镇子很快就来到了海伯里。他骑马赶来得跑两个钟头，这已经是跑得最快了；不过从兰德尔斯出来，他一定会马上就来哈特菲尔德，到那时她就可以好好运用自己敏锐的观察力，迅速判定一下他到底受到了多少触动，自己又应该如何应对。他们在极其友好的气氛中见了面。他见到了她无比高兴，这是不容置疑的。不过她也几乎马上就辨出了一些味道，觉得他对她只怕已经没有像以前那样在心了，原先的那一片柔情蜜意只怕已经没有那么浓了。她把他打量得很仔细。显而易见，他已经不像以前那样情意缠绵了。他是因为多时不在，加上很可能已经认识到她确实无意于此，所以才成了这样。这是再自然不过的事，也是她求之不得的事。

他情绪极好，还跟以前一样有说有笑的，看样子好像也很乐于谈起上次的来此小住。重提一些旧话，他也不是心情一点都不激动的。这可不是说他内心很平静，在平静之中她看出了他这相对的激动。其实他内心根本就不平静，他显然有些心绪不宁，意态之间有一种心神不定之感。他虽然还是谈笑风生，可是这种谈笑风生却似乎连他自己都不觉得有趣。不过，她之所以觉得自己在这一点上的看法绝不会错，还是因为看到他只待了一刻钟，便匆匆告辞，去拜访海伯里的其他朋友了。“我刚才来的时候在街上碰到了好些老朋友——只是停下来打了个招呼，也没有多停留——倒不是我自以为有多了不起，可我要是不去登门拜访一下的话，他们会不高兴的。我也很想在哈特菲尔德再多待一会儿，可是我还是得赶紧就去。”

他已经不像以前那样情意缠绵了，这一点她是确信无疑的；可是看他心情还有些激动，又是那样急于要走，好像他的问题又并没有彻底解决。她倒是觉得有这样一种可能，就是这说明了他担心她会引得他旧情复燃，为谨慎计他就下了决心，还是小心为上，别跟她在一起相处太久。

弗兰克·丘吉尔在十天里只来了这么一次。他心里是很想来的，时刻都盼望着能来——却总是来不了。他舅妈简直一刻也离不开他。这是他后来在兰德尔斯自己所作的解释。如果他说的都是老实话，如果他真是想来而没有来成，那就只能得出一个结论，就是丘吉尔太太搬到伦敦来住以后，她病病痛痛中的那部分心理因素，也就是神经性因素，并没有因此就能治好。这就可以肯定：她是真的有病。在兰德尔斯，弗兰克就明白表示他现在相信她是真的有病。尽管好多事情也许只是胡思乱想吧，不过现在回想起来，他觉得舅妈的健康状况确确实实要比半年前差多了。他不相信好好护理、好好医治还会治不好她的病，至少他不相信舅妈会已经病到余日无多的地步；但是他父亲的种种猜疑却也说服不了他，他不认为舅妈的病痛都是自己想入非非，也不认为她的身体还是那么好好的。

没过多久，她就觉得连伦敦她也住不得了。她受不了伦敦的那个闹。她的神经老是不断受到刺激，痛苦不堪。因此十天以后，她外甥就给兰德尔斯来了一封信，说计划改了，他们要马上搬到里士满去住了。丘吉尔太太听了人家的推荐，说那里有位名医，医道极高，而且那个地方的其他条件也都很合她的意。找了个中意的地点，租了一幢家具齐全的房子，但愿这次更换环境，就能使她的健康状况有个明显的改善。

爱玛听说，弗兰克信中写到这次搬家，字里行间透着兴高采烈，看来他最高兴的就是天外飞来了这么件喜事：他这就有两个月的时间可以跟许多亲爱的朋友近在咫尺了，因为房子已经预租了五、六两个月。她还听说，如今弗兰克的信里已经说得把握十足，说是他这就可以跟他们经常相聚了，简直可以想要什么时候来就什么时候来。

爱玛看出了韦斯顿先生对眼前的这件可喜可贺之事是如何理解的。他认为这件大喜事给他们的快乐，都是由她而来的。她真希望可别这样才好。反正两个月内必能有个水落石出。

韦斯顿先生自己的那份快乐是不言而喻的。他真是开心极了。这样的好事，正是他求之不得的。这下子，弗兰克真就是近在身边了。九英里的路，对一个年轻人来说又算得了什么？骑马来，一个钟头就到了。他可以随时过来。从这点上来说，里士满和伦敦之间的差别可就大了：一个是可以随时见到他，一个却是永远也别想见到他。十六英里的路——不，是十八英里——到曼彻斯特街有足足十八英里——这十八英里路就成了天大的阻隔。就是真能够脱身出来走一趟，一来一往，一天的工夫就都花费在路上了。儿子在伦敦，做父亲的并没有什么欣慰可言；跟在恩斯库姆又有什么两样？而里士满这样的远近却正好，来往就够便捷了。再近的话，反倒没有这样好了！

由于这次搬家，有一件好事倒是马上就拍板定局了——这就是打算在克朗旅馆举办的舞会。以前大家倒也不是忘了，而是很快就取得了一致的认识，觉得这日期压根儿没法定。不过现在是铁定要办了；准备工作又都一一恢复了起来。丘吉尔一家搬到里士满后不久，弗兰克就来了一封短信，说他舅妈换了个环境以后已经觉得情况好多了，说不管他们定在什么时候，他要来相聚上二十四小时是绝没有问题的，还敦促他们把日期定得越早越好。

韦斯顿先生主办的舞会眼看就要真的办起来了。只要再过那么几个“明天”，海伯里的年轻人翘首以待的快乐就可以如愿了。

伍德豪斯先生也只得作罢了。好在在他看来，这个季节已经不是那么伤身体了。在五月里，干什么都要比二月里强吧。当下就约好了贝茨太太，到那天晚上就请她来哈特菲尔德相陪；对詹姆斯也作了周全的交代。他这才一扫心头的愁云，只希望亲爱的爱玛没在家的时候，亲爱的小亨利和小约翰可谁也别出什么事才好。

第 2 章

这次没有再横生出什么倒霉事，舞会总算可以开起来了。预定的日子越来越近，后来终于到了。守候了一个上午，大家等得都很有点心焦了，直到下午快要吃晚饭了，这才看见，一点没错，果然是他弗兰克·丘吉尔，赶到了兰德尔斯。这就诸事齐备，万无一失了。

此前爱玛跟他就没有再见过面。这次重见，该是在克朗旅馆的舞厅里了；不过这总比大庭广众普通场合下的相见要好些吧。韦斯顿先生请她早些到场，说他们主人先到一步，请她也尽早就来，这样就可以在其他客人驾到之前，请她先看看各处的布置可还得当，可还舒适，以便能及时改进。他说得情真意切，爱玛不好拒绝他。这样，这个年轻人就少不了要来相陪了，她尽管用不着多说话，总也得相处一会儿吧。不过她先得去接哈丽埃特，于是两个人便同车前往克朗旅馆，到得不早不晚，正好让兰德尔斯府上各位既先到了一步，也没有久候。

弗兰克·丘吉尔似乎老是在那里眼观耳听；他虽然说话不多，从他眼中的神采却明明白白看得出，他今天晚上是打算要好好玩个痛快的。大家就一起到各处去走走，看看是不是还有什么不到之处；可是没过多久，就又来了一辆马车，车上下来的人也加入了他们的队伍。起初爱玛一听到马车声不由得大吃了一惊。她差点儿嚷嚷起来："怪了，来得那么早！"可是马上就弄清楚了：这是他们的老朋友一家，也跟她一样，是韦斯顿先生特意请来帮着斟酌斟酌的；他们前脚刚到，后脚又是一辆，来的是一家表亲，也是那样一片至诚相邀给请来的，任务也是一样。照这个情形看，为了预先查看一遍，恐怕马上就有一半客人要提前到场了。

爱玛看出韦斯顿先生并不是只相信她一个人的眼光。她觉得，像这样知己好友极多的人，能蒙他的青睐做他的好朋友，也并不是真有什么无上的荣幸可值得夸耀的。她欣赏他坦诚的为人，不过假如他的直率能收敛点儿的话，他的人格就会更高尚了。善待众人，而非尽人皆友，这才是应有的为人之道。这样的人她才喜欢。

这么一大群人到各处走了一遍，看了一通，又都称赞了一番；后来实在没有什么事可做了，便都围到壁炉跟前，居然也大致围满了半圈。一时没有别的话题可谈，就谈这一炉火，大家各有各的腔，各有各的调，说的无非都是一个意思，就是：虽然已经是五月天，到傍晚时分能烤烤火还是挺惬意的。

爱玛这才了解到，韦斯顿先生这"枢密顾问团"的人数就到此为止，并未再进一步扩大，那就不能怪他了。他们的车曾经特意在贝茨太太家门口停了一下，想把她家的姨甥俩给顺便接来，可那姨甥俩说是一定要等埃尔顿两口子来接。

弗兰克人是站在她身边，却常常待不住；他总有点静不下来的样子，这说明他心神不定。他时而四下张望，时而到门口去看看，时而又侧耳静听可有车来的声音——准是巴望舞会快开，等得心焦了，要不就是他怕，不敢老是紧挨在她身边。

话谈到了埃尔顿太太的身上。他说："我想她总该快来了吧。我老是听到人家谈起她，真想见见她。我想她该不会来得很晚吧。"

传来了马车声。他一听提脚就走，却又马上转了回来，说道：

"我忘了，我还没有跟她认识呢。埃尔顿先生和埃尔顿太太，我还一个都没有见过呢。这样冒冒失失去迎接不好。"

埃尔顿先生夫妇俩进来了，大家都含笑招呼，致意如仪。

"可是贝茨小姐和费尔法克斯小姐呢？"韦斯顿先生在四下里找，"我们还当你们会把她们给一块儿接来呢。"

小小的疏忽算不了什么，马上再派车去接就是了。爱玛真想知道弗兰克跟埃尔顿太太见面后的第一印象如何，见了她那种故作风雅的打扮、那一脸盈盈的笑意，是不是给感染了？这小伙子马上就证明了自己是有能力作出一个评价的，证据是双方介绍完后，他对她的一番客气话说得非常得体。

几分钟后，马车就回来了。有人说下雨了。"那我得赶快送伞过去，爸爸，"弗兰克对他父亲说，"贝茨小姐可是一定要照看好的。"说完他就走了。韦斯顿先生正打算也跟着去，却让埃尔顿太太给留住了——埃尔顿太太要把他儿子称赞上一番，让他高兴高兴呢。她半刻也没有等就说开了，小伙子尽管走得绝对不慢，却也绝不会听不见她的话。

"真是个挺好的年轻人哪，韦斯顿先生。你知道，我坦率地跟你说过：凡事我都有自己的看法。我现在就可以高兴地告诉你，我真喜欢他。我这话可是由衷之言啊。我从来不会说奉承话。我觉得他真是一位出色的英俊青年，他的待人之礼就是好，我一向喜欢、素来推许的也正是这样一种态度，这是最纯正的绅士风度，没有一丝一毫的狂妄自大、高傲逞能。你要知道，我最讨厌高傲逞能的小伙子了——见了这种人真反感得要起鸡皮疙瘩。在枫树林，我们就从来容不得这种人。萨克林先生也好，我也好，我们从来就受不了这种人，碰到这种人我们常常不客气，话说得那才叫尖刻呢。只有塞利娜向来脾气好，好得简直都过了头了，只有她见了他们才不大去计较。”

前半段谈到他儿子，韦斯顿先生听得全神贯注；可是一听话头扯到了枫树林，他就回过神来，想起刚来的两位女客还得去招呼，便含着喜滋滋的笑容，不得不匆匆走了。

埃尔顿太太转过头来改对韦斯顿太太说：“我敢说，去接贝茨小姐和简的一定是我们家的车，绝对错不了。我们家的车夫我们家的马，跑得那个快啊！我相信我们家的车要比谁家的车都跑得快！能派自己的车去接朋友，那是再高兴不过的事了！我听说难为你们也派了车去接过，不过以后这就大可不必了。你们尽管放心，这事我全包了，以后她们就由我来照看好了。”

贝茨小姐和费尔法克斯小姐在两位男士的陪同下走了进来，埃尔顿太太似乎认为迎接她们不只是韦斯顿太太的分内事，同样也应该有她的一份。虽说她的手势，她的动作，在一旁看着的人如爱玛都一看就懂，可是她的声音，其实无论是谁的声音，都马上就淹没在贝茨小姐那滔滔不绝的叽叽呱呱中了。贝茨小姐进门的时候早就在那儿唠叨了，直至给让到壁炉跟前的那个圈子里，还是好半天也没把话说完。门一开就听见她的声音了：

“真难为你们这样体贴人！根本没有什么雨。算不了啥。我自己就没当一回事。鞋子厚着哪。简还说……哎唷！（一进门）哎唷！真是金碧辉煌哇！妙极了，妙极了！没说的，布置得真是太了不起了，简直挑不出一点毛病。我是做梦也想不到的。灯火照得这样满屋通明！简，简，看哪！你倒说说，你见过这样灯火辉煌的地方吗？噢，韦斯顿先生，你一定把阿拉丁的神灯都弄来了，我看准是的！我们的老板娘斯托克斯太太要连自己旅馆的大厅都不认识了。我进来的时候看见她的，她就站在大门口。'啊，斯托克斯太太，'我就跟她打了个招呼——想多说句话都没工夫。"这时候韦斯顿太太过来接待了。"我很好哇，谢谢你，太太。你也很好吧。那敢情好，我听了也高兴。我真担心你会忙得犯头痛病呢！看见你一会儿过来一会儿过去的，知道你一定是操心的事儿一大堆。那敢情好，我听了真是太欢喜了！啊！亲爱的埃尔顿太太，真感谢你派车来接，车来得也正是时候，简和我已经统统准备好了，一刻也没有让马等。坐你们家的马车再舒服不过了。啊，对了，要说起来我们还真得感谢你呢，韦斯顿太太。承埃尔顿太太的盛情，事先就给简送了个条子，不然我们早就先搭车来了。想想也真是，一天里有两家的车子来接，这样好的高邻哪儿找得到呀！我对我妈说了：'说心里话，老太太……'谢谢你，我妈身体可好着哩。已经到伍德豪斯先生府上去了。我让她围上了披肩——因为一到黄昏这天还是一点都不暖和——就是她那条大大的新披肩啦，是狄克森太太结婚时送给她的。真难为她，还想到了我妈！你知道吧，那可是在韦默斯买的，还是狄克森先生挑的呢。据简说，当时另外还有三条，弄得他们好一会儿都拿不定主意。坎贝尔上校比较中意一条橄榄色的。我亲爱的简呀，你的脚真的没有踩湿吗？雨是只下了一两滴，可我总是不放心哪；也多亏了弗兰克·丘吉尔先生，想得真是太……还特意在地下铺了条席子好让我们下得了脚。他招待得真是周到，我是永远也不会忘记的。啊，弗兰克·丘吉尔先生，我得告诉你，我妈的眼镜后来就再也没有出过岔，那小铆钉没有再脱出来过。我妈常说你心肠好，是不是啊，简？我们不是常常谈起弗兰克·丘吉尔先生的吗？啊，伍德豪斯小姐在这儿呢。亲爱的伍德豪斯小姐，你好吗？我很好，多谢你啦，我好得很哪。我们这简直是在仙境中相会了，变得简直都认不出来了！我也知道，说奉承话是不可以的，（说着她两眼瞅住了爱玛，一副扬扬自得的样子）说奉承话就是不敬了；不过我说心里话，你看上去真是……简的发型你喜欢不喜欢？你真有眼光啊。那可是她自己梳的。真不简单哪，把头发梳得这样漂亮！我看伦敦的理发师哪一个也做不出这样的发型来……啊，休斯医生，是你呀——还有休斯太太。我得过去跟休斯医生休斯太太说两句话。你好吗？你好吗？我很好，多谢你啦。这真是太叫人高兴了，是不是？亲爱的理查德先生在哪儿？啊，在那儿呢。别打搅他了，让他去跟年轻小姐说话吧，那可要有趣儿多了。你好吗，理查德先生？那天你骑马从镇上过，我看见你了。唷，那不是奥特韦太太又是谁呀？还有奥特韦先生阁下，还有奥特韦小姐、卡罗琳小姐。这么多朋友！还有乔治先生，还有阿瑟先生！你好吗？大家都好吗？我很好呢，多谢你们啦。我是再好也没有了。我该没听错吧，好像又有一辆车来了？会是谁呢？很可能是科尔府上各位吧。说真的，能跟这么多朋友共聚一堂，这是多大的乐儿呀。何况这炉火烧得又是那么旺！我都烤得浑身热烘烘的了。谢谢，我不要咖啡，我是从来不喝咖啡的。方便的话，一会儿请给我来点茶吧，先生，不忙的。噢！茶来了。真是样样都那么周到！”

弗兰克·丘吉尔也重返本位，回到了爱玛的身边。贝茨小姐的话音一落，爱玛发觉耳边就飘来了埃尔顿太太和费尔法克斯小姐的谈话声，不听也得听——她们就站在她背后不远处呢。弗兰克是若有所思。至于他是不是也什么都听在耳里，这爱玛就不敢断定了。埃尔顿太太把简的衣着、简的相貌赞了又赞，简很有礼貌，只是默默地听。

赞完了人家，埃尔顿太太分明就想要人家也来赞她一番了——她是这么说的："你喜欢不喜欢我这身礼服呀？你喜欢不喜欢我这镶的花边呀？赖特给我做的发型漂亮不漂亮？"她还带出了其他许许多多问题，简都很有耐心地客客气气一一作了回答。埃尔顿太太接着说道：

"其实总的说来，在衣着上可说是谁也再马虎不过我了；不过在今天这样的场合，大家的眼光都紧盯着我，再说我也要顾到韦斯顿先生伉俪的面子——我相信他们举办今天这个舞会主要是为了招待我——所以我也不希望打扮得有哪点儿不如人家。我看今天这大厅里除了我就很少有人戴珍珠项链的。听说弗兰克·丘吉尔敢情舞还跳得很好，舞艺是一流的呢。我想看看我们的艺术风格是不是合得了拍。弗兰克·丘吉尔确实是一个漂亮的年轻小伙子，我挺喜欢他的。"

这时候弗兰克大谈特谈起来；见他说得这样带劲，爱玛不禁起了点疑心，她猜弗兰克大概是暗暗听到了埃尔顿太太在称赞他，他不想再听下去了。于是两位女士的对话一时完全被盖住了，直到他的话第二次打住，这才重又能听清埃尔顿太太的那个调门儿了。当时埃尔顿先生刚刚来到她们中间，他那口子正嚷嚷着说：

"哎呀！我们躲在这个清静角落里，还是让你给找到了，是吧？我刚才还在对简说呢，说你这会儿该着急了，一定是在四处打听我们都上哪儿去了。"

"管她叫简了！"弗兰克·丘吉尔一脸的惊奇和不快，嘴里直嘀咕，"也未免太熟不拘礼了吧。不过，我看费尔法克斯小姐好像倒也并没有不以为然。"

"你对埃尔顿太太可还喜欢？"爱玛悄悄问他。

"一点也不喜欢。"

"真是忘恩负义。"

"忘恩负义？什么意思？"皱紧的眉头随即化为一笑，"得了，别给我解释了，我不想知道你到底是什么意思。我爸在哪儿？什么时候开始跳舞？"

爱玛真摸不透他，他的情绪似乎有点怪。他走了，去找他父亲了，可是很快又转了回来，韦斯顿先生和韦斯顿太太也双双跟着他来了。他是正巧碰到了他们，他们正有一个小小的难题，得来找爱玛商量。原来韦斯顿太太刚才忽然想起，这舞会的第一支舞总得请埃尔顿太太来跳；埃尔顿太太自己也肯定认为那是理所当然的事；而他们原本是一心只想把这项礼遇给予爱玛的，这就难以两全了。爱玛听到了这个伤心的消息，面对现实，还是显得很坚强。

"可是我们还得替她配一个合适的舞伴，这又怎么办呢？"韦斯顿先生说，"她一定认为，请她跳这第一支舞的应该是弗兰克。"

弗兰克立刻转过脸去看了爱玛一眼，意思是要爱玛许了愿得兑现，随即就露出了得意的口气，说他早已跟人有约在先了。他父亲听了他这话，脸上大有赞许之色，——结果那局面就成了韦斯顿太太要老爷子他亲自去陪埃尔顿太太跳舞，而大家的任务就成了要去帮着说服他勉为其难，他呢，也很快就被说服了。当下便由韦斯顿先生和埃尔顿太太领头登场，弗兰克先生和伍德豪斯小姐紧随其后。爱玛尽管一直认为这个舞会是特为她而筹办的，如今却也只好屈居第二，倒让埃尔顿太太占了先。她一赌气，差点儿想要结婚了。

埃尔顿太太此刻无疑成了赢家，她的虚荣心完全得到了满足；因为她虽然本来很想跟弗兰克·丘吉尔跳第一支舞，可是现在换了他爸爸，她也吃不了亏。论舞艺韦斯顿先生说不定倒比他儿子还高明呢。而爱玛呢，尽管遇上了这点小小的不快，可是看到一对对舞伴排起的长队已经相当可观，想起难得可以这样一连狂欢上好几个钟头，她心里一高兴，渐渐地笑得也很愉快了。倒是见奈特利先生硬是不肯跳舞，叫她看得实在气恼不过。你看他，混在那“看客”队伍里，那可不是他该去的地方；他该来跳舞，不该去与那些做丈夫的、做爸爸的为伍，不该去与那些装着很爱看跳舞、可是一搭起牌局就马上掉头不顾的牌迷们为伍，你看他的样子还年轻得很呢！他在别处或许还不是显得那么出众，可是混在那堆人里就大有鹤立鸡群之感了。他高大、结实而挺拔的身材，在那个上了年纪、腰也粗了、背也弯了的人群里才显眼呢，爱玛觉得那肯定会引得满场的人都为之瞩目。除了她自己的这位舞伴以外，那长长的一行年轻小伙子里头就没有一个能比得上他的。这时只见他往前挪了几步，只消看看他走这几步，便可想而知：假如他不怕劳神，肯来跳两支舞的话，那舞步一定是那么风度翩翩，优雅自如。爱玛每次跟他四目相对，总要瞅得他微微一笑才罢，不过在一般的情况下他总是神情庄重。她想：可惜他就是不大喜欢舞池，也不怎么喜欢弗兰克·丘吉尔。他似乎总是在那里观察她。她还不至于那么狂妄，以为他在欣赏自己的舞艺。不过，假如他是对她的行止有什么责难的话，她是不怕的。她和她的舞伴之间绝对没有调情之类的事。他们不是情人，更像是笑笑闹闹、熟不拘礼的朋友。弗兰克·丘吉尔已经不再像从前那样眷恋着她了，这是再明白不过的。

舞会开得很愉快。韦斯顿太太为了这个舞会牵肠挂肚、时刻操心，都没有白费。看来大家都是其乐融融。舞会一般不到结束的时候人家是不大会赞一声“真来劲”的，可是今天的舞会却从一开始就赞扬声不绝于耳了。要说真正重要、真正值得记上一笔的事情，在这次舞会上也不见得就会比一般的舞会上多。但是有一件事，爱玛觉得还是很有意思的。晚宴前的最后两支舞开始了，哈丽埃特却还没有舞伴，就剩下她一个年轻小姐还坐在那儿。这以前下场跳舞的一直都是男女之数正好相等，这一回怎么会突然多出一个来，倒是件怪事了。不过爱玛的疑团很快就解开了，原来她看到埃尔顿先生在四处闲荡呢。他是不愿意去请哈丽埃特跳舞，巴不得能免则免。爱玛看透了他心里才不愿意呢——只怕还随时可能会往牌室里一溜呢。

不过他并没有打算溜。他来到了尽是看客的那个角落，跟一些人谈上几句，在他们面前转来转去，似乎要表示他这会儿反正闲着，而且还很想多偷会儿闲。他有时一转就正好转到了史密斯小姐的跟前，有时还跟她身旁的人攀谈几句，全然不避。这爱玛都看见了。她此刻还没有迈开舞步；她跟在队列的最后，还在一点一点往前挪，所以还得空可以溜溜"野眼"，只消把头稍稍偏过点儿，就把这一切都看在眼里了。快到队列的头上了，整个队伍也早都转到了她的背后，她这就不能再由着自己的眼睛四下观望了；不过当时埃尔顿先生正好离她很近，刚才他跟韦斯顿太太之间的几句对话，她一字一句都听在耳里；她还发觉，就在她前边的埃尔顿太太也一直在听，而且还故意对他使了几个眼色，为他叫好呢。心好、脾气也好的韦斯顿太太是特意离开了自己的座位来陪他说话的，她说："你不跳舞，埃尔顿先生？"他立刻脱口答道："如果你肯赏光的话，韦斯顿太太，我十二万分乐意奉陪。"

"我？噢，我哪儿行——我倒很愿意替你介绍一位比我高明十倍的舞伴。我是不会跳舞的。"

"如果吉尔伯特太太想跳的话，"他说，"我当然也万分乐意，因为，尽管我成家以后渐渐觉得自己已经有了些老头儿的味道，而且跳舞的时代也已经过去了，可是能陪吉尔伯特太太这样的老朋友跳一支舞，我还是万分高兴，随时愿意奉陪的。"

"吉尔伯特太太不打算跳舞了，不过有一位年轻小姐这会儿还没有舞伴，要是我能看到她下去跳个舞，那就太好了——这就是史密斯小姐。”

“史密斯小姐？——噢！我还没有注意到。多谢你的好意——我要不是已经成了家，都成了个老头儿……不过我跳舞的时代已经过去啦，韦斯顿太太，请你原谅。你若是还有什么其他的事要我去办的话，我一定无比乐于从命——实在是我跳舞的时代已经过去啦。”

韦斯顿太太没有再说什么。她回到自己的座位上去了，她的那份吃惊、那份窘态，爱玛是可以想象得到的。埃尔顿先生，一向和蔼可亲、温文有礼的埃尔顿先生，原来就是这么个人！爱玛回过头去看了一下，见他已经到了稍远的奈特利先生那儿，整了整衣服，好像打算作一番深谈的样子。他和他太太都是满面春风，你冲我笑笑，我也冲你笑笑。

爱玛不想再看了。她心里火烧火燎的，她担心自己的脸上只怕也一样涨得通红。

过了一会儿，又出现了一幕，让她看得高兴起来——奈特利先生牵着哈丽埃特的手，加入到跳舞的队伍里来了！她此时此刻的惊奇真是从来也不曾有过的，心里的那份欢喜也是平生绝无仅有的。她心花怒放，只觉得感激莫名，为了哈丽埃特，也为了她自己。她真想去感谢他，虽然相隔很远，无法言传，可是一等自己的目光再次同他相遇，脸上的表情也就都意在不言中了。

他的舞艺果然一如她所料，精湛无比。要不是刚才的那一幕实在太残酷，要不是哈丽埃特现在那样的眉飞色舞，表明她深感受宠若惊，已经完全陶醉——要不是由于这些原因，爱玛真会感到：哈丽埃特的运气也未免太好了。哈丽埃特才不会无动于衷呢，她跳得比什么时候都高，朝里一个腾飞，飞得比什么时候都远，脸上的笑意一刻也没有消失过。

埃尔顿先生早已躲到牌室里去了。爱玛想，他一定是一脸的窘相。她认为埃尔顿先生尽管越来越像他太太，可是到底还不像他太太那样刻薄。那个女的想法如何，从她对舞伴说的话里就可以听出一二，这话可不是悄悄儿说的：

“奈特利怜悯史密斯小姐这个小可怜儿了！真没想到，他为人还挺厚道呢。”

宣布入席用晚饭了，于是大家就纷纷过去入席。从这一刻起，可以听见贝茨小姐的说话声一直没有断过，直到她被请到席上坐定，拿起了汤匙才罢。

“简，简，我亲爱的简，你在哪儿呀？你的披肩在这儿呢。韦斯顿太太要你千万把披肩披上，说是过道里怕有穿堂风呢，尽管能想的办法都想到了——把一扇门钉死了——还挡上了好多好多草席——我亲爱的简，你真的千万要披上。丘吉尔先生啊，你真是太好了！看你有多好，替她把披肩披上了——真感谢你啊！这舞跳得好极了。是的，我亲爱的，我急急忙忙回了一趟家，我说过我得回去一趟，好服侍你外婆睡下，这又急忙赶了回来，居然谁也没有发觉。我不是跟你说了嘛，走的时候我一声都没吭。外婆好得很呢，跟伍德豪斯先生做伴，高高兴兴度过了一个黄昏，聊这聊那的，还下十五子棋。楼下还煮了茶，备了小甜饼和烤苹果，还有葡萄酒，她用过以后才走的。她掷骰子[①]，有几回运气好得惊人。她还问起你好多事情：你玩得快活不快活啊？请你跳舞的都是谁啊？我说：‘哎呀，我可不想抢这个先，还是回头让简自己告诉你吧；反正我临走的时候是乔治·奥特韦先生

① 下十五子棋要掷骰子决定行棋的步数。

请她跳的舞。明天她都会很乐意地详详细细亲自告诉你的。她的第一个舞伴是埃尔顿先生；我不知道下一个会是谁，可能是威廉·考克斯先生吧。’我亲爱的先生，你真是太好了。有难就来，见人就帮。我还不是一步都动不了呢。先生，你真是太体贴我了。好极了，一只手搀着简，一只手扶着我。等等，等等，我们往后退一退，埃尔顿太太要过去呢。亲爱的埃尔顿太太，她呀，真是仪态万方——好漂亮的花边哪。好了，我们大家就都跟在她后边走吧。她简直就是今晚舞会上的皇后啊！唷，我们到了过道了。有两级台阶哪，简，小心有两级台阶哪。啊，不对，只有一级呢。咦，我是明明听说有两级的。这就怪了！我原以为有两级呢，敢情只有一级。这样舒服、这样气派的地方，我真还从来没有见到过呢——到处烛火通明。我刚才不是在跟你说你外婆嘛，简——可也有一点小小的遗憾。烤苹果和小甜饼都各有特色，味道极好，你也知道；可是原先端上来的是一道美味佳肴煨杂碎，还配了些芦笋，好心的伍德豪斯先生嫌那芦笋没有熟透，就叫整盘儿撤了下去。要知道煨杂碎配芦笋可是外婆最最爱吃的菜啦——所以她觉得未免有些败兴。不过我们都说好了，这事我们可对谁都不能讲，免得万一传到了亲爱的伍德豪斯小姐耳朵里，会害得她好生不安的。哎哟，这真是太妙了！我惊得都快要呆了！真是做梦也想不到哇——这样精巧、这样华丽！我活了这一辈子还从来没见过有这么……唷，我们坐哪儿好呢？我们坐哪儿好呢？只要简吹不到穿堂风，坐哪儿都行。我坐哪儿都无所谓。啊，你让我们坐这边？好啊，当然行啦，丘吉尔先生——只是这儿似乎不配我们坐吧——不过我们遵命就是了。在这样气派的地方听你的指点，管保不会错。亲爱的简啊，这么多菜，我们要记住一半都难呢，回去怎么向外婆汇报啊？还有汤！我的乖乖！按说我不该这么急就不客气地先用起来，可是这汤的气味实在是香，我真忍不住要先尝为快了。”

爱玛直到吃过了晚饭才有机会跟奈特利先生说上话；一等大家都又到了舞厅里，爱玛便对他使了个令他不能不理的眼色，好请他过来，向他表示谢意。他对埃尔顿先生的行径痛加斥责，说那是无可宽恕的无礼行为，埃尔顿太太的那副脸色也受到了应有的谴责。

“他们想要伤害的又何止是哈丽埃特一个呢，”他说，“爱玛，他们是怎么跟你结了仇的？”

他虽然面带微笑，两道目光却能看透她的心扉；见她没有回答，他又接着说道：“不管那男的是个什么货色，依我看那女的就说什么也不该生你的气呀。对我这个推测，你当然不愿意表示意见，可是爱玛，你坦白说吧，你本来是想牵线，要他跟哈丽埃特结婚的，是吧？”

“是的，”爱玛回答说，“所以他们就不能原谅我了。”

他摇了摇头，不过在摇头的同时，脸上还是漾起了一缕宽容的笑意。他只是说：

“我不想责备你，还是让你自己去好好反思一下吧。”

“我对待这种奉承拍马的家伙难道还会出什么错？你还信不过我？我也有我的傲气，我真要是出了什么错，我的傲气能放得过我？”

“现在你不能靠一股傲气了，要靠你拿出一股认真劲儿来。如果傲气没能帮你看出问题，我相信你只要认真反思，就一定可以看出来。”

“我承认我对埃尔顿先生是完全看错了人。他的人品多少有点卑鄙，你看出来了，我却没有看出来。我还只当他爱上了哈丽埃特。要不是阴差阳错，闹出了许多误会，也不至于这样。”

“既然你已经坦率承认了这些，那么作为回报，我也愿意为你说句公道话：你替他选择的对象，真要比他自己选择的那位好呢。哈丽埃特·史密斯有一些极优秀的品质，那都是埃尔顿太太身上完全见不到的。她纯真无邪，不装腔作势，不矫揉造作——一个男人，只要是明白道理、趣味高尚的，他就会觉得这个姑娘真不知要比埃尔顿太太那样的女人强多少倍呢。我原先还以为哈丽埃特不大健谈，后来才发现她其实还是挺能谈的。”

爱玛真是欣喜无比。这时候韦斯顿先生在请大家再去跳舞了，场子里一阵忙忙乱乱，他们的谈话也给打断了。

“来吧，伍德豪斯小姐、奥特韦小姐、费尔法克斯小姐，你们都在干什么呀？来吧，爱玛，为你的同伴做个榜样吧。大家怎么都懒洋洋的？大家怎么都睡着啦？”

“我都准备好了，”爱玛说，“随时等着领教呢。”

“你这次跟谁跳呀？”奈特利先生问。

她犹豫了一下，这才答道：“你要是来请我，就跟你呗。”

“可以赏光吗？”他说着，把手一伸。

“当然可以。你已经证明了你是很会跳舞的，而且你也知道，我们这兄妹之谊到底不是那么实的，跳个舞又有什么要不得的？”

“兄妹之谊？对，倒真不是那么实的。”

第 3 章

跟奈特利先生这样片言释疑之后，爱玛不觉心中大快。第二天早上她在草坪上散步，细细回味舞会上的一些惬意事儿，这便是其中之一。她太高兴了，在埃尔顿夫妇的问题上他们达成了这样充分的谅解，对那两口子的看法也是那么一致，而尤其可喜的是他还称赞了哈丽埃特，这也就是承认了她爱玛是对的。昨夜埃尔顿夫妇的那番无礼举动，一时间真差点儿要搅得她一晚上都别想再痛痛快快过了，却不料那竟是一个契机，倒给她带来了当晚最欢乐的几个高潮。但愿能再产生一个美满的结果——把哈丽埃特的痴病也给治好。晚上她们离开舞厅前哈丽埃特曾经说起过那档子事，从她当时的口气来玩味，爱玛觉得事情大有希望。仿佛哈丽埃特的眼睛猛一下子睁了开来，终于让她看清了埃尔顿先生敢情并不是她原来心目中的那么个优秀人物。发热的头脑已经退烧，如今爱玛可以不用再担心献来的殷勤会误人误己而弄得心跳加快。她也相信埃尔顿夫妇心怀不良，一定还会使出些故意不理不睬之类的损招来，所以磨难还不会少——不定什么时候倒还用得着呢。总之，哈丽埃特理智了，弗兰克·丘吉尔不是那么情意绵绵了，奈特利先生也没有必要再来跟她拌嘴了，所以她今年夏天该可以过得逍遥自在了。

今天早上她不会跟弗兰克·丘吉尔见面了。他事先打过招呼，说自己一定要赶在中午以前回到家里，所以只憾无幸再到哈特菲尔德来登门拜访了。她倒是一点也不觉得遗憾。

把心里的这些问题都理过一遍，琢磨过一通，解决得都妥妥帖帖了，她只觉得一身精神，正准备要转身回屋，去照应一下两个小家伙以及他们的外公，却冷不防那拱形大铁门打开了，进来的是她八辈子也想不到竟会在一起的那两个人——一个是弗兰克·丘吉尔，只见他手上还扶着一个，是哈丽埃特——竟然是哈丽埃特！她一下子就明白出了了不得的事了。哈丽埃特脸色惨白，一脸的惊慌，弗兰克还在极力抚慰她。大铁门跟屋子正门相距不到二十码——三个人很快就到了门厅里。一到里边哈丽埃特立刻就倒在一把椅子里，昏了过去。

年轻小姐昏过去了总得救醒过来；有问就不能不答，人家吓了一跳就不能不解释清楚。见到这种事谁不想弄清个究竟呢？不过心头的悬念也绝不会悬上很久。过不了一会儿爱玛就前因后果全了解了。

史密斯小姐，跟另一位也寄宿在戈达德太太家里、昨晚也参加了舞会的比克顿小姐结了伴，一起出去走走，所走的一条路叫里士满路，这里虽然表面上看去人来车往，安全应该不成问题，可是结果却让她们遇了一次险。出海伯里往前走了约莫半英里地，路陡地一个急转弯，两边便是榆树夹道，浓荫匝地，有好长一段路一下子变得地僻人稀了。两位年轻小姐往前走了一程，突然发觉前面不远处，在路边一片比较开阔的草地上有一伙吉卜赛人。一个正好守候在那里的孩子一见她们就过来向她们要钱。比克顿小姐吓慌了，大叫一声，要哈丽埃特快跟着她跑，自己奔上一道陡坡，跃过坡顶一排稀疏的矮树丛，拼着命抄近路跑回海伯里去了。可是可怜的哈丽埃特却没法跟着她去。她昨天晚上跳过舞之后，脚抽筋抽得厉害，此刻刚一抬脚要冲上坡去，脚又抽筋了，痛得她丝毫动弹不得。她就这样动弹不得，吓得要死，眼看着只好瘫在那里。

要是两位年轻小姐当时勇敢一些，那些流浪人是不是就不至于那么胆大妄为，那就难说了。可是她们这一下却无疑是自己引祸上身，人家见有这样的机会哪能不动心呢？哈丽埃特当即遭到了六个孩子的蛮缠强讨，领头的还有一个身体壮实的妇人和一个大孩子，他们乱叫乱嚷，虽还未至于出言不逊，却也都凶相毕露。哈丽埃特越发心惊胆战，马上答应给钱，取出钱包，给了他们一个先令，求他们别再来要了，也别来难为她了。这时候她已经能走动了，尽管还只能慢慢儿走，也总算可以一点一点走了——可是见她这样惊恐，又有这么个钱包，他们岂肯罢休，于是那么一大帮人就紧紧跟住了她，确切些说是团团围住了她，硬要她再给钱。

弗兰克·丘吉尔就是在她处于这样境地时碰上她的，当时她浑身哆嗦，正在跟他们谈条件，他们则是扯直了嗓门，一副蛮横相。也真是幸而有这样的巧合，他那天因为有点事情，离开海伯里的时间晚了一些，这才正好赶在这个紧急关头来救了她。他见那天早上天朗气清，就想到要步行一程，让马儿在前边一两英里处的另一条路上接他。偏巧他前一天晚上向贝茨小姐借了一把剪子，忘了还，他不得不到她家去转一下，逗留了几分钟；这样一来，就比原定的时间晚了。因为他是步行，所以那帮子人也没有看到他来，等到发现，他已经快到他们脚跟前了。刚才是那个妇人和大孩子弄得哈丽埃特惊恐万分，如今这惊恐滋味就该他们自己来尝尝了。他把他们直吓得屁滚尿流才罢。哈丽埃特紧紧抓住了他不放，简直连话都说不上来了。她勉强支撑着一步步挨到了哈特菲尔德，便怎么也挺不住了。送她来哈特菲尔德是他的主意，他当时一想就觉得只有送这里最妥。

前后经过大致就是这样——这里边有的是他讲的，也有一些是哈丽埃特苏醒过来后所说的。见她已经没事了，弗兰克不敢再多逗留；事情几经耽搁，已经连一分钟也不容他再拖延了。爱玛说她一定派人去向戈达德太太报一声平安，还要去通知奈特利先生这儿附近一带出现了这么一伙吉卜赛人，这样弗兰克便离去了。爱玛对他是说不尽的感激、道不完的祝福，为了她的朋友，也为了她自己。

天下竟有这样的奇事，一个漂亮的年轻小伙跟一个可爱的年轻姑娘竟会这样撞到了一起！哪怕你感情再淡漠，脑筋再古板，面对这样一件奇事，恐怕也不会不产生一些遐想吧？至少爱玛就觉得是这样。不管你是个语言学家也好，是个语法学家也好，哪怕是个数学家也罢，要是你见到了她刚才见到的一幕，要是也亲眼目睹了他们俩如何一起闯进来，亲耳听见了他们俩诉说的这段经历，你难道会不觉得这是机缘凑合，促成两人彼此萌生了特殊的感情？要是个像她那样的爱幻想的人，那还真不知会怎样心潮激荡，臆想联翩，热衷于把他们的故事一直想象下去呢。何况她内心里对此早已暗暗有过考虑，还有那么个现成的底子呢。

这真是太神奇了！就她所能记得的，以前本地还从来没有一位年轻小姐碰上过这样的事呢。从来没有碰上过这样的巧遇，也从来没有碰上过这样的险情。而如今却正巧是这一位碰上了这样的事，而且时间也丝毫不差，恰恰就在那一位碰巧经过的时候，正好就来搭救了她！实在是神奇！尤其因为她很清楚他们双方这段时期的心情都特别好，所以她就越发感到这事之奇了。这一位正一心要收束他对爱玛的眷恋，而那一位也正好刚刚从对埃尔顿先生的一片痴迷中苏醒过来。看来好像桩桩件件都很配合一致，有意要成全这么件天大的美事似的。经历了这样一场风浪，他们彼此都不可能不把对方深深地印在心里。

就在哈丽埃特还没有完全苏醒过来的时候，爱玛跟弗兰克还谈了几分钟的话。弗兰克讲到哈丽埃特怎样紧紧抓住他的胳膊不放，说她神色那么惊慌，样子那么天真，情绪那么激动，他的话里自有一种觉得好玩、觉得高兴的意思；后来听哈丽埃特讲完自身的遭遇，他又对比克顿小姐那种愚蠢到可恶的行为大表愤慨，言辞激烈到了极点。不过，还是就让一切都顺其自然吧，不要去推一把，也不要去帮一把。她打定主意，绝不采取半点行动，连些许暗示都绝不能吐露。对，管人家的事她已经管腻了，那就何妨自己在心里算计算计吧，只是暗暗算计算计，只限于心存此想。到此为止，再不能逾越一步了。

怕老父亲知道了会担惊着急，爱玛最初决意对他封锁消息；可是转念一想，又觉得那是要瞒也瞒不过的。不消半个钟点，管保在海伯里就传得无人不知了。年轻人和底下人是最喜欢说三道四的，出了这种事就有他们忙的了。没过多久，当地的少男少女、男仆女仆，就无一例外，都已深得恐怖消息带给他们的乐趣了。吉卜赛人一来，昨晚的舞会似乎就黯然失色了。可怜的伍德豪斯先生听得坐在那儿直发抖，爱玛料得没错，他一定要她们保证：从此外出最远不能越过灌木丛，这才算罢。这天，一直到晚上，来问安的人络绎不绝，问了史密斯小姐的好不算，都还来问候了他和伍德豪斯小姐（因为一些邻里乡亲都知道他就喜欢人家来问候），他这才觉得心头宽慰了些。当下都由他代为回答，说她们身体都很不好呢。尽管这话其实说得不全对，因为她爱玛是百病全无，而哈丽埃特除了惊吓一场以外也并没有什么大病，不过爱玛也还是由他说去。有了他这样一个父亲，她这个女儿的健康情况也往往就要蒙受些“不白之冤”了，因为她其实是从来不大知道什么叫“身上不舒服”的。他要是不给她虚构出一些病情来，她也当不上来往书信中的主角了。

那帮吉卜赛人也不等治安当局采取行动，就匆匆忙忙地跑了。海伯里的年轻小姐们还没有开始感到恐慌呢，又都可以放心外出走走了，于是偌大一件事情很快就化成了区区小事，不值一提了。独有爱玛和她的两个外甥觉得并非如此。在爱玛的遐想里这个事件还是那么刻骨铭心；而亨利和约翰，也总还是每天要姨妈讲哈丽埃特和吉卜赛人的故事，只要有哪怕是一点点小小的枝节讲得跟原先讲惯的有了出入，他们还是马上出来纠正，才不肯放过呢。

第 4 章

这次遇险后过了没几天，一天早上哈丽埃特提了个小包裹来到爱玛家，坐定以后，迟疑了一下，才说出这样两句开场白来：

“伍德豪斯小姐……如果你有空的话……我有件事想跟你说……可以说是作个忏悔吧……你也知道，要说了出来，事情才能算完。”

爱玛吃了一惊，不过还是请她只管说。听了她这样的话头，又见她那一本正经的样子，爱玛心里已经料定：她要说的一定是件异乎寻常的事。

“在这个问题上我理应什么都不瞒你，”她接下去说，“其实我心里也正巴不得能什么都不瞒你。好在我有一点跟以前不同，可以说是已经脱胎换骨，所以现在应该可以向你敬陈一切，让你也稍感欣慰了。我就只拣不能不说的说吧，因为我现眼已经现够了，都快羞死了，我想你是应该理解我的。”

“我理解你，”爱玛说，“我相信我是理解你的。”

“我怎么会糊涂了那么长时间啊，总以为自己……”哈丽埃特激动得声音都提高了，“简直就像是发了疯似的！我现在实在看不出他身上有哪点儿出众的地方……碰到他不碰到他，我现在觉得都无所谓了……一定要两者选一的话，我倒宁可还是别见到他……说实在话，只要能躲过他，让我绕多远的路我都情愿……我可一点也不眼红他的太太；我既不羡慕她，也不眼红她，不再像过去那样了。她也许应该说长得很魅人吧，这样那样的动人之处是有一些，但是我认为她脾气很坏，很难相处。她那天晚上的一副眼色，我是一辈子也忘不了的。不过我可以向你保证，伍德豪斯小姐，我也绝不会因此就巴不得她倒霉。我绝不会这样；让他们就在一起美美满满过吧，我已经再不会因此有一丝一毫的痛苦了。为了能让你相信我这说的都是真心话，我现在要拿出一些东西来销毁——这些东西我早就应该销毁了——其实我根本就不应该留着……这我自己心里又何尝不清楚呢，”说到这里她脸上微微一红，“不过现在我决心要把这些全部销毁，我更想当着你的面来销毁，好让你看看我已经成熟了，是多么有理智了。你猜得出我这包裹里包的是什么吗？”她面带一副不好意思的神情问道。

“实在猜不出来。莫非他给过你什么东西吗？”

“没有——那可不是什么礼物，不过我却一直看得非常珍贵。”

她把包裹捧到爱玛的面前，爱玛看到包裹面上有“至珍之宝”这样几个字。这引起了她莫大的好奇。哈丽埃特解开包裹，她在一旁看得都迫不及待了。外边垫了好多层锡纸，里边是一只滕布里奇瓷壳的精致小盒。哈丽埃特揭开盒盖，只见盒子里用极松极软的棉花厚厚地垫了一层衬底，可是除了棉花以外，爱玛只见到了一小方“宫廷膏”。

“这一下你总该记得了吧。”哈丽埃特说。

“记不得了，实在记不得了。”

“哎呀呀！就在这间屋子里问我要‘宫廷膏’来贴的事，你怎么就会忘了呢？我们在这里的最后几次相会，有一次不是有过那么回事吗？那是我犯咽喉炎以前两三天——也就是约翰·奈特利先生夫妻俩来的前一天——记得是那天的黄昏吧。你记得吗？他用你那把新的削笔刀割破了指头，你让他快贴‘宫廷膏’，可是你身边正好没有，知道我有，就要我给他；因此我就拿出我的膏布，剪了一块给他。可是我剪得大了许多，他就把它剪小了，把剪剩下的拿在手里弄着玩儿，好一会儿才还给我。也怪我荒唐，我因此就情不自禁地把这半方膏布珍惜得只当是宝贝似的，藏起来再也没舍得用掉，时不时地拿出来看看，这竟成了一大快乐。”

“我最亲爱的哈丽埃特呀！”爱玛用手掩住了脸，猛地站起身来嚷道，“你这一说，真叫我羞得要无地自容了。你问我还记得吗？记得！这一下我全想起来了。只有一件，就是你把半方膏布当做稀世文物似的保存了起来，这我直到此刻方才知道，我只记得他割破了指头，我让他快贴‘宫廷膏’，说我身边正好没有……哎呀，我真是罪过！真是罪过！其实我口袋里‘宫廷膏’一直都有的是！那又是我要的一个蠢招。真该我脸红一辈子。好了，不说了，”她又坐了下来，“你说下去吧，还有什么？”

“你真的当时身边就有？我可是一点都没有怀疑过。你装得真像。”

“这么说，你这半方‘宫廷膏’真是为了他而收藏起来的！”爱玛说，羞愧的心情已经渐渐平息，她又觉得好怪，又觉得好笑，私下还暗暗地想：“哎呀呀！如果是弗兰克·丘吉尔摆弄过的一方‘宫廷膏’，我才不会想到要垫上棉花，收藏起来呢。我还不至于会干出这种事来。”

“还有这个，”哈丽埃特又扭过头来瞅着盒子，继续说道，“还有这个就更珍贵了。不，应该说是当初在我看来就更珍贵了，因为这个本来就是正经属于他的，不像那半方膏布，其实压根儿不是他的东西。”

爱玛倒真忍不住想看看这到底是什么稀奇的宝贝。原来，那是用剩的半截铅笔头，已经没了铅芯。

“这才正经是他的东西，”哈丽埃特说，“那是一天早上，你记得吗？可不，我知道你一定记不得了。那是一天早上——具体是星期几我已经记不起了——反正就是那一晚的前一天，大概不是星期二就是星期三吧，当时他想要在笔记本里记点事，是记云杉啤酒的制法什么的。因为奈特利先生刚教了他酿云杉啤酒有些什么诀窍，他打算记一记；可是掏出铅笔来一看，只剩了短短一截，经不起他三削两削，铅芯给他全削光了，字没法写了，因此你就拿出一支来借给他，那铅笔头就给扔在桌子上，不要了。可是我却一直留着个心眼儿，没忘记，先还不敢去拿，后来终于壮了壮胆，一把抓起来藏好，从此就再也没有舍得丢掉。”

“没错，我想起来了，”爱玛大声说道，“我完全想起来了。我们谈起云杉啤酒，是有那么回事。奈特利先生和我都说自己挺喜欢云杉啤酒的，埃尔顿先生听得动了心，也想来学一手，凑个趣儿。我完全想起来了。慢点！——奈特利先生当时就是站在这儿的，不是吗？我好像记得他当时就站在这儿。”

“哎哟，这我就不敢说了。我实在记不得了。说来也真奇怪，我怎么就想不起来呢？我倒记得埃尔顿先生就坐在这儿，大致就是在我现在这个地方。”

“好了，你再说下去。”

“噢，就是这些，再没有了。要给你看的都给你看了，要说的也都说了，现在我打算把这些统统扔进炉子里去，想请你当场做个见证。”

“可怜哪，我亲爱的哈丽埃特！你把这些东西看得那么重，藏得那么好，真的就觉得其乐无穷了？”

“是啊，你瞧我就是这么个傻瓜！可是现在我只觉得害臊，但愿烧了个精光，也就能快快忘个精光。你知道，他都有家室了，我居然还留着点什么作为纪念，那也未免太不像话了。我也知道这不像话——可是一直都没有决心扔掉。”

“可是哈丽埃特呀，把‘宫廷膏’也烧掉，有这个必要吗？你把铅笔头烧掉我没有意见，可是那‘宫廷膏’或许还可以派派用场呢。”

“烧掉了我心里舒坦，”哈丽埃特回答说，“留着我看见了就觉得讨厌。我要处理就得处理个一干二净。烧掉了，跟埃尔顿先生也就彻底一刀两断了——那才真是谢天谢地呢。”

“那丘吉尔先生又什么时候才可以走进你的芳心呢？”爱玛心里想。

她不久就有了充分的理由可以相信，其实哈丽埃特的心里早已有了他了。因此她就不由得暗暗祝祷：那吉卜赛女人虽然没有来替谁算命，却或许就此改变了哈丽埃特的命运，促成了她的好事也说不定呢。但愿以后的事实能证明是这样。就在那次遇险后过了约莫两个星期，她们俩谈了一次心，这回谈得可透了，而且一切都是出于无意。爱玛当时根本就没有想到会这样谈起来，所以她得到的这个信息也就弥足珍贵了。她们原本是在聊家常，聊着聊着，她也不过是说了一句：“我说呀，哈丽埃特，将来到你出嫁的时候，我反正总是要给你好好参谋参谋的。”——说罢她也就把这话题搁过一边不谈了。谁知片刻的沉默以后，她却听见哈丽埃特摆出一副正儿八经的口气，说道：“我可是永远也不嫁人的。”

当时爱玛抬头一看，马上就明白了是怎么回事；她拿不准对这句话是不闻不问好呢，还是不理不行。她反复细想了一会儿，这才答道：

“永远也不嫁人？你这倒是个新的决定。”

“不过这个决定我是再也不会改变的了。”

又是略一踌躇之后，爱玛才说："我想这该不是因为……我想这该不是高抬了埃尔顿先生吧？"

"埃尔顿先生？笑话！"哈丽埃特气愤得直嚷，"哪儿能高抬了他呢！"——接下去爱玛只勉强听清了后半句的最后几个字，"……埃尔顿先生可差远了！"

爱玛又不禁琢磨起来，这一回用的时间更长了。她是不是就别再就这个话题说下去好呢？她是不是就别去理会这些话，只作一无所疑的好呢？要是这样的话，哈丽埃特也许会认为她冷漠，或者会认为她生了气；要不，假如她压根儿连一声都不吭，那也许反倒会逼得哈丽埃特吐出一肚子的话来，叫她听得头都会发胀。反正她已经下了最大的决心，千万不能像以前那样直言无隐，千万不能再像惯常那样跟她谈论希望、谈论机遇，百无禁忌。她觉得，自己想要说些什么、了解些什么，还是一下子就都说清楚、了解清楚的好，那才是比较明智的办法。坦然待人是最佳良策，一万年都不会变。好在她事前早就拿定了主意：如果遇到这一类要她表态的情况，自己应该把话说到怎么个份儿上。自己头脑里还是应该先快快理出一条明晰的思路来，这样双方才都不至于出错儿。主意已定，她便说道：

"哈丽埃特呀，我可不想装模作样，只当不理解你的意思。我明白，你打定主意不嫁人，或者应该说你料定自己永远也不会嫁人，并不是没有原因的。原因就是你看得中意的人难免跟你地位相差悬殊，他眼里未必会有你。是这样吧？"

"噢，伍德豪斯小姐，相信我，我还不至于会放肆到这样想入非非的地步——真的，我才不会那么狂妄呢。我只是觉得，远远地对他瞻仰，为他倾倒，想起他崇高得再也无人可比，这于我是一种快乐，这时心头涌起一种感激崇敬之情、一种惊叹不已之感，都是顺理成章的事，更何况对我而言呢。”

“你有这种心情我一点也不感到意外，哈丽埃特。他帮了你那么大的忙，你当然要心头一热，激动万分啦。”

“帮忙？哎呀，帮忙两字又岂能表达得了？这是千言万语都道不尽的大恩大德！只要一回想起这件事，我马上就会重又体验到当时的那种种切身感受！那时我见他走了过来——我只觉得他是那么相貌堂堂、气宇轩昂，而我自己当时却落得那么狼狈。他一来就全变了！一下子就全变了！无限的苦恼一下子就变成无上的幸福了！”

“这也是人之常情。是人之常情，没有什么不光彩的。是的，你作出这个抉择是那样有头脑，又是出于那样一种感恩图报的心情，我看没有什么不光彩的。不过，要说你看中的人一定会带给你幸福，那我就不敢打这个包票了。我是不劝你让这种情感放任自流的，哈丽埃特。我也绝不敢担保对方就一定也能以情相报。做事要三思而后行。趁现在你的感情还能约束，及早约束恐怕是你的最为明智之举。至少不要迷于这种感情，过于痴心了，要没有完全的把握能肯定他喜欢你，就千万不要轻举妄动。你要时刻观察他。不妨看他如何举动，而后再定自己感情的进退。我现在之所以要这样郑重告诫你，是因为今后在这个问题上，我再也不会跟你说长道短了。我决心就此打住，再不介入了。从今以后，我再也不来过问你这件事了。我们再也不要提什么人的名字了。以前我们是大错特错了，今后就应该小心为是。他的地位确实要比你高，人家的反对啦、阻挠啦，看来会有，性质还挺严重；可是哈丽埃特呀，这天底下再奇妙的事都出过，地位相差再悬殊的人都有结成眷属的。不过你还是得自己注意，我希望你不要过于乐观。但是，不管将来结局如何，你既有高攀他之意，那就表明你已是眼力不凡，我总觉得这是一种极可宝贵的品质。”

哈丽埃特感激不尽，毕恭毕敬地默默吻了吻她的手。爱玛的看法如今已经十分坚定了，她认为她的朋友能产生这样的恋情并非坏事。那只会使她的思想境界日益提高，情操日趋高尚——而且这样一来她就势必不会再有“自甘堕落”的危险了。

第 5 章

盘算归盘算，希望归希望，默许归默许，哈特菲尔德就是在这种情况下迎来了六月。海伯里总的说来并没有什么重大的变化。埃尔顿夫妇还在议论萨克林一家的来访，谈起到时候该如何把他们的四轮大车拿来好好利用一下。简·费尔法克斯还在她外婆家，去了爱尔兰的坎贝尔夫妇又一次推迟了归期，原定施洗约翰节回来，现已改为八月份，所以她就很可能再在这儿住上整整两个月；不过有个最起码的前提：不能让埃尔顿太太为她进行的活动得逞，她才不愿意这样仓促地去俯就那种“美差”呢。

奈特利先生早就不喜欢弗兰克·丘吉尔了，这是肯定无疑的，原因也只有他自己最清楚；时至今日，他对这个小伙子不但喜欢不起来，反倒越发讨厌了。他疑心小伙子追求爱玛要了些两面手法。爱玛是小伙子想要猎取的目标，这看来已是毋庸置疑的了。一切迹象都表明了是这么回事：他本人殷勤备至，他父亲话里有音，他继母则来个守口如瓶，步调何其一致；或见之于言，或见之于行，或表现为谨而又慎，或表现为得意忘形，透露的都是同一个信息。这么多人一心想把他跟爱玛撮合，而爱玛自己却有意让他去跟哈丽埃特配成一对，可是奈特利先生渐渐对他起了疑心，觉得他对简·费尔法克斯似乎总有些存心挑逗的意思。他觉得不可理解。可是他们之间眉目传情的细微迹象是明摆着的——至少在他看来是有的。这种迹象在男方表现出来的是爱慕之意，奈特利先生一旦看在眼里以后，就怎么也不能相信那是完全无意的了，尽管他也想力戒不要重犯爱玛那样的全凭主观想象的错误。他疑心初起的那回，爱玛并不在场。他跟兰德尔斯那一家子，还有简，在埃尔顿家吃晚饭。他看到那个小伙子给费尔法克斯小姐递了个眼色，不光是看了一眼，竟是递了个眼色，一个正在追求伍德豪斯小姐的小伙子对另一位小姐递去这样一个眼色，看来很有点出格了。以后再次跟他们同处一堂，他不禁又想起了前次见到的这一幕，而且也不免要多个心眼儿观察观察，除非这是如柯珀威廉·柯珀[①]在黄昏的熊熊炉火中所见：

> 我之所见我心所造。

否则的话，他观察的结果倒是使他心头的疑云更重了：他疑心弗兰克·丘吉尔和简之间不仅有私相爱慕之情，甚至可能已是心心相印了。

一天吃过晚饭，他还照往常的习惯一路散步，到哈特菲尔德去，打算就在那儿打发这天的黄昏。爱玛和哈丽埃特正好也要出去散步，他就跟她们做了伴；回来的路上，遇到的人就更多了，那些人也都跟他们一样，是因为看天像要下雨，就趁早出来做这例行功课的。那儿

① 柯珀威廉·柯珀（1731—1800），英国诗人，其作品多赞美乡村生活和自然风光。下面的这一句出自他的长诗《任务》。

位是韦斯顿夫妇跟他们的儿子，贝茨小姐跟她的外甥女，他们也是不期而遇的。于是几路人便合而为一；到了哈特菲尔德的大门口，爱玛一看机不可失，她老父亲就欢迎这样的客人上门，因此当下她就非要大家都进屋里去陪她老父亲一起喝杯茶不可。兰德尔斯一家子一说就同意了；贝茨小姐却唠叨了好半天，也根本没有人去听她到底说了些什么，唠叨够了她才表示，既然亲爱的伍德豪斯小姐这样盛情相邀，那就不妨进去坐坐吧。

他们刚要转身走进庭园，佩里先生正好策马经过，几位男士便议论起他的马来。

"我顺便问一句，"弗兰克·丘吉尔当时就问韦斯顿太太，"佩里先生不是打算要置备一辆马车吗？后来怎么样了？"

韦斯顿太太显得很惊讶，说道："他打算要置备一辆马车？我还一点都不知道呢。"

"不会吧，我就是听你说的。三个月前你给我的信上提到过。"

"我？哪会有这样的事！"

"的确是你信上告诉我的呀，我记得才清楚呢。照你当时信上的口气，似乎这已是板上钉钉的事了，要不了多久就可以办妥。说是佩里太太亲口告诉某某人的，为此她真高兴得不得了。还说那都是她劝说的功劳，说先生常常顶风冒雨出去替人看病，她觉得这太伤身体了。你这该想起来了吧？"

"哎呀，真是怪了！要不是这会儿听你说起，我还根本不知道呢。"

"根本不知道？真是的！怎么会不知道？我的天，怎么会呢？那准是我做了个梦吧……可是我都还只当是真的呢……史密斯小姐呀，看你这样子像是走累了吧。好了，好了，反正到家了。"

"怎么回事啊？怎么回事啊？"韦斯顿先生嚷嚷起来，"什么佩里呀马车的，是怎么回事啊？是佩里要置备一辆马车吗，弗兰克？他买得起马车，是件好事。你这是听他自己说的吗？”

“哪儿呀，爸爸，”那个做儿子的哈哈一笑说，“看来我是谁那儿也没有听说过半个字。真是天大的怪事一桩！我本来记得有鼻子有眼，明明几个星期前妈妈给恩斯库姆的一封来信中提到过这件事，写的就是这样详详细细；可是刚才她又说得那么明确，说是这件事她以前连半点风声都没有听到过，可见这一定是我做了个梦。我倒是真会做梦呢。我人不在海伯里，在梦里却能把海伯里的人个个都见到，诸亲好友都拜访遍了，又梦见佩里先生和佩里太太了。”

“真是件怪事，”他父亲说道，“你在恩斯库姆不大会想到的人，你居然会梦见了他们，还把梦做得这样有条有理、有头有尾。梦见佩里要置备马车！还是他太太劝他买的哩，是怕他风里来、雨里去伤了身体哩——这种事儿我相信将来迟早总有一天会有的，只是放在现在还太早了一点。梦，有时候就是那么活灵活现，让人觉得说不定真有一天会应验呢！有时候却又明明是荒唐事儿一大堆。弗兰克啊，毫无疑问，你这个梦表明，有时候你虽然人不在海伯里，你的心却一直牵挂着海伯里。爱玛呀，我看你一定也挺会做梦的吧？”

爱玛没听见。她早已急急忙忙赶在客人的前头，去向老父亲通报有客光临了，韦斯顿先生的暗示她是压根儿听不到的。

“哎，说话得实事求是，”贝茨小姐已经唠叨了足足两分钟，却还是没有人来听她的，这时她提高嗓门嚷嚷了起来，“如果我非得在这个问题上说几句，那我看有一点是无法否定的，那就是弗兰克·丘吉尔先生大概……我可不是说他没做这样的梦啊……我自己有时候做的梦就是千奇百怪，无奇不有……不过这事要是问到我的话，我就得承认这样的想法在今年春天倒真是有过的；因为佩里太太亲口对我妈提到过，不但我们知道，还有科尔一家子也都知道……不过这事并没有透露出去，别人家就谁也不知道了，而且过了三两天我们也就不再想它了。佩里太太是一心想要她先生置备一辆马车的，一天早上她兴冲冲赶来找到我妈，因为她认为自己已经说得先生动了心。简，你还记得吗，那天我们一回到家里外婆就告诉我们了？我记不得那天我们是去哪儿了——很可能是去了兰德尔斯府上吧；对，好像就是兰德尔斯府上。佩里太太一向特爱我妈——其实我妈是没有一个人见了不爱的——她当时就把这事偷偷告诉了我妈，她自然也不会反对我妈告诉我们，不过就只能到此为止了。从那一天起一直到今天，我清清楚楚，自己从来就没有把这事告诉过任何一个人。不过我也不敢绝对保证自己就从来没有透出过一丝口风，因为我自己知道有时候确实会不知不觉说走了嘴，漏出点什么来。你们也知道，我这个人就是爱说话，一说起来就没个完，所以不该说的话无意中顺嘴漏出来是常有的事。我不像简，我要是能像她就好了。我可以担保她那张嘴就紧得滴水不漏。咦，她上哪儿去了？啊，就在后边哪。佩里太太上我家来的事我记得才清楚呢。这个梦倒真是奇了！”

说话之间他们陆续进了穿堂。奈特利先生早已赶在贝茨小姐的前头先瞟了简一眼。他是因为看见弗兰克·丘吉尔神色有异，觉得他似笑非笑，好像总想掩饰他的慌张，所以就不由自主地向简望去；可是简还确实在后边呢，而且是只顾在那里摆弄她的围巾。韦斯顿先生已经先进去了。那另外两位男士就等在门口，好让她先进。奈特利先生疑心弗兰克·丘吉尔似乎是一心想要找个机会给她使个眼色——看他那对眼睛似乎一直不眨地望着她——可他就是真有此意，结果也完全落了空。简从他们两人中间直穿而过，进了穿堂，对谁也没有瞧一眼。

时间已经不容许再谈下去，或者再作什么辩白了。这梦之一说，就只好存疑了，奈特利先生也只好跟大家一起围着那张时新的大圆台坐下。这张大圆台是爱玛引进到哈特菲尔德来的，除了爱玛还有谁有这个本事，能把这么个时新的玩意儿摆在这儿，能让她老父亲听了劝，从此不再用那张小型折面桌而改用了这张大圆台？要知道他本来一日三餐中有两顿一直就是盘盘碗碗都挤在那张小桌上吃的，吃了都有四十个年头了啊。当下大家都高高兴兴用过了茶，谁也没有急着想告辞。

“伍德豪斯小姐呀，”弗兰克·丘吉尔背后有一张他不用离座也能够得着的桌子，他细细看了一番以后说，“你两位小外甥把他们的字母卡片带走啦——不是有一盒子字母卡片吗？本来是放在这桌子上的，现在哪儿去啦？今天晚上这天色似乎有点阴沉沉的，夏天也应该当冬天来找些消遣打发。记得有一天早上我们玩这些字母卡片玩得好来劲。我今天还要来难难你。”

这个主意颇合爱玛的心意；她取出盒子，转眼桌子上就东一张西一张地摆开了字母卡片。除了他们俩之外，别人似乎谁也不大有兴致来玩这个游戏。他们速度奇快，不断排出一个个字谜来让对方猜，或让边上不怕伤这个脑筋的人来猜。玩这个游戏不出声，这特中伍德豪斯先生的意，以前有几次韦斯顿先生就提出过一些比较热闹的游戏让大家玩，那可往往害得伍德豪斯先生叫苦不迭。此刻伍德豪斯先生就乐悠悠坐在那里，时而想起了那两个“可怜的小家伙”，不胜思念之苦，不禁感叹上两声，时而又随手抓起近处的个别字母卡片，带着无限的疼爱，夸夸爱玛这字写得有多秀气。

弗兰克·丘吉尔排出了一个字谜，摆到费尔法克斯小姐的面前。简对桌子周边微微瞟了一眼，就猜了起来。弗兰克是挨着爱玛坐的，简就在他们的对面；而奈特利先生的所在则正好可以把他们三个都看在眼里。他拿准主意，要尽量不放过一切观察的机会，同时又尽量不露出一点观察的形迹。字谜猜中了，只看见淡淡一笑，卡片便被推开了。要是她有意要把卡片立即搅和，不让人看见是个什么字，那么她的眼睛就应该是瞧着桌子上，而不是这样直望着对面，卡片事实上也并没有给搅和。哈丽埃特只要看到有新字谜排出来，就急不可耐，见一个猜一个，却没有猜出过一个；因此当下她就赶紧拿起那个字谜，用心猜了起来。她是坐在奈特利先生旁边的，猜不出来，只好向他请教。答案原来是"blunder"意为"说漏了嘴"。哈丽埃特一时兴高采烈，便把答案大声说了出来。简的脸上顿时一红，这就使这个字增添了一层本不明显的意思。奈特利先生由此而联想到了那个所谓的梦，可是事情怎么会这样，他就难以破解了。小伙子那位心上人平时心那么细、考虑那么周到，这一回怎么就会浑然一无所觉呢？恐怕这里边一定少不了某些复杂的情况。他越想越觉得似乎处处都可以看到有口是心非、两面三刀的迹象。这猜字谜，不过是献殷勤、耍手腕的一招罢了。别看这只是小孩子玩的游戏，那可是弗兰克·丘吉尔特意用来掩盖其别有用心的狡计的。

他一方面是极度气愤，对小伙子仍继续冷眼观察；一方面又是极度地惊疑不安，对那两位迷住了眼的玩伴也照旧刻刻注意，并未放过。他看见小伙子又排出了一个字母不多的字让爱玛猜，递过去的时候一副神情是故作正经却暗含狡黠的。他看见爱玛一下子就猜了出来，而且还觉得挺逗的，不过她还是认为这种字谜不足为训，自己应该作出个嗔怪的样子，因为只听见她说了声："胡闹！简直不像话！"他还看见弗兰克·丘吉尔随即朝简瞟了一眼，听见他说："我想去给她猜猜——你看如何？"他也同样清楚地听见爱玛急得忍住了笑，忙不迭地反对："不行，不行，绝对不行，真的，使不得呀。"

可是使不得也还是干了。这个好献殷勤的年轻人似乎爱而不知有情，想要人家喜欢却不会讨人喜欢。当下他还是把这个字谜立即递给了费尔法克斯小姐，还不动一点声色，特意客客气气地请她研究研究。奈特利先生按捺不住好奇，想知道那到底是个什么字，因此一有机会就冷眼望去，不久就看出了那个字原来是"Dixon"（狄克森）。他这边猜出来了，简·费尔法克斯那边似乎也一并感悟了。列出这样五个字母来，其内在的含义带来的更深一层的信息，自然也只有她悟得更透彻了。她显然有些不快，抬起头来，见目光全落在自己身上，脸都红了。他从来没有见过她脸上红成这样，不过她只是说了声"我不知道姓名也可以猜"，便把字谜一把推开了，那神气好像都有点冒火了，似乎拿定主意，再让她猜她就说什么也不猜了。她不再理睬这帮欺侮了她的人，背过脸去，望着她姨妈这边。

"哎呀，就是嘛，就是嘛，我亲爱的，"尽管简根本半句话也没有说过，她姨妈却还是这样嚷嚷了起来，"我也正要跟你说这句话呢。是不早了，我们该回去了。天快要黑透了，外婆该等得放心不下了。我亲爱的先生，真是太感谢你了。我们实在是得跟你道晚安了。"

看简的动作那样麻利，可知她姨妈确有先见之明，她是真的很想走了。她当下马上站了起来，想离开桌子，可是那么多人也都纷纷起身离座，她一时出不去。奈特利先生依稀觉得，似乎看见又有一个字谜给急匆匆推到了她的面前，她却看也没看，手一挥，就断然撂开了。后来只见她在找围巾——弗兰克·丘吉尔也帮着在找。光线越来越暗了，屋里人影散乱，他们到底是怎么分手的，奈特利先生就不清楚了。

其他的客人都走了，就他还留在哈特菲尔德，满脑袋还是刚才见到的一幕幕，驱不散赶不走。后来蜡烛点上了，让他眼前可以看得清楚些了，他觉得自己义不容辞——对，作为一个朋友，一个只想为她分忧解难的朋友，自己当然义不容辞——得赶快给她一些暗示，把一些事情问问清楚。他不能眼看她落在这样一个悬乎的处境里而不去设法保护她。他责无旁贷啊。

“对不起，爱玛，”他说，“我可不可以问一下：刚才给你和费尔法克斯小姐猜的那最后一个字谜，好玩得很，到底好玩在哪儿？刺到了痛处，又到底痛在何处？我看到了那个字，所以憋不住想请教：同样见了这个字，怎么会有一位觉得挺逗的，而另一位却又感到好生不快？”

爱玛一时竟完全慌了神。她羞于把真情告诉他，因为尽管她心里的猜疑丝毫没有消除，可是现在居然泄露了出来，那可真是叫她臊得无地自容了。

“啊！”她掩不住一副窘态，嗓音也大了起来，“那根本算不了什么，不过是我们几个人之间开个玩笑罢了。”

“这个玩笑，”他的回话却口气严肃，“看来只是你跟丘吉尔先生两人之间的。”

他原本希望她能再开口说两句，可是她却不说了。她宁可去忙这忙那，忙什么都可以，却就是不愿意再开口了。他坐在那儿，一时犹豫不定。种种不幸的前景，在他脑海里一一闪过。去管一管吧——管了也不见得会有什么效果。看爱玛这样慌了神，也默认了他们之间关系亲密，这就足以表明她已是情有所钟。不过他还是要说。为了对她负责，他觉得应该甘冒一切风险，不讨好也要去管一管，免得万一误了她的幸福；应该甘于面对任何风浪，免得落个大义当前坐视不救的不是而遗恨一辈子。

“我亲爱的爱玛，”他终于诚诚恳恳地说道，“我们刚才说起的那位先生和那位小姐，他们相契到了什么程度你真完全了解吗？”

“弗兰克·丘吉尔先生和费尔法克斯小姐吗？啊，当然完全了解。这你怎么还会产生怀疑呢？”

“你难道就从来没有看到过什么蛛丝马迹，觉得他们之间不定有谁有了爱慕对方的意思？”

“从来没有！从来没有！”她没有半点遮遮掩掩，忙不迭地大声说道，“这样的事我可从来没有想到过，一丝一毫也没有想到过。你怎么会想到这上头去呢？”

“我近来总觉得好像看到他们之间有一些两情相悦的迹象，有一些眉来眼去的样子，依我看那都还是避着人干的。”

“哎呀，你真叫我好笑死了。好哇，你总算开恩，让你的想象信马由缰，去驰骋一回了，可是不行啊——真是抱歉得很，你破例第一遭尝试，我就要来制止你——你干得实在不行啊。我明明白白告诉你，他们之间并没有什么两情相悦的事；你以为有多了不起的那些表面迹象，是由一些特殊的情况造成的——那完全是另外一种性质的情感。这种事是根本说不清楚的——里边有很多其实只是胡闹——不过有一点是可以明白告诉你的，绝对不是胡闹的，那就是，他们之间绝没有什么两情相悦的事，或者谁爱慕谁的事，跟两个素昧平生的人并没有什么两样。这话呢，就女的一方而言，我还只好说是据实推断；就男的一方而言，那我就敢极力担保了。我敢担保那位先生是无意于此的。”

她话说得那样自信，使奈特利先生就像挨了一闷棍，而且她说得又是那样得意，奈特利先生只好哑口无言了。她说得来了兴致，本想跟他再多谈一些，想听听他所抱怀疑的具体细节，听听到底是怎么个眉来眼去，问问清楚那些特别有趣的情况都发生在哪儿、详细经过如何；可是她兴致虽高，对方却没有那么大的兴致。奈特利先生看这情形劝也没用，心情焦躁，便不想再谈下去了。伍德豪斯先生生性小心，讲究养生，一到晚上就要把火炉生起来，一年到头几乎天天如此；奈特利先生怕自己再被这火一烤，真要弄得火性都上来了，因此没过多久就匆匆告辞，回家去了。唐韦尔修道院冷清些，却也凉快些。

第 6 章

海伯里本来一直听惯了预告，满以为萨克林先生夫妇的光临就在眼前，现在听说他们不到秋天还来不了，自然难免感到懊丧，懊丧也只能懊丧一下了。眼下并没有这样的新鲜事儿可以给他们的精神世界注入些活力。他们每天相互交换的信息，又只能局限于前一阵子同萨克林夫妇来访同时并存的其他话题了，比如，丘吉尔太太那方面的最新传闻，她的健康情况似乎天天都有一个不同的说法；又比如，韦斯顿太太“有喜”的消息，她要添娃娃了，邻里们都平添了几分喜气，也都祝愿她将来能分外幸福。

埃尔顿太太万分失望，多少赏心乐事、多少炫耀的好机会，就这样都给耽搁了。自己替人介绍、替人举荐的打算，都只得等以后再说了，计划中的种种聚会也依然只能在口头上说说。本来一开始她是这样想的，但是后来细细一琢磨，她觉得也不尽然，不一定样样都要推迟到将来再办。萨克林夫妇不来，博克斯山之游为什么就不可以办呢？到秋天再陪他们去玩一次就是了。因此她决定要办一次博克斯山之游。打算举办这样一次活动，本来早已是尽人皆知的事，甚至还由此而带出了又一个出游计划。爱玛还从来没有去过博克斯山。既然大家都说那里非常值得一游，她倒也很想去看看，因此就跟韦斯顿先生约定，拣一个好天，一清早就坐马车去那里玩。同去的人不要多，再斟酌一下，请上两三位就可以了。要玩得文静风雅，避免张扬，这种玩法，比起埃尔顿夫妇、萨克林夫妇那种喧喧嚷嚷、大操大办、讲究吃喝、摆足郊游排场的玩法来，真不知要强多少倍呢。

由于双方对这个计划早已达成了充分的默契，所以爱玛一听韦斯顿先生带来的消息，不禁觉得颇为意外，而且还有点不快。韦斯顿先生说他已经向埃尔顿太太提出，既然她姐姐姐夫暂时不能来，那就无妨双方合并起来一块儿去；还说埃尔顿太太已经欣然同意，所以如果她爱玛不反对的话，那就这样定了。爱玛要说有什么不愿意，也无非是因为她对埃尔顿太太实在讨厌透了，对她这种心情韦斯顿先生想必也早已心中雪亮，所以再提出来也没意思：提出来就势必要派他的不是，这就会惹得他太太心里难受；因此她只能无奈地接受了她原先费尽心机想要避免的安排，而且这样一来她很可能还要落得个自轻自贱的下场，被人家说成是埃尔顿太太的一路货！她只觉得一肚子的不痛快；别看她表面上默默顺从，其实这份忍耐在她思想深处却留下了一笔沉重的欠账，她会在心里暗暗痛斥韦斯顿先生的这种脾气：心好得也不知道应该有个边儿！

“这就好，我这样办你都同意了，”韦斯顿先生心上一块大石头落了地，当下说道，“不过我也早就料到你会同意的。搞这种活动，要人多那才有意思。多多益善啊。人多，自有一种乐趣。再说，她毕竟还是个好心人，撇下她不好。”

爱玛口头上半点也没有驳回，心底里却半点也不能同意。

如今已是六月中旬，天朗气清；埃尔顿太太正急于把日子定下来，想跟韦斯顿先生商量一下是不是就决定带鸠肉馅饼和冷切羊肉，没想到就在这时候，拉车的一匹马却偏偏拐了腿，这一下可好，一切都无从谈起了。谁知道那匹马要歇上几天还是几个星期才拉得了车呢？反正准备工作就不好贸然继续进行了，计划也无奈全盘陷入了停顿。埃尔顿太太纵然办法多，碰到了这样的意外打击却也一筹莫展。

“你说这不是要气死人吗，奈特利？”她直嚷嚷了，“眼看这么好的天气，出游是最合适不过了！这样一天天地耽搁下去，败了人的兴，叫人真懊恼死了。我们又有什么办法呢？照这样下去，这一年都快过去了，可结果还是落得个一事无成。我可以告诉你，去年还没有到这个季节，我们在枫树林早已欢欢喜喜结队去金斯韦斯顿畅游过一番了。”

“你还是到唐韦尔来玩吧，”奈特利先生回答说，“没有马也来得了。何妨来尝尝我的草莓呢？草莓很快就要熟了。”

如果说奈特利先生一开始还有点闹着玩儿的话，那么接下来他就不能不当真了，因为对方顿时大喜，马上抓住了他的建议不放，那一声“哎呀！太好了，这真是再好也没有了！”不仅口气十分坦率，态度上也没有丝毫做作。唐韦尔的草莓圃是出了名的，从表面上看，那就是请她赏光的一个理由。其实要什么理由呢？不要说草莓圃，就是白菜畦也照样能把这位太太请到，她只要有个地方去就行。她当下又再三再四向他保证一定去——这样信誓旦旦的，他还能不信吗？她是一厢情愿，以为那是有意要来亲近的一种表示，是非同寻常的一番好意，所以心里满意到了极点。

“你只管放心，”她说，“我一定来。你定个日子，我一定来。我可以带简·费尔法克斯一块儿来吗？”

“日子我现在还不能定，”他说，“我还想另外请几个人，得先去说一声，到时候大家一起来跟你叙叙。”

“嗳，这种事你就统统交给我得了，只要你授给我全权[①]就行。这么办：我来当发起人，客人都由我去请，到时候我就把朋友一同带来。”

“我就希望你能把埃尔顿带来，”他说，“其他客人我就不烦劳你去请了。”

“哎哟！真看不出，你倒还挺有心计哩，可是你想想——你全权委托给我这么个人，还有什么放心不下的呢？我不是个光凭自己好恶的年轻姐儿了。有了人家的妇女，你也知道，托她们办事是最保险的。客人都由我去请吧，统统交给我去办得了，我来替你去把客人请来。”

“不，”他不动声色地答道，“世界上只有一位有了人家的妇女能得到我的允许，可以让她去决定都请哪些客人来唐韦尔，这一位就是……”

“该是韦斯顿太太吧。”埃尔顿太太忍不住抢嘴说，脸上顿时有点下不来了。

“不——是奈特利太太，既然她目前并不存在，这一类的事就都由我自己来办。”

“呀！你这个人真是怪！”她看到还是没有人能占她的先，很是满意，就又嚷嚷起来，“你是位幽默大师嘛，爱怎么说就怎么说吧。真是位幽默大师。那好，我就只带简来——只带简和她的姨妈来。其他的客人你去请。要碰上哈特菲尔德那一家子我也丝毫没有意见。只

---

① 原文为法语。

管去请好了。我知道你跟他们是很有感情的。”

“只要我请得到，你肯定会碰上他们的；待会儿回家的路上我就顺便去拜访一下贝茨小姐。”

“这你就大可不必了，我跟简是每天见面的，不过那也随你吧。你知道吧，奈特利，这种活动是应该安排在上午的，其实再简单不过了。到那天我只要戴上一顶大遮阳帽，臂弯里挎上一只我的那种小篮子。喏——这只粉红缎带的篮子就蛮好。你看，就这样，再简单不过了，让简也照样来一只。不要什么形式，也不要什么排场——大家何妨就像一伙吉卜赛人似的尽量随便一点。我们就到你的园子里去走走，自己来采草莓，要歇就在树下坐坐。不管你还准备拿些什么来招待我们，反正吃喝也都在屋外，餐席就摆在树荫里，你知道吧？一切都要尽可能顺乎自然，力求简单。你就是这样考虑的，是不是？”

“也不尽然。我心目中的顺乎自然、力求简单，还是要把餐席摆在饭厅里。依我看，绅士淑女，连同仆人家具，要真正奉行顺乎自然、力求简单这两条，饭就一定要在屋里吃。你在园子里草莓吃腻了，屋里自有冷盘肉招待。”

“也好，随你吧，可也别大张筵席啊。再顺便问一声，你需不需要我或者我的女管家来帮你参谋参谋？请老实说好了，奈特利，如果你要我去跟霍奇斯太太说一声，或者要我先来看一下……”

“我看这都不必了，谢谢你。”

“那好——不过你要是真遇上了什么困难的话，那我的管家倒还是脑筋绝灵的。”

“我可以保证我绝不是跟你瞎说：我那位管家才自以为脑筋绝灵呢，谁来帮她，她都要瞪眼。”

“我们要是有一头驴子该有多好啊。最好我们都能骑驴子来——

简、贝茨小姐，还有我，我们三个人骑驴，我那亲爱的丈夫就跟在旁边走。我真得跟他认真说说，让他去买一头驴。在乡下过日子，我看备头驴倒好像是少不得的，因为你想呀，一个女人打发日子的法儿再多，总不能从早到晚一年到头都关在家里吧；而且你也知道，在乡下要出门就得走好长的路——夏天尘土飞扬，冬天泥泞难行。”

“在唐韦尔和海伯里之间我包你两样都不会有。唐韦尔巷从来不会尘土飞扬，如今又没下一滴雨。不过你既想骑驴来，那么骑驴来也好。你可以去向科尔太太借。我总希望一切都能尽可能合你的意。”

“你的心我当然明白。其实对你的为人我是向来有一句说一句的，我的好朋友。别看你那副模样儿有点特别，冷冰冰硬邦邦的，我知道事实上你的心是最热不过的。我对埃先生也说的，你是位幽默大师，幽默到家了。真的，相信我，奈特利，你筹划这次游园，处处都照应到我，我心领了。你这个主意，完全想在了点子上，可让我高兴了。”

奈特利先生之所以想不把宴席设在树荫下，还另有一个原因。他不但要想法把爱玛请到，还希望能说服伍德豪斯先生也一起来。他知道，要让他们两位中间的无论哪一位在屋外坐下来吃饭，都难免会弄得老先生很不痛快。千万不能自作聪明，哄他说早上请他坐车出去兜兜风，再骗他到唐韦尔去玩上一两个钟头，这样诓他出门，只会闹得他不开心。

奈特利先生完全是凭着一片至诚去请他的，不能埋下什么祸根，害得他以后责怪自己轻信。他果然答应了。他已经有两年没去唐韦尔了。“只要是一个天气极好的早上，我，还有爱玛，再加上哈丽埃特，我们一块儿去没有问题。我就陪着韦斯顿太太一起坐坐，不去走动了，让小女她们到园子里去走走。我看现在的中午时分，她们去也沾不上露水雾气什么的。我倒真很想再去看看你们家的老房子；能借这个机会会会埃尔顿先生伉俪，还有其他的高邻，也是一大快事。只要这天早上天气极好，我，还有爱玛，还有哈丽埃特，我们来一趟不应该有什么问题。多承你想得周到，来请我们——你真是心又好、又懂事——那真要比在外边吃饭妥善多了。我不喜欢在外边吃饭。"

奈特利先生的运气也真不错，他去请的人个个都爽爽快快同意了。看大家那种欢迎的程度，似乎他们也都跟埃尔顿太太一样，以为这次游园是特为邀请自己而想出来的主意。爱玛和哈丽埃特都说这次一定可以玩个痛快了；韦斯顿先生也主动提出，可能的话他一定要叫弗兰克也来一起参加，这原本是想表示他的赞同和感激之意，其实却是大可不必的。于是奈特利先生只好说也欢迎他来；韦斯顿先生答应一定赶快写信，不惜多费些笔墨，务必要劝他来参加。

偏巧那匹拐了腿的马当时也好得奇快，这下可好了，博克斯山之游又提上了日程。最后定下了日期：头天去唐韦尔，第二天就接着去博克斯山——因为看这天气正是出游的好时光。

就在临近施洗约翰节的一天，日中的阳光一派灿烂，伍德豪斯先生上了自己的马车，一边的车窗还放下了遮帘。就这样，他给安安稳稳地送去参加这个户外举行的[①] 聚会了。修道院里早已把最舒服的房间腾出了一间，特地为他在壁炉里生了火，预先烘了一上午，他当下就被请到了这里，心里好生欢喜，一点也不觉得拘束，很想找人痛快地谈谈自己都做了哪些大好事，也很想劝大家都快来坐下，不要感受了暑气。韦斯顿太太是一路走来的，她似乎是特意要走累了，好一直在这里陪他坐着，别人都给请走了，或者经不住劝说给拉走了，独有她还留在这里，耐心听老人家诉说，还不住点头称是。

① 原文为意大利语。

爱玛已经有好长时间没有来修道院了，所以一见老父亲给安顿得这样舒舒坦坦，也就放了心，高高兴兴地让他就留在这里，自己马上去四处游逛了。这座房子连同周围的庭园，总是让她和她的一家人感到那么神往，所以她很想去观察得再细致些，了解得再确切些，好加深自己心中的印象，有什么误记之处也好加以纠正。

房子规模不小，建筑风格也属上乘，所在之处地低而隐蔽，显得选位得当、配合和谐、别具特色，巨大的园圃一直延伸到牧草地边，牧草地上有一道小溪流过。修道院里景象破败，几乎看不到小溪的踪影——倒是树木着实茂盛，或排列成行，或夹道而立，并没有受到追逐时尚或浪费成风的影响而被砍伐得荡然无存。爱玛看着这种种，从心底感到不胜自豪，不胜快慰，这座庄园现今的主人，即今后的主人，跟她是姻亲，她有这种心理也是天经地义的事。这里的房子比哈特菲尔德大，而且跟那边完全不一样。这里占地虽广，布局却很散，还有点儿乱，好多房间都很宽敞舒适，有一两间还相当堂皇。总之显得非常本分，也非常朴实。想起这里世代居住的是一户真正的绅士人家，无论其血统还是其思想观念都那么纯洁无瑕，爱玛对这所老屋越发涌起了一股敬仰之情。约翰·奈特利的脾气是有些缺陷，可是伊莎贝拉的这段婚姻应该说还是极美满的。她家的人、名望、地位，都没有什么可让他们感到脸红的。她想得心里好高兴，就只顾这样喜滋滋地，东转转西走走，后来觉得自己也总得跟大家一样，该到草莓圃里采草莓去了。人都到齐了，只有弗兰克·丘吉尔还没有到，大家都还一直在等他从里士满赶来。埃尔顿太太配上了全副得意装备，头戴遮阳大帽，臂挎篮子；她样样都巴不得要由她来领头，采是这样，收是这样，连谈话也是这样。现在想的、说的，就都是草莓了，也只有草莓了。"草莓是英格兰的第一水果……无人不爱的……吃了只有好处，没有害处。这儿的草莓圃是一流的，草莓品种也是一流的。自己采来自己吃是一种乐趣……这样才能真正领略到草莓的好味道。采草莓当然是上午最好……不会感觉到累……各个品种都很好吃……麝香草莓最好吃了，真不知要鲜美多少倍呢……不能比，不能比……一比起来别的品种简直都吃不得了……麝香草莓是非常少见的……大家都比较喜欢红椒草莓……白梗草莓香味最足了……伦敦的草莓价格呀……布里斯托尔一带才多呢……枫树林……要说栽培嘛……草莓地里到了需要翻土平整的时候……行家的想法才不是这样呢……没有什么一定的规则……管园圃的都有自己的一套办法，不肯违反的……那种水果是够味儿……就是腻滋滋的不能多吃……比起樱桃来还差点儿……倒是醋栗吃起来要爽口些……采草莓就是得弯着腰，这一条叫人受不了……太阳火辣辣的……真累死人了……实在受不了……得去阴凉地儿坐会儿了。”

半个钟头，谈的就是这些；中间只给打断过一次，那是韦斯顿太太因为惦记着她的前房儿子，出来问问儿子来了没有。她有点放心不下，就怕他的马会有什么闪失。

勉强有些遮阴的坐处找到了，这下子埃尔顿太太跟简·费尔法克斯在谈些什么，爱玛就是不想听也只能都听在耳里了。她们在谈有个工作，有个再理想不过的工作。埃尔顿太太是当天早上得的信儿，到现在还欢天喜地的。不是在萨克林太太家，也不是在布拉奇太太家，不过若论家业兴旺、名声显赫，也仅次于这两家了：那是布拉奇太太的一位表亲家。那位太太跟萨克林太太也很熟，在枫树林还是很有些名气的，为人脾气好，有人缘，人品也高，无论门第、身份、家世、地位，一切的一切都是一流的，埃尔顿太太起劲得真恨不能叫简马上就把这个美差应承下来。她是心里一团火，浑身都是劲，得意之状毕露，尽管费尔法克斯小姐对她讲得很明确，说是目前还不打算出去工作，她却就是听不进她朋友的这个“不”字，把刚才已经大力推销过的那些理由又搬出来再说上一遍。她不依不饶的，非要简允诺由她来代写这封应承差事的信不可，好交给明天的邮班寄出去。爱玛越听越惊讶：这样的事简怎么居然也受得了的？果然简的脸上显出了着恼的神气，说话的口气也尖刻了——最后她终于采取了一个破了她常例的果断行动，提出还是换个地方走走吧：“去走走好不好？请奈特利先生带大家去各处园子里看看——一个园子一个园子看过来，好不好？要看总要看得完整些吧。”看来她朋友这样死心眼儿，叫她也受不了啦。

天热，大家都走得稀稀落落，很少有三个人扎在一堆的。就这样在园子里漫步了一会儿以后，大家都不约而同地，一个跟着一个，往一条绿荫怡人的林荫道上走去。林荫道不长，却很宽，两边种的是欧椴。路是在园外，同河相并而行，可供游览的园子大概也就以此为界了。沿着林荫道走到尽头，也看不到有什么值得一提的去处，但见一道矮石墙，配着高高的柱子，到此就只能隔墙望远了。看这石墙柱子，大概当初建造的目的是想做成个宅第的入口模样，而宅第却始终连影子都不曾有过。不过，把个林荫道的终点设计成这样，到底算风格奇异还是什么，固然还大可商榷，就这林荫道而言，则一路走来真可谓赏心悦目，到终点处放眼望去也着实是景色宜人。眼前只见好大一片斜坡，这修道院的所在就大致位于斜坡的脚下，斜坡过了庭园就渐渐加大坡度；到半英里处成了一道陡坡，看上去相当险峻也相当壮观。陡坡上林木森森，陡坡下就是修道院磨坊农庄了，此处后有屏障，地势非常理想，前边有牧草地，那河就紧贴着农庄蜿蜒流过。

这一派景色真是太美了——不但悦目，而且让人看得连心里都愉快。这才真是英国式的绿色世界，英国式的人文教化，英国式的恬适安逸，在艳阳高照下看去，哪还有一点压抑的气息？

走在林荫道上时，爱玛和韦斯顿先生看到大家都还是集中在一起的，可是快要走到这个景点时，爱玛马上发现奈特利先生和哈丽埃特撇下了大家，悄悄走到前头去了。奈特利先生跟哈丽埃特！这个秘密谈心[①] 好怪啊！不过爱玛看在眼里，喜在心上。要是在过去，奈特利先生可是不屑于跟这个姑娘在一起的，见了她还会不客气地掉头就走哩。现在他们却似乎谈得很融洽。要是在过去，让哈丽埃特来到这么个地方，看到修道院磨坊农庄竟是这么好，爱玛心里是会老大不高兴的，可是现在她一点也不担心了。就放心让她去看吧，去看看这农庄以及农庄内外那种种蓬勃兴旺的标志、美不胜收的景象：那丰美的牧草，那遍野的羊群，果园花开似锦，轻烟袅袅而起。她在石墙跟前赶上了他们，发现他们并不是忙着在纵目四望，而是正忙着在说话呢。他是在给哈丽埃特讲如何耕作之类的知识，见爱玛来了，便报以一笑，意思似乎是在说："这都是我自己的事啊。我谈谈这些总可以吧，你用不着疑心我是在讲罗伯特·马丁什么的。"她一点也不疑心，那都是老掉牙的事了，罗伯特·马丁心里也恐怕早已没有哈丽埃特了。他们就一起在林荫道上漫步了一阵。这里的树荫里真凉爽极了，爱玛觉得玩了这半天，就数这段时光最愉快了。

接下来就该去屋里了，大家都得进里边去吃饭。等到大家都已经坐下来吃饭了，弗兰克·丘吉尔还是没有来。韦斯顿太太望了又望，却始终不见儿子的人影。那个做父亲的非但否认自己有什么不放心的，而且还笑她是瞎担忧。可是她这颗心却怎么也放不下来，心里不

① 原文为法语。

禁暗暗祈求，只愿他从此再别骑他那匹黑牝马了。小伙子表示过他是一定要来的，其口气之肯定是超乎寻常的。“舅妈好得多了，我来是绝无问题的。”不过，有好几位当即就提醒她：丘吉尔太太的病情很可能会有什么突然变化，需要外甥照料，弄得他脱不了身，也是情理之中的事。在众人的劝说下，最后韦斯顿太太终于相信了，或者应该说终于说了这么一句：一定是丘吉尔太太不知怎么又发病了，所以他来不了啦。就在大家这样你一言我一语议论的时候，爱玛对哈丽埃特瞅了一眼，见她举止如常，丝毫没有一点感情的流露。

冷餐用过了，大家又要再一次出去，好去把还没有参观过的地方都参观到，比如老修道院的养鱼池，走得动的话可以一直走到苜蓿地，那里的苜蓿明天就要开割了；反正至少也可以再去享受一下先热后凉的那种乐趣吧。伍德豪斯先生已经到园子的最高处去略略转过一圈了，连他也认为那里没有一点河里来的潮气，够保险的，不过这一回他就不想走动了。他女儿决定留下来陪他，好让韦斯顿先生做通他太太的工作，叫太太去舒舒筋骨，换换空气，看来她的精神确实是很需要调剂一下。

为了让伍德豪斯先生有点什么消遣，奈特利先生真是动足了脑筋，想尽了办法。一册册版画，一抽屉一抽屉的纪念章、小浮雕、珊瑚、贝壳，但凡他藏品柜里的家藏珍品，他无不尽数搬了出来，好让他这位老朋友消磨上半天。他这番好意果然十分见效，伍德豪斯先生看得着实津津有味。上午韦斯顿太太已经一件一件都拿给他看了，现在他要一件一件都拿给爱玛看。好在老先生除了对面前的这些一窍不通以外，其他倒还没有什么像小孩子的地方，他做事慢条斯理，有始有终，而且有板有眼。不过，在他开始看这第二遍之前，爱玛先到门厅里去转了转，打算抽个一两分钟的空，来随意看看这房子的入口和底层的布局。可是刚一到那里，就碰上简·费尔法克斯从园子里匆匆回来，一副偷偷溜出来的神气。对方没有料到一跑进门就撞上了她，起初吓了一跳，不过伍德豪斯小姐倒正是她想要找的人。

“托你一件事好不好？”她说，“要是有人问起我，就请代我说一声我回家去了。我得赶快回家了，天色不早了，可是姨妈早把时间给忘了，也不想想我们出来已经有大半天了；我看家里外婆一定在等我们了，所以我决定这就回去。我对谁都没有打招呼，就怕打了招呼反而会招来麻烦，引起不快。他们有的去看养鱼池了，有的又去林荫道了。他们要全都回来了才会问起我。要是问起我，就请说一声我已经回家去了，好不好？”

“好的，我一定照办，可是你总不见得就一个人走回海伯里去吧？”

“就一个人走呀，那又有什么？我走起来可快了，二十分钟就到家了。”

“可是路毕竟太远，实在太远了，孤身一个人走不行啊。我让我父亲的仆人送你去吧，我去叫他套车，只消五分钟就过来了。”

“谢谢你，谢谢你……可是你千万不要费这个事……我倒觉得还是走着去好。我还会怕一个人走？……说不定啊，我马上就得去给别人保驾啦！”

她这话说得好激动，爱玛很是同情，就又说道：“那你也不能因此就这样去冒险呀。我一定得吩咐套车去，不说别的，这么热的天，你恐怕先就顶不住，你已经很累了。”

“是很累，”她回答说，“我是很累，不过这不是你说的那种累……我去大步流星赶一程路，精神上反倒会好些。伍德豪斯小姐呀，我们都是有过体验的，知道这精神上的累是怎么个滋味。不瞒你说，我精神上实在是累到筋疲力尽了。你还是让我由着我自己的意思办吧，只要有人问起我，你就说我已经回家，我就感激不尽了。”

爱玛再也没有说一句话阻止她。她什么都明白了；她很理解对方的心情，就敦促她快走，抱着成了相知的一片赤忱，看着她平安而去。简临走时是一脸的感激，临走前说的那一句“伍德豪斯小姐呀，有时候只身一人倒成了一种享受了！”似乎是从一颗给压得不胜负担的心里迸发出来的，从中似乎也可以多少看出她就是这样长年过着隐忍的日子的，就是对最最热爱她的人也得这样默默隐忍。

“唉，这样的家！这样的姨妈！”爱玛转身回到门厅时，不禁暗暗感叹，“我真同情你呢。你受不了是理所当然的事，这种真情你越流露，我就越喜欢你。”

简走了不到一刻钟，爱玛他们还只刚刚把威尼斯圣马可广场的几张风景版画看完，弗兰克·丘吉尔走进屋里来了。爱玛早已不再惦记着他了，她已经只当他不会来了，但看到他来还是挺高兴的。这一下韦斯顿太太可以放心了。不是那匹黑牝马出了岔子，而是估计问题出在丘吉尔太太身上的那几位说对了。他走不开，是因为他舅妈的病情骤然加重了——那是神经症状突然发作，持续了好几个钟头。他几乎已经死了心，以为来不了了；等到情况有了好转，已经很晚了。他要是早知道一路上会跑得这样热，急急忙忙赶来还是这么晚才到，他相信他恐怕真还是干脆别来的好呢。这天热得也真邪门儿，这样的热天他真还从来没有碰到过……他都有点后悔了……他最受不了天热……冷倒没什么，再冷他都经得起，可是天热就受不了了。尽管伍德豪斯先生壁炉里的那堆火已只剩些残灰余烬，他还是尽量躲得远远的，找个地方坐了下来，显得狼狈极了。

“你坐定下来，一会儿就不觉得热了。”爱玛说。

“等到我觉得不热了，又得赶回去了。我的时间实在紧张啊……

可是承大家这样的盛情，我又非来不可！我看你们大概都快要回去了吧——大家不是已经都散了吗？我来的路上就遇到了一位。这样的天气，弄得人都发疯了——十足是发疯了！”

爱玛一边听，一边拿眼睛去瞧，她很快就看出来了，弗兰克·丘吉尔此刻的心情用个形象的说法来形容最贴切了，那就叫“气不顺”。有的人一热脾气就躁，他也许就属于这种体质。她知道那不算什么大毛病，只要吃点什么喝点什么往往就能好，所以她就劝他去吃些东西充充饥。饭厅里有的是吃喝，要什么有什么。她急人之难，说着还指了指门在哪儿。

“不，我不能吃。我不饿，一吃反倒更热了。”不过，才两分钟工夫，他就对自己让了步，态度一下子松动了。嘴里咕哝了一句，像是说去看看有没有云杉啤酒什么的，他就径自走了。爱玛便又回过头来一意陪着老父亲看画，心里暗自思忖：

“我幸亏没有再去爱他。今天早上不过是热了点，他就这样经不起了，弄得六神无主的，那样的人我怎么能喜欢呢？哈丽埃特性格温柔，脾气随和，配他倒还不要紧。”

他去了好长时间，估计是足够他尽情吃一顿的了。等到回来，他样子就大为改观了——已经完全冷静了下来，恢复了常态，显得彬彬有礼了。他拉了一把椅子坐到他们身旁，看到他们是在看画，就表现出了对此很有兴趣的样子，还颇有分寸地为自己来得这么晚而表示了歉意。他的情绪毕竟还不是很高，看上去似乎是在尽力打起精神来，到后来他终于能故意说上两句蠢话以博一粲了。当时他们是在翻阅瑞士的风景画。

“一等我舅妈身体好了，我就要往国外跑，”他说，“那样的好地方我若不去见识见识，我是死也不甘心的。说不定有一天我还会画几张素描寄给你们瞧瞧呢——或者写一篇游记让你们看看——再不就写上一首诗。反正我一定要好好显显自己的才华。”

“是吧——不过要在瑞士写生，那你是妄想了。你去不了瑞士哪。你舅舅舅母绝对不会放你离开英国的。”

“可以劝他们一起去嘛。说不定医生也会要舅妈到气候比较暖和的地方去休养。我看我们一起去国外的希望倒是很大的。真的，希望是很大的。我今天早上想了想，觉得信心十足，我看我要不了多久就准能去国外，我应该去外边走走了。老是这样无所作为，这日子我过腻了，我真想换换空气。我可不是说着玩儿的，伍德豪斯小姐，不管你两道利箭般的目光能看透什么——反正我在英国是过腻了，巴不得明天拔脚就走。”

“你是富贵的日子过腻了，娇惯的日子过腻了！难道你就不能找些艰辛来磨炼磨炼自己，心安理得地留下来？”

“我会富贵的日子过腻了？娇惯的日子过腻了？那你就完全看错了！我认为自己过的日子一算不上富贵，二说不上娇惯。在一些大事要事上我总是事与愿违。我看‘幸运儿’三个字我是压根儿沾不上边的。”

“不管怎么说吧，反正我看你已经不像刚进门时那样人困马乏了。你再去吃点儿、喝点儿，管保马上又是一身的精神了。把冷盘肉再吃上一片，把马德拉白葡萄酒兑上点水再喝上一口，你也就跟我们大家都一样，有了玩儿的兴致了。”

“不——我不去，我要坐在你身边。你才是我解乏的最佳良药。”

“我们明天要去博克斯山呢，你跟我们一块儿去吧。那虽不是瑞士，不过小伙子真要是一心想换换空气，那倒也是很值得一去的。你今天就别回去了，明天跟我们一块儿去好不好？”

“不，怎么能不回去呢？等天一黑，天凉快了点，我就赶回去。”

“那你就明天一早趁天还凉快再赶来。”

“不了——那划不来。我要是赶来，我那躁脾气又要上来了。”

“那你就请留在里士满吧。”

“可是我要留在那儿的话，脾气会更躁的。想想你们都去了，却独少我一个，那我怎么受得了？”

“这个难题就只能由你自己来解决了。左右是个‘躁’字，取其轻者还是取其甚者，你权衡决定吧，我也不想再多劝你了。”

这时候在外边的人陆续回来了，不一会儿大家都到齐了。见了弗兰克·丘吉尔，有的人兴高采烈，有的人却无动于衷；可是，发现费尔法克斯小姐不见了，把原委一问清，大家都觉得很不快，也很不安。这时候时间也差不多了，大家都该回去了，话也只能谈到这里为止了。最后匆匆商量了一下第二天的出游事宜，大家就散了。弗兰克·丘吉尔说他明天不去，本来就是不大情愿的，他这不大情愿如今早已变成一百个不情愿了，因此他临了对爱玛说的是这样一句话：

“好吧，如果你真要我留下来明天一起去，那我就从命了。”

爱玛笑笑表示认可，这样，除非里士满派人来叫，否则的话，不到明天天黑他是说什么也不会回去的了。

第 7 章

去博克斯山那天是个大晴天，加上其他的客观条件也都尽如人意，准备工作做得很到家，车马饮食都很周全，大家也都很守时，所以这一趟按理是应该可以玩得很开心的。韦斯顿先生是总调度，他在哈特菲尔德和牧师宅之间协调得相当顺利，所以一到那天大家都早早到了。爱玛和哈丽埃特是同车来的，贝茨小姐跟她外甥女搭的是埃尔顿家的车，男士们则都骑马。只有韦斯顿太太陪着伍德豪斯先生留了下来。真是万事俱备，只等一到目的地，就可以去玩个痛快了。七英里的路，就是在盼着好好玩一下的心情下走完的。刚一到时大家都不住声地赞叹，可是这一天总的说来叫好之声却不是很多。他们身上有一种懒洋洋的气息，一种提不起精神来的情态，一种不大齐心的迹象，是始终无法消除的。他们都各自结伴，分得太散了。埃尔顿两口子走在一起，奈特利先生照料贝茨小姐和简，爱玛和哈丽埃特则归弗兰克·丘吉尔护驾。韦斯顿先生想促使他们相处得再融洽些，也一无效果。这样分散的格局最初似乎是偶然形成的，以后一直没有发生什么实质性的变化。埃尔顿夫妇俩固然没有露出过不愿意跟别人打交道的意思，还尽量显出和和气气的样子，可是在山上整整两个钟头，另外两堆人之间却似乎抱定了一条互不来往的原则，那原则性真是强极了，眼前的风景再好，带来的点心小吃味道再美，乐呵呵的韦斯顿先生再有本事，也不能撼动这条原则一分一毫。

起初爱玛只觉得这世上的人似乎压根儿都呆了。她从来没有见过弗兰克·丘吉尔这样寡言少语，全没了一点机灵。他说的话一句也没有可听的，两眼竟是视而不见，称赞两声也是毫无灵气，听她说话更是听而不知其意。他就是这样痴呆呆的，无怪乎哈丽埃特也一并发了呆。两个人都是这模样，叫她看得实在受不了。

等到大家都坐下以后，情况才有了改善——以她的眼光看这改善还不小呢，因为弗兰克·丘吉尔说话多起来了，热情也高起来了，首选的进攻目标就是她。只要有明显的殷勤可献，这份殷勤就准是献给她的。他似乎什么都不放在心上，只一心想引她高兴，讨她喜欢——而爱玛呢，也很愿意借此而开心起来，明知是奉承也不以为意，因此也是热情洋溢，无拘无束，还像交往之初引得她心头发烫之时那样，对他一味采取鼓励欢迎的态度，也就是容许他把殷勤献过来。不过现在在她看来，这可根本算不了一回事，虽然旁人看在眼里，却多半不是这样的想法，他们认为这种情况在英语里无疑只有一个单词可以充分表达，这就是调情。“弗兰克·丘吉尔先生和伍德豪斯小姐这样相互调情，也未免太过分了吧。”这样的话要是落在他们头上，那是一点也不稀奇的——更何况那还很可能被一位女士写在信里报到枫树林去，还有一位女士则可能会报到爱尔兰。这倒不是因为爱玛真觉得快意已极，轻飘飘的都有些失于检点了，相反，那是因为她觉得今天玩得远不如她预期的那么快乐。她纵声大笑是因为她心里失望。她很喜欢他献上的殷勤，觉得他这些殷勤的言谈举止无论是友好的表示也罢，是爱慕的流露也罢，哪怕就是逢场作戏也罢，都应该说是极其精明的；不过尽管如此，那也赢不回她这颗心了。她还是只想把他作为一个朋友。

“我真是太感谢你了，”他说，“多亏你叫我今天一定来！要不是你，今天这游山之乐我就失之交臂了。昨天我本来是已经下定了决心要回去的。”

“是啊，你当时的脾气也真够躁的。我不知道你什么事不痛快了，要么就是因为来晚了，没能吃上极品草莓的缘故吧。当时你还不识我这个做朋友的一番好心。亏得你还算能放下架子，死乞白赖的，非要我下命令叫你来不可。”

“哪儿是我脾气躁啊，我是累的。天那么热，我撑不住啦。”

“今天天更热呢。”

“我倒一点也不觉得，我觉得今天舒爽极了。”

“你觉得舒爽，是因为现在你的脾气给克制住了。”

“是让你给克制住的吧？也是。”

“这话倒真像是我故意要引你那么说的了，不过我的意思可是指自我克制。昨天，也不知道是什么缘故，你的行为越了轨，自己都管不住自己了。不过今天你又管住了——我又不能一直在你身边哪，所以你最好还是别那么想，应该相信管住你脾气的不是我，而是你自己。”

“其实还不都是一码事？我要是心里没有股推动的力量，也管不住自己。你开不开口都一样，反正我是听了你的命令。再说你怎么不能一直在我身边呢？你就一直在我身边嘛。”

“那也只能说从昨天下午三点钟开始吧。要说我对你真有什么长远的影响，起始也不会早于这个时间，要不，你以前也不会那样闹脾气了。”

“昨天下午三点钟？那是你记的时间。我记得我跟你第一次见面是在二月里。”

“你真会说话，叫人都没话应对了。不过，（她压低了声音）就我们两个在说话呢，我们净这样闲扯淡，让七位当听客的看白戏，未免太不像话了吧。”

“我又没有说什么丢脸的话，”他厚着脸皮，喜眉笑眼回答说，“我跟你第一次见面是在二月里嘛。我这话要让山上的人都听到，愿我一字一音都能远传四方，一边直传到米克尔厄姆，另一边直传到多金。我跟你第一次见面是在二月里嘛。”随即他压低了嗓音，悄悄说道，“我们这同游的几位都是超级木头脑袋。我们想个什么法子来逗他们好呢？再胡闹都可以。好歹总得引他们说说话才行。女士们先生们，凡有伍德豪斯小姐参加的集会她就是当然的主席，现在我就奉她之命昭告各位：她很想听听各位此刻心里都在想些什么。”

有人笑了起来，高高兴兴搭了茬儿。贝茨小姐就说了一大堆。埃尔顿太太一听伍德豪斯小姐是他们今天这班人的头儿，气得肚子都鼓了起来。奈特利先生的回答是最为别致的：

“伍德豪斯小姐真的很想听听我们大家都在想些什么吗？”

“哎，没有的事，没有的事！”爱玛尽量摆出一副轻松的样子，笑呵呵大声说，“绝对没有的事！此时此刻我最最受不了的就是这份罪了。还是让我听听别的吧，听什么都好，就是别听你们大家都在想些什么。也不是说谁的想法都不要听，可能有那么一两位吧，（她望了一眼韦斯顿先生和哈丽埃特）他们的想法如何，我大概听听还是不怕的。”

“这种事情嘛，”埃尔顿太太放大嗓门，加重了语气说，“连我都自问没有这份荣幸，都还无权去探究呢。不过，这次结伴游山，我作为陪伴姑娘们的老大姐吧，也许还……我这个人可是从来不搞什么小圈子的……一起出来游山玩水嘛……姑娘家终归是姑娘家……太太们到底是太太们……”

她这后半段嘟嘟哝哝的话主要是说给自己的先生听的，她先生的回答也是嘟嘟哝哝的：

“说得对，我亲爱的，说得对。一点不错，就是这话……真是闻所未闻，不过现下有些上等妇女说话就是百无禁忌……当个笑话听过也就算了。反正你才是实至名归，大家心里都是清楚的。”

“不行，”弗兰克悄悄对爱玛说，“他们大半都赌气了。我要说得再技巧点，刺刺他们。女士们先生们，我奉伍德豪斯小姐之命昭告各位：她收回成命，不再要求大家原原本本汇报自己此刻都在想些什么了，而只要求你们各自说些趣事笑话助兴，不限题目。你们一共是七位，我就不在其内了（蒙她恩准，认为我已经助了很大的兴了）。她只要求你们每个人或是说一个绝妙的段子，诗文不拘，自己创作、照抄别人均可，或是中等精彩的段子两个，如果实在是淡而无味的，那就说三个。反正她保证听完以后一定都报以热烈的笑声。”

“噢，那就好，”贝茨小姐叫起来，“那我就用不着担心了。‘如果实在是淡而无味的，那就说三个。’你们看，这一条跟我正对茬儿。什么时候只要我一张口，管保淡而无味的段子三个就有了，你们说是吧？”她一副老好人的神气，把大家一个个看过来，巴不得大家都一致点头称是，“你们大家说是不是啊？”

爱玛忍不住了。

“哎呀，大姑！有一点倒可能有些不好办呢。很抱歉，对你就有个段数的限制——不能超过三段。”

她表面上装得还是非常客气，贝茨小姐信以为真，一时没有辨出这话的意思；等到突然悟了过来，虽说还不至于动气，却也微微有些脸红，说明她心里还是有些不快的。

“啊！哎哟——也真是！好好，我明白她的意思了，”她扭过头去对奈特利先生说，“我一定要好好管住我的舌头。我一定是很不知趣，讨人嫌了，要不她绝不会对一个老朋友说出这样的话来。”

“你们这个主意好，”韦斯顿先生嚷嚷着说，“就这么定了！就这么定了！我一定勉力而为。我这就出一道谜。谜算不算数？”

“抱歉，不大好算数呢，老爷子，实在不大好算数，”他儿子答道，“不过我们可以从宽考虑，特别是谁要是带头先来。”

“不，不，”爱玛说，“要算数，要算数。韦斯顿先生出一道谜，不但自己可以过关，连他的邻座也可以连带豁免。来吧，先生，请说出来我听听。”

“我自己觉得这道谜‘绝妙’二字恐怕还未必称得上，”韦斯顿先生说，“因为这是明摆着的事实，太直露了。谜面是这样的：哪两个字母合在一起，就表示尽善尽美？”

“哪两个字母……表示尽善尽美？我实在猜不出来。”

“啊！你是永远也猜不出来的。你呀，”他指的是爱玛，“我就准保你永远也猜不出来。我来告诉你吧。是 M 和 A，连起来念不就是‘爱……玛’吗？明白啦？”

爱玛悟了过来，心里随之感到一阵美滋滋的。这样的谜虽然实在说不上有多大妙趣，可是在她听来却是挺逗、也挺可玩味的，弗兰克和哈丽埃特也有这种感觉。在座的其他人却似乎并没有听得这样津津有味，有几位竟是一脸的茫然，似乎根本没有听懂。奈特利先生一脸凝重，说道：

“你们要求的所谓绝妙原来就是这样。韦斯顿先生一炮打响了，可是我们其余的人就势必得统统交白卷了。尽善尽美，哪有这样容易的事。”

“噢！要说我呀，请你们千万让我给免了吧，”埃尔顿太太说，“我是绝对不来的——我对这一套根本就不感兴趣。以前有人拿我的名字作了一首离合诗藏头诗之类：数行诗句中的第一个词的首字母或最后一个词的尾字母或其他特定处的字母组合成词或词组，送给我。其实我根本就不喜欢这种玩意儿。我知道那是谁送来的。一个讨厌透顶的傻小子！你知道我说的是谁，（说着把头向她丈夫点了点）这种把戏在圣诞节围炉烤火的时候玩玩还合适，可是夏天到野外来游玩还弄这一套，依我看就太不合时宜了。务请伍德豪斯小姐千万给我免了吧。我可不是那种一开口就妙语连珠，能供大家消闲解闷的高才。我是不敢自命为高才的。我这个人确实有我非常好动的一面，可是说句老实话，我也应该有权自己决定什么时候该开口，什么时候该别作声。丘吉尔先生，请高抬贵手，放过我们吧。埃先生、奈特利、简和我，我们四个人就请你放过了吧。我们是说不出什么绝妙的段子的——我们谁也不会说。”

“是啊，是啊，请放过我吧，”她丈夫带着点讥讽的口气接口说，“我是实在说不出什么好听的，没法给伍德豪斯小姐或者其他哪一位小姐助兴了。我是个有了家室之累的老家伙——完全是废物一个了。我们去走走好吗，奥古斯塔？”

“再好也没有了。在一个景点玩得太久了，我正觉得有些腻味呢。来吧，简，你挽着我那只胳膊。”

简婉拒了，那两口子就径自走了。“好一对恩爱夫妻！”一等他们走远，弗兰克·丘吉尔便开了腔，“真是天生的一对哪！也真叫有缘——他们是在一个公共场所里认识后就结婚的！在巴思相识的时间，我看至多也不过是几个星期吧！这不是怪有缘分的吗？因为你想呀，在巴思这种地方——就是不在巴思，在其他地方的公共场所也一样——你对一个人的人品性格，能有多少真正的了解？压根儿等于零！你一丝半点也别想了解得到。要了解一个女人，只有见到了在她自己家里的她，跟她自己的同道在一起的她，完全是平日面目的她，你才能得出一个正确的判断。若非如此，那就只能是凭猜测，撞运气——这运气一般总是好不了的。匆匆相识，便遽尔订婚，结果弄得悔恨终生，这样的男人也实在是太多了！”

此前除了在女伴们之间说说以外一直极少开口的费尔法克斯小姐，这时却开了口：

“这种事情当然也是有的。”一阵咳嗽，话就给打断了。弗兰克·丘吉尔转过脸来想听她说。

“你还没有说完呢。”他收起了笑容说。她这才清了清嗓子说下去：

“我不过是想说，这种不幸的情况有时候确实也是有的，不仅男人有，女人也有，不过我看毕竟还不能说十分常见。即使事前考虑欠周，轻率地定了情——事后设法补救，一般也还来得及。总之，我想要表明的意思就是：只有性格软弱、优柔寡断的人，才会因为认错了人而背上包袱，苦恼一辈子，其实这种人就是有得到幸福的，也无非是靠的侥幸。”

他一言不答，只是怔怔地瞅了一阵，恭恭敬敬鞠了一躬，不一会儿便又以轻快的语气说道：

“哎呀，我对自己的眼光实在缺乏信心，将来要结婚的时候，倒真希望能有谁来帮我挑选个妻子才好呢。你来帮我这个忙好吗？”他这话是转过头去对爱玛说的。“你来帮我挑选个妻子好吗？你选定的人，我一定会喜欢的。我们家就是蒙你玉成其事的，不是吗？”说着他对父亲微微一笑。“替我找一个吧，我不急。你认定了她，就慢慢培养她。”

“把她培养得跟我一个样？”

“当然啦，只要你有办法。”

“那好，我谨受尊托了。你一定会娶到一个称心的妻子的。”

“我只要求她一定要非常活泼，要有淡淡的棕色的眼睛，此外就再无所求了。我要出国去待两年——等我回来，我可要问你要老婆的哟，可别忘了啊。”

爱玛哪儿能忘得了呢？托她办这件事，她是再乐意也没有了。哈丽埃特不正是他所说的那么个人吗？除了淡淡的棕色眼睛这一条以外，再过两年包管她样样都可以符合他的要求。或许此刻他心目中早已看中哈丽埃特了呢，谁说得准呢？说要她慢慢培养云云，看来就是这个意思了。

“哎，姨妈，”简对她姨妈说，“我们该去找埃尔顿太太了吧？”

“好啊，我亲爱的，我是一百个赞成。我是拔脚就可以走的。其实我刚才早就想跟她一块儿走了，不过现在再走也不迟，一会儿就赶上她了。你看那是不是她？……不，看错人了。那是爱尔兰大车游览团里的一位女游客，跟她根本不像。哎，我说……”

她们走了，不一会儿奈特利先生也走了。只剩下韦斯顿先生爷儿俩，加上爱玛，还有就是哈丽埃特了。小伙子此时已经兴奋到了简直惹人讨厌的地步。连爱玛也对他的一味奉承打趣听不下去了，心里倒是宁愿另外找谁一块儿去悠闲自在地漫步一会儿，哪怕就是只身一人独坐一隅也罢，只求耳边能清净点儿，好静下心来细细观赏山下的美景。看到仆人找来，禀报说马车已经备好，她心里不觉一高兴。经过好一阵忙乱才收拾停当，临走时埃尔顿太太又非要她的大车领头先行不可，所有这些爱玛都欣然忍受了，为的就是马上可以享受会儿安静，坐车回家了。本以为可以痛痛快快玩一天，可是天知道到底尽了几分兴，现在这一切总算都要结束了。她只希望，这样人多心杂的旅游活动，她今后再也不要糊里糊涂地参加了。

就在等候上车的时候，她发现奈特利先生就在身边。奈特利先生往前后左右瞧了瞧，像是看清了近处确实无人，这才说道：

“爱玛，我以前老是说你，今天还是得说你。除了我，也不会有人这样说你，我也知道这恐怕不是你给了我什么特权，而只是勉强容忍了我，不过今天我还是得说你一回。我不能眼看你做错了事而不来劝你。你怎么能对贝茨小姐那样毫无同情之心呢？你说几句俏皮话也就罢了，可又怎么能对她那样性格、那样年纪、那样处境的妇女这样蛮横无理呢？爱玛，我真没有想到你会做出这种事来。”

爱玛回想了一下，脸红了，心里感到歉疚，不过她还想一笑了之。

“可不，我当时哪儿憋得住啊？话冲口就说出来了！换了谁都憋不住的。那没有什么大不了的。我看她大概也根本没有听懂我的意思。”

“她肯定听懂了。你的意思她完全辨出来了。她后来的话就是针对你这个意思说的。我想你总应该听见了她是怎么说的——她说得多么诚恳、多么大度，我想你总应该听见了。她称赞你待人宽厚，说她自知跟人相处一定十分招人讨厌，可是你和你父亲却还是一直对她优容相待。”

“嗐！”爱玛嚷了起来，“我也知道这世上再没有比她更善良的人了，可是你得承认，在她身上善良的表现和可笑的表现偏偏都是合在一起，分也分不清的。”

“是很难分清，”奈特利先生说，“这我承认。要是她家境优裕的话，你偶尔对她可笑的一面过分渲染了点，对她善良的一面忽视了点，那我完全可以体谅。要是她是个富家女的话，你对她开些无伤大雅的玩笑，哪怕就是荒唐了点，是笑是恼我也就都随它去了，绝不会来跟你理论，怪你失礼了。要是她也能有你这样地位的话……可是爱玛呀，你想想，她的实际情况却远不是这样呀。她是个穷人，出娘胎的时候倒还有温饱日子过，可是后来就败落了，以后真要是老了，家里的光景只怕难免还要进一步败落下去。对她的处境你应该同情才是。可是你呀！瞧你干的！她在你还是个小娃娃的时候就认得你了，她在人家还争相巴结她的年月就看你长大了——可是你现在倒好，玩得心里一得意，脑袋一发昏，就取笑起她来，弄得她多丢面子啊——而且还是当着她外甥女的面——当着大家伙儿的面。你那样对待她，这里边就会有好些人（有某几位是肯定的）来学你这一套。这话你听着不高兴，爱玛——其实我也何尝高兴得起来呢？可是我还是得说，我还是要说……我只要嘴巴还能说话，就要对你实话实说。我以一片肺腑之言向你进谏，以此来证明我是当得起你的朋友的，能这样我也就心安了。你也许现在还不理解我，相信你将来迟早会理解我的。”

他们一边说着话，一边朝着马车走去。马车早已备好，没等她再开口，他已经伸过手来，扶她上车了。看她始终避过了脸，一言不发，他误解她的心情了。其实她是在生自己的气，加以羞愧难当，且又忧心忡忡，她是实在说不出话来。一进车厢，她就往座上一靠，瘫在那里半晌动弹不得，既而又责备起自己来：看你连再见都忘了说，也没有道一声谢，居然是一脸怒气跟人家分了手！她赶快探出头去，又是叫喊又是挥手，急于想改变自己的形象，可是已经来不及了。他早已转过身去，马已撒蹄奔开了。她只顾向后望去，可是始终看不到一点反应。这车今天似乎也跑得出奇地快，转眼就已经到了半山腰，把一切都远远甩在背后了。心头是说不出、道不了的烦恼——简直到了怎么捂也捂不住的地步。她这辈子从来也没有落到过这样的境地，心里竟会是这样焦躁、这样羞愧、这样难受。她受到的打击实在是太重了。对方一番话说得句句在理，这是无可否认的。她打心眼儿里服了。她怎么能对贝茨小姐那样粗暴、那样残忍呢？她怎么会这样有失检点，引得她所尊重的人对她这样反感呢？怎么能感谢的话都没有一句，“你说得对”之类的话都没有一句，连普通的礼貌话都没有一句，就让他那样走了呢？

半晌过去了，心还是平静不下来。她越想，心里似乎就越乱。她内心从来没有这样苦闷过。好在这会儿也不用说什么话。车厢里只有哈丽埃特，她似乎也是没精打采的，该是累坏了，正巴不得别说话呢。这回家的一路上，爱玛觉得脸上的泪水淌得几乎没有停过，尽管落泪在她是反常的事，她也不想硬去忍住了。

第 8 章

博克斯山之游游得好扫兴，当晚这想法还一直萦绕在爱玛的心头，纠缠了她一晚上。至于同游的那几位以为今日之游如何，那她就不得而知了。此刻他们也许都在各自的家里，从各自不同的角度，正津津有味地在回味玩得有多痛快呢。可是在她看来这一天算是完全浪掷了光阴，当时就感到根本没有一点可以认为是值得高兴的，事后回想起来更是觉得可气，这样一无是处的一天，她还真从来没有碰到过。相比之下，陪老父亲玩上一晚上的十五子棋也真该算是件大乐事了。对了，真正的快乐是在这儿，因为她把一天二十四小时中最美好的一段时光用来陪伴父亲，为他解除寂寞，自己心里也就从而生出了一种感受，觉得自己尽管可能还当不起父亲这样的慈爱尊信，但是自己的为人总不至于会受到人家严厉的指责吧。她这个做女儿的，总希望自己不能算没有孝心。她希望谁也不能对她说："你怎么能对你父亲那样毫无同情之心呢？我得说，我只要嘴巴还能说话，我就要对你实话实说。"自己再不能对不起贝茨小姐了——千万不能了！如果今后能用关怀来补偿以前的罪过，自己或许还有得到宽恕的希望。扪心自问，自己确实往往不大注意。这不注意恐怕主要是在思想上，而不是在行动上，所以一不留神就会嘲笑他人，有失礼貌。不过今后再不会这样了。她衷心感到痛悔，按捺不住激动，决定明天早上就上门去拜访，自己一定要以此为始，注意以平等的地位，同对方保持经常的、友好的交往。

到第二天一早，她的决心还是很大，为了防备别的事情来把她绊住，她早早就去了。她想，说不定路上会遇上奈特利先生呢；也有可能她还在她们家，他倒也来了。那也没有什么要不得的。她登门悔罪，不是什么见不得人的事，她来悔罪完全是一片至诚，堂堂正正。她一路走去，眼睛一直望着唐韦尔的方向，却始终没有见到他的身影。

“太太小姐都在家。”以前听到这一声招呼，她从来不会觉得心里一阵欢喜；以前走进这过道、登上这楼梯，也从来不会想到还应该带给她们一点快乐，以为能来看望一趟就算不错了，她不会奢望自己能在这里得到什么快乐，要么就是随后取笑几句，也算是一种乐趣吧。

快到房门口的时候，只听见一阵忙乱。里边有很多走动声，说话声也很嘈杂。她听出了贝茨小姐的嗓音，似乎那里有件什么事，得赶快弥缝过去。那女仆是一脸的惊慌加尴尬，说对不起，请稍等；后来领她进去，也还是太早了点。那姨妈和外甥女俩，简直都是急急忙忙逃进隔壁房间里去的。她一眼望去，把简看得很清楚。简看上去气色很不对头，娘儿俩一进去，里屋的房门就关上了，临关上前她还听见贝茨小姐在说：“那好，我亲爱的，我就说你在床上躺着，我看你也确实病得不轻呢。”

贝茨太太，这位可怜的老阿婆，还跟往常一样谦恭有礼，一副自感低人三分的样子，看来她对眼前的这一幕还根本不知就里。

“我看简怕是身子不大好呢，”她说，“不过我也不大清楚，她们告诉我说她是好好儿的。我想小女一会儿就会出来的，伍德豪斯小姐，请你自己找把椅子坐下吧。你看赫蒂不在，真是慢待啊。我是手脚不大方便的——你找把椅子坐了吗，姑娘？你坐的地方还可以吗？她包管一会儿就出来了。”

爱玛真希望她快些出来。她已经不禁有些担心了，怕贝茨小姐这是故意要避着她。不过没过多久，贝茨小姐来了。“真是太高兴了！太感谢了！”但是爱玛从内心深处感觉到，以前乐呵呵、说话滔滔不绝的那股子劲儿今天没有了，看她的神气态度也不像以前那样自在了。她想，还是从问候费尔法克斯小姐入手，跟她谈得一亲热，说不定可以引得她原有的热情重又燃烧起来。这法子果然立见成效。

“哎呀，伍德豪斯小姐，你的心真是太好了！我想你一定是听到了消息——因此来向我们贺喜的吧。其实呢，这对我来说似乎不大好算是什么喜事，（她把眼睛眨了眨，掉下了几滴眼泪）她跟着我们过，已不少日子了，如今一旦要跟她分手，这滋味可真不是好受的。她写了一早上的信，这会儿头疼得厉害呢。你也知道，写给坎贝尔上校和狄克森太太的信，都得写上长长一大篇哪。我说了：‘我亲爱的，你再这样，眼睛都要哭瞎了。’因为她眼睛里一直是一汪一汪的眼泪。也真难怪哪，也真难怪哪。这个变化真是太大了。虽说她能这样也算得上走运了……年轻轻的姑娘家一出去工作就能谋到这样一个差事，这在过去我看是没有的……伍德豪斯小姐呀，我们可不是交上了这样天外飞来的好运，还不知好歹，（又洒了几滴眼泪）可是这个可怜的丫头，你没看见她头疼得那个厉害呢！你也知道，人一旦痛苦极了，也会身处福中不知福的。她只能尽量躲着人了。人家要是见了她，谁会想到其实她谋到了这样一个差事，心里可真是欢天喜地哩。她没出来见你，还得请你多多原谅……她实在是见不得人……她回自己房间去了。我要她去床上躺着。我说：‘我亲爱的，我就说你在床上躺着。’可是其实她并没有躺着，她是在自己房里东走西走的。不过她信都写好了。她说这头疼过会儿就会好的。她不能见你，觉得实在抱歉之至，伍德豪斯小姐，不过你一向心肠好，一定会原谅她的。刚才叫你在门口久等了……真是不好意思……当时也不知怎么搞的，大家有点手忙脚乱……因为你敲门时我们正好都没有听见……后来直到你上了楼梯，我们才知道有人来了。我还说来着：‘一定是科尔太太，错不了；别人是不会来得这么早的。’她说：‘唉，迟早总要受这份罪，还是快些去受算了。’可是就在这时候帕蒂进来说是你来了。我说：‘噢，是伍德豪斯小姐啊，见她你总该愿意吧。’她说：‘我谁也不能见。’说完她就起身要走。就因为这样说了几句，所以让你久等了，真是太对不起了，太不好意思了。我当时就说：‘你一定要走，也就只好走你的了，我亲爱的，那我就说你是在床上躺着吧。’”

爱玛字字句句都听到了心里。对简她本来就早生出了同情之心，现在一听说她目前的处境竟是这样苦恼，以前那种种小心眼儿的猜疑也就顿时不觉化作了云烟，心里只感到无限怜悯。想起过去对她的直觉印象不是那么公正，也不是那么友善，爱玛很是过意不去，觉得简现在不想见她，却肯见科尔太太那样的老朋友，也应该说是情有可原的事了。她说话心口如一，心里怀着一片真诚的歉疚和关切，心想既然听贝茨小姐的口气，现在事情实际上已经定局，那就只好由衷希望情况能尽可能对费尔法克斯小姐有利一些，苦恼能尽可能减轻一些，因此她说：“这对我们大家无疑都是件极难受的事。我听你的意思，她大概不会立刻就去，总该等坎贝尔上校回来以后再说吧。”

“你真是体贴入微啊！”贝茨小姐回答说，“不过你一向就是挺体贴人的。”

这“一向”两字听着实在受不了，为了赶紧岔开她这篇扎耳朵的感恩经，爱玛干脆直截了当地问：

“请问——费尔法克斯小姐要去的是哪儿呀？”

“到一位叫斯莫尔里奇太太的府上……这位太太可好啦……门第是极高的……是去照管她的三个小女儿……都是讨人喜欢的孩子！再惬意再舒服的工作也没处找了——除非是萨克林太太自己家吧，还有布拉奇太太家，不过斯莫尔里奇太太跟她们两家都是至交，而且就住在同一个地区……离枫树林才四英里路。简今后的住处离枫树林只有四英里路。”

“费尔法克斯小姐这件事，我想一定是亏了埃尔顿太太吧——”

“可不，全亏了我们好心的埃尔顿太太。就是这位帮忙不帮到底绝不罢休的忠诚朋友啊。你不听她她是不依的。她就是坚决不让简回绝，因为简乍一听到这个消息（那是前天吧，就是我们去唐韦尔的那天早上）——简乍一听到这个消息，是咬紧了牙关说不干，理由呢，也就是你说的那些了……她拿定了主意，就像你说的：坎贝尔上校没回来，她是什么都不会定下来的，在目前这个当口她是说什么也不会接受谁家的聘用的……她回复埃尔顿太太的话翻来覆去总是这么两句……我已经只当她是不会改变主意的了！可是那好心的埃尔顿太太就是有眼力，她看得比我远多了。像她这样做到了仁至义尽，对简的自作主张坚决顶住，那可不是人人都肯的；但是她就肯，简要她昨天就写信回绝，她就硬是斩钉截铁地说她不写；她就是要拖一拖再说——你看果不其然，到了昨天晚上问题就圆满解决了：简决定去了。倒真叫我没有想到！我是做梦也没有想到！简把埃尔顿太太拉到一边，劈头就对她说，在细细考虑了斯莫尔里奇太太家那个职位的种种优点以后，她已经决定接受了。我是直到事情定局以后才知道的。”

“你们昨天晚上在埃尔顿太太家？”

“对呀，我们一家都去了。埃尔顿太太非要请我们去。事情还是在山上我们跟奈特利先生一起走走的时候说好的。她当时说来着：‘今天晚上你们一家子一定得到我们家来一起聚聚。一定要全家都来，一个都不能少。’”

“奈特利先生也去啦？”

“没有，奈特利先生没有去，他一开始就辞谢了。我听埃尔顿太太说她绝对不会放过他，她以为他也会去，可是他结果并没有去。不过我妈、简和我都去了，在他们家我们过得非常愉快。你是知道的，伍德豪斯小姐，跟这样善心的朋友在一起，是不会不愉快的，尽管大家白天游了一天山，似乎都相当累了。你也知道，玩乐也是很累人的——而且我看他们昨天好像都不是玩得十分开心。不过，我倒总觉得这一回一起出游是挺快乐的，承蒙好心的朋友们邀请我也一起去，我心里真是感激不尽哪。”

“尽管你当时并不知情，不过我想费尔法克斯小姐昨天大概是考虑了整整一天，才拿定主意的吧？”

“我想应该是这样。”

“晚一天去也罢，早一天去也罢，反正对她和她的众位好友来说这总是件憾事——不过我总希望她这个工作能尽量称心些，也算差可告慰吧——我是说，这是户品德高、讲礼貌的人家，该是没说的吧。”

“多谢你了，亲爱的伍德豪斯小姐。你说得对，绝对没说的。论条件，只要这个世界上有的，那里什么都有，肯定能让她过得快快活活的。在埃尔顿太太认识的人家里，除了萨克林太太和布拉奇太太府上以外，谁家孩子的卧室也没有这样宽敞、这样讲究的。斯莫尔里奇太太待人可好了！那种气派的生活，跟枫树林也大可比比了——至于他们家的孩子，除了萨克林府上和布拉奇府上的少爷小姐以外，那样斯文可爱的孩子在别的人家里是没有的。简将来去了，对她才敬重哩，才优待哩！你想，这还不叫快乐吗——这才叫快乐的生活呢！还有她的薪金——她薪金多少恕我不能贸然告诉你了，伍德豪斯小姐。不过我看就是像你这样听惯了大数目的人，恐怕也不敢相信他们竟会给简这样的年轻人开出这样的高薪。”

“啊呀，大姑，”爱玛嚷嚷了起来，“我小时候是怎么个德行我是记得的，要是人家的孩子也都跟我似的，就算把这一行里据我迄今所知的最高薪金再加上个四五倍，我看这钱也挣得不容易哪。”

“你真是器大量大啊！”

“那费尔法克斯小姐什么时候走呢？”

“快了，真的，快了。我难过也就难过在这儿。两个星期里就要走了。斯莫尔里奇太太巴不得要她立刻去。我那可怜的妈妈一想起来就怎么也受不了。所以我也只好尽量想法分分她的心，对她说：‘得了，妈，我们就别再去想了。’”

“她的朋友肯定都是不愿意她去的，坎贝尔夫妇见她不等自己回来就自己去找了工作，会不会不高兴呢？”

“是啊，简说他们一定会不高兴的，可是这样一份工作，她要推辞也实在说不过去啊。她把答应埃尔顿太太的事刚一告诉我，埃尔顿太太也就跟脚儿来向我祝贺了，当时我那个吃惊啊！那是上茶点以前——等等——不对，不会是上茶点以前，因为那时我们刚要坐下来打牌……还是在上茶点以前吧，因为记得当时我想……嗳，不对不对，现在我想起来了，现在我统统想起来了：上茶点以前是有件事的，可不是这件事。上茶点以前是埃尔顿先生给叫了出去，是约翰·阿布迪老头的儿子找他要说句话。可怜的约翰老头——我真惦记他，他给我可怜的父亲当了二十七年的伙计，可怜的老头，如今他是只能在床上躺着了，骨骨节节给风湿痛折磨得真够惨的……我今天一定得去看看他，简要是出去的话我相信她也一定会去看看的。可怜的约翰，他儿子是来找埃尔顿先生谈教区救济的事的。你也知道，他儿子在克朗旅馆也算个领班——当马夫，兼打杂差——儿子自己倒是过得还宽裕，可是不申请救济还是养不起老子。埃尔顿先生回来就把马夫约翰对他说的话一五一十都告诉了我们，后来又说起旅馆里派了辆马车到兰德尔斯，接了弗兰克·丘吉尔先生回里士满去了。那才是上茶点以前的事。简找埃尔顿太太说话是在吃了茶点以后。”

爱玛很想说这事她倒还是第一次听到，可是贝茨小姐压根儿就没给她开口说话的机会。不过由于贝茨小姐只当爱玛对弗兰克·丘吉尔先生匆匆赶回的前因后果都已知情，随后也就把这些全都唠叨到了，所以爱玛说不说其实都一样。

埃尔顿先生从马夫那里了解到的有关此事的情况，其中不但有马夫自己的所见所闻，还加上了兰德尔斯的仆人传出来的消息，总起来说就是：就在大家游完博克斯山回家后不久，从里士满来了一个送信的人——不过来了个送信的人也不算太意外；丘吉尔先生有一封短信写给外甥，大致是说丘吉尔太太的情况还算可以，只是希望他至迟要在明天清晨回来，切勿延误；不过弗兰克·丘吉尔先生接信后决定还是马上动身回去，不再等到天明。不巧他的马看样子是着了凉，于是就赶紧派汤姆到克朗旅馆去借了辆马车，马夫当时正在外边，看见马车驶了过去，小伙子把车赶得相当快，驾得也非常稳。

这一番话里既没有什么惊人之处，也没有什么特别引人注意的，爱玛之所以听得很入神，无非是因为她早已在思考一个问题，两者一联系起来，就觉得很有意思了。丘吉尔太太和简·费尔法克斯在这人世间的地位高下竟是如此天差地别，不禁使她心潮难平。一个是尊贵得什么似的，一个却低微到了什么也算不上——她只顾在那里默默思量妇女命运的差别之大，没有意识到自己一直愣愣地眼望着何处，直到贝茨小姐的一句话把她一惊而醒：

“呀，我明白你在想什么了——你想到那架钢琴了。钢琴怎么办呢？就是啊。我那可怜的简丫头，刚才还在说来着呢。她说：‘你得走了。你我得分手了。你不该在这儿待着了。’但是随即又说：‘不过还是先留一留吧，且容它在那儿放一放，等坎贝尔上校回来了再说。这事我还要跟他商量商量，他会替我解决的。我的一切为难之处他统统会帮我解决的。’据我看哪，她一直到今天还不知道这钢琴到底是他送的，还是他女儿送的哩。”

这一下爱玛还真不能不想到那架钢琴上去了。她想起自己以前那种种冤枉人家的无端猜疑，心里感到好生无趣，所以不久终于自找了退路，认为自己在人家府上坐的时间的确也不算短了，于是，她尽量找了一些不致冒犯人家而又能表达自己真诚良好愿望的话说了一遍，便告辞回家了。

第 9 章

回家的一路上，爱玛心情悒悒，只顾自己默默沉思。可是一进客厅，她就发现家里来了人，这就不能不清醒一下了。原来她不在家的时候，奈特利先生和哈丽埃特来了，此刻老父亲正陪着他们呢。奈特利先生一见她就马上站了起来，态度也分明比往日严肃了许多，他说道：

"我一定要见过了你才能走，不过我时间实在紧迫，所以现在我就得走了。我要去伦敦，上约翰和伊莎贝拉家去住几天。你有没有什么东西或者口信要我带去？——当然除了你们之间的骨肉亲情，这是谁也带不了的。"

"没有什么要托你带的。可是你这次去，是不是有些突兀呢？"

"是的——是有一点——不过我有这个打算也有一段时间了。"

爱玛看得出他并没有原谅她，看他的神态似乎有些异样。她心想：好在时间一长他自会明白，他们还是应该照旧做朋友的。就在他站在那儿似乎想走而又未走的时候，老爷子却问长问短了：

"哎，我亲爱的，那你呢，你一路上没事吧？我那位可敬的老朋友和她的千金小姐，你看她们还好吗？你去看望了她们，我想她们对你一定要感激万分了。我刚才跟你说了，奈特利先生，亲爱的爱玛是看望贝茨太太和贝茨小姐去的。对她们她一向是关怀备至的。"

爱玛听到这不当的称赞，脸上的红晕更红了。她望着奈特利先生微微一笑，摇了摇头，无穷的深意就尽在其中了。看来，对方似乎就在这瞬息之间对她得出了一个良好的印象，似乎他从她眼神里看到了真情，她情感世界中种种善的表现马上就都被他发现了，并且受到了应有的尊敬。他怀着无限的敬意，望着她。爱玛十分快慰，心里热乎乎的——可是再过一会儿她的心就更热了，因为对方还采取了一个小小的举动，这种友好表示可是非同一般的：他握住了她的手。可那会不会是她自己采取了主动呢？——这她就说不上来了。也很可能倒是她先把手伸出去的。反正他握住了她的手，使劲按了按，分明是想要提起来凑到嘴上去亲一亲了，可是就在这个当口却不知怎么转念一想，又突然放开了。他为什么还这样心存顾忌呢？他为什么事到临头又改变了主意呢？她实在琢磨不透。她想：其实他如不临阵缩手，那才真叫英明呢。不过他这个意图是明确无误的。不管这是因为他在待人接物方面一般不大善于讨好女性，还是出于其他原因，反正事情就是摆在那儿了，她觉得那跟他的一贯为人倒是再切合不过的。他就是这么个人，生性那样淳朴，却又是那样高尚。想起他毕竟有过这样的意图，她不禁满心舒畅。这表明他们已经完全和好了。他后来马上就走了——转眼就不见了踪影。他一向就是这样行动迅捷，平日处事绝不优柔寡断，也绝不拖拖拉拉，不过今天似乎走得比平日还快。

爱玛去看望了贝茨小姐，心里没有什么可后悔的，她只是觉得，她要是早走十分钟就好了。要是能跟奈特利先生谈谈简·费尔法克斯那份工作的事，该有多好呢。奈特利先生要去布伦穗克广场，她也没有什么不乐意的，因为她知道他这次去了，那边不知该有多高兴呢——只是在时间上好像去得有点不是时候——而且要是能早些告诉人家的话，人家心里也可以舒畅多了。不过不管怎么说吧，他们分手的时候又完全成了好朋友。他之所以要摆出那样的脸色，握住了手欲亲又止，她也不会看不透他的真意；他这都是为了要让她放心：她已经完全恢复了在他心目中的良好印象。她后来知道，他等了足有半个钟头。真不巧啊，要是早些回来就好了。

奈特利先生要去伦敦，又走得那样突然，又不坐车而骑马（爱玛也知道这一路上是够他受的），老父亲感到诸多不顺心。为了分散他的心思，爱玛就把简·费尔法克斯的消息告诉了他。她相信这个办法有效，果不其然，这个消息起到的缓冲作用恰到好处：引起了老人家的关注，却又不致造成他的忧虑。简·费尔法克斯要出去当家庭女教师了，他思想上早已接受了这个事实，所以谈起来还能保持一个好心情，不像奈特利先生去伦敦一事，那对他就是个意外的打击。

“我亲爱的，听说她能到那样一个安逸的环境里安顿下来，说实在的，我心里也真高兴得很。埃尔顿太太本人脾气那样好，待人那样谦和，我看她的相熟好友也应该是错不了的。我就希望那里的气候能干燥一点，她的身体能得到很好的照料。这一条应当摆在头等重要的位置上，当初可怜的泰勒小姐在我家的时候，我敢说，我们这里一直就是这样的。你也知道，我亲爱的，她去了这位陌生的太太家，今后在那里就好比当初泰勒小姐在我们家一样了。有一点我倒希望她能学得好一些，那就是，把那儿当作自己的家，住长了以后，可不要经不住引诱，就一走了之啊。”

第二天从里士满传来了惊人消息，它使其他的种种话头统统靠到后边去了。一封加急专递送到了兰德尔斯，报告说丘吉尔太太去世了。尽管她外甥匆匆赶回并不是因为她病情有什么特殊的变化，可是外甥到了以后不过三十六个小时，她就死了。死因是急病发作，与原先病病痛痛表现的症状截然不同，这是另外的一种病，病人只苦苦拖了没有多少时候，便告不治。高贵的丘吉尔太太就这样走了。

出了这等事情，那通常的反应总还是有的。大家都或多或少感到心情沉重，止不住难受，对逝者表示惋惜，对在世的朋友表示关切；过了相当时间，又都忍不住想知道她将安葬在何处。哥尔斯密奥·哥尔斯密[①]告诉我们：漂亮女人堕落到行为放荡，只有死路一条；堕落到招人讨厌，倒不如以一死来洗刷恶名。丘吉尔太太遭人讨厌，少说也有二十五年之久了，现在大家谈起她时，却显得体谅而又同情。有一点她算是彻底洗清了冤枉。以前大家都一向认为她绝不会有什么大病。如今她一死，倒说明了她并不是胡思乱想，并不是成天只想着自己，想象出了许多病痛来。

---

① 哥尔斯密奥·哥尔斯密（1730—1774），英国作家，小说《威克菲牧师传》的作者。

“可怜的丘吉尔太太！她一定给病痛折磨得够受的，谁也没有想到她病得竟是这样厉害——长年落得这样痛苦，自然也就容易发脾气了。真是件伤心事啊……给人的打击太大了……虽说她有那么多缺点，可是丘吉尔先生少了她怎么办呢？丘吉尔先生这个损失可真是惨了，丘吉尔先生挨了这一闷棍是再也恢复不过来的了。”连韦斯顿先生也直晃脑袋，一脸严肃，这样说道，“哎，可怜的女人，又有谁料得到啊！”当即他打定了主意：自己的哀悼之情，一定要尽量表现得大度。他太太一边缝着宽阔的褶边，一边不住叹息，还由此说到了做人的道理，哀怜之余，也不失理智，那都是真诚而又一贯的。两个人都从一开始就想到了此事会对弗兰克有什么影响。那也是爱玛早就在思考的一个问题。丘吉尔太太的性格，丘吉尔先生的悲痛，对这两个问题她只是一想而过，一个是想得不胜敬畏，一个则是想得不觉恻然；随后她才放松了心情，细细想起弗兰克经此变故所受的影响来：能得到多大的好处，能得到多大的解脱。能得到的好处，她不一会儿就都看出来了。现在要同哈丽埃特缔结姻缘，就不会遇到什么阻力了。丘吉尔先生没有了这位太太以后，就不会有人再怕他了。他本是个随和的人，好说话儿，今后外甥有什么事求他，他是不会不听的。只有一点还不好说，这就是那个外甥自己，但愿他能有意于这段情分，因为，尽管爱玛一片热心想极力促成这件美事，她还是没有十分的把握，敢说他已经有了这样的意思。

哈丽埃特这一次的反应是极其得体的——她表现出很大的自我克制。不管她觉得希望多了几分，反正她是半点也没有流露出来。这证明了她的性格已经刚强起来。爱玛看在眼里，感到满意，不过还是忍住了没有点破，怕点破了反而会使她不能继续刚强下去。所以，她们俩谈起丘吉尔太太去世的事，彼此都很节制。

兰德尔斯方面接到了弗兰克几封短短的来信，信中他把他们目前的状况和今后的打算择其紧要者一一作了禀报。丘吉尔先生的情形倒是出乎意料的好，他们去约克郡送葬之后，准备先到温莎一个多年旧交的家里去住上一阵，这十年来丘吉尔先生一直许诺说要去他家做客，却始终没有去成。因此哈丽埃特的事眼下还一无可为，爱玛也只能把美好的希望都寄之于将来了。

倒是如何去向简·费尔法克斯表示关怀之情，这个问题在目前更为迫切。哈丽埃特那边的前景看好，简这边的前景却越来越暗淡了。她克日就要应聘去工作，海伯里的人想要向她表示一下情谊，再迟就不行了——在爱玛，这也成了摆在她心头第一位的愿望。想起过去表现得那么冷淡，她真是再懊悔也没有了。长年累月怠慢了人家，如今却要千方百计去向她表示特殊的体贴同情。她要让简感觉到她爱玛不是可有可无的，她爱玛是值得做个朋友的，对她简是一向尊敬体恤的。她决心一定要请她来哈特菲尔德做一天客。为此她写了一封请帖去盛情相邀。人家没有接受，是让人带个口信来回绝的。“费尔法克斯小姐身体不好，不能回信了。”正好也就在那天上午，佩里先生到哈特菲尔德来了。从他所说的情况来看，简病得还真不轻；尽管她自己不愿意，还是请佩里先生去看过了。佩里先生说她的病主要是剧烈头痛，而且精神处于一种高度焦虑的状态，能不能在预定的日期去斯莫尔里奇太太府上恐怕还是个问题。目前她的整个机体功能似乎已经完全乱了套——连饭都吃不下了。虽说还没有发现什么十分危重的症候，特别是家里人一直担心的肺部疾患已经可以排除，可佩里先生还是对她放心不下。他认为简是精神负担太重，难以承受，她尽管嘴上不肯承认，其实自己也感觉到了。她精神上已经给压垮了。佩里先生说他不能不指出：简目前这个家实在是不宜于神经紊乱患者居住的，老是枯守在一间屋里是不行的，他觉得最好不要这样。她那位好心的姨妈尽管是他多年的老朋友了，他还是老实地说：让她陪着此种病症的病人实在不是最合适的。她的照料、她的关心都是没什么说的，事实上恐怕倒是太周到了点。不过他实在担心，那对费尔法克斯小姐只怕是害多而益少。爱玛听在耳里，不觉忧心如焚，她越来越为简感到难过，巴不得能想个什么法子去帮帮她，让她暂时离开一下姨妈——哪怕只一两个钟头也好——换换空气，换换环境，平平静静，不动感情地说说话儿，哪怕只说上一两个钟头，对她没准儿也会有些好处。因此第二天早上她又去了一封信，信是用尽了心思，写得再动情不过了，说是只要简指定时间，她一定亲自坐车去接她——还特地提了一句，说她征求过佩里先生的意见，佩里先生明确表示这样锻炼锻炼对病人有好处。回答却只是便条上这样短短一句：

费尔法克斯小姐谨致问候并深表谢意，惜以体力不支无法从命为憾。

爱玛觉得对自己的信就回了这样两句，也未免太说不过去了，可是看对方字都写得扭扭颤颤、歪歪斜斜，明摆着是有病在身，也就不好去计较了，她心里考虑的只是有什么好办法可以打消对方这种拒绝探望、拒绝帮助的态度。所以她也不管人家给了那样的回音，还是吩咐备车，赶到贝茨小姐家，满心希望这一下简总不好意思再不见她了——可是还是没用。贝茨小姐千恩万谢赶到了马车门前，口口声声说：就是，就是，透透空气就是好，好处可大了——托她传话也把话都说尽了——可还是全都白搭。贝茨小姐只好空着双手又回来了：简就是一百个说不动。只要跟她一提出外去走走，她似乎反倒头更疼了。爱玛想亲自去见见她，看看自己能不能把她说服，可是她这个意思简直都还没有来得及透出一些口风，贝茨小姐就急忙忙表示，她已经答应了外甥女绝不让伍德豪斯小姐进去。“真的，说实在话，这几天那可怜的简丫头就是见不得人——什么人都见不得——当然啦，埃尔顿太太是不能回绝的——科尔太太是挡也挡不住的——还有佩里太太也是缠磨个没完——可是除了她们三位以外，简真的是什么人也不见。”

爱玛可不想跟埃尔顿太太、佩里太太、科尔太太之流成为一路货，她们是哪儿都硬要去插一脚的。她觉得自己也没有权利非要人家对自己另眼相看不可——因此也就罢了，只是又问了问贝茨小姐她外甥女胃口如何，平日都吃些什么，心里是很想在这方面还能帮上点什么忙。一谈到这个话题，可怜的贝茨小姐就苦起了脸，话也像开了闸：简丫头简直什么都不想吃。佩里先生说要吃得好一些，可是大家张罗来的东西（还有谁家能有这样的好乡邻？）却样样都不合她的口味。

爱玛一到家里，马上就吩咐管家去查看一下家里储存的食物；随即她挑了一些上等竹芋，派人火速给贝茨小姐送去，并附了一纸措辞极为友好的便条。半个钟头以后，竹芋给退了回来，贝茨小姐再三交代，务请转达她的万分感谢，但是“尊赐不退还，亲爱的简于心不安；她不能吃竹芋——并且再三要我恳请转言：她什么东西都不缺”。

爱玛后来听说，就在简·费尔法克斯推说体力不支无法从命、坚决不肯跟她同车外出的那天下午，有人却看见简在离海伯里很远的牧草地上信步闲荡。再把种种现象汇总起来一想，爱玛觉得事情已经无可怀疑了：简是打定了主意，绝不接受她的好意的了。她感到难过，深深地感到难过。她伤心的是自己竟落到了如此光景，加上精神又受到了这样的刺激，前后这样步调不一，处处这样力不从心，眼看自己的处境是越发可怜了。一片好心得不到信任，有意交好却被认为不配做朋友，她觉得心都凉了。不过她觉得可以告慰的是，她自知本意还是好的，她可以无愧地告诉自己：要是奈特利先生私下知道了她为帮助简·费尔法克斯而做的一切，要是奈特利先生还能进而洞见她的内心，那么这一回，他就再没有什么可以责备她的了。

第 10 章

丘吉尔太太去世后十来天，一天早上，爱玛被请下楼去，说是韦斯顿先生求见，他“马上就要走，有句话要找小姐说说”。刚到客厅门口，韦斯顿先生就迎了上来，以他本来的嗓音一问候完，就立即压低声音，不让老爷子听见，说了这样两句：

“你今天上午有空到兰德尔斯来一趟吗？能来的话请你一定要来，韦斯顿太太想要见你。一定要见你。”

“她不舒服了吗？”

“哪里，哪里，没有什么不舒服的，只是心里有点烦。她本来吩咐备车，想自己来找你，可是她一定得找你单独说话，你也知道这就有点不便了。”说着把头朝老爷子那边一摆，“喏！你有空来吗？”

“行啊。你看可以的话，我这就去。你这样专程相请，我还能不去吗？可这到底是怎么回事？她真的不是病了？”

“这你相信我好了，不要再多问了。一会儿你就什么都明白了。

天下的事真是无奇不有啊！得——嘘！嘘！”

连爱玛也猜不透他这种种到底是什么意思。看他那副脸色，分明是有一件至关紧要的大事。可她那位好朋友却又是好好儿的。她极力按捺下不安的心情，同老父亲说好，她此刻打算去散步，于是不一会儿，她就跟韦斯顿先生一起出了门，快步直奔兰德尔斯而去。

“好了，”出了院子大门很远，爱玛才说，“好了，韦斯顿先生，现在你该告诉我了，到底出什么事了？”

“不行，不行，”他一脸严肃地回答说，“不要问我。我答应了我那位，什么都要由她来说。这个消息由她来报告你，比我说更合适。不要着急嘛，爱玛，要不了一会儿就什么都清楚了。”

“快给我说！”爱玛心里一慌，站住不走了，嘴里嚷嚷起来，“天哪天哪！你还不快快告诉我，韦斯顿先生？一定是布伦穗克广场出什么事了。我知道一定是的。我要你告诉我，马上告诉我到底出了什么事。”

“没有的事，真是没有的事，你误会了。”

“韦斯顿先生，别糊弄我了。你想想，眼下在布伦穗克广场有我多少至亲好友啊。到底是哪一个？我要你看在上天所有神圣的分上，别再来瞒我了！”

“我敢向你担保，爱玛……”

“就空口向我担保？为什么不敢凭你的人格向我担保？为什么不敢凭你的人格担保？这跟他们谁都无关。天哪天哪！要不是跟他们家的人有关，还会有什么消息可以向我报告的？”

“我凭我的人格担保，”他一本正经说道，“这跟他们谁都无关。这跟奈特利家的男女老少谁都没有一丝一毫的关系。”

爱玛这才又有了勇气，继续向前走去。

“我刚才说向你报告消息，”他又接着说，“是不大妥当。那是用词不当。其实呢，那跟你无关，只跟我有关——说确切点，只能说希望是这样。哼！总而言之，我亲爱的爱玛，你完全用不着为这件事担什么心。我也不是说这就不是一件不愉快的事，不过事情本来说不定还要糟糕得多。我们要是走得快一点，要不了多久就可以到兰德尔斯了。”

爱玛看出自己是不能不等的了，也好，那就省点力气吧。因此她不再多问，只管自己在暗里发挥自己的想象。不一会儿她就想到了：那会不会是跟钱有关的事呢？——会不会是家庭经济方面新近曝出了什么事，什么不愉快的事？——会不会是里士满前不久的那场变故引发出了什么事？她的想象力着实丰富非凡。说不定一下子冒出了好几个私生子，可怜的弗兰克就给剥夺了继承权！那虽然也不是什么好事，不过对她毕竟并无切肤之痛，至多只是使她心里憋不住地想知道个究竟而已。

“骑马的那位男士是谁？”一路走去，中途她说过这么一句。她说这话主要还是为了帮助韦斯顿先生守住他的秘密，倒不是有什么其他的意思。

“认不出来。是奥特韦家的人吧。不会是弗兰克，保管不会是弗兰克。弗兰克怎么会在这儿呢？他这会儿都快到温莎了。”

“这么说令郎到过府上了？”

“啊，对！你还不知道吗？哎，那也无所谓，无所谓！”

他不作声了，半晌才又补上一句，那口气很有些防着点儿的味道，拘谨多了：

“是的，弗兰克今天早上来过，无非是来问个好罢了。”

他们还是急急忙忙往前赶，转眼就到了兰德尔斯。一进屋，韦斯顿先生就说："好了，我亲爱的，我把她请来了，你这就该好起来了吧。我出去一下，让你们两个谈。有话还是痛快点说的好。我不会走远的，有事只管唤我好了。"他临出去前，爱玛清清楚楚听见他还压低嗓门说了一句："我是说到做到。她还什么都不知道呢。"

韦斯顿太太看上去气色非常不好，一副心烦意乱的样子。爱玛心里越发不安了，一等屋里只剩她们两个人时，她就急不可耐地说道：

"到底是什么事啊，我亲爱的朋友？我看得出来，是出了件很不愉快的事，快直截了当告诉我吧，到底是什么事啊？我这一路赶来，心一直提在嗓子眼里呢。你我都是受不了焦急的人。别让我再焦急下去了。不管你捂在心里的是什么苦恼，说出来对你总有好处呀。"

"你真的还一点都不知道吗？"韦斯顿太太说，连声音都颤抖了，"我亲爱的爱玛，你真的还一点都猜不出……你真的还一点都猜不出我要给你说的是怎么一回事？"

"事情一定跟弗兰克·丘吉尔有关，这我猜得出来。"

"你猜对了。事情是跟他有关，那我就直截了当告诉你吧，"她一边又做起手里的活计来，似乎就是不愿意抬起头来看一眼，"就是今天早上他来过了，他这次来的用意真是再蹊跷不过了。我们的那个吃惊实在无法言喻。他是特意来跟他父亲说一件事的——是来说他有了心上人了——"

她停下来透了口气。爱玛先是想到了自己，继而又想到哈丽埃特。

"其实还不只是有了心上人，"韦斯顿太太又接下去说，"实际上是已经订了婚了——明确订婚了。这事一摊开，爱玛，你会怎么说呢？人家又会怎么说呢？——弗兰克·丘吉尔同费尔法克斯小姐订婚了——不，他们很早就订了婚了！"

爱玛吃惊得竟跳了起来，她不胜骇然，嚷嚷了起来：

“简·费尔法克斯！我的老天爷！你是开玩笑吧？你这是说着玩儿的吧？”

“你吃惊，这不奇怪，”韦斯顿太太还是避过了爱玛的眼光，又急忙忙说了下去，好让爱玛有时间平静一下，“你吃惊，这不奇怪。不过情况确实就是这样。他们早在去年十月就正式订了婚约了——是在韦默斯订婚的，对大家都瞒得严严实实。除了他们自己，没有一个人知道——坎贝尔一家不知道，女方家里不知道，男方家里也不知道。事情真是太蹊跷了，尽管事实摆在那里不容我不信，我却还是简直不敢相信，我简直不敢相信，我还以为我是了解他的呢。”

她的话爱玛根本一句也没有听进去。她满脑袋就只忙着想两件事：一是自己以前跟弗兰克谈起费尔法克斯小姐时都讲了些什么，二就是可怜的哈丽埃特了。眼看过了好大半天，她还只有连连感叹的份儿，而且始终不敢相信，一而再再而三地，总是不敢相信。

“噢唷！”好容易她才强自镇定了一下，说道，“这个情况我至少得想上整整半天，才能理清头绪。好家伙！早在去年冬天以前就跟她订了婚了——就是说，两个人都还没到海伯里来，就订了婚了？”

“去年十月就订了婚——秘密订了婚。爱玛呀，为了这事我真难受极了。他父亲也一样。他的行为，有一些实在是我们不能原谅的。”

爱玛细想了一会儿，才回答说：“我不想装作没听懂你的意思。为了尽我所能解除你的忧虑，我请你放心，他对我虽然有过些特别殷勤的表现，却没有引起你所担心的那种后果。”

韦斯顿太太抬起头来，她真不敢相信了；不过爱玛话说得平静，脸色也一样平静。

“不是我自己夸张，我现在心里一点都没有波动，”她又继续说，“这你也许不信，为了有助于你理解，我可以再进一步告诉你，在我跟他相识的初期，有一个阶段我确实喜欢过他——我确实有意跟他发展感情——不，应该说确实已经对他产生了感情——这种感情后来怎么会中止的，那恐怕只能说是个奇迹般的谜了。不过，幸运的是这种感情到底还是中止了。这一段时间来——至少也有三个月了吧——我的心上确确实实已经没有他了。你相信我好了，我这说的完全是大实话。”

韦斯顿太太欢喜得热泪盈眶，把她亲了又亲，好容易才又开了口，便忙不迭地对她说，她这番话比天下什么药都灵，把自己的病一下子治好了。

“韦斯顿先生管保也会跟我一样，心上一块大石头落了地，”她说，“在这个问题上我们是弄得很狼狈的。我们一直巴巴儿地希望你们两个能够相爱，也只当你们两个已经相爱。弄得这样对不起你，你想想，我们心中该有多难受啊。”

“我总算没有遭殃。我会居然没有遭殃，这对你们，对我，恐怕都应该说是幸而出了个奇迹。不过这不是说对他就可以放过了，韦斯顿太太，我必须说一句，我认为他是应该负很大责任的。他都有了心上人了，婚都订了，怎么还能装作好像没个主儿，一身轻似的，混到我们中间来呢？他既然实际已经心有所属，又怎么能这样拼命巴结一个年轻姑娘——怎么能这样认定了一个年轻姑娘，大献殷勤，缠着不放？他干的这一手要惹出多大的祸事来，他知道吗？他那样的做法没准儿真会害得我爱上他的，他知道吗？他干得错尽错绝了，真是错尽错绝了。”

“我亲爱的爱玛，从他今天所说的话里，我倒是觉得……”

“还有她，她怎么能容忍他这种行为呢？他当着她的面对另外一位女性一再大献殷勤，而她，也真干得出来！倒居然若无其事，冷眼旁观，不以为非。这样沉得住气，不敬得很，倒真叫我难以理解了！”

“他们之间发生了一些误会，爱玛，这一点他倒是明明白白说了。时间仓促，他也来不及细说。他来了总共不过一刻钟，而且心里乱糟糟的，就是这一刻钟也不能都用来好好说上几句话——不过这发生误会的事，他倒是明确说了的。其实呢，目前的危机看来也就是由这些误会引起的，这些误会又很可能是由他行为有失检点而引起的。”

“有失检点？哎哟，韦斯顿太太，你责备得也太轻飘飘了。岂止是有失检点，差得远啦。他这是堕落了——依我看他这堕落还严重得很呢，叫我都不好意思说出口了。男子汉哪有这样的！一个男子汉为人处世待人接物所应有的那种堂堂正正、刚直坦荡的品格，那种严格坚持真理、坚持原则的品格，那种对阴谋诡计、对卑鄙伎俩深恶痛绝的品格，都早已荡然无存了。”

“不，亲爱的爱玛，这我倒要替他说两句了，因为尽管他在这件事上是做得不对，不过我对他的了解毕竟不是一朝一夕了，我敢说一句，他还是有不少优点的，优点还是很不少的，而且……”

“好啊！”爱玛不听她的，只管自己大声说道，“那还有斯莫尔里奇太太的事怎么说呢？简已经到了都要去当家庭教师的地步啦！这样置她的死活于不顾，他这能算是什么意思？居然任凭她自己去谋生——居然任凭她想到要走这一步棋！”

“对这件事他是一无所知的，爱玛。这一条我敢负责说一句，是绝不能怪他的。这是她私自作出的决定，没有跟他沟通过，至少没有正正经经跟他沟通过。据我所知，他说直到昨天，对她的打算他都还蒙在鼓里。他后来突然听说了，我也不知道他是怎么听说的，不知是去了信呢还是听人说了，反正他一发觉她眼下的举动，一发觉她这个打算，就马上挺身而出，去向他的舅舅坦白承认了一切，只求他舅舅开恩宽宥，总之就是让他结束长久以来的这种掩人耳目的可怜巴巴的状态。”

爱玛这才静下心来，仔细听了。

“他回头就会给我来信的，”韦斯顿太太又说了下去，“他临走时对我说的，他回头就写封信来，听他这口气，似乎是表示有许多细节他现在还来不及说，他一定会在信里告诉我的。所以，我们还是等他这封信吧。信里说不定还有许多他觉得需要辩白的。等看过这些，说不定就有许多现在还无法理解的问题都会觉得可以理解了，可以原谅了。我们不要太苛刻了，我们不要迫不及待地就对他多有指责。我们还是耐心点儿的好。我对他得爱护着点。我既然已经在一个问题上——在一个重要的问题上——释了疑，说句心里话，我自然也就巴不得能有疑团尽释的一天，我就巴巴儿地盼着能有这一天。这些日子来他们一直那样躲躲闪闪地瞒着人，两个人的日子一定也都是很不好过的。”

“他就算日子不好过，”爱玛冷冷地接口说，“也不见得就会受到多少伤害。那么，丘吉尔先生听他说了以后，又是怎么个态度呢？”

“都原谅了他外甥——爽爽快快就答应了。你想想，前后不过个把星期，经过了这种种，他们家发生的变化有多大！可怜的丘吉尔太太在世的时候，我看这件事是丁点希望、丁点机会、丁点可能都不会有的。可如今她的遗体还刚刚在家族墓地里安葬好，她丈夫就听了劝，作出了与她的一贯主张截然相反的决定。也真是天幸，她生前专横霸道，死后这种影响并没有留下！没费多少口舌，他就答应了。”

“啊！”爱玛心想，“要是换了哈丽埃特的话，他肯定也会这样爽爽快快答应的。”

“问题是昨天晚上解决的，今天早上天一亮，弗兰克就赶来了。

我想他应该是先到海伯里，在贝茨家稍作停留，随即就到这里来了。可是他时间仓促，还得快快赶回他舅舅那里去，他舅舅如今是越发少不得他了，所以，我也跟你说了，他在我们这里只待了一刻钟就得走。我看他心里乱透了——真是乱透了——弄得人都变了样了，我从来也没有见过他落得这么个模样。其中很重要的一个原因，就是他见她病得那样厉害，大吃一惊，因为他原先一点也不知道她有病。从他的神态气色处处看得出他真是心如刀割。”

“你真以为他们俩偷偷干下这档子事，绝对没有人知道？坎贝尔夫妇、狄克森小两口——难道他们真的谁都不知道他们订了婚？”

爱玛说到狄克森这个名字，总不免微微有些脸红。

“他们都不知道，谁都不知道。他说得斩钉截铁：这世界上除了他们俩以外，绝对没有第三个人知道。”

“那好，”爱玛说，“我想我们慢慢也就会不以为意的，那我就祝他们俩幸福美满。不过我还是要保留我的看法，我总认为这种做法是十分要不得的。这一套不是虚伪欺骗又是什么？不是当密探做奸细又是什么？来到我们的中间，明里装得十分坦率纯朴，暗里却串通一气，对我们大家品头论足！我们就是这样给糊弄了整整一冬一春，我们满以为大家都是一样的真心诚意，襟怀坦白，却不料内中有两个人很可能就这样偷听到了本不该让他们俩听到的一些想法意见，私下你传我我传你，比长比短，说三道四。如果他们听到有人谈起他们的另一方，话说得不大中听，那也只能怪他们自己！”

“这一点我倒一点也不怕，”韦斯顿太太接口说，“我心里踏实得很。跟他们两个，我可从来没有在一个人的跟前说过另一个什么不好听的话。”

“你算是运气好。你只有一次说走嘴了，也只有我一个人听到——那就是有一次你只当我们的某一位朋友爱上了这位小姐。”

“对。不过我对费尔法克斯小姐一向是十二分尊重的，所以即使说走了嘴，也绝不至于说她什么坏话。至于说弗兰克的坏话，那更是绝对不会有的事。”

这时候韦斯顿先生正好出现在窗前不远的地方，显然是在等这里的消息。他太太对他使了个眼色，意思是让他进来。就在等他拐进屋里来的时候，她又接着说道：“我最亲爱的爱玛，我现在有件事要求你，那就是请你在言谈辞色之间尽量帮忙配合，好使他安下心来，好让他觉得这门亲事也还可以。我们也都只能勉为其难了——可以这么说吧，就是只要是于简有利的好话，你什么都可以尽说无妨。这件婚事其实是并不怎么称心的，不过退一步想想：连丘吉尔先生都没觉得有什么不好，我们又何必要说不好呢？何况，能跟这样一位性格沉稳、见解又高的姑娘结为伴侣，这对于他——我是说对弗兰克——可能倒还是件天大的幸事呢。我一向认为这个姑娘就有这样的好处，我至今还觉得她有这样的好处——尽管这一次严格说来，她是大大背离了正直做人的行为准则了。再说，设身处地为她想一想，她尽管犯下了那样的大错，毕竟也还是情有可原。”

“确实是情有可原！”爱玛动了同情之心，声音也大了起来，“简·费尔法克斯也无非是光考虑了自己而已，一个女人犯了这样的错，假如还可以原谅的话，那不原谅处于这样的处境的简，还能原谅谁呢？像她那样的处境，简直可以用得上这么句话，那就是：‘这世界不是她们的，这世界的法则又与她们何干？’[①]”

韦斯顿先生一进门，爱玛迎接他的是一张灿烂的笑脸，一边还大

① 出自莎士比亚的悲剧《罗密欧与朱丽叶》。

声说：

“哎呀，你真是跟我开了个不大不小的玩笑！我看你一定是特意想了这么个花招，存心要来逗逗我的好奇心，让我练练猜哑谜的本事。不过你这一下可真把我吓了一大跳。我还以为你至少也是半份家业泡了汤呢。现在才闹明白，原来这不是要向你道恼的事，而是该向你道喜才对哩。我衷心祝贺你啦，韦斯顿先生，在全英国也数得着的一位绝顶可爱的才女快要做你的儿媳啦。”

老两口你瞅瞅我，我瞅瞅你，对看了两眼，他才终于相信了这话并不是瞎说的，果然一切顺当，他的精神也马上为之一振，那神气、那嗓音，又都跟平时一样轻松愉快了。他恳切而又感激地拉住了爱玛的手握了又握，这才谈起那个话题来。从他的态度上可以看出，只要多给他些时间，多给他些开导，他是能够相信这门亲事不算太坏的。那两位也就只拣好话说，一是为他那个做了鲁莽事的儿子讲个情，二是为了平平他的气。三个人一起把事情的原委都谈清楚了，后来韦斯顿先生送爱玛回哈特菲尔德，一路上两个人又把事情理了一遍，到这时候他才算是完全心平气和了，估计要不了多久，他也就可以相信这应该说是弗兰克最明智的选择了。

第 11 章

“哈丽埃特啊，可怜的哈丽埃特！”这句话最能道出爱玛现在的心情了。对她来说，这件头疼事的真正的苦恼之处就在于心上老是有许多恼人的念头驱不散、赶不走——而那种种念头就包括在这句话里了。弗兰克·丘吉尔对待她的那种行为固然很不像话——不像话的地方多得是呢——可是她之所以那样生他的气，原因却不在他的所作所为，而在她自己的所作所为。弗兰克的行径之所以显得可恶至极，是因为在哈丽埃特的问题上，他害得她陷入了这样一个尴尬的局面。她出错了点子，拍错了马屁，又一次害苦了“可怜的哈丽埃特”。奈特利先生真有先见之明，他就曾说过：“爱玛呀，你哪里算得上是哈丽埃特·史密斯的什么朋友呢。”遗憾哪，她对哈丽埃特恐怕真是只有帮倒忙的份儿了。的确，这一次跟上次的情况不一样，这一次惹出麻烦事来，倒不完全是她一手策划，也不完全是她独出心裁，倒不完全是经她一提，哈丽埃特才起了本来不会起的念头，动了本来不会动的感情，因为当初在这个问题上她还没有露出过一点意思，哈丽埃特就自己有过表示，对弗兰克·丘吉尔她是很欣赏，也很喜欢的。可是尽管如此，爱玛觉得自己还是绝对脱不了教唆的责任，要不是她一力撺掇，哈丽埃特也许早就收起这份心思了。她不应该让哈丽埃特的这种想法发展滋蔓。凭她的影响这是完全办得到的。她到现在才深深意识到自己实在不应该任其发展滋蔓。她觉得自己简直是根本没有一点把握，就拿朋友的幸福轻率地去冒险。自己只要懂一些世道人情，就应该告诫哈丽埃特千万不可动了感情恋上他，他爱上她的可能性是不到五百分之一的。“可是我对世道人情恐怕懂得少了点，”她心里想。

她对自己气极了。幸而她还能同时生生弗兰克·丘吉尔的气，不然那可就太受不了了。至于简·费尔法克斯，爱玛现在对她至少也可以少动些感情，不用再多担心了。一个哈丽埃特就够她操心的了。她已经用不着再为简而难过了；简的苦恼，简的犯病，不用说都是同一个根子上来的，现在想必也可以一并得治了。她矮人三分、遭受苦难的时代已经结束了。要不了多久她就可以身体也好了，日子也过得既顺心又富足了。爱玛如今才悟出了自己好意关心，对方却并不领情的道理所在。这个谜一解开，许多细小的关节也就都不难明白了。无疑都是妒忌心在作怪。在简的眼里她可是个情敌呀。只要是她提供的帮助，她表示的关心，人家会不敬谢不敏才怪呢。坐哈特菲尔德的马车去兜风，等于是叫她受苦刑了。哈特菲尔德家藏的竹芋当然更是与毒药无异了。这些她都理解；她尽管心里有气，看问题难免有失公正，带些私心，可是如果能够平心静气想一想，那她也承认，简·费尔法克斯地位提高了，日子好过了，也并没有什么于理不当的。可是那可怜的哈丽埃特才真够叫她操心的！她哪还有这份闲心思去同情别人呢？爱玛一想起来就心里难受，她担心哈丽埃特这第二次的失望要比第一次更要命。这第二次爱恋的对象各方面的条件都要大大优于第一次，所以打击必然更沉重；这第二次爱恋对哈丽埃特心理上的影响显然也更强烈（证据是她因此才表现得那么矜持、那么克制），所以打击也肯定更沉重。不过爱玛觉得她还是得把这痛苦的现实如实透露给哈丽埃特，而且要越快越好。韦斯顿先生临分别时曾特意叮嘱此情不可外泄。“目前这整件事情还得严格保守秘密。这是丘吉尔先生再三强调的，他觉得他夫人新近亡故，总应该对逝者表示一些尊重吧。大家也认为事关大礼，这是应当的。”爱玛当下就答应了，不过哈丽埃特是个例外。她这个责任更重大。

她尽管满心烦恼，不过想起来还是不禁感到事情简直有点滑稽：她现在要找哈丽埃特去办的这件很不好办的头疼事儿，不就是刚才韦斯顿太太找上了她，硬着头皮才办完的那么回事吗？韦斯顿太太刚才那样忧心忡忡向她报告的消息，不就是现在她忧心忡忡眼看就要向人家报告的消息吗？她一听到哈丽埃特的脚步声、说话声，心就怦怦直跳；她想：刚才自己踏进兰德尔斯门口的时候，那可怜的韦斯顿太太肯定也是这样不好受的。但愿消息一通报，连结果都一个样！不过，遗憾的是这种可能性是绝对不存在的。

“哎呀，伍德豪斯小姐，”哈丽埃特急急忙忙一进屋里，就嚷嚷开了，“你听听，这世界上还有比这条消息更稀奇的吗？”

“你说什么消息呀？”爱玛接口说。她察言观色，却就是摸不透哈丽埃特到底是不是已经听到什么风声了。

“简·费尔法克斯的消息呀。你听到过天下有这样离奇的事吗？哎呀，你还怕什么！我不会要你来告诉我的，韦斯顿先生已经自己告诉我了。我刚才碰到他了。他对我说这事要严守秘密，要我对谁都千万不能提，只有你是例外，不过他说你已经知道了。”

“韦斯顿先生告诉你什么啦？”爱玛说，她心里还是没有一点谱。

“噢，他全告诉我啦！说简·费尔法克斯和弗兰克·丘吉尔先生要结婚了，又说好长一段时间来他们其实早已私下订了婚了。你看这稀奇不稀奇？”

稀奇！确实稀奇！哈丽埃特的行为才真叫稀奇透了呢，当下弄得爱玛怎么也看不懂了！她的性格似乎压根儿变了。看她这态度倒像是表示：对这个新发现不必激动，不必失望，也不必给予特别的关注。爱玛不觉瞅着她，一句话都说不出来。

“你先前知道他爱她吗？”哈丽埃特还是对她嚷嚷，“你也许知道点吧。你——”说到这里她脸儿一红，“——不是能看透每个人的心吗？别人可是谁也没有这种本事的……”

“说实在话，”爱玛说，“我现在已经不大相信自己真有这样的本事了。哈丽埃特，你问我先前知不知道他爱人家姑娘，你这不是存心在跟我开玩笑吗？因为你想呀，那时我不是还鼓动你放胆去爱人家吗？即使不是挑明了说，至少也是在暗暗鼓动你吧？要说弗兰克·丘吉尔先生对简·费尔法克斯有什么另眼相看的意思，我可是从来也没有看出来，一直到个把钟点以前才听说，你还能信不过我吗？我要是知道，早就给你敲警钟了。”

“给我敲警钟？”哈丽埃特涨得满脸通红，叫了起来，一副吃惊的样子，“你为什么要给我敲警钟？你该不是以为我对弗兰克·丘吉尔有什么意思吧？”

“听到你敢于这样大胆地谈论这个话题，我感到很高兴，”爱玛微微一笑，回答说，“不过以前——还是不久以前——是有过那么一个时期，你让我有理由相信你对他是确确实实很有些意思的，这你总不至于想否认吧？”

“对他有意思？绝对没有的事，绝对没有的事！亲爱的伍德豪斯小姐，你怎么会这样错看了我？”说着她很不开心地把头扭了过去。

爱玛犹豫了一下，才大声说：“哈丽埃特，你这话是什么意思？天哪天哪！你这话是什么意思？说我错看了你！这么说我倒是应该认为……”

她再也说不下去了，嗓子眼里一点声音都出不来了。她坐了下来，一副惊恐万状的样子，只等着哈丽埃特把话接过去。

扭过了脸、站在好远以外的哈丽埃特并没有马上就开口。可是她一开出口来，那声音几乎也跟爱玛一样激动。

“我真想不到你居然会对我产生这样的误解！”她说开了，“是的，我们是说好了的，往后再也不要提人家的名字了——不过因为他的人品不知要比其他人高出多少倍，所以我想我指的是谁，你也绝对不会搞错的。会是弗兰克·丘吉尔先生那才怪呢！他要是跟那一位在一起，我看才不会有人对他瞧一眼呢。我想我的眼力还不至于这样不济，会看得中弗兰克·丘吉尔先生，跟那一位一比，他也太不足道了。你竟然会这样颠三倒四，真叫我吃惊！要不是我相信你是完全赞成我爱那一位、鼓励我爱那一位的，老实说，当初我也不至于会那样不自量，胆敢妄想去高攀他了。当初要不是你对我说，这天底下再奇妙的事都出过，地位相差再悬殊的人都有结成眷属的（这些都完全是你的原话）……我也绝不敢放胆去……我也绝不敢存这样的妄想的。可是，假如你，你既然跟他一向相处得那么熟——"

"哈丽埃特！"爱玛当机立断，赶紧定一定神，大声说道，"我们还是先来说说清楚，免得彼此再误会下去了。你说的是不是……奈特利先生？"

"当然是他啦。不是他还能是谁呢——所以我只当你也是心照不宣的。当时我们谈论的都是他，那是再清楚不过的。"

"这倒不见得，"爱玛强作镇静，回答说，"因为你当时说的那些，在我听来似乎都是指另外一个人的。我简直可以肯定地说，你当时是提到过弗兰克·丘吉尔先生的名字的。我相信不会错，当时是谈起弗兰克·丘吉尔先生帮了你的大忙，是他救了你，你才没有吃那帮吉卜赛人的亏。"

"哎呀，伍德豪斯小姐，你好忘事啊！"

"我亲爱的哈丽埃特，当时我说了一些话，那大致的意思我都还记得清清楚楚。我当时对你说，你产生了感情，我是并不感到奇怪的；还说，他帮了你的大忙，你产生感情也完全是人之常情。你也同意了，你的话说得非常激动，表示他帮了你的忙，你很感激，你甚至还说到你看见他过来救你的时候你是怎么个切身感受。留在我记忆里的印象可深了。"

"哎呀，天哪，"哈丽埃特嚷嚷着说，"原来你是这个意思，我这下都想起来了，可是我当时心里想的却完全是另外一回事。我说的不是那帮吉卜赛人——不是弗兰克·丘吉尔先生。根本不是的！（说到这里她情绪也有些激动了）我当时想的是一件更要可贵十倍的事——是奈特利先生看见埃尔顿先生不肯来跟我跳舞，在场又没有别人可以做我的舞伴，为此就特地过来请我去跳。就是他这个善心的举动，就是他这种高尚仁爱、行侠仗义的精神，就是他帮了我的这个大忙，使我从此觉得他的人品要比天下的人都高出一头。”

“我的天哪！”爱玛叫了起来，“这样阴差阳错的，真是太不幸——太遗憾了！这可怎么好呢？”

“这么说，你当时要是了解了我的真意，你就不会对我采取鼓励的态度了，是不是？要是换了那个人，那才叫糟呢。现在我再不济，总也不至于会那么糟吧。眼下至少……还有可能……”

说到这里她停了好一会儿。爱玛却说不出一句话来。

“我觉得不奇怪，伍德豪斯小姐，”终于哈丽埃特又接下去说了，“在你看来，这两个人是不可同日而语的，于我是如此，于任何人都是如此。你一定认为，两个人虽然都高过于我，但是一个更要比另一个高过亿万倍。不过我想，伍德豪斯小姐，假定……如果……尽管这话听来好像很奇怪……可是你知道这都是你的原话，你说这天底下再奇妙的事都出过，地位相差再悬殊的人都有结成了眷属的，那就是说，比弗兰克·丘吉尔先生和我之间的差距还要大。所以，看来这样的事以前大概也是有过的……如果我万一能有这样的幸运，能有这种不知该怎么说才好的幸运，竟可以……如果奈特利先生真会……如果他不在乎这种地位的差别，那我想，亲爱的伍德豪斯小姐，你该不会表示反对，从中作梗吧？你是个大好人，我相信你是不会这么做的。”

哈丽埃特当时正站在窗前。爱玛转过脸来，瞅着她惊异不止，随即慌忙说道：

“你觉不觉得奈特利先生对你的这番情意有什么反应呢？”

“觉得，”哈丽埃特回答说，口气是羞涩的，但是一点都不胆怯，“应该说是觉得的。”

爱玛立刻把眼光收了回来，坐在那里，一动不动，默默沉思了几分钟。几分钟就足够她探明自己的内心了。头脑机灵如她，只要一旦起了点疑，就会飞快地一路追索下去；她摸到了自己真实的心思，她看清了，她什么都承认了。为什么哈丽埃特爱上奈特利先生要比爱上弗兰克·丘吉尔坏上一百倍、一千倍呢？为什么哈丽埃特觉得两情相通有望，这件坏事马上就又坏上了一万倍、一百万倍呢？一个念头快得像利箭一样，在爱玛的脑海里一闪而过：奈特利先生跟谁结婚都不行，要结婚就非娶她爱玛不可！

也就在这几分钟里，不仅是自己的内心，连自己的行为举止，也都一一展现在她的眼前。她把这一切都看得清楚极了，可惜以前她就是缺少了这样一双慧眼。她对待哈丽埃特，一向是多么不像话啊！她过去的行为，一向是多么轻慢、多么粗鲁、多么有亏情理、多么不知体恤人家啊！她就是那么盲目、那么狂热，一味由着自己的心意干！她看得只感到透心的痛切，对自己的行为真不知该骂它什么才好。不过，尽管有这许多不是，她的自尊心总还是有一些的，对自己的仪表观瞻也总应该有所顾及，再说对哈丽埃特也绝对不能再有一丝慢待了（这姑娘自以为得到了奈特利先生的爱，对她是不用再讲同情的了——不过不可慢待还是应该的，现在只要显出一丝冷淡，就会弄得人家很不高兴，那多不好），因此爱玛决心照旧安坐在那儿，继续隐忍下去，若无其事，表面上甚至还显得很亲切。对了，为了自身的利害着想，也正应该趁这个机会尽量摸摸清楚哈丽埃特到底凭什么认为他们两情相通有望。而且哈丽埃特又没有做过什么对不起她的事，她过去体念对方、关心对方，都完全是出于自愿，并一直保持至今，现在也没有什么理由要中止；她给对方两次出主意，两次都出了馊主意，那就更没有理由去冷落对方了。所以，她打起点精神来，走出了沉思，控制住自己的情绪，又把脸朝向哈丽埃特，以格外和婉的口气把中断了的谈话又继续谈了下去。她们的谈话最先是从简·费尔法克斯的奇闻说起的，后来谈着谈着，竟把这个话头给丢了，也忘了。两个人的心里，都是一心只想着奈特利先生和她们自己的事。

哈丽埃特一直站在那里出神遐想，正想得不无得意呢；不过既然是伍德豪斯小姐这样有见识、有交情的人来打断她的遐想，情意殷殷地来问她一些事，她还是十分乐意的；只消对方一动问，她就十分高兴地讲起这两情相通有望的来龙去脉来，尽管心弦是在那里颤动。爱玛提问时、静听时，心弦也在那里颤动，虽然掩饰得比哈丽埃特高明，但是颤动的那个厉害也不亚于对方。她问话的声调是一点也不颤抖，可是心里却像一团乱麻——这样彻底揭开了自己隐蔽的一面，这样猛一看到不幸就要临头，这样突然七情失控、张皇失措，又怎么能不心乱如麻呢？她内心无限痛苦，表面上却还是显得十分耐心，就这样听哈丽埃特细说。要哈丽埃特说得有条有理，说得有次有序，或者还要说得有声有色，那是办不到的；可是，剔除了陈述过程中的那许多冗词废话，那话里的实质性的内容已经够叫她听得心里一沉了——特别是她自己也想起了几件事，从中可以看出奈特利先生对哈丽埃特已经有了极大的好感，这就更可以印证哈丽埃特所说是不会错的了。

哈丽埃特说，她感觉到自从一起跳过了那两支具有决定性意义的舞以后，他的态度就明显不一样了。爱玛知道也就是在那次舞会上，他发觉她的人品要比他原先料想的高得多。也就从那天晚上起——至少也该说自从伍德豪斯小姐劝她把他放在心上以后吧——哈丽埃特便觉察到他跟她说话比以前多了，而且对她的态度也分明大不一样了：态度亲切了、温柔了。近来她对这一点有了越来越深切的体会。遇到大家一起散步的时候，他常常过来跟她并排走，而且说起话来是那么谈笑风生！他似乎很想来跟她接近。爱玛知道实际情况也确是如此，这个变化她也多次看了出来，而且观察得差不多也那么细致。哈丽埃特一再说起他如何赞赏她、称许她——爱玛觉得这跟她自己了解的他对哈丽埃特的评价也是完全一致的。他称赞她不做作、不矫情，说她秉性纯朴，感情真挚，豪爽大方。爱玛呢，她也知道他在哈丽埃特身上看到了这些优点，他还不止一次跟她谈起过这些优点。哈丽埃特还有许多忘不了的事，受到他特殊青睐的许多细小关节——一个眼神，一段讲话，挪一下座位，一句含蓄的赞美，一个好感的暗示——这些爱玛当时都没有注意到，因为她根本就没有留这个心眼儿。一件又一件的事，给哈丽埃特一讲就可以足足讲上半个钟点，里边有的是证据，可以供她这个在场者多方印证，不过这些她当时都没有察觉，到现在才听说。但是哈丽埃特后来还提到了两件发生在最近的事——也是哈丽埃特觉得最能让她看到希望的两件事——那倒是爱玛自己也多少亲眼见到了一些的。一件是那次去唐韦尔，在遍植欧椴的林荫道上，他跟哈丽埃特撇下大家，走到前头去了，他们走了好一阵爱玛才来，据哈丽埃特看，他是煞费了苦心，引她撇下大家跟着他往前走的，而且起初他跟她说话的那个态度要比以前什么时候都"知己"——那可真是"知己"极了！（哈丽埃特一想起来就禁不住脸红）看他的意思，似乎是打算就要问她是不是已经情有所钟了。可是一见她（伍德豪斯小姐）很可能要走到他们这边来，他马上就改换了话题，谈起耕作的问题来了。第二件事就是他最近一次来哈特菲尔德，那天早上在爱玛做客回来之前，他实际上已经坐在那里跟哈丽埃特谈了近半个钟头了——尽管他一进门就说他是连五分钟都不能待的——而且在交谈中他还亲口告诉哈丽埃特，说尽管这次去伦敦是非去不可的，但是论本心他实在很不愿意离开家乡。在爱玛听来，这话比他对自己说的就贴心多了。由这一件事可以看出，他对哈丽埃特推心置腹的程度已经在她之上，这使她心中感到苦涩难言。

在谈到前一件事的时候，她也曾在略微寻思以后，大胆提出过这样一个疑问："也许不见得吧？是不是有这样的可能呢？那就是，照你所说，他想要问你爱情大事是不是已经有了方向，会不会他的意思是指马丁先生呢——他也许是想帮马丁先生说两句好话吧？"可是哈丽埃特坚决驳回了这种猜想。

"马丁先生？哪儿会呢！根本就没有提到过马丁先生半个字。我想我现在还不至于会这样蠢，别说喜欢马丁先生了，就是有人以为我还喜欢他，我都受不了。"

哈丽埃特列举完她的证据以后，就请她亲爱的伍德豪斯小姐来评一评：她认为自己事成有望，根据充分不充分？

"要不是你的指点，这件事本来我是连想都不敢去想的，"她说，"你叫我仔细观察他，看他如何举动，再定自己的进退——我就遵照你的话这么办了。不过现在我倒觉得我似乎还是配得上他的，要是他当真选中了我，那也不算是太稀奇的事。"

爱玛听了这一段话，心中难受，各种各样难受的滋味都有。她不得不使尽全身的力量，才算说出了这么句话作为回答：

"哈丽埃特，我只想冒昧发表一点意见，就是以奈特利先生的为人，他是绝不会拿虚情假意来故意蒙人的，他对一位女性表露的心意只会是真情实意。"

哈丽埃特听到了这样一句可心话，似乎真要拜倒在她这个朋友的脚下了；哈丽埃特的欣喜若狂、百般亲热，在这种时候对爱玛来说却只能是一场心如刀割的折磨。幸而就在这时候传来了她老父亲的脚步声，爱玛这才如遇皇恩大赦。他已经进了门厅，眼看就要来了。哈丽埃特这副激动的样子，实在不好意思跟他相见。“我一下子平静不下来——会惊吓了伍德豪斯先生的——我还是快走吧。”她那位朋友也正求之不得，当下便掩护她从另一扇门里溜了出去——她一走，爱玛的一腔怨气便不觉脱口而出：“哎呀天哪！只怪我交了这样一个朋友！”

这一天，这一夜，她满脑子的思绪怎么理也理不过来。过去几个钟头里一下子碰到了那么多事，简直乱成了一锅粥，弄得她晕头转向。时时都会有意想不到的新闻曝出来，桩桩件件都只有叫她感到羞耻的份儿。这一切又都怎么来理解呢？她分明是构筑了一个虚幻世界，骗了自己，自己就一直生活在这个虚幻世界里，可这又都该怎么来解释呢？看自己的这颗脑袋、这颗心，做事那么盲目，老是出错！她静静坐会儿也好，四下走走也好，待在自己房里也罢，去灌木林里转转也罢——不管到哪里，不管是动是静，她总摆脱不了一个感觉：觉得自己干得太蠢了。她上了人家的当，固然可气之极，可是更可气万分的是她居然还自己骗了自己。她落得处境狼狈，可是今天这狼狈，也许还只是个开始。

当务之急，是把自己的心意先摸清楚，彻底摸摸清楚。为此，她除了老父亲还得照常照料以外，其余的空闲就全都用来琢磨这个问题了。即使有时候不由自主出会儿神，想的也不外是这个问题。

她现在总觉得奈特利先生是她的心上人，这一点是没说的。可是，是她的心上人到底有多久了呢？他的影响，他的这种影响，又是什么时候开始的呢？弗兰克·丘吉尔曾一度占据过她的心，为时不长；

后来奈特利先生又是什么时候接替了他这个位置的呢？她回想了一下，把他们两人作了个比较——就凭她认识弗兰克·丘吉尔以来两人一向在她心目中的地位作了个比较——哎呀，以前她碰巧了随时都会突然心血来潮，来把他们两人作个比较的。她觉得自己始终认为奈特利先生不知要优越多少倍，他对自己的关怀也不知要可贵多少倍。她觉得，那时她之所以会硬要自己反其道，反其道而想之，反其道而行之，那完全是因为受了个错觉的影响，根本不顾自己内心的本意——总之一句话：她根本就没有真正喜欢过弗兰克·丘吉尔！

这就是她第一阶段的一连串思考后得出的结论。这就是她探究第一个问题后对自己的认识，很快就得出的认识。她觉得无比气恼，也无比痛心。她自己的种种情感无不让她感到羞愧，只有刚看清的一点是例外——那就是她对奈特利先生毕竟还是有感情的。除此以外，她心里的一切想头都是很丑的。

以前她的妄自尊大真到了不可容忍的程度，她竟然自以为能把任何人的内心世界都看个一清二楚；她的狂妄也真是不可原谅，对任何人的命运她都要自作主张来安排。结果证明，她却是干到哪儿错到哪儿。要说她无所作为倒也不完全对——她到处害人，这就是她的作为。她害苦了哈丽埃特，害苦了自己，她最担心的是，只怕她还害苦了奈特利先生。要是这桩最不般配的婚姻万一竟成了事实，那都应该怪她这个起祸之首，因为她不能不承认，要不是奈特利先生意识到了哈丽埃特的一片情意，也就不会有这段姻缘。就算这一条不成立吧，那么，要不是她的胡闹，他本来也绝不会认识哈丽埃特的。

奈特利先生去配哈丽埃特·史密斯！这一门亲事，真能把天下无奇不有的荒唐婚姻都远远甩在后边了。相比之下，弗兰克·丘吉尔同简·费尔法克斯结亲就不过尔尔，让人觉得平淡无奇、索然寡味了，引不起什么震惊，也显不出差别之悬殊了，既没有什么可多说，也没有什么可多想的了。奈特利先生去配哈丽埃特·史密斯！在她是一步登天！在他则是身价一落千丈！爱玛一想起来，真是不寒而栗：这一来他在大家心目中的地位该大跌而特跌了，有人该笑话他、嘲讽他，拿他幸灾乐祸了，他弟弟该觉得失了面子，跟他生分了，他自己也该有诸多不便了。那可能吗？不，那是不可能的事。不过，一定要说不可能倒也未必，真是未必呢。才能出众的男子汉拜倒在极低极贱的女流脚下，难道还是新鲜事？比方说，一个忙得无暇去物色配偶的爷们，正好遇上了一个想找郎君的女子，于是他一下子就被抓到手里，这样的事难道还新鲜？这世界上男女方不般配、不和谐、不相称的现象难道还少吗？——人的命运就决定于机缘和环境（假如不算上帝的意志），这样的事难道还少吗？

唉！只怪自己把哈丽埃特带了出来！只怪自己没有让她安守她的本分！奈特利先生不就告诫过自己该让她安守她的本分吗？要不是自己发了莫名其妙的傻劲儿，硬要她别嫁给那个其实蛮不错的年轻人，硬是不让她跟着他快快活活、体体面面地去过她该过的那种生活，本来今天是什么风险也不会有的，也绝不会闹出这许多要命的事了。

哈丽埃特怎么居然会这样狂妄，胆敢想到要去高攀奈特利先生？她怎么居然会这样大胆，心里还没有一点切实的把握，就自以为已经被那样一位人物选中了？不过话又说回来，哈丽埃特确实已经不像以前那样低首下心、小心拘谨了。她似乎已经不大觉得自己才智既不如人，地位也不如人了。她过去似乎还懂得埃尔顿先生配她是俯就，现在却似乎根本就不觉得奈特利先生配她才是俯就呢。嘿！这不都是你自己一手造成的吗？用尽心思，把妄自尊大的思想灌输给哈丽埃特的不是你自己又是谁呢？教导她只要一有可能就要设法提高自己地位，说她完全有资格踏进上流社会的，不是你自己又是谁呢？如果说原本是低首下心的哈丽埃特如今已经变得自命不凡了，那也都是你自己一手造成的。

第 12 章

直到今天，眼看一切都要化为泡影了，爱玛这才悟到：原来自己要得到幸福，很关键的一条就是自己在奈特利先生心目中的地位必须保持第一，受到的关注，赢得的感情，都要保持第一。以前情况就是这样，她一直心安理得，想也不想，只管安享这份幸福。今天眼看自己就有被取而代之之忧，她才发觉这份幸福之珍贵竟是那样难以言喻。长久以来——好长久好长久以来，她觉得自己一直是占着这第一的位置的，因为奈特利先生本人并无女眷，姻亲中论关系之亲近也只有伊莎贝拉可以跟她相比，而他对伊莎贝拉敬爱的程度，她心中是一向十分有数的。多少年来在他的心目中占着这第一的位置的一直是她爱玛。她实在不配。她往往不知珍重，要不就一味任性，听不进他的劝告，甚至故意跟他作对，对他的长处却连一半也没有看在眼里，还常常跟他吵嘴，因为她自以为是，错误地估计了自己。对此他很不以为然——但由于是亲戚关系，又是性格使然，加上他思想境界极高，因此一向对她无比钟爱，从小看承有加，极力帮助她进步，一心只望她正正直直做人——能够这样尽心的，天下再也找不出第二个人了。她知道尽管自己有这种种缺点，他还是把她看得很亲——说是至亲，恐怕也不为过吧。事情既然到了这一步，接下去自然就难免会产生一些想头，但是这她就不敢妄自多想了。哈丽埃特·史密斯认为奈特利先生对她别具慧眼，情有独钟，而且爱得一往情深——她觉得自己也配，那就由她去这么想吧。她爱玛可不能这么想。她不能自作多情，忘乎所以，以为他对自己一定有意。最近的那回事，就证明了他那颗心还是不带一点私情的：他见她那样对待贝茨小姐，你看他有多震惊！他向她申述他在这个问题上的看法，话说得又是多么坦率、多么激烈！她错得实在荒唐，他说得再激烈也不算过分——可是他除了刚正不阿、眼明心热的这一面以外，要是真还有那么一点点儿女之情的话，那就绝不会、断不会把话说得这样激烈了。这种儿女之情，他对她爱玛是不会有的，对此她不敢抱一点希望，哪怕只是丁点勉强的希望。不过要说哈丽埃特也许是自欺欺人，过高估计了他对她的关心，这倒还是有一点希望的——有时觉得希望不大，有时却又觉得希望还有的是。为了他自己着想，她宁愿他独身一辈子——尽管那跟她爱玛已经关系不大了。说真的，只要他永远不结婚这一点有保证，她相信自己也就心满意足，再没有什么遗憾了。但愿他在她和她老父亲的眼里照旧还是原先的那个奈特利先生，但愿他在全世界人的眼里还是原先的那个奈特利先生。但愿唐韦尔和哈特菲尔德之间还能照旧保持原先那种极其珍贵的友好信任的交往——要是能这样，她也就完全可以心安了。反正嫁人这条路她是不能走的。嫁了人，就难报老父亲对她的恩情了，就难尽她对老父亲的一片孝心了。她说什么也不能跟老父亲分开。她绝不嫁人，就是奈特利先生来向她求婚她也不嫁。

她自然只能一心企盼哈丽埃特的希望破灭。她心想：等有朝一日见到他们俩又在一起了，她至少可以留个心眼儿，判定一下有没有这个可能。反正今后碰到他们就应该尽量注意观察。尽管说来也真不像话，以前她睁大了眼睛都会看错人，她就不信这一回她还会落得看走了眼。他不定哪天就要回来了。她也很快就可以来好好看一看了——因为满脑子的心思就都围着一件事情转，所以她只觉得日子过得飞快。在他回来之前，她打定主意暂且先不见哈丽埃特。见面对彼此都没有好处，见了面又要谈起那个问题，更无助于问题的解决。在眼下她还可以不信，却又没有根据可以抗击哈丽埃特那份自信的时候，她打定主意绝对不要去相信。多谈只会谈得心烦意乱。因此她就给哈丽埃特写了一封信，以友好却又坚决的语气，要求她目前暂时不要到哈特菲尔德来，说是依她之见，某个话题的促膝谈心，还是到此为止，不要再谈的好。如果她们能够隔上几天再见面（有别人同在另当别论，她只是认为单独见面目前不宜），那么到时候她们就又可以一切如常，只当已经把昨天的那场谈话全忘了。哈丽埃特觉得这话有理，就同意了，心里还着实感激。

这边的事刚刚安排停当，正好家里就来了一位客人，于是，过去二十四小时里一直缠得爱玛寤寐难忘的那个问题算是可以稍稍搁过一边了。来的是韦斯顿太太，她去看望了未来的儿媳回来，顺路到哈特菲尔德来拐一下，一是自己想来玩玩，二是觉得自己也应该来看看爱玛。刚才跟未来儿媳的见面实在有趣，她真想原原本本讲给爱玛听。

她是由韦斯顿先生陪着到贝茨小姐家的，他们这次主要是去她们家拜访，韦斯顿先生这方面的任务是完成得非常到家的。他们在贝茨小姐的客厅里坐了有一刻钟，那份絮烦那份别扭也可以想见，没有什么可多说的，可是后来费尔法克斯小姐听了韦斯顿太太的劝，两个人出外去兜兜风，这一下韦斯顿太太听到的，就大可一说了，而且说起来还是挺带劲的。

爱玛好奇心还是有一点的，她就拿出了最大的耐心，听她的好朋友讲。韦斯顿太太这次去登门拜访，心里是七上八下的。她原本希望目前不要去，不如给费尔法克斯小姐写封信算了，等过些时候丘吉尔先生觉得可以公开订婚的消息了，再来做这个礼节性的访问。因为她经过多方考虑，觉得去做这样一次拜访势必会引出许多流言蜚语。可是韦斯顿先生的想法却不一样，他是迫不及待地急于想要向费尔法克斯小姐和她一家表示认可之意，他认为去拜访一次不会引起人家的猜疑，而且即使引起人家的猜疑也没有什么大不了的，因为他说“这种事情总是要传开去的”。听到这里爱玛不禁微微一笑，她觉得韦斯顿先生这话确实是言之有理。总而言之，他们就去了。那位小姐见他们来访，显然紧张得完全慌了手脚。她弄得一句话也说不出来，从她的神态举止上处处可以看出她是羞得真恨不能往地下钻了。老太太不声不响，却从心底里感到高兴，她那位女儿开心得神魂都快颠倒了，连说话都不像往日那样利索了，这一幕真让人看着喜欢，甚至都有点感动了。这母女俩的快乐都是那么纯而又真，她们或喜或愁都丝毫不为自己，她们心上想的是简，是大家，却唯独没有考虑到自己，所以她们可以把仁爱之心发挥到极致。费尔法克斯小姐近时身体不好，韦斯顿太太正好可以以此为由，请她坐车去兜兜风。她起初有些犹豫，说是不想去，后来经不住再三相劝，还是去了。在马车上，韦斯顿太太的循循善诱，终于使她克服了怕难为情的心理，一块儿谈起那个紧要的话题来。开头自然免不了要先谢个罪，因为刚才自己不大说话，似有失礼之处，随即又以最热情的话语，表明自己心里对他们夫妇俩一直是多么感激。不过，诉完了这番衷情以后，她们就谈起婚约的事来，谈了眼下情况如何，以后又准备怎么样，一谈就谈了一大箩。韦斯顿太太心想，他们订婚已有那么久了，姑娘一直只能把话都憋在心里，今天能够有机会这样倾吐一下，相信她一定是痛快无比。姑娘在这个问题上的种种想法，她都听得十分欢喜。

“藏在心里好几个月，她的那份难受是可想而知的，”讲完这些以后，韦斯顿太太又接着说，“可是尽管如此，她却没有失了志气。她说的话里就有这样一句：‘我订了婚以后，不敢说没有多少快乐的时候，但是可以说连一个钟头的安静都没福消受。’爱玛呀，她说这话时嘴唇都抖了，我从心底里相信她说的是实话。”

“可怜的姑娘！”爱玛感叹起来，“这么说，她觉得自己私订终身还是错了？”

“岂止是觉得错了！听她的言下之意，我看她责备自己的那个重啊，真要远远超过任何一个人对她的责备。她说：‘那后果呢，就是弄得我长年处于一种内心痛苦的状态。这也是我罪有应得。但是，做错了事就算是受够了罪吧，这错总还是错，减不去一丝一毫的。痛苦是赎不了罪的。我再也不能算是白璧无瑕了。我这个行为是完全有悖于我的是非观念的，尽管事情到头来也真是万幸，大家现在对我又是这样宽大为怀，可是我的良心告诉我，对此我是不能无愧的。太太，’她又接下去说，‘千万别以为这是因为我从小受到的不良教育，千万别以为这是因为抚育我的恩人也许为人并不怎么正派，或者抚育我不怎么尽心。我这错，都怪我自己。不瞒你说，尽管事到如今我也似乎满可以找出些理由来作些辩解，可是我心里还是战战兢兢，不大敢把事情原原本本地告诉坎贝尔上校。’”

“可怜的姑娘！”爱玛又禁不住感叹了一声，“由此看来，那准是她爱他爱得过了头了。要不是爱得难舍难分，她也不至于就会走到订婚这一步。准是感情压倒理智了。”

“是啊，我也相信她对他的感情是极深的。”

“也真遗憾，”爱玛叹了口气，又接口说，“我有时一定还增添了她的不快。”

“亲爱的，你那都是完全无心的。不过，从弗兰克对我们说的话里听得出，误会还是有一些的，姑娘提到这些误会时心里是很可能有这一类想法的。她说，人只要一搭上她搭上的这种不良心思，自然就难免要变得不通情理了。她自觉做事不当，这就引得她心里老是虑这虑那的，人也变得专爱挑眼、好发脾气了，弄得想必连他也受不了了——事实上他也的确是受不了了。她自己就这么说来着：‘我应该体谅他却没有体谅他，他就是这样的脾气、这样的个性嘛——他的个性其实是很可爱的，他生来就是那样热情奔放，那样爱闹着玩儿，一相识我就为之而心醉，我相信那将永远令我心醉，说什么也不会变的。’她随后又说起了你，说起她生病的时候你待她那样好，她要我有机会就代她向你致谢，感谢你的种种好心、种种帮助——其实要说感谢我是怎么谢你也谢不尽的。她说这话时脸儿还一红，我一看就明白了内中的缘由。她自己心里有数：她从来就没有好好谢过你。”

爱玛当下就正色说道：“要不是知道她现在已经很快乐，本来她的谢意我是恕难领受的。尽管她律己极严，快乐也打了许多小小的折扣，不过我想她快乐总该是快乐的吧。说真的，韦斯顿太太，要是把我对费尔法克斯小姐做的坏事好事列出一篇总账来的话，那……好了，不说了，”她收住了话头，特意作出轻松的样子，“这些都忘掉算了。多谢你，把这许多有趣的事详详细细地告诉了我。经你这么一说，我对她就了解得深多了。我知道她是一个极好的人，希望她今后能无比幸福。那一位亏得家道富有，因为我看优点都让这一点占尽了。”

听到这最后一句，韦斯顿太太可不能不回上几句了。在她的心目中弗兰克几乎可说是样样都好；加上她又非常疼他，因此为他辩护也就挺当回事了。她讲得都很有道理，话也都说得很富于感情，可是她想要说的实在太多，叫爱玛听得都应接不暇了。不一会儿爱玛的心思便不知是去了布伦穗克广场呢，还是唐韦尔，反正她已经无心再听了。等韦斯顿太太说到末了："你也知道，我们巴巴儿地等他的信来，他的信却至今还没来，不过我想这两天也总该来了，"爱玛竟愣愣地一时回不上话来，她只得定了定神，才胡乱应付了两句，直到说完以后方才想起他们这巴巴儿等的是封什么样的信。

"你别是不舒服了吧，我的爱玛？"韦斯顿太太临走时问了一句。

"哎，好着呢。我身体一向是不错的，这你也知道。别忘了信一到，可要尽快告诉我啊。"

韦斯顿太太带来的信息，又给爱玛添了几分郁郁的愁思。她对费尔法克斯小姐是越发敬重、越发同情了，可也越发感到自己过去实在对不起她。她真后悔自己没有去跟她多接近，这自然多少是由于妒忌的缘故，想到这里她脸都红了。要是她早就能听从奈特利先生明白表示过的意思，去多多关心费尔法克斯小姐（她怎么说也有这个责任），要是她早就想办法去多多了解她，要是她早就能主动跨出这一步，去跟她做个至交，要是她早就能把择友的对象定在这儿，而不是定在哈丽埃特·史密斯身上，那此刻压得她好难受的那种种痛苦想来十之八九也就都可以免了。无论看出身、看才能，还是看教养，同样都是摆明了的：一位是堪以当她的同道的，能够与之结交应该是一种欣慰；而另一位——她又算个什么呢？就算她爱玛跟费尔法克斯小姐并没有结成知心朋友吧，就算费尔法克斯小姐跟她还不够知己，在这么件大事上还不能把心腹话透露给她吧——这种事十有八九是不会对人透露的——但是，她爱玛总还是应该了解她的，也是有可能了解她的，要是真能了解她，也就绝不至于这样胡来一气，去猜疑她对狄克森先生会有什么见不得人的爱恋之情了。她爱玛不但荒唐到私下这样胡猜乱想，而且竟还说给人听，这真是太不可原谅了。她真担心，保不定弗兰克·丘吉尔做事轻率，或者一时失口呢，那么她这种瞎猜疑恐怕就已经酿成了祸根，害得简那脆弱的感情蒙受了巨大的痛苦了。她现在已是深信不疑。自从简来到海伯里以后，给这位姑娘带来祸害的那众多根源中，她爱玛就是最大的根源了。她爱玛老是要跟她作对。只要他们三个人都在一起，她爱玛哪一次不是百般地惹她刺她，就是不肯放过她。尤其是博克斯山上的那一次，给她心灵上造成的痛苦，只怕是逼得她再也忍不住了。

哈特菲尔德这天的黄昏又是那么漫长而凄凉。天气也来极力捣乱，这就更增添了几分阴沉的气氛。一场冷雨挟着狂风袭来，眼前哪还有个七月的样？只有那一排排受尽狂风摧残的大大小小的树，算是显出了一些夏意，还有就是这白天长了许多，可是那也不过是让你把这种凄惨的景象多看上几眼罢了。

这天气也影响了伍德豪斯先生。多亏女儿不辞辛劳地服侍，忙得几乎一刻不停，他才觉得勉勉强强过得去，要是在从前，她是根本连这一半的力气都不用花的。这使她想起了韦斯顿太太结婚那天晚上父女俩第一次孤零零的情景。不过那一天用过茶点后不久奈特利先生就来了，把种种愁闷的胡思乱想都一扫而空。唉！这样有佳客上门，说明了哈特菲尔德还是有吸引力的，可惜不久以后这样的好景只怕就很难见到了。那一次她还担心到了冬天家里就会一片冷清，可是结果证明那都是她瞎担心，朋友们都还照旧上门，家里照旧还是一片欢乐。但是这一次的预感，怕是就要不幸成为现实了。她如今看到的前景只是满天的黑云滚滚，别说云消日出是休想，只怕连露出一角青天都未必有什么希望。如果在她朋友中间她担心会出现的那些事情全都成了事实的话，那哈特菲尔德就难免要冷落不少了——就只留下她，抱着断送了幸福的无奈，来承欢于老父亲的跟前了。

兰德尔斯一旦添了娃娃，那肯定要比她亲多了。韦斯顿太太的心都会扑在娃娃身上，她也不会再有多少空闲了。她不会再上他们家来了，连她的先生恐怕也不大会来了。弗兰克·丘吉尔是不会再回到他们中间来的了，费尔法克斯小姐看来也顺理成章地很快就要不再属于海伯里了。小两口结婚以后，要不是在恩斯库姆住下，也该住在恩斯库姆附近吧。好端端的一切，眼看都要收场了。要失去的太多了，如果再算上唐韦尔这一头的损失的话，那他们还能留下几个亲朋故旧可以握手言欢，可以引为诤友呢？奈特利先生再也不会一到晚上就上这儿来散散心了！再也不会想来就来，仿佛自己的家可以不要，宁肯要他们的家似的！那可怎么受得了呢？如果说为了哈丽埃特的缘故他从此就不来了，如果说今后你总觉得他有哈丽埃特相伴就所愿已足了，如果说哈丽埃特就是他的意中人，就是他的心上人，就是他的至爱，就是他的伴侣、他的太太，就是他人生最大幸福之所寄，那你爱玛越想越苦恼又能怪谁呢？那还不都是你自作自受？而且谁又叫你心上总是摆脱不了这个念头呢？

每当想到这样的动情处，她总忍不住要猛然一惊，或者长叹一声，有时甚至还要在房间里踱上好一会儿的步。能给她稍稍带来一点安慰，让她内心稍稍得到一点平静的，也只有自己的决心了。她痛下决心，今后在为人处世上一定要好好改正。到今年冬天，到往后的每年冬天，不管热闹的光景、欢乐的气氛如何大不如前，但愿自己总要能更多一点理性的思考，更多一点自知之明，这样等冬天过后，就不会再有那么多事让她追悔不已了。

第13章

第二天一上午，天气还是差不多那样，哈特菲尔德也似乎还是那么冷冷清清，一派沉闷气氛。可是到了下午，天气就好起来了，风转了，不那么大了，云散了，太阳也出来了，又是一番夏日的景象了。天一转好，爱玛心里就有点按捺不住，决意要尽早出去走走了。那一派美景、那一阵清香、那暴风雨过后大自然给人的安谧、温暖、鲜亮之感，在她看来真从没有像今天这样动人的。她很希望这一切能渐渐抚平她的心境，加以午饭后不久佩里先生来了，他正好有一小时的空闲可以来陪她父亲说说话，因此她赶紧利用这工夫，到灌木林里去走走。在灌木林里散了会儿步，精神好多了，愁怀也解开了一些。就在这时她忽然看见奈特利先生进了园门，在向她走来。她这才知道，原来他已经从伦敦回来了。她刚才还想到了他呢，只觉得他已经离她十万八千里了。仓促之间，只能匆忙定一定神。要镇定自若，千万千万！不一会儿，两下就相会了。互道“你好”，都是声音轻轻的。不大自然。她问起他们共同的至亲身体可好。大家都挺好的。他是什么时候告辞回来的？就是当天早上。这么说一路上淋雨了。就是！她发觉他好像有意要跟她一块儿走走。“我刚才去饭厅里看了看，见他们谈兴正浓，就想还是出来走走好。”看他的神色，听他的语气，她觉得他好像心里不大高兴。她自己也是一肚子的心事，所以首先想到的就是，可能他已经把自己的打算都告诉兄弟了，对方并不赞成，因此弄得他好不扫兴。

他们就一起散步，他却一声不吭。她觉得他好像老是不住地在瞧她，好像不管得当不得当，一定要把她的脸看个一清二楚似的。这样一想，她倒又担心起来。他也许是想要跟她谈谈他爱上了哈丽埃特的事吧，他也许是希望她先来点一句，然后再开口说吧。她觉得这样的话题由她先提出来是不合适的，这她也做不到。要说还得由他自己来开这个头。可是他这样老不开口她也受不了。他这种表现极其反常。她想了想，把主意拿定以后，才强作笑脸，开口说道：

“你既然回来了，那就有个会让你吃惊不小的消息要向你报告了。”

“是吗？”他不动声色地说，然后两眼望着她，“什么样的消息？”

“啊，天底下第一等的好消息——要办喜事了。”

他等了一下，像是要等对方的话确实已经讲完，这才回答说：

“如果你指的是费尔法克斯小姐和弗兰克·丘吉尔这一对，那么我早已听说了。”

“这怎么可能呢？”爱玛嚷了起来。她向他转过脸去，不禁满面通红，因为就在她话出口的时候，她忽然想起，也许他顺路到戈达德太太家里去拜访过了。

“我今天早上收到了韦斯顿先生的一封信，来信谈的都是教区的事务，不过在信的末尾也给我简要说了说那件事的原委。”

爱玛这才大大舒了一口气，应对的话马上就有了，语气也稍微平静了些：

“你是大概不会像我们那样吃惊的，因为你早就有所觉察了。我没有忘记有一次你就特意提醒过我，可惜我当时并没有领会……我这个人呀，”她声音低了下去，还长叹了一口气，“只怕是一辈子就会这样有眼无珠。”

半晌谁也没有再说一句话，爱玛先还没有觉察到自己的话已经引起了很不寻常的反应，可是后来突然发觉自己的胳膊已经挂在他的臂弯里，紧贴着他的心了，并且听见他以十分动情的口气，轻声说了这样一些话：

“时间，我最亲爱的爱玛，时间是能让伤口愈合的。好在你见识过人……又把心都用在老父亲的身上……我知道你一定不会老是沉溺在……”她觉得胳膊又给使劲夹紧了，那耳边传来的话压得声音更低了，说得也越发若断若续了，“出于最真诚的友谊，我表示同情……表示愤慨……可恶的流氓！”最后几句话才说得声音大了些，语气也连贯了些，“他不久就要走他的了。他们不久就要去约克郡。我也真为简难过。落得这样的命运，也太委屈她了。”

爱玛听懂了他的意思。这一番温存体贴的话真叫她快活得心花怒放，一等激动的心情平静了下来，她就回答说：

“你真是太好了，不过这你误会了，我得给你说清楚。我不需要这种同情。都怪我见事不明，对待他们的态度很成问题，为此我一辈子都要引以为耻。我还一时糊涂，给迷了心窍，说了好些话，做了好些事，很可能会引起人家种种不愉快的猜测。不过除此之外，我就再没有其他理由要为我过去不明真相而感到悔恨了。”

“爱玛！”他以殷切的眼光望着她，不禁叫了起来，“真的吗？”可是他马上又把持住了自己，“不，不，我了解你——请原谅我——你能够这样说，我就已经很高兴了。说真的，为他而悔恨实在犯不上！我希望要不了多久，你就能不仅仅是从理智上自己承认这一点。幸亏你的感情还没有陷得太深！老实说吧，看你的态度，我也始终拿不准你对他的感情到底达到了怎么个程度——不过有一点我敢肯定，那就是你喜欢他——你那样喜欢他，我看他是说什么也不配的。他简直丢尽了男人的脸。这么个人，难道就让那个可爱的姑娘去做他的配偶？简啊！简啊！你也真是太可怜了。”

“奈特利先生，”爱玛说——她想显出些轻快的样子，其实心里却很慌乱，“我目前的处境是非常特殊的。我不能让你再继续误会下去。不过，既然我的态度已经给人家造成了那样的印象，那是不是可以这样说呢，就是：姑娘家不好意思承认爱上了某某人乃是人之常情，而我却是正相反，我是不好意思说自己根本就没有爱上过前面所说的那一位。不过我是确确实实没有爱上过他。”

他只是听着，始终没有吭声。她真希望他能开口，他却就是不开口。她想，看来自己还得再多说两句，不然就休想得到他的“宽大处理”，可是自己在他眼里已经矮了好几分，再要矮下去也实在是太难为自己了。不过她到底还是说开了：

“有关我自己的行为，我没有什么要辩解的。他的殷勤迷住了我的心窍，我有失检点，显出了高兴的样子。这样的事，恐怕也算不得什么新鲜事了——没有什么太稀罕的——我们做女人的过去出这种事的也多了，我也大不了就是那么回事罢了。不过那恐怕也不会因为出在我这样一个一向以知人明理自命的人身上，就可以宽恕一二。我之所以迷了心，当时有好些因素起了推波助澜的作用。他是韦斯顿先生的儿子——又是常来这里的——我又一向觉得他非常讨人喜欢——总而言之，”她叹了口气，“我把原因说得再天花乱坠，归根到底还是得归结到一点，那就是我的虚荣心经不起捧，就陶醉了，对他献上的殷勤也就来者不拒了。不过，近来——其实时间也不能算短了——我已经发觉他的殷勤实在也算不了什么。我觉得那不过是他养成的一种习气，一种玩惯的把戏，值不得我认真对待的。他让我上了一次当，但是并没有伤害到我。我从来没有对他产生过爱慕之情。对他的行为我现在也应该说比较理解了。他从来就不想来跟我发展感情。那不过是他用来掩盖他跟别人真正关系的一个幌子。他的目的，是想要瞒过周围的一切人，而最容易让他这一招得逞，被他瞒过的，我相信就要数我自己了——不过我到底还是没有被他瞒过——也亏了我运气好——总之一句话，我好歹算是没有受他的害。”

说到这里，她满心希望他该接口说两句了——就是对她的行为表示一下理解也好嘛；可是他却还是一声不吭，据她推测，他该是在凝神深思。过了好大半天，他才算开了口，那语气也还跟往常差不多：

“我对弗兰克·丘吉尔是向来没有什么好印象的。不过，或许是我贬低了他也未可知。我跟他的交往极浅。就算我没有贬低他吧，他也还是有变好的可能的。有了这样一位好姑娘做妻子，他还是有希望的。我可没有什么理由希望他不好——他人品好了，行为正了，姑娘才能有幸福。为姑娘着想，我当然也希望他好啦。”

“我相信他们结成了一对会幸福的，”爱玛说，“我相信他们会真心诚意彼此相爱的。”

“他可是个挺幸运的男人，”奈特利先生接口说，字字铿锵有力，“那么年轻轻的——才二十三岁呢——人家在这个年纪选妻子往往选得不得其人。才二十三岁就得到了这么一位好妻子！不管人家说常人的平均寿命能有几何，反正在他的面前有的是幸福的岁月了！他可以安享这样一位女性的爱——那是无私的爱——因为简·费尔法克斯的性格保证了她的爱是无私的。他真是样样顺当——双方条件相当——我指的是朋友交往，以及一些重要的生活习惯之类，那都很相当；可说样样相当，只除了一点——而这不相当的一点呢，由于简的心地纯洁是无可置疑的，所以那反倒只会增进他的幸福，因为她的唯一所缺能得之于他的所赠，这于他就是一种快乐。一个男人，总希望给女人安排下的家能胜过她原先的娘家；谁只要能办到这一点，只要女方不是无动于衷，那我看他就该是人世间最快乐的人了。弗兰克·丘吉尔真是个幸运儿。他简直是无往而不利。他在一处温泉碰上一位姑娘，得到了她的爱情，冷淡她都不能让她心灰意懒——我看他哪怕就是全家出动，跑遍全世界去替他找个理想的妻子，也别想找得到还能胜过简的了。他的舅妈是块绊脚石，他的舅妈却死了，结果他一开口大事就成了。他的朋友又都巴不得他能早些得到幸福。他对谁都不惜亏待人家——可是人家却无不高高兴兴原谅了他。他可真是个有福气的人哪！”

“听你的口气，好像你还很羡慕他。”

“我确实很羡慕他，爱玛。在某一点上我羡慕的就是他。”

爱玛不好再说下去了，再说下去恐怕马上就要把哈丽埃特带出来了，她直觉的反应就是要尽可能回避这个话题。她已经盘算好了，她还是来谈些压根儿不相干的事——就谈布伦穗克广场的小家伙们吧。她刚吸了口气，想要开口，不防奈特利先生一句话却吓了她一大跳：

“你不想问我羡慕他的是哪一点？我看得出来，你是铁了心绝不发问的。你很乖——可是我却学不了这个乖。爱玛，你不问我，我也得告诉你，尽管我话一出口只怕马上就要后悔的。”

“噢，那你就别说了，别说了，”她急得直叫，“先别忙，还是考虑考虑，不要把话说死了。”

“谢谢你。”他说，那口气是难堪已极的，接着便一句话也没有了。

爱玛实在不忍心害他难受。他这是想跟她说说心里话——也许还想跟她商量商量。她即使听着心里苦涩，也应该听听才是。她可以帮他拿定主意，也可以替他解除些疑虑；她可以实事求是地称赞哈丽埃特几句，也可以劝他要有自己的主见，帮他摆脱这种举棋不定的状态——对他这种思想方式的人来说，举棋不定肯定要比哪怕是挑了个不称心的老婆还受不了。这时他们已经到了屋前。

“你大概要进去了吧？”他说。

“不，”爱玛听他的口气还是一副懊丧样，便越发不想进去了，“我还想再走一圈。佩里先生还没有走呢。”走了几步，她就又接着说，“刚才我很不礼貌，打断了你的话，奈特利先生，恐怕惹得你很不高兴吧。不过，你作为一个朋友，如果有什么话想要坦率地跟我说，或者心里有什么打算，想要问问我的意见——那我跟你说实在的，作为一个朋友，你只管赐教就是。只要你想说的，我都愿意恭听。我也愿意把我的想法都如实告诉你。”

“作为一个朋友？”奈特利先生玩味着这几个字，“爱玛呀，这恐怕也只能说说吧——没有，我真没有什么话要说。等等——对了，我何必还要犹疑呢？我已经都走到这一步了，心事要隐瞒也隐瞒不住了。爱玛，我接受你的提议——尽管这提议似乎很特别，我还是接受你的提议，把我当作你的一个朋友。那你告诉我：我就真是没有成功的希望了吗？”

他收住了脚步，掩不住心中的急切之情，把问题都写在了脸上，那副眼神叫爱玛看得都受不住了。

“我最最亲爱的爱玛，”他说，“因为不管我们此刻谈话的结果如何，你可永远是我最最亲爱的——永远是我最最亲爱、最最贴心的爱玛——快，请告诉我吧。要说‘是’也请只管直说。”她却就是半个字也说不出来。“你不说‘是’啊，”他顿时精神百倍，叫了起来，“你就是不说‘是’啊！眼下能这样我就已经再高兴也没有了。”

爱玛此时此刻真是激动万分，两条腿都几乎要支撑不住自己了。别的她恐怕已经什么都不放在心上了——她现在就怕有谁来惊醒了她这场最最快乐的梦。

“我说不出长篇大论来，爱玛，”不一会儿他又说了下去，口气里透出的那份情意是真诚的、坚定的、明明白白的，已经够让人觉得其可信了，“我要不是那样爱你，倒也许可以说上一大堆。可是你也知道我是怎么个人。我这个人是只会实话实说的。我责备过你，也教训过你，你听后都容忍了，能像你这样大度容忍的，我看跑遍全英国也找不到第二位了。我最最亲爱的爱玛，我现在要跟你说的真心话，希望你听后也能像以前那样大度容忍。从我这说话的态度，你恐怕是看不出我这一片真情的。上天知道，我这个人情虽深却面极冷。好在你是理解我的。对，我说你是理解我这一片至情的——而且你能以情相报的话是不会不报的。现在，我只希望能听听——千万要听听你的意见。”

他在那里说，爱玛这里却也满脑子忙个不迭，念头转得飞快，把话听得一字不漏，却又能抓住其整体的精神，理解其确切的含义。她明白了哈丽埃特的所谓希望其实是全无根据的，是个误解，是个错觉，跟自己一样压根儿都是想入非非——原来他心目中完全没有哈丽埃特，只有她爱玛；她暗指哈丽埃特所说的那些话，都被他理解成她自己感情的表述了；她的不安，她的疑虑，她不想听他说，她不让他说出口，都被他认为是她自己满心不愿意了。就在这一会儿工夫里，她不但树立起了信心，快乐得心里甜滋滋的，而且还暗暗庆幸：亏得自己没有把哈丽埃特的秘密说出来，现在是用不着再说的了，也不应该再说的了。现在她对她这位可怜的朋友也至多只能再帮上这么个忙了，因为她还没有那种甘愿牺牲自己感情的英雄精神，不会说哈丽埃特比自己更胜百倍，而就去求他别爱自己，不如去爱哈丽埃特——她连那种比较质朴的崇高品德都不具备，所以也不会因为两女不能嫁一男，而就什么理由也不讲，对他干脆拒绝了事。对哈丽埃特她是同情的，心里是又难过又愧疚，可是脑子里却也没有闪出过任何仗义到发傻的想法，不会连眼看就要成功的事、合情合理的事，都硬是要去推翻。她误导了朋友，为此她要引以为咎一辈子，可是在这个问题上她不只感情强烈，判断问题也一样果决，不但以前果决，现在也一样果决——她认为他跟哈丽埃特这样的人结亲是极不般配、极损身份的。自己的这条道路还是畅通的，尽管不是很平坦。既然这样苦苦求她说两句，她于是就开了口。她说了些什么呢？自然是当说则说吧。这是有身份的小姐一贯的说话原则。反正她说得既能让对方明白大可不必绝望——又能引得他自己也再来说上两句。他有一阵子真是绝望了；他乍一听到那个命令，要他慎重，要他别说，一时间觉得希望全破灭了——她起初不是不愿意听他说吗？后来的变化好像有些突然——她提出再走一圈，又恢复了刚刚打断的谈话，这也许有点什么特殊的缘故吧？她也觉得难以自圆其说，好在奈特利先生是最能体谅人的，事情过去了也就算了，不再追问了。

世人吐露心中的秘密，其真实程度能达到百分之百是很少的，很少很少的；很少能有不加一点掩饰，不存在一点误解的。不过，就以他们这个例子而论，虽然在行为上是有些误解，却并没有误解了感情，这看来就问题不大了。爱玛的心已经是够宽容的了，对他已经是十分心许了，奈特利先生还能要求她怎么样呢？

事实上，他根本就没有意识到自己其实还是很有些影响力的。他跟着她走进灌木林时，并没有想到要施展这种影响。他来，是急于想要看看她听到了弗兰克·丘吉尔订婚的消息是不是挺得住，自己并没有怀着什么个人的目的；一定要说有什么目的，那也无非就是想来安慰安慰她，或者劝劝她，可是她压根儿就不许他开这个口。其他就都是临时发生的了，是他听了她那几句话以后，在感情上引起的直接反应了。爱玛表示自己根本无意于弗兰克·丘吉尔，自己的心根本不属于弗兰克·丘吉尔，这个好消息使他萌生了希望，觉得自己将来有一天还是有可能赢得她的爱情的，不过这个希望目前还不成熟——他只是在激情盖过了理智的那片刻间，巴望能讨得一个信息，知道她不是不许他来跟她发展感情。随后逐渐展露的种种希望又都进了一层，那就越发令他狂喜不禁了。他本来只是心存祈求，希望可以的话就允许他把感情建立起来。原来这感情的纽带早已握在他手上了！只有短短半个钟点的工夫，他的心情就已经由万分苦恼一变而为欢天喜地了——因为这不叫欢天喜地又叫什么呢？

她那方面的变化也一样大。就是这短短的半个钟点，使双方都如获至宝，千真万确看清了自己才是对方的心上人，也使双方的误会隔阂、妒忌、猜疑都得以一朝尽解。他这边的妒忌是由来已久了，是弗兰克·丘吉尔一来就有了的，甚至可说是一知道他要来就有了的。他爱上爱玛，妒忌弗兰克·丘吉尔，差不多就是同一个时期开始的，很可能就是因爱而生妒，又由妒而促了爱吧。他也正是因为弗兰克·丘吉尔的缘故，才离开了乡下的。博克斯山之游，使他下定了决心要走。还是走开点儿，免得再见到这种一方大献殷勤，另一方纵容乃至怂恿的闹剧。他要找个地方，去把心冷下来。可是他找的不是地方。弟弟那里家庭之乐的气氛太浓了，妇女的形象太可亲可爱了，伊莎贝拉跟爱玛也太相像了（不像的只是几个明显不及爱玛的地方，那反倒总是使他如见爱玛其人，更觉其光彩夺目），因此他即使住得再长，也不可能收到多少效果。不过他还是锲而不舍，硬是一天又一天地住下去——直到今天早上，一封信带来了简·费尔法克斯的消息。当时他肯定很欢喜，不，他从来就不信弗兰克·丘吉尔也配得到爱玛，因此应该说是乐开了怀，欢喜之余又不免情思萦怀，十分放心不下，弄得一天也待不住了。他冒雨策马赶回家来，吃过午饭就马上到她家，来看看这个天下最可爱、最出色、就是有那么些缺点也还是这么完美的姑娘，听到了这个惊人消息能不能挺得住。

他看到她心绪不宁，无精打采。弗兰克·丘吉尔真是个害人精哪！他听见她斩钉截铁地说她从来没有爱过他。这么说弗兰克·丘吉尔还不算十恶不赦！等到他们回到屋里时，她已经成了他一个人的爱玛了，他不但握住了她的手，还得到了她的千金一诺；如果这时候他也想起了弗兰克·丘吉尔的话，那他大概会觉得：这小子倒还是蛮不错的！

第14章

爱玛进屋时的心情跟她刚才出来时的心情，真可谓一在地下、一在天上！刚才她还只敢希望这心里的痛苦能让她稍稍缓口气也好，此刻她却只觉得欣喜若狂，乐得心头都怦怦直跳——而且她相信，一等这阵狂喜过去，接下来心里的那个甜，肯定还要甜上十倍。

他们坐下来喝茶——还是这么三个人，还是围着这张桌子坐——三个人一起在这里坐过了多少回啊！——她的目光曾多少次落在草坪里的这一片灌木上，欣赏这夕阳返照的美景！可是以前从来没有一次是这样兴高采烈的，这样的心情还从来不曾有过。她好容易才算稳住了自己，恢复了常态，还像往常那样来当好她这个女主人——更何况还得来当好她这个做女儿的。

可怜的伍德豪斯先生满腔热情地欢迎客人，还挺替他操心的，路上淋了雨可别着了凉才好哇，可是他怎么也没有想到人家心里可是在想挖他的墙脚哩。要是他能够看透对方的心，他才不会去操心人家的肺呢。可是他万万没有想到祸事就要临头，也丝毫没有觉察两人的神情举止有什么异样，因此还是心情挺舒畅的，把刚才从佩里先生那里听来的新闻一条一条讲给他们听。他说得还蛮自得其乐，绝对想不到如果叫他们也把肚子里的新闻掏出来说说的话，会说出些什么来。

奈特利先生在身边一刻，爱玛的高度兴奋就一刻也降不下温来。可是等他一走，她的心就稍稍平静了点，也顺服了点。当晚一夜无眠自然是免不了的，辗转反侧之间，她想到有几个问题非常严重，必须认真考虑，甚而觉得自己的幸福也终不免要带上一些遗憾了。一个问题是老父亲——还有一个就是哈丽埃特。在她这样一人独处的时候，她不能不感到他们俩都已成了包袱，沉甸甸地压在她肩上。问题是怎样才能尽量保障他们的幸福不受影响。老父亲的问题，倒是很快就有了答案。她还不知道奈特利先生会提出怎样的希望，不过她自己在内心深处稍一思量之后，就作出了斩钉截铁的决定：她是绝不离开父亲的。她甚至还为自己曾动了这样的念头而哭了起来，觉得这是思想上犯了罪了。只要父亲在世，她就只能做到订婚为止。不过她又有个差可自慰的想法，觉得只要自己没有“嫁到人家去”的危险，那这门亲事也未始不能给他添上一点安慰。怎样才能为哈丽埃特尽自己最大的努力，这就比较难于解决了。怎样让她避免一些不必要的痛苦？怎样给她一些合适的补偿？怎样化除自己在她心目中的“情敌”形象？在这些问题上她真是一筹莫展，苦恼万分——而且一想起这些，先前沉积在心底的那种种痛切内疚、伤心悔恨，又都得一一翻出来，尝了一遍又一遍。最后她只能作出决定，眼下还是不要跟她直接见面，有什么话要说还是以去信为宜，此刻如果能让她暂时离开海伯里，那就更妙不可言了。她又老脾气发作，要出主意了。她已经隐隐约约有了个打算，觉得可以设法去弄一封邀请信给她，让她去布伦穗克广场。伊莎贝拉向来是喜欢哈丽埃特的，到伦敦去住上几个星期，哈丽埃特也肯定会欢喜的。她相信，以哈丽埃特那样的性格，去看看五光十色的新奇世界，逛逛大街，逛逛商铺，逗逗小家伙们玩儿，只怕是连高兴都还来不及呢。不管怎么说，这至少也可以证明她爱玛是关心她、体贴她的，她爱玛待人总是错不了的。眼下还是以互不相见为好，暂时躲过这大家又都得在一起面面相对的难堪的一天。

她一早就起来，给哈丽埃特写信，写完了信心里总觉得闷闷不乐，甚至有点近乎沉重了，所以她并没嫌那特意来哈特菲尔德吃早饭的奈特利先生到得太早。早饭后她偷得半个钟头的空闲，跟他一起又去旧地重游了一番——说“旧地重游”，不只是真把昨天走过的地方又都照样走了一遍，而且也确有一种比喻上的意思。经过了这一番回味，她才得以多少恢复了昨天晚上的那种幸福的心情。

他告辞后没过多久——真是没多久，她还没有来得及转过心思来去想人家的事呢——兰德尔斯那边给她送来了一封信。信很厚，她猜得到信里的内容，心想真是不看也罢。她现在对弗兰克·丘吉尔已经完全抱着宽大为怀的态度；她不想听他解释，她只希望自己能好好想想——要看懂他写的那一套，她自问也真没有这个大才。不过看总还得硬着头皮好歹看一下吧。她拆开信封，果然是那么回事：前面是韦斯顿太太给她的一纸短简，后面附有弗兰克给韦斯顿太太的来信：

我亲爱的爱玛：随附一函，敬请一阅。我知道你一定会觉得这封信写得还是着实不错的，相信你看了也一定会高兴。我看我们对于写信者其人是再不会有很大分歧的了，不过我也不想在这里再多啰唆了，还是让你快些看信吧。我们都很好。看了这封信，我近来那种神经容易绷紧的毛病就不药而愈了。星期二那天我看你面色不大好，不过那天上午的天气也确实是让人难受。尽管你是不肯承认你会受天气影响的，可是我看一刮东北风，谁都不免要有些不自在。星期二下午到昨天上午的那场风雨好厉害，我着实为令尊担心，所幸昨天晚上从佩里先生处得知令尊无恙，我这才心安。

你永远的朋友

安·韦谨上

[韦斯顿太太亲启]

亲爱的夫人：

如果昨天我把话说清楚了的话，那么这封信该就不会让你感到意外了；不过意外也罢不意外也罢，我知道你一定是怀着一颗宽容厚道的心来看我这封信的。你是个无比善良的人，我相信即便是你这样善良的人吧，也真还得做到仁至义尽，才能对我过去的行径略予原谅一二。不过也有那么一位更有理由要恨我的人，却已经宽恕了我。我写这封信的时候，也就因而来了一股勇气。一路顺风惯了，往往会忘了谦虚为人。在此之前我已经两度恳求人家原谅，都能得以如愿，因此这次我也许就很不知自量，以为一定也稳能取得你的宽恕，以及你亲友中有理由要生我气的各位的宽恕了。我务请各位一定要理解我初到兰德尔斯时所处的究竟是怎样一个境地，也请各位一定要理解我当时心里可是藏着一段隐情，那是风险再大也绝对不能泄露的。情况就是这样。至于我弄得这样不能不瞒着大家到底是不是应该，那又是另外一个问题了。我在这里就不说了。如果有爱挑岔子的仁兄想知道我到底受到了什么蛊惑，为什么就认为我很应该，那我倒要请他们不妨都去看一看海伯里的那么一座砖房：楼下是几扇起落窗，楼上是一排横窗。我不敢在大庭广众之下跟她说话；在恩斯库姆当时的情况下我处境之艰难想必大家都知道，也无须我明言了。我还是幸运的，能在韦默斯分手以前跟她沟通了心灵，使这位称得上人世间最正派的女性居然大发慈悲，不惜俯就，跟我秘密订了婚约。她当时要是拒绝了我的话，我肯定会发疯的。可是你一定要问了：你这样做图的是什么呢？能有什么好呢？好事坏事都可能有，什么样的事都可能有——可能赢得了时间，抓住了机遇，创造了条件，还有这样那样一时还看不出来的好处，也可能会突然引发什么风波，可能锻炼了坚贞的精神，也可能造成日久生厌的恶果，可能因此而身体好了，也可能因此而弄出病来。反正我看到各种各样可能的好处多的是，而头一个已经到手的好处就是得到了她的千金一诺，她保证此情不渝，与我书信相通。我亲爱的夫人啊，如果你觉得这还不足以说明问题的话，那我还可以告诉你，我十分有幸能有这样一位父亲，他传给了我一份常往好处想的性格，这比传给我房产、田产都要强上千百倍。因此，你看，我就是在这样的情况下破天荒第一遭来到兰德尔斯的。在来兰德尔斯的这个问题上我知道自己错了，因为，我是早就该来了。你回想一下就记得了：我是直到费尔法克斯小姐到了海伯里以后才来的。我一直没来，这轻慢的是你，你呢，自然也马上就原谅了我；可是要求得父亲的怜悯，我就得做工作了，我就说：只怪我福薄，一直没有回家来看看，也就一直没有能一睹慈颜，得到你的抚爱。我在你们身边过了无比幸福的两个星期，在此期间我相信我的行为其他方面都是没有什么可指摘的，只除了一个问题，这也就是我现在要谈的正题了。我住在你们那里时，行为之间也唯有这个重要关节引起了我自己的不安，或者说需要多用些心来解释一下。我提到伍德豪斯小姐时，总是备极尊敬，极尽友好；我父亲大概认为这还不够，觉得我应该再加上一条：不胜愧汗。昨天他不经意间漏出来的几句话，就分明有这个意思。我承认自己是很应该受到责备。我过去对待伍德豪斯小姐的态度，我看确实是过分了。我们相识不久，彼此就相处得很亲密，我只想着守住秘密要紧，为了掩人耳目，一时心迷，就把这种关系利用得未免出了格。我把伍德豪斯小姐拉来做了掩护，这我否认不了，但是我有句实心话讲出来，我相信你们也肯定会觉得有理的，这就是，我要不是深信她根本无意于我，我也不会为了一己之私的目的而乐此不疲干下去的。伍德豪斯小姐尽管可亲可爱，给我的印象却绝不是一位会轻易跟人相爱的小姐。她是绝对不可能跟我产生爱情的，我希望是这样，也完全相信是这样。我献去殷勤，她抱着打打趣的态度都受而不拒，显得随和、友好，而又愉快，这也正合我的心意。我们好像都能心照不宣。从我们彼此的关系看，我对她的那套恭维其实也不能算过甚其词，当时大家也都觉得是这样。我不知道伍德豪斯小姐是不是在那两个星期期满前就已经看透了我真实的心意；我只记得在我去向她辞行时，我差点儿就想吐露真情了，可又忽然觉得她好像也并不是一无所觉似的；不过我可以肯定的是，她从这以后对我就已经有所察觉了——至少是有了几分察觉吧。个中情况她也不一定全猜得到，但是凭她的机敏，看出了些蛛丝马迹那是肯定的。那是绝对肯定无疑的。此事目前虽还秘而未宣，但是将来一旦公开，你看她好了，她是绝不会感到十二分意外的。她在话里就常常向我露出这样的口风。我记得她在舞会上就对我提起过，说埃尔顿太太对费尔法克斯小姐关怀备至，我真应该感谢埃尔顿太太才是。以上我把我对她的态度的来龙去脉都交代清楚了，希望二老阅后会觉得事情倒还不是那么大谬不然。只要你们还认为我有对不起爱玛·伍德豪斯的地方，我就永远也得不到你们的海量包涵的。请开脱了我这个罪吧，一旦情况许可，请你们还要代为向这位爱玛·伍德豪斯讲个情，求得她的宽恕和谅解，我对她怀着一片兄妹之情，深望她也能跟我一样找到爱情，无限幸福。我在那两个星期里说的话、做的事无论有多出奇，现在你们该都可以把这个谜解开了。我的心是在海伯里，所以我就一心只想找机会往海伯里跑，而又要尽可能不致引起人家的疑心。你们回想起来如果觉得某事有可疑之处，只要用这一条来解释，就管保都讲得通了。就以大家议论纷纷的那架钢琴而论，我想只要说明一点就行了，那就是订购钢琴一事是费小姐毫不知情的，要是事先征求她意见的话，她是绝对不会让我买了送去的。我亲爱的夫人啊，费小姐在我们订婚过程中所表现出来的那种思虑之周密，只恨我口讷笔拙，实在不能表达其万一。我竭诚希望你不久就能亲身有所感受，对她有个深透的了解。她是再精妙的笔墨也无法描摹的。她的为人，只能由她自己来告诉你了——不过不会是口说的，因为像她那样刻意讳言自己优点的人，人世间是不会有第二个的。我这封信没想到会写得这样长，写到中途正好接到了她的来信。信上说她身体不错，不过她是从来不说自己身体不好的，所以我也不敢相信。我想请你看一看她到底气色如何。我知道你是就要去看她的，她成天担心你去呢。也说不定你已经去过了。那就请赶快告诉我，我急等听你的消息呢，越详细越好。你总还记得，我这次到兰德尔斯来只逗留了那么短短几分钟，我模样儿弄得有多狼狈，有多疯疯癫癫！我直到现在情况还是没有多少改善，一面是欣喜若狂，一面却又是苦恼得简直要发疯。想起人家对我的善心和恩情，想起她是那么人品出众、那么任劳任怨，想起舅舅的宽容大度，我真是欣喜若狂；可是再一想到给她惹出了那么许多麻烦，自己实在情无可恕，我心里又火冒三丈，真像要疯了似的。我想我要是能再见她一面就好了！可是我眼下还千万不能提；舅舅待我这么好，我不能得寸进尺。这封信我已经写得很长，但还是欲罢不能。有些应该告诉你们的事，我还没有来得及讲。有些有关的细节，昨天我根本就没工夫说。但是这件事之所以会出得这样突然，或者可以说之所以会出得这样不是时候，那还是需要说明一下的。因为，尽管现在是看得很清楚了，上月二十六日的那件大事是个关键，从此我的前途立刻就一片光明。可是当时要不是出现了一个火烧眉毛的情况，容不得我有半点迟延，本来我是不该贸贸然干出这种操之过急的事情来的。那样仓促行事，我自己本不会干的，何况凡事我只要有三分顾忌，到了她心上这顾忌就会更添三分深，而且想得也更细——可是我还是不能不豁出去干了。那都是因为她仓促接受了那位太太的聘约——写到这里，我亲爱的夫人，我就不能不暂且搁一下笔了，我得好好回想一下，把心静一静。好了，刚才我到田野里去走过一圈了，现在头脑也清楚了，这一下该可以把信有头有尾地写完了。说实在话，回顾这一段事对我来说是最痛心不过的。我当时的行为真是丢人。现在我完全承认了，我对伍小姐的态度惹得费小姐很不愉快，这我是绝对难辞其咎的。既然她不赞成，按说我也就该到此为止了。我认为那是打掩护的需要，她却觉得这不能成为理由。她生气了，我却认为她生气得不讲道理，我认为她往往过于多虑、过于小心，我甚至还认为她冷漠。可是道理却总在她那边。如果我当时听从了她的意见，把自己的兴头控制在她认为适当的程度上，我有生以来最最不幸的一件事也就可以避免了。我们吵架了。你们还记得那天上午大家去唐韦尔玩儿吗？就在那儿，以前积于忽微的种种不满，终于到了一触即发的地步。我来晚了，在路上碰到了她，见她独自一人走回家去，就想陪她同行，可是她不依。她硬是不让我陪她走，我当时觉得她太不合情理。不过现在我明白了那完全是她出于谨慎，她天生就是这样谨慎，一贯就是这样谨慎。为了掩人耳目，不让大家知道我们订了婚，我既已对另一位女士大献肉麻的殷勤于其前，她又怎么能尽弃严防死守之前功，听从我这馊主意于其后呢？我们同行于唐韦尔和海伯里之间如果被人撞见的话，人家肯定会起疑，事情就会露馅。可是我当时气昏了，居然怨恨起她来。我对她的爱情产生了不信任。第二天在博克斯山我这不信任感越发升级了，我那天的行为实在是不像话，我使出了很不光彩的专横态度，故意不理她，露骨地向伍小姐频致倾心之意。面对这种场面，只要不是个糊涂女人，那是谁都受不了的。她生气了，话里有话地表示了她的愤慨，那我是完全听得懂的。总之，我亲爱的夫人，这次吵架不能怪她，可恶的是我；尽管我本来满可以在你们那里过一夜，等明天一早再走，可是我还是当晚就回了里士满，为的就是要尽量表示我生了她的气。即使到了那个时候，我也还不是浑蛋得真要跟她绝情，我还是抱着日后再言归于好的打算的。不过我认为受委屈的是我——是她的冷淡伤透了我的心——所以我走的时候是铁了心的：要和解也得由她先伸出手来。我一直暗自庆幸那天你亏得没有参加博克斯山之游。你要是亲眼见到了我在那里的“表现”，我相信我在你眼里就将永远只能是个蠢材。我那天的“表现”对她产生的影响就是：促使她马上下了决心。她一听说我确已不在兰德尔斯，就把那个好管闲事的埃尔顿太太介绍来的工作应承了下来——顺便说一句吧，这位太太对待她的那一套做法，一直让我愤愤不平，心里好恨！人家以极大的宽容待我，我万万没有说三道四的理；可是，反过来说，像这个女人那样来个一手包办，那我也要不客气地坚决反对的。还管她叫“简”呢，也真有她的！你总也注意到，连我都不敢那么放肆，管她叫“简”呢，哪怕跟你谈起时都不会那么叫的。你想想，我老是听埃尔顿两口子在那里“简”、“简”不已，心里该有多难受啊！——他们有意把话兜来翻去，真是俗不可耐，而且又自以为有多了不起似的，一副盛气凌人的样子！请再耐一耐心，我马上就要说完了。她当时就把那个工作应承了下来，决心跟我一刀两断，第二天就写信给我，说今后彼此再也不要见面了。她认为我们之间的婚约只会给双方都带来悔恨和苦痛，所以她就自己废除了。信就是在我可怜的舅妈去世的那天上午收到的。我接信后不出一个钟点就回了信，可是由于我当时心里乱糟糟的，而且那么一大堆的事情一下子全落到了我的身上，结果忙中有错，我没有把这封信跟当天的其他许多信件一并寄出去，却给锁在我的写字台里了。我想我的信虽只寥寥数句，但是话已经说得很清楚，该让她满意了，所以心里也还是不愁不急的。没有即时得到她的回音，我不禁有些失望，不过想想也许有她的原因吧，加以我也实在太忙，而且——不知我这话当讲不当讲——我这个人看问题就是过于乐观，不会往坏处想。后来我们搬到温莎来住了，过了两天我收到了她寄来的一个包裹——她把我过去给她的信全给退回来了——同时还寄来了一封短短的信，说她上次寄出一信，迄今没有接到片言只字的回复，深感惊异之极；又说，在这样一个问题上沉默的含义是不可能被误解的，再说双方一些附带的小事也自应及早料理清楚，俾可两便，因此她现将我以往的去信悉数妥为寄还；她过去的一应信件如我不能即时检出，于一周内寄达海伯里，则请于一周后寄往某某处由她亲收。总之，赫然映入我眼帘的，是布里斯托尔近郊斯莫尔里奇先生家的详细地址。这个名字，这个地方，我都是知道的。这一下我全清楚了，我立刻明白了她这是怎么回事。这完全符合她性格中刚强的一面，我知道她向来就是这么个刚强的人。她上次的信里特意不提她这个打算，却又同样说明了她性格中还有心细如发、唯恐有失的一面。她说什么也不能让我觉得她那是在威胁我。我当时的震惊是可想而知的。不用说，我当时还痛骂邮局尽出错，后来才发现出错的居然是我自己。这一下该怎么办好呢？只有一个办法，得老老实实去跟舅舅说。没有舅舅点头，她哪还能听我的话呢？我就老老实实说了。幸而形势于我有利。近日的变故磨掉了舅舅的霸气，我真没有想到他的心那么快就全软了，给说动了。可怜的人儿！最后他只能长叹一声，说但愿我成婚以后也能跟他一样幸福就好。我倒觉得我的幸福绝不会是那样的。你大概想到了我的苦处，有点可怜我了吧？因为你明白我向舅舅陈述时受够了罪，眼看成败在此一举，心里紧张得要命。可是你先别可怜我，等我后来到了海伯里，看到了她被我害得病成了那个样子，再来可怜我吧。等我看到了她面黄肌瘦、满面病容的样子，再来可怜我吧。我那天到海伯里，是把时间算准了的。我知道她们家早饭向来吃得晚，瞅准大概就她一个人在屋里的时候，到了她家。我这个算盘果然没有落空，我此来的目的，后来也一样没有落空。她的一肚子气都是桩桩在理、事事有因的，我得费多少口舌去替她消这个气啊。不过我到底还是成功了，我们和好了，比以前更亲了，更亲百倍了，我们之间今后再也不会起什么风波了。好了，我亲爱的夫人，我就不再来缠磨你了，不过不写到这儿我实在搁不下笔啊。你一向待我这么好，我真要表示万分感谢。以你这样的仁爱心肠，对待她肯定也会关怀备至的，对此我更要表示万万分感谢。如果你觉得我的福气似乎未免太好了点，我是完全同意你这个看法的。伍小姐就管我叫幸运儿。我想她是说得不错的。在有一点上我的幸运是无可怀疑的，那就是，我有幸可以把我的名字签作

感激你、热爱你的儿子，

F. C. 韦斯顿·丘吉尔

七月于温莎

第15章

弗兰克·丘吉尔的这封信，肯定打动了爱玛的心。尽管她事前拿定了主意，要不为其所动，结果却还是应了韦斯顿太太的那句话，觉得这封信写得倒还真不错。一看到信上提到自己的名字，她就忍不住要往下看了；与自己有关的话，每一句她都看得津津有味，似乎每一句都看得很惬意。后来信上虽然不提自己了，可是自己以前对写信人的关心早又油然而生，再加上此时此刻一看到在讲爱情，岂能不看，所以信的吸引力还是很大的。她一口气把信看完，虽然还不至于觉得他并没有错，却也觉得他的错并未如想象之甚，他还是有他的苦衷，而且又深怀歉疚；何况他对韦斯顿太太又是那样感激涕零，对费尔法克斯小姐又是那样一往情深，加以爱玛自己心里又是那样快活，所以她是要严厉都严厉不起来的了。此刻弗兰克·丘吉尔要是走进屋里来

的话，她一定会跟他握手言欢，热情得还跟以前似的。

她觉得这封信写得实在好，因此等奈特利先生下次一来，她就拿出来请他看。她知道韦斯顿太太是希望信能让大家传阅的，特别是要让奈特利先生这样的人看一看，小伙子的行为失检之处，他见得太多了。

“我倒很愿意拜读一遍，”他说，“只是好像长了点。让我带回家去晚上再看吧。”

这可不行。韦斯顿先生晚上要来，得把信托他带回去。

“我倒是宁愿跟你说说话的，”他回答说，“不过，既然不看好像有些说不过去，那就看吧。”

他就看了起来——可是还没看几个字，就停下来说：“要是在几个月前让我看这位先生写给他继母的信，爱玛，我就不会这样实在懒得看了。”

他默念着，又看了一小段，微微一笑说：“哼！开头一顿恭维话说得好漂亮，不过他就是这么个人。一个人就有一个人的作风，不能要求大家都一样。我们就不要过于苛求了。”

“我有个老习惯，”过了一会儿他又说，“看书看文章，就要把自己的看法说出声来。现在一边看信一边说说，也可以觉得你就在我身边。那也不会多花多少时间，不过，要是你觉得不好……”

“没有什么不好的。我很想听听。”

奈特利先生来了几分兴致，又看起信来。

“什么蛊惑，他这是在耍花招了，”他说，“他知道自己是错的，说不出什么入情入理的理由来分辩了。不像话。他订婚本来就是不应该的嘛。他父亲‘传给他的性格’！——他这样说怎么对得起他父亲呢？韦斯顿先生性格乐观，那是他的福气，因为他为人正直，生平做的都是光明磊落的事。不过韦斯顿先生能过上目前这样安乐的生活，是他早就有这个造化了，不是他自己去挣来的。这句话倒是说对了：他是费尔法克斯小姐到了这儿以后才来的。”

“我还记得呢，”爱玛说，“当时你讲得可肯定了，说他要是想来的话早就来了。你是很有君子之风的，说过也就算了，不过你看得还是挺准的。”

“我作出这样的判断也不是没有一点私心的，爱玛；不过，要不是因为事情关系到你，我看本来我是到现在都信不过他的。”

他看到伍德豪斯小姐的字样，就只好全文照念了，只要是与她有关的文字，就见一句念一句，时而一笑，时而递个眼色，时而一摇头，时而说上一两个字，或者称赞一声，或者不以为然，或者只是表示一下亲热，完全随内容而定。不过后来他凝神想了一下，认真地说出了这样一段话：

“很不像话——本来也许还要更不像话哩。耍了一个极具欺骗性的手法。为了开脱自己的责任，什么都尽往外界的事情上推。他对你的态度如何，不能由他自己说了算。事实上，他老是让自身的愿望蒙了眼，只要对自己有利就成，其他就什么都不顾了。疑心你猜透了他的秘密！也难怪！他自己是一肚子的心计，所以就疑心人家也在算计他了。弄玄虚——耍手腕——看问题当然就颠三倒四了！我的爱玛，一切的一切不都越来越可以证明我们彼此真诚相待之可贵吗？”

爱玛觉得他的话说得有理，可是想起了哈丽埃特的事，不觉心里一动，脸上一红：哈丽埃特的事她就没有能坦诚相见说说明白。

“再看下去嘛。”她说。

他就继续看下去，可是不一会儿就又停了下来，说道：“那架钢琴！哎呀！这真是少不更事，做出来的事也幼稚，也不考虑考虑弄了这玩意儿来，造成的麻烦只怕要大大盖过带来的乐儿哩。真是小孩子家的异想天开！我就想不通：明知女方不大想要这爱情的证明，怎么男方就非要硬塞给她不可？其实他明知道她要是拦得了的话，她早就拦着他，不让他把琴送来了。”

这以后他就一口气看了一大段。一直看到弗兰克·丘吉尔承认自己的行为真是丢人，才又觉得需要多说两句了。

“你这话完全说对了，老兄，”这是他当下的评论，“你的行为的确非常丢人。你的话就是这一句说得最对。”信上紧接着写的是小两口分歧的由来，以及弗兰克如何执意要跟简·费尔法克斯的是非观念对着干。看完了这一段，他又停了一下，说得也更长了：“这就很不像话了。是他，促使简为了他而自己甘愿处于极其窘迫的境地，那他的第一要务就应该是不让她再受不必要的罪才对。双方要保持通信，简这方面得克服的难处肯定要比他多。即使女方有什么不尽合理的顾虑，他也应当体谅才是；何况简的顾虑都是合情合理的。不过我们应该看到简这方面也有一个缺点。我们不能忘记，她同意订婚，这事她是做错了，她也是自作自受，所以才吃了那么大的苦头。”

爱玛知道他现在看到博克斯山这一段了，心里便不安起来。当时她自己的行为也是那么有失检点哪！她满心羞愧，真不大敢再去看他的面色。不过他倒是一直看了下去，看得很专心，半句评论也没有，期间只是对她飞快瞥了一眼，却又马上把目光收了回去，生怕惹得她不痛快——此外就什么反应也没有了，似乎他已经把博克斯山上看到的事全都忘了。

“我们的好朋友埃尔顿夫妇对简照应得那么周到，他倒一句好话也没有，”接下来他说到了这个话题，“他这种态度，其实也是很自然的。什么？决心要跟他一刀两断！她认为婚约只会给双方都带来悔恨和苦痛，她就自己废除了！由此可见，她对他的行为真是忍无可忍了！唉，这位老兄哪，真是少有……”

“得了，得了，你再看下去。看下去就知道他心里有多痛苦了。”

“他痛苦才好呢，”奈特利先生冷冷地应了一声，又看起信来，“‘斯莫尔里奇！’这是什么意思？这又是怎么一回事？”

“她已经答应要去斯莫尔里奇太太家当家庭教师了——那位太太是埃尔顿太太的一位知己好友——就住在枫树林附近。顺便说一句，埃尔顿太太好端端的一件事这一下全吹了，我看她怎么受得了？”

“你既然逼着我看信，我亲爱的爱玛，那就不谈别的——连埃尔顿太太也不谈了。我只剩一页了。一会儿就看完了。这位老兄写的信真长哪！”

“你看信的时候对他可要宽容些才好哇。”

“哎呀，这一点倒是他真情流露了。他见她病成那样，看来心里还真是难受呢。当然啦，他喜欢她，这我是半点也不会怀疑的。‘比以前更亲了，更亲百倍了。’好不容易的和解哪，但愿他对这次和解的可贵能永记不忘。他向人道谢是蛮大方的啊，什么万分啊万万分的。‘我的福气似乎未免太好了点。’你瞧，这一点他倒很有自知之明。‘伍德豪斯小姐就管我叫幸运儿。’这是伍德豪斯小姐的原话吧。后面的结尾写得挺有意思——好，把信还给你。‘幸运儿’！你真是这么叫他的吗？”

“你看了他这封信，好像并没有我那么高兴，不过你对他的印象总该有一些改变了吧——至少我相信你总该有一些改变。我相信这封信你没有白看。”

“对，当然不会白看。他缺点不少——思虑欠周啦，做事冒失啦；而且我也非常同意他自己的看法，觉得他很可能真是福气未免太好了点。不过尽管如此，由于他跟费尔法克斯小姐真心相爱已是再无半点疑问的事实，而且看来他不久就可跟她朝夕与共，长年相处，因此我倒是很愿意相信，他的品格定会朝好的方面发展，品格中欠缺的那种沉着坚定、一丝不苟的精神必能从她那里得到补足。现在我倒想跟你谈谈另外一件事。我如今心上怎么也放不开的是另外一个人，所以弗兰克·丘吉尔的事我是再也想不下去了。我今天早上从你这里出来以后，爱玛，我脑子里一直在苦苦思索一个问题。"

接下去他就谈起这个问题来。话说得简单明了，不加一点修饰，完全是绅士式的谈吐，奈特利先生即使对自己心爱的姑娘，也是这样说话的。说的是：怎样才能求得跟她结合，而又不至于有损她父亲的幸福？爱玛一听，心中早就有了应对。"只要我亲爱的老父亲在世一天，我就一天不能谈论婚嫁。我是永远不能离开他的。"不过，对方对这个回答只认可了一部分。她不能离开她的老父亲，对这一点奈特利先生跟她一样，态度是绝对明确的；但是要说其他也都一概不得通融，这他就不能同意了。对此他一直在反复考虑，想得极深，也极苦。起初他也曾想过，是不是可以劝伍德豪斯先生随女儿一起搬到唐韦尔去住；他心里是很希望此法可行的，可是他了解伍德豪斯先生，所以过不了多久也就连自己都哄不了自己了。现在他更是深信不疑：请她老父亲挪个窝的话，不但老人家的安乐生活可能要毁于一旦，弄得不好的话，还会送了他的命，这个风险是万万冒不得的。请伍德豪斯先生搬出哈特菲尔德——这是绝对使不得的，干脆连想都不要去想。他就弃此而另想了一个方案，对这个方案他相信他最亲爱的爱玛就不会觉得有什么不可行了。那就是：让他搬到哈特菲尔德来住！既然为她老父亲的幸福着想——即为了免得老父亲有什么三长两短——她还得在哈特菲尔德住下去，那他也就住在哈特菲尔德好了。

连老父亲也一起搬到唐韦尔去住的想法，爱玛自己也早就想到过了。也跟他一样，她想了想就放弃了。不过这样的替代方案她倒没有想到过。她感受到了方案里透露出来的一片情意。她想：他一旦离开唐韦尔，自己原有的时间安排，自己原有的生活习惯，就有许多得从此牺牲了；他就得经常跟她父亲在一起，那毕竟不是在自己家里，这一来他得忍受多少不便啊，真是太多太多了。当下她就答应考虑考虑，劝他也再多考虑考虑；不过他的态度却十分坚决：再多考虑也没用，他在这个问题上的愿望、意见，都是改变不了的了。他可以告诉她：他已经冷冷静静考虑过很久很久了。今天早上他就特意避开了威廉·拉金斯，独自静静思考，已经考虑了整整一上午了。

"啊！这么说还漏掉了一个难题没考虑到，"爱玛嚷了起来，"我看威廉·拉金斯是肯定不乐意的。你得先征得他的同意，再来跟我说啊。"

不过她还是答应考虑考虑，而且听那口气几乎已经有了这样的意思，就是但愿考虑下来会觉得这个方案完全可行。

值得注意的是：爱玛现在已经开始常常在想唐韦尔修道院的这个那个了，可是横想竖想，却就是没有想到过这一下可就有损她外甥亨利的利益了。亨利本该是未来的继承人，对外甥的这份权利她以前向来都是不遗余力地维护的。可怜的小家伙今后是不是有什么不一样了呢？想，她是不可能不想的，可是一想起来，也只是暗自忸怩一笑，带点调皮的心情：有趣！有趣！原来自己那样一百个不愿意奈特利先生娶简·费尔法克斯，娶其他的某某，其真正的原因都在这里呢。在当时她还只说是她这个做妹妹的、做小姨的亲情所在，所以才那么关怀哩。

他这个建议，这个结婚后仍留在哈特菲尔德的方案——她越想越感到称心了。他账上的“弊”似乎渐渐少了下去，她自己的“利”却似乎渐渐多了起来，两人共同的好处似乎盖过了种种缺陷。今后如果遇上多忧多患的岁月，能有这样一位伴侣该有多好啊！肩负的责任这样重，操心的事情这样多，将来愁苦也难免会一天多似一天，能有这样一位伴侣该有多好啊！

要不是想起了可怜的哈丽埃特，本来她真会欢喜不尽的，可是自己的可喜可贺之处越多，她这位朋友的痛苦似乎也就越多越深。如今哈特菲尔德已经压根儿容不下这位朋友了。爱玛今后一家欢聚，从与人为善的角度考虑，也必须留个心眼儿，设法回避可怜的哈丽埃特。总之，哈丽埃特看来怎么也进不得这个家门了。爱玛也不觉得有什么可惜的：以后家里少了这位朋友，也不见得就会叫她的快乐打个折扣。他们一家欢聚，哈丽埃特来了也只能成为个累赘。可是对那个可怜的姑娘来说，这天下的事却是这样残酷得出奇：非要罚她来吃这种冤枉苦头不可！

当然，奈特利先生是迟早会被忘记的，也就是说，自会有人取他而代之的，不过这种事也不会来得太早吧。奈特利先生不像埃尔顿先生，不会有什么异样的行为刺激哈丽埃特，那样反倒能治好她的心病。奈特利先生总是那么厚道，那么富于同情心，那么真心体贴人家，现在哈丽埃特对他是这样敬重，将来还会这样敬重。再说，即使是哈丽埃特这样的姑娘吧，要她一年里头接连爱上三个以上的男人，那也未免太难为她了吧。

第 16 章

爱玛发觉，原来哈丽埃特跟她一样，也巴不得双方能别见面，她心上一块石头这才落了地。书信往来，已经是够难堪的了。见面的话，那就更不堪设想了！

果然不出所料，哈丽埃特的话里并没有一点责备，也并没有一点感到委屈的意思，不过爱玛总觉得她像是有一点怨恨，那种笔触里总像有一点几近怨恨的流露，这就越发使她觉得以互不见面为好了。也许这只是她自己的心理作用吧，不过她总觉得，受了这样的打击而居然没有一点怨恨，那是只有天使才能做到的事。

她没费什么事就征得了伊莎贝拉的同意：请哈丽埃特去。她很幸运，有个现成的理由就是挺充分的，也用不着去编造一个了。哈丽埃特有颗牙齿不好，很想找个牙医给看一看，而且她也早就有这个意思。约翰·奈特利太太很乐意帮忙；谁要是有个病痛什么的，去请她帮忙她是从来二话不说的。她对于牙医虽然比不上对温菲尔德先生那样的医药顾问那么喜欢，却还是非常欢迎哈丽埃特去，说很愿意照料她。姐姐那一头说妥以后，爱玛才对她那位朋友提这个事，结果一拍即合。哈丽埃特答应去，这一去至少要请她住上两个星期。还说好就由伍德豪斯先生的马车把她送去。一切都安排妥当了，一切也都圆满实现了——哈丽埃特顺顺当当到了布伦穗克广场。

爱玛这才得以定下心来，可以好好享受奈特利先生来家时的那份乐趣了。她现在说起话来，或听人讲话，心里才感受到一种真正的幸福，再不会受到那种亏心感、那种负疚感、那种极其难受的说不清的感觉的干扰了。以前她只要一想起有一颗多么失意的心就离她不远，只要一想起此刻不多远以外就有一个被她误导了感情的人儿正忍受着多大的伤心痛苦，她就怎么也摆不脱这种种干扰了。

哈丽埃特在伦敦不同于她在戈达德太太家，这在爱玛感觉上造成的差异也许大到有些不近情理；但是她一想起对方在伦敦，总觉得她一定会有稀罕玩意儿看，会有好多事情够她忙的，因此也一定不会再老想着过去了，不会再老在自身的痛苦中打转了。

心上哈丽埃特这个疙瘩好容易解开以后，爱玛可不想让其他的烦心事马上就来接替这个空缺。以后她还得去作一次谈话，这个谈话是只能由她亲自出马的——那就是：把自己订婚的事老老实实告诉老父亲。不过这事她眼前还不想去碰。她决定等韦斯顿太太产后平安、身体复原以后再来宣布。在此期间，就不要再去惹自己心爱的人激动了——自己要是有什么逃不过的劫难，也不要过早预测，还是到时候再承受吧。现在这内心的欢乐是越来越热烈，她也越来越兴奋了；待到高潮过后，她至少也该让自己的心灵能闲上两个星期，安静上两个星期。

她不久又作出了一个决定，打算就在这心灵的休假期间抽半个钟点的工夫，去拜访一下费尔法克斯小姐；这既可表示一下礼节，也可以趁此散散心。她应该去——再说她也真想去看看她。两人目前处境的相似，更加强了其他种种交好的动机。得意，是只能藏在心里；可是，想到两人面前的道路十分相似，她自然也更想听听简有些什么话要对她说了。

她去了——自从博克斯山之游后的第二天上午她坐车赶来吃了闭

门羹以后，她还从没进过她的家门呢；那时可怜的简十分痛苦，她也满心同情，其实简当时最大的痛苦，爱玛还根本一无所知呢。她担心这次去又要遭到婉言谢绝，所以虽然明知她们一定在家，她还是决定就等候在过道里，先把名字通报上去。她听见帕蒂报了自己的名字，以前一听就知是可怜的贝茨小姐闹出来的那种忙忙乱乱的声音这次却没有随之出现。对了，她只听见很快就传来了一声回答："请她上来。"不一会儿她就在楼梯上遇上了急忙忙前来亲自迎接的简——仿佛不亲自来迎接，简就不足以表明其心之诚似的。爱玛还从来没有见过她面色这么好，模样儿这么可爱，风姿这么动人。这里边有羞怯，有活泼，还有热情，总之凡是以前觉得她仪态之间似还欠缺的那种种，如今都有了。她伸出了手迎上前来，轻轻地，却是无比亲切地说：

"这真是太感谢你了！伍德豪斯小姐呀，你叫我说什么好呢……我相信你是会理解的……实在对不起，我真不知道该说什么好了。"

爱玛心里高兴，本想滔滔不绝地打开话匣子，可是一听起坐间里有埃尔顿太太的声音，她就没作声，只是一片至诚地跟简握了握手，乘机就把自己全部友好的情谊、祝贺的意思，都一起凝聚在这一握中了。

屋里是贝茨太太陪着埃尔顿太太。贝茨小姐出去了，所以刚才屋里才听不到一点声息。爱玛本来是会感到埃尔顿太太摆在眼前挺碍事的，不过今天她心境好，对谁都能忍受。今天埃尔顿太太见面时的态度也客气得异乎寻常，既然如此，那就只求这次偶然相遇对双方都能无损也就是了。

过不了多久，她就相信自己已经完全看透了埃尔顿太太的心思，明白她为什么也跟自己一样兴高采烈了。那是因为费尔法克斯小姐给她交了底，她自以为有个人家都还不了解的秘密已经让她掌握了。爱玛从她脸上的表情里马上就看到了种种迹象可以证明是这么回事。她在向贝茨太太问寒问暖并装作在听她老人家回话的时候，一眼瞟见埃尔顿太太带着一副故作诡秘的样子，把一封信折好重新放进身边一个紫金两色的手提网兜里，显然刚才她就是在给费尔法克斯小姐念这封信，随即又意味深长地把头点了两点，说道：

"这我们就改天再念下去吧，好在你我是不会没有机会的。其实其中主要的部分你都已经听到了。我不过是想向你证明，斯太太是真的接受了我们的道歉，没有生气。你看她的信写得有多落落大方。哎呀，她可真是个可爱的人儿！本来你要是去的话，肯定会对她喜欢得不得了的。好了，这事就不提了。我们还是谨慎点儿吧——要注意自己检点才好。嘘！有这么两行诗你还记得吗——整首诗我现在一下子记不起来了：

> 只要事关一位女士，
> 其他就都不足挂齿。

"依我说啊，亲爱的，说到咱们这档子事，倒可以把诗句改一改，改成：事关女士——那就不说也罢！明人又何须启齿？我今天兴致好得不得了，是不是？我这都是为了要让你放心，斯太太的事你不必有什么不自在的。你瞧，凭我一番话，早已说得她一丁点儿气都没有了。"

又是一次，爱玛只是转过头去看看贝茨太太编结的活计，埃尔顿太太马上又趁此补上两句，声音轻得几乎像耳语：

"你看见没有，我不指名不道姓的。我才有数儿呢！心细得跟一位国务大臣似的，应付得那才叫天衣无缝呢。"

爱玛一听心里雪亮。这是露骨的"自吹经"，只要一有机会总要这样来玩一手。后来大家又谈了一阵天气，还谈起了韦斯顿太太，谈得倒也融洽，可是没想到埃尔顿太太的话头却冷不丁冲她来了：

“伍德豪斯小姐，你看我们这位俊俏的小朋友不是已经大好了吗？你看佩里治好了她的病，他不是该声誉倍增了吗？（说到这里，大有深意地对简瞟了一眼）说实在的，佩里这么快就治好了她的病，也真是神了！哎呀，你没见过她病得最重时的那个惨样哩，我可是见到过的！”见贝茨太太在跟爱玛说什么，她又趁机把她的悄悄话说了下去，“我们一字不提有谁来帮了佩里的大忙，一字不提温莎来的一位某某年轻‘医生’。不提！不提！让功劳全归了佩里吧。”

“自从去博克斯山一游以后，我就一直无缘跟你相见，伍德豪斯小姐，”过后不久她又说开了，“那次去游山，可真是愉快得很。不过我总觉得还有些不足。那天的气氛似乎并不是……我是说，有几位的情绪似乎总有点不大愉快。至少我就有这样的感觉，不过也许我的感觉并不正确。但是我觉得有一点是成功的，那就是去了一次，叫人还真想再去第二次。趁现在天气还很不错，我们集合原班人马，再去做一次博克斯山之游，你们两位觉得怎么样？我说一定要原班人马——完完全全是原班人马，一个都不能多，一个都不能少。”

过了不大一会儿贝茨小姐来了。爱玛跟她打了招呼，见她那副应对失措的样子，不禁看得都乐了。她想，这大概是因为她不知道说些什么好，可又有一肚子话急着想说的缘故吧。

“谢谢你，亲爱的伍德豪斯小姐，你的心真是太好了。我真不知道说什么好了……真的，我心里是非常明亮的……我最亲爱的简，她的前途……其实我根本没有那个意思……可是你看她的身体倒是大好了……伍德豪斯先生身体好吗？……那就太好了……我是压根儿做不了主的……你看我们家来了这么多好朋友……就是，真是太好了……

多可爱的年轻人啊！……噢，我是说……可真是帮了我们的大忙啦，我这说的是好心的佩里先生呀！他为简可真是尽了心了！”她对埃尔顿太太的来访显得极为高兴，那种感谢之意似乎有逾常情；从这点来看，爱玛猜想早先牧师府上大概曾对简流露出过一点不满的意思，现在这已经很大度地被抛到一边了。埃尔顿太太又悄悄咬了几句耳朵，别人也实在猜不透说的是什么，然后她才提高了声音，说道：

“是啊，我来了，我的好朋友。我已经来了好长久了，要是在别人家的话，我看我真得请个罪了。不过不瞒你说，我这是在等我那位‘夫君大人’。他说过随后就到，也要来看看你们。”

“什么？埃尔顿先生也要大驾光临？那真是太给我们面子了，因为我知道男士们一般是不喜欢上午到别人家做客的，而且埃尔顿先生又是那么个大忙人。”

“这话倒的确是，贝茨小姐。他真是一天从早忙到晚。为了这样那样的一点小事来找他的人，从来没有个完。治安官啦，济贫助理啦，教会执事啦，都老是要来征求他的意见。好像没有了他，他们就什么事儿也不会干了似的。我常跟他说：‘说实在的，埃先生，幸亏是你，不是我。要是来找我的人有找你的一半那么多，我真不知道我这画还怎么画，这琴还怎么弹。’不过说来也真不好意思，这两门功课其实我都已经荒得实在不像话了。真的，这两个星期我还没有弹过一次琴呢。不过我保证他今天是一定会来的；一定会来，专程来拜访你们。”她抬起手来往嘴边一遮，以免被爱玛听见，“是来贺喜的呀。哎呀呀，贺喜怎么能不来呢！”

贝茨小姐前后左右看了看，开心极了。

“他说好等奈特利的事情一完，马上就来找我。这会儿他跟奈特利正关上了房门在一起专心商量事情呢。埃先生可是奈特利的左右手哪。”

一听这话，爱玛就说什么也笑不出来了，只是说了句：“埃尔顿先生到唐韦尔是走着去的吗？今天走起来可是挺热的。”

“哪儿呀，他们是在克朗旅馆开会——是一次例会。韦斯顿和科尔也要去参加的，不过人家说起开会的人来，一般就往往只说几个拿事的。我看事情都是埃先生和奈特利说了算的。”

“你别是记错了一天吧？”爱玛说，“克朗旅馆的会要到明天才开，这一点我几乎可以肯定。奈特利先生昨天来过哈特菲尔德，说起星期六要开这个会。”

“不，不，会肯定是今天开，”扔过来一句生硬的回答，表明埃尔顿太太是不可能有错的，“我总认为，”她又接着说，“这个教区的麻烦事儿，要比哪儿都多。这种事儿我们在枫树林就从来没有听说过。”

“你们那儿的教区小。”简说。

“啊呀，亲爱的，这我就说不上了，因为我从来没有听见人家谈起过教区大教区小的。”

“可是那边的学校小，这就证明了教区也小。我听你说起过，学校是你姐姐和布拉奇太太赞助开办的，全教区就这么一所，总共不过二十五名学生。”

“哎呀，你这个机灵鬼，说得倒一点也不错。你那颗脑瓜子倒真好使啊！我说，简呀，你我两人要是能糅合为一，那我们就是个天下少有的完人了！我灵活，你稳重，合在一起就尽善尽美了。这倒不是我胆敢话里有话，表示有人就认为你还够不上尽善尽美。慢，嘘！对不起，咱们不说了。”

这么一句话似乎说得有些多余，因为简想要说几句，说话的对象可不是她埃尔顿太太，而是伍德豪斯小姐——这一点爱玛一眼就看出来了。简总想在礼仪许可的范围内，不致冷落了她，这种意思是顶明显不过的，尽管表达的方式有时候只能凭一个眼神。

原来是埃尔顿先生来了。他太太特意摆出些欢快活泼的样子来欢迎他。

“你倒好啊，先生，打发我先来了，也不怕我会成为朋友们的累赘，自己却姗姗来迟，到这会儿才大驾光临。不过你也知道听候你差遣的是个极守本分的人。你也知道，我的‘夫君大人’没到，我是半步也不会走开的。我在这里坐了个把钟头，就是在给两位年轻小姐做个榜样——为人妻者就是要这样才算忠于夫妇之义。因为，你也知道，谁说得准什么时候这就用得着了呢？”

埃尔顿先生又热又累，把这些连珠妙语全当了耳边风。对几位小姐太太的应尽礼数还是不能少的，不过接下去他就像是专门来叹苦经的了：赶得汗流浃背，却白跑了一趟。

“我到了唐韦尔，却找不到奈特利，”他说，“真蹊跷透了！实在叫人弄不懂！我一早就派人送了条子去，他也有回音来，说一点以前一定在家里等着的。”

“唐韦尔？”他太太嚷了起来，“我亲爱的埃先生，你怎么会是到唐韦尔去的呢？你该是说克朗旅馆吧。你是在克朗旅馆开罢了会过来的。”

“不，不，开会是明天，我就是为了开会的事今天要特地去跟奈特利碰个头。今天早上这天活像火烤，热得可真够受的，而且我又是打田野里走的，”听那口气像是受了谁极大的亏待似的，“所以给烤得也就格外厉害了。到了他家他又没在家，说实在的，我心里真有些不痛快。没有留下句话赔个不是，连个口信都没留给我。女管家说她压根儿不知道约好我见面的事。真是怪透了！谁也不知道他哪儿去了。

说不定是去哈特菲尔德了，说不定是去修道院磨坊了，也说不定是钻进他的树林子里去了。伍德豪斯小姐，咱们的朋友奈特利哪会干出这种事来呢？你倒说说看，这是什么缘故？”

爱玛只能看白戏，她说这倒真是怪透了，她也捉摸不出他会有什么缘故。

“我觉得不可想象，”埃尔顿太太说——她这个做太太的自然应该觉得气愤，“我觉得实在不可想象，他怎么会对你做出这样的事来？对别人倒还罢了，怎么竟会对你做出这样的事来？忘了别人倒还有可能，忘了你是绝对不会的。我亲爱的埃先生，他准是给你留了口信的，我敢肯定他准是给你留了口信的。就算是奈特利吧，也不会怪僻到这个样子——一定是他仆人忘了。你瞧着好了，一定是这样。唐韦尔的那几个仆人啊，是很可能闹出这样的事来的。我就常常看在眼里，他们没有一个不是手粗脚笨、干活马虎的。比如他那个哈里，那样的货色我就说什么也不会让他到饭厅里去侍候。还有那个霍奇斯太太，赖特才看不起她呢。她答应把做菜的秘方给赖特一份，可从来也没给。”

“我在快到他家的时候碰到了威廉·拉金斯，”埃尔顿先生又接着说，“他对我说他主人不在家，可是我没信他的话。威廉·拉金斯看上去好像心境很不好。他说他真不明白他主人最近一个时期是怎么了，对他简直就不说话了。威廉有些什么苦闷这不干我事，我今天一定要见到奈特利，这才是我的大事。结果呢，赶得汗流浃背，还是落得白跑了一趟，真是伤脑筋！”

爱玛觉得她还是赶快回家为上策。此刻奈特利先生十之八九是在她家里等她呢。还是走吧，免得再听奈特利先生如何欺侮埃尔顿先生云云，说不定还有欺侮威廉·拉金斯的事呢。

爱玛告辞出来，见费尔法克斯小姐执意要相送，心里很是欢喜。

简不但送她出来，还送她下楼。机会难得，她就马上抓住这个良机，说道：

“我一直跟你说不上话，这恐怕反倒是件好事。今天要不是你客人多，我本来也许就会忍不住要提起一个问题，就会问你一些事，就会直言无忌，话说得失了分寸。真要是那样的话，我只怕就免不了要失礼了。”

“噢！”简叫了起来。她脸上一红，欲言又止，爱玛觉得这才合乎她的个性，比起她平日那种不动声色的娴静风度来，这跟她就相配多了——“这有什么好担心的。倒是怕我会惹你腻烦呢。你关心我，这对我就是莫大的快慰了……说真的，伍德豪斯小姐，（说到这里神态就镇定多了）我自知行为不当——真是十分不当——我的朋友里有这么多好心人，他们的金玉良言是最值得我谨记在心的，特别让我感到安慰的是他们并没有因为我的行为就嫌弃我，而……我这一肚子的心里话，连一半都来不及向你细说啊。我真巴不得该道歉的就道歉，该说清的就说清，该为自己好好表明一下心迹的就把心迹表明一下。我觉得我就应该这样。可惜遗憾的是……总而言之，如果你觉得我那位朋友实在是情无可恕……”

“哎呀，你太过虑了，真是太过虑了，”爱玛抓住了她的手，大声亲热地说，“你有什么好向我道歉的呢？你觉得自己还对不起人家，其实人家心中早已释然，甚至还高兴得很呢……”

“你真好，可是我知道自己以前对你是什么态度，是那样冷淡、虚伪！一味装腔作势。我过的就是这样自欺欺人的生活！我知道我一定让你很生气。”

“请别再说了。我觉得应该道歉的是我。我们这就相互谅解了吧。我们应该急事先办，我看解决我们的感情隔阂容不得再有半点耽误了。温莎那边该来佳音了吧？”

“还不错。”

“我看接下去要曝出的一条新闻，就该是我们得跟你分手了——可是我才刚开始了解你呢。”

“噢！这些事儿现在还不能考虑。坎贝尔上校夫妇俩不叫我走，我是不会走的。”

“对，事情恐怕还没到作出具体决定的时候，”爱玛笑吟吟接口说，“不过原谅我冒昧说一句，也得考虑了啊。”

简也报以一笑，回答说：

“你说得很对，考虑是其实已经在考虑了。我可以坦坦白白地告诉你（我相信说给你听是不要紧的）：我们将来就跟丘吉尔先生一起住在恩斯库姆，这一点是已经定了。重孝至少得守三个月；三个月过后，我想就不用再多等了。”

“多谢你啦，多谢你啦。有你这一句话，我也就放心了。哎呀，你不知道——你们决定了的这些，说给我听的这些，我听了有多高兴啊！再见啦，再见啦。”

第 17 章

听说韦斯顿太太平安产下了娃娃，朋友们个个欢喜；如果说在爱玛看来这一喜之外还另有一喜的话，那是因为韦斯顿太太生下的是个女孩。她早就盼着韦斯顿太太生个韦斯顿小姐了。说她是早已安了心，打算将来从中撮合，把小姑娘配给伊莎贝拉的哪个儿子，那她是承认的；不过有一点她还是深信不疑，这就是对老两口来说，添个女儿是最合适不过的。韦斯顿先生老了以后——过十年他总该老了吧——身边能有个不会“赶出家门”[①]的孩子笑笑闹闹、撒娇任性，给他的家庭生活添上几分活跃的气氛，对他也不失为一种安慰；而韦斯顿太太呢，有个女儿无疑也是最称她心的了——那样会调教孩子的人若没有再次施展所长的机会，那真是太遗憾了。

“你也知道，她有个有利条件，就是有调教我的经验了，”爱玛又接着说，“就像德让利夫人[②]的作品《阿黛莱德和西奥多》里达尔芒男爵夫人有过调教道斯达丽女伯爵的经验一样。我们等着瞧吧，她调教自己的阿黛莱德，水平该更高了。”

“这就是说，”奈特利先生接口说，“她今后娇惯自己的女儿，要比当初娇惯你还厉害，却还自以为一点都不娇惯呢。唯一的差别就在这里。”

“可怜的孩子！”爱玛嚷嚷开了，“那样的话她将来可怎么得了啊？”

“也没有什么太大不了的。走这样的路过来的人也多了。孩提时代是有点招人讨厌，等年纪大了些以后，自会纠正过来的。我最亲爱的爱玛，对惯坏的孩子我本来是深恶痛绝的，可现在我已经渐渐觉得不是那么讨厌了。我的幸福都是蒙你给的，如果我还要对惯坏的孩子横加指责，那不是太无情无义了吗？”

爱玛笑了起来，回答说：“不过我还是多亏你帮了我一把，是你极力抵制了别人对我的娇惯。要没有你的帮助，我看单凭我的自觉，只怕我未必改正得了自己的毛病。”

---

① 男孩子得送去寄宿学校。

② 法国教育家（1746—1830）。

“是吗？我倒觉得你肯定改正得了。你天生自有悟性，泰勒小姐又教你懂得了做人的道理，你自己肯定能改正得很好的。我来多管闲事，恐怕是有利也有弊的。按人之常情，你势必要来问一句：‘你凭什么来教训我？’心里恐怕还会觉得我多管闲事呢。我不信我对你有过什么好处。好处倒是都归了我，因为你就成了我一往情深的对象了。要不是我那么喜欢你，连你的缺点也都照单全收，我还真不会那么想你呢。在我看来你的错误就是多，所以这样一看，少说也该从你十三岁那年算起，我就已经爱上你了。”

“你对我肯定是帮助很大的，”爱玛大声说，“我受你正面的影响可多了——尽管我当时不大肯承认。真的，你对我肯定是好处很多的。将来可怜的小安娜·韦斯顿要是受到了娇惯的话，还望你大发善心，就像你当年帮助我一样去帮助她——只有一条不能照办，可不要一等她长到十三岁就爱上她呀。”

“你还是个小姑娘的时候，常常摆出一副调皮相，跑来对我说：‘奈特利先生呀，我要干什么什么去了，是爸爸许我去的。’或者说：‘是泰勒小姐点了头的。’——反正你明知道我是很不赞成你去干这种事的。碰到这种情况，我要再来阻挠你的话，你会不对我恨上加恨才怪呢。”

“我小时候倒挺逗的！难怪你把我的话都记得那么牢，念念不忘呢。”

“你那时候老是叫我‘奈特利先生’‘奈特利先生’的，是叫惯了的缘故吧，听起来似乎倒也不是那么拘谨。不过这样的称呼毕竟有些拘谨。我希望你对我能换个称呼，可是我也想不出让你称呼我什么好。”

“我记得十来年前，有一次，我一时逗劲儿发作，就叫你‘乔治’

来着。我想那会惹你生气，就故意那么叫；可是你也没有说我不可以，所以后来我就再没有叫过。”

“你现在就不能叫我‘乔治’吗？”

“那哪儿行？我永远都只能叫你‘奈特利先生’。连埃尔顿太太那种别致的简称法我都不能仿效，我不能学她的样叫你奈先生。不过我可以答应你，”她立刻飞红了脸，笑着又补上了一句，“一定用你的教名叫你一次。什么时候叫你，这我就不说了，不过你大概也猜得到这是该在哪儿说的——就是在N同M结为一体祸福与共①的那个殿堂里。”

有一点爱玛还是很遗憾的，那就是自己不能把胸怀放得更宽广些，有件事毕竟还是不能正确对待：其实凭他那样超凡的见地，他本来可以帮她一个大忙，本来只需他点拨一番，她就可以不至于在她那套女孩儿家的胡闹中越陷越深，不至于还那么一味任性，硬是要做哈丽埃特·史密斯的密友；可是这个问题实在太敏感了，她不敢提。他们之间绝少提及哈丽埃特。从他那方面来说，这也许只是因为他并没有想到她，可是爱玛却另有想法，她认为原因都在于这个话题扎手，而且他大概已经看出了一些迹象，隐隐感到她们之间的友谊已大不如前了。她自己也不是没有意识到，要是换了以前，她们天各一方，书信往来肯定要多得多，不会像现在这样，伊莎贝拉的来信几乎就成了她唯一的消息来源。这个情况很可能会让他看出来。她不得不尽量瞒着他，那也是够苦恼的，比起误了哈丽埃特的幸福的那种苦恼来，那也不见得就会差上多少。

伊莎贝拉在来信中一五一十报告了客人的情况，详细得也真可

---

① 按西俗举行婚礼时，婚约上应填写女方姓名处用N代，应填写男方姓名处用M代，正式宣读时则以本人的名字代入。或云：N系nupta（新娘）之略，M系maritus（新郎）之略。“祸福与共”系誓词中语。

说到了家了。客人初到时，伊莎贝拉觉得她好像有些没精打采，想想这也一点都不奇怪，她心上有事，还要去看牙医呢。不过看完牙医以后，她觉得哈丽埃特似乎又恢复以前的那副样子了。伊莎贝拉虽说不是个观察力极敏锐的人，可是假如哈丽埃特真连跟孩子们一起玩儿的精神都没有，那还是逃不过她的眼睛的。后来信上又说哈丽埃特还要多住些时日，那就太好了，于是爱玛又得以继续宽慰下去、祈望下去。原定待两个星期的，现在很可能至少也要住一个月了。约翰·奈特利夫妇俩八月份要来，因此就留她继续住下去，到时候一道送她回来。

“约翰对你的朋友连提都没提呢，”奈特利先生说，“这是他的回信，你要不要看一看？”

这是他去信告诉兄弟自己打算结婚后，兄弟给他的回复。爱玛赶忙接过信来，心里急得什么似的，巴不得想知道他兄弟会怎么说；至于听说信中没提她的朋友，她根本就没有顾得上有什么反应。

“约翰跟我手足情深，他也分享了我的快乐，”奈特利先生又接着说，“不过他是说不来恭维话的。尽管我很知道他对你也怀着一片最真挚的兄妹之情，可是他并没有说上许多好听的话，换了一般的姑娘，还真会怪他冷淡，是有意不肯称赞人哩。不过他写的我倒不怕给你看。”

“从他这些话里看得出他是一个明白事理的人，”爱玛看完了信以后回答说，“我很尊敬他的诚实。显而易见，他认为我们俩订下婚约，沾光的全是我，不过他觉得我还是有希望的，会进步的，将来还是能配得上你的爱的，尽管蒙你见爱，觉得我现在就已经够相配了。要是他说的不是这种意思的话，我倒反而要信不过他了。”

“我的爱玛，他没有这样的意思。他只是认为……”

爱玛一脸凝重，微微一笑说：“其实如果我们可以免去客套，直言不讳地摊开来谈的话，那在我们俩的评价问题上，他和我的看法是并没有多少分歧的，恐怕这分歧还没有他心目中那么多。”

“爱玛，我亲爱的爱玛……”

“哎呀呀！”她嚷嚷起来，兴头也更足了，“如果你觉得你兄弟对我的看法失之偏颇的话，那你不妨稍等，等我亲爱的老父亲知情以后，听听他的意见。不信你瞧着吧，他对你的看法管保还要偏颇得多呢。他会认为在这件事上幸福的是你，沾光的是你，论长处可都在我这边。但愿我在他嘴里不会一下子就变成了‘可怜的爱玛’。他心地仁慈，同情受了委屈的大好人，不过他的同情也就只能到此为止了。”

“啊！”他也嚷了起来，“约翰是从善如流的，但愿令尊也有他一半那么勇于服理，会相信你我彼此人品相当，完全可以在一起过得很幸福。我觉得约翰的信里有一点是很耐人寻味的——不知你注意到了没有？这就是：他说他听到我告诉他的消息，并未完全感到意外，他已经有点料到了，迟早是要听到这样的消息的。”

“如果我对你兄弟的心意了解得没错的话，那他的意思也只是说，他料到你会有结婚的打算。我，他可是没有料到的。对此他是一点都没有思想准备的。”

“是啊，是啊——不过我还是觉得挺耐人寻味的，对我的心思他竟然体察得那么深。他是凭什么作出这个判断的呢？我觉得自己的情绪、自己的谈吐，没有什么异样啊，为什么他以前没有想到，偏偏现在就觉得我有意要结婚了呢？不过这话恐怕也是。前一阵子我住在他们家的时候，我大概是有点异样。我看我大概是不像往日那样喜欢逗小家伙们玩儿了。我记得有一天晚上那两个可怜的孩子还说来着：‘伯伯现在好像老是很累似的。’”

看来到时候了，该把消息透出去，看看人家的反应如何了。一等韦斯顿太太身体复原，估计可以接待伍德豪斯先生往访的时候，有意要借重她委婉的劝解求得大功告成的爱玛，就决定先在家里宣布，然后再去兰德尔斯透露这个信息。可是对自己的老父亲这话到底该怎么说好呢？她说好这事由她来办，得在奈特利先生不在的时候办好，不然一到紧要关头她肯定就会泄气，那就又得再等下次；不过奈特利先生也一定要适时赶到，把她说开了头的话题再接着说下去。这个口她是不能不开的，而且口气一定要愉快。她千万不能自己先就是一副忧伤的口气，让他觉得这是一个十之八九已经定了调的痛苦的话题。她千万不能露出一丝愁容，显得好像这是一场祸事似的。她应该尽量摆出兴高采烈的样子，先对他说有件新奇事儿要告诉他，然后就直截了当地对他说：如果能蒙他应允——她相信他一定会欣然应允的，因为这是件造福大家的好事——那她和奈特利先生就准备要结婚了。这样一来，哈特菲尔德就可以经常多一个人了——她知道要说到他最爱的人，除了两个女儿和韦斯顿太太以外，也就数得上这个人了。

也真是怪可怜的！老人家初听之下，就像挨了一闷棍，他苦苦劝说，求女儿快丢了这念头。他一再提醒女儿，说她以前不是常说自己是永远不嫁人的吗，说她保持独身要好得多；后来又“可怜的伊莎贝拉”“可怜的泰勒小姐”地诉说起来。可是那都没有用。爱玛温情脉脉，缠着他不肯罢休，她始终赔着笑脸，说就是得这么办，说她跟伊莎贝拉、跟韦斯顿太太不可一概而论，她们结了婚是要离开哈特菲尔德的，这自然就惹他伤心了，可是她又不离开哈特菲尔德，她要永远留在哈特菲尔德，她结婚后这里不但不会少了人，反而要添上个人了，安逸的生活不但不会打上折扣，反而还会锦上添花；等日久习惯了以后，身边有奈特利先生在，他肯定只会增添许多快乐。他不是挺喜欢奈特利先生的吗？她知道这是不用说的。他有事要找人商量，不是总找奈特利先生的吗？又有谁对他这样顶用呢？又有谁总是这样欣然替他代笔写信呢？又有谁总是这样乐于帮他办事呢？又有谁总是这样乐呵呵的，对他一片深情，无限关怀呢？让他随时侍候在侧不好吗？好是好，她说的这些也都很对。他欢迎奈特利先生多来，也很愿意每天能看到他，但是他们现在实际上就已经每天都能看到他了，为什么不能让局面就这样保持下去呢？

伍德豪斯先生不是一下子就能说得动的，不过最大的难关毕竟已经渡过了，想法已经告诉他了，接下去就只能慢慢儿来，再不断反复做工作。奈特利先生也跟在爱玛的后边，又是恳求又是抚慰，他还满怀深情把爱玛礼赞了一番，老人家对这话似乎比较听得进了。爱玛和奈特利先生一有比较合适的机会就及时进言，过不多久他也就渐渐听惯了。在这方面他们还有伊莎贝拉的大力协助，伊莎贝拉的来信对这门亲事表示了最强有力的支持。韦斯顿太太也踊跃配合，她一见面就把这个问题头头是道地分析给他听，这个忙帮得真是再大也没有了：首先她认为这件事是已经定了的，其次才说这是件大好事——她很明白，要打通伍德豪斯先生的思想，着重指出这两条可以说是同样重要的。后来他总算勉强认可了，事情也就只好这样算了。既然他一向言听计从的几位都说这门亲事对他是福，而且他自己也依稀觉得这话似也有理，他脑子里的想法也就渐渐定了下来：过些时候，比方说一两年以后吧，他们真要想结婚的话，那或许倒也未尝不可。

韦斯顿太太并没有弄虚作假，她给他讲这门亲事的好处，说了那么多，可都是说的真心话。爱玛把这事刚透露给她的时候，她吃惊极了，她还真是从来也没有这样吃惊过；可是她觉得这件事只会给大家增添快乐，因此就对他极力相劝，毫不犹豫。她对奈特利先生素来深为敬重，觉得哪怕就是她最亲爱的爱玛，他也没有配不上的道理，这门亲事无论从哪方面来看都是极相当、极般配，堪称十全十美的，而特别在一个方面，在一个最最重要的方面，真可说是天造地设，不二良缘；现在看来，爱玛要是不嫁给他，嫁给谁都是不对茬儿的。韦斯顿太太觉得自己真是天底下最大的糊涂虫：怎么就没有早想到这一对，盼着他们成功呢？这样跟爱玛门第相当的人，肯丢下自己的家而搬到哈特菲尔德去住的，天下能有几个？除了奈特利先生，又有谁能对伍德豪斯先生有这份理解、这份耐心，作出这样能博得个皆大欢喜的安排？当初考虑弗兰克和爱玛之间的婚事的时候，她和她丈夫也设想过种种方案，却总有个绕不过的难题，那就是如何安排可怜的伍德豪斯先生。如何处理好恩斯库姆和哈特菲尔德的要求，始终是块拦路石，她觉得问题实在棘手。韦斯顿先生似乎比她好些，不过就连他也始终想不出个解决的办法，只能说："这些问题自会解决的，年轻人总有办法的。"可是现在这样，那就不存在什么障碍，将来的前景如何就大可以尽情猜测了。一切都是那么妥妥帖帖，明明白白，既不厚此也不薄彼。双方都说不上做出了什么牺牲。这宗婚姻本身就是极美满的，幸福可期，面前又没有什么真正算得上是困难的困难，会来挡了道、绊了脚。

韦斯顿太太把娃娃抱在膝头上，一心想着这些，这时候的她，真算得上是世界上数一数二的幸福人儿了。如果说现在还能有什么增添了她的喜悦的话，那就是看到娃娃长得好快，给她备下的第一批帽子眼看就都要戴不上了。

消息传到哪儿，哪儿的人都免不了要吃一惊。韦斯顿先生也吃惊了五分钟。不过他脑子向来反应快，五分钟就已经想得透之又透了。他觉得这门亲事好处很多，他也像他太太一样为此而由衷地感到高兴，那种惊奇之感很快就荡然无存了。才过了一个钟头，他已经都快觉得其实自己早就有先见之明了。

“我看这事还不能说出去，”他说，“这种事情总要等到人人都知道了，才能给人说。什么时候能给人说了，你就快告诉我一声。不知道简是不是看出了一些苗头？”

第二天早上他就去了海伯里，把这一点弄清楚了。他把消息告诉了简。他可不是把她当女儿一样吗？把她当大女儿一样吗？他一定得告诉她。当时贝茨小姐也在，消息自然马上就传给了科尔太太，又传给了佩里太太，再传给埃尔顿太太。这其实也都在两位当事人的意料之中；他们早就估计到了，消息只要在兰德尔斯一发布，管保就会火速传遍整个海伯里。这会儿他们知道自己已经成了许多人家当夜新闻奇谈中的中心人物，正自以为料事如神呢。

从总体上看，大家对这门亲事还是十分赞成的。当然也免不了有人会认为是男方沾了光，也有人会认为倒是女方高攀了。有些人觉得他们应该一起搬到唐韦尔去住，把哈特菲尔德让给约翰·奈特利两口子才是；也有些人预计两家的仆人难保不会有倾轧；不过总的说来，真正说不好的简直就没有，除了一家——那就是牧师府上。在他府上，惊讶之余，就说不上有一丝高兴了。埃尔顿先生比起他太太来还不算是挺在意，他只是说：“这位小姐的那股子傲气这一下总该满足了吧。”又说：“她本来就一直存着个心，打算一有机会就要把奈特利抓到手。”谈到住在哈特菲尔德的问题时，他居然还斗胆大喊了一声：“他要去住让他去住吧，我才不想去呢！”可是埃尔顿太太的心里就老大不平静了。“可怜的奈特利啊！可怜的家伙！这下他可真是惨了。对他我还是极为关切的，因为他虽然为人十分怪僻，可身上还是有许多优秀品质的。他怎么会这样冤呢？我不信他真是爱上了对方——我才不信呢。可怜的奈特利！我们跟他的这一段愉快的交往这一下也算是完了。以前请他来家吃饭，他是有请必到，劲头有多足啊！可是这样的事今后就再也不会有了。可怜的家伙！今后就再也不会为了特地请我而约大家去唐韦尔玩儿了。哪还能呢？今后就有个奈特利太太来专泼冷水了。真扫兴啊，不过那天我话里损了他家的管家，我倒是一点也不后悔。住在一起？也亏他们想得出来。那是绝对行不通的。我以前认识一户人家，就住在枫树林附近，他们就这么干过，可是三个月都还没住满呢，就不得不散伙完事了。”

第 18 章

时光荏苒，再过几个明天，伦敦的那伙人就该到了，这一来，怕就不会再有这样的好心情了。一天早上，爱玛正思量着此事，想起到时候该有很多事情令她心烦，令她不快，还没想完，见奈特利先生来了，她便把忧思搁过一边。先闲谈了一阵，谈得很愉快，后来他却不作声了，过了会儿，才又换上了一副比较严肃的口气，说道：

“我有件事要告诉你，爱玛，有个消息。”

“好消息还是坏消息？”她急忙抬起眼来，直瞅着他说。

“我也不知道应该算好还是算坏。”

“啊，一定是好消息。看你的表情我就知道是好消息。你是故意把笑容收起来的。”

“我真担心哪，”他恢复了平静的脸色，说道，“我亲爱的爱玛，我真是好担心啊，只怕你听我一说，就再也笑不出来了。”

“是吗？可这又是什么缘故呢？我就不信让你高兴、让你觉得有趣的事，就不会也让我高兴、也让我觉得有趣。”

“有个问题，”他接着说，“但愿也就只有这样一个问题吧，我们的看法可是不一样的。”他顿了一下，重又露出笑容，两眼盯住了她的脸，“你想不出是什么？你记不得啦？是哈丽埃特·史密斯呀。”

一听到这个名字，她的脸就红了，心里也担忧起来，却又说不出担忧的到底是什么。

“你今天早上接到了她本人的信没有？”他大声问道，“我相信你一定接到了，一定什么都知道了。”

“没有呀，我没有接到她的信，什么也不知道，请快告诉我吧。”

“那好，我看你已经做好最坏的打算了。消息呢，也确实是够坏的。哈丽埃特·史密斯要嫁给罗伯特·马丁了。”

爱玛吓了一大跳，看来她并没有这个思想准备。她急巴巴地瞪着两眼，那眼神分明是在说：“不可能，不可能！”可是嘴里却说不出一个字。

“是真的，绝错不了！”奈特利先生又接着说，“这是罗伯特·马丁亲口告诉我的。我跟他分手还不到半个钟头呢。”

她还是直瞪瞪瞅着他，那惊异的眼神真比说话还能达意。

“果然不出我所料，我的爱玛，我就担心你听了会很不高兴——可惜我们的看法就是有点不一样。不过迟早我们的意见是会一致的。你放心好了，过些时候，我们之间总有一个人会改变看法的，眼下我们在这个问题上就不用再多谈了。”

“你误解我的意思了，你完全误解我的意思了，”她竭力定了定神说，“倒不是这么件事到现在还会惹得我心里不痛快，而是我实在不敢相信啊。我觉得这是不可能的事！你是说哈丽埃特已经答应嫁给罗伯特·马丁了？不会的！你是说他又向她求婚了——又向她求过婚了？不会的！你大概只是说他心里有这个意思吧？”

“我是说他真去求过婚了，人家也真接受了。”奈特利先生满面含笑却说得斩钉截铁。

“我的老天爷！”她叫了起来，“这真是！”好在面前就是一只针线篮，她正好借此低下头去，把脸上的表情遮盖了过去。她心里觉得又是喜悦又是好笑，自己知道种种微妙的感情一定都流露在脸上。遮盖过以后她才又接着说：“那好，你就一五一十告诉我，给我说明白点儿，是怎么回事？什么地点？什么时间？让我也知道个一清二楚。我吃惊固然是吃惊得很——不过我可以告诉你，我心里却一点也没有什么不痛快。这——这怎么可能呢？”

“说起来，其实也非常简单。三天前他有事去伦敦，我正好有些文书要给约翰，便托他顺便送去。他把文书送到约翰的事务所交给了约翰，约翰就请他当晚跟他们一起到阿斯特利大戏院看戏去。他们打算带两个大孩子到阿斯特利大戏院去看一次戏。去看戏的人有我们的弟弟、姐姐、亨利、小约翰——还有史密斯小姐哩。我的朋友罗伯特一听，哪能不去呢？他们顺路接了他一块儿去看了，大家都看得十分尽兴，弟弟又请他第二天去他们家吃饭，他去了。据我所知，就是这次去吃了一顿饭，他得了个跟哈丽埃特说话的机会，这话当然没有白说。她应允了，这一下他那个快乐也就可想而知了。他是搭昨天的驿车回来的，今天一早吃罢早饭就跑来找我，报告了他此行的经过，先把我托办的事交代清楚，接着又谈起了他自己的事。你问‘是怎么回事？什么地点？什么时间？’我所能说的就是这些了。回头你见到了你的朋友哈丽埃特，她给你讲起来包管会详细多了。她会把一些细枝末节都告诉你的，这种话头要你们女人家讲起来才有意思呢。我们说话就只谈些大关节。不过我还是得说一句，罗伯特·马丁心里的那个快活，不但他自己觉得已经把持不住了，连我看着也觉得他真是把持不住了。还有一点，就是他无意中还提到：从阿斯特利大戏院的包厢里出来，弟弟忙着照应弟妹和小约翰，他和史密斯小姐以及亨利就跟随在后，前后左右都是人，一时间弄得史密斯小姐挺不好意思的。”

他打住了。爱玛不敢马上就接口。她知道自己一开口，快乐之情就会溢于言表，那种表情肯定是十分出格的。她得等一等再说，要不然，真会让他以为爱玛是发了疯呢。见她不作声，他心下倒不安了。对她略一端详以后，他就又接着说：

“爱玛，我亲爱的，你刚才说这件事现在不会惹得你心里不痛快了，不过我看你还是估计不足，你心里恐怕还是非常难受的。他的社会地位确实很低，不过你应该多想想，这跟你的朋友其实倒也很相配。而且我可以向你保证，你跟他熟了以后，对他的印象肯定会一天比一天好的；他有头脑，讲原则，你一定会喜欢的。论他的人品，你的朋友配给他真是再理想不过了。我也多么想让他的社会地位能提高一些，可惜这是爱莫能助的事——我的意思，也就都在这句话里了，真的，爱玛。我离不了威廉·拉金斯，你笑我，可是这个罗伯特·马丁，我也一样离不了他啊。”

他是一心只希望她能抬起头来笑一笑。好在她现在已经约束住了自己，笑起来不会太出格了，因此她就笑了笑，高高兴兴地说：

“你不必煞费苦心，来劝我赞同这门亲事。其实我倒认为哈丽埃特这一回干得真是对极了。论家人的地位，她或许还不如他呢；论人品之好，她家的人更是肯定不如他家。我之所以没有开口，是因为我惊呆了，完全是因为——我实在太吃惊了。乍一听到这个消息，我那个出乎意料，那个猝不及防，你是怎么也想象不到的！因为我有理由相信，就在最近，她对他的态度倒是更决绝了，比以前还要决绝得多哩。”

“你的朋友当然你最了解，”奈特利先生接口说，“不过我倒想说，这姑娘脾气好，心肠软，人家小伙子对她表示了爱情，她恐怕不见得就会对人家那样深恶痛绝吧。”

爱玛忍不住哈哈大笑了，她回答说：“说实在话，我相信你对她的了解也完全不下于我。可是，奈特利先生，你真敢百分之百肯定她已经接受了他的求婚，千真万确，绝无差错？我看她将来有朝一日接受他的求婚倒也不是没有可能，可是说她已经接受，这可能吗？你会不会是误解了他的意思？你们两个当时都是在谈别的事情，谈买卖啦，谈牛展啦，或者谈新式的播种机什么的；会不会是你事情谈多了，搞混了，误会了他的意思？哈丽埃特答应嫁给他了？他还差得远呢！——倒是什么名种牛的体型尺寸，他报起来才差不离。”

此刻爱玛只觉得奈特利先生和罗伯特·马丁在相貌气度上的差别是那样大，记忆中哈丽埃特最近的一连串表现又都那样活生生地尽现在眼前，说得那样铿锵有力的那句话——“哪儿呀，我想我现在不至于还会这样蠢，心里哪儿还会有罗伯特·马丁呢”①——似乎都还声声在耳。在这些因素的共同作用下，她总觉得这个消息很可能有些失实，属于言之过早。她觉得一定是这样。

“你居然说得出这样的话？”奈特利先生嚷了起来，“你真当我是个大傻瓜，连人家在说些什么都会听不懂？你说我该怎么罚你？”

“罚我？我是向来只有备受尊重的分儿，不尊重我反而罚我，我是不依的，所以你应当痛痛快快、明明白白地给我一个回答。马丁先生和哈丽埃特之间目前的关系，你真的了解得很清楚？”

① 原话出于第三部第十一章，此处引述略有出入。

“当然是真的，”他回答说，一个字一个字说得清清楚楚，“他告诉我，哈丽埃特已经接受了他的求婚。他的话明明白白，没有一点晦涩难解之处，没有一点含糊不清之处。我想我还可以给你提供一个旁证，证明这事绝非虚妄。他问我，依我看他下一步该怎么办。他想去了解一下她还有哪些亲友，目前的下落如何，可是除了戈达德太太以外，他再无别处可以打听。他想最好不要去找戈达德太太，他问我是不是还知道有其他途径可以去打听。我告诉他我实在不知道。后来他就说，那他打算今天就去找找戈达德太太。”

“这我就完全相信了，”爱玛脸上绽开了最灿烂的笑容，接口说，“我最最由衷地祝愿他们幸福。”

“你的看法转变好大啊，上次我们谈起这个问题时，你的态度不是这样。”

“但愿如此吧——因为那时候我太糊涂了。”

“我的看法也有了转变呢，因为我现在已经很愿意承认，你所说的哈丽埃特的种种优点确实都是一点不错的。为了你，也为了罗伯特·马丁（我相信他是一直不改初衷地爱着她的，对此我有充分的根据），我特地花了些心思去接近她。我常常找她长谈。这你一定也看到了。说实在话，有时候我觉得你大概有些疑心我，以为我是在帮可怜的马丁说好话呢，其实不是那么回事。不过根据我的观察，我相信她是一个纯真可爱的姑娘，很有头脑，很讲重大原则，把幸福寄之于热爱家庭生活、享受家庭生活之上。没说的，这多半是你的功劳啦。”

“我？”爱玛直摇头，嚷嚷着说，“哎呀，可怜的哈丽埃特！”

不过她还是马上住了口，默默领受了这份有点受之有愧的赞扬。

过了一会儿，她老父亲进来了，他们的谈话也就此打住了。她并不遗憾。她正想一个人清静会儿呢。心头还在扑通直跳，满脑子都还是惊异，她怎么也定不下神来。按此刻的心情她真想狂舞，真想高歌，真想大叫。她得先去走走，去自问自答一番，去大笑一阵，去好好想想；不这样的话，是恢复不了理性的思考的。

她老父亲是来说，詹姆斯已经出去套车了——准备送他们去兰德尔斯，他们现在每天都要去那儿。她也就正好借此走开一下。

她内心的那份欢喜，那份感激，那份痛快，是可想而知的。哈丽埃特幸福路上唯一的遗憾与不足一旦这样去除了，说实在的，她倒是怕自己会快乐得连肚子都要笑痛的。她更复何求呢？她再无他求，只希望自己能有所长进，好更配得上他，他的志趣和见识真比她高多了。她再无他求，只希望过去干了蠢事，今后要引以为戒，做人该谦虚些、谨慎些。

她这样满怀感激，还决心改正，心是诚的，是一片诚心，可是她也会情不自禁笑出声来，有时想着想着就笑了出来。她笑的一定是：竟会是这样的结局！——五个星期来的悲观失望竟会这样一扫而空！——真是如此的一颗芳心！——如此的一个哈丽埃特！

如今她回来就该是一片欢喜了，就该是皆大欢喜了。能跟罗伯特·马丁认识也应该是件欢欢喜喜的事。

在她觉得最紧要、感受最深切的诸多快事中，居首的一桩就是——想到她今后可以什么也不用再瞒着奈特利先生了。就可以不用再装假，再躲躲闪闪，再故弄玄虚了，她本来就很不愿意来这一套，她今后就可以对他推心置腹，献出百分之百的真诚了，从她的性格来说她最巴不得能这样，觉得这是自己的一份天职。

她就怀着这种无比欢快、无比幸福的心情，陪着老父亲出发了。一路上老父亲说的，她并不是句句都在听，却句句都点头称是。说上两句也好，一言不发也好，反正她就由着父亲把非说不可的话都开心地说上一通，说是自己每天上兰德尔斯是不能不去的，要不可怜的韦斯顿太太就要心中不快的。

他们到了。会客室里只有韦斯顿太太一个人。可是主人刚刚讲完娃娃的情况，对伍德豪斯先生的到来刚刚道完一声谢（他来其实也就是为了要听这一声谢），客人就透过窗帘看见有两个人影在窗前走过。

“那是弗兰克和费尔法克斯小姐，”韦斯顿太太说，“我刚打算要告诉你们呢，今天早上见他来了，我们真是又惊又喜。他要到明天走，我们再三劝说，费尔法克斯小姐答应今天就在这里玩一天。我相信他们会进来的。”

果然，不一会儿他们就进来了。爱玛见了他心里非常高兴，但是双方一见面都有些局促不安，想起了当初的好多事情，未免都有些不好意思。大家含笑欣然相见，却总有点讪讪的，因此一开始都说不出多少话。等到大家重又坐下以后，一时竟出现了冷场，爱玛不由暗暗嘀咕了起来：心里一直想再见见弗兰克·丘吉尔，一直想看看他和简两人在一起，本来以为见到了一定挺开心的，现在看来只怕也未必吧。但是不一会儿韦斯顿先生来了，娃娃也抱来了，这一下就不愁没有话题了，也不愁热闹不起来了。弗兰克·丘吉尔有了勇气，也有了机会来跟她接近了，他说：

“伍德豪斯小姐，我得感谢你，韦斯顿太太的来信给我传达了一个信息，知道你非常厚道宽容。我相信你是不改初衷，至今还很肯原谅我的，我相信你那时候说的话是不会收回的。”

“哪儿的话呢，”爱玛很高兴能把话头挑开，就大声说道，“我哪儿能那样呢？能跟你相见握手，能当面祝你幸福，我尤其感到高兴。”

他一片至诚向她表示了谢意，心里着实感激，也着实愉快，正儿八经地又接着聊了几句。

“你看她现在不是面色挺好的吗？”他一边说，一边拿眼往简那边望去，“不是比以前都要好得多吗？你这就不难看出我父亲和韦斯顿太太有多疼她了。”

可是不一会儿他的兴头又上来了，眉开眼笑的。他先是说了坎贝尔一家就要回来，随即又提到了狄克森的名字。爱玛飞红了脸，不许他再在她的跟前提这个名字。

“我一想起来就觉得惭愧死了。”她嚷嚷着说。

“惭愧的是我，”他接口说，“应该是我。你真的一点都没起疑心？我说的是最近，我知道你以前是不疑心的。”

“我始终一点都没有疑心过，真的。”

“这还真不容易。有一次我差点儿就要说了——我真后悔我没有说，其实说了倒好。我是常常做错事的，而且做的还都是很要不得的错事，做这种错事对我只有害处。不过我当时要是捅开了心里的秘密，把什么都给你说了，罪过虽说是罪过，其实倒要好得多了。”

“这种事现在也不值一提了。”爱玛说。

“我看舅舅听从劝导，到兰德尔斯来做一次客，倒也不是没有可能的，”他又接着说，“他是很想见见她的。等坎贝尔一家回来以后，我们就准备到伦敦去跟他们碰头，我看我们大概还得在伦敦待上一阵，要取得了谅解，才能带她北上，可是眼下我跟她就只好天各一方了——你说这滋味也真不好受吧，伍德豪斯小姐？我跟她自从那天和解以后，一直到今天早上才有机会见面，你不觉得我挺可怜的吗？”

爱玛说这倒真是怪可怜的。她的话说得情真意切，竟引得他突发奇想，高声说道：

“哎呀，顺便问一句，”随即他压低了嗓音，忽而作出一副正经的样子，“我想奈特利先生身体该很好吧？”说到这里他特意顿了一下。

爱玛脸儿一红，笑了起来。“我知道你看过我的信了，相信你大概还记得我祝你幸福的事吧。那就让我也向你贺个喜吧。我不骗你的，我听到了消息，真是从心里感到关切，从心里觉得高兴。像他这样的人物，我是不敢妄加赞美的。”

爱玛听得很开心，巴不得他再这样说下去，可是他的心思却又一下子回到了自己的事情上，心又一下子想着他自己的简了。他接下去说的却是：

“你见过有这样肌肤的人吗？这样光润！这样娇嫩！却又不能真算白皙。她这种肤色是不好说白皙的。她的肤色真是太稀罕了，配着那样黑黑的睫毛、黑黑的头发——真是太特别了！跟姑娘的气质怪相配的。白里透出一丝色泽，恰到好处，那才真叫美呢。”

“对她的肤色我是向来赞赏的，”爱玛用一种调皮的口气说，“可是你以为我就不记得了？——当初你还挑过她的刺呢，说她皮肤太白了！就是我们第一次谈起她的时候。你倒忘干净啦？”

“噢，是有这事！那都怪我狗眼看人低！我居然胆敢……”

他忆起前情，哈哈大笑，笑得那样爽朗，爱玛倒憋不住替他打了圆场：

“我想大概是你当时觉得很窘，就想捉弄捉弄我们大家，好开开心。一定是这样的。这一下你一定开心了。”

“哪里，哪里，哪有这样的事！我哪里敢这样呢？你别胡猜疑。我当时那才真叫可怜巴巴呢。”

“再可怜巴巴，寻开心总还会吧？你一定觉得我们大家都上了你的当，觉得太有趣了，太有趣了！我，你恐怕是瞒不过的，因为，说老实话吧，我要是处在你那样的境地，我想我也会觉得来这一手挺有趣的。我想我们之间是有个小小的相似之处的。”

他鞠了一躬。

“就算性格谈不上相似吧，”她马上又接着说，显出了一副感受真切的神气，“我们的命运还是相似的——命运安排我们要跟两个大大胜过我们的人物结合在一起。”

“对，对，”他热情地接口说，“不，这于你不适用。胜过你的人是没有的。对我来说这就说对了。她真是个十全十美的天使。你看看她，她一举手一投足，不都十足是天使的化身？你看看她脖子的那个线条，你看看她望着我父亲的那种眼神。告诉你你一定高兴，”他凑过头来郑重其事地压低了声音，“舅舅有意要把舅妈的珠宝全部给她，准备重新打成首饰嵌上。我打算选几种珠宝给她打个头饰，戴在她乌黑的头发上不是很美吗？”

“的确是挺美的。”爱玛说，因为说得情真意切，引得他一时感激涕零，话都冲口而出：

“我真高兴又见到了你！见到你是这样容颜非凡！今天这次会面我是说什么也不愿意错过的。你要是不来的话我还真会专程上哈特菲尔德去拜访呢。”

其他几位一直在谈娃娃的事，韦斯顿太太说起她昨天晚上见娃娃好像有点不舒服的样子，还真有点慌呢。她知道这很可能是自己庸人自扰，不过当时还是慌了神，差点儿就要派人去请佩里先生了。她，自然是弄得挺丢人的吧，可是韦斯顿先生当时竟也急得不亚于她。好在过不了十分钟，小娃娃又好好儿的，什么事也没有了。她讲的事情就是如此。伍德豪斯先生却听得格外关心，他说她想到去请佩里，这一点极好，可惜的是想到了却没有去请。“娃娃只要有一点点不舒服，哪怕只是一时半会儿的事，也应该去请佩里。引起警觉，应该是越早越好；去请佩里，也绝不会是多事。昨天晚上没有去请他来，恐怕倒是很可惜的。因为小娃娃现在看上去固然很好——总的说来应该说很好——不过，要是当时能让佩里看过，那恐怕就更好了。”

弗兰克·丘吉尔耳朵里听到了佩里的名字。

“佩里！”他这话是对爱玛说的，可是眼光却向费尔法克斯小姐投去，想引起她的注意，“我的朋友佩里先生！他们在谈佩里先生的什么呀？他今天早上来过啦？他现在出门怎么办？自备马车添置了吗？”

爱玛很快就想了起来，明白了这话的意思。她也跟着一起哈哈大笑，一看简的脸色，可知她尽管装作没听见，其实也明明听见了他的话。

“我这个梦真是做得好离奇哟！”他大声说，“我一想起来就忍不住要发笑。……我们的话她都听见了，我们的话她都听见了，伍德豪斯小姐！看她两颊微红，面带笑意，想皱眉头却又皱不起来，我知道她都听见了。你看不出来吗？这会儿她眼睛里看到的就是她信里给我通风报信的那一段，她想到的就是那回我如何说漏了嘴，闹了个大笑话。她尽管装作在听别人说话，其实她谁的话都听不进，就在听我们说呢。”

简也只好就一直这样满面堆笑，半晌没有收起。后来，脸上笑意犹在，她却忽而冲他转过脸来，带着些不好意思，轻轻地，却沉着地说：

“你真叫我吃惊，这种事你怎么还都记在心上？有时候它们冷不丁自己冒出来倒也罢了，怎么你还主动去招啊惹的？”

他自有一大堆话去回应，话自然也都说得妙趣横生，不过在这个问题上爱玛的看法却多半还是跟简一致的。那天从兰德尔斯告辞回来，她自然而然地就把两位男士作了一番比较。她觉得，见到弗兰克·丘吉尔她固然很高兴，自己对他的感情也确实不可谓不友好，但是她越来越感觉到奈特利先生的人品可要高尚得多。这一比较，就显出了他的长处来了。她想得兴奋极了，这最最快乐的一天的快乐，到此也才算功德圆满。

第 19 章

如果说爱玛至今还时而会对哈丽埃特感到放心不下的话，如果说爱玛的心头至今还时而会闪过片刻的疑虑，觉得哈丽埃特未必能真正斩断跟奈特利先生之间的情丝，也未必能真正接受另一个男子的爱情的话，那么过不了多久，她就把这种疑虑的折磨全摆脱了。只过了几天，伦敦的那帮人就到了。她得了个机会跟哈丽埃特单独晤谈了一个钟头，这一谈，心里就完全踏实了。也真是不可思议！罗伯特·马丁竟已百分之百取代了奈特利先生，如今哈丽埃特心目中的幸福都落在他身上了。

哈丽埃特先还有点不安——一开始确实是有点窘的。可是她痛痛快快承认了自己以前不知天高地厚，痴心妄想，骗了自己；一吐为快之后，原有的难受难堪似乎就一扫而空了，她似乎就再不为过去而发愁了，而是只想着现在和将来，抑制不住满心的欢喜。因为，她朋友那头她已经一点都不愁了，爱玛一见面就对她表示了最最由衷的祝贺，那她还有什么可担心的呢？哈丽埃特乐意地把那天晚上在阿斯特利大戏院看戏的经过，还有第二天吃饭的情景，都讲了个一详二细，讲得真是不厌其烦，快活到了极点。这些细节又能说明些什么呢？

有一条现在爱玛可以承认了，这就是：其实哈丽埃特是始终喜欢罗伯特·马丁的，他那样执着地爱着她，她抗拒不了。除了这一条以外，其他方面爱玛就说什么也都无法理解了。

不过眼前的事情还是挺让她高兴的，而且每过一天又总会添上一条新的理由来让她高兴。哈丽埃特父母的身份打听清楚了。原来她父亲是一位商人，相当有钱，女儿长年来的那种舒适的生活他完全负担得起，而且他还极重体面，所以一直不愿透露跟姑娘的关系。爱玛以前一直说她管保是好人家出身，果不其然！尽管论血统她很可能也跟人家绅士们一样纯正，可是当初她想要去跟奈特利先生攀亲，去跟丘吉尔家攀亲，哪怕就是去跟埃尔顿先生攀亲，凭她的身份那怎么配得上呢？私生子女这个污点，没有地位、财富来加以洗刷，毕竟是一个污点啊。

她父亲方面没有表示一点异议，对待未来的女婿也显得颇为宽宏大量，一切都在情理之中。罗伯特·马丁如今也来到了哈特菲尔德，爱玛跟他相识之后，感觉到他很有见识，人品也很好，她那位小朋友可以终身有靠了。她一直相信，哈丽埃特只要能跟上个好脾气的男人，幸福总是少不了的；可是跟上了他，住在他那个家里，那可以得到的就更多了。日子可以过得安安稳稳，一天好似一天。她可以跟一些热爱她且又比她更有见识的人在一起相处，清静而又安全，忙碌而又快乐。她不会受到什么诱惑，处在那样的环境里诱惑别想来找上她。她会过得既体面，又幸福。能博得这样一个男人这样坚贞、这样执着的爱情，爱玛觉得她真是人世间最幸运的人了——即使不能算最幸运的，至少也应该说是仅次于她爱玛了。

哈丽埃特现在难免要常去马丁家，因此来哈特菲尔德的机会越来越少了，那也没有什么可遗憾的。她跟爱玛之间的亲密关系必须淡化，两人之间的交情必须降温，得转为友好相待的关系。好在这种比较得当的关系、这种不得不如此的关系，似乎已经形成了，而且是逐步逐步形成的，显得自然极了。

九月底之前，爱玛陪同哈丽埃特去了教堂，亲眼看到她跟罗伯特·马丁正式成了婚，她真是说不出的满心欢喜。尽管站在新人面前的是埃尔顿先生，她也并未因为想起过去她与他之间的瓜葛而有丝毫不快。也许她当时眼睛里压根儿就没有看到埃尔顿先生，她看到的只是一位牧师——下一次也许就该轮到她自己在圣坛前领受他的祝福了。罗伯特·马丁和哈丽埃特·史密斯是三对情人里订婚最晚的，结婚却最早。

简·费尔法克斯早已离开海伯里，回到了她心爱的家，也就是坎贝尔府上，重又过起了那种舒舒服服的生活。丘吉尔先生舅甥俩也在伦敦，他们只是在等十一月的到来。

爱玛和奈特利勉强大着胆子，把婚期定在中间的十月。他们决定要趁约翰和伊莎贝拉还在哈特菲尔德的时候完成婚事，这样他们就有两个星期的时间可以离家去海边了，那是他们早就计议好了的。约翰和伊莎贝拉，还有其他许多朋友，都一致赞成这个方案。可是伍德豪斯先生——怎样才能打通伍德豪斯先生的思想，得到他的同意呢？他还只当他们的婚事是很遥远的事呢。

第一次去探听他的口气，他听后的那个难受，叫他们看得心都凉了。第二次再提起，他难受劲儿倒是轻了些。他已经认识到事情是无法挽回的了，他是拦也拦不住的——这是他思想上从“不依”向“不得不依”迈出的极重要的一步。不过他心里还是很不痛快。可不，他女儿见了他那副不痛快的样子，哪还有一点勇气？她受不了啊——她不能眼看着他难受，她知道他是以为自己被抛弃了。奈特利兄弟俩都一再安慰她，说只要事情一过，老人家的伤心痛苦也一定很快就会过去的。她思想上觉得这话好像也有点道理，可是心里毕竟还是很犹豫——事情也就只能搁了下来。

就在这样悬而未决之时，事情却有了转机。这倒不是伍德豪斯先生的思想突然通了，也不是他的神经系统起了什么奇妙的变化，而是他的神经系统经受了一次触动，歪打正着。一天晚上，韦斯顿太太鸡棚里的火鸡被偷了个精光——这显然是有人动了脑筋下手干的。附近一带好些人家的鸡笼也一并遭了殃。伍德豪斯先生素来胆小，在他看来小偷小摸也就是入室抢劫了。他好生不安，要不是想到身边自有女婿保护，这一夜夜提心吊胆、睡不安枕的，可叫他怎么过？奈特利先生两兄弟力气大，很果断，临事不慌，他是完全信得过的。只要两兄弟里有一个能来保护他和他的家，哈特菲尔德的安全就不愁了。可是约翰·奈特利先生到十一月的第一个周末就得回伦敦去了。

这场伤心痛苦的结果是：女儿真连做梦都不敢妄想的事，老人家竟会这样情情愿愿、高高兴兴地点了头，于是她就得以把婚期定下了。罗伯特·马丁两口子成婚还不到一个月，又得敦请埃尔顿先生来为奈特利先生和伍德豪斯小姐举行婚礼了。

这场婚礼跟一般的婚礼也都差不多，当事人一不爱讲究，二不爱张扬。埃尔顿太太听她先生把情况详详细细一说，下的评语是：太寒碜了，比她的婚礼差远了。“白缎子就用那么点儿！网眼披纱就用那么点儿！真是太可怜了！塞利娜若是听说了，真要目瞪口呆了。”但是，尽管存在这些不足，在场观礼的也有一小群忠实的朋友，他们的祝愿、期盼、厚望、预想，统统没有落空，因为这一对果然是佳偶天成，美满幸福！

全书完